FARFALLE

Degli stessi autori
nel catalogo Marsilio

Il codice dell'illusionista
La setta

Di Camilla Läckberg
nel catalogo Marsilio

La principessa di ghiaccio
Il predicatore
Lo scalpellino
L'uccello del malaugurio
Il bambino segreto
La sirena
Il guardiano del faro
Il segreto degli angeli
Il domatore di leoni
La strega
Il figlio sbagliato

Tempesta di neve e profumo di mandorle

La gabbia dorata
Ali d'argento

Camilla
Läckberg
Henrik
Fexeus

Il miraggio

traduzione dallo svedese di
Laura Cangemi

Marsilio

Titolo originale: *Mirage*

Prima edizione: maggio 2024
ISBN 978-88-297-1035-5
www.marsilioeditori.it

IL MIRAGGIO

Meno quattordici giorni

Niklas masticava lentamente, osservando il resto della famiglia di fronte a lui. Considerato che era solo il 17 dicembre, a suo parere era un po' presto per addobbare la casa in vista del Natale, ma la figlia aveva insistito per cominciare e lui l'aveva assecondata. Per questo in tavola c'erano dei folletti in porcellana bianca e la stanza era illuminata dal riflesso caldo delle lucine che di solito usavano per l'albero di Natale. Rendendosi conto che, se avessero portato in casa un abete così presto, non sarebbe sopravvissuto fino alla vigilia, avevano appeso la serpentina al lampadario lasciandolo spento.

Sua figlia indossava un maglione lavorato ai ferri con piccoli led lampeggianti rossi e verdi e lui si era messo una cravatta rossa in onore della cena. La giacca era invece grigio cenere come sempre: c'era un limite a tutto.

Si portò alla bocca la forchetta con cui aveva infilzato un pezzetto di ananas alla griglia glassato con zenzero, chili e miele. In realtà trovava che la frutta fosse fuori luogo in un piatto principale, ma sua figlia stravedeva per l'ananas. Probabilmente preferiva quello al succulento manzo di Kobe. Vabbè, ne sarebbe rimasto di più per lui.

Le due persone sedute a tavola con lui erano concentrate sul cibo e non sembravano essersi accorte che le stava osservando, il che era una fortuna. Probabilmente aveva un'aria abbastanza ebete, ma non poteva farci niente. Si sentiva in pace con se stesso, ammesso che fosse la definizione giusta. Era una sensazione nuova, anche se a pensarci bene non ci era voluto poi tanto per conquistarla.

Non ci era voluta una carriera brillante, per quanto non si potesse dire che lui non avesse fatto strada.

Non ci era voluto nemmeno un elegante appartamento in Linnégatan, nel quartiere di Östermalm, sebbene gli piacesse molto abitarci con la figlia.

Era bastato che sedessero tutti e tre intorno a un tavolo.

L'attentato che aveva subito alla fine dell'estate, arrivato anche sulle pagine dei tabloid, ormai era solo un ricordo. Naturalmente viveva ancora sotto protezione e sarebbero passati almeno altri sei mesi prima che ci si potesse sentire tranquilli, ma era tanto di quel tempo che aveva guardie del corpo intorno a sé che praticamente le considerava parte della famiglia.

Famiglia.

Era proprio di questo che si trattava. Sua figlia, sedici anni, stava diventando una donna, e tutto sommato gli sembrava di aver svolto abbastanza bene il suo compito nel prepararla ad affrontare il mondo. Certo, a volte lei diceva di odiarlo, ma quando si è adolescenti rientra nell'ordine delle cose. E di fronte a lui c'era la sua ex moglie. Se qualche mese prima qualcuno gli avesse detto che avrebbero cenato insieme a questo modo non gli avrebbe creduto. Nemmeno per idea. Invece la solita frase fatta sul tempo che guarisce tutte le ferite si era rivelata vera. Ed eccoli lì, come una specie di famiglia moderna, a mangiare una cena natalizia anticipata. Senza detestarsi. Si erano persino scambiati i regali.

Sentì che gli si chiudeva la gola e guardò fuori dalla finestra per nascondere gli occhi lucidi. La neve cadeva soffice e incantevole nel buio là fuori. Il mondo era come una cartolina, e lo stesso valeva per la sua vita, in quell'attimo preciso. Per la prima volta da anni non aveva le spalle contratte né un inizio di mal di testa.

Un ronzio proveniente dall'ingresso segnalò che qualcuno stava suonando il campanello. La figlia alzò lo sguardo, sorpresa.

«Chi è?» chiese. «È sabato e avevi promesso che non avresti lavorato, visto che avevamo in programma la nostra cena natalizia.»

«Non ne ho idea» rispose lui, sincero, e si alzò da tavola. «Sicure che non sia qualcuno che cerca una di voi?»

L'ex moglie e la figlia scossero la testa.

Niklas andò alla porta d'ingresso.

«Se hai ingaggiato un Babbo Natale, vedi» gli gridò dietro minacciosa la figlia dalla sala da pranzo.

Chiunque fosse venuto a suonare era stato fatto passare dalle guardie per strada dopo un accurato controllo di sicurezza. Il fatto che non avessero chiamato per avvisarlo dimostrava che non si trattava di qualcuno che doveva prepararsi a incontrare. Lo schermo ad alta definizione sul pannello interno della porta mostrava chi c'era al lato opposto: un uomo con un casco da bicicletta, una stella rossa sul petto e una spruzzata di neve bianca sulle spalle. Il corriere espresso Nonsoloposta. Ah, ecco.

«Sì?» disse aprendo.

«Niklas Stockenberg?» chiese l'uomo, con un po' di fiatone, tendendogli una piccola busta nera. «Prego. Una consegna per lei.»

La busta non aveva mittente. Niklas aggrottò la fronte, la prese e la girò. Niente neppure sul retro.

«Da parte di chi?» chiese alzando gli occhi, ma l'uomo non c'era già più: si era precipitato giù per i sei piani di scale per tornare alla sua bicicletta non appena gli aveva messo in mano la busta. Probabile che fosse in ritardo per la consegna successiva.

Niklas chiuse la porta e aprì la busta. Dentro c'era un

cartoncino bianco. Un biglietto da visita, si rese conto tirandolo fuori, di quelli eleganti. Sopra però non c'era un nome, ma qualcosa che sembrava un grande otto con la parte inferiore piena. Sotto, un numero di telefono. Nient'altro.

Corrugò le sopracciglia. Non riconosceva il simbolo, e il numero non gli era familiare, ma qualcosa nei meandri della sua mente gli disse immediatamente che sapeva di cosa si trattava. Era un messaggio che aspettava da anni, sebbene sperasse di non doverlo mai ricevere. Lo aveva rimosso, spazzato via dalla sua vita. E non era pronto nemmeno adesso.

Potrebbe anche essere semplice pubblicità, pensò.

C'era un solo modo per capire cos'era quella storia. Prese il telefono dalla tasca interna della giacca e compose il numero. Gli tremavano le mani.

Dopo tre squilli rispose una voce femminile registrata.

«Salve, Niklas Stockenberg. Speriamo che tu sia stato soddisfatto dei nostri servizi nel corso del periodo ora concluso. Ti rimangono... quattordici giorni... un'ora... e dodici minuti... da vivere.»

Niklas strinse forte il cellulare, come se cercasse di spezzare in quel modo il messaggio. La gola gli si chiuse e l'aria smise di arrivargli ai polmoni. Si appoggiò alla parete per non cadere, con la stanza che gli girava intorno.

Dalla sala da pranzo gli arrivarono delle risate: la figlia e l'ex moglie si stavano divertendo.

Niklas si lasciò cadere in ginocchio sullo zerbino. Per fortuna ne aveva comprato uno folto e costoso, altrimenti si sarebbe fatto male. Strinse forte le palpebre e cercò di concentrarsi. Sapeva che quel giorno sarebbe arrivato. Lo sapeva da un pezzo, ma si era rifiutato di pensarci, nella speranza di essere risparmiato.

Dopotutto era passato tanto tempo.

«Papà, che fine hai fatto?» gridò sua figlia. «Ti avverto, se ti stai mettendo il costume da Babbo Natale telefono ai giornali.»

Niklas si appoggiò di nuovo alla parete, si alzò lentamente, si schiarì la gola più volte e cercò di far arrivare aria ai polmoni per non tremare troppo. Poi tornò in sala da pranzo.

Quando le due donne a tavola lo videro smisero immediatamente di ridere.

«Chi era?» chiese la figlia sconvolta. «Sei pallidissimo.»

L'ex moglie si alzò di scatto.

«Siediti, prima di cadere» gli disse, mettendolo a forza su una sedia.

Gli appoggiò una mano sulla fronte.

«Avevano suonato alla porta sbagliata. Non era nessuno» rispose.

«Sei tutto sudato. Ti è venuto un attacco di qualche genere? Prendi dei farmaci? Dobbiamo chiamare un'ambulanza? Parla, Niklas.»

Lui girò la testa e cercò di sorridere alla figlia.

«Non è niente di grave, Nathalie» spiegò. «Ho solo avuto un capogiro.»

La ragazza rivolse un'occhiata interrogativa a sua madre. Niklas si tolse dalla spalla la mano dell'ex moglie e la tenne nella propria per qualche istante.

«Grazie, Mina, l'ambulanza non serve» disse. «Presto sarà tutto finito.»

La neve che cadeva fuori non era più soffice e incantevole: fredda e spietata, lo isolava in una prigione invernale impedendogli di muoversi, di scappare.

Non c'era nessun posto in cui rifugiarsi.

Di lì a due settimane sarebbe morto. E pensare che erano tante le cose che ancora non aveva avuto il tempo di fare. Guardò Mina, aprì la bocca per dire qualcosa ma la richiuse. Aveva davvero fatto tutto quello che poteva per loro? Era stato un buon padre? Avrebbero sentito la sua mancanza? E cos'avrebbero detto in ufficio?

Le lucine rosse e verdi del maglione di Nathalie lampeggiavano incoraggianti.

Non voleva proprio morire.

Il biglietto da visita gli cadde di mano, finendo sul pavimento. Lo lasciò lì.

Poi fece un sospiro profondo e si sfregò il viso con la mano.

Gli ultimi vent'anni erano andati bene. Benissimo, anzi. Ma, come aveva appena detto a Mina, presto sarebbe tutto finito.

Di lì a quattordici giorni, un'ora e dodici minuti. Anche se probabilmente ormai i minuti si erano ridotti a dieci.

Vincent era steso a terra nel suo camerino allo Scalateater di Karlstad. Aveva spento tutto, tenendo accesa solo l'illuminazione intorno allo specchio del tavolo da toilette. Le lampadine dalla luce calda della cornice erano una delle poche cose che avevano davvero l'aspetto che la gente si immaginava dietro le quinte di un teatro. Lui le trovava belle, addirittura romantiche, probabilmente a causa dei tanti film hollywoodiani che aveva visto in vita sua.

Lo spettacolo era finito da un'ora e la squadra era impegnata a smontare l'allestimento sul palco, che si trovava al piano inferiore rispetto ai camerini e alla *green room*. Le scenografie, le attrezzature e un impianto d'illuminazione tutt'altro che modesto dovevano essere caricati su due grandi camion. L'operazione richiedeva quasi tre ore, nonostante ingaggiassero sempre dei facchini del posto e Ola Fuchs, il responsabile della tournée, fosse una leggenda nel settore, quanto a capacità organizzativa. Quello che il pubblico ignorava era che le due ore di suggestivo intrattenimento di Vincent comportavano per un numeroso gruppo di persone almeno sette ore di impegno pre- e post-spettacolo che di suggestivo non avevano proprio niente. Tutte le sante sere.

Cambiò cautamente posizione sul pavimento. Il linoleum era terribilmente duro. Sbirciò verso il divano e si rese conto che avrebbe dovuto stendersi lì, ma ormai era troppo tardi. Non poteva far altro che restare dov'era.

Lo Scalateater comportava una serie di numeri fastidiosi, in quanto dispari. La distanza tra palco e soffitto era di cinque metri. Sarebbe stato meglio che fosse di sei. In alto c'erano diciassette tiri a cui assicurare fari e scenografie. Anche quello un numero scomodo, ma cinque più diciassette faceva ventidue, quindi due cifre pari affiancate, e oltretutto due più due faceva quattro, che era il numero totale delle repliche che avrebbe fatto allo Scalateater nel corso di quella tournée.

Il costume di scena era appeso all'attaccapanni. Quel giorno aveva usato un abito a tre pezzi: in fondo era l'ultimo spettacolo prima di Natale. Tre pezzi. Merda, non ci aveva pensato. Oltretutto ci aveva sudato dentro parecchio e una volta sceso dal palco ed entrato nel camerino si era spogliato restando in maglietta e mutande. Forse, se qualcuno avesse aperto la porta per sbaglio, questo lo avrebbe fatto sembrare meno morto che se lo avessero trovato lungo disteso per terra in costume di scena. Sorrise. Sbagliando si impara.

Uno schianto sonoro proveniente dal palco lo fece sussultare. Dal rumore, sembrava che si fosse rotto qualcosa. Le imprecazioni di Ola si sentirono fino al piano di sopra, ma Vincent aveva imparato da tempo che certe cose era meglio non saperle. All'inizio della carriera aveva provato a dare una mano sia nell'allestimento che nello smontaggio: sentendo parlare degli snob che non alzavano mai un dito e a cui importava solo della propria performance, aveva deciso di non voler essere annoverato tra questi, ma ben presto si era reso conto di essere solo d'impaccio. La soluzione migliore per tutte le persone coinvolte nell'operazione era che si tenesse alla larga finché non avevano finito.

Il che comportava che poteva restare steso sul pavimento duro almeno per un'altra ora, prima che i camion fossero completamente caricati. Una bella fortuna, considerando che gli era riesploso il mal di testa. Sul tavolo di fianco a lui c'era un bicchiere vuoto con qualche granellino bianco sul fondo. Da un po' di tempo tirava avanti ad analgesici, preferibilmente contenenti caffeina. Soppesò l'idea di prendere una seconda pastiglia, ma probabilmente non sarebbe servito. Strinse invece forte le palpebre e sospirò, in attesa che il dolore passasse, o almeno si attenuasse un po'. In passato, quando era in tournée, a fine spettacolo si sentiva solo molto stanco. Forse un po' rallentato mentalmente. Il mal di testa era una novità. Aveva cominciato a venirgli circa sei mesi prima, e in breve tempo era diventato una condizione permanente. A volte più forte, a volte meno, ma sempre lì. Logorante. Fastidioso. Ormai non ricordava neanche più com'era non averlo.

Si rifiutava di pensare che fosse un segno dell'età. Dopotutto mancavano ancora alcuni mesi al suo cinquantesimo compleanno e gli spettacoli non erano diventati più impegnativi. Quindi restavano due possibilità: o aveva un tumore al cervello, oppure era un disturbo psicosomatico. Gli riusciva difficile credere alla prima ipotesi, dato che non aveva altri sintomi. Ma se era qualcosa che originava da lui, cosa significava? Stava cercando di mandare un messaggio a se stesso?

Come tante altre volte, desiderò avere accanto Mina. Lei avrebbe sicuramente avuto una buona risposta. Dopo quello che era successo a Nathalie l'estate prima, con Nova e tutto il resto, erano riusciti a vedersi solo una manciata di volte. Avevano entrambi il loro da fare – lui con i preparativi del nuovo show e lei con il lavoro in polizia – ma c'entrava anche il fatto che frequentarsi senza il pretesto di un'indagine rappresentava un salto di qualità troppo alto nel loro rapporto. Quando si vedevano, però, era sempre per troppo poco. Insieme a lei, il mal di testa lo tormentava meno, e l'ombra dentro di lui si teneva alla larga.

La squadra di cui faceva parte Mina si era riguadagnata la fiducia della direzione, il che comportava che lei fosse spesso impegnata, e se non lo era ci pensava Umberto della ShowLife Productions, con una precisione quasi sadica, a programmare le tournée in modo che i periodi di ferie di Mina non coincidessero con i suoi. Sembrava quasi che la responsabile della squadra e il manager cospirassero per tenerli lontani l'uno dall'altra.

Ma c'era dell'altro, a rendere più difficile incontrarla: il mistero nascosto nel suo studio a casa, di cui non aveva il coraggio di parlarle. A pensarci bene, non era impossibile che fosse quello la causa del mal di testa. Di sicuro era un enigma a cui aveva dedicato sempre più energie mentali, senza riuscire a risolverlo. L'unica certezza era che avrebbe fatto bene a prendere sul serio la minaccia che comportava.

Chiunque gli avesse inviato il primo messaggio alla fine dell'estate era chiaramente una persona molto paziente. Vincent non voleva disturbare Mina parlandogliene. Doveva cavarsela da solo.

Eppure, dopo ogni spettacolo desiderava trovarla lì ad aspettarlo dietro il palco come al loro primissimo incontro, a Gävle. Cosa che ovviamente non si verificava mai. Lei aveva la sua vita, lui la propria. Restava il fatto che si vedevano decisamente troppo poco.

Da agosto in avanti, invece, aveva avuto modo di passare molto più tempo con la sua famiglia. Le stampelle a cui lo aveva costretto la frattura del piede gli impedivano di salire sul palco. Così, per la prima volta, era rimasto a casa tutte le sere, e anche di giorno, a dire il vero, come sua moglie Maria aveva sempre desiderato. Già dopo pochi giorni, però, si era capito che lo desiderava molto meno di quanto avesse creduto, e anche i figli avevano cominciato a chiedersi sospettosi perché fosse sempre a casa.

E l'ombra dentro di lui aveva ricominciato ad agitarsi.

Così, quando aveva ripreso ad andare in tournée nessuno era stato più felice della sua famiglia. Da allora aveva lavorato a ritmo doppio, spesso facendo due spettacoli nello stesso giorno. Il trucco era tenersi occupato. Non pensare a cose a cui non valeva la pena di pensare.

Alzò lo sguardo verso il soffitto. Era possibile esaurire i neuroni? Rischiava di danneggiare il cervello, usandolo troppo? Probabilmente no, ma era meglio verificare. Perché in quel preciso momento, sul pavimento dello Scalateater a Karlstad, l'impressione era che fosse proprio così. Sospirò, chiuse gli occhi e aggiunse il mal di testa al lungo elenco di argomenti di cui voleva parlare con Mina.

Akai avanzò a passi decisi lungo la banchina della metropolitana. Aveva imparato da tempo che se solo si dava l'impressione di sapere quello che si stava facendo nessuno faceva domande. Anche il giubbotto giallo catarifrangente che portava faceva la sua parte. Paradossalmente, lo rendeva invisibile alle persone stanche che viaggiavano a quell'ora tarda. Era solo uno di quelli che lavoravano lì, nella metropolitana. Niente di cui preoccuparsi. E in un certo senso era vero che avrebbe lavorato, solo non nel modo che pensava la gente.

Arrivò alla fine della banchina e aprì un cancelletto, stando bene attento a non mostrare il viso alla telecamera di sorveglianza sul soffitto. Era un tecnico qualsiasi che stava effettuando un intervento di manutenzione, nient'altro. Per fortuna il rumore delle bombolette spray che sbatacchiavano nella borsa non veniva registrato.

Il cancelletto si apriva su una breve rampa che portava nel tunnel vero e proprio. In realtà non gli piaceva stare nelle gallerie: era decisamente troppo pericoloso, anche perché i nuovi treni erano molto più silenziosi di quelli vecchi. Per i graffitari che continuavano ugualmente a scendere nei tunnel il rischio di incidenti era aumentato.

Oltretutto Akai era passato da tempo a nuove espressioni artistiche. I graffiti erano per i dilettanti. Al momento lavorava su poster e stencil art, stile rétro anni Novanta. Certo, da quando secondo alcuni l'identità del suo mito Banksy era stata svelata non era più la stessa cosa, ma Akai riteneva di portare una ventata di novità e modernità, e le mostre che aveva allestito in Gamla stan lo confermavano. Era stato quasi uno shock scoprire quanto fosse disposta a pagare la gente per le sue opere senza neanche sapere chi era. Akai era solo il suo nome d'arte. Come Banksy, non aveva intenzione di dire a nessuno come si chiamava in realtà. Nel mondo dell'arte sarebbe rimasto un mistero.

Percorsi alcuni metri, accese la lampada frontale. La galleria era più larga, in quel punto, in modo che il personale potesse muoversi senza rischiare di arrivare troppo vicino ai binari. Akai sapeva che il locale di servizio era un po' più avanti. Era lì che passava la maggior parte del tempo, in quanto assistente tecnica dell'Mtr, la ragazza dell'amico che gli aveva chiesto di decorarle l'intero locale come regalo di compleanno. L'idea era che la mattina dopo, entrando, lei non si trovasse più circondata da muri di cemento, ma in un bosco. Alberi e cespugli avrebbero coperto tutte le pareti e, in mezzo, Akai avrebbe realizzato una famiglia di troll ispirata alle figure di John Bauer. Sarebbe stato fantastico.

Passò davanti a un murale che aveva fatto tempo prima nel tunnel e che raffigurava alcuni dei suoi conoscenti. Qualcuno aveva scritto SUSSI È STATA QUI sulla faccia di uno degli amici. Vandali del cazzo.

La ghiaia gli scricchiolava sotto le scarpe. Poco più avanti il cono di luce della lampada frontale illuminò la porta del locale di servizio. Akai girò intorno a un grande mucchio di terra e pietrisco e si bloccò. Qualcosa non tornava. Si voltò verso il mucchio, così alto da arrivargli alle cosce. Non era strano che ci fosse del pietrisco nelle gallerie, dove si trovava di tutto, ma qua e là spuntava qualcosa di bianco. Gli ricordava un film che aveva visto, non sapeva bene quale. Spazzò via con la mano un po' di terra e arretrò di scatto.

Erano ossa.

Qualcuno doveva averle piazzate lì per fare uno scherzo demenziale, era l'unica spiegazione. Ma quale animale aveva ossa così grandi? Ne afferrò uno, tirando leggermente, e il pietrisco si smosse mettendo a nudo altre parti. Nel cono di luce della frontale, un teschio gli sorrise sinistro.

Un teschio umano.

Dopo, Akai non avrebbe saputo dire se prima avesse gridato o fosse corso via, ma di sicuro aveva fatto entrambe le cose.

Meno tredici giorni

Mina guardò affascinata la fetta di pane e burro sul piatto. Aveva davvero fatto grandi progressi. In passato l'unica colazione possibile, per lei, era una confezione sigillata di yogurt, e invece ora eccola qui che mangiava qualcosa che poteva essere stato contaminato in ogni modo possibile. E la sera precedente, da Niklas, si era goduta fino in fondo la cena, anche se naturalmente alla fine era stato spiacevole vederlo così turbato e confuso. Nathalie però le aveva assicurato che non gli era mai capitato prima, e dopotutto si era ripreso abbastanza velocemente. Mina sperava che considerasse seriamente il suo consiglio e consultasse un medico quella mattina stessa.

Una cena con la figlia e l'ex marito. La vita sapeva davvero prendere strade imprevedibili. Avrebbe mentito se avesse sostenuto che quella intrapresa da lei e Nathalie era stata semplice e diritta: avevano ballato una sorta di cha cha cha, due passi avanti e uno indietro, ma lentamente erano arrivate al punto in cui si trovavano, alla possibilità di cenare tutti e tre insieme come una famiglia.

Mina diede un morso e assaporò la combinazione di burro, formaggio e peperone sulla fetta di pane allo sciroppo, consapevole che, a livello nutritivo, era più o meno come mangiarsi una bella fetta di pan di Spagna, ma in fondo era quasi Natale.

Si chiese come l'avrebbe festeggiato Vincent. Con la sua famiglia, naturalmente, ma avrebbero organizzato una serata con il parentado al completo o si sarebbero limitati a una cosa più intima? Avvertì una fitta di qualcosa, ma liquidò mentalmente l'idea che potesse essere gelosia. Lui le mancava. Da quando aveva salvato la vita a Nathalie, l'estate precedente, si erano sentiti poche volte. I motivi erano diversi. Da un lato, nessuno dei due era particolarmente bravo nell'arte delle chiacchiere vuote. Dall'altro, Mina era stata parecchio impegnata nella costruzione lenta e costante del delicato rapporto con la figlia. Anche la morte di Peder aveva creato una distanza imposta dal lutto.

Al pensiero del collega sentì bruciare gli occhi.

Poi c'era un altro piccolo dettaglio: non aveva ancora capito cosa significavano l'una per l'altro. Pensava a Vincent più spesso di quanto non fosse disposta ad ammettere, ma lui aveva la sua famiglia, appunto, con una moglie molto gelosa, e lei non voleva intromettersi.

Così si era seppellita nel lavoro e l'aveva usato come scusa per non vederlo.

Si costrinse a concentrarsi sul programma mattutino alla televisione per evitare di rimuginare troppo. In quel momento c'era in studio Niklas Strömstedt, che a quanto pareva avrebbe cantato *Tänd ett ljus*, "Accendi una candela". Se non si sbagliava, il gruppo che originariamente aveva portato sulle scene quel pezzo si chiamava Triad. Cercò di farsi venire in mente i nomi degli altri due musicisti ma davanti agli occhi le si presentarono solo le immagini di Orup e Anders Glenmark, che insieme a Niklas Strömstedt avevano formato la band Ges. La canzone partì, con le candele accese sullo sfondo, e Mina si accorse suo malgrado che si stava calando nell'atmosfera di festa. In realtà lei odiava il Natale. Quelli della sua infanzia erano stati tutt'altro che sereni. Dopo che si era trasferita da sua nonna erano diventati più tranquilli, ma molto sobri.

Si alzò e andò a riempirsi di nuovo la tazza di caffè. Quando si risedette lanciò un'occhiata al telefono sul tavolo del soggiorno. Forse avrebbe dovuto mandare un sms di auguri a Vincent. La domanda era cosa ci avrebbe letto lui. D'altra parte era abbastanza difficile interpretare «buon Natale» come qualcosa di diverso, no? Era un augurio tra amici di passare delle buone feste.

Prese il telefono e scrisse il messaggio. Lo cancellò. Lo riscrisse. Lo cancellò di nuovo. Lo riscrisse ancora. Aggiunse uno smiley ma cambiò subito idea. Vincent non era uno a cui si mandassero smiley. Tolse la faccina sorridente e lasciò «buon Natale». Poi premette su INVIO.

Quando Niklas Strömstedt smise di cantare si era già pentita dell'sms.

Era più di una settimana che nevicava. Il terreno e gli alberi intorno alla casa di Tyresö sembravano coperti da uno spesso strato di cotone. Da piccolo Vincent adorava la neve, ma con il passare degli anni aveva cambiato idea. Forse aveva a che fare con l'attrezzo che teneva in mano in quel momento: se la si doveva spalare, non era più così simpatica.

Oltretutto era ancora frastornato dalla notte passata a bordo del *nightliner*, come venivano chiamati i pullman dotati di posti letto utilizzati per le tournée, rientrando dallo Scalateater di Karlstad. Aveva preso sonno solo alle quattro del mattino, quando erano già a Stoccolma e si erano fermati sul Barnhusbro insieme agli altri mezzi arrivati durante la notte. Mentre il pullman era parcheggiato lì aveva dormito tre ore, e infine aveva preso un taxi, ancora assonnato, per tornare a casa.

Sbirciò dentro attraverso la finestra della cucina, dove il resto della famiglia stava facendo colazione. Aveva promesso di spalare il vialetto prima che Aston e Rebecka uscissero per andare a scuola. Conficcò la pala, sollevò tutta la neve che riuscì e la gettò verso il prato che si nascondeva sotto il manto bianco. Davanti a lui si aprì un rettangolino sgombro sotto il quale si intravedeva la ghiaia del vialetto. Era un inizio, ma rendeva ancora più evidente quanto gli mancava per completare il lavoro.

Si raddrizzò tenendosi una mano sulla schiena mentre l'aria che gli usciva dalla bocca si condensava in nuvolette bianche. Il freddo era arrivato sul serio. In genere la neve non si vedeva fino a gennaio, ammesso che arrivasse. A quelle latitudini del paese era più che altro una poltiglia bagnata che spariva in fretta, ma il meteo parlava di un inverno più gelido che mai, con neve in abbondanza. In giardino ce n'erano già almeno venti centimetri, ed era passata da poco la metà di dicembre. Mentre stava a guardare, il suo bel rettangolo cominciò a ricoprirsi di una nuova spruzzata bianca.

Sisifo.

Era Sisifo.

Con un sospiro tornò alla porta d'ingresso e appoggiò la pala al muro. I ragazzi avrebbero dovuto rassegnarsi a sprofondare nella neve per andare a scuola. Prima che avesse il tempo di aprire, Aston uscì a precipizio con copripantaloni e giacca impermeabili.

«Altra neve!» esclamò. «Che bello!»

Si gettò a terra sulla schiena e cominciò a fare angeli con braccia e gambe, apparentemente del tutto indifferente al freddo.

«Papà, possiamo costruire una tana oggi pomeriggio? Un igloo? Per favore!»

Vincent si rivide davanti le tane di neve in cui giocava da piccolo, o meglio, quelle davanti a cui giocava, considerando che in pratica erano dei cunicoli scavati all'interno dei mucchi di neve spalati in giardino. Rabbrividì. Non era mai riuscito a infilarcisi dentro, ma capiva l'attrattiva del gioco. C'era un che di emozionante nel creare il proprio mondo a quel modo. In una certa misura, naturalmente, tutti creavano il proprio mondo, almeno in senso mentale, dato che ogni realtà era diversa dall'altra, ma...

«Papà? Cos'è successo, ti è andato in tilt il cervello?» chiese Aston, in piedi davanti a lui.

Vincent batté le palpebre e aprì la bocca per dire che una tana richiedeva molta più neve, quando Maria comparve sulla porta.

«Niente tane» disse decisa incrociando le braccia sul petto. «Possono crollare e sono pericolosissime. E si può sapere perché spali la neve con i guanti di pelle e il cappotto di Hugo Boss? Non puoi metterti qualcosa di più pratico come fanno le persone dotate di buonsenso?»

Naturalmente aveva ragione, sia su come era vestito che sulla tana. D'altra parte, lui non possedeva un piumino né uno di quei berretti di lana con il pompon con cui giravano tutti, e comunque esistevano dei modi per costruire le tane in modo che non crollassero. Bastava ragionare per esagoni, come aveva fatto Buckminster Fuller, o ripartire il peso sistemando i blocchi ad arco. Se solo ci fosse stata più neve... Poi vide lo sguardo di Maria e si riscosse.

«Tua madre ha ragione» disse. «E poi per costruire un igloo servirebbe il ghiaccio.»

«Giusto!» rispose Aston, gettandosi di nuovo nella neve. «Possiamo farlo nel freezer!»

«Veramente il freezer ha una capacità di duecentosettantotto litri suddivisi in sette scomparti» spiegò Vincent. «Le misure esterne di un igloo dovrebbero...»

Sentendo la moglie schiarirsi la gola alle sue spalle, corresse il tiro.

«Il freezer è troppo piccolo» disse. «E lo zaino dove lo hai lasciato?»

Maria sospirò ed entrò a prenderlo mentre il bambino si metteva seduto e cercava di formare una palla di neve con le mani. Vincent sapeva a chi era destinata.

«Dai, adesso vado a prendere le chiavi della macchina e andiamo» disse girandosi velocemente.

La palla lo colpì prima che avesse varcato la soglia e Aston scoppiò in una risata.

Nell'ingresso, Maria stava infilando nello zaino dei vestiti di ricambio.

«Ah, senti» le disse Vincent. «È un po' che cerco di parlare con tua sorella per metterci d'accordo sui ragazzi in vista di Natale, ma sembra che abbia il cellulare perennemente spento. Sono diversi giorni, ormai. Sai se è partita per un viaggio o qualcosa del genere?»

Maria ficcò dentro lo zaino una calzamaglia con un gesto brusco.

«È un pezzo che non parlo con Ulrika» rispose con voce affilata. «Tocca a te tenere i contatti con la tua ex moglie, non a me.»

«È quello che sto cercando di fare. Solo che comportarsi così non è da lei.»

Andò in cucina a prendere le chiavi dell'auto e contemporaneamente tirò fuori il cellulare e provò a richiamarla.

Nessuna risposta, come le altre volte.

Le scrisse un sms chiedendole di farsi viva appena possibile. In fondo mancavano solo pochi giorni a Natale.

Vide anche che Mina gli aveva mandato un messaggio. Un breve «buon Natale». Non sapeva bene come risponderle. Quell'sms era una specie di provocazione, come se gli chiedesse di definire il loro rapporto. Un rapporto che era in equilibrio precario e che poteva pendere da un lato come dall'altro. Se le avesse risposto in maniera altrettanto stringata, avrebbe confermato che di lì in avanti avrebbero mantenuto contatti superficiali all'insegna della buona educazione, niente di più. Se invece si fosse lanciato in qualcosa di più personale avrebbe chiarito una volta per tutte che desiderava più di una semplice collaborazione professionale. E questo avrebbe aperto un vaso di Pandora pieno di domande su *cosa* voleva che fosse.

Buon Natale.

Merda.

Dopo qualche esitazione spense lo schermo e si mise in

tasca il telefono. Avrebbe risposto più tardi, appena avesse avuto un po' di tempo per riflettere.

«Papà, vieni o no?» gridò Aston da fuori. «Arriverò in ritardo!»

«Subito!» rispose.

Per un attimo si domandò se fosse il caso di chiamare l'ufficio in cui lavorava Ulrika e chiedere se era in malattia o altro, ma se avesse mostrato delle premure nei suoi confronti Maria avrebbe sicuramente avuto da ridire. Ulrika si sarebbe fatta viva quando poteva.

Prese le chiavi della macchina e, prima di uscire, andò alla porta dello studio per controllare di aver chiuso a chiave. Era un mesetto che lo faceva, per riguardo alla sua famiglia. Se qualcuno fosse entrato e avesse visto quello che teneva lì dentro non avrebbe soltanto fatto domande a cui non esisteva risposta: probabilmente avrebbe anche avuto paura. Quasi quanta ne aveva lui.

«Sono sicuri che fossero ossa umane?»

Mina si costrinse a fare respiri calmi e profondi. I tunnel bui e sporchi che formavano la rete della metropolitana di Stoccolma erano sicuramente tra gli ambienti che più detestava. Oltretutto si gelava. In genere il freddo le piaceva, ma c'era un limite a tutto. Dalla bocca le uscivano nuvolette bianche a ogni respiro, e per scaldarsi un po' si strinse le braccia addosso.

«Sì, i tecnici della Scientifica ne erano sicurissimi: una di loro è osteologa, un'esperta di ossa» rispose Adam soffocando uno sbadiglio. «In caso contrario non saremmo stati costretti a precipitarci qui all'alba. Normalmente a quest'ora sì e no sono sveglio.»

Dalla voce si capiva che i tunnel claustrofobici mettevano piuttosto a disagio anche lui.

«E siamo sicuri che hanno fermato i treni su questo tratto, vero?» chiese Mina, avanzando cauta nel cono di luce della torcia.

Qualcosa le sfrecciò di fianco ai piedi. Non ebbe il tempo di vedere cosa fosse e non riuscì a trattenere un grido.

Strinse le mascelle e si costrinse a proseguire, nonostante il cuore le battesse fortissimo. Vedendo più avanti una luce e alcune persone in movimento riuscì a distogliere la mente dalle insidie che si nascondevano nel buio e a concentrarsi sul compito che l'aspettava.

«Buongiorno, Mina e Adam» disse il coordinatore della squadra della Scientifica con un cenno del capo. «Non che la giornata si preannunci granché buona, ma insomma.»

Indicò quello che era chiaramente stato un mucchio di pietrisco e terra, ora quasi completamente disfatto. Restava una catasta ordinata di ossa.

«Sono senza dubbio umane. A un primo esame esterno sembrano appartenere a un unico corpo, ma non potremo confermarlo finché l'antropologo forense non le avrà sul tavolo per poterle disporre in modo corretto.»

Strofinandosi le braccia per scaldarsi Mina osservò la catasta di ossa. Sembrava quasi un altare, ordinata simmetricamente com'era, con il teschio che troneggiava in cima. Dava un'impressione di ritualità, ma doveva stare attenta a non indugiare troppo su quella sensazione. Era pericoloso fare supposizioni in una fase così precoce delle indagini. A essere sincera era un po' stupita che avessero affidato il caso al suo gruppo, dato che i vecchi scheletri non rientravano nel loro campo, ma evidentemente le circostanze del ritrovamento lo rendevano un po' particolare.

«È possibile arrivare a qualche identificazione?» chiese facendo un passetto di lato per lasciare spazio a Adam.

Dovevano stare attenti a non avvicinarsi troppo per non contaminare la scena del crimine. Pur sapendo che sarebbe stato meglio non farlo, non poté resistere alla tentazione di guardarsi intorno. I fari predisposti illuminavano gran parte dell'area intorno a loro e Mina sentì di nuovo montare il panico: c'erano rifiuti dappertutto e tra le ombre si vedeva qualcosa che si muoveva. Ratti, pensò con un brivido.

Non era la prima volta che scendeva là sotto. All'inizio della carriera le era capitato di doversi avventurare nelle gallerie per dare la caccia a qualche indiziato. Sapeva che c'era gente che ci abitava, vivendo un'esistenza nell'ombra, lontano dal mondo e nascosta dalla realtà. Non riusciva a immaginare come doveva essere.

Il tecnico le stava dicendo qualcosa e Mina si costrinse a puntare l'attenzione su di lui, distogliendola da quello che si muoveva negli angoli bui in cui non arrivava la luce dei fari.

«Non abbiamo trovato materiale utile per l'identificazione. Niente abiti, niente documenti. Può darsi che qualche traccia di dna sulla robaccia qui intorno possa aiutare a risalire a un eventuale assassino. Raccoglieremo tutto il materiale in un ampio raggio per analizzarlo. Secondo me però, se salta fuori qualcosa, sarà dell'"artista" che ha dato l'allarme. Comunque il cranio ha ancora i denti, e questo dovrebbe facilitare l'identificazione. E un femore presenta in più punti delle fratture, ormai saldate da tempo.»

«Fratture al femore...» ragionò Mina pensosa. «Da quanto hai detto che potrebbero trovarsi qui?»

«Difficile stabilirlo. Sarà compito di Milda, ma almeno qualche mese, forse? Non hanno l'aria di essere freschissime, per così dire. Però sto tirando a indovinare. Come dicevo, sarà Milda a poter dare una risposta» rispose il tecnico.

Mina guardò Adam per vedere se aveva fatto lo stesso collegamento. Lui corrugò la fronte. Poi si girò verso di lei, e gli occhi rivelarono che aveva capito.

«Pensi che sia...»

«Esatto. Chiamo subito Julia.»

Osservarono in silenzio il mucchio di ossa. Se erano i resti della persona che pensavano, sui media si sarebbe scatenato un putiferio. E sarebbero saltate fuori moltissime nuove domande.

Ruben si svegliò coperto di sudore freddo. Aveva visto in sogno il viso di Peder. Gli capitava spesso, ultimamente. Gli mancava gran parte della testa e la pelle era grigia, ma non era questa la cosa agghiacciante dell'incubo: si trattava dello sguardo, degli occhi che lo fissavano e sembravano penetrargli dentro. Era stato quello a svegliarlo. Non era necessario che Peder dicesse qualcosa, perché Ruben sapeva già qual era il messaggio.

Può finire tutto da un momento all'altro.

Era il monito che gli aveva lasciato. La vita prevedeva due strade alternative, entrambe terribili. Poteva concludersi prima che lui fosse pronto, oppure sarebbe andata avanti e la conseguenza era che sarebbe diventato vecchio. Più vecchio ogni giorno che passava. Fece un respiro profondo e si passò una mano sul viso. Che palle dover invecchiare per forza. Era quasi peggio dell'alternativa.

Qualcuno si mosse nel buio e le lenzuola gli frusciarono accanto. Merda, era ancora lì. Ecco il problema, quando ci si portava a casa donne troppo giovani. Quelle sopra la trentina se non altro capivano che era meglio per tutti e due se si svegliavano per conto proprio, nelle rispettive case, senza rivedersi mai più. Le ragazze, invece, erano inesperte e credevano ancora che fosse una buona idea restare e farsi le coccole alla mattina. Avevano aspettative romantiche su colazioni insieme e altre sciocchezze. La verità era che vedersi alla luce del giorno, dopo la notte, non era mai positivo.

Soprattutto perché rivelava la sua età reale.

Guardò l'orologio del cellulare e imprecò tra sé. In qualche modo doveva essere riuscito a togliere la sveglia ed era in ritardo. Oltretutto Julia gli aveva mandato un messaggio a proposito di un ritrovamento in tarda serata. A quanto pareva, più o meno quando lui rimorchiava davanti al Riche era successo qualcosa nella metropolitana. Be', per il momento avrebbero dovuto occuparsene gli altri.

Un crampo improvviso al polpaccio sinistro lo costrinse a mordersi il labbro per non gridare di dolore. Tirò a sé la gamba e si mise a massaggiarla, stando attento a non svegliare la donna. Batté la mano sul muscolo, duro come il marmo. Era un po' che gli capitava. Se alla sera beveva troppo poco, alla mattina gli venivano i crampi a causa della disidratazione. Quando invece beveva acqua a sufficienza, gli toccava alzarsi due o tre volte per fare la pipì.

Vecchio, vecchio, vecchio.

Probabilmente sua figlia Astrid non avrebbe avuto un padre vivo, arrivata all'adolescenza.

Fece un sospiro profondo. Era patetico e lo sapeva. Non solo perché non voleva invecchiare ma anche perché era tornato alle sue antiche abitudini di cacciatore nei confronti dell'altro sesso. Quando lo aveva detto ad Amanda, la sua psicologa, gli era sembrato che si trattenesse a stento dal mollargli uno schiaffo. Ma cos'altro poteva fare? Lei era ancora giovane e non poteva capire.

Tese la mano verso il comodino e prese due capsule. Erano dei cosiddetti integratori che aveva trovato in rete e che in teoria dovevano servire ad aumentare sia la potenza che la produzione di testosterone. Immaginava che fosse tutto un bluff, ma per sicurezza aveva comunque sottoscritto un abbonamento annuale. Seicento corone al mese.

Mandò giù le capsule e sollevò le coperte per guardare la persona accanto a lui. Era girata di lato, il fianco nudo a dieci centimetri da lui. L'aveva incrociata davanti al vecchio locale in Stureplan che aveva ricominciato a frequentare. Stava andando verso casa dopo una pessima serata quando l'aveva vista fumare fuori dalla porta. Si era avvicinato e le aveva chiesto se le piacevano le uniformi e, a differenza di quando aveva fatto la stessa domanda all'interno del bar, aveva funzionato, nonostante l'estrema banalità della situazione.

Appoggiò la mano sulla pelle liscia e ne avvertì il calore. Era quasi sicuro che si chiamasse Emmy. O forse Emily. Un nome che finiva per "y", in ogni caso.

Continuò ad accarezzarle il fianco e lei si spostò sonnolenta verso di lui. Julia avrebbe dovuto aspettare e Amanda poteva dire quello che voleva. La vita era troppo breve. E, come Peder gli mostrava una notte dopo l'altra, non si poteva mai sapere quando sarebbe finita.

Vincent era nello studio. Negli ultimi anni la libreria alle sue spalle aveva cambiato lentamente funzione, trasformandosi in una specie di espositore. Fin da quando si era sparsa la voce che il Maestro Mentalista aveva contribuito a risolvere il mistero intorno a Jane, due anni e mezzo prima, ammiratori entusiasti gli avevano inviato puzzle, rebus ed enigmi da risolvere, come se dessero per scontato che i rompicapi misteriosi fossero per lui il massimo del divertimento. In effetti, però, pochi sapevano che in quell'occasione per poco non ci aveva lasciato la pelle.

E in fondo non si sbagliavano del tutto. Si divertiva davvero, quando aveva tempo. Molti erano semplici da risolvere. Alcuni ammiratori si limitavano a mandargli una lettera tagliata in più parti, ma altri avevano ambizioni più alte. C'era un mittente anonimo che gli inviava i rebus e gli enigmi più oscuri che avesse mai visto. Non erano improvvisati, tutt'altro: sembravano arrivare da ogni angolo della terra, e facevano capire che, chiunque fosse, non era uno sprovveduto. Vincent sapeva che erano della stessa persona grazie ai messaggi scritti a mano allegati, che spesso consistevano in un indovinello.

Al momento, però, a richiedere la sua concentrazione era un altro genere di puzzle, quello che aveva attaccato alla parete davanti alla scrivania. Una sorta di mappa concettuale simile a quella che aveva predisposto Mina a casa sua la prima volta che avevano lavorato insieme. Un collage di indizi che con un po' di fortuna potevano spiegare un contesto, mostrare un filo conduttore ancora nascosto. La parete di Vincent, però, non era occupata da foto e annotazioni, ma da oggetti sotto i quali aveva attaccato un post-it con un appunto, distribuiti seguendo una linea del tempo.

Era il motivo per cui nessuno era più autorizzato a entrare nello studio. Sarebbe stato deleterio se i membri della famiglia avessero pensato che aveva perso completamente il senno, e ancora peggio se avessero capito cosa significava la linea del tempo. Per lui la conclusione a cui si arrivava osservando gli oggetti sulla parete era chiarissima: qualcuno gli voleva male.

Preferiva non pensare a quella persona come a un nemico. La sua nemesi? No, suonava anche peggio. La sua ombra, forse? Mah, perché no. Ogni volta che riceveva una nuova consegna per posta, l'ombra dentro di lui si risvegliava. Era come se non fosse più dentro di lui ma si manifestasse fuori, nel mondo reale, e lo minacciasse.

Inoltre un'ombra aveva per definizione la stessa forma di chi la proiettava, anche se distorta. E chi gli aveva inviato gli oggetti sulla parete sembrava sapere esattamente in che modo ragionava. Come se fossero usciti da una versione da incubo di Vincent stesso. Annuì. L'Ombra era il nome più appropriato.

Al primo posto a sinistra della linea del tempo c'era il vecchio articolo plastificato dell'*Hallands Nyheter*, quello con la foto di Vincent bambino e, in secondo piano, la cassa da numeri di illusionismo in cui era morta sua madre.

IL NUMERO DI MAGIA FINISCE IN TRAGEDIA!

Aveva letto quel titolo più volte di quante potesse contarne. Due anni e mezzo prima qualcuno aveva inviato l'articolo a Ruben trasformandolo nell'indiziato principale per l'uccisione di Tuva, Agnes e Bobban, omicidi in realtà compiuti dalla sua sorella scomparsa. All'inizio Vincent aveva pensato che fosse stata proprio Jane a spedirlo, dato che rientrava nel suo piano addossare la colpa degli omicidi a lui, ma non era così. Tuttavia quel ritaglio aveva fatto riemergere in superficie il suo passato, un passato a cui per anni si era impegnato con tutto se stesso a non pensare. La polizia era riuscita a evitare per un pelo che la vicenda diventasse di dominio pubblico.

Sotto l'articolo c'erano i pezzi di carta a forma di tetramini che avevano cominciato ad arrivargli subito dopo la morte di sua sorella: puzzle che consistevano in anagrammi diversi del titolo dell'articolo e che sovrapposti, in modo alquanto complicato, formavano la parola COLPEVOLE. Era convinto che fosse stata Nova a inviarglieli nel tentativo di distrarlo da quanto avveniva a Epicura. Nova, che basava i suoi insegnamenti sul dolore cronico di cui soffriva e che per poco non aveva ucciso Nathalie. Ma dopo averla messa con le spalle al muro, subito prima che morisse, si era reso conto che dovevano essergli stati spediti dalla stessa persona che aveva inviato l'articolo a Ruben.

La sua Ombra.

Di fianco ai puzzle incollati insieme c'era il biglietto natalizio che aveva accompagnato l'ultimo tetris, con il suo messaggio inquietante. Nonostante fossero passati diversi mesi, non era ancora riuscito a interpretarlo.

A quanto sembra non impari. Ora basta aspettare.
Non puoi dare la colpa a nessun altro che a te stesso.
Avresti potuto scegliere un'altra strada e non l'hai fatto.
Quindi siamo arrivati alla tua omega. L'inizio della tua fine.

P.S. Se ti chiedi come mai hai ricevuto questo messaggio già adesso, ricordati che l'omega è la ventiquattresima lettera dell'alfabeto greco. E 24 diviso 2 – io e te – fa natu-

ralmente 12: 24/12, la vigilia di Natale. Quindi, buon Natale in anticipo.

Quando gli era arrivato quel biglietto sulla sua omega, la sua fine annunciata, Vincent si era subito messo d'impegno per cercare quella che doveva essere la sua alfa, il suo inizio. Se avesse scoperto cosa era cominciato forse avrebbe capito meglio cosa avrebbe avuto fine. In questo modo avrebbe potuto proteggersi.

Non aveva impiegato molto tempo a trovare la risposta, di nuovo sul vecchio articolo di giornale. Nella fotografia stessa. La sua Ombra aveva ricalcato i contorni della cassa con una biro, e le linee formavano una A. L'alfa.

Dunque quello che avrebbe avuto fine era cominciato lì.

Nella cascina di Kvibille.

Con sua madre.

Quando aveva smesso di essere Vincent Boman per diventare Vincent Walder.

Ma invece della fine preannunciata dal messaggio, aveva iniziato a ricevere regali per posta. Regali di Natale, anche se non era Natale. Il primo era arrivato in agosto, dopo la fine delle indagini su Epicura. Nel pacchetto c'era un 45 giri in vinile del gruppo rap Renegades, a lui sconosciuto: un pezzo intitolato *Alpha Omega*.

Era appeso alla parete con dei pezzetti di gomma adesiva a destra dell'articolo di giornale. Sotto c'era un biglietto con le informazioni, piuttosto scarse, che Vincent aveva reperito sul lancio del disco: era uscito nel 1987 per la Coolaid Records e aveva l'etichetta rossa. Il gruppo sembrava aver fatto solo quel pezzo e il testo rappato non gli diceva niente, quindi aveva lasciato perdere.

Il mese dopo, in settembre, gliene era arrivato un altro, stavolta un album dei Led Zeppelin intitolato *Alpha & Omega*. Una rarità, un bootleg dal vivo praticamente introvabile, in quattro lp. Aveva tirato fuori i dischi e attaccato la custodia con altra gomma adesiva.

Oltre al titolo, aveva in comune con quello precedente l'anno di uscita, il 1987.

Vincent sapeva molto bene cosa rappresentavano quelle cifre. Sua sorella Jane glielo aveva ricordato quando lo aveva guidato fino alla pagina 873 di un libro: l'8 luglio alle tre. L'ultima estate della madre. Quando lui aveva sette anni e faceva numeri di magia su una coperta in giardino.

87 stava per 8 luglio.

Il compleanno della madre.

Nella cascina di Kvibille.

Di nuovo.

A destra dei dischi c'era il regalo di Natale di ottobre. Nel pacchetto aveva trovato un'automobilina giocattolo, più precisamente una Opel Omega della polizia militare tedesca. Niente alfa, stavolta. Ma la Opel Omega era entrata sul mercato nel 1987. E ovviamente il modellino era in scala 1:87.

Sua madre.

La cassa per i numeri di magia.

Il trucco d'illusionismo.

COLPEVOLE.

In novembre il suo fornitore di regali aveva abbandonato completamente il collegamento alfa-omega a vantaggio di un dono quasi troppo esplicito. Gli aveva mandato un set di giochi di magia, più precisamente una scatola usata ma in buone condizioni del Great Houdini Magic Starter Set. Stavolta non aveva nemmeno dovuto googlarlo, dato che l'oggetto stesso forniva informazioni sufficienti.

Harry Houdini era il re dell'escapologia, diventato famoso per essere in grado di uscire da una vasca piena d'acqua, lo stesso tipo di vasca in cui lui e Mina erano quasi annegati nell'allevamento di visoni di Jane e Kenneth. Il riferimento a Houdini alludeva ovviamente anche a sua madre e alla cassa da cui non era mai uscita. Ancora prima di girare la scatola consumata per leggere il testo informativo sul retro aveva intuito cosa c'era scritto, e non era rimasto sorpreso nel constatare che il set che portava il nome di Houdini era stato immesso sul mercato nel 1987.

Da allora non gli erano arrivati altri pacchetti, e non ne voleva, anche perché la sua Ombra aveva già parlato mesi prima delle giornate che si stavano avvicinando.

Omega... la ventiquattresima lettera dell'alfabeto greco... 24 diviso 2 – io e te – fa 12... 24/12... la vigilia di Natale... buon Natale in anticipo.

Io e te.

La vigilia di Natale.

Era il 18, quindi mancavano sei giorni. Qualsiasi cosa avesse in mente quella persona, sarebbe cominciata in quel momento. La sua omega. E lui ancora non sapeva cos'avrebbe comportato.

Guardò di nuovo i regali sulla parete.

Coolaid Records. L'esperta che lui e Mina avevano consultato per informarsi sulle sette aveva spiegato che per il suicidio collettivo di Jonestown era stato usato un succo d'uva della marca Kool-Aid a cui era stato aggiunto del veleno. Più o meno la stessa cosa che avevano fatto i seguaci di Nova all'Östra Real.

Un bootleg praticamente introvabile. Quindi qualcuno era al corrente della sua passione per i dischi in vinile, anche se magari il genere non era tra i suoi preferiti.

L'automobilina della polizia. Probabilmente alludeva a Mina.

Un kit di magia per bambini. L'Ombra sapeva dunque che da piccolo adorava i numeri di magia e che da adulto era quasi annegato nella vasca di Houdini, insieme a Mina.

I collegamenti erano chiari. Chiunque ci fosse dietro, era qualcuno che non soltanto conosceva molto bene il suo passato ma aveva anche informazioni dettagliate sulla sua collaborazione con la polizia.

Avrebbe dovuto davvero parlarne con Mina. Da un pezzo, oltretutto, solo che qualcosa gliel'aveva impedito, fin da quando aveva ricevuto il messaggio con il puzzle di tetramini. Una vocina gli suggeriva che forse si meritava quello che stava per accadere. Che l'Ombra aveva ragione, e che in qualche modo, nonostante tutto, era davvero colpevole.

La domanda era di cosa.

«Come te la sei cavata nelle gallerie?»

Per un attimo Mina fu infastidita dal tono empatico di Loke, l'assistente di Milda, ma poi alzò le spalle: avrebbe dovuto semplicemente accettare che le sue... particolarità fossero argomento di conversazione tra le persone che la conoscevano.

«Quando lavoro riesco a controllare la paura» tagliò corto.

Loke sembrò capire.

«Un po' come noi qui» disse. «Facciamo un passo indietro, non così grande da dimenticare che sul tavolo autoptico c'è un essere umano ma abbastanza da riuscire a svolgere il nostro compito senza essere sopraffatti dalle emozioni.»

«Esatto» rispose Mina con un sorriso.

Era lo scambio più lungo che avesse mai avuto con il giovane assistente, di solito molto taciturno.

«Milda sarà qui tra un attimo. Ho sentito che parlava al telefono con l'ex marito» continuò Loke in tono di scusa mentre preparava con cura una serie di strumenti su un vassoio d'acciaio sterilizzato.

«Non c'è problema, posso aspettare» disse Mina osservando le dita affusolate che disponevano gli oggetti con precisione militare.

Il silenzio che echeggiava nella sala bianca la indusse a cercare disperatamente un modo per romperlo.

«Allora, come va quanto a prospettive di carriera? Il prossimo passo è un posto come medico forense?»

Imprecò tra sé. Sembrava una responsabile dell'orientamento scolastico davanti a un adolescente riottoso. Sulle labbra di Loke, che stava appoggiando delicatamente un bisturi sul vassoio, balenò un sorriso.

«Forse di solito le cose vanno così» disse.

Mina notò affascinata che riusciva a mettere uno strumento dopo l'altro sulla superficie metallica senza produrre il minimo tintinnio.

«Però c'è un grosso ostacolo che limita le mie prospettive. Sono soddisfatto.»

Si strinse nelle spalle. Mina lo osservò con più attenzione. "Soddisfatto" era un aggettivo che sentiva pronunciare di rado.

«Sto bene così, e cambiare qualcosa nell'equazione potrebbe solo alterare un equilibrio che funziona» continuò lui. «Il lavoro mi piace, non aspiro a uno status diverso e nemmeno a maggiori incentivi economici... Già, perché come immagino tu sappia i soldi non mi mancano, grazie a un'eredità. Insomma, sono un assistente di medicina legale benestante. Una contraddizione in termini, si può dire, da cui le chiacchiere. Ho quello che voglio dalla vita. Essere soddisfatti di ciò che si ha è concesso a pochi, quindi considero un dono saperlo apprezzare. L'ambizione professionale minerebbe la solidità della mia esistenza.»

Mina non rispose, concentrata com'era sul tentativo di assimilare quanto le aveva appena detto Loke, per non parlare del fatto che aveva pronunciato diverse frasi di seguito, con parole così solenni da risultare quasi buffe. Oltretutto era uno dei concetti più saggi che avesse ascoltato da parecchio. E di conseguenza le venne da riflettere su quanto era soddisfatta lei. Della vita. Della propria esistenza.

«È in condizioni sorprendentemente buone» disse Loke guardando ammirato lo scheletro sul tavolo.

Mina cercò una risposta adeguata, senza trovarla. L'assistente continuò, indicando le ossa.

«Guarda. Sono pulitissime. Nessun resto biologico, nessuno. La carne è completamente assente. Molto insolito. E anche un po' strano...»

«Ciao! Scusa il ritardo, avevo un piccolo guaio da risolvere, ma ora ci sono. Mi sembra di aver capito che hai un'ipotesi sull'identità della persona trovata nella galleria, giusto? Complimenti per la velocità.»

Milda si avvicinò al vassoio degli strumenti prendendo il posto di Loke, che si ritirò discreto. Mina indicò le ossa disposte sul tavolo d'acciaio e annuì.

«Lì. L'incrinatura nel femore. Abbiamo un personaggio parecchio in vista scomparso da quattro mesi, Jon Langseth. Qualche anno fa, mentre scalava l'Everest, si è fratturato una gamba in una caduta di cui si è parlato parecchio.»

«Ah, sì, mi ricordo. Se non sbaglio se ne è discusso perché uno sherpa è morto mentre cercavano di portarlo a valle, no?»

«Esatto. Proprio quella storia è stata ritirata fuori quando si è scritto della scomparsa. Ecco perché vedendo il segno sull'osso giù in metropolitana ho subito fatto il collegamento. Posso sbagliarmi, dato che capita a molti di rompersi una gamba, ma forse vale la pena di partire da lì, no?»

Milda annuì.

«Mi sembra una buona idea. Contatto subito l'odontologo forense perché venga a fare le lastre dentali, così verifichiamo se salta fuori un riscontro con la cartella clinica del suo dentista. Nel frattempo esamino le ossa e vedo se riesco a scoprire altro.»

«Ottimo. Sai dove trovarmi.»

«So anche che in caso contrario tornerai presto a bussare alla porta» disse Milda con una risata che però non suonò del tutto spontanea.

Aveva l'aria stanca. Mina fu sul punto di chiederle se andava tutto bene, ma si trattenne. La vita privata delle persone la metteva sempre in difficoltà. Mentre chiudeva la porta ebbe il tempo di vedere Milda appoggiarsi pesantemente al tavolo autoptico, per poi riscuotersi e prendere decisa un paio di guanti di plastica.

Sara Temeric alzò gli occhi dal computer. Teresa, la sua più stretta collaboratrice al Noa, il reparto operativo nazionale, era in piedi davanti alla sua scrivania. Prima di trasferirsi negli Usa, Sara era la sua diretta superiore. Al rientro era stata assegnata a un'area diversa, ma Teresa era ancora la persona di cui si fidava di più in tutto il reparto.

«Cosa sai del nitrato d'ammonio?» chiese Teresa senza prendersi la briga di dirle ciao.

Sara batté le palpebre, sorpresa.

«Dunque... è un qualche genere di sale che si usa nel concime perché contiene un sacco di azoto» rispose stendendo le braccia irrigidite dal troppo tempo passato al computer. «La cosa interessante è che, se riscaldato, può emettere gas esilarante. In genere però, quando si produce il concime, il nitrato viene diluito con altri componenti dato che in alte concentrazioni sussiste il rischio di esplosioni...»

Smise di parlare. Aveva capito dove voleva arrivare Teresa con la sua domanda. Avrebbe dovuto ragionare lungo gli stessi binari anche lei.

«Scusa» disse con un sospiro. «Stavo pensando che Zachary e Leah dovrebbero visitare un'azienda agricola svedese, l'estate prossima, finché ne esiste ancora qualcuna. Di azienda agricola, intendo. Questo spiega l'associazione. Qui al Noa però non ci interessa il concime.»

Abbassò lo schermo del portatile, appoggiò i gomiti sulla scrivania e il mento sulle mani. Il suo ex marito americano la chiamava la sua *engaging pose*. Aveva sempre una definizione per tutto, tranne che per il motivo che l'aveva spinto a scegliere di restare negli Stati Uniti.

«Il nitrato d'ammonio è anche uno dei composti chimici più comunemente usati per le bombe fai da te» continuò. «Se si mescola con materiali infiammabili, il rischio di esplosioni aumenta significativamente e i danni sono molto maggiori. Inoltre è un ossidante, il che significa che, anche nel caso in cui non esploda, porta altro ossigeno all'eventuale incendio rendendolo più forte e più difficile da spegnere. Come esplosivi funzionano sia il nitrato d'ammonio tecnico, il Tan, che l'N34, il vero e proprio concime a base di nitrato. Giusto?»

«Ti sei meritata una stellina d'oro» rispose Teresa con un sorriso. «Ora mi ricordo perché eri la mia capa.»

«Come mai questa domanda?»

Prima di rispondere, Teresa chiuse la porta.

«Ci sono arrivate segnalazioni da alcune ditte della Scania che vendono prodotti per l'agricoltura» disse a voce bassa. «Quindi con le tue chiacchiere sul concime non eri sulla strada sbagliata. Hanno subito furti proprio di nitrato d'ammonio. In tutto ne mancano all'appello dieci tonnellate, più che a sufficienza perché qui al Noa si rizzino le orecchie. Ti ricordi l'enorme esplosione del 2015 in Cina, a Tientsin, con tutte quelle vittime? Era stata provocata dal nitrato d'ammonio.»

Sara la ricordava benissimo. Le immagini avevano continuato a circolare nei notiziari per un pezzo, e su internet ancora di più.

«Però in quel caso ne erano esplose tipo ottocento tonnellate, no?» disse. «E noi ne cerchiamo dieci.»

«Vero, ma l'intenzione non era di usarlo come esplosivo. Eppure la deflagrazione si è vista dallo spazio.»

Sara emise un fischio.

«Tra morti e feriti, le vittime erano state un migliaio, nonostante si fosse verificata in un'area del porto piuttosto marginale» continuò Teresa. «Mi auguro di non venire mai a sapere che effetti possono avere dieci tonnellate di nitrato d'ammonio pensate per essere usate come esplosivo in una zona densamente popolata come una città, per esempio, ma credo di poter dire che non ne rimarrebbe granché.»

«Non può esserci qualche altra ragione per rubare dieci tonnellate di nitrato d'ammonio?» chiese Sara. «Lo scopo dev'essere per forza una bomba?»

«Te ne viene in mente un altro? Faccio fatica a pensare che possa trattarsi di un agricoltore che non vuole pagare il concime.»

Aveva ragione, naturalmente. Sara aggrottò la fronte e fissò il vuoto davanti a sé. Le minacce di attentati non erano una novità. Tutte le città principali del paese, e in realtà anche quelle meno grandi, erano regolarmente soggette a intimidazioni di vario tipo. In gran parte erano solo vuoti tentativi di seminare il panico.

Questa invece era una faccenda diversa, proprio perché non erano arrivate minacce. Se il sospetto di Teresa era fondato, qualcuno stava mettendo a punto in silenzio una bomba estremamente potente, ed era molto peggio, perché significava che con ogni probabilità faceva sul serio.

«Non proprio il regalo di Natale in cui speravo quest'anno» disse Sara. «Ma lamentarsi non serve. Quindi? Come facciamo a trovare questa bomba?»

Quando si trovavano nella sala riunioni provavano sempre tutti una strana sensazione, come se mancasse qualcosa. *Qualcuno*. La sedia di Peder era rimasta lì, vuota, a perenne ricordo di cosa e chi avevano perso, e nessuno ci si sedeva mai.

Julia li osservò entrare alla spicciolata. Guardò tutti tranne Adam. L'estate prima, dopo la morte di Peder, aveva costretto l'intero gruppo a sottoporsi a un debriefing, ma non sapeva fino a che punto fosse servito. Se doveva giudicare dai progressi che aveva fatto lei, a un bel niente. Aveva ancora lo stesso grumo di dolore nel petto.

In quanto coordinatrice del gruppo, era su di lei che ricadeva inevitabilmente, in ultima analisi, la responsabilità. In polizia la gerarchia e la ripartizione degli oneri erano molto chiare. Aveva passato sveglia molte notti a riesaminare la successione degli avvenimenti passo dopo passo, per capire se avrebbe potuto fare qualcosa in modo diverso o impedire quello che era accaduto, ma per quanto avesse considerato ogni elemento da tutte le angolazioni possibili era giunta alla conclusione che non avrebbe potuto agire diversamente. Non senza sapere in anticipo cosa sarebbe successo. E l'indagine interna della polizia era arrivata allo stesso risultato. Questo però non alleviava in nessun modo il dolore. Raddrizzò le spalle e si schiarì la gola per attirare l'attenzione dei colleghi.

«Bene, ci siamo tutti» disse andando alla lavagna magnetica. «Innanzitutto sottolineo che non sappiamo ancora esattamente su cosa stiamo indagando. È molto probabile che si tratti di violazione di sepolcro, ma non si può ancora dire se siamo in presenza di un omicidio, intenzionale o preterintenzionale. Quindi per il momento lavoreremo a tutto campo, okay?»

Bosse le si avvicinò per poi accomodarsi davanti ai suoi piedi. La guardò implorante e, con un sorriso, Julia tirò fuori dalla tasca un biscottino per cani e glielo diede. Lei e il golden retriever avevano un accordo. Dopo averlo accontentato gli indicò Christer e Bosse le ubbidì immediatamente. Poi Julia tornò seria e spostò la mano verso la lavagna, a cui aveva attaccato una foto sotto cui c'era un nome.

«Jon Langseth» disse. «Sparito senza lasciare tracce il 10 agosto, cioè quattro mesi e otto giorni fa. Quarantun anni, amministratore delegato e contitolare della società di investimenti Confido, moglie e tre figli. Sui media era stato dato ampio spazio alla scomparsa lasciando intendere che, considerata l'inchiesta in corso sui presunti illeciti della Confido, probabilmente aveva lasciato il paese.»

«Maledetti yuppie senza scrupoli» borbottò Christer grattando il cane dietro l'orecchio. «Capaci solo di ingannare gli onesti pensionati e portargli via i risparmi.»

«Le tue opinioni personali puoi tenerle per te, Christer» lo rimproverò severa Julia incrociando le braccia sul petto.

Evitava ancora di guardare Adam. Era convinta che le si sarebbe letto negli occhi che solo poche ore prima aveva avuto il suo corpo nudo su di sé, dentro di sé. Aveva la sensazione di avere scritti in faccia a grandi lettere sia il senso di colpa che l'attrazione che provava per lui, ma Adam le assicurava ogni volta che davanti agli altri appariva fredda e controllata come sempre. Forse aveva ragione. Finché non si fossero trovati nella stessa stanza con Vincent

Walder e la sua sgradevole capacità di scannerizzare la gente, il loro segreto poteva restare tale.

«Invece Jon Langseth non è mai uscito dal paese» continuò. «Abbiamo avuto la conferma che le ossa trovate nella metropolitana sono sue. Brava, Mina. Le fratture a un femore corrispondono esattamente alle lastre fatte dopo la caduta sull'Everest, e Milda ci ha anche comunicato che i denti coincidono con le immagini ricevute dal suo dentista.»

«Quando ero da lei, il suo assistente Loke ha fatto un'osservazione interessante» intervenne Mina. «Qualcosa a proposito del fatto che le ossa erano insolitamente pulite. Può avere a che fare con il posto in cui sono state trovate? Le hanno spolpate i ratti?»

«In questo caso dovrebbero esserci i segni dei denti» rispose Julia. «Non ho sentito niente del genere.»

«Come sei riuscita a scendere in quelle gallerie luride, Mina?» chiese Ruben accennando una risata.

Mina lo fulminò con lo sguardo, ma lui non si arrese.

«I ratti li hai visti? Mi hanno detto che là sotto ce ne sono di grandi così.» Mise indice e pollice a una decina di centimetri di distanza e la guardò sarcastico. «Parlo della distanza tra gli occhi.»

«Ah, scusa, e io che pensavo stessi mostrando la lunghezza del tuo pene» rispose lei senza scomporsi.

Christer sbruffò facendosi uscire il caffè dal naso.

«Ahi!» strillò.

Julia sospirò.

«Datevi una regolata e concentratevi» disse fissando severa sia Ruben che Mina. «Voi due vi occuperete del colloquio con la moglie di Jon Langseth. Christer, tu verifica se in archivio c'è qualcosa che possa gettare luce su questa vicenda. Adam, tu vai a parlare con il titolare delle indagini sulla Confido. Peder, tu...»

Si zittì di colpo. Dio santo, cos'aveva detto? Le lacrime le salirono rapidamente agli occhi, costringendola a girare le spalle per non mostrarle agli altri, ma sapeva che era già troppo tardi. Il silenzio rimbombò tra le pareti. Julia deglutì, si voltò e cercò di non guardare la sedia vuota di Peder.

«Forza, diamoci da fare» disse poi con voce impastata.

Quando furono usciti tutti andò lentamente fino alla sedia di Peder e appoggiò una mano sullo schienale. Se lo vide davanti, costantemente semiaddormentato per la stanchezza dopo la nascita delle tre gemelline, eppure sempre allegro e premuroso. Aveva lasciato un vuoto incolmabile, ma dovevano andare avanti senza di lui. Il loro lavoro aveva regole spietate.

Sospirò e andò verso il suo ufficio. Doveva preparare al più presto una conferenza stampa: appena fosse uscita la notizia su Jon Langseth, i media ci si sarebbero buttati a pesce, e spettava a lei cercare almeno di controllarne il contenuto. Ricacciò indietro il pensiero di Peder.

Attraversarono di corsa le gallerie. Era buio pesto, ma loro ne conoscevano ogni palmo. Sapevano quando passavano i treni e con quanta velocità dovevano schiacciarsi contro la parete, saltare su un gradino o rifugiarsi in una delle tante rientranze e piccole cavità. Sapevano dove girare a destra, dove girare a sinistra e come trovare sempre la strada di casa. Era quella la loro casa. Il loro regno.

I passi dietro di lui si avvicinavano sempre di più, spingendolo ad aumentare la velocità al massimo. I piedi battevano forte sul cemento irregolare, veloci, ma poco dopo sentì ugualmente il fiato di qualcuno sul collo.

Si fermò, desiderando quello che sapeva sarebbe arrivato: l'abbraccio accogliente che lo avvolgeva da dietro, la barba che gli grattava le guance.

«Ah! Preso!»

Suo padre lo cinse con le braccia, come prevedeva che avrebbe fatto, e se lo strinse forte al petto, facendogli sentire la morbidezza del giaccone di pelle. Sapeva di tabacco, umidità e di quell'odore dolciastro che aleggiava sempre come una nebbia intorno al loro accampamento. Sapeva di papà.

«Ora basta giocare, dobbiamo trovare da mangiare» disse il padre lasciandolo andare. «Ho lo stomaco che brontola.»

Lui annuì, riluttante.

Non gli piaceva uscire in superficie. Era tutto troppo lu-

minoso, caotico e invadente, con tanti rumori e impressioni, tante persone che li fissavano.

Voleva restare nel ventre morbido della terra, dove era amato e al sicuro.

In mezzo a quelli come loro.

D'altra parte, sapeva che dovevano cercare cibo.

Il primo pomeriggio era il momento in cui i cestini dei rifiuti in superficie erano più pieni di avanzi. L'orologio che gli era stato regalato all'ultimo compleanno segnava quasi le due. Dovevano muoversi.

Prese suo padre per mano. Finché erano insieme, stare lassù non gli faceva nemmeno troppa paura.

«L'avevi capito, no, che quella sui ratti era solo una battuta?»

Vedendo che Mina stava imboccando una curva senza rallentare, Ruben si tenne stretto alla maniglia sopra la portiera. Lei non gli rivolgeva la parola dal momento in cui erano saliti in macchina. Per non irritarla ulteriormente si limitò a sospirare. Certe persone erano davvero prive di senso dell'umorismo. Avrebbe dovuto ricordarsi che Mina era una di quelle.

«Lì c'è un posto.»

Indicò un parcheggio libero e lei ci si infilò con una manovra brusca. L'indirizzo a cui dovevano andare era in Narvavägen. Naturale, rifletté Ruben acido. I papaveri della finanza con le mani sporche abitavano sempre a Östermalm.

«Hai intenzione di continuare a tenermi il muso o possiamo fare quello che dobbiamo fare?» chiese quando scesero dalla macchina.

Sapeva che fare appello al suo senso del dovere funzionava sempre. Sembrava che il lavoro fosse l'unica cosa di cui le importasse. Ruben si chiedeva ancora se fosse andata a letto con Vincent, ma faticava a immaginarsi la scena, anche perché qualsiasi tentativo di visualizzare la combinazione Mina e sesso comportava protezioni in plastica e guanti di lattice.

«Non tengo il muso a nessuno» rispose lei. «Non avevo voglia di parlare, punto. Ovvio che facciamo quello che dobbiamo fare.»

Trovò il nome LANGSETH sul citofono e premette il pulsante. Dopo qualche secondo la porta ronzò ed entrarono. Su una targa con i nomi dei proprietari a sinistra si leggeva che la famiglia Langseth stava all'ultimo piano. Naturale.

«Pensa che roba abitare in un posto così» disse Ruben senza riuscire a nascondere l'invidia che provava anche solo nel percorrere l'orgia di marmo e oro dell'elegantissimo androne.

«Non è propriamente di mio gusto» replicò asciutta Mina entrando nell'ascensore.

Ruben chiuse la grata di metallo nero e schiacciò il tasto del sesto piano. La cabina salì lenta, accompagnata da cigolii preoccupanti. Quando arrivarono, la porta era accostata. Una donna bionda con i capelli raccolti in una coda di cavallo li aspettava sulla soglia con un'espressione inquieta. Ruben si chiese automaticamente se sarebbe stato difficile portarsela a letto e aprì la grata.

«Si tratta di Jon?» domandò la donna scostandosi per farli passare.

Anche l'ingresso dell'appartamento lasciava senza fiato: era immenso, con un parquet lucido che si apriva sulle altre stanze e un lampadario di cristallo all'apparenza più grande del soggiorno di Ruben.

«Quando avete telefonato non avete spiegato il motivo della vostra visita. Avete trovato Jon? Dov'è?»

L'inquietudine cedette il posto alla rabbia. La donna li precedette verso un salone che, quanto a dimensioni, avrebbe potuto essere utilizzato come campo di padel.

«Lo sapevo che aveva scelto la strada più facile, quel vigliacco» proseguì. «Ha piantato in asso me e i bambini e se l'è battuta. Scommetto che ha con sé anche qualche velina. Da quando è sparito mi hanno telefonato in tre, dico *tre*, dicendo che avevano avuto una storia con lui. Chissà quante altre ce ne sono in giro.»

Li invitò ad accomodarsi su un grande divano bianco. Ruben si sentì sprofondare di quasi dieci centimetri. Era come atterrare su una nuvola.

«Josephine, vero?» disse Mina sedendosi a sua volta.

«Sì, scusate. Josephine Langseth.»

Riprese subito a parlare senza chiedere come si chiamavano e senza dare loro la possibilità di presentarsi. Ruben non poté fare a meno di notare che sembrava ritagliata da una pubblicità di Ralph Lauren. Bionda, capelli lucenti raccolti in una coda di cavallo perfetta. Camicia bianca dall'aria costosa infilata in un paio di jeans che era certo costassero una fortuna. E, sotto, sicuramente biancheria intima Simone Pérèle. Immaginò di prenderla da dietro stringendo forte quella coda di cavallo, ma all'improvviso gli comparve sulla retina un'Amanda furibonda. Deglutì. Doveva darsi una regolata.

«Quindi, dov'è Jon?» chiese Josephine, e si sedette sul divano di fronte. «Alle Cayman? Alle Bahamas? A Dubai? Non so nemmeno quali sono i paesi che non hanno accordi di estradizione con la Svezia. In ogni caso a lui Dubai piace, ci siamo andati spesso in vacanza. Stavamo al One&Only, sulla Palma. È lì anche adesso?»

Mina lanciò un'occhiata a Ruben. Poi prese la parola.

«In effetti abbiamo localizzato suo marito, ma non è a Dubai. Abbiamo trovato i suoi... resti. Purtroppo devo comunicarle che è morto.»

Scese il silenzio più assoluto. L'unico rumore era un ronzio sommesso da cui si capiva che qualcuno stava passando l'aspirapolvere in una stanza dall'altra parte del grande appartamento. Josephine si lasciò andare contro lo schienale e guardò fuori dalla finestra con occhi vuoti. Ruben la imitò. Al lato opposto del viale di alberi imbiancati si intravedeva Oscarskyrkan. Si rese conto di sapere, chissà come, che dentro la chiesa c'era uno degli organi più grandi del paese. Era buffo che certe cose rimanessero impresse nella memoria.

«Ero così... così incazzata con lui» disse la donna con tutt'altro tono. «Mi aveva lasciato nella merda. Tre figli di cui occuparmi, ufficiale giudiziario e procuratore che battono alla porta, giornali che scrivono articoli su articoli in cui lui e i suoi cosiddetti amici vengono messi alla gogna come i peggiori degli imbroglioni. Qui intorno mi fissano tutti. Gli altri genitori della Carlssons skola neanche mi rivolgono la parola. E quelle ragazze che hanno chiamato... Pensavo... pensavo che fosse scappato. Ed ero incazzata. Ma lo amo...»

Si mise a piangere in silenzio.

Ruben cambiò posizione sul divano morbido. Tutte le fantasie sessuali si erano dileguate. Le lacrime femminili lo mettevano profondamente a disagio.

«Jon aveva dei nemici?» chiese Mina, e tirò fuori un fazzolettino da un pacchetto che aveva nella tasca della giacca.

«Era implicato in uno scandalo dove sono in gioco miliardi di corone, quindi li avrà avuti di sicuro» rispose Josephine prendendolo. «Io però non ne so niente, qualsiasi cosa sostenga la procura. Lui lavorava, io mi occupavo di casa e figli. Avevamo compiti ben divisi. Quando gli chiedevo com'era andata in ufficio mi rispondeva sempre "bene" e lì si chiudeva il discorso. Se fossi in voi andrei a parlare con i suoi soci.»

Si soffiò rumorosamente il naso e appoggiò il fazzoletto sul tavolo.

«Non sa di nessun altro che potesse volergli male?» domandò Ruben con tatto. «Niente... donne che potrebbero essersi sentite respinte?»

Josephine Langseth sbuffò sprezzante.

«Le ragazze che hanno telefonato avranno avuto poco più di vent'anni e a sentirle non sembravano delle menti eccelse. Per come conosco Jon, non penso che si sia legato a qualcuna: saranno state avventure passeggere. Perché questa domanda? Com'è morto?»

«È proprio questo il punto» rispose Ruben. «Non lo sappiamo, ma non possiamo escludere che sia stato ucciso.»

La donna trattenne il fiato e poi scoppiò di nuovo a piangere.

«Comprendiamo che per lei sia uno shock» disse Mina, tirando fuori un altro fazzoletto. «Ma qualsiasi cosa ci dirà, sarà di grande aiuto. Le viene in mente qualcosa?»

Ruben notò che, mentre tendeva il secondo fazzoletto, Mina non riusciva a distogliere gli occhi sbarrati da quello usato lasciato sul tavolo.

«Non lo so» rispose Josephine, soffiandosi di nuovo il naso. «Qualche settimana prima di sparire ha cominciato a comportarsi in modo stranissimo. Non so come descriverlo, sembrava paranoico... Continuava a sbirciare verso la strada da dietro le tende, si alzava spesso di notte e sembrava che vagasse per tutto l'appartamento. Se uscivamo, non faceva che guardarsi alle spalle. Però...» Fece una pausa. «Poteva avere a che fare con il probabile rinvio a giudizio, o almeno io lo pensavo. Gustaf diceva che erano tutti sotto pressione. Davo per scontato che cercasse di tenersi alla larga dalla stampa.»

«Gustaf?» chiese Ruben.

«Gustaf Brons, un collega di Jon. Uno dei contitolari. Siamo amici. Ogni tanto mi raccontava delle cose che Jon teneva per sé quando... Ma non è importante.»

«Come l'ha fatta sentire quel cambiamento improvviso di Jon?» domandò Mina.

Josephine abbassò gli occhi a terra.

«Non è stato facile. Il weekend prima che sparisse mi sono addirittura presa qualche giorno per me e sono andata all'Ellery Beach House. Immaginate quanto mi sento in colpa adesso.»

Appoggiò il secondo fazzoletto vicino all'altro e Ruben vide che Mina distoglieva rapidamente lo sguardo.

«Ora cosa succederà?» chiese poi, rivolgendosi a entrambi.

Ruben si schiarì la gola.

«Dovremo trattenere per qualche tempo... Jon... finché il medico legale non avrà completato il suo lavoro. Poi le consegneremo il corpo e lei potrà organizzare quello che c'è da organizzare.»

«Dov'è stato trovato?»

«In metropolitana» rispose Mina. «In una delle gallerie.»

La donna la guardò confusa.

«Come? Cosa ci faceva laggiù? Non ha mai preso la metropolitana in vita sua.»

Dio santo, pensò Ruben. Che razza di gente.

«Non sappiamo ancora molto, e quel poco che abbiamo in mano non possiamo rivelarlo senza correre il rischio di compromettere le indagini» spiegò Mina. «Si prepari a subire forti pressioni, quando la notizia del ritrovamento arriverà alla stampa. Non sta a noi dirle cosa deve fare, ma la preghiamo di mantenere il massimo riserbo.»

«Credetemi, i giornalisti ci danno la caccia da mesi e l'ultimo dei miei desideri è parlare con loro» rispose Josephine a denti stretti.

Li accompagnò alla porta e li congedò con una stretta di mano sorprendentemente salda.

Mentre la cabina dell'ascensore scendeva cigolando di sei piani, Mina si disinfettò con una dose generosa di gel e Ruben cercò di ricordare la forma del sedere di Josephine Langseth, senza riuscire a vedere altro che il teschio sorridente di suo marito.

«Devi convincere la Säpo ad aumentare il livello di protezione» disse Tor incrociando le braccia. «Guarda che fine hanno fatto Anna Lindh e Ing-Marie Wieselgren, per non parlare di quello che è successo a te alla fine dell'estate scorsa. C'è mancato pochissimo. E la gente non immagina neanche quanti altri attentati abbiamo sventato, di cui non è a conoscenza nessuno. Viviamo in tempi pieni di incertezza, Niklas, e tu sei un bersaglio scontato. Tutta la squadra dormirebbe più tranquilla se convincessi i servizi segreti ad alzare la guardia. E forse anche tu: con quelle occhiaie c'è poco da scherzare.»

«Sì, sì, ti ho sentito, Tor» rispose Niklas passandosi le dita tra i capelli in un gesto di frustrazione. «Solo che non sono d'accordo. Il livello di protezione che tu ritieni adeguato non permette di avere una vita.»

Tor aveva ragione: aveva dormito male. Prese dalla scrivania un rapporto decisamente troppo voluminoso e finse di cominciare a leggerlo, nella speranza che il suo portavoce capisse l'antifona e se ne andasse, ma era raro che Tor cogliesse i messaggi sottintesi. Infatti rimase dov'era.

«Ti prego di ripensarci» disse aggrottando la fronte. «Se non per te, almeno per Nathalie.»

«Ma certo, la mia figlia adolescente sarà felicissima di essere seguita dappertutto da un numero anche maggiore di guardie del corpo che non brillano per discrezione. La cosa farà miracoli per la sua vita sociale, ammesso che sia riuscita a metterne in piedi una.»

«Sempre meglio di non avercela proprio, una *vita*» borbottò Tor, togliendosi dal bavero della giacca un invisibile granellino di polvere.

Non si frequentavano mai in privato, ma Niklas aveva chiara in mente l'immagine del guardaroba del suo portavoce: una serie di abiti identici e, di fianco, una fila di camicie bianche. Cravatte tutte uguali, tranne quella con le bandierine svedesi che portava il giorno della festa nazionale. E, sulla mensola sottostante, una fila di scarpe nere italiane in pelle lustra. Tor non era un amante delle innovazioni. Però era un portavoce bravo e leale, al suo fianco dal giorno in cui aveva assunto la carica. Peccato che non sapesse quando era il momento di arrendersi.

«Mi assumo io la responsabilità di mia figlia» gli disse Niklas. «Apprezzo la tua premura, ma comincia a essere assillante. Sono soddisfatto del livello di protezione che abbiamo. Quanto è successo l'estate scorsa non avviene un giorno sì e l'altro no. Voglio poter avere un minimo di normalità nella mia vita.»

Non era proprio vero: in realtà non era affatto soddisfatto. Avrebbe desiderato che dieci uomini muniti di designatori laser gli stessero costantemente alle spalle, almeno per le due settimane successive. Probabilmente, però, non sarebbe servito: il conto alla rovescia non si sarebbe fermato, per quante guardie avesse intorno.

«E va bene, sei tu il capo, ma sai cosa ne penso» borbottò Tor, uscendo a grandi passi dall'ufficio.

Niklas spostò lo sguardo sul rapporto di oltre mille pagine sulla scrivania. Non aveva la forza di concentrarsi. Il cuore le batteva a mille. La sera prima, dopo che Mina era andata via una volta finita la cena, era rimasto alzato fino a notte fonda con un bicchiere di rum. Aveva dovuto assicurare più volte a Nathalie che non c'era niente che non andasse, ma la verità era che non osava andare a letto per paura di quello che avrebbe sognato. In realtà non c'era pericolo: dopo che finalmente si era messo sotto le coperte, non aveva chiuso occhio.

Appena alzato, quella mattina, aveva richiamato il numero. Il messaggio era lo stesso, con l'unica differenza che parlava di tredici giorni invece di quattordici.

Tor aveva notato le occhiaie, ma quelle erano il meno. Niklas non sapeva neppure se era in grado di alzarsi in piedi. Il senso di impotenza lo stringeva in una morsa d'acciaio. Allontanò lo spesso fascio di fogli, spinse indietro la poltrona da ufficio in pelle e legno invecchiato e appoggiò le lunghe gambe sulla scrivania.

Il biglietto da visita gli bruciava nella tasca della giacca. Era assurdo. Era tutto assurdo. Come se fosse un personaggio di un film d'azione d'infima qualità, o di un giallo anche peggiore. Quelle cose non succedevano. Non nella vita reale. Eppure avrebbe dovuto stare più attento. Avrebbe dovuto saperlo.

Perché era stato lui a fare una scelta. La scelta di continuare a vivere, a nuove condizioni, accettando i vantaggi che gli erano stati offerti. Vantaggi che lo avevano portato fino a Rosenbad, la sede del governo.

Tirò fuori il biglietto da visita e guardò il simbolo. Poi lo mise a faccia in giù sulla scrivania. Dalle pareti, i suoi predecessori lo osservavano severi. Chissà se anche loro a volte avevano scelto strade senza sapere dove li avrebbero portati, strade forse non moralmente difendibili, per poi essere costretti a pagarne il prezzo. Era probabile, in un senso o nell'altro.

Di sicuro non poteva semplicemente stare ad aspettare. Doveva fare qualcosa, qualsiasi cosa. Sentire che aveva il controllo della situazione. E in effetti poteva cominciare dalla cosa più importante.

Prese il telefono, ma aveva i battiti ancora accelerati e dovette inspirare ripetutamente prima di avere la certezza che la voce potesse suonare più o meno normale. Non era il caso di spaventare nessuno. Poi compose il numero della ex moglie.

Vincent era uscito a fare la spesa. Quando tornò, mentre apriva la porta sentì la propria voce dal soggiorno. Batté i piedi sullo zerbino, si tolse gli scarponi, appese il cappotto e mise i sacchetti in cucina. Entrando in soggiorno, capì: Benjamin e Rebecka, sul divano, guardavano un suo show alla tv. Sullo schermo era appena sceso dal palco per chiedere a una biondina del pubblico di assisterlo.

«Vorrei che pensassi a un numero che ha un significato personale per te» disse il Vincent televisivo alla donna, dandole un blocco e una penna. «Scrivilo, ma tieni la pagina girata verso di te in modo che non lo veda nessuno, soprattutto io.»

Vincent fece una smorfia. Dopo che la sua collaborazione con la polizia era diventata di dominio pubblico, i suoi spettacoli erano stati messi su Viaplay. Quello era il primo in assoluto.

«Come mai state guardando questa roba?» chiese. «E poi tu non dovresti essere a scuola, Rebecka?»

«Per farti sprofondare sottoterra» rispose lei senza staccare gli occhi dallo schermo. «Perché fai sempre salire sul palco delle donne? È una scelta sessista. E le mie vacanze di Natale cominciano oggi. Quelle di Aston tra due giorni, tanto perché tu lo sappia.».

«Non è vero che chiamo sempre delle donne» si difese

lui. «Semplicemente, alcuni numeri sono più adatti a loro e altri agli uomini. Quando si tratta di emozioni, le donne si esprimono molto meglio, sul palco. Hanno il coraggio di mostrare più chiaramente quello che provano, rispetto a tanti maschi.»

«Ma vergognati, papà!»

Rebecka sembrava scioccata.

Vincent alzò le spalle. Sarà anche stato un atteggiamento poco moderno, ma in scena le cose andavano proprio così.

La sua versione televisiva scrutò la donna per almeno un minuto. Poi tirò fuori una lavagnetta di ardesia e scrisse rapidamente sedici numeri disposti in quattro file di quattro.

Ah, ecco. Era *quello* show. Si era completamente dimenticato della parte finale dello spettacolo.

«Qui non mi pare che si tratti tanto di emozioni» gli fece notare la figlia. «Non ci posso credere che come conclusione tu abbia tenuto una lezione di matematica.»

«È un cosiddetto quadrato magico» spiegò Vincent. «Un antico problema matematico che risale al 190 a.C., in Cina. All'epoca però i numeri erano tre per tre, mentre quello che facevo io era molto più complesso. Credo siano passati altri ottocento anni prima che fosse escogitata quella variante, più precisamente in India.»

«Ecco, ci mancava la lezione di storia» sospirò Rebecka. «Non so se hai sentito, ma sono in vacanza.»

«Veramente però l'avete già visto, un quadrato magico» disse Vincent illuminandosi in viso. «Aspettate, vado a prendere l'album del viaggio a Barcellona!»

Sapeva che Rebecka non aveva tutti i torti, ma quando c'erano stati insieme, alcuni anni prima, si era innamorata della città. Almeno quello avrebbe dovuto apprezzarlo. Cercò l'album nella libreria. Preferiva far stampare le foto dei viaggi invece che tenerle solo nel computer. Era molto più bello sfogliare un album, per non parlare del fatto che tra le cinquantamila foto sul pc non trovava mai quella giusta.

«Eccolo!» esclamò, tirandolo fuori.

Si sedette sul divano tra i due figli e girò le pagine fino a quelle dedicate alla fantastica Sagrada Família di Gaudí. Con la coda dell'occhio notò che i due figli guardavano incuriositi. Lo sapeva.

«Ecco» disse indicando una foto. «Questo quadrato magico è opera dello scultore Subirachs, autore di alcune decorazioni della cosiddetta facciata della Passione.»

La foto riprendeva in primo piano un dettaglio: sedici numeri scolpiti nella parete, disposti in una tabella di quattro riquadri in orizzontale per quattro in verticale.

«Se sommate ogni riga vedrete che il risultato è sempre trentatré» spiegò Vincent. «Lo stesso vale per le colonne, e anche per le diagonali e i quattro numeri agli angoli. Il fatto è che esistono trecentodieci combinazioni di questi numeri da cui si ottiene come risultato trentatré, che naturalmente è l'età di Gesù alla sua morte, almeno secondo molti all'interno della Chiesa cristiana.»

Benjamin seguì l'immagine con il dito con l'aria di fare un calcolo mentale.

«Figo, in effetti» commentò annuendo.

Vincent sorrise soddisfatto. Era figo davvero. Ed era anche un'impresa matematica straordinaria. Mise a sua volta l'indice sulla foto.

«Come se non bastasse, questo quadrato in particolare contiene un messaggio nascosto» disse. «Quasi tutti i numeri compaiono una volta sola, ma guardate quali sono quelli ripetuti: il 10 e il 14 ricorrono due volte. La somma fa 48, che nell'alfabeto latino antico è anche la somma delle posizioni delle lettere INRI.»

Rebecka lo guardò confusa.

«INRI sta per *Iesus Nazarenus Rex Iudaeorum*, cioè Gesù Nazareno Re dei Giudei, l'iscrizione fatta incidere da Ponzio Pilato sulla croce.»

Vincent fece guizzare le sopracciglia.

«Oh, Signore» gemette Rebecka nascondendo il viso con le mani. «Ci sono mentalisti dappertutto.»

In televisione, suo padre aveva appena dimostrato che i sedici numeri che aveva inserito nella sua tabella facevano sempre quindici comunque venissero sommati.

«Questi numeri mi sono venuti in mente soltanto grazie alla tua presenza» disse il Vincent televisivo alla donna accanto a lui sul palco. «E comunque li sommi mi portano al quindici. Strano, non ho idea del perché. Il quindici ha un significato speciale per te?»

La donna era sull'orlo delle lacrime.

«È il numero di anni da cui sono sposata con l'uomo della mia vita» rispose scioccata. «Oggi è il nostro anniversario.»

Girò il blocco, su cui era tracciato a grandi cifre rosse il numero 15. Ci aveva anche disegnato accanto un cuoricino.

Rebecka sbottò in una risata.

«Okay, non so proprio come hai fatto» ammise, «ma non cambia niente: è stata comunque una lezione di matematica. Devi proprio essere il padre più nerd che esista sulla terra. A proposito, non dovevi svuotare i sacchetti della spesa?»

«Benjamin, aiutami!» disse Vincent indicando prima l'album e poi se stesso in tv. «Figo, no?»

«Mi dispiace, papà, ma ha ragione Rebecka» rispose il figlio maggiore.

«Siete anime perdute» sospirò Vincent alzandosi per rimettere a posto l'album, ma sapeva che almeno Benjamin fingeva soltanto di trovarla una cosa da sfigati. Non aveva solo ereditato la sua capacità di cogliere schemi nascosti e individuare strutture complesse: sotto certi aspetti l'aveva addirittura superato.

Le parole pronunciate dalla donna sul palco continuarono a girargli in testa mentre andava in cucina a mettere via la spesa. *L'uomo della mia vita*. Detestava quelle espressioni.

Anima gemella era un'altra dello stesso genere. Quei concetti imponevano alle relazioni standard inarrivabili. Probabilmente erano parole lontanissime dalla realtà. Ma se fossero state vere, se davvero fosse esistito qualcosa che si poteva definire anima gemella, sarebbe stato solo peggio. Perché in questo caso la sua anima gemella sarebbe stata Mina, e questo avrebbe reso la sua vita ancora più complicata.

Non aveva ancora deciso cosa rispondere al suo sms.

Christer allungò le gambe sotto la scrivania, con la conseguenza che Bosse si alzò, contrariato. Colto dai sensi di colpa, il suo padrone rimise i piedi dov'erano in modo che il cane ci si potesse stendere sopra di nuovo e nello stesso tempo fece il login sul database della polizia DurTvå inserendo il nome di Jon Langseth per vedere cosa riusciva a trovare sulla scomparsa. Mina era stata bravissima a fare così rapidamente due più due. In genere l'identificazione delle vittime richiedeva tempi lunghi, ma grazie al suo tempestivo suggerimento Milda aveva potuto ottenere subito le lastre dal dentista di Langseth e nel giro di ventiquattr'ore avevano avuto il riscontro che serviva. Ora restava la parte più difficile: verificare se, ed eventualmente perché, l'uomo d'affari era stato ucciso, e da chi.

Christer strizzò gli occhi verso lo schermo. Lasse diceva che gli servivano gli occhiali, ma per il momento lui si rifiutava di prenderli in considerazione. Non si trattava di vanità: si era rassegnato da un pezzo al fatto che la natura non gli aveva dato un fisico da Adone. No, il problema era che tutti gli elementi che testimoniavano la corsa frenetica del tempo rappresentavano un tormentoso memento della fine che prima o poi doveva arrivare. E per la prima volta in vita sua Christer Bengtsson temeva la morte, perché per la prima volta in vita sua era felice. Era una sensazione sconosciuta che gli faceva quasi paura, ma a spaventarlo di più era il pensiero di avere, adesso, qualcosa di prezioso da perdere. Aveva fatto un grande sforzo per trovare il coraggio di buttarsi in un futuro con Lasse, perché per lui significava anche mostrare chi era veramente. La posta in gioco era altissima.

Quindi: niente occhiali.

Lanciò un'occhiata irritata verso l'angolo dell'ufficio open space alle sue spalle. Qualche deficiente aveva messo su una compilation natalizia e adesso dagli altoparlanti fluivano le note di *Mer jul*. Normalmente non sarebbe stato consentito diffondere musica a volume così alto, ma sembrava che quell'anno tutti, nella sede centrale della polizia, avessero capitolato davanti al Natale. Ovunque si girasse, i tentativi di creare l'atmosfera festiva erano evidenti. Ma, per quanto si sentisse felice, non lo sarebbe mai stato abbastanza da farsi piacere quella musica. La detestava con tutte le sue forze, e i peggiori erano quelli che cominciavano a propinarla al prossimo fin da ottobre.

Con Bosse che gli riscaldava i piedi come una coperta, cercò di concentrarsi sullo schermo e isolarsi dagli insopportabili motivetti. Strizzò ancora di più gli occhi per rendere nitidi i caratteri e lentamente scorse tutto quello che c'era sulla scomparsa di Jon Langseth. Aprì anche un browser per googlare i tanti articoli usciti sui giornali. L'interesse dei media era notevole e le congetture innumerevoli, ma quasi tutti davano per scontato che fosse sparito di propria volontà: Jon si trovava probabilmente da qualche parte su un'isola tropicale, con accesso diretto a una fortuna depositata su conti segreti. Un'ipotesi non da scartare, considerate le circostanze, che invece alla prova dei fatti si era rivelata sbagliata.

Prima della sua scomparsa, lo scandalo Confido era su tutte le prime pagine. La notizia di una banda di giovani uomini azzimati che aveva sottratto con l'inganno, in modo studiato e consapevole, i risparmi a tanti anziani suscitava ovviamente la reazione indignata della gente. I fondatori facevano la bella vita nelle loro villone di Lidingö e negli eleganti appartamenti a Östermalm, tra champagne, auto di lusso, costumi e orologi costosissimi, viaggi a Saint Moritz, Ibiza, Dubai e Maldive, e tutto questo a spese di persone dai mezzi limitati. La fine, però, era stata brusca, con tanto di incriminazione e gogna mediatica. Christer aveva seguito la vicenda sulla stampa con attenzione, ancora prima che Jon sparisse, dato che poche cose gli davano soddisfazione quanto sapere che dei pezzi di merda di quella risma avevano avuto ciò che si meritavano.

La denuncia di scomparsa di Jon Langseth era stata fatta dalla moglie la mattina del 10 agosto. Quando le era stato chiesto come mai non l'avesse presentata la sera prima, aveva risposto che il marito era spesso fuori per cene di rappresentanza e rientrava quando lei era già a letto. La mattina, invece, c'era sempre. Non vedendolo a casa, di conseguenza, aveva chiamato la sua segretaria, la quale le aveva riferito che in ufficio non si era visto nemmeno il giorno prima, e a quel punto lei aveva capito che era successo qualcosa.

Poi si era messo in moto il circo mediatico e la polizia aveva cominciato le ricerche. C'era un file con la registrazione dei colloqui con la moglie, i colleghi e tutti quelli che potevano sapere qualcosa su dove si fosse cacciato Jon, ma l'unica conclusione era che, dopo essere uscito di casa apparentemente diretto in ufficio, non era più stato visto da nessuno. L'impegno non era mancato, perché sull'operato della polizia non dovevano cadere ombre. Forse però, si disse Christer, quel piccolo sforzo in più non era stato fatto, proprio perché erano tutti convinti che Langseth avesse lasciato il paese e si stesse godendo la vita circondato da tutti gli agi.

L'altoparlante in fondo passò a un altro pezzo, *Feliz Navidad*. Orribile. Veramente orribile.

Dato che sua madre aveva la fissazione del Natale, da bambino Christer aveva dovuto subire un'overdose di festeggiamenti. Non ci voleva uno psicologo per capire che era quello il motivo per cui si sentiva formicolare tutto appena si avvicinava il periodo delle feste. Purtroppo si era reso conto di aver aperto la porta a un altro fanatico del Natale. Lasse aveva cominciato a tirare fuori addobbi e decorazioni fin dalla metà di novembre, e avevano dovuto raggiungere un compromesso: la musica in tema si poteva ascoltare la sera e nei fine settimana, ma solo a partire dal 15 dicembre. Così adesso doveva subire quell'inferno sia a casa che al lavoro.

Qualche ora e un numero infinito di canti natalizi più tardi, Christer si stirò sulla scomoda poltroncina da ufficio. Aveva letto tutto il materiale di cui disponevano su Jon Langseth e tutto quello che aveva potuto trovare in rete in relazione al caso, senza capirci un briciolo in più di quello che sapeva all'inizio. Non c'era nessun appiglio, nulla che saltasse all'occhio. Sembrava davvero che l'uomo fosse uscito dal suo appartamento per poi dissolversi nel nulla fino al momento in cui le sue ossa erano state ritrovate nella metropolitana, quattro mesi abbondanti più tardi.

Aggrottò la fronte. Quando si doveva cercare una persona, gli aspetti di cui tenere conto erano tantissimi. Età, professione, frequentazioni, geografia, sesso, amici, famiglia... mille nessi diversi. E l'unico minuscolo particolare in grado di portare nella direzione giusta poteva nascondersi nella montagna di informazioni raccolte nel database. Christer sapeva che il suo punto di forza era proprio lì: nella capacità di trovare i dettagli all'interno del gigantesco archivio a portata dei suoi polpastrelli. Riprese a scorrere una pagina dopo l'altra sullo schermo.

Diverse caratteristiche di Jon Langseth lo rendevano un candidato abbastanza improbabile per un rapimento, e anche per un omicidio preterintenzionale o volontario. Non aveva un lungo elenco di reati sulla fedina penale, niente collegamenti con il mondo della droga, delle bande criminali, della tratta di persone, dei furti o di tutto il resto che saltava fuori in genere quando trovavano un cadavere. La maggior parte delle persone uccise presentava una connessione evidente con ambienti a rischio, e non c'era bisogno di fare grandi sforzi deduttivi per arrivare a cosa li aveva portati a fare quella fine. Non che Christer desse la colpa a loro, ma spesso, dal punto di vista della polizia, non era particolarmente difficile capire come si fossero ritrovati nella loro posizione.

In effetti su Jon Langseth era in corso un'indagine penale, ma era molto raro che i reati di stampo economico conducessero a esiti mortali, almeno in quella fascia sociale. Si trattava di persone che difficilmente facevano ricorso alla violenza per acquisire o mantenere il proprio potere: in genere rapinavano la gente comodamente seduti davanti al computer in costosi abiti sartoriali e scarpe italiane di pelle, anonimi e al sicuro. Per lo più non disponevano neanche di armi: si servivano del cervello, non di una Magnum o di una Luger.

A meno che Jon Langseth non fosse stato fatto fuori da un pensionato incazzato a cui aveva soffiato i quattrini, naturalmente. Christer sogghignò. Un omicidio era una cosa seria, ma un minimo di giustizia poetica doveva pur esserci.

Nell'open space risuonò *Vår julskinka har rymt*, con i suoi versi divertenti sul prosciutto scappato dal forno, e Christer si mise a ridacchiare. Werner & Werner. Sven Melander e Åke Cato. Se non altro quelli erano spiritosi davvero. Niente a che vedere con l'umorismo demenziale che tanto faceva ridere i ragazzini sempre incollati ai cellulari. Secondo lui il livello della comicità era indice dell'intelligenza umana, e non restava che constatarne il declino.

Sospirò e si stirò di nuovo. Da qualche parte nel database doveva per forza esserci qualcosa in grado di indicare la strada. Era sempre così, bisognava solo avere pazienza. E lui ne aveva in abbondanza.

Mina chiuse l'auto senza essere pienamente consapevole dei propri gesti. I suoi pensieri erano ancora impegnati a elaborare la telefonata conclusa da poco. Faticava a credere che ci fosse stata davvero. Niklas l'aveva chiamata. In orario di lavoro. Certo, negli ultimi tempi aveva visto sia lui che la figlia sempre più spesso, a casa loro, ma appunto, solo a casa loro. Ora invece lui le aveva chiesto se Nathalie poteva stare da lei per un po'.

Mina era del tutto impreparata e d'impulso avrebbe risposto subito di no, ma Niklas l'aveva *pregata* di farlo, cosa mai successa. Anche se avevano ripreso i contatti, fino a quel momento aveva tenuto a chiarire che il genitore di riferimento per Nathalie rimaneva lui, e che la figlia avrebbe continuato a vivere a casa sua. Le cose cambiavano, come Mina aveva avuto modo di verificare di recente: tutta la sua vita si era rivoluzionata. E non aveva potuto dire di no, quindi Nathalie sarebbe venuta a stare da lei. A quanto pareva, già di lì a due ore, tanto che aveva dovuto affrettarsi a rientrare.

Salì e aprì la porta. Doveva dare una pulita. In realtà non sarebbe stato necessario, e razionalmente sapeva che l'appartamento era asettico come l'aveva lasciato quella mattina, ma le emozioni le dicevano il contrario. E anche se quelle mura erano pronte ad accogliere qualcun altro, lei non lo era affatto.

Si tolse le scarpe, le mise sullo zerbino e cominciò a fare su e giù per le stanze. Le era chiaro che in quel modo avrebbe sollevato più polvere che sedendosi, ma non riusciva a trattenersi, inquieta come un'anima in pena. Quella casa era il suo rifugio, la sua fortezza, e fino all'arrivo di Vincent era stata soltanto sua. Ora invece Nathalie ci avrebbe *abitato*. Evidentemente il ponte levatoio era stato abbassato senza che lei se ne rendesse conto.

La domanda era dove farla dormire. L'unica possibilità logica era lo studio, che però era come al solito pieno di prodotti per la pulizia, pacchi di mutandine e canotte da pochi soldi, guanti monouso e scatoloni di disinfettante. Se ci avesse fatto entrare Nathalie, non sapeva se poi la figlia avrebbe avuto il coraggio di tornare. Doveva trovare un altro posto per il suo magazzino, solo che non aveva il tempo di risolvere il problema adesso.

Si mise un paio di guanti, riempì un secchio di acqua e detersivo, prese con sé un panno in microfibra e spolverò tutte le superfici dell'appartamento, pareti comprese. Quando ebbe finito fece un rapido giro anche con l'aspirapolvere. Poi ripassò le superfici, nel caso fossero state sollevate nuove particelle.

Ancora un'ora all'arrivo di Nathalie.

Dato che mentre puliva aveva sudato leggermente, Mina non aveva altra scelta che farsi una doccia, usando un tubetto di crema esfoliante per il corpo appena aperto. Probabilmente l'acqua caldissima aveva sciacquato via tutta la polvere di cui si era coperta, ma il sudore e la pelle morta erano quasi più disgustosi. La crema garantiva l'asportazione di tutte le cellule di scarto.

Sapeva che la pelle umana ne produce fra le trenta e le quarantamila ogni ora. Circa 0,09 grammi. *Ogni ora*. Quindi, in una giornata, più o meno due grammi. Ogni giorno, dal primo all'ultimo dell'anno. Il solo pensiero le faceva venire da vomitare. Strofinò più forte la crema sulle gambe, sentendosi graffiare piacevolmente da granuli duri.

Prima di riuscire a evitarlo, si vide davanti l'intera casa coperta di invisibili frammenti di pelle che si rinnovavano di continuo, nonostante i suoi sforzi per pulire. Quanto tempo ci sarebbe voluto per ricostruire in soggiorno una copia di lei a grandezza naturale, fatta solo di frammenti di pelle? Fece un calcolo a mente. In un anno ne produceva... Dio santo, quasi ottocento grammi. Poco meno di un chilo. Solo di pelle morta.

Scossa dai conati, si mise carponi nella doccia, china sullo scarico luccicante del pavimento.

Per fortuna non venne fuori niente. Non aveva tempo per questa cosa, non con Nathalie in arrivo. Forse, sbrigandosi, poteva darsi un'altra passata di crema esfoliante.

Da due settimane Peter Kronlund si trovava al centro di custodia cautelare di Kronoberg, accanto alla sede della polizia. Julia verificò mentalmente di non aver dimenticato nulla: la chiamata per preavvertire, l'autorizzazione vidimata e i documenti d'identità. Tutto a posto.

Vide avvicinarsi Adam da lontano. Mentre lei si era solo gettata sulle spalle un golfino, venendo direttamente dall'ufficio, lui era tutto imbacuccato, con piumino Canada Goose, berretto e guanti. La temperatura era sotto lo zero di parecchi gradi e Julia si pentì di non essersi messa a sua volta la giacca. Nonostante la brevissima distanza, il gelo le era già penetrato dentro. Per fortuna sarebbero stati presto al calduccio.

«Ciao, spero di non averti fatto aspettare» l'accolse lui ansimando appena, per poi salutarla con un abbraccio.

Lei lo assecondò goffamente sentendo la sua mano sulle reni e il suo respiro nell'orecchio. Si scostò ed evitò il suo sguardo. La vita era troppo complicata e il Natale imminente rendeva tutto tre volte più difficile. Non era stata sua intenzione arrivare a quel punto, ma le era bastato un *after work* in ufficio fino a sera tarda con un po' troppo vino per cedere all'attrazione che provava per lui. Quando lo precedette nell'ingresso avvertì il suo sguardo sulla schiena.

«Per una volta sono contenta che il sistema giudiziario

sia così lento» disse. «Se Peter Kronlund fosse stato fermato subito, a quest'ora lo avrebbero già rilasciato e sarebbe sfuggito al nostro controllo.»

L'accesso al centro di custodia era asettico e respingente, i controlli di sicurezza rigorosissimi. La gestione non era di competenza della polizia ma dell'organizzazione penitenziaria, e la donna che li accolse indossava un'uniforme diversa dalla loro.

«Documenti?»

Adam e Julia le tesero il distintivo e i loro nomi vennero registrati con cura.

«Peter Kronlund?»

Julia annuì.

«Sì, abbiamo chiamato per fissare l'incontro.»

Senza rispondere, la donna tese una vaschetta di plastica azzurra e indicò le loro scarpe. Entrambi erano stati al centro di custodia cautelare diverse volte e conoscevano la procedura. Uno alla volta, dopo aver battuto i piedi per liberarle il più possibile dalla neve, le misero nella vaschetta perché venissero controllate sotto l'apparecchio a raggi X. Anche tutti gli effetti personali dovevano seguire la stessa trafila. Julia non era certa che valesse anche per la fede, ma per sicurezza la sfilò dal dito, senza osare guardare Adam, e la lasciò cadere nella vaschetta.

Poi vennero fatti passare sotto il metal detector.

Infine dovettero sottoporsi all'ultimo controllo.

«Lissy, tocca a te.»

Un grosso pastore tedesco che aveva aspettato pazientemente con la lingua penzoloni rispose istantaneamente al comando.

Scattò in avanti e annusò tutti e due senza segnalare la presenza di droga. Potevano entrare.

Furono accompagnati in una sala visite con le pareti colorate.

«Vi abbiamo dato quella riservata alle famiglie perché

le altre sono piene» spiegò la guardia accennando agli animaletti disegnati su un muro. «Il bagno è da quella parte. Volete un caffè?»

Entrambi annuirono e si sedettero ad aspettare Peter Kronlund. Era lì da tredici giorni e ne mancava solo uno prima che il procuratore prendesse la decisione sulla conferma o meno delle misure cautelari.

Quando il principale azionario nonché presidente del consiglio d'amministrazione della Confido entrò nella stanza, si alzarono tutti e due. Aveva un'aria logora e sciupata, del tutto diversa da come lo si vedeva in passato sui giornali, con una coppa di champagne a qualche ritrovo mondano o in lucido completo estivo a una festa a Ibiza o Marbella. Puzzava vagamente di sudore e aveva i capelli sporchi e la pelle grigiastra. Julia sapeva che i detenuti avevano accesso alla doccia e a tutto l'occorrente per lavarsi, ma non era insolito che lo shock di ritrovarsi in una cella inducesse le persone a trascurare l'igiene personale.

«Non ho nient'altro da dire, dovrete parlare con il mio avvocato. Domani sarò fuori di qui» disse l'uomo allungando avidamente la mano verso il caffè che veniva portato in quel momento.

«Non siamo venuti per discutere del suo caso, ma di Jon Langseth» disse Adam senza tante cerimonie.

«Jon...»

Peter Kronlund scosse la testa e bevve un sorso di caffè, con una smorfia di dolore al contatto con la bevanda bollente. Julia soffiò piano nella propria tazza.

«Eh, sapete» continuò l'uomo in tono amareggiato. «Era più furbo di tutti noi. Adesso sarà di certo da qualche parte in capo al mondo, con un gin tonic in mano e una biondina sulle ginocchia, mentre io sono qui.»

Si passò una mano nei capelli unti. Julia e Adam si scambiarono una rapida occhiata. Pur non essendo sicuri che Peter fosse all'oscuro della notizia, ci avevano sperato. Era molto importante cogliere una prima reazione spontanea.

Julia prese una decisione: non voleva ancora dirgli che i resti del suo socio erano stati ritrovati, almeno per il momento. Lanciò uno sguardo di ammonimento a Adam, che lo colse al volo.

«Perché pensa che Jon abbia lasciato il paese?» domandò.

Kronlund alzò le spalle.

«Perché non dovrei? Era la cosa più logica da fare, in realtà. Guardate dove mi ritrovo io: al centro di detenzione di Kronoberg, porca puttana.»

Spalancò teatralmente le braccia.

«Ma lei è innocente, no?» disse Adam.

Julia percepì una sfumatura di sarcasmo nella sua voce. Evidentemente non era riuscito a trattenersi. Kronlund arricciò il labbro.

«Sì, sono innocente, solo che in questo paese del cazzo non gliene fregherà niente a nessuno. In Svezia è disdicevole far soldi. Bisogna guadagnarseli con il sudore della fronte e tutti devono essere ugualmente poveri. Quando ero bambino, a Södertälje, potevo fare quello che mi pareva perché non mi distinguevo dalla massa. Ora che ho denaro e successo è diverso, e così ecco gli avvoltoi. Nella merdosissima Svezia della Casa del popolo non è concesso mettersi in mostra. È questo che mi state facendo pagare. Ed è questo che Jon ha avuto l'intelligenza di capire, tanto che se l'è svignata.»

«Lo sa con assoluta certezza?» chiese Adam. «Ha parlato di una fuga all'estero, prima di svanire nel nulla?»

«No, ma qualcosa aveva in ballo di sicuro» rispose Kronlund facendo un nuovo tentativo con il caffè.

«Cosa glielo fa pensare?»

Quando Adam si sporse in avanti, concentrato, i pettorali si disegnarono nitidi sotto la maglietta bianca. Julia cercò di non guardarli e soprattutto di non pensare alla sensazione che le davano sotto le dita.

«Bah, piccoli segnali. Difficile spiegarli.»

«Ci provi» lo incoraggiò Julia. «Li descriva come può.»

«Ma niente, l'ultimo mese era solo molto strano in generale. Paranoico, in pratica. Non faceva che guardarsi alle spalle.»

«Continui.»

«Non è una cosa facile da spiegare. Diciamo che si comportava come se gli stessero dando la caccia. Seguiva percorsi alternativi per andare e venire dall'ufficio. Aveva fatto alzare i livelli di sicurezza all'ingresso. Se uscivamo a mangiare potevamo prenotare solo i posti con due uscite. Stronzate del genere, insomma. È successo da un giorno all'altro, più o meno nel periodo in cui un maledetto giornalista del *Dagens industri* ha cominciato a ficcare il naso nei nostri affari. Secondo me ha sbroccato per quello. Ognuno reagisce allo stress in modo diverso e lui è andato fuori di testa. Non sono rimasto per niente sorpreso quando è sparito.»

«Però non era da lui?»

Julia assaggiò il caffè. Che schifo. La temperatura era giusta, ma sembrava veleno per volpi.

«No, per niente. Jon è la persona più compassata che abbia mai conosciuto. Non c'era niente che gli facesse perdere il controllo. Nessuno sapeva mantenere il sangue freddo come lui, durante gli incontri importanti. Il tipo che non suda nemmeno quando fa palestra, insomma. Ogni capello al suo posto, abito senza una grinza. Qualche volta ha accennato a un periodo parecchio difficile della sua vita, diversi anni fa, ma ho sempre fatto fatica a crederci. Jon era Mister Perfect.»

«Finché all'improvviso non lo è più stato.»

«Esatto.»

Scese il silenzio.

Julia osservò la parete, il cui tema sembrava essere quello della giungla popolata da allegri animaletti. Una scimmia penzolava da un ramo. Una coppia di elefanti spruzzava acqua dalla proboscide. Una zebra aveva l'aria di essersi fatta di qualcosa. Harry avrebbe adorato quel posto, ma d'altra parte era facile vederlo contento. Era un bambino allegrissimo, capace di scoppiare a ridere guardando una maniglia.

Scacciò il pensiero del figlio, perché l'associazione con Harry la portava immediatamente a Torkel e al fatto che erano una famiglia. Almeno per il momento.

«Sa se ha dei nemici?» chiese Adam con lo sguardo fisso su di lei.

Julia si rese conto che doveva aver lasciato trasparire quello che le passava per la mente e si costrinse a distogliere l'attenzione dai disegni infantili sulla parete e dalle reazioni che avevano suscitato in lei. Si sporse in avanti.

«Nessuno di particolarmente acerrimo» rispose Peter. «Nel nostro mondo c'è sempre qualcuno a cui si pestano i piedi. Diciamo che è compreso nel pacchetto. Non al punto che potessero volergli fare del male, però. Quindi no, credo ancora che si stia dando alla bella vita perfezionando l'abbronzatura.»

«È morto» disse bruscamente Julia.

Peter Kronlund ebbe un sussulto e impallidì ulteriormente. La fissò mentre la bocca gli si apriva e chiudeva come quella di un pesce. Julia gli diede tempo. La prima reazione era preziosa, ma a quanto poteva vedere, quell'uomo non aveva idea del fatto che il suo ex socio non fosse più nel mondo dei vivi.

«Morto? Come? Cosa? Chi?»

Le domande gli uscirono di bocca come perle di un rosario. Si aggrappò al bordo del tavolo.

«Non possiamo fornire i dettagli dell'indagine, ma la sua morte suggerisce che il comportamento prima della scomparsa da lei descritto possa essere legato al motivo per cui è stato ucciso.»

«Ha detto "ucciso"?»

«È l'ipotesi su cui stiamo lavorando. Quindi, se le chiedessimo di rifletterci sopra un'altra volta, saprebbe indicarci se tra le cose che Jon faceva o diceva in quel periodo ce n'è stata qualcuna degna di attenzione particolare? Non avete notato nulla?»

Julia si appoggiò allo schienale e lo scrutò intensamente per vedere se nascondeva qualcosa, ma Peter Kronlund aveva un'espressione aperta e sincera. Scosse la testa.

«No. No, non mi è mai passato per la mente che potesse trattarsi di qualcosa di non collegato ai nostri... affari.»

«Okay, abbiamo finito» disse Julia scattando in piedi.

Doveva uscire di lì prima che gli animali sul muro si mettessero a parlare con lei, tanto avvertiva forte la loro presenza e quello che simboleggiavano.

«Domani sarò fuori di qui» mormorò Kronlund, le dita strette intorno alla tazza.

«Buona fortuna» gli augurò Adam con un cenno del capo. L'ironia nella sua voce si percepiva chiaramente.

Uscendo, incrociarono la guardia che veniva a prelevare il detenuto. Julia avvertì sulla schiena lo sguardo degli elefanti dipinti.

Quando Nathalie uscì dall'ascensore del ministero della Giustizia, Tor la stava già aspettando al banco informazioni. Vedendola fece un gran sorriso.

«Nathalie, quanto tempo!» disse a voce alta. «Quasi non ti riconosco.»

Lei per poco non gli chiese se aveva dimenticato tutte le riunioni di pochi mesi prima, quelle in cui si era discusso dell'opportunità che testimoniasse nel processo contro Epicura, ma si rese conto che con ogni probabilità quella frase era destinata alle orecchie dell'impiegato dietro il banco. Il suo coinvolgimento nella clamorosa vicenda della setta era stato tenuto il più segreto possibile, e a quanto pareva dovevano continuare a fingere.

Le avevano spiegato che effettivamente aveva il dovere di testimoniare, dato che aveva sedici anni, ma il fatto che fosse la figlia del ministro della Giustizia poneva un problema di sicurezza. Alla fine era stata sufficiente la deposizione del poliziotto alto, quello che era sul posto quando i membri di Epicura avevano cercato di togliere la vita a se stessi e agli altri. Adam, le sembrava che si chiamasse. Quando era successo tutto quanto, lei comunque era con Nova. E Nova era morta.

«Ciao, Tor» rispose. «Come sei diventato grande.»

Fu tentata di dargli un buffetto sulla guancia, ma forse sarebbe stato un po' troppo.

Lui le fece cenno di seguirlo e insieme percorsero quel corridoio familiare. Tor non disse niente finché non furono davanti alla porta dell'ufficio di suo padre, ma una volta lì storse la bocca e la guardò.

«Non so cos'ha oggi, però se vieni a sapere qualcosa dimmelo, per favore. Con me non sembra aver voglia di parlare.»

Poi se ne andò.

Nathalie soffocò una risatina, bussò ed entrò. Suo padre stava leggendo il fascicolo rilegato più voluminoso che le fosse mai capitato di vedere e la scrivania era ingombra di documenti. Un disordine non da lui: su quella dello studio a casa teneva al massimo due fogli alla volta. D'altra parte era dalla cena della sera prima che si comportava in modo molto strano. Sentì che le si formava un nodo nello stomaco.

«Ciao, Nattie» disse lui alzando gli occhi. «Senti, ho parlato con tua madre di una cosa. Penso sia una buona idea se per un po' vai a stare da lei.»

«Eh... Ah, sì?» Si fermò a metà di un passo. «Non me lo... aspettavo. Vuoi dire che quando ricomincerà la scuola, a gennaio, starò da te e da lei a settimane alterne? Non so se voglio, ti dirò. Va bene come facciamo adesso.»

«No, intendo che forse dovresti trasferirti da lei per un po'. Subito. Appena possibile. Perché aspettare, se è una buona idea?»

Tentò di fare un sorriso, senza riuscirci.

«Avete bisogno di passare un po' di tempo insieme, solo voi due» continuò appoggiandosi allo schienale. «Potrebbe essere bello festeggiare il Natale da lei, no? E magari anche Capodanno?»

Nathalie fissò il padre. Aveva la camicia stropicciata, cosa mai successa, e i capelli spettinati.

«Cosa succede, papà?» chiese.

«Niente, assolutamente niente. Sto solo risentendo un po' di questo periodo di superlavoro.»

Era chiaro che mentiva, ma lei non voleva metterlo sotto pressione perché forse, in fin dei conti, aveva ragione. Negli ultimi mesi aveva lentamente cominciato a conoscere Mina e si era resa conto che sua madre le andava a genio. Senza dubbio era parecchio strana, ma meglio così che una persona noiosissima. Questo non toglieva che il pensiero di *vivere* da lei le provocasse un leggero senso di vertigine. Era un passo molto grosso. D'altra parte, come diceva suo padre, non sarebbe stato male passare un po' di tempo da sola con Mina.

Con la mamma.

Forse.

«Vedremo» disse insicura.

«Ottimo, allora magari potresti andarci subito, così ne parlate? Le ho già telefonato per avvertirla che sei in arrivo.» Lanciò un'occhiata all'orologio. «Anzi, ti aspetta adesso. Ti do l'indirizzo.»

«Grazie mille di avermi coinvolto nella decisione, eh» rispose Nathalie contrariata.

Una parte di lei voleva ribellarsi a suo padre, protestando contro quel modo che aveva di organizzarle la vita senza mai chiederle cosa desiderava davvero. Era sempre stato così: decideva lui a prescindere dalla sua opinione in merito. Nello stesso tempo, però, Nathalie era curiosa di vedere la casa di Mina. Insomma, avrebbe dovuto scegliere le sue battaglie.

«Comunque vabbè, al momento non ho niente di particolare da fare» disse.

Trovò sulla scrivania un cartoncino, ci scrisse sopra l'indirizzo che le diede il padre e se lo mise in tasca.

«Solo una domanda, prima di andare a casa a preparare lo zaino. Perché era così importante farmi venire qui, visto che avevi già deciso? Non bastava un sms?»

Suo padre la guardò per qualche istante senza rispondere. Poi batté le palpebre più volte e si passò un palmo sugli occhi.

«Volevo vederti» ammise. «Chissà quante altre volte potrò farlo. Ormai cominci a diventare grande.»

Nathalie stava per fare una battuta a proposito di musica da film romantico in sottofondo, ma il comportamento del padre la stava mettendo in allarme. Sapeva com'era nei periodi di superlavoro, e stavolta si trattava di qualcos'altro. Qualcosa che non sapeva come affrontare. Probabilmente sarebbe stato piacevole stare un po' lontana da lui.

«Sii gentile con Tor, mentre sarò via» disse aprendo la porta per uscire. «Secondo me gli serve un nuovo giocattolino da mordere o qualcosa del genere.»

Rebecka stava fissando corrucciata il calendario che suo padre aveva appeso sopra la macchina del caffè. Ne aveva trovato uno in cui l'illustrazione per ciascun mese raffigurava, invece dei classici micini o di saggi proverbi, un problema matematico.

Vincent guardò da dietro la sua spalla il rompicapo del mese di dicembre, l'ultimo teorema di Fermat. Chi aveva realizzato il calendario aveva fatto una scelta piuttosto perfida, dato che i geni matematici del pianeta avevano impiegato trecentosessant'anni a risolverlo. Quando Pierre de Fermat l'aveva formulato, nel 1637, aveva sostenuto che una dimostrazione esisteva, dimenticando però casualmente di trascriverla. Quella poi pubblicata nel 1995 si basava su elementi di algebra di cui nel Seicento non si disponeva. Vincent sorrise. Aveva il forte sospetto che Pierre de Fermat avesse semplicemente fatto un clamoroso scherzo al mondo della matematica. Quello sì che era senso dell'umorismo.

«Stai cercando di risolvere la congettura di Fermat?» domandò alla figlia. «In questo caso credo che avrai il tuo bel da fare. La versione scritta della dimostrazione è un mattoncino non da poco.»

«Cosa? No, è solo imbarazzante» rispose Rebecka. «Quale persona normale tiene dei problemi matematici appesi al muro? A me bastano e avanzano quelli che mi fanno fare a scuola. Mi chiedevo soltanto perché avessi fatto un cerchio intorno al 21, al 24 e al 28 dicembre. Devi andare via? Sono proprio i giorni intorno a Natale e mi avevi promesso che il 22 mi avresti accompagnato in stazione. Non provare a tirarti indietro.»

«Ma certo che ti porto al treno» la rassicurò Vincent. «Viene a sciare anche Denis? Andate sulle Alpi francesi, no?»

«Ci vado con Edith e Sigrid» disse dura Rebecka. «Denis può andare a cagare.»

A quanto pareva, Vincent non era aggiornato: il ragazzo francese di sua figlia era chiaramente caduto in disgrazia.

«Quindi *io* devo restare a casa per Natale, mentre *tu* no?» le chiese facendole l'occhiolino.

Rebecka lo fulminò con uno sguardo che avrebbe annientato qualsiasi padre e che aveva affinato nei mesi in cui lui era rimasto in casa con le stampelle.

«A parte gli scherzi» disse Vincent, «non sono stato io a cerchiare quelle date. Sarà stata Maria.»

«Okay, va bene. A me basta che mi accompagni in stazione» rispose Rebecka.

Poi andò in camera sua e chiuse la porta. Vincent si rese conto che non metteva piede in quella stanza da una vita. Chissà cosa ci avrebbe trovato una volta che lei fosse andata a stare per conto suo. Probabilmente delle mine terrestri con il proprio nome scritto sopra.

Riportò lo sguardo sul calendario. Effettivamente il 21, il 24 e il 28 erano cerchiati. Prima di riuscire a trattenersi, li sommò automaticamente: 73. Il ventunesimo numero primo. Anche il 21 e le cifre 7 e 3 avevano un rapporto singolare, perché 7 per 3 faceva 21. E 7, 3, 21 e 73 scritti in forma binaria erano, oltretutto, numeri palindromi, cioè erano uguali letti a partire da sinistra come da destra: 111, 11, 10101 e 1001001. Lo stesso valeva per la funzione matematica di 73 come numero primo. Era uno di quelli che restavano tali anche al contrario, 37. Sorrise al pensiero che il nome ufficiale dei numeri con tale caratteristica era *omirp*, cioè "primo" alla rovescia. O *emirp* in inglese, *prime* alla rovescia. Che cosa da nerd. A volte i matematici dimostravano di avere senso dell'umorismo. Bastava guardare Fermat, appunto.

Vincent si portò una mano alla testa. Cominciava a fargli male. Era l'eterna questione del cervello surriscaldato.

Non poté fare a meno di lanciare un'ultima occhiata ai numeri.

Qualcosa non tornava.

21. 24. 28.

Non riusciva a dire con precisione cosa, solo che era... preoccupante.

Aggrottò le sopracciglia. Mancavano tre giorni alla prima delle tre date. Doveva ricordarsi di chiedere a Maria cosa doveva fare quel giorno.

Mina si era appena rivestita dopo la doccia quando suonò il campanello. Si rese conto di tremare per l'agitazione. Nathalie. A casa sua. Non c'era più modo di tornare indietro. Doveva offrirle un caffè? Avrebbe dovuto comprare dei dolcetti? E quali, in tal caso? Non aveva idea di come ci si comportava in situazioni del genere.

Fece un respiro profondo e aprì la porta. Sua figlia le sorrise incerta. Con una mano teneva un trolley e nell'altra stringeva un cartoncino su cui doveva aver annotato il suo indirizzo.

«Ah... scusa» disse smettendo di sorridere. «Stavi facendo ginnastica? Sei tutta rossa.»

«No è che...» rispose Mina, ma lasciò la frase a metà.

Naturalmente Nathalie non era a conoscenza del suo problema, e per ora andava bene così. Se ne sarebbe accorta con il passare dei giorni, ma in quel momento per Mina era importante essere accettata come una madre normale. Le cose non normali, come il fatto che aveva appena consumato un'intera confezione di crema esfoliante facendosi bruciare la pelle del viso e di tutto il corpo, o che lo studio contenesse un magazzino di prodotti sterili che avrebbero soddisfatto le esigenze di un paese non troppo popolato per un periodo piuttosto lungo, potevano aspettare.

«Entra! Ecco, questa è casa mia! Anzi nostra, a questo

punto!» esclamò, inorridendo per il tono pimpante che le era uscito.

Cercò di non guardare i piedi della figlia che superavano lo zerbino e scalciavano via le sneaker facendole volare in un angolo. Notò sul pavimento la sporcizia raccolta dalle suole per strada e mandò giù a fatica. Non desiderava altro che pulire subito, prima che si spargesse per tutto l'appartamento, ma si costrinse a lasciar perdere.

«Che bello, qui» commentò Nathalie guardandosi intorno. «Pulitissimo e in ordine. È la regola per tutti i poliziotti?»

Mina pensò a Peder e Anette con le loro gemelline, e alla loro casa che era un'esplosione di giocattoli, avanzi di cibo e risate infantili. Sorrise e scosse la testa.

«No, non per tutti. Vuoi un caffè? Un tè? Dello sciroppo di frutta?»

Stavolta toccò a Nathalie sorridere.

«Non servono tante cerimonie, mamma» disse spostando il trolley nello stesso angolo delle scarpe. «Questa cosa è strana anche per me, ma ormai sono passati sei mesi da quando sono venuta a sapere che esistevi. Avrei dovuto venire un sacco di tempo fa.»

Si spostarono in soggiorno e si sedettero sul divano. Nathalie era così vicina che Mina avrebbe potuto toccarla. Si assicurò di tenere le mani sulle ginocchia. Non sapeva come gestire le emozioni che l'avevano sopraffatta all'improvviso.

Aveva rischiato di perderla due volte, la prima quando aveva lasciato la famiglia e la seconda l'estate precedente, quando sua madre Ines e Nova, la leader della setta, avevano messo le mani su sua figlia. Mai più. Avrebbe fatto qualsiasi cosa per sanare la frattura tra di loro, se lei glielo avesse permesso. Abitare insieme era un passo avanti. Solo che era successo tutto così... in fretta.

«Sono rimasta sorpresa quanto te, sentendo tuo padre

al telefono» disse. «Forse anche di più. E non mi va a genio che sia lui a decidere queste cose senza consultarsi con noi. Dopotutto non è lui che deve venire a stare qui. Però forse non è una cattiva idea. Tu che ne dici?»

«Sono d'accordo, è proprio da lui» rispose Nathalie cincischiando il cartoncino su cui aveva scritto l'indirizzo. «Tra l'altro si comporta in modo strano dalla cena di ieri. Sembra agitatissimo, ma quando gli chiedo qualcosa dice che non ha niente.»

«Secondo me ci sono cose di cui un ministro della Giustizia è al corrente che metterebbero in agitazione chiunque» disse Mina. «Può darsi che si tratti solo di questo.»

«È quello che ha detto lui, problemi al lavoro, però era strano. Be', come ci organizziamo, allora? Io e te, intendo.»

«Pensavo di chiederti la stessa cosa. Se vuoi gestirti da sola, lo capisco benissimo. Puoi avere un ripiano del frigo per te, con quello che ti piace, e poi pensavo che potresti sistemarti nello studio appena avrò avuto il tempo di sgomberarlo, ha anche una chiave con cui chiudere e...»

«Mamma, sono tua figlia, non un'inquilina. Per me l'idea è vivere *insieme*.»

«Non volevo darlo per scontato.»

Scese il silenzio. Nathalie appoggiò il cartoncino sul tavolo.

«Ripensandoci, magari un po' di caffè lo bevo» disse. «Con molto latte.»

Meno dodici giorni

Avvolto nella vestaglia, Vincent stava controllando in cucina la posta che aveva ritirato la sera prima. Alla fine era riuscito a spalare alla meglio il vialetto fino alla cassetta delle lettere e alla strada ma, se avesse continuato a nevicare come negli ultimi giorni, entro sera si sarebbe di nuovo imbiancato.

Era quasi tutta pubblicità, però prima di buttarla nella raccolta della carta voleva essere sicuro di non essersi perso qualcosa. E infatti: tra un dépliant della Willys e una richiesta di contributo di Save the Children c'era una lettera indirizzata a lui. Avrebbe potuto giurare di non averla vista, la sera prima. Non bastava il mal di testa costante, adesso: evidentemente aveva cominciato a essere parecchio distratto.

Benjamin entrò in cucina e sbadigliò.

«Caffè?» gli chiese, frugando tra le capsule.

Per tutta risposta Vincent indicò la propria tazza, appena riempita.

«Non capisco come ci si possa svegliare quando fuori è ancora buio» borbottò il figlio maggiore, e fece partire la macchina. «La stessa cosa ogni inverno. Secondo te ci si abitua, prima o poi?»

«Se ci si abitua alle tenebre?» chiese Vincent. «Una domanda molto esistenziale, a quest'ora del mattino.»

Aston sbucò dalla sua camera strofinandosi gli occhi, andò dritto in soggiorno e si gettò sul divano.

«Vieni a far colazione! La tv dopo!» gli gridò Vincent.

Il bambino farfugliò qualcosa. Aveva scoperto da qualche giorno il programma *Il peggior guidatore della Svezia* e aveva cominciato a vedere tutti gli episodi che riusciva a trovare. Di solito aveva il tempo di guardarne metà prima di andare a scuola.

«Allora voglio il pane tostato» disse entrando in cucina. Andò al frigo e tirò fuori la confettura di fragola in flacone da spremere. «Con un sacco di questa.»

«Vai» rispose Vincent, aprendo la lettera. «Stai attento a non bruciarlo, però. Qualcuno ha visto vostra sorella?»

«Sta ancora dormendo perché ieri è andata a una festa» lo informò Aston infilando due fette nel tostapane. «Tra poco vado a svegliarla.»

«Mettiti il giubbotto antiproiettile, allora» rise Benjamin. «E il casco. Rebecka con il doposbornia non la raccomando a nessuno.»

Vincent non sapeva nemmeno se Rebecka fosse abbastanza grande per avere il doposbornia, ma aveva lasciato alla moglie quella parte dell'educazione. Negli ultimi tempi, aveva dimostrato grande comprensione per la fase adolescenziale che stava attraversando la figlia acquisita.

Come se l'avesse evocata con il pensiero, Maria uscì dalla camera da letto, si strinse la cintura della vestaglia e si mise a rovistare nella dispensa.

«Qualcuno ha visto i miei semi di chia?» chiese.

Da quando aveva avviato anche lei una sua attività imprenditoriale, in casa era difficile seguire tempi precisi. Vincent cercava di non irritarsi, ma preparava sempre la colazione per il resto della famiglia alle sette e mezza, che servisse o no. Le abitudini esistevano per una ragione.

Abbassò gli occhi e si accorse di avere in mano una lettera.

Aveva ricevuto della posta. Ah, già, era lì che si era interrotto.

Finì di aprire la busta mentre Maria, che evidentemente aveva cambiato idea, si preparava pane tostato e confettura come Aston. La capiva. Chi aveva la forza di fare una colazione equilibrata quando fuori era buio e regnava il gelo?

Nella busta c'era un biglietto natalizio. Non era il primo della stagione: sia Umberto della ShowLife Productions che il reparto di Julia in polizia gli avevano già mandato gli auguri. A volte gliene arrivavano anche dai teatri in cui si era esibito. In quei casi però erano sempre legati al lavoro. Il cartoncino che aveva in mano, invece, era personale, con un messaggio scritto a mano, e di quelli non ne vedeva mai.

Quando lesse, di colpo non riuscì più a deglutire.

L'Ombra che viveva dentro di lui, che c'era da quando aveva sette anni ed era morta sua madre, si erse nelle sue viscere con un ruggito.

«Devo controllare una cosa» disse a voce decisamente troppo alta, e si affrettò ad andare nello studio prima che i figli si accorgessero del suo tremito.

Si chiuse la porta alle spalle con un colpo.

Una volta dentro, attaccò il biglietto natalizio appena ricevuto in fondo alla linea del tempo, a destra. Se era tutto vero, aveva fatto bene a non coinvolgere la polizia. Avrebbe desiderato parlarne con Mina, ora più che mai, ma questo nuovo messaggio glielo impediva. Lo rilesse, anche se non avrebbe voluto farlo.

Sei pronto per la fine, Vincent?
Porterò via la tua famiglia.
Poi te.
E non puoi farci niente. Succederà anche se vai alla polizia,
solo molto più in fretta. Io e te, diviso due.
Buon Natale.

Tese le orecchie verso i rumori che faceva Benjamin in cucina finendo la colazione e poi verso le voci che battibeccavano in soggiorno: Aston sosteneva di avere il tempo per finire di guardare l'episodio iniziato, prima di andare a scuola per l'ultimo giorno del quadrimestre, e Maria ribatteva che non era così. Qualsiasi cosa testimoniasse che la sua famiglia c'era ancora gli andava bene. Poi, di colpo, scese il silenzio.

Seduta alla sua scrivania nella sede centrale della polizia, Mina fissò per la centesima volta l'immagine colorata sul computer. La temperatura era inferiore di qualche grado rispetto agli uffici dei colleghi. Lei preferiva il freddo, lo invitava addirittura a entrare. A differenza degli altri, era molto più a suo agio in inverno che in estate. Nonostante l'ambiente tutt'altro che caldo, però, le si stava imperlando la fronte di sudore. Ed era a causa della foto sullo schermo.

Benvenuti alla minicrociera con buffet natalizio della polizia.

L'email le era arrivata diverse settimane prima, ma lei l'aveva rimossa. Sull'invito c'era la foto di un traghetto per la Finlandia a cui un collega creativo aveva aggiunto con Photoshop un berretto da Babbo Natale e la scritta POLIZIA lungo la fiancata in modo da farlo somigliare a una radiomobile. Su acqua, però. Ed enorme. Carino.

Normalmente ogni reparto festeggiava per conto suo, ma il gruppo di Julia era così piccolo che era stato invitato a celebrare il Natale con altre divisioni che a loro volta avevano optato per unire le forze. Quella foto le rendeva difficile respirare. Forse adesso i traghetti per la Finlandia erano puliti e arieggiati, ma nella sua testa rappresentavano un'orgia di moquette luride marinate in decenni di birra rovesciata, aria respirata da migliaia di persone in ogni viaggio e cabine claustrofobiche con letti in cui troppa gente aveva trascorso troppo tempo e che avrebbero dovuto essere sterilizzati.

Insomma, un tale nido di batteri che quasi li vedeva a occhio nudo sulla foto. Le venne voglia di passare il disinfettante sullo schermo.

Inoltre sapeva che alcuni reparti avevano fatto una minicrociera simile, alcuni anni prima. Per fortuna lei non era stata coinvolta perché all'epoca non lavorava nel gruppo, ma le storie su quella gita circolavano ancora. Ruben quasi non riusciva a nominarla senza che gli comparisse un che di voglioso nello sguardo. E Julia sembrava sempre a disagio.

Mina non voleva saperne niente.

E non voleva andarci per niente.

Guardò la data della traversata. CI VEDIAMO IL 19 DICEMBRE!, praticamente urlavano dalla foto i caratteri rosso natalizio bordati di neve. Il 19 era quel giorno. Di lì a tre ore avrebbe dovuto salire a bordo del traghetto. Non aveva ancora trovato una ragione accettabile per tirarsi indietro, soprattutto dopo che Julia aveva sottolineato l'importanza della partecipazione di tutti per la coesione del gruppo.

Ma per lei era impossibile.

Non c'era proprio nulla, nel materiale relativo a Jon Langseth, a cui doveva dare la priorità? Qualcosa che Julia avrebbe potuto accettare come motivo più che plausibile per la sua assenza? Nathalie non era un pretesto valido: dopotutto aveva sedici anni e se la cavava benissimo da sola.

Chiuse l'email con l'orribile immagine della nave e aprì invece il rapporto su Jon. Lo lesse con attenzione. Aveva due ore e quarantacinque minuti per trovare qualcosa.

Arrivata agli appunti di Adam sul colloquio con Peter Kronlund, fece un salto sulla sedia. Si parlava del cambiamento di personalità subito da Jon Langseth poco prima di sparire, e le venne in mente che la moglie Josephine aveva detto la stessa cosa. Entrambi l'avevano interpretato come la conseguenza della caccia mediatica. Era una conclusione logica: nessuno, colpevole o meno, sarebbe riuscito a restare di buonumore con dei giornalisti d'inchiesta alle calcagna dalla mattina alla sera.

La moglie però non aveva detto che Jon parlava spesso degli articoli usciti sulla stampa, a casa. Se quello che era stato scritto lo aveva tanto turbato, avrebbe dovuto almeno discuterne con le persone più vicine a lui, no? E se invece si trattava di qualcos'altro?

Non era un'ipotesi irragionevole. Forse il brusco cambiamento di personalità di Langseth aveva una ragione diversa da quella che pensavano tutti. Per esempio, poteva aver saputo in anticipo che gli sarebbe successo qualcosa, e per questo era così vigile e agitato. Ma perché, in questo caso, non ne aveva accennato a nessuno o non aveva chiamato la polizia? Doveva aver temuto per la propria vita.

Cosa sapeva?

Quella domanda era proprio la scusa che le serviva.

Sbirciò verso l'invito. Check-in sul traghetto alle 15. Prese il telefono e inviò un sms a Vincent. Finalmente aveva trovato il motivo ideale per vederlo. Aveva bisogno di parlare con lui del cambiamento di personalità di Jon Langseth. Di lì a circa due ore e mezza.

Stringeva forte la mano di suo padre, ma ogni volta che arrivavano a un cestino dall'aria promettente doveva lasciarla andare e aiutarlo a passarne attentamente in rassegna il contenuto, a caccia di tesori nascosti. Le persone buttavano quantità sorprendenti di roba. Non capiva perché comprassero un hamburger e ne mangiassero solo metà o come mai un panino al formaggio e prosciutto venisse gettato via dopo un paio di bocconi. La gente che viveva in superficie era strana.

A volte vaghi ricordi della loro vita là sopra si facevano strada nella sua mente, di solito quando si trovava nella terra di confine tra il sonno e la veglia. Erano indistinti e difficili da catturare. Non che lo volesse: facevano solo male, soprattutto quando percepiva l'odore della mamma; quel profumo fiorito che era lei, intimamente legato alla sensazione di essere avvolto dal suo abbraccio, con il tessuto morbido della camicetta contro la guancia.

Era così piccolo, a quell'epoca. Non sapeva se fossero veri ricordi o solo fantasie che si era inventato in seguito, dopo tutti i racconti del padre. Ricordava invece benissimo il momento in cui loro due, tornando, non l'avevano più trovata. Erano stati via solo qualche giorno: suo padre era andato a fare una delle sue "escursioni", come le chiamava lei, e lo aveva portato con sé.

Quando erano partiti, la mamma era viva. Arrabbiata,

ma viva. Quelle escursioni non le andavano a genio, soprattutto quando coinvolgevano tutti e due. Lui invece adorava accompagnarlo. Spesso dormivano nel bosco e, sebbene avesse paura del buio, di notte si sentiva al sicuro, con il padre accanto a sé.

Scosse la testa per smettere di pensare.

Suo padre aveva attraversato la strada per spostarsi al centro della grande piazza aperta di Odenplan. Il suo luogo preferito in superficie, dato che i cestini spesso traboccavano di cose buone.

Quando lo chiamò con un cenno impaziente lo raggiunse, guardando a destra e a sinistra prima di attraversare. Suo padre gli tese qualcosa. Un ultimo quadretto del suo cioccolato preferito. Un reperto raro: in genere le carte di cioccolato erano vuote. Poi sollevò trionfante la busta di plastica che si era portato e gli mostrò il contenuto. Un sacco di roba da mangiare, soprattutto panini lasciati a metà. Sarebbero bastati per un paio di giorni. Due giorni senza dover tornare su.

Mentre andavano verso la metropolitana riprese per mano suo padre. Le occhiate delle persone che passavano frettolose non gli sfuggirono, ma non gli importava. Non capivano. Non sapevano. Suo padre era il re. Strinse ancora più forte la mano nella sua. Presto, prestissimo sarebbero stati di ritorno nel suo regno.

«Come hai trovato questo posto?» le chiese Vincent guardandosi intorno.

Mina lo imitò. Il locale era immerso in una luce fredda e non si vedeva una decorazione natalizia neanche a pagarla. Perfetto.

«Su Google» rispose. «La ricerca "ristorante senza Natale" ha dato qualche migliaio di risultati. A quanto pare non sono l'unica che è allergica agli addobbi luccicanti.»

Il ristorantino in Vasastan era pieno. In effetti a pranzo veniva servito un qualche genere di piatto natalizio, ma era descritto con parole come *crossover*, alternativo e asiatico, quindi Mina era abbastanza sicura che non contenesse würstel unti e polpettine spugnose. Vincent sembrava un po' deluso.

«A me il Natale piace» disse. «La variante kitsch, con troppo di tutto. E grazie di esserti fatta viva. Ho pensato di chiamarti un sacco di volte, ma...»

Un maître dall'aria stressata comparve davanti a loro con una pila di menu sotto il braccio.

«Avete prenotato? Altrimenti mi dispiace ma temo non ci sia posto.»

«Non si dispiaccia» rispose Vincent con trasporto. «È *bello* che le cose vi vadano alla grande.»

L'uomo gli rivolse un sorriso perplesso, abituato com'era al fatto che le persone se la prendessero quando venivano informate che il locale era pieno. Mina notò che Vincent gli aveva toccato leggermente il braccio mentre diceva «bello».

«Proprio così» continuò lui toccandoglielo di nuovo. «Una *bella* sensazione, no?»

Il maître annuì, stavolta con un largo sorriso.

«Faccia caso a quanto è *bella* e piacevole» disse Vincent. «Un *bel* tavolo per due?»

«Un bel tavolo, sì... dovremmo riuscire a trovarlo» mormorò l'uomo con sguardo leggermente opaco. «Nell'angolo ci sono un paio di persone che dovrebbero andare via tra poco. Credo di poter accelerare un pochino la procedura. Venite.»

Lo seguirono attraverso il locale. Il maître prese un terminale pos e fece pagare la coppia seduta al tavolino d'angolo, che alzandosi con la giacca in mano lanciò loro un'occhiata sospettosa. Dopo aver depositato due menu, l'uomo si allontanò con discrezione.

«Tu sei fuori di testa» disse Mina a voce bassa.

«Perché, scusa? Noi abbiamo avuto il tavolo e lui è contento» rispose Vincent con aria innocente.

Lei lo guardò divertita e si sedette con le spalle alla parete. Vincent prese la sedia e, prima di accomodarsi, la spostò di lato.

«Non mi piace stare di fronte» spiegò notando la sua espressione interrogativa. «Diventa una sorta di confronto formale, oltretutto con una barriera fisica, un tavolo, che elimina la metà del linguaggio non verbale visibile e di conseguenza limita la comunicazione. Questa disposizione ad angolo, invece, offre la possibilità di un dialogo decisamente migliore. Lo senti?»

Aveva ragione. La differenza era palpabile. Soprattutto, sentiva quanto era vicino, il che rendeva impossibile nascondere qualcosa. Stava per spiegargli l'enorme utilità delle barriere fisiche tra le persone, o meglio, di ogni tipo di barriera, ma non era del tutto sicura di *volere* che si spostasse.

«A proposito, grazie per il tuo sms, molto incisivo» disse mostrandole il cellulare, sul cui schermo aveva aperto il messaggio.

«Dobbiamo parlare. Possiamo vederci subito?»

«Vedo che Maria l'ha presa bene» rispose Mina, e indicò il piccolo post-it attaccato al telefono, con una domanda scritta a mano presumibilmente da sua moglie: «L'hai messa incinta?»

Quando vide l'imbarazzo di Vincent le venne da ridere.

«Tornando al Natale» disse. «Hai detto che ti piace. Non è un po' troppo caotico per te?»

«Sì, lo *era*.»

Il mentalista aggrottò la fronte, staccò il post-it, lo accartocciò e mise via sia quello che il cellulare.

«In passato non mi piaceva per niente, perché come dici tu rappresentava il caos. Il giorno prima della vigilia mi davo da fare come un pazzo perché fosse tutto pronto in tempo, poi seguivano due giorni di angosciosa anarchia familiare e dopo più niente. Mi restava sempre un nodo allo stomaco e la sensazione che mi fosse sfuggito il senso di tutto.»

Qualcuno si schiarì la gola di fianco a loro.

«Due piatti natalizi?» domandò una cameriera.

Vincent rivolse un'occhiata interrogativa a Mina, che annuì, e la donna sparì con la stessa velocità con cui era arrivata.

«E dopo cos'è successo?»

«Be', ho deciso di cominciare a festeggiare il Natale alla fine di settembre. E non fare quella faccia: è una scelta assolutamente razionale. Ho un sacco di tempo per creare l'atmosfera, alle mie condizioni. Così, quando all'inizio di dicembre si scatena l'isterismo collettivo, non ne risento.

Sono già in vantaggio di settimane. La vigilia diventa per me la conclusione di un lungo periodo di tempo, invece di concentrare tutta la faccenda in ventiquattr'ore.»

Fece una pausa e sembrò pensieroso.

«Ovviamente il resto della famiglia trova che sia un idiota, a girare con i calzini natalizi in ottobre» disse poi. «Ma non è una novità. Che mi considerino un idiota, intendo.»

Lei lo fissò. Si morse il labbro e cercò di tenergli gli occhi negli occhi per non sbirciare sotto il tavolo e controllargli i calzini, ma fu inutile: una rapida deviazione verso i piedi rivelò sgargianti sfumature di rosso e verde intorno alle caviglie.

Quando rialzò lo sguardo, vide che era ancora pensieroso, ma un attimo dopo Vincent si riscosse e riprese un'espressione normale.

«C'è qualche problema?» gli chiese. «Non sembri del tutto in te, oggi.»

Lui scosse la testa. Con un po' troppo trasporto, le parve.

«No, stavo solo pensando alla mia famiglia e ai disastri che combino.»

Di nuovo una ruga preoccupata, che svanì subito. Era chiaro che c'era qualcosa che non voleva dire.

«Certo che se il Natale non ti piace...» continuò poi esitante, infilandosi una mano nella tasca del cappotto appeso allo schienale, «forse ho fatto male a portarti un regalino?»

Tirò fuori un pacchetto avvolto in robusta carta marrone con uno spago legato in un fiocco. Mina sentì qualcosa di caldo esploderle nel petto e diffondersi in tutto il corpo.

«Non hai il permesso di aprirlo fino alla vigilia» disse Vincent, e glielo diede.

«Te lo scordi» rispose lei con un sorriso, per poi sfilare lo spago. «Altrimenti non potrò ritenerti personalmente responsabile.»

Nel pacchetto c'era una scatola che conteneva un grumo grigio e morbido. Argilla. Per fortuna era avvolto nella plastica e non c'era bisogno di toccarlo con le mani. Mina rabbrividì. Però non capiva. Perché quel regalo? Guardò Vincent, che rispose a sua volta con un sorriso.

«Potrai seguire un corso di tornio» le annunciò in tono innocente.

Tornio. Argilla appiccicosa, acqua dappertutto, schizzi sui vestiti. In compagnia di artistoidi hippie.

«Ma sei sicuro di conoscermi?» disse. «Non sei tu quello che sa valutare la gente e leggerle nel pensiero? Con questi presupposti dovresti farmi il regalo perfetto. Invece questo è tipo... il contrario.»

Soppesò in mano il grumo incellofanato per decidere se, lanciandolo in testa a Vincent, gli avrebbe fatto male. Probabilmente no.

«Dai, guarda che l'argilla che hai in mano è priva di batteri» rispose lui. «E l'acqua ti piace, l'hai detto tu. Come mi hai appena fatto notare, il mio punto di forza è saper valutare le persone, e quello che leggo in te è che hai bisogno di sfidare i tuoi limiti. Penso che resterai positivamente sorpresa. Affronta i tuoi demoni!»

«Occhio che, se non ritiri subito, ti toccherà presto affrontare un demone come non ne hai mai incontrati...»

Qualcuno si schiarì la gola. Mina non si era accorta che la cameriera era tornata e aveva messo due piatti sul tavolo.

«Da bere volete qualcosa, oltre all'acqua?» chiese.

«Un drink con dell'arsenico per il signore» rispose Mina senza distogliere lo sguardo da Vincent.

«E se ti faccio compagnia?» disse lui. «Ho già bevuto del veleno per te una volta, o almeno per tua figlia. Preferirei imparare a lavorare l'argilla che doverlo rifare.»

La cameriera sembrò rendersi conto che non avrebbe avuto risposte più attinenti alla domanda e si allontanò.

«Comunque, c'era qualche altro motivo per cui volevi che ci vedessimo, a parte il regalo di Natale?»

«Tanto perché tu lo sappia, il discorso argilla non è chiuso» rispose Mina. «In ogni caso, sì: ci è capitato tra le mani un caso un po' particolare. L'altro ieri è stato trovato un mucchio di ossa in metropolitana. Ossa umane.»

«Ah» disse Vincent, brandendo curioso le bacchette di metallo. Dopo diversi tentativi riuscì a catturare un raviolo. «Però immagino che non sia un'eventualità così insolita, no? Dopotutto in questa città si seppelliva la gente un po' dappertutto, nelle varie epoche. A Riddarholmen praticamente non si può conficcare una pala nel terreno senza trovare ossa di persone sepolte in quella zona dal Trecento in avanti. Sono più di due secoli che hanno smantellato il cimitero, ma gli scheletri restano dove sono. Per non parlare del canale tra Riddarholmen e Gamla stan: è una specie di fossa comune piena di marinai, criminali e miscredenti a cui era negata la terra consacrata.»

«Queste sono decisamente più recenti» lo interruppe Mina. «E sappiamo a chi appartengono: un noto rappresentante del mondo della finanza scomparso quattro mesi fa. Jon Langseth.»

Vincent aggrottò la fronte.

«E avete trovato lo scheletro?» disse. «Possibile che la decomposizione avvenga così rapidamente?»

Mina tirò fuori dalla tasca della giacca una cannuccia sigillata nella plastica e la mise nel bicchiere. Nonostante l'argomento macabro, era inebriata dai profumi del piatto, nessuno dei quali le ricordava il Natale. Una meraviglia. Prese le bacchette, fece scendere una goccia di gel disinfettante sul tovagliolino, le pulì e poi infilzò una cimetta di broccolo fritta. Aveva un gusto molto delicato.

«No, hai ragione» rispose dopo aver mandato giù. «Infatti non si tratta di normale decomposizione. Le ossa erano state private di ogni residuo di carne e tessuti con una precisione quasi clinica. E poi sistemate con cura in una specie di tumulo.»

Vincent appoggiò con un tintinnio le bacchette sul bordo del piatto.

«*Mos teutonicus?*» chiese.

«*Mos* cosa?»

«*Mos teutonicus*. Una specie di trattamento riservato a persone di alto rango quando morivano molto lontano da casa. Per esempio reali, nobili e sacerdoti.»

«Nobili?»

D'un tratto le sembrava di essere tornata su un banco di scuola.

Vincent annuì entusiasticamente.

«Parliamo del Medioevo, Tredicesimo e Quattordicesimo secolo» disse. «Anche se è un uso che potrebbe aver avuto origine addirittura intorno all'anno Mille. Se era poco pratico trasportare un corpo intatto, perché magari il personaggio era deceduto in un altro paese, si faceva ricorso al *mos teutonicus*, che tradotto significa più o meno "l'usanza germanica": in pratica si faceva bollire il corpo in acqua e vino, o aceto, per staccare la carne dallo scheletro. In questo modo si poteva portare via solo lo scheletro per organizzare un funerale in pompa magna una volta a destinazione. Il papa, però, a un certo punto proibì la procedura. Per il cristianesimo il corpo è sacro e non dev'essere spogliato della carne. Meglio lasciarlo marcire su una carrozza surriscaldata per qualche settimana, evidentemente.»

Mina abbassò gli occhi sul piatto. Su un lato c'erano due bocconcini di sushi. Il pesce crudo sul riso bianco le ricordava un po' troppo la carne su un pezzo d'osso. Lo allontanò.

«Pensi che possa essere quello che è successo in questo caso?» tornò alla carica Vincent. «Che le ossa rientrassero in una specie di funerale per vip? Hai detto tu che era un noto rappresentante del mondo della finanza.»

«Mi sembra una cosa demenziale. Oltretutto con mille anni di ritardo, a sentire te.»

«Non proprio mille, ma capisco quello che intendi.» Vincent sembrò riflettere. «E della spiegazione logistica cosa mi dici? Qualcuno doveva spostare il corpo dopo la morte e voleva semplificarsi la vita, per cui l'ha bollito e tanti saluti?»

Mina scosse la testa, scettica. La disposizione delle ossa era troppo accurata. L'intenzione era di farle trovare. Restava da capire il perché. Prima che avesse il tempo di rispondere a Vincent, il suo cellulare emise un segnale acustico. Era un messaggio di Julia a tutto il gruppo.

«Scusami, questo devo leggerlo» disse aprendolo, mentre Vincent finiva rapidamente quello che aveva nel piatto.

«So che molti di voi aspettavano con ansia la minicrociera natalizia di questo pomeriggio, ma dobbiamo dare la priorità al caso Langseth. Alle 14 io e Adam terremo una conferenza stampa per evitare che comincino a girare voci. Poi ci troviamo in sala riunioni. Prometto che verrete ricompensati per i festeggiamenti mancati. Julia.»

Quando ebbe finito di leggere, si accorse che Vincent la stava guardando con un'espressione quasi divertita.

«Hai vinto alla lotteria del tris?» le chiese.

Mina si rese conto di avere un gran sorriso stampato sulle labbra e di aver abbassato le spalle di almeno dieci centimetri.

«Più o meno.»

«Congratulazioni, allora, perché sai quante probabilità ci sono? La possibilità di portare a casa diecimila corone è una su trentaduemila, e dato che un tris ne costa trenta si può arrivare a spenderne un milione per conquistarsi quelle diecimila. Solo che a quanto pare la gente non lo capisce, visto che in Svezia si vendono quasi centotrenta milioni di tris ogni anno.»

«Vincent» lo richiamò lei. «Langseth. Ossa. Bollitura. Torna indietro.»

Gli fece schioccare le dita davanti agli occhi.

«Hai accennato a quel *mos teutonicus*» continuò. «Ma perché qualcuno dovrebbe trattare come un re medievale un uomo d'affari scomparso?»

Per un attimo Vincent sembrò confuso. Poi si riscosse.

«Scusa. Eh... vediamo, forse aveva un ego smisurato?»

«Esatto, era proprio l'argomento di cui volevo parlare con te. Per questo ti ho cercato. Si tratta del suo ego, o meglio, del suo comportamento prima di sparire. Chi gli era vicino dice che nelle ultime settimane era cambiato.»

«Mmh. Facile, a posteriori, pensare di conoscere la causa di una modifica del comportamento» disse Vincent pensoso. «Quando si crede di sapere già cos'è successo, intendo, perché quel dato incide sul ricordo di ciò che si è visto. Nel 1974 Elizabeth Loftus e John Palmer fecero un famoso esperimento in cui alcune persone guardavano un filmato di due auto che andavano a sbattere e poi dovevano riferire quello che avevano visto, ma le domande contenevano verbi diversi. Chi doveva rispondere sulla velocità delle macchine quando si erano *scontrate* ricordava anche che dopo c'erano dei vetri per terra, mentre chi doveva parlare delle auto che si erano *urtate* non ne vedeva. Parole diverse per descrivere lo stesso avvenimento influenzavano dunque a posteriori i ricordi concreti dei partecipanti. E nel video di vetri rotti non ce n'erano.»

«Cosa stai tentando di dire?»

«Prima di pronunciarmi avrei bisogno di leggere cos'hanno colto le persone frequentate da Jon Langseth, per verificare se sono solo interpretazioni successive di quello che è accaduto.»

Vincent incrociò lo sguardo del maître qualche tavolo più in là e gli segnalò che voleva pagare il conto. Mina aveva rinunciato da tempo a far valere la parità, su quel fronte. Se lui ci teneva tanto a offrirle da mangiare ogni volta che uscivano, glielo concedeva volentieri.

Il maître si illuminò e si affrettò verso di loro con il terminale pos. Vincent lo ringraziò per l'ottimo cibo e gli toccò di nuovo leggermente il braccio. Il sorriso dell'uomo si fece ancora più largo.

«Senti, stavo pensando allo scheletro» disse Vincent avvicinando il telefono all'apparecchio. «Immagino che sia ancora da Milda. Secondo te potrei... vederlo?»

«È la nostra prossima tappa. Puoi sempre dire a Maria che stiamo andando a fare un'ecografia.»

Ruben sentì montare l'ansia. Era al World of Toys, nel centro commerciale Gallerian, dove era entrato con l'intenzione di dedicare la pausa pranzo all'acquisto dei regali per Astrid. Si era deciso tardi, a soli cinque giorni dalla vigilia, ma la ressa nel negozio di giocattoli dimostrava che non era stato l'unico a rimandare troppo a lungo.

Gli altri clienti si muovevano tra gli scaffali con una determinazione quasi radiocomandata. Lui invece non aveva idea di come fare. Cosa piaceva a una bambina di dieci anni, sempre ammesso che si interessasse ancora ai giocattoli? I vestiti erano una carta ancora più insidiosa, quindi quelli li aveva scartati subito. E poi le aveva già comprato un kimono da arti marziali.

Nuove matite colorate, forse. Disegnare era una delle sue passioni. O era meglio optare per pennelli e colori a olio, quelli che usava anche sua madre? Le matite erano da bambini piccoli?

Erano quasi sei mesi che passava un po' di tempo con Astrid ogni settimana, ma guardando gli scaffali carichi di giochi da tavolo, scatole di Lego e bambole aveva l'impressione di non sapere niente di lei. No, non funzionava. Il reparto peluche, però, gli fornì uno spunto. I cani della polizia le piacevano, questo non gli era sfuggito. Adorava andare a trovarli. Ma Ellinor lo avrebbe strangolato se avesse regalato alla figlia un cucciolo di pastore tedesco vivo.

Merda.

Si asciugò la fronte sudata e scappò dal negozio senza guardare dove metteva i piedi, finendo addosso a una donna con un pesante piumino.

«Scusi!» mormorò.

«Oplà» rispose lei con una risata.

Una risata familiare.

«Sara?»

Non vedeva la collega del Noa dall'estate precedente, quando avevano lavorato insieme al rapimento dei bambini e lei gli aveva parlato del marito da cui stava divorziando e dei figli, ma ricordava di aver apprezzato la sua compagnia. Poi Sara era sparita. Ruben aveva dato per scontato che avesse cambiato lavoro o si fosse ritrasferita negli Usa dal marito. Invece eccola lì, con la neve sui capelli scuri e gli occhi scintillanti.

«Ciao, Ruben» disse guardando oltre la sua spalla verso il negozio di giocattoli. «Stai comprando i regali di Natale per una delle tue tipe? Va bene che sono giovani, ma *così tanto*?»

Una delle sue... Ruben la fissò a bocca aperta senza sapere cosa dire. Avrebbe dovuto arrabbiarsi, considerando che la sua vita privata non la riguardava, invece si sorprese ad arrossire.

«Regali di Natale, sì, ma non per... Sono per mia figlia. Ma come...» Si schiarì la gola. «Tu magari sai cosa potrebbe piacere a una bambina di dieci anni?»

Sara gli sorrise senza dire niente, ancora con quel luccichio negli occhi. Di colpo si sentì insicuro. Non gli piaceva essere scannerizzato con tanta intensità. Nessuna delle ragazze che si portava a casa lo guardava così, ed era proprio quello il bello. Vedevano soprattutto la sua uniforme e a volte anche le manette, se erano dell'umore. Non ponevano condizioni.

«Sono congelata» disse Sara. «Là fuori fa un freddo polare. Che ne dici di offrirmi una cioccolata calda? In cambio ti dirò cosa piace alle bambine di dieci anni. A condizione che ci siano dentro anche i marshmallow, però.»

Sebbene fosse infagottata nel piumino, Ruben la passò istintivamente in rassegna con lo sguardo. Se la ricordava piuttosto formosa, a differenza delle ragazze che rimorchiava, magre come stecchini e così attente a non rovinarsi la linea che non avrebbero osato mettere piede nella stessa stanza in cui era presente un marshmallow. Gli piaceva che a lei non importasse.

«Da questa parte, signorina» disse mostrando la direzione con il braccio.

Li voleva anche lui, i marshmallow, ma quando Sara gli passò davanti tirò in dentro la pancia.

Per trovare due posti liberi in un caffè dovettero fendere il mare di gente ossessionata dallo shopping dell'ultim'ora. Ruben ordinò una cioccolata alla cannella e all'arancia per tutti e due, con dose doppia di marshmallow. Dopotutto era Natale.

«È un po' che non ti vedo in giro» disse sedendosi davanti a lei dopo aver appoggiato le due tazze fumanti sul tavolino.

Sara si era tolta il piumino e Ruben non poté fare a meno di sbirciarle la scollatura. Le forme erano tutte nei punti giusti.

«Come va?» le chiese, e si costrinse a guardarla negli occhi.

«Abbiamo parecchio in ballo» rispose lei soffiando sulla cioccolata. «Tra le ultime cose, abbiamo fiutato una pista su una sospetta attività terroristica. Alcune aziende di prodotti agricoli hanno denunciato il furto di nitrato d'ammonio.»

«Ammonio?»

«Lo usano nei concimi artificiali, ma volendo è anche un esplosivo. Stiamo verificando se sono sparite altre partite di sostanze chimiche simili che possono essere precursori di esplosivi. Nella peggiore delle ipotesi, qualcuno sta preparando una bomba fai da te. A volte succede, e per lo più i tentativi non vanno a segno. Può anche darsi che i furti siano una coincidenza, ma dobbiamo comunque accertarcene. Poi c'è un'altra cosa, che non dovrei dirti, ma so di potermi fidare...»

Si guardò intorno e si avvicinò.

«Ted Hansson» sussurrò.

«Il leader di Sveriges Framtid?» domandò Ruben a voce bassa, e Sara annuì. «Cosa c'entra?»

«È coinvolto in vicende molto brutte. Ovviamente al bisogno ci occupiamo anche di altri politici, lo sai. Per esempio, la Säpo ci ha chiesto di verificare eventuali minacce nei confronti del ministro della Giustizia. Ted Hansson, però, pare abbia diversi scheletri nell'armadio. Per il momento lo stiamo solo tenendo d'occhio, appunto, ma come vedi abbiamo parecchia carne al fuoco.»

Ruben annuì e rimase in silenzio per qualche secondo. Poi prese coraggio e le fece la domanda che gli girava per la testa da qualche minuto.

«Cambiando discorso... Cosa sai tu dei miei... passatempi fuori orario?»

Anni prima parlava volentieri dei suoi eccessi con tutti quelli interessati ad ascoltarlo. Anche con quelli non interessati, a dire il vero. Poi aveva cominciato ad andare in terapia da Amanda e si era reso conto che non doveva continuare per forza così. Solo che dopo era morto Peder, e questo aveva cambiato tutto. Da quando aveva ripreso a rimorchiare stava ben attento a non farlo trapelare fra i colleghi, sia perché si vergognava sia perché a Peder non sarebbe andato a genio. Quindi, come faceva Sara a saperlo?

«Mia figlia ha avuto una supplente, per un periodo» rispose lei con un sorrisino. «Quando ha saputo dove lavoravo si è messa a parlare dello Sbirro Volpeargentata, come lo chiamavano lei e le sue amiche. Un tipo che incrociavano spesso quando uscivano, nel weekend...»

Ruben si nascose il viso tra le mani.

«Be', sono tutte intorno ai venticinque anni, comunque» disse Sara. «Almeno penso.»

«Lo Sbirro Volpeargentata...» gemette Ruben. «In realtà non sono *così* vecchio.»

«È di questo che si tratta?» chiese lei. «Del fatto che ti senti vecchio?»

Lui la guardò. Certe cose era meglio tenerle per sé, e di alcune non parlava nemmeno con Amanda, ma lo sguardo di Sara non ammetteva nulla che non fosse la verità.

«Non voglio morire» mormorò.

«Chi pensi che lo voglia?» rispose lei dandogli una pacca leggera sulla mano. «E poi, grazie a tua figlia, ti sei già allungato la vita del doppio. Parliamo dei regali per lei, allora?»

La mano di Sara era ancora sulla sua, calda dopo aver stretto la tazza. Calda e viva.

«Fa arti marziali, quindi il piano B era comprarle un poster di Bruce Lee» spiegò Vincent. «Ma a quanto pare non esistono più. Ne ho trovati solo di gruppi di musica pop che non ho mai sentito nominare. Uno si chiamava Blackpink, credo, e poi un acronimo che cominciava per B... Insomma, non ho idea di cosa le piaccia. Manco so cos'è il K-pop!»

Sara rise. Poi bevve un sorso di cioccolata, che le lasciò una riga sottile sul labbro superiore. Un marshmallow cadde sul tavolo.

«Bruce Lee? Allora per te c'è ancora qualche speranza, Sbirro Volpeargentata» disse.

Julia aspettò pazientemente che nella sala scendesse il silenzio. A volte i membri del gruppo che coordinava si comportavano come bambini, ma rispetto ai giornalisti e ai fotografi davanti a lei, che avevano già iniziato a gridare domande prima ancora che cominciasse la conferenza stampa, erano un prodigio di disciplina.

Adam era di fianco a lei, nel caso le fosse servito il suo aiuto, ed era visibilmente infastidito. Più di una volta Julia aveva dovuto mettergli una mano sul braccio perché non facesse un'urlata ai presenti. Era possibile che avesse ripetuto quel gesto un po' più spesso di quanto sarebbe stato necessario, ma non pensava che qualcuno se ne fosse accorto.

Come prevedibile, nella sala si accalcava la solita schiera di rappresentanti di quotidiani, tabloid, agenzie stampa, radio e televisione. Julia individuò subito i giornalisti di *Aftonbladet*, *Expressen*, *Dagens Nyheter*, *Svenska Dagbladet*, Tv4, Svt e Tt, ma c'erano anche inviati di riviste come *Dagens industri* e *Resumé*, attirati dal nome di Jon Langseth e dalle precedenti vicende della società Confido. Non c'era motivo di tenerli fuori: tanto valeva che ascoltassero lei, invece di procurarsi le informazioni per sentito dire. Quello che gesticolava davanti al tavolo del caffè in fondo alla sala, con una folta capigliatura, doveva essere proprio di *Resumé*. Nonostante la distanza, lo sentì chiedere con insistenza a un agente di procurargli un latte macchiato con schiuma. Scosse la testa.

«Un po' di silenzio, per favore» esordì, e aspettò che tutti gli sguardi convergessero su lei e Adam. «Sarà una conferenza stampa molto breve.»

Il reporter dai capelli folti si sedette insoddisfatto in ultima fila con un bicchiere di normale caffè lungo in mano.

«Jon Langseth, come ben sapete uno dei fondatori della Confido, è stato trovato morto» disse Julia. «In considerazione delle modalità del rinvenimento, al momento non possiamo dire più di questo.»

Tra le file si diffuse un mormorio sommesso.

«Possiamo dare per scontato che si tratti di suicidio?» gridò un giornalista della *Svenska Dagbladet*. «Mi sembra ragionevole scartare l'ipotesi di una morte per cause naturali, considerando le vicende che hanno coinvolto la sua finanziaria, no?»

«Le circostanze intorno al decesso sono tali da non permetterci di stabilire, al momento, se è avvenuto per cause naturali o meno» rispose Julia. «E non lo dico per tenermi sul vago. Non lo sappiamo ancora. Potrebbe anche essere dipeso da un infarto. L'autopsia è... complicata.»

Il mormorio si trasformò in un brusio concitato.

«Proprio per le ragioni a cui accennava lei, non possiamo escludere risvolti poco chiari» continuò Adam, rivolto al giornalista della *Svenska Dagbladet*. «Tuttavia, le circostanze del ritrovamento non rimandano né a un suicidio né ad azioni di rappresaglia da parte di organizzazioni criminali che abbiamo potuto osservare in altri casi. Naturalmente indagheremo su tutte le ipotesi applicabili.»

«Di che circostanze parlate?» gridò dal fondo il giornalista di *Resumé*. «Perché ci avete invitati, insomma? Potrete pur dirci qualcosa di più!»

Julia lanciò un'occhiata a Adam, che annuì. Erano stati

autorizzati dalla moglie di Jon a rivelare quel dettaglio. Poteva portare a qualche risultato, ma avrebbe anche scatenato titoloni in prima pagina e dovevano essere sicuri che ne valesse la pena. Le parve che i pro superassero i contro.

«Abbiamo trovato lo scheletro di Jon Langseth, nient'altro» disse. «Sappiamo che è lui e che le ossa sono state ripulite in modo accurato e professionale, ma non abbiamo una causa di morte e non conosciamo il motivo di questa procedura. Naturalmente capiamo che per voi è una notizia ghiotta, ed è per questo che vi abbiamo convocati. Vi arriveranno voci su dove è stato rinvenuto. Se le pubblicate, la gente comune andrà sul posto, mossa dalla curiosità, e questo potrebbe causare degli incidenti. Perciò vi chiedo di non fornire questo genere di dettagli. Se qualcuno di voi nomina il luogo in cui si sostiene che sia stato rinvenuto il corpo di Jon Langseth, verrà denunciato per aver intenzionalmente messo in pericolo delle vite umane. Intesi?»

Fissò con insistenza i giornalisti, che annuirono seri. L'inviato di *Resumé*, però, scriveva veloce sul cellulare con un sorrisino sulle labbra. Julia sospirò. Non voleva nemmeno pensare ai titoli del giorno dopo.

Con la consueta precisione, Milda aveva disposto le ossa su una barella di metallo contro la parete. Mina poté ammirare ancora una volta la sua padronanza del mestiere. Jon Langseth era lì esposto in tutto il suo splendore, a parte il fatto che gli mancavano carne e pelle. Lo scheletro, però, parlava chiaro.

Erano arrivati subito dopo pranzo, e Vincent aveva come al solito un'espressione da cui si capiva che il centro di medicina forense non era il suo posto preferito sulla terra. Mina invece trovava un che di bello nelle ossa pulite che risaltavano sul metallo lustro e asettico. Quello steso sul tavolo autoptico era – o era stato – un essere umano, privato però di tutto ciò che era sporco, malsano e contagioso. Restava solo la pulizia. L'essenzialità. Perfettamente riflessa, senza la minima macchia di unto, nel metallo su cui posava lo scheletro.

«Ci sono tutte e duecentosei le ossa» disse Milda. «Chiunque le abbia ripulite è una persona molto precisa e attenta. E competente in fatto di anatomia.»

Tese dei guanti a Mina e Vincent, che li indossarono.

«Avevo avanzato l'ipotesi che fosse stato bollito, ma non è detto che sia andata così» disse Vincent chinandosi sullo scheletro.

«Cosa vuoi dire?» domandò Milda.

«Ho saputo che nei musei si utilizzano dei terrari pieni di coleotteri per spolpare completamente i resti di carcasse animali. Spesso hanno un locale o un edificio adibito allo scopo, il cosiddetto *dermestarium*. A quanto pare questi insetti, e soprattutto le larve, sono precisissimi nel ripulire le ossa, e più delicati nei confronti di quelle fragili rispetto ad altre procedure. Lo sono al punto che possono diventare un problema quando si tratta di conservare animali che i musei vogliono mantenere integri. Comunque, potrebbe essere quello che si è verificato qui.»

«Che ne dite della possibilità di una combinazione delle due cose?» chiese una voce cauta alle loro spalle. «Per accelerare il processo, diciamo.»

Mina non aveva neanche sentito entrare Loke. L'assistente di Milda era come sempre quasi invisibile anche quando c'era, ma a sentire lei era il migliore che avesse mai avuto. Probabilmente anche l'unico che aveva convinto a cantare accompagnando le canzoni pop alla radio, mentre lavoravano.

Loke aveva un vago odore di fumo. Per questo non c'era fin dall'inizio: era in pausa sigaretta. Mina aveva l'impressione che quella sensazione olfattiva disturbasse la purezza che aveva appena percepito, ma non stava a lei fare osservazioni in merito. Probabilmente il lavoro al centro di medicina forense comportava la necessità di dare uno sfogo alle emozioni, in un modo o nell'altro. Milda aveva la musica, Loke le sigarette.

«Magari prima l'hanno bollito, e poi gli insetti hanno completato l'opera» proseguì Loke. «In effetti quelli usati dai musei non sono coleotteri qualsiasi ma proprio i dermestidi, *Dermestidae* in latino.»

Vincent si diede una pacca sulla fronte.

«Ah, ecco da dove viene il nome *dermestarium*» disse. «Ma certo! Grazie!»

Loke annuì.

«A proposito di trattamenti *post mortem*» continuò Vincent. «Immagino che nell'ambito della vostra professione abbiate sentito parlare del compostaggio umano, no? Si mette il cadavere in un contenitore con materiali tipo segatura, paglia e funghi e si lascia che la natura faccia il suo corso in modo che il corpo si decomponga. Un essere umano si riduce a un metro cubo scarso di terra, compreso il materiale utilizzato.»

Milda annuì.

«Sì, una soluzione intelligente già legale in Svezia e nel Regno Unito. E in un numero crescente di stati degli Usa.»

«Esiste un'azienda americana che ha fatto un passo in più» intervenne Loke in tono entusiastico. «Piantano sul corpo compostato un alberello, scelto da un parente. La pianta assorbe il nutrimento e di conseguenza anche le molecole del corpo. Crescendo, conterrà una parte sempre maggiore del familiare deceduto, tanto che alla fine uno può dire per davvero che quell'albero è la sua vecchia nonna paterna.»

«Molto poetico» commentò Vincent.

Mina lo fissò stralunata. Aveva perso la ragione?

«L'unico problema è lo scheletro che rimane» osservò Milda. «Nessuno spiega con chiarezza cosa ne è delle ossa, alla fine.»

«E visto che ci siamo, magari potremmo tornare al presente e a Jon Langseth» s'inserì Mina asciutta. «Siete riusciti a stabilire una causa di morte?»

Milda scosse la testa.

«È praticamente impossibile. Mettiamo che fosse stato davvero ucciso. Una pallottola può creare una frattura riconoscibile in una costola, per esempio. Lo stesso i graffi lasciati da una coltellata. Quelli avrei potuto vederli. Qui, tipo.»

Indicò le ossa sparse per mostrare quali erano le costole.

«D'altra parte sia un proiettile che una lama possono benissimo non lesionare lo scheletro pur provocando una ferita letale, per non parlare del soffocamento e di altre cause di morte che interessano solo le parti molli. Infine potrebbe anche essere deceduto per motivi del tutto naturali altrettanto impossibili da riconoscere: ictus, infarto, emorragia cerebrale. Non lo si può sapere, semplicemente.»

«Potrebbe anche essere stato bollito vivo» mormorò Loke.

«Grazie di questa ipotesi confortante» disse Mina.

Per un attimo si vide davanti Jon Langseth nudo in un enorme pentolone, come in una vignetta razzista sui cannibali. Un'immagine che non aveva nulla di divertente.

«Questa cosa dei tunnel della metropolitana mi sorprende» disse Vincent studiando le ossa. «Fioriscono un sacco di leggende sui cunicoli che corrono sotto la città. Alcune sono vere, anche se i cantieri del passante ferroviario e di Slussen hanno distrutto parecchie gallerie. Però quelle in cui corrono i cavi del vecchio Ente nazionale telecomunicazioni in diversi punti ci sono ancora. Naturalmente è molto più difficile raggiungerle da quando le serrature normali sono state sostituite da quelle a codice.»

«Non ti chiedo nemmeno come sai che le hanno cambiate» disse Mina. «Dove vuoi arrivare?»

«Be', la metropolitana è un posto pericoloso. Ci sono altri tunnel molto più sicuri. Se qualcuno voleva seppellire Langseth nel sottosuolo, perché non scegliere quelli?»

Mina fece un cenno per segnalare che avevano finito: lo scheletro sulla barella non le avrebbe fornito altri elementi. Milda si staccò dal gruppo e andò al tavolo autoptico al centro della sala, su cui era steso un altro corpo per il quale andava stabilita la causa di morte. Stavolta però era semplice, anche per Mina: si trattava di un ragazzo sotto i vent'anni raggiunto da diversi colpi d'arma da fuoco al petto. Non c'era bisogno di guardare il tatuaggio per capire che era il risultato dell'ennesimo regolamento di conti tra bande rivali. Chissà dove trovava la forza Milda.

«A meno che l'intenzione non fosse che venisse trovato» ragionò Loke, strappandola ai suoi pensieri.

«Mi sono chiesta la stessa cosa» disse Mina guardandolo. «Il personale si sposta regolarmente nelle gallerie della metropolitana. Se fosse stato in un altro tunnel avrebbero potuto passare anni prima che qualcuno lo notasse, o magari sarebbe caduto nel dimenticatoio per sempre. Così, invece, era solo questione di tempo: le ossa sarebbero state viste. E, come si diceva, in realtà non sappiamo per certo se è stato ucciso, solo come è stato disposto il suo scheletro dopo la morte.»

Loke si tastò la tasca e infilò una porta. Altra pausa sigaretta, probabilmente. Vincent invece stava ancora esaminando le ossa.

«Un funerale per vip nel sottosuolo» mormorò accarezzandosi il mento, pensoso.

«Quindi, cosa significa?»

Lui non rispose subito.

«Che qualcosa ci sfugge» disse alla fine. «Quella modifica del comportamento di cui parlavi mi interessa ancora di più, adesso.»

«Credo sia ora che incontri di nuovo il gruppo. Julia ha convocato una riunione oggi pomeriggio.»

Vincent si illuminò come un sole.

«È passato fin troppo tempo dall'ultima volta.»

«Non so se sono tutti di questa opinione» rise Mina.

Mentre uscivano, salutò con un cenno Milda. Loke non era ancora rientrato, ma se il compito che lo aspettava era aiutarla con il ragazzo sul tavolo autoptico lo capiva.

«Da quando ti immischi nel mio lavoro?»

Julia sentì montare la rabbia in un modo sicuramente non salutare. Pochi riuscivano a mandarla in bestia quanto suo padre. Nei momenti di lucidità si rendeva conto che con ogni probabilità dipendeva dal fatto che era una sua copia esatta. Sulla scrivania c'era una targa color oro con il nome, EGIL HAMMARSTEN, inciso a lettere nitide, della serie "guardate-che-faccio-sul-serio". Julia non pensava che qualcuno usasse ancora quel tipo di targhe, ma lui era della vecchia scuola.

Quando si era sposata, Julia non aveva preso il cognome di Torkel. A posteriori aveva capito che forse era stato un errore perché, se l'avesse fatto, il suo legame di parentela con il capo della polizia non sarebbe stato altrettanto evidente. D'altra parte, se alla fine avesse deciso di lasciare il marito, avrebbe dovuto aggiungere alla lunga lista di cose da fare un nuovo cambio di cognome.

«Non devi prenderla così» disse suo padre. «Le indagini sono sempre un lavoro di squadra. Un uccellino mi ha sussurrato all'orecchio che il Noa sta facendo una mappatura della criminalità organizzata, analizzando in particolare la mafia serba.»

«La mafia serba, guidata da quel folle di Dragan Manojlovič?» chiese Julia. «Cosa c'entra lui?»

«Forse niente, forse tutto. E, come dicevo, non ho ricevuto nessuna comunicazione ufficiale, ma sarebbe una negligenza, da parte mia, non portarvi sulla strada giusta.»

«La strada giusta?» sbottò lei. «Le indagini sono appena cominciate e tu pensi di poter venire a dirci qual è la strada giusta?»

Julia sentì la propria voce salire in falsetto, ed era consapevole che la sua reazione scomposta non aveva a che fare solo con lui ma con il concetto di famiglia in senso lato. Sia Torkel che il padre la facevano sentire con le spalle al muro.

«Julia, non sto criticando il tuo modo di lavorare» spiegò lui calmo. «Sappi che ho sentito ottime cose su di te, soprattutto dopo l'estate scorsa, e hai gestito la conferenza stampa in maniera ineccepibile. Detto tra noi, non mi sorprenderebbe se un giorno ti ritrovassi da questo lato della scrivania. Dopo che sarò andato in pensione io, naturalmente.»

Suo malgrado, Julia era lusingata e sentì di avere le guance un po' meno in fiamme di prima.

«Okay, certo che sono disposta a raccogliere tutte le informazioni che possono essere utili alle nostre indagini, ufficiali o ufficiose che siano» disse in tono più calmo. «Penso solo che sia troppo presto per...»

«Cosa sai di Gustaf Brons?» la interruppe suo padre.

«Be'... è uno dei fondatori della Confido, insieme a Jon Langseth e Peter Kronlund. Nel suo passato non c'è niente di particolare, se non il fatto assodato che è uno stronzo come gli altri due. Perché me lo chiedi?»

«Perché le informazioni del Noa, di cui io ovviamente non so nulla, indicano che ha ricevuto soldi da Dragan Manojlovič. Dalla mafia, insomma. E non sono piccole mance.»

Julia lo fissò e lui sospirò.

«Devi ammettere che la cosa è sospetta» continuò. «Uno dei comproprietari della Confido scompare e viene trovato morto mentre un altro riceve ingenti somme di denaro dal capo di una delle principali reti criminali del paese.»

«Non so, non è detto che i due fatti siano collegati» ragionò Julia. «Comunque è chiaro che bisogna fare tutte le verifiche del caso.»

«Bene, allora siamo d'accordo: lo convocherai e lo interrogherai. La mia lunga esperienza d'indagine mi dice che abbiamo risolto il caso Jon Langseth. È un omicidio su commissione con la firma di Gustaf Brons. Ricordati che spesso le soluzioni semplici sono quelle giuste.»

«Aspetta un attimo, non siamo pronti per...»

«Julia, ci sono momenti, nella vita, in cui devi semplicemente fare quello che ti viene detto. Questo è uno di quelli.»

Julia aprì la bocca e la richiuse. Sentiva di nuovo le guance calde e sapeva di avere delle chiazze rosse sul viso e sul collo. Suo padre aveva la prerogativa di farle quell'effetto.

«Certo, capo» disse a denti stretti. «Certo.»

«E non dimenticare: a casa nostra all'una, per la vigilia» le gridò dietro lui allegramente mentre usciva.

Julia non rispose.

Mina fu colpita dal cambiamento avvenuto dalla prima volta che aveva presentato Vincent al gruppo, ormai quasi tre anni prima. Allora irradiavano tutti diffidenza e scetticismo, mentre ora si sprecavano i sorrisi.

«Vincent, che bello vederti! È passato un bel po' dall'ultima volta!»

Julia lo abbracciò a lungo e Mina si accorse sorpresa di provare un moto di gelosia. Si tirò cupamente le maniche sulle mani rovinate dai troppi lavaggi, con unghie cortissime e cuticole seccate dal gel disinfettante. La sua capa dava l'impressione di non doversi nemmeno sforzare per arrivare lì tutte le mattine, bellissima e perfetta, con ogni cosa al suo posto.

Fece un sospiro e si sedette. Vincent era l'unico che facesse prendere quelle ridicole strade ai suoi pensieri, e lei proprio non capiva perché: dopotutto nutriva solo un profondo rispetto per il suo cervello fino e le sue competenze in settori che la affascinavano. In ogni caso, quando Julia permise a Vincent di andare a sedersi vicino a lei, dopo che ebbe salutato tutti gli altri intorno al tavolo, provò uno strano sollievo.

Doveva darsi una regolata. Si schiarì la gola per attirare l'attenzione dei presenti. Guardando la lavagna magnetica si accorse che dall'ultima riunione era stato aggiunto del materiale: appunti, foto e ritagli di giornale su Jon Langseth.

«Forse vi state chiedendo come mai ho invitato qui Vincent» disse.

Ruben fece un sorriso da orecchio a orecchio. «Qualche trucco con le carte, scommetto. Oppure ha promesso di far aumentare per magia il nostro stipendio e le risorse della polizia.»

«Quest'ultimo trucco mi sa che non riuscirebbe nemmeno a un vero mago» rispose Vincent, ottenendo cenni d'intesa sparsi.

Mina si schiarì di nuovo la voce per richiamare i colleghi. «Ho portato Vincent con me da Milda perché ha avanzato un'ipotesi sulle ossa. Ne parli tu? Purtroppo non ricordo neanche la metà delle varie espressioni che hai usato.»

«Certo. Quando Mina mi ha contattato riguardo a Jon Langseth e alla strana disposizione delle ossa, la mia prima associazione mentale è stata con il *mos teutonicus*.»

«Cos'è? Roba che si mangia?» disse Ruben, e Christer fece una risatina.

«Ruben» sibilò Julia con sguardo severo.

Lui alzò gli occhi al cielo, ma chiuse la bocca.

«Come dicevo a Mina» continuò Vincent, «si tratta di un'antica usanza medievale. Quando le persone d'alto rango morivano lontano da casa serviva un modo per portarle indietro e organizzare il funerale, ma un corpo in putrefazione non è né facile né piacevole da conservare e trasportare. Per questo inventarono un metodo: in pratica, per togliere tutta la carne dallo scheletro bollivano il corpo. In questo modo si potevano trasferire comodamente le spoglie per celebrare degnamente i funerali nel luogo di origine. Il *mos teutonicus*, appunto.»

«Che orrore!» commentò Christer con aria leggermente nauseata.

«Cos'ha detto Milda?» chiese Julia, curiosa. «L'ha trovata una teoria interessante? Pensa che potrebbe essere stato adottato un... rituale di questo genere?»

«Le sembrava che fosse il caso di approfondire, questo è certo» disse Mina annuendo. «Il suo assistente, Loke, ha suggerito che potremmo avere a che fare con una combinazione di metodi: prima il corpo è stato bollito e poi sono state utilizzate delle larve di coleotteri per ripulire le ossa fino a farle diventare perfette come le abbiamo trovate.»

«Veramente sono stato io a...» cominciò a dire Vincent, ma si bloccò.

«Larve?» disse Christer, il cui colorito tendeva sempre più al verde.

«Che tipo di coleotteri?» domandò Adam, appoggiando i gomiti sul tavolo. «Vanno bene dei coleotteri qualsiasi o serve una specie particolare?»

«Mi sa che qui qualcuno ha guardato un po' troppi episodi di *Csi*» borbottò Ruben, ricevendo l'ennesima occhiata di ammonizione da Julia.

«No, no, è una domanda del tutto pertinente» rispose Vincent. «L'ipotesi più probabile è che si tratti di dermestidi, *Dermestidae* in latino, come ha sottolineato Loke.»

«No, scusate» intervenne Ruben alzando una mano, «quindi state prendendo davvero in considerazione una teoria secondo cui il nostro assassino prima mette a bollire le ossa e poi le fa ripulire da una frotta di insetti schifosi? Ho capito bene?»

«Esatto» disse Vincent senza cogliere, almeno all'apparenza, il sarcasmo nella sua voce.

«Possibile che solo io trovi questa cosa assolutamente folle?» esclamò Ruben, e si mise a ridere. «Siamo a Stoccolma, dove i criminali si comportano come fanno per lo più i criminali, non in un cazzo di film d'azione con Tom Hanks che scorrazza per Parigi. Senza considerare che *Il codice da Vinci* si basa su fatti veri, a differenza delle fantasie che stanno circolando qui...»

«Mah» ribatté Vincent in tono pensoso. «In effetti non è proprio così. *Il codice da Vinci* è incentrato su un falso storico originariamente presentato in un altro libro, *Il santo Graal.* Gli autori avevano a loro volta tratto ispirazione dall'idea di un certo Plantard, che nel 1956 aveva fondato un'organizzazione battezzandola il "Priorato di Sion", al fine di promuovere la storia di una dinastia discendente dai figli di Gesù e Maria Maddalena a cui in realtà sarebbe spettato di diritto il trono francese. Plantard sosteneva di appartenere lui stesso a questa stirpe e di essere dunque il legittimo re di Francia. Quando si unì a lui un collaboratore dotato di una vivace fantasia, Philippe de Chérisey, cominciò a realizzare documenti falsi a sostegno della propria tesi, documenti poi...»

«Vincent» mormorò Mina, con un'occhiata eloquente.

Lui si interruppe a metà frase e deglutì, imbarazzato.

«Scusate. Mi sono lasciato prendere la mano. Di nuovo.»

«Ottimo» commentò Ruben sarcastico. «E con questo hai rovinato anche il mio film preferito.»

«Intendi dire il tuo libro preferito, immagino» disse Vincent.

L'altro lo guardò scuotendo la testa.

«Dio santo, Vincent. Sei proprio perso. È un film, non un libro del cazzo.»

Vincent sembrò condurre una battaglia interiore, per poi tornare all'argomento iniziale.

«Non è facile ottenere ossa pulite come quelle di Jon Langseth. Richiede qualche forma di intervento umano. E lo scenario più probabile è quello che abbiamo esposto.»

«Però lascia aperta la questione del movente» osservò Julia. «Ho appena avuto un incontro con il capo della polizia. È convinto che dietro questa storia ci sia Gustaf Brons, il terzo comproprietario della Confido, e che sia stato lui a uccidere Jon. A quanto pare ha ricevuto un totale di un milione di corone da Dragan Manojlovič. Non serve che vi spieghi chi è. L'ipotesi è che sia un pagamento in cambio di qualcosa. Se scopriamo cosa, forse individueremo anche il movente per l'omicidio di Jon.»

A sentire quel nome, erano rimasti tutti senza fiato.
«La faccenda si complica» commentò Christer.
«Gustaf Brons dev'essere convocato per un interrogatorio, ma dato che la presenza del suo avvocato è indispensabile non si potrà fare prima di domani» continuò Julia. «Non posso dire che la teoria di un omicidio su commissione sia illogica, però non spiega la ripulitura dello scheletro.»
«Sono rari, quei dermestidi di cui parlavate?» intervenne Adam. «È difficile procurarseli?»
«Non lo so, ma pensavo di informarmi da qualcuno che ne sa di più» rispose Vincent. «Conosco un bravo entomologo che sicuramente potrà aiutarci.»
«Buona idea» approvò Julia, prendendo una clementina dal vassoio della frutta al centro del tavolo. «Vedete se riuscite a scoprire di più su quegli insetti. Fino all'interrogatorio di Gustaf Brons non abbiamo praticamente altro da cui partire.»
Al pensiero delle larve, Mina impallidì. Dopo essere saltata in un container pieno di visoni morti, a Norrtälje, e aver percorso strisciando il tubo di scarico nella proprietà di John Wennhagen, le larve di insetti erano in cima a un lunghissimo elenco di cose a cui non voleva mai più avvicinarsi in vita sua.
«Certo» rispose Vincent, lanciandole una rapida occhiata.
Lei lo guardò a sua volta, inorridita.
«E giusto per essere sicuro» continuò lui rivolto a Julia, «immagino che parlando al plurale tu intenda me e Loke, l'assistente di Milda. Quello che sapeva di quali insetti potrebbe trattarsi.»
Mina tirò un sospiro di sollievo tale che dovette sentirsi in tutta la sala.
«Veramente io... Comunque è una buona proposta» rispose Julia. «Telefono a Milda e le chiedo se può fare a meno di lui per qualche ora, il più presto possibile.»
Si mise a sbucciare la clementina e nella stanza si diffu-

se il caratteristico profumo acidulo che Mina adorava. Il detergente che usava a casa aveva lo stesso odore fresco di agrumi. Julia staccò uno spicchio, ma quando lo mise in bocca fece una smorfia. A quanto pareva era molto aspro.

«Sapete che la clementina deve il suo nome a un prete francese, Marie-Clément Rodier? Ha incrociato il mandarino mediterraneo con l'arancia» disse Vincent tutto allegro, «e poi...»

«Vincent» lo ammonì di nuovo Mina.

Lui smise di parlare, pieno di vergogna.

Julia lasciò sul ripiano il resto della clementina e si alzò. «Christer, tu continua a cercare nell'archivio e tu, Ruben, negli affari sporchi della Confido. A volte la risposta più semplice è quella giusta.»

«Sì, il rasoio di Occam» ripartì Vincent. «Si tratta...»

Mina gli diede un calcio sullo stinco. Lui strillò e si portò la mano alla gamba.

«Adam» disse Julia, «tu vai a parlare con il personale della metropolitana che bazzica l'area in cui sono state trovate le ossa di Langseth. Dovresti anche tornare dall'artista che ha fatto la scoperta. Controlla se sa o ha visto qualcosa. Non mi sembra proprio normale che chiunque possa infilarsi in quelle gallerie senza farsi notare.»

«Va bene» rispose Adam.

«Okay, allora ognuno di noi sa quello che deve fare.»

Prima che si alzassero tutti, Christer si schiarì la voce.

«Ecco, visto che è saltata la minicrociera in traghetto...» disse esitante, «Lasse ha pensato di invitarvi da noi, stasera, per una cenetta natalizia improvvisata. Non dovremmo avere altri impegni, visto che era previsto che fossimo a bordo, e anche i poliziotti hanno bisogno di mangiare, come ha detto Lasse.»

Tutti sembrarono sinceramente sorpresi.

«Ma che bella idea!» esclamò Julia. «Grazie mille!»

Nonostante i cenni di approvazione intorno al tavolo,

l'autore della proposta non sembrava particolarmente contento. Mina sospettava che fosse stato Lasse a insistere.

«Vieni anche tu, Vincent, se non hai altri programmi per la serata» disse Christer quando si alzarono.

Mina trattenne il respiro. Una cena natalizia senza o con Vincent erano due cose completamente diverse, e lei preferiva decisamente la seconda opzione.

«Volentieri! Grazie dell'invito» rispose lui mettendosi il cappotto.

Mentre uscivano dalla sala, si rivolse a Ruben.

«Senti, a proposito del *Codice da Vinci.* Quelli da cui ha tratto l'idea Dan Brown sono gli autori del libro che ho citato, cioè Michael Baigent, Richard Leigh e Henry Lincoln, che vengono addirittura richiamati nel libro, o nel film, se vuoi. Per esempio, il personaggio di sir Leigh Teabing fa riferimento a Leigh e a Baigent. Leigh rimane uguale, ma Teabing è l'anagramma di Baigent. Buffo, vero?»

Mina soffocò una risata. Ruben aveva un'aria molto infelice.

Niklas ascoltò un'altra volta il messaggio sulla segreteria telefonica. Ingenuamente aveva sperato che il conto alla rovescia si fermasse per il solo fatto che lui lo desiderava, ma naturalmente non era successo. Gli restavano dodici giorni. Vedere la propria morte che si avvicinava in modo così concreto lo condizionava fisicamente. Certo, si dice sempre che tutti devono morire, ma nessuno che non abbia una condanna che incombe su di lui prende sul serio questa affermazione, semplicemente perché è impossibile comprenderne le implicazioni. Rimane una cosa astratta. Invece lui le comprendeva. Le sentiva nel corpo.

Salì in piedi sulla sedia per arrivare all'orologio a parete, lo staccò dal gancio ed estrasse la batteria. Non aveva bisogno che gli venisse ricordato più del necessario che il tempo continuava a passare. Poi scrisse un breve sms e lo inviò.

«Puoi venire?»

Ogni volta che convocava Tor in quel modo si sentiva come un principale perfido di un film americano degli anni Settanta che chiamava i suoi sottoposti con l'interfono per licenziarli o almeno dare loro una lavata di capo. L'sms era la versione moderna del pulsante da premere sulla scrivania.

Comunque, era raro che Tor non fosse al suo fianco, quindi non poteva essere lontano. Infatti meno di un minuto dopo la porta si aprì, appena dopo che Niklas aveva riappeso al suo posto l'orologio ormai fermo e rimesso la sedia dov'era.

«Hai ragione tu» disse prima che il suo braccio destro avesse il tempo di aprire bocca. «Parlo dell'aumento del livello di protezione. Ho cambiato idea. Quanti giorni servono per organizzare la cosa?»

Tor annuì con aria soddisfatta.

«Mi sono preso la libertà di cominciare a predisporre tutto» rispose. «Sono in contatto con la Säpo perché abbiamo qualche divergenza sul livello da adottare, ma chiederò il più alto. Stanno lavorando per distaccare un maggior numero di uomini e verificheranno le possibilità di tracciatura delle chiamate. Sono anche in contatto con il Noa.»

«Il reparto operativo nazionale? Perché?»

«Perché possano avvisarci se notano comportamenti o movimenti dei gruppi criminali su cui dobbiamo stare all'erta. Non vogliamo che si ripeta una situazione simile a quella dell'estate scorsa.»

Il ministro guardò fuori dalla finestra le poche persone che sfidavano la neve. Per strada un uomo camminava a testa china per proteggersi dal vento. Nonostante fosse al sicuro e al caldo, Niklas si sentiva come quell'uomo, obbligato ad affrontare entità più potenti di lui e intirizzito fino al midollo.

Voleva spiegare a Tor che la minaccia non veniva da dove pensava lui e che probabilmente avrebbero dovuto tenere gli occhi aperti nei confronti di qualcosa di inaspettato, ma non poteva farlo perché la conseguenza sarebbe stata una serie di domande a cui gli era vietato rispondere.

«Grazie» disse invece. «Fammi sapere quando è tutto organizzato.»

Tor annuì e uscì.

Niklas guardò il caos sulla scrivania, di solito in perfetto ordine, ma c'erano cose più importanti a cui pensare. Il tempo, per esempio. Ne aveva troppo poco. Non poteva sprecare un solo secondo di più restando lì in ufficio.

Prese il pesante cappotto dal gancio sulla parete, se lo infilò e ficcò le mani in tasca. Strano. Era convinto che il biglietto da visita fosse lì. Invece no, lo aveva tirato fuori. Doveva essere in mezzo alle carte sulla scrivania, sicuramente sotto qualche mucchio. In ogni caso non era importante: aveva il numero sul cellulare. Ma il cartoncino poteva servire a ricordargli che era tutto vero e non solo un incubo.

Mentre andava all'ascensore fece capolino nell'ufficio di Tor.

«Vado a casa a piedi» disse. «Tanto sono due passi.»

«Con questo tempo?»

Si capiva che la cosa non gli andava a genio, ma la decisione spettava a Niklas. Ancora per poco, visto che la situazione sarebbe radicalmente cambiata una volta rafforzata la sicurezza. A quel punto sarebbe diventato un prigioniero, ma almeno sarebbe rimasto in vita.

Quando uscì accompagnato dalle guardie del corpo la neve gli sferzò subito il viso. Tor non doveva preoccuparsi: con quel tempaccio non giravano nemmeno i criminali. Niklas chinò la testa per proteggersi dalla neve e si incamminò a passi rigidi, senza nemmeno guardarsi alle spalle a ogni rumore inaspettato. O quasi.

Una volta arrivato al portone segnalò alle guardie che potevano fermarsi lì e salì in ascensore nell'appartamento vuoto. Si tolse meccanicamente il cappotto e lo lasciò cadere sullo zerbino, fece fare la stessa fine alle scarpe sporche di neve, andò dritto in soggiorno e sprofondò su una poltrona, accendendo la lampada a stelo in modo che le guardie giù in strada sapessero in quale stanza si trovava. Poi prese il telefono e richiamò il numero rimasto in memoria, nella speranza che prima o poi il messaggio venisse modificato.

Che lo risparmiassero.

Invece era sempre uguale. Niklas mise giù il cellulare e chiuse gli occhi. Quando Nathalie e Mina gli comparvero sulla retina non resistette più. Le lacrime presero a scorrere, che lo volesse o no.

La villetta di Stureby era stata addobbata a dovere. In realtà né Julia né Torkel avevano una gran predilezione per il Natale, ma tutti e due erano dell'idea che, se si avevano figli, era giusto festeggiarlo. Pur avendo solo un anno, Harry adorava le candele, i festoni argentei e tutto quello che luccicava con la stessa passione di una diva della musica pop. Julia doveva riconoscere che le sue risate gorgoglianti ogni volta che scopriva qualsiasi cosa scintillasse e sfavillasse la ripagavano dell'impegno profuso nelle decorazioni.

L'atmosfera natalizia imposta dalle circostanze le ricordava però tormentosamente la scarsa spontaneità che regnava ormai in casa loro. Dopo sforzi disperati per tornare al rapporto di un tempo, lei e Torkel erano sprofondati in un silenzio rassegnato. Ormai non litigavano nemmeno più, limitandosi a girarsi intorno come due corpi celesti lontani decine di milioni di chilometri l'uno dall'altro.

«A che ora rientri stasera?» le chiese Torkel sulla soglia della camera da letto con Harry in braccio. Il bambino era più mammone del solito, in quel periodo, e si sporse piagnucolando verso di lei, ma Julia lo ignorò. Voleva vestirsi velocemente.

«Non lo so, però non troppo tardi, credo. Le indagini ci stanno impegnando tutti parecchio.»

«Allora magari quando torni esco per un po'.»

Julia si bloccò con i collant neri in mano, una gamba infilata e l'altra no. Torkel evitò il suo sguardo.

«Pensavo di andare a prendere una birra.»

«Con chi?»

Torkel esitò.

«Filip.»

«Okay.»

Riprese a mettersi le calze e le sistemò saltellando sul posto. Gli uomini non sapevano quanto erano fortunati a evitare quella tortura ma – come diceva sempre sua madre – «se bella vuoi apparire devi soffrire», e lei voleva essere bella. Quella sera ci sarebbe stato anche Adam e, per quanto faticasse ad ammetterlo, era per lui che desiderava esserlo.

«Cercherò di sbrigarmi» disse prendendo la gonna. Era la sua preferita, e l'avrebbe abbinata alla maglia nera che le lasciava scoperta una spalla. L'aveva già tirata fuori dall'armadio.

«Che eleganza. Non era solo una cena tra colleghi?» chiese Torkel spostando il bambino sull'altro fianco.

Julia alzò le spalle con noncuranza e si infilò la maglia.

«Mi fa piacere mettermi un po' in tiro, tutto qui. È tanto di quel tempo che giro solo in uniforme o abiti seri.»

Torkel non sembrava convinto.

La diffidenza che si era insinuata tra loro era una novità. Nei tanti anni passati insieme non erano mai stati gelosi, ma le cose erano cambiate. Era come se la nascita di Harry, arrivato dopo essere stato tanto desiderato, avesse messo a nudo delle enormi falle nel loro rapporto.

Avevano provato la terapia di coppia e lo psicologo aveva esposto la sua teoria: per molti anni avevano avuto un obiettivo comune, quello di diventare genitori, e nel corso di quel sogno erano sorti dei problemi senza che loro se ne accorgessero. Per questo, quando era nato Harry e la loro comune battaglia si era conclusa, di colpo erano rimasti solo i problemi.

Il ragionamento filava, ma capire il motivo per cui si trovavano in quella situazione non era bastato a trovare la chiave per risolverli. Avevano smesso di andare alle sedute e, come per una tacita intesa, si erano arresi, solo che nessuno dei due aveva ancora pronunciato a voce alta le parole per ammetterlo e nemmeno trovato la forza di intraprendere i passi necessari. Le questioni nuove e difficili da affrontare erano troppe.

E in mezzo a tutto questo c'era Harry, che entrambi amavano sopra ogni cosa al mondo. Julia si allungò verso di lui e fu ricompensata con un gran sorriso e le sue bracciotte tese.

«È proprio un piccolo cocco di mamma» commentò Torkel quasi commosso, e Julia si rallegrò di vedergli negli occhi uno sprazzo di quella tenerezza che un tempo mostrava nei suoi confronti, anche se adesso era riservata al figlio.

«Esatto, sei proprio il mio cocco» disse facendogli il solletico sulla pancia, con il risultato che il bambino scoppiò in una risata gorgogliante. «La mamma tra poco va via, ma prima andiamo a vedere l'albero di Natale con le sue belle palline rosse.»

Lo portò nel soggiorno in cui troneggiava il grande abete addobbato e Harry si mise ad agitare gambe e braccia per l'eccitazione. Quell'albero era la sua passione e lo riempiva di una felicità strabordante. Julia gli seppellì il naso nell'incavo del collo e inspirò a fondo quel profumo fantastico. Un segnale acustico del cellulare la avvertì che era arrivato il taxi. Diede di nuovo un abbraccio e un bacino al figlio e lo ripassò a Torkel.

Chiudendo la porta li vide ancora davanti all'abete. È solo un albero, si disse. Poi si abbottonò il cappotto e andò verso il taxi. Sperava che Adam apprezzasse la maglia.

Quando suonò il campanello, Vincent era in camera da letto e si stava chiedendo quale camicia e quale abito scegliere per la cena natalizia.

«Qualcuno può aprire?» gridò verso l'ingresso.

Nessuna risposta. Sospirò e andò alla porta. Ritrovandoselo davanti in boxer, la donna con la divisa della FedEx sollevò un sopracciglio, ma fu questione di un attimo. Probabilmente aveva visto di peggio.

«Ho una consegna per Vincent Walder» disse. «È lei, immagino.»

«Esatto.»

Gli tese un pacchetto grande come una scatola da scarpe.

«Un regalo arrivato con qualche giorno di anticipo, pare. Buon Natale.»

«Altrettanto» rispose Vincent, e chiuse la porta.

Il pacchetto era stranamente pesante. Se lo portò in cucina e prese un coltello. Poi lo appoggiò sul tavolo e lo aprì con delicatezza. Dentro c'era un cofanetto di legno nero.

«Cosa ti è arrivato?» chiese Rebecka entrando in cucina. «E perché sei seminudo?»

«Taci, figlia mia. Questa cosa è più interessante dei vestiti. Vieni a vedere.»

Il cofanetto era laccato e molto elegante. Sul coperchio

c'era una targhetta d'argento e, guardando meglio, si accorse che c'era scritto PER VINCENT WALDER.

Lo aprì. Dentro trovò una cornice di legno in cui erano inserite quattro clessidre in fila.

«Oh, è un pezzo che non ne vedo» disse, estraendola dal cofanetto. «Che belle!»

«Cosa sono?» domandò Rebecka.

«Clessidre. Un antico metodo di misurazione del tempo» rispose lui. «Contengono quantità diverse di sabbia. Quando si gira la cornice, la prima si esaurisce, per esempio, in quindici minuti, la seconda in trenta, la terza in quarantacinque e la quarta in sessanta. Venivano utilizzate, tra l'altro, nelle chiese, in modo che il sacerdote potesse calcolare quanto durava il sermone. Penso che in Sankta Ragnhild, a Södertälje, ce ne sia ancora una sul pulpito.»

Capovolse la cornice e la sabbia cominciò immediatamente a scendere attraverso le quattro strozzature.

«Pare che già gli antichi romani le usassero per tenere sotto controllo il tempo durante i discorsi politici al senato» continuò. «Si dice che le clessidre fossero diventate via via più piccole, rispecchiando la qualità dei discorsi. La prima attestazione storica risale però solo al Quattordicesimo secolo. Vero che è un oggetto affascinante?»

Girò di nuovo la cornice, sollevandola controluce, e la sabbia prese a scorrere in direzione opposta.

«Okay, facciamo finta che qualcosa di quello che hai detto sia interessante» disse Rebecka. «Ma perché qualcuno te le ha spedite?»

«Francamente non lo so» rispose lui, e guardò nel cofanetto.

Sul fondo c'era un foglietto, che evidentemente era stato inserito sotto le clessidre, zeppo di parole in inchiostro blu scritte in bella calligrafia. Vincent mise giù la cornice, lo prese e lesse a voce alta.

«Trova il quarto prima che scada il tempo.»

Quella scrittura gli era fin troppo familiare. L'aveva vista numerose volte nell'ultimo anno e mezzo, e sempre in concomitanza con un rompicapo interessante e ben costruito.

«Fin da... quella cosa di mia sorella...» disse. Di colpo gli venne il dubbio di non aver mai raccontato a Rebecka di quando lui e Mina avevano rischiato di annegare in una vasca piena d'acqua, ma doveva pur averlo fatto, no? «Da allora, insomma, la gente mi spedisce indovinelli, rebus e rompicapi da risolvere. Questo pacchetto arriva da uno dei mittenti più geniali. Non ho idea di chi sia e se si tratti di un uomo o di una donna, ma riconosco la scrittura. È una persona molto colta.»

Le clessidre erano davvero bellissime. Le capovolse di nuovo.

«E quindi di cosa si tratta?» chiese Rebecka. «Cos'è questo "quarto"?»

Sembrava davvero interessata, suo malgrado.

«Non lo so» rispose Vincent. «Magari è simbolico e riguarda ciò che rappresentano le clessidre. Potrebbe essere il fatto che il tempo scorre in modo irrevocabile o, al contrario, l'eterna inversione della polarità di Schuon a livello micro e macrocosmico...»

«Potrebbe anche trattarsi semplicemente del tempo che ci mette la sabbia a scorrere» intervenne Benjamin, entrato in cucina senza che Vincent se ne accorgesse. «Forse la quarta clessidra contiene un segreto che scopri quando è scesa la sabbia. E perché non ti sei vestito?»

«Che palle con questa storia di vestirsi» disse Vincent. «Ottime riflessioni, caro figlio, ma non penso sia così semplice. Mi aiutate a calcolare il tempo misurato dalle quattro clessidre?»

«Papà, vestiti» ordinò Rebecka. «Subito. Prima che ti veda qualcuno. E poi non avevi una cena?»

Vincent sospirò. Tanto valeva ubbidire. Lanciò un ultimo sguardo alle clessidre. Avevano qualcosa di strano. Non implicavano un compito scontato da svolgere. Niente sfide di bravura con tessere da combinare. Sembrava piuttosto che rappresentassero un messaggio.

L'inesorabile discesa della sabbia sotto vetro gli ricordava che, prima o poi, tutto finiva.

Anche lui.

Siamo arrivati alla tua omega.

Prima di uscire dalla cucina capovolse di nuovo le clessidre.

Dividevano tutto. Era così che vivevano, che sopravvivevano. Alcuni non potevano contribuire. Non importava. Nessuno veniva giudicato male.

«Dobbiamo essere riconoscenti di avere la possibilità di aiutare il prossimo. È un dono.»

A volte gli sembrava che quell'affermazione fosse un po' strana, considerando che suo padre ripeteva sempre che tutti dovevano fare la propria parte. In effetti però per alcuni suoi amici non era tanto facile salire in superficie. Quello con il berretto giallo era sempre fatto e sembrava viaggiare su una nuvola tutta sua, e quella che faceva la raccolta di cannucce era convinta di essere in vacanza in Grecia con le sue due figlie. Loro non uscivano mai da lì sotto. Gli altri se ne prendevano cura, insieme. Suo padre diceva che era quella la parola più bella della lingua svedese: "insieme".

Prima di ammalarsi, era stato insegnante di svedese. Per questo conosceva tante belle parole, cosa che tornava utile ora che era un re. Peccato che fosse un re solo nei periodi in cui era allegro. Quando smetteva di ridere e spariva nel buio non lo era più. Lo diceva lui stesso, che appena scendeva il buio abdicava. Era una delle tante belle parole che conosceva, "abdicare". Ma ogni volta che tornava lo incoronavano di nuovo re.

Nei periodi in cui non c'era, erano gli altri a occuparsi di lui, e lui di loro. Formavano una famiglia.

Ora si erano riuniti intorno al fuoco: un fusto di metallo con materiale infiammabile che riempiva il tunnel di fumo e li faceva tossire, ma diffondeva calore e luce. Mentre suo padre divideva con gli altri quello che avevano trovato nella loro caccia al tesoro, tendevano tutti le mani verso le fiamme e avvertivano il calore sulla faccia. Non sapeva se quella che sentiva nel petto era felicità, ma pensava di sì.

L'uomo anziano con gli occhi buoni gli diede un pezzo di panino al prosciutto. Lui se lo mangiò quasi in un boccone, accorgendosi solo in quel momento di quanta fame aveva. Gli succedeva spesso. La fame era una compagnia così costante che quasi non la notava più. Era come se il suo corpo si risvegliasse solo al contatto del cibo con le labbra, rivelando il risucchio che gli tormentava lo stomaco.

«Guardatevi intorno» disse suo padre facendo un ampio gesto con il braccio. «Guardatevi intorno. Vi rendete conto della fortuna che abbiamo? Siamo al riparo dal mondo di sopra, da un mondo che sta per soccombere. Siamo al riparo. Siamo insieme. Siamo sazi. Siamo al caldo.»

Berrettogiallo canticchiava qualcosa tra sé. Lui cercò di sentire cos'era quella melodia, ma non la conosceva. Non era una di quelle che gli cantava la mamma quando era piccolo.

Gli era rimasto in mano un pezzetto di panino. La fame era ancora lì, ma domata, sotto controllo. Lo passò alla donna arrivata da poco. Era così magra, sempre così intirizzita. Tremava ancora nonostante suo padre le avesse dato mezzo hamburger. Per questo le diede il suo ultimo boccone. Si prendevano cura gli uni degli altri. Erano una famiglia. Suo padre lo diceva sempre. E lui non desiderava altro che diventare come suo padre.

Svoltando nel vialetto all'indirizzo che gli aveva dato Mina, Vincent avvertì nel petto uno sprazzo di gioia natalizia e rimase qualche istante in macchina per assimilare quello che vedeva. Davanti alla casa lampeggiavano lanterne colorate e l'intero giardino era punteggiato di figure illuminate: folletti, renne, pupazzi di neve.

Il pensiero del messaggio ricevuto dall'Ombra era tornato alla carica, rendendolo irrequieto. Se non fosse riuscito a placare l'ansia si sarebbe rovinato la serata. Facendo respiri lenti e profondi chiuse gli occhi e visualizzò la casa addobbata a festa. Fece sua l'atmosfera natalizia, l'allegria delle lanterne. Lasciò che quella sensazione gli pervadesse ogni angolo del corpo. Poi riaprì gli occhi. Invece dell'ansia, dentro di sé percepì le note di *Hej, tomtegubbar*. Decisamente meglio.

Il giardino era attraversato da diverse serpentine di luci, e quelle che passavano tra le figure più vicine alla macchina erano rosse. Vincent le contò mentre il vento le faceva oscillare, e giunse alla conclusione che erano ventitré.

Merda. Un dettaglio come quello rischiava di far tornare alla carica l'ansia. Scese dall'auto, guardando con attenzione dove metteva i piedi. Si scivolava terribilmente e quel giorno aveva già evitato per un pelo di cadere per ben due volte. Una frattura al femore era l'ultima cosa che gli ci voleva, proprio adesso che gli si era aggiustato il piede. Si avventurò cauto sul prato e cominciò a svitare una delle lampadine in fondo al filo. Ventidue erano molto meglio. Poteva accettarle.

Quando finì, si spense tutta la serpentina.

«Benvenuto! Qualche problema con le luci?»

Un uomo distinto sulla sessantina con un berretto da Babbo Natale in testa lo salutò dalla soglia. Doveva essere Lasse. Vincent nascose la lampadina svitata nella mano e andò verso la porta. Dall'interno risuonavano musiche natalizie e la luce si rifletteva in giardino da tutte le finestre. A Vincent venne spontaneo pensare che la sua immagine di Christer non si conciliava con quell'accogliente festosità. Sarebbe stata una serata interessante.

«Gli altri sono già qui e siamo passati al *glögg*, ne vuoi un po'? Figuriamoci se non lo vuoi! Dopotutto è Natale e a Natale si beve il *glögg*, giusto?»

Lasse continuò a chiacchierare allegramente mentre gli prendeva il cappotto e lo accompagnava in un piccolo soggiorno con una splendida vista. Erano davvero tutti lì, ciascuno con una tazzina in mano. Vincent notò che Mina aveva l'aria tormentata. Probabilmente per lei era insopportabile stare in casa di qualcun altro, considerando tutti i batteri, a cui si aggiungeva la sovrabbondanza di decorazioni che la circondava in quell'ambiente: folletti di ceramica, caproni in paglia, lucine intermittenti, carillon in tema che giravano lentamente, tende a fantasia di biscotti allo zenzero e tovaglie piene di fiocchetti rossi. Si guardò intorno. Sopra ogni porta era appeso il vischio. Stupendo.

«Ciao, Vincent» lo salutò Adam. «Bello che sia potuto venire anche tu!»

Le guance rosse di Ruben e Julia facevano capire che si erano già scolati più di una tazzina di *glögg* alcolico. Vincent chiese la versione analcolica, dato che doveva guidare.

Qualcosa gli si strusciò contro la gamba: abbassando lo sguardo, vide Bosse che voleva una grattatina di saluto. In onore della serata, il cane aveva sulla testa un cerchietto con delle corna di renna in plastica luccicante.

«Un po' eccessivo, eh?» disse Christer mettendosi di fianco a lui. «Avessi saputo che Lasse era un patito del Natale mica lo so se gli avrei permesso di trasferirsi qui.»

«Per me è una meraviglia» rispose Vincent, sincero.

«Questione di punti di vista» borbottò Christer.

Vincent grattò Bosse dietro l'orecchio e osservò gli altri. Era strano vederli in un ambiente diverso dalla sede della polizia, ma proprio per questo era l'occasione giusta per conoscerli meglio. Mina se ne stava in disparte, sulle sue. Ruben era nei paraggi ma a quanto pareva aveva rinunciato ai tentativi di parlare con lei e al momento era impegnato a guardare il telefono facendo passare ogni tanto il dito sullo schermo verso destra. Adam e Julia parlavano fitto con le teste vicine. Interessante.

Vincent raggiunse Mina e controllò che tutti gli altri fossero distratti da qualcos'altro. Poi le passò di nascosto la lampadina rossa staccata dal filo fuori.

«Non fare domande» disse a bassa voce. «Mettila in tasca e basta.»

Lasse si schiarì la gola dalla soglia di una piccola sala da pranzo.

«Prego, potete accomodarvi a tavola!»

Vincent offrì il braccio a Mina, che dopo un attimo di esitazione lo prese delicatamente.

«La giacca è fresca di lavanderia» le sussurrò con una strizzatina d'occhio.

«Meno male che mi hai porto il gomito e non la mano, considerando dove l'hai appena messa» rispose lei accennando con la testa a Bosse.

«Ah, quindi sogni a occhi aperti che giriamo mano nella mano?» disse lui con un sorrisino.

«Ahah.» Mina gli lasciò andare il braccio e lo precedette nell'altra stanza.

Mentre oltrepassava la porta, Vincent sbirciò verso il vischio e poi le fissò lo sguardo sulla schiena. In quel preciso istante lei si voltò e gli sorrise con le sue labbra piene, di quel rosso naturale, su cui il suo sguardo si soffermò per un secondo di troppo.

Lei tornò a girarsi e andò verso la tavola superbamente apparecchiata. Vincent la raggiunse, le scostò la sedia e prese posto accanto a lei. Osservò Julia e Adam, che come loro si erano seduti vicini, anche se lui non le aveva scostato la sedia. Quei gesti da gentiluomini erano veramente in via di estinzione, oppure Adam aveva una buona ragione per comportarsi in maniera apparentemente neutra nei confronti della coordinatrice del gruppo. Molto interessante.

«Secondo te cosa ci porteranno?» chiese Mina a voce bassa. «Avrei dovuto cenare prima?»

Vincent capiva che non si preoccupava dell'abilità culinaria di Christer e Lasse ma del fatto che avrebbe dovuto mangiare qualcosa che non aveva preparato di persona e su cui quindi non aveva il controllo. Partecipare a quella festa doveva esserle costato un grande sforzo.

«Non scommetterei troppo su Christer come cuoco. Dovremo riporre le nostre speranze in Lasse.»

«Se lo dici tu...» rispose Mina dubbiosa. «Sappi che, se dovrò sottopormi a una lavanda gastrica, ti costringerò a venire con me.»

«Ed eccoci con l'antipasto!» annunciò all'improvviso Christer dall'ingresso della cucina.

Lui e Lasse arrivarono con diversi piatti in equilibrio su mani e avambracci e li distribuirono delicatamente sulla tavola. Vincent fissò sorpreso quello che gli venne messo davanti. Christer batté le mani per attirare l'attenzione.

«Come antipasto ho preparato una cocotte con schiuma di tartufo e porcini.»

«Per la miseria, Christer» esclamò Ruben passando con lo sguardo dal collega all'elegante creazione nel piatto. «Mica lo sapevo che eri capace di cucinare! In ufficio riesci a bruciare il caffè, e considera che è la macchinetta a farlo!»

«Christer è bravissimo» intervenne Lasse guardando innamorato il compagno. «Glielo dico sempre che potrebbe farsi assumere nella cucina dell'Ulla Winbladh.»

«Ma va', è solo un hobby» rispose Christer arrossendo. «Dai, cominciate. Io devo dare qualche ritocco al piatto principale.»

Mangiarono immersi in un silenzio stupito. In sottofondo risuonava *Astro del ciel* a volume discreto.

«Chi l'avrebbe mai detto» continuava a ripetere Ruben, scuotendo la testa incredulo. «Chi l'avrebbe mai detto.»

«Ci è arrivata qualche segnalazione utile, dopo la conferenza stampa?» chiese Mina a Julia.

«Pessimo argomento di conversazione, Mina» le sussurrò Vincent.

Vedendo che non aveva toccato l'antipasto, scambiò con discrezione i piatti. Non che fosse un gran sacrificio: la composizione aveva sollecitato delle papille gustative che neanche sapeva di avere.

«Ssh, vietato parlare di lavoro» disse Lasse. «Stasera voglio conoscervi come persone. Niente morte né altri orrori. Mi basta quello che mi propina Christer. Partiamo da te, Mina. Qual è la tua storia?»

Mina assunse un'espressione terrorizzata. Essere costretta a scendere sul personale con degli estranei non era il suo sport preferito, ma l'etichetta esigeva una risposta.

«Non c'è molto da raccontare» iniziò. «Sono in polizia da quasi dieci anni, ho una figlia adolescente e un ex marito. Abito a Årsta. Tutto qui.»

«A parte il piccolo dettaglio che sei stata protagonista di due dei nostri casi più complicati finora» aggiunse Julia. «Mina è una delle stelle più luminose della centrale. Per nostra fortuna lo sanno in pochi, lì dentro, così possiamo tenerla per noi. Bisogna vedere per quanto, però.»

Mina guardò sorpresa Julia mentre la parola passava ad altri. Erano arrivati a Adam quando Christer tornò annunciando il piatto principale, sorprendente come l'antipasto: sella di capriolo con patate alla Hasselback e salsa preparata con il fondo di cottura e una quantità perfetta di porto. Via via che il livello delle bottiglie di vino scendeva, la conversazione intorno al tavolo fluiva sempre più facilmente. Con la coda dell'occhio, Vincent vide che Julia e Adam erano tornati a parlare con le teste vicine. Ah, ecco. Quindi non aveva capito male.

Mina spiluccò qualcosa della portata principale, passando però la maggior parte del tempo a spostare i bocconi nel piatto. Quando Vincent prese di nascosto una patata e un pezzo di carne gli lanciò un'occhiata riconoscente.

Il dessert era una pavlova carica fino all'inverosimile di more artiche. Ruben, ormai rassegnato allo stupore, spazzolò la fetta nel suo piattino.

«Cazzo, che bontà!» esclamò con una pacca sullo stomaco.

«Non riuscirei a mandare giù nemmeno un'altra briciola» gemette Julia.

«Potresti accompagnarmi tu a casa?» sussurrò Mina, e Vincent annuì.

Non desiderava altro, ma capiva che il senso di quella richiesta non aveva le implicazioni che sperava lui.

«Se vuoi possiamo battercela anche adesso» le bisbigliò.

Nell'ultima mezz'ora le aveva letto il panico in faccia. Si alzò e si schiarì la voce.

«Lasse e Christer, è stata una serata fantastica. Grazie di avermi invitato. Purtroppo devo fare la figura dell'ospite ingrato e andarmene per primo. Mia moglie è via e bisogna liberare la babysitter, quindi mi tocca saltare il caffè, anche se sono convinto che sarà il migliore mai assaggiato. Mina, mi dispiace se ti rovino la serata, considerando che ho promesso di darti un passaggio. L'auto parte adesso. Scusami di questo contrattempo.»

Per non ferire i padroni di casa, Mina si sforzò di trattenere l'entusiasmo e fingersi delusa. Ringraziò a sua volta e salutò i colleghi.

Quando uscirono, il gelo invernale pizzicò il viso a entrambi. Mina emise un lungo sospiro e Vincent si accorse del sollievo che la pervadeva.

«Grazie» gli disse. «Ancora qualche secondo e non avrei più resistito.»

Andarono alla macchina.

«Hai ancora la lampadina che ti ho dato?» le chiese lui.

Lei la tirò fuori dalla tasca e gliela diede.

Poi vide il filo di lucine spente.

«Scusa, sai, ma quanti anni hai in realtà?»

Lui la riavvitò e subito l'intera serpentina riprese a risplendere. Ventitré. Vincent distolse rapidamente lo sguardo e aprì il bagagliaio, tirando fuori un rotolo. Poi spalancò la portiera del passeggero.

«Purtroppo non ho della plastica per rivestire il sedile» disse agitando il rotolo. «Però ho della carta da regalo, se vuoi stare seduta sui folletti. Chissà, magari soffocano. Due piccioni con una fava, per una che odia il Natale.»

Mina gli diede un pugnetto sul braccio.

«Vuoi dire che sono pesante? Sta' attento che magari mi siedo su di te, invece.»

Poi arrossì.

«Cioè... non intendevo...»

Anche Vincent si sentì avvampare, e scoppiò a ridere. Salì in macchina e la aspettò. Lei ci mise qualche secondo.

«Smettila di sorridere» gli intimò.

Vincent avviò il motore e uscì dal vialetto in retromarcia.

«A proposito» disse, «da quanto tempo vanno a letto insieme Julia e Adam?»

Mina lo fissò a bocca aperta.

Ruben era tornato a casa dalla cena di Christer e Lasse da un'oretta, la maggior parte della quale passata a fissare i rotoli di carta da regalo che aveva messo sul tavolo, incerto su quale scegliere, e a cercare di tornare sobrio. I folletti disegnati sulla carta lucida avevano un'aria ridicola. Astrid li avrebbe sicuramente trovati infantili.

L'altra carta era monocolore, rosso opaco. Forse troppo da adulti, o magari le sarebbe piaciuta. Lui non ne aveva idea. Non era granché bravo in quelle cose.

Oltretutto non aiutava il fatto che dovesse tenersi al bordo del tavolo per restare in piedi. Il *glögg* di Christer era fantastico, e durante la serata il vino aveva continuato a scorrere a fiumi, quindi al momento le sue capacità motorie erano limitate. Vabbè, avrebbe scelto quella rossa. La srotolò di un metro e cominciò a incartare il regalo. Fece diversi giri, senza avere la più pallida idea di quanta carta servisse, ma cinque strati avrebbero dovuto essere sufficienti. Alla fine quasi non riusciva a ripiegarla agli angoli e fu costretto a tenere insieme i lembi mentre cercava il nastro adesivo.

Naturalmente era caduto a terra per fargli un dispetto. Ruben allungò una mano senza mollare il pacchetto con l'altra, ma era appena oltre la sua portata. Quando cercò di recuperarlo con il piede, riuscì solo a spostarlo più lontano. E che cazzo! Come faceva la gente?!

Il cellulare sul tavolo emise un *pling*. In quel momento qualsiasi interruzione era benvenuta. Ruben afferrò goffamente il telefono con la mano sinistra, dato che la destra era sempre impegnata a tenere ferma la carta da regalo.

Il messaggio era della ragazza il cui nome finiva per "y" che aveva dormito da lui due notti prima. Chissà come si era procurata il suo numero. Probabilmente era stato poco prudente. Gli chiedeva se poteva passare a «dargli un regalo di Natale», e allegava una foto in cui sorrideva all'obiettivo con un berretto rosso da Babbo Natale in testa. Per il resto era nuda, nel caso il messaggio non fosse chiaro. Dio santo, nudissima, proprio.

Ruben alzò gli occhi al cielo e sospirò.

«Scommetto che ti stai divertendo, vero, Peder?» disse a voce alta.

Gli ci volle un po' a scrivere una risposta con il pollice sinistro. In realtà non gli sarebbe dispiaciuto averla lì, ma le priorità erano priorità. Rispose che purtroppo quella sera era impegnato in un'operazione importante. In un certo senso era vero: doveva riuscire a preparare il pacchetto di Astrid, costasse quello che costasse.

Meno undici giorni

Qualcosa, in Peter Kronlund, disturbava Ruben. Adam e Julia non avevano ricavato granché dal colloquio al centro di custodia cautelare, ma la faccia sullo schermo aveva un che di familiare. E se c'era uno che non dimenticava mai un viso era proprio lui.

Fece una ricerca in rete e cliccò su alcuni degli articoli sullo scandalo Confido. Nella maggior parte dei casi Peter Kronlund era ritratto nelle foto, sempre vestito in modo impeccabile: abito per lo più blu scuro, camicia rosa pallido e cravatta in tinta, a righe o a quadretti. Orologio costoso, ovvio. Ruben zoomò una delle immagini e vide che, per cambiare, non era un Rolex, ma una scelta più raffinata: quella della ricchezza discreta, di chi la sa lunga. Un Patek Philippe.

Per pura curiosità aprì una nuova scheda del browser e googlò un sito di orologi di lusso. Gli sfuggì un fischio. Per un modello come quello che Peter Kronlund portava con nonchalance al polso destro si doveva sborsare un milioncino di corone. Il destro e non il sinistro, perché le ragazze che prendeva a bordo sulla sua macchina costosa lo vedessero meglio. Ruben sorrise. Aveva usato anche lui quel trucchetto, ma mai con qualcosa di così costoso. Un oggetto del genere era pericolosissimo a prescindere dal polso su cui era infilato. I furti di orologi erano diventati sempre più frequenti, soprattutto a Östermalm. Girare con uno di quelli era un invito a farsi rapinare.

Aggrottò la fronte. Cavoli, quel Peter aveva davvero qualcosa di familiare. Le sopracciglia folte e la bocca sottile avevano fatto scattare tanti di quei campanelli d'allarme che gli sembrava di avere nella testa un'orchestra che suonava *Jingle Bells*. Ruben si costrinse a concentrarsi e scavare nella memoria. Tutte le facce che aveva visto in vita sua erano immagazzinate lì, nel bene e nel male. Tra le donne che aveva rimorchiato ce n'erano alcune che avrebbe volentieri cancellato per sempre.

Peter... Peter... Qualcosa si mosse ai margini della mente, inducendolo a tentare di rilassarsi. Raramente sforzarsi dava i risultati sperati. Doveva permettere al cervello di lavorare: si lasciò sommergere da ogni pensiero, impressione e associazione suscitati dal viso e dal nome sullo schermo.

Peter... Peter... Peter Manojlovič! Ecco cos'era! L'uomo noto sulla stampa come Peter Kronlund si chiamava originariamente Manojlovič, cognome che aveva sentito nominare spesso ultimamente e anche pochissimo tempo prima, alla riunione del gruppo. Doveva essere stato quello a portarlo, alla fine, all'abbinamento giusto.

Fece una rapida ricerca in rete. L'uomo era stato abile nel cancellare le sue foto collegate al vecchio nome, probabilmente con l'aiuto di qualcuno. Era chiaro che Peter Kronlund aveva voluto tagliare i ponti con la famiglia. D'altra parte, era raro che su internet le informazioni sparissero del tutto. E alla fine, in un vecchio articolo dell'*Aftonbladet*, Ruben trovò quello che cercava. La foto in bianco e nero non era nitidissima, ma non c'erano dubbi sul fatto che l'uomo ritratto fosse Peter Kronlund. La didascalia recitava: «Victor, Milan e Peter Manojlovič, figli del famigerato Dragan Manojlovič.»

La soddisfazione fu enorme. Ruben si lanciò in una ricerca frenetica nei database della polizia e vedendo le informazioni sfilare sullo schermo non poté trattenere un sorriso da orecchio a orecchio. Il cognome Manojlovič aveva provocato un'inondazione di risultati. Le prime annotazioni riguardavano il padre Dragan, ma nel corso degli anni avevano dato un contributo significativo anche i figli Victor, Milan e Peter, con la loro avanzata sul fronte criminale. L'ultimo nome era sparito all'improvviso una quindicina di anni prima. Una rapida ricerca su Google dimostrò che Kronlund era il cognome da ragazza della moglie di Peter, e che lui l'aveva assunto sposandosi. Era evidente che l'uomo aveva fatto tutto il possibile per nascondere il proprio passato, cambiando nome, indirizzo e giro di conoscenze. Non c'era più niente che lo legasse alla sua vita precedente.

Ruben era perplesso. Capiva benissimo che nei rapporti della polizia sulla Confido non si accennasse al passato di Peter, perché le accuse riguardavano reati di stampo economico e finanziario e gli inquirenti, giustamente, si erano concentrati su quello che riguardava la società. Non c'era stato motivo di mappare anche le famiglie dei soci accusati. La stranezza era che non l'avessero scoperto i tabloid, che dopotutto prosperavano grazie agli scheletri negli armadi che trovavano quando qualcuno finiva sotto i riflettori. Era inverosimile che si fossero lasciati scappare un dettaglio così succulento. Eppure non se ne accennava da nessuna parte.

C'era solo una spiegazione sensata: i giornali avevano scoperto che Peter faceva parte della famiglia criminale più famigerata del paese, le cui radici si trovavano in Serbia, ma non avevano osato pubblicare l'informazione. I Manojlovič manovravano una serie di attività nell'ambito della droga, della tratta di esseri umani e della prostituzione. L'elenco era lungo.

Peter sembrava essere sparito dalla cerchia familiare per rinascere come uomo di successo del mondo della finanza, ma Ruben non era un ingenuo: nessuno si lasciava veramente alle spalle dei parenti come i Manojlovič.

Di fianco alla porta dello studio della televisione di stato, Niklas stava guardando il buffet della colazione riservato agli ospiti. Di solito era molto attento a quello che mangiava la mattina: spremuta d'arancia, quark con mirtilli freschi, caffè, un uovo. D'un tratto, però, la vita era diventata troppo breve per farsi degli scrupoli: non sarebbe riuscito a placare l'inquietudine, ma la fame forse sì. Meglio evitare che lo stomaco cominciasse a brontolare in diretta.

«Che piacere avere con noi stamattina il ministro della Giustizia» sentì dire da una voce familiare accanto a lui.

Era Micke Niedermann Möller, il tecnico di studio, sempre molto gentile. Aveva in mano un microfono a clip.

«Pensavo di microfonarla adesso» disse. «Si inizia tra cinque minuti, quindi se vuole ha tutto il tempo di mangiare qualcosa.»

«Grazie» rispose Niklas, piegando in fuori il bavero in modo da facilitargli l'operazione.

Quando il tecnico ebbe terminato, Niklas prese una fetta di pane tostato e la spalmò abbondantemente di burro e marmellata. Non era necessario che guardasse Tor, appoggiato alla parete un po' più in là, per sapere che con ogni probabilità aveva sbarrato gli occhi. Lui per colazione mangiava sì e no mezzo pompelmo. La dieta Fredrik Reinfeldt, la chiamava. Niklas fece fuori la fetta di pane in meno di un minuto.

Forse era stato un errore accettare l'invito del programma mattutino del primo canale nazionale, *Morgonstudion*. D'altra parte erano cose a cui non poteva sottrarsi e il suo portavoce aveva verificato in anticipo tutte le domande con la redazione, in modo che l'intervista andasse nella direzione giusta. Doveva pensare all'immagine che si sarebbe lasciato alle spalle.

«Pronto?» chiese Micke, di nuovo accanto a lui. «Se vuole, quella possiamo portarla in studio.»

Il tecnico indicò la sobria tazza nera senza logo. Servizio pubblico all'ennesima potenza. Niklas annuì riconoscente e gliela porse.

«Andiamo.»

Vide Tor staccarsi dalla parete e dare brevemente istruzioni rivolto a un microfono spia fissato al colletto. Non aveva notato le nuove guardie del corpo, ma questo non significava che non ci fossero. Probabilmente seguivano ogni suo movimento. E non solo: anche quelli degli altri. Cameramen, addetti alle luci, tecnici... venivano tutti passati al setaccio in tempo reale.

Seguì Micke nello studio, dove i conduttori Karin Magnusson e Alexander Letic stavano annunciando un inserto. Il tecnico gli fece cenno di aspettare dietro la telecamera e si dileguò. Un orologio rosso scandiva il conto alla rovescia dei secondi che mancavano all'inizio dell'inserto preregistrato. Quando partì, le telecamere della diretta si spensero. Niklas non aveva bisogno di vedere il filmato per sapere cosa riguardava. Quando era successo, era lì.

Il tecnico dello studio tornò e lo accompagnò a una poltroncina al tavolo di Karin e Alexander. La tazza era già sul ripiano. Il lubrificato ingranaggio delle trasmissioni mattutine di Svt era davvero ammirevole.

Tese la mano sul tavolo ed ebbe appena il tempo di

stringerla ai due conduttori prima che l'inserto finisse e riprendesse la diretta.

«Ecco dunque quello che è successo a Öland alla fine dell'estate» disse Karin Magnusson rivolta alla telecamera. «Oggi abbiamo qui con noi il ministro della Giustizia Niklas Stockenberg, che è stato oggetto di quell'attentato. Benvenuto.»

«Grazie» rispose Niklas scoccando il più rassicurante dei suoi sorrisi ministeriali.

«L'aggressione è avvenuta per strada. L'accoltellatore voleva ferire, o forse uccidere, lei personalmente. Che cosa pensa di quell'episodio, oggi? Come sta?»

«A paragone di come avrei potuto stare se l'attentatore fosse riuscito nel suo intento, ovviamente sto benissimo» rispose Niklas con un sorrisino, per poi farsi subito serio. «Però è ovvio che un'esperienza del genere lascia il segno. Colgo l'occasione per ringraziare di nuovo tutti quelli che si occupano della mia sicurezza e che si sono accorti di quanto stava per accadere ben prima di me.»

«Circolano ipotesi secondo cui non si è trattato dell'attacco di un folle solitario ma di un disegno più complesso. Cos'ha da dire in proposito?»

Niklas esitò. Aveva i suoi sospetti, che non si discostavano troppo dalle teorie complottiste su Twitter, ma sapeva anche che a volte era necessario proteggere l'opinione pubblica da dettagli che era meglio non conoscesse.

«Credo che la procura abbia svolto un lavoro eccellente nel processo ad Albin Johannesson, facendo chiarezza su tutti i particolari. Ora lui si trova dove è giusto che si trovi, e nel caso se ne presenti l'occasione affronterò volentieri il problema della correlazione tra la statistica dei reati penali e la riforma dell'assistenza psichiatrica degli anni Novanta.»

Lanciò un'occhiata verso Tor, in piedi dietro le telecamere, e lui fece un breve cenno del capo. Che si fosse trattato di un cane sciolto o meno, la verità era che il suo portavoce gli aveva salvato la vita. Se non fosse stato per il suo occhio allenato e i suoi riflessi veloci, Niklas non sarebbe stato lì in quel momento.

«Lei ha rinunciato a prendersi un periodo di pausa ed è tornato subito al lavoro» disse Alexander Letic. «L'aggressione ha influenzato la sua percezione del ruolo di ministro della Giustizia?»

Niklas bevve un sorso di caffè per dare l'impressione di riflettere sulla domanda. In realtà gli era già stata rivolta un numero imprecisato di volte.

«Non direi» rispose. «Lavoriamo per creare una società basata sulla certezza del diritto, e la mia visione sulle implicazioni di questo compito non è cambiata. Un maggior numero di agenti per le strade sarebbe servito a prevenire l'attentato? Può darsi. D'altra parte, un rafforzamento della polizia è solo una benda su una ferita già sanguinante. Le bende sono importanti, ma dobbiamo risalire a monte, a cosa provoca la ferita, per evitare che succeda di nuovo. È lì che la società deve agire adesso.»

«Cosa desidera comunicare a chi oggi ha paura?» chiese Karin Magnusson, leggendo dai suoi fogli.

Era una domanda proposta con una certa insistenza dal suo portavoce. Niklas era un po' sorpreso che l'avessero accettata.

«La paura è un'emozione, e le emozioni sono difficili da governare, ma è importante sapere che la Svezia è uno dei paesi più sicuri al mondo» rispose. «Pensate solo all'Iran, alla Russia, alla Cina, all'Egitto, alla Turchia, all'Afghanistan, al Qatar. Lì sì che c'è motivo di avere paura. Qui no: viviamo in uno stato di diritto, e se non si è implicati in attività criminali il rischio di essere coinvolti in qualcosa di pericoloso è veramente infinitesimale.»

I conduttori annuirono seri.

«Anche a Öland» aggiunse Niklas nel tentativo di alleggerire l'atmosfera.

Prese la tazza per bere e sentì qualcosa di ruvido subito sotto il pollice. Aveva avuto la stessa impressione anche poco prima, ma non ci aveva fatto troppo caso. Abbassò gli occhi e vide che sul manico c'era un pezzetto di nastro adesivo in tessuto verde, del genere che usavano i tecnici negli studi televisivi. Probabilmente qualcuno ci aveva scritto sopra il suo nome perché non venissero scambiate le tazze.

«Scendendo un po' più sul personale, però» disse Alexander Letic, «quanto tempo passa prima di smettere di guardarsi alle spalle, dopo un episodio del genere?»

Niklas batté le palpebre. Quella domanda non c'era, nell'elenco approvato. Non gli piaceva parlare di sé, anche perché si correva il rischio di essere criticati, dopo, per aver mescolato aspetti privati e pubblici. Il portavoce del ministero avrebbe dovuto affrontare la questione con il produttore del programma, a posteriori. In ogni caso sorrise e guardò il conduttore, cercando di capire se la domanda era dettata da pura curiosità o se doveva aspettarsene un'altra, più insidiosa, subito dopo. Poi riabbassò gli occhi sulla tazza e spostò il pollice. In effetti sul nastro adesivo c'era scritto qualcosa, ma non il suo nome.

Era un otto.

Con la parte inferiore piena.

Lo stesso simbolo del biglietto da visita.

E, accanto, un undici.

Meno undici giorni.

Qualcuno nello studio televisivo lo aveva attaccato alla tazza a dispetto della sorveglianza scrupolosa di Tor e di tutte le guardie del corpo.

Il panico lo investì prepotentemente provocandogli un intenso formicolio a gambe e braccia. Avrebbe voluto precipitarsi fuori, ma si costrinse a restare dov'era. Dopotutto era una diretta. Tenne gli occhi fissi sulla tazza finché non si fu calmato. Poi rialzò lo sguardo.

Tor sembrava aver colto la sua espressione. Lo vide sussurrare qualcosa all'orecchio della produttrice degli inserti, che a sua volta segnalò ai conduttori di chiudere.

«È difficile pensarci?» chiese Alexander Letic, che non aveva notato i gesti della produttrice ed evidentemente attribuiva la reazione di Niklas alla domanda posta.

«A volte» disse lui, schiarendosi la gola. «In ogni caso, per rispondere alla domanda su quando si smette di guardarsi alle spalle: mai.»

Tra le ombre dello studio televisivo si scatenarono i movimenti delle guardie del corpo che si distribuivano in corrispondenza di tutte le uscite, ma Niklas sapeva che non aveva senso. Chi lo braccava non era più lì, perché il momento non era ancora arrivato.

Il messaggio era chiaro, comunque. Qualsiasi cosa avesse fatto, di qualunque numero di guardie si fosse circondato, una volta che fosse toccato a lui non ci sarebbero state misure di sicurezza che tenessero: non sarebbe sfuggito al suo destino.

Christer stava riuscendo meglio del solito a ignorare la musica natalizia in ufficio, occupato com'era a inseguire il pensiero nascosto in un angolo della mente a cui dedicava una parte sempre più preponderante del suo tempo. Era passato a cercare altre persone scomparse per tentare di individuare somiglianze con il caso Langseth, per quanto se ne sapesse così poco. Purtroppo aveva setacciato più e più volte tutte le denunce senza trovare niente. Una pagina dopo l'altra di visi di persone che sembravano essere state cancellate dalla faccia della terra.

Alcuni casi avevano spiegazioni più logiche di altre. La signora Olga, che soffriva di demenza senile e si era allontanata dalla residenza per anziani per non essere mai più ritrovata. Jorge, che aveva una fedina penale lunga come un lenzuolo e risaputi contatti con il mondo della criminalità organizzata, sparito dopo essere uscito, secondo la sua convivente, «per vedere dei tipi». O la diciannovenne Elva, che in seguito alla terza dimissione dall'ospedale psichiatrico dove era stata ricoverata per ripetuti tentativi di suicidio non si era più vista. Quelle erano tutte situazioni verosimili.

A volte, se trascorreva troppo tempo a leggere del passato di tanti sconosciuti, Christer si deprimeva. Se non altro, però, quegli elenchi erano di persone di cui era stata denunciata la scomparsa, perché c'era chi si era reso conto che mancavano all'appello.

I casi peggiori erano quelli in cui nessuno si accorgeva della sparizione. Capitava che qualcuno fosse morto da mesi, in casa sua, e che lo si scoprisse solo perché non aveva pagato l'affitto. Fino a poco tempo prima, gli unici che avrebbero potuto accorgersi della sua, di scomparsa, sarebbero stati i colleghi. In pratica erano loro i soli in grado di impedire che succedesse la stessa cosa anche a lui. Fino a poco tempo prima, appunto.

Ora era diverso. Aveva Lasse. E aveva una paura terribile di sprecare l'occasione che gli era stata offerta. L'occasione di una nuova vita. E non solo: era felice.

Forse era questo il motivo per cui non riusciva a capire cosa fosse quel piccolo dettaglio che gli tormentava la mente. Eppure qualcosa c'era, lo sentiva. Magari era troppo felice per poter svolgere il suo lavoro al meglio? L'alternativa era che fosse un inizio di demenza.

Continuò a far scorrere le pagine, un viso dopo l'altro, una storia dopo l'altra. Da qualche parte nell'archivio c'era qualcosa che aveva a che fare con Jon Langseth. Lo sapeva e basta.

«Come va?» chiese Mina.

La voce sbucata dal nulla gli fece fare un salto. Non aveva sentito avvicinarsi dei passi, ma al momento la musica di *Tänd ett ljus* sovrastava quasi tutti gli altri rumori nell'ufficio.

«Bene. Anzi no, non è vero. So che c'è qualcosa che dovrei farmi venire in mente, qualcosa che ho visto, ma non riesco a capire cosa.»

«Hai saputo della scoperta di Ruben, vero? Peter Kronlund è figlio di Dragan Manojlovič.»

Christer annuì.

«Sì, a quanto pare la sua memoria funziona molto meglio della mia. Un collegamento davvero interessante. Ho sentito che Julia era superentusiasta. Purtroppo però non mi aiuta: evidentemente sto proprio perdendo colpi. È l'età, sai. Ho la mente che è un colabrodo.»

Christer si grattò la testa e allontanò frustrato la sedia dalla scrivania.

«Non hai pensato di chiedere una mano a Vincent?» domandò Mina con tatto.

«Vincent?» Christer fece una risatina. «Come me la darebbe? Con qualche incantesimo?»

«Una volta mi ha aiutato a ricordare una cosa importante, ipnotizzandomi. Se non fosse stato per lui, non avremmo mai trovato il bunker nella proprietà di John Wennhagen.»

Mina sbirciò verso la sedia di fianco a quella di Christer e sembrò valutare la possibilità di sedersi, ma rimase in piedi. C'era da capirla. Quel rivestimento in tessuto aveva visto giorni migliori.

«Col cavolo che mi faccio ipnotizzare. Per prima cosa, è solo ciarlataneria: lo sanno tutti che non funziona per davvero; e in secondo luogo, ne approfitterebbe di sicuro per farmi uno scherzo, tipo indurmi a saltellare su una gamba sola e dire *qua qua* come un'anatra, o roba del genere.»

«Quindi secondo te non funziona, ma riuscirebbe a farti dire *qua qua* come un'anatra?»

Mina sollevò le sopracciglia, divertita. Christer le lanciò un'occhiataccia. Poi si avvicinò di nuovo con la poltroncina alla scrivania e riprese a fissare lo schermo, come per sottolineare che la conversazione era finita.

«Sciocchezze» borbottò dandole le spalle. «E io non ho tempo per le sciocchezze.»

«Be', tra poco comunque verrà qui» disse Mina. «Pensaci su.»

Christer non sentì allontanarsi i suoi passi ma diede per scontato che se ne fosse andata. Bene: aveva del lavoro da fare.

Vincent era in ritardo. Sapeva che Mina lo stava aspettando nell'atrio della centrale e immaginava la sua espressione impaziente. Aveva parcheggiato ed era entrato di corsa in un bar per prendere un caffè da portarsi dietro, ma mentre era dentro la nevicata si era trasformata in una tormenta in cui nessuno dotato di un po' di buonsenso si sarebbe avventurato.

Dopo aver aspettato per un po' al coperto, visto che la bufera non accennava a placarsi, alla fine incassò la testa tra le spalle, si tirò la sciarpa sul naso e uscì.

Nonostante fosse solo un isolato, quando arrivò a destinazione si sentiva un omino di neve congelato. Varcò la soglia e si ritrovò davanti Mina che, come previsto, lo aspettava a braccia conserte. Quando gli aveva chiesto di venire non gli aveva spiegato il motivo.

Vincent non poté fare a meno di chiedersi se, per causa sua, avrebbe potuto trovarsi in pericolo anche lei. Non intendeva permetterlo ma non sapeva nemmeno come impedirlo, nel caso che l'Ombra avesse deciso di coinvolgerla.

«Mi ero fermato a prendere un caffè lungo la strada» disse in tono di scuse. «Mi sa che però nel frattempo è diventato caffè freddo.»

Gettò in un cestino la tazza di cartone bagnato.

«Perché non ti sei messo un berretto?» sospirò Mina. «Hai i capelli tutti bianchi.»

Lui scosse la testa, provocando un turbinio di neve.

«Forse perché sono adulto e non voglio portarlo?»

«Vanitoso, vuoi dire. E poi il nostro caffè della macchinetta non è pessimo come lo ricordi.»

Vincent si tolse la sciarpa, sbottonò il cappotto e lo scosse. Altra neve planò sul pavimento dell'atrio.

«Mi sa che corriamo il rischio di rimanere bloccati qui dentro» disse. «Meno male che manca ancora qualche giorno a Natale. Entro la vigilia dovremmo riuscire a scavare un tunnel nella neve per uscire.»

«Non aspettarti tutto questo divertimento» rispose Mina, e gli fece superare i tornelli con il suo tesserino.

«Fosse l'ultima cosa che faccio, ti insegnerò ad apprezzare il Natale» disse lui.

Percorsero l'ormai familiare corridoio fino alle stanze degli interrogatori. Vincent notò che i capelli di Mina erano tornati lunghi, quasi come la prima volta che si erano visti. Erano di nuovo raccolti in una coda tirata che accentuava i suoi lineamenti. Dio santo, erano davvero passati poco meno di tre anni? A lui sembrava ieri.

«Possiamo cominciare con qualche bel film in tema. Che ne dici di una maratona a base di *Mamma, ho perso l'aereo*, *Krampus* e *Una storia di Natale*?»

Mina si bloccò e lo fissò negli occhi.

«Innanzitutto sei qui per lavoro, quindi concentrati, per favore» disse. «E poi *quelli* sarebbero i tuoi film natalizi preferiti?»

«Be', sai, pensavo che *Gremlins* fosse un po' eccessivo» rispose lui.

«Lavoro, appunto...»

«Okay, okay. Basta Natale. Per ora. Quindi perché sono qui, oggi?»

Si rimisero a camminare.

«Perché abbiamo il primo interrogatorio con Gustaf Brons» rispose lei. «Il capo della polizia è ancora convinto che l'assassino di Jon Langseth sia lui.»

Vincent sbirciò verso Mina proprio nel momento in cui il sole invernale le illuminò il viso attraverso una finestra. A volte, vedendola da certe angolature, gli toglieva il respiro. Si vergognò di quel pensiero superficiale, ma la verità era che avrebbe potuto stare a guardarla in eterno. O anche ascoltarla. La sua voce aveva una pienezza ruvida che lo affascinava. Non ne aveva mai sentita una uguale, o forse non aveva ascoltato con altrettanta attenzione qualcuno che ce l'aveva.

«Che bella cosa, allora... che sia potuto venire subito» disse cercando di tornare alla conversazione prima che lei si accorgesse del suo sguardo. «Soprattutto se l'assassino è davvero lui.»

«Be', per essere un possibile assassino è sorprendentemente collaborativo. Purtroppo non posso dire la stessa cosa del suo avvocato.»

«Quando hai detto "abbiamo il primo interrogatorio" intendevi noi, cioè io e te?» chiese Vincent.

Mina annuì cupa. A quanto pareva questo Gustaf non era nelle sue grazie.

D'un tratto fu scosso da un brivido. Fuori si era congelato e anche lì dentro non faceva per niente caldo. Gli sembrava quasi di veder uscire nuvolette di alito bianco dalla propria bocca. Mina, invece, sembrava del tutto indifferente. In effetti indossava un dolcevita, ma a maniche corte. Quando sosteneva che il freddo le piaceva non scherzava.

«Come mai ho l'impressione che tu non condivida l'opinione del padre di Julia?»

Mina sospirò.

«Brons è uno stronzo di prima categoria» rispose. «Potrebbe benissimo aver fatto togliere di mezzo qualcuno.

Quando la società è finita in mezzo alla bufera aveva anche una gran paura che Langseth, per dirla con le sue parole, "si cagasse addosso" e spifferasse tutto alla stampa, ma è più uno stronzo della serie "freghiamo-tutti-i-soldi-ai-pensionati" che uno stronzo della serie "dopo-facciamo-bollire-il-corpo", non so se mi spiego. Non che l'idea di spolpare lo scheletro debba per forza essere venuta a lui, però ho qualche dubbio sul fatto che un sicario assoldato si prenda quella briga di propria iniziativa, se non è stato pagato per farlo. Cos'è quel sorrisino?»

Vincent si morse il labbro. Mina aveva appena detto "stronzo" tre volte. Non le aveva mai sentito usare parole del genere, in passato. Chiunque fosse quel Gustaf Brons, non avrebbe voluto essere nei suoi panni.

«Quindi cosa vuoi che faccia?» chiese. «Immagino che lui sosterrà di essere innocente, e a quanto sento ne sei convinta anche tu, no?»

Mina fece una risatina priva di qualsiasi gioia e appoggiò la mano sulla maniglia della porta contrassegnata da un tre.

«Ti garantisco che Gustaf Brons è colpevole di parecchie cosucce» disse guardandolo negli occhi. «Può darsi, nonostante tutto, che tra queste rientri l'omicidio, a prescindere dalle circostanze del ritrovamento. Come ti accennavo, il capo della polizia ne è convinto. Ma dato che ha l'avvocato più costoso di tutta Europa non voglio sprecare più tempo del necessario, con lui.»

«Quindi io sarei la tua scorciatoia?»

«Sì. Mi aiuterai a interpretarlo.»

Entrarono.

Due uomini vestiti in modo impeccabile li aspettavano nella saletta. Mentre appoggiava il cappotto fradicio su una sedia di fianco alla porta, Vincent si sentì un barbone, in confronto a loro, nel suo abito di Oscar Jacobson. Sembravano aver ingaggiato una gara di eleganza. Per capire chi era Gustaf Brons si era illuso di potersi basare su un paio di occhiaie scure, ma a quanto pareva le creme giuste facevano miracoli.

«E questo chi è?» domandò uno dei due a Mina. «Siamo già stati generosi ad accettare di venire. Di sicuro non abbiamo chiesto spettatori.»

L'avvocato, senza dubbio. Non aveva degnato Vincent nemmeno di uno sguardo. Mina gli aveva spiegato che, a differenza di Peter Kronlund, Gustaf Brons aveva evitato la custodia cautelare, e non era difficile capire perché. Quel legale sarebbe riuscito a far evitare la prigione all'assassino di Palme anche se fosse stato reo confesso. L'interrogatorio si prospettava tutto in salita.

«Questo è Vincent. Lavora con noi» tagliò corto Mina.

«Per me va bene» disse Gustaf Brons, liquidando la faccenda con un gesto. «So chi è: un mago da festicciole per bambini. Qualsiasi cosa possa rallentare il lavoro della polizia è benvenuta.»

Vincent sbirciò verso Mina. Più che una scorciatoia, stava rischiando di diventare un ostacolo.

Brons fece scorrere lo sguardo su Mina, dai piedi fino alla testa, con un sorriso di apprezzamento. Lei sembrò del tutto indifferente e gli si sedette di fronte.

Vincent prese una sedia e si accomodò un po' discosto, verso il muro, in modo da poter vedere bene entrambi gli uomini.

«Grazie di essere venuti» disse Mina, rivolta a Gustaf Brons. «Non voglio farle perdere tempo, quindi propongo di cominciare subito. Che ruolo rivestiva Jon Langseth all'interno della Confido?»

«Jon?» ripeté lui, chiaramente sorpreso che la prima domanda non lo riguardasse direttamente. «Be'... diciamo che era il volto che ci rappresentava all'esterno, che vendeva il nostro prodotto. Ma questo lo saprà già, no?»

Mina annuì.

«Sì, questo lo so. Mi interessa sapere quanto era addentro ai vostri... affari?»

L'avvocato batté la mano sul tavolo.

«La sua domanda riguarda segreti professionali e il mio cliente non è tenuto a rispondere.»

Mina mise i gomiti sul ripiano e appoggiò il mento sulle mani senza staccare lo sguardo da Brons.

«Nemmeno se questo potesse evitargli l'accusa di omicidio?»

L'uomo d'affari trasalì e gli angoli della bocca gli si abbassarono per un secondo.

Mina gli fece cenno di continuare.

L'avvocato sembrava intenzionato a intervenire di nuovo, ma lui lo fermò con la mano.

«Vede, la Confido era nata da un'idea comune» spiegò, appoggiandosi allo schienale e divaricando le ginocchia nel tipico modo maschile, chiaramente soddisfatto di poter finalmente parlare di sé.

«Avevamo quote uguali della società, ma Jon era il più pauroso, quello che non osava correre rischi, così io e Peter lo tenevamo all'oscuro di alcune decisioni. Operazioni che sapevamo non avrebbe gestito bene a causa della sua apprensione.»

«Oppure temevate che potesse dire in giro quello che succedeva?» domandò Mina, apparentemente immune al suo sfoggio di virilità.

«Temevamo che diffondesse informazioni che avrebbero potuto nuocere alla società» rispose Brons. «Per esempio, passandole alla stampa.»

«Capisco» disse Mina. «Quindi cos'ha pensato al momento della scomparsa?»

L'uomo sollevò inconsapevolmente le sopracciglia, con una leggera inclinazione: un'espressione che dava una chiara, per quanto sottile, indicazione di dolore. Era evidente che l'argomento lo toccava, per quanto fingesse il contrario. Mina gli rivolse all'improvviso un sorriso caloroso e lui ricambiò automaticamente e si sporse di qualche centimetro verso di lei, come per trasmettere confidenza.

Vincent dovette coprirsi la bocca con la mano per nascondere il proprio, di sorriso. Gli uomini come Gustaf Brons si consideravano il dono di Dio alle donne e non riuscivano a concepire di poter essere loro a venire manipolati. Vedendo che Mina non reagiva alla sua rozza esibizione del pacco – cosa a cui non era abituato –, inconsapevolmente aveva sentito il bisogno di una conferma, e così quando lei gli aveva sorriso aveva abboccato subito e cambiato atteggiamento per tenere alta la sua attenzione. Vincent era ammirato dall'abilità strategica di Mina, ma d'altra parte era la persona più intelligente che conoscesse.

«Dal punto di vista degli affari, ovviamente il fatto che Jon fosse sparito dalla circolazione ha rappresentato un enorme sollievo» disse Brons, in tono più dolce di prima. «Però per Josephine non è stato facile. Sua moglie, intendo. Senta, ma quello se ne sta lì seduto e basta?» aggiunse accennando a Vincent con la testa.

L'avvocato si schiarì la gola.

«Quello che intende il mio cliente con questa affermazione» disse, sottolineando ogni parola, «è che naturalmente sul piano personale si è molto preoccupato per il suo amico, ma che a livello societario la comunicazione è diventata più agevole.»

«Quindi lei non ha niente a che vedere con la scomparsa di Jon Langseth?» chiese Mina avvicinandosi di qualche centimetro all'interrogato.

«Certo che no. Sono un uomo d'affari, non un criminale.»

«E allora come mai ha ricevuto somme consistenti da Dragan Manojlovič?»

Mina lasciò depositare la domanda nel silenzio che seguì.

«Non so di cosa stia parlando» tagliò corto Gustaf Brons.

Lo sguardo che piantò negli occhi di Mina era improvvisamente gelido.

«Dove vuole arrivare?» chiese l'avvocato, fissandola a sua volta, ma per un breve istante sembrò insicuro.

«Inutile che sprechi tempo ed energie a negare» disse Mina. «Abbiamo pieno controllo su tutti i pagamenti, fino all'ultima corona. Lei ha ricevuto soldi da Dragan Manojlovič, e non credo di doverle spiegare chi è, senza considerare il dettaglio che si tratta del padre di Peter Kronlund, ovviamente. Quindi quello che le chiedo è: cosa c'entrava lui con la Confido? O era una questione personale?»

Gustaf Brons batté le palpebre. Finalmente una reazione. Mina era partita all'attacco e Vincent pensò che era il caso di portarlo a termine e vedere che risultati poteva dare.

«Lei e Peter Kronlund lo avete ucciso insieme?» continuò Mina. «Kronlund per lealtà verso la famiglia, mentre lei è stato pagato in denaro sonante? Quasi un milione di corone. Mi risparmi quella faccia sorpresa: sappiamo che è l'importo versatole da Manojlovič. Una somma congrua per un omicidio su commissione.»

Non aveva distolto lo sguardo da Brons ma, qualsiasi cosa lo avesse spiazzato prima, ora sembrava aver recuperato il controllo. Il suo legale si sporse a sussurrargli qualcosa all'orecchio e lui annuì.

«*Coffee housing*» disse poi con un'alzata di spalle.

L'avvocato non rispose. Raddrizzò le spalle, prese la cartella e rivolse un cenno a Brons.

«Siamo venuti per dimostrare l'innocenza e la buona volontà del mio cliente, non perché subisse delle accuse» dichiarò alzandosi deciso. «Abbiamo finito. E aspettatevi una querela per diffamazione.»

«Un attimo» intervenne Brons. «Io non ho fretta. Prima di andare sono curioso di sapere cos'ha da dire il mago.»

Si rivolse a Vincent.

«Immagino sia qui per analizzarmi. Cosa ne pensa, sono

colpevole di questo... omicidio su commissione, come l'ha chiamato lei?»

Vincent lo guardò per un attimo. Poi si alzò e si avvicinò lentamente.

«In questa fase, posso dire una sola cosa.»

Si chinò e gli sussurrò qualcosa all'orecchio, a voce abbastanza bassa perché gli altri non sentissero. Quando si tirò su vide che Brons era palesemente impallidito e aveva gli occhi lucidi, come se stesse facendo del suo meglio per non mettersi a piangere.

Si alzò di scatto, rivolse un cenno a Mina e uscì dalla stanza senza uno sguardo né a Vincent né all'avvocato che, preso alla sprovvista, lo seguì.

«Quindi, cosa dici?» chiese Mina quando rimasero soli.

Vincent si appoggiò al bordo del tavolo e rifletté. C'era parecchio da esaminare, nel comportamento dell'interrogato, ma distinguere tra i meccanismi di difesa scatenati dalle domande e il suo atteggiamento innato non era facile.

«*Potrebbe* avere qualcosa a che fare con la scomparsa di Langseth» disse alla fine. «Quando lo hai nominato ha reagito con una chiara espressione di dolore.»

«Dolore?»

«Sì, solo che quella del senso di colpa è identica. E la strategia iniziale di spiazzare entrambi, offendendo me e oggettivando te, per poi cercare di padroneggiare la situazione e il vostro rapporto, indica sovracompensazione. Questo mi fa propendere per un qualche genere di colpevolezza. La domanda è di cosa. Quando hai tirato fuori i pagamenti ricevuti da Manojlovič è riuscito abbastanza bene ad apparire impassibile, ma ha chiuso per qualche attimo le palpebre, come se volesse tagliare fuori te e la domanda, e questo dimostra che avevi toccato un punto sensibile. Penso che te ne sia accorta anche tu. A proposito di linguaggio non verbale, tra l'altro, complimenti per come sei riuscita a farlo aprire, prima restando sulle tue e poi trovando la corrispondenza tra i suoi e i tuoi gesti. Ha funzionato alla grande.»

Mina scoppiò in una risata ruvida e profonda che lo scaldò tutto.

«Si vede che in questi anni mi hai contagiato con le tue stranezze» disse. «Quindi sei d'accordo con il capo della polizia? Dovremmo metterlo in custodia cautelare? Vorrei fargli altre domande su Manojlovič, sulla Confido e sui bonifici, ma finché possiamo interrogarlo solo in base alla sua buona volontà non riuscirò a ottenere le risposte che ci servono.»

Vincent scosse la testa.

«Non posso stabilirlo io. In qualche modo è coinvolto, però non è come dire che ha ucciso Langseth, o l'ha fatto uccidere. Quanto al *mos teutonicus*... Quello potrebbe averlo eseguito qualcun altro, qualcuno che ha solo trovato il cadavere. Non ne abbiamo idea. Magari state cercando più di una persona. Ti sei accorta, tra l'altro, che si è interrotto subito dopo aver nominato Josephine Langseth? Se fossi in voi andrei a fare due chiacchiere con lei. Può darsi che sappia qualcosa sul motivo per cui lui si sente in colpa.»

Mina annuì pensosa. Vedendo dondolare la coda di cavallo, Vincent provò il forte impulso di toccarle i capelli. Per sicurezza si sedette sulle proprie mani.

«Okay» disse lei. «Buono a sapersi. Ne parliamo con gli altri. Però devo farti una domanda. Cosa gli hai sussurrato alla fine? Sembrava sull'orlo delle lacrime.»

«Ho tirato un po' a indovinare, ma non si diventa come lui senza una ragione, a meno di essere degli psicopatici, e non ne ha le caratteristiche. Gli ho solo detto che è finita, adesso. Che non è l'unico ad aver subito quello che ha subito a scuola ma che ormai si è vendicato abbastanza dei suoi carnefici. E che probabilmente hanno avuto ciò che si meritavano.»

Mina lo fissò con un'espressione che, per una volta, lui non riuscì a interpretare.

«Hai fretta di andare via?» gli chiese poi. «Se hai tempo, forse potresti dare una mano a Christer per una cosa.»

Fretta di andare via? Se solo avesse potuto capire. Lui aveva sempre fretta di *arrivare*, mai di *andare via*. Mai e poi mai di staccarsi da lei.

«Gliela do volentieri» rispose. «Ma Gustaf Brons e il suo avvocato non possono uscire dall'edificio da soli, no? Non devi farli passare dai tornelli?»

«Sì, e presto se ne renderanno conto. Però possiamo aspettare che tornino indietro.»

Vincent rise. Che bellezza, aspettare lì con Mina.

Christer tamburellava nervoso le dita sulla coscia. Aveva prenotato una delle salette più piccole per avere un minimo di privacy, ma gli sembrava piuttosto di essere nell'ambulatorio di uno psicologo. Che sciocchezza era questa dell'ipnosi? Non gli andava per niente a genio. E poi con lui non avrebbe funzionato. Non come con Mina.

Alzò gli occhi verso il soffitto e vide che uno dei tubi al neon era rotto. La stanza era in generale piuttosto squallida, con le sue orribili tendine beige. Qualcuno avrebbe dovuto dire agli arredatori della sede della polizia che un po' di colore non guastava. Sorrise. Probabilmente sei mesi prima non gli sarebbe mai venuto un pensiero del genere. Poi però era arrivato Lasse.

La porta si aprì, interrompendo le sue riflessioni. Entrò Vincent, seguito da Mina.

«Okay, Christer, quindi c'è qualcosa che vorresti ricordare?» gli domandò il mentalista, sedendosi di fronte a lui.

Mina rimase in piedi.

«Ti va bene se resto?»

Lui alzò le spalle.

«Fai come ti pare» rispose. «Tanto non funzionerà. Io non sono come te, Mina. Non sono così... sensibile.»

«Sensibile a cosa?» chiese Vincent, e si sporse un po' in avanti.

«Non lo so» rispose Christer, e incrociò le braccia sul petto.

Poi arretrò di qualche centimetro facendo grattare leggermente la sedia sul pavimento.

«All'ipnosi, immagino» disse. «Non è questo che farai? Non mi ipnotizzerai?»

«Non se tu non vuoi. Possiamo cominciare semplicemente parlando, no?»

Christer annuì. Gli bastava non venire ipnotizzato.

«Per riuscire a ricordare è utile attivare l'immaginazione, e so che tu ne hai in abbondanza» spiegò Vincent. «Intanto facciamo un piccolo esercizio. Ti chiedo di mettere sulla coscia la mano destra e pensare che in realtà faccia parte della tua gamba. È come se fosse incollata alla coscia, saldata nel cemento, fusa. Concediti di provare questa sensazione.»

Christer aggrottò la fronte, ma ubbidì. Anche se era uno strano esercizio, perché no? Sorpreso, si accorse che riusciva a immaginare benissimo come ci si sentiva con la mano incollata alla gamba.

«Dimmi un po'» chiese Vincent, «sono le dita o il palmo a aderire di più?»

Christer verificò. Il palmo era stranamente pesante contro la gamba, quasi non potesse staccarsi. Le dita, invece, riusciva ancora a muoverle.

«Il palmo» rispose. «Ma perché...»

«Ottimo. Allora adesso puoi concentrarti sulle dita e controllare quanti secondi ci vogliono prima che siano incollate come il palmo. A partire da... ora. Dimmi quando sono attaccate.»

Stupitissimo, Christer si accorse che più si concentrava su quello che sentiva più aveva l'impressione che fossero bloccate anche le dita. Non capiva cosa stesse succedendo, ma era abbastanza piacevole. Annuì piano.

«Penso... penso che la mano sia attaccata» disse. «Però non capisco...»

«Non fa niente» lo interruppe Vincent. «Ti senti ipnotizzato?»

Christer scosse la testa. Assolutamente no. Era ancora del tutto consapevole della realtà. Sentiva la sedia sotto di sé, e le tendine erano orribili come prima. Oltretutto Vincent era entrato da meno di cinque minuti e lui sapeva benissimo che ci voleva molto più tempo per ipnotizzare la gente. L'aveva visto in televisione.

«Ha fatto la stessa cosa anche con te?» chiese sbirciando verso Mina.

«Non proprio» rispose lei con un mezzo sorriso.

«Cosa succede se provi a sollevare la mano?» domandò Vincent. «Ci riesci?»

Christer tentò di farlo ma... che diavolo? Aggrottò di nuovo la fronte. La mano era davvero bloccata, per quanto lui cercasse di staccarla.

«Ma che ca...»

«È tutto a posto» assicurò Vincent, appoggiandogli i polpastrelli sulla mano. «Dimostra soltanto che riuscirai a ricordare, nient'altro. Il peso che avverti nella mano ora risale lungo il braccio, il collo, la testa. E quando raggiungerà i tuoi pensieri potrai semplicemente chiudere gli occhi e rilassarti ancora di più.»

Christer non si sentiva solo pesante, ma anche molto stanco. Fece un profondo sospiro e si accorse che era diventato buio. A un certo punto doveva aver chiuso gli occhi, ma se non altro non era ipnotizzato, e tanto gli bastava.

«Davanti a te vedi tre porte che conducono in tre stanze diverse» disse Vincent. «Nella prima c'è la metropolitana di Stoccolma, con le sue gallerie che si diramano in varie direzioni. Nascondono qualcosa. Un segreto. Nella seconda trovi lo scheletro di Jon Langseth, ma smontato, ridotto a un mucchio di ossa. Forse addirittura mescolato a terra e pietrisco.»

Christer vedeva proprio tre porte, anche se contemporaneamente non le vedeva affatto. Una parte del suo cervello gli fece notare che non era reale, eppure le porte erano lì.

«Nella terza stanza c'è qualcosa che sai solo tu ma al momento ti è ignoto» continuò Vincent. «Le stanze sono collegate. Entra nelle prime due, nell'ordine e per il tempo che vuoi, finché non ti porteranno nella terza. E nel frattempo raccontaci cosa vedi.»

Nella propria fantasia, Christer allungò una mano e aprì la porta numero due, quella che conduceva nella stanza dove si trovava Jon Langseth. Si guardò intorno. C'erano Jon e le sue ossa. Christer capì subito una cosa: quello che cercava non aveva a che fare con Langseth in quanto persona, ma forse in quanto scheletro. Le ossa sembravano... più importanti, in qualche modo.

Prese un femore dal mucchio e vide il pietrisco franargli intorno ai piedi, anche se sapeva benissimo di essere seduto su una sedia in una saletta della sede centrale della polizia. Uscì dalla stanza e andò nella prima, quella con le gallerie.

«Adesso sono nella metropolitana» disse. «E ho con me un osso di Langseth, ma i tunnel hanno qualcosa che non va.»

«In che senso?» chiese la voce di Mina da lontano.

«Non so spiegarlo» rispose lui. «L'osso che ho in mano... So cosa cerco qui dentro. Un posto. Ma non dovrebbe essere così vicino ai treni.»

Si incamminò lungo i binari cercando di penetrare più in profondità.

«Dove, allora?» domandò Vincent.

«In un luogo più sicuro in cui si può vivere senza essere visti.»

Proseguì finché le gallerie non cambiarono, anche se non si era mosso dalla sedia. Un'esperienza singolare. I binari sparirono e lui si ritrovò in un altro sistema di cunicoli. Sembravano tunnel utilizzati per le condutture di scarico e del riscaldamento. Dal soffitto pendevano lampadine a basso voltaggio e per terra si vedevano materassi logori e cartoni. Christer annuì. Era sulla buona strada.

«Ho trovato il posto» disse.

D'un tratto qualcuno diede uno strattone all'osso che teneva in mano.

«Questo è mio» fece una voce alle sue spalle.

Christer si girò. L'uomo era sporchissimo, con la barba incolta e i capelli lunghi e ingarbugliati. In testa portava un berretto che un tempo doveva essere stato rosso ma, come i vari strati di vestiti stracciati, era diventato grigio quanto le pareti del tunnel. Christer lo conosceva, o forse non proprio, ma sapeva chi era. L'uomo gli rivolse un sorriso sdentato, gli prese l'osso e corse via.

E Christer si rese conto di cosa c'era nella terza stanza. La soluzione del mistero.

Aprì la porta e fu investito da un ululante assolo di chitarra. Un ragazzo su un grande palco veniva acclamato dal pubblico, accompagnato da un'esplosione di fuochi artificiali. Christer rimase senza fiato.

«Mark Eric» disse, e aprì le palpebre.

D'un tratto gli girò la testa.

«Calma» ordinò Vincent. «Chiudi gli occhi e fai alcuni respiri profondi, prima di continuare.»

Christer ubbidì, ma aveva avuto il tempo di vedere la reazione di Mina.

Vincent contò fino a cinque e mormorò qualcosa che Christer non sentì del tutto, qualcosa a proposito del fatto che si sarebbe sentito forte e riposato. Al cinque aprì gli occhi, più rinvigorito che mai.

«Mark Eric» esclamò entusiasta. «Quel musicista scomparso... quando, un paio d'anni fa? Diversi mesi dopo venne trovato un senzatetto in stato confusionale che indossava la sua giacca e nei sacchetti di plastica che si portava dietro aveva parti del suo cadavere. O meglio, ossa. La conclusione a cui si è arrivati era che l'uomo lo avesse ucciso e poi mangiato, per quanto sembrasse macabro. Era così malconcio che non si era riusciti a cavargli di bocca nulla di sensato. È stato messo in isolamento e poco dopo è morto.»

«Devi aver letto per forza di questa storia» disse Mina rivolta a Vincent. «Tutti i giornali parlavano del "cannibale" che si era mangiato una rockstar.»

Vincent scosse la testa.

«Se è stato dopo che Jane e Kenneth hanno cercato di farci fuori... Per un po' in quel periodo ho preferito evitare le notizie di cronaca, soprattutto se avevano a che fare con la polizia.»

Sembrò arrossire.

«In ogni caso, pensa se ci siamo sbagliati?» disse Christer. «Se quel pazzo non l'ha affatto ucciso e mangiato? Dopotutto le uniche prove erano la giacca e le ossa che si portava in giro, ma può darsi che le avesse solo trovate da qualche parte. Mark Eric potrebbe essere stato fatto fuori dallo stesso assassino di Jon Langseth!»

Mina lo fissò.

«Quando torni a casa dovrai farti dare da Lasse un grosso bacio, Christer» gli disse. «Sei stato bravissimo. Dobbiamo parlare con i familiari di Mark Eric.»

Ruben stava sudando. La sera prima ci era voluta una quantità di tempo vergognosa per incartare il regalo di Astrid, eppure aveva l'impressione che il suo pacchetto fosse un obbrobrio tenuto insieme da nastrini, in confronto a quello perfetto di Ellinor sotto l'albero di Natale.

«Sono contenta che tu sia riuscito a venire» gli disse lei. «Astrid voleva festeggiare con te prima di partire per la montagna.»

Era rannicchiata sul grande divano con una tazza di tè in mano. Indossava un maglione pesante lavorato ai ferri che le stava benissimo. Astrid aveva acceso un sacco di candele, il cui chiarore soffuso tingeva il soggiorno di un'irreale luce dorata. Ruben sentì che gli si riempivano gli occhi di lacrime. Doveva essere il fumo di tutte quelle fiammelle.

«Mi spiace soltanto per l'albero, un po' penoso» rise Ellinor. «Ci siamo decise troppo tardi ed era rimasto solo quella specie di cespuglio.»

In effetti non era granché, come abete, ammesso che lo fosse. Aveva tante di quelle palline che i rami praticamente strisciavano a terra, ed era stato avvolto da un numero imprecisato di festoni che impedivano di vedere il colore degli aghi.

Ruben lo trovava perfetto.

«Ci sarebbe ancora un po' di tè?» domandò con voce non del tutto salda.

Ellinor annuì, si alzò e andò in cucina.

Seduta per terra, Astrid stava divorando una confezione maxi di folletti gommosi a un ritmo ammirevole.

«Papà, posso aprire il tuo regalo oggi?» chiese staccando con un morso la testa all'ennesimo folletto.

«Certo» rispose lui. «Dopotutto il nostro Natale è oggi. Però voglio in cambio un folletto, prima che te li faccia fuori tutti.»

Astrid fece uno strillo di gioia e gli mise accanto il sacchetto sul divano. Poi cominciò a sciogliere il nastro del suo regalo informe. Quando Ellinor tornò, stava togliendo la carta. Ruben era così intento a osservare la figlia che quasi non si accorse della tazza fumante che lei gli mise in mano.

Il pacchetto ne conteneva altri due. Per questo ci era voluto tanto a incartare tutto.

«Ma dai!» esclamò Ellinor battendo le mani. «Doppio regalo!»

Ruben si rese conto di avere un sorriso ebete sulle labbra. Uno dei due conteneva un libro. L'idea era stata di Sara. Quando erano entrati in libreria aveva chiesto cosa leggevano tutte le tredicenni al momento. Lui aveva cercato di spiegarle che Astrid aveva solo dieci anni, ma secondo lei era proprio quello il punto. Ruben non aveva mai sentito nominare il libro consigliato, ma dalla copertina si capiva che parlava di amori adolescenziali proibiti, il che l'aveva reso parecchio scettico. A giudicare dalla reazione di Astrid, però, non avrebbe dovuto preoccuparsi.

«Ooooh, grazie!» esclamò la bambina. «Dicono tutti che è bellissimo!»

Mentre studiava la copertina, le brillavano gli occhi. Ruben non ebbe il coraggio di guardare Ellinor.

Nell'altro pacchetto c'erano due bastoncini neri uniti

da una catena a un'estremità. Un nunchaku. A quello aveva pensato lui. Non capendo subito cosa fosse, Astrid corrugò le sopracciglia, ma un attimo dopo si illuminò.

«Come quello di Bruce Lee!» esclamò. «Haaaai!»

«Chi?» chiese Ellinor confusa.

«Niente che ti riguardi, mamma» rispose Astrid. «E lo stesso vale per questo libro.»

Lo nascose sotto la carta strappata.

Ellinor diede di gomito a Ruben e gli rivolse un sorriso. Meno male, gli era andata bene.

«Anch'io ho un regalo per te, papà» annunciò Astrid orgogliosa. «Aspetta qui.»

Ruben guardò Ellinor, sorpreso.

«Io non mi assumo responsabilità» disse lei. «Ha scelto da sola.»

La bambina tornò con un grosso pacchetto tondo. Quando Ruben lo prese, la carta frusciò.

«Aprilo, dai!» lo incoraggiò Astrid eccitata, sedendosi per terra davanti a lui.

Ruben staccò delicatamente i pezzi di nastro adesivo. Non voleva rovinare la carta, considerando che era stata sua figlia a impacchettare il regalo, ma alla fine fu costretto a strapparla. Dentro c'era il berretto più grosso che avesse mai visto, marrone e peloso, con generosi paraorecchie. Del tipo che si poteva legare sotto il mento.

«L'ha scelto Astrid» disse Ellinor scoppiando a ridere, «ma ovviamente io ho pagato più che volentieri.»

Ruben lo indossò con fare solenne e si legò il laccio dei paraorecchie sotto il mento.

«Lo trovo perfetto» rispose, e lo pensava sul serio.

«Puoi metterlo quando devi lavorare all'aperto in inverno» disse la bambina. «Così non avrai freddo.»

Ruben guardò la figlia. E, per la prima volta dopo tanti mesi, il fantasma di Peder non era accanto a lui.

Vincent attraversò con Mina il Rålambshovspark, poco distante dalla sede della polizia. Lo consideravano un po' il loro parco: la prima volta che avevano fatto una passeggiata lì stava finendo l'inverno e lui ricordava ancora la neve bagnata che si attaccava alle suole degli scarponi. Stavolta invece era compatta, come una sorta di spessa coperta congelata che rifletteva la luce dei lampioni lungo i vialetti. Per il resto, il mondo era immerso nelle tenebre. Oltretutto le nuvole coprivano le stelle. Erano le giornate più buie dell'anno.

Se fosse stato per lui, avrebbe volentieri fatto a meno di stare fuori, con quel freddo, ma Mina sembrava apprezzare il gelo, e lui desiderava quello che desiderava lei. Inoltre le indagini gli permettevano di indirizzare i pensieri verso qualcosa di diverso dalla minaccia dell'Ombra. Temeva che, se ci avesse rimuginato troppo sopra, avrebbe smesso di funzionargli il cervello. E, ora più che mai, aveva bisogno di essere nel pieno delle sue facoltà mentali.

«Non riesco a togliermi dalla testa Gustaf Brons e quei bonifici» disse Mina. «Perché prendere soldi da Dragan Manojlovič?»

«Come dicevo, secondo me dovreste parlare con la moglie di Jon Langseth. Qualcosa, nel colloquio con Brons, indicava che tra loro c'è un rapporto personale, anche se non so di che tipo. I miei poteri di lettura nel pensiero arrivano fino a lì. Il resto dovrete risolverlo voi babbani.»

«Babbano sarai tu» borbottò Mina. «E il cannibale, giusto per cambiare argomento? Che ne pensi?»

«A una prima impressione, non c'entra niente con Jon Langseth» rispose Vincent riflettendo su quello che aveva detto Christer. «A parte il fatto che si trattava di parti di scheletro e di una persona che poteva aver bazzicato nelle gallerie là sotto. E al momento non mi sembra che abbiate molti altri spunti, a meno che non venga fuori che il capo della polizia ci aveva visto giusto, su Gustaf Brons. Mi dispiace di non poter rispondere in maniera più precisa, ma sento di non avere grandi contributi da dare.»

«Intendi dire che non è un rompicapo di quelli che ti piacciono tanto?»

Vincent sorrise, a testa china. Camminarono per un po' in silenzio nel parco buio.

«A proposito, ho un altro regalo per te» disse lui, fermandosi e cercando di prendere dalla tasca un vasetto di vetro. Con i guanti, non era facilissimo. «Al posto dell'argilla.»

Finalmente lo tirò fuori e glielo diede. Non l'aveva incartato di proposito. Aveva solo messo un fiocco sul coperchio perché voleva che lei potesse vedere il contenuto color ruggine.

«Cos'è?» chiese Mina scettica, girando il vasetto.

«Terra d'ombra. Uno dei pigmenti più comuni usati dagli esseri umani nella storia moderna. In pratica è un tipo di terra ad alto tasso di ossido di manganese, da cui quel colore particolare. La più nota viene da Cipro ma ce n'è in abbondanza nell'area intorno al Libano, alla Siria e alla Turchia. È stata usata in dipinti risalenti addirittura a due secoli prima di Cristo. In latino si chiamava *umbra*, che significa ovviamente ombra, o meglio, l'ombra più scura o totale. Veniva appunto usata soprattutto per dipingere le ombre.»

«Quindi il mio regalo è una lezione di storia?» domandò Mina.

«No, no: semplicemente, invece di un corso di tornio potrai frequentarne uno di pittura. Ci si sporca di meno.»

Mina lo guardò. Poi scosse la testa e si mise in tasca il barattolino. Non ne era sicuro, ma gli sembrava che se non altro fosse un po' più contenta di quando le aveva regalato l'argilla.

Proseguirono.

Vincent ripensò alle parole di Mina. Rompicapo. Ecco cosa si era dimenticato di raccontarle.

«A proposito di rompicapi» disse. «Ne ho ricevuto uno, o qualcosa di simile, da uno sconosciuto, forse un mio fan. Riconosco la scrittura. In passato me ne aveva già inviati altri che mi sono divertito a risolvere. Alcuni sono ancora nella mia libreria. Questo però è diverso: consiste in una cornice con quattro clessidre, ciascuna delle quali misura un lasso di tempo differente. Il problema è che non so cosa devo risolvere. Ci sono solo le clessidre e un'indicazione: devo "trovare il quarto". Non so nemmeno da che parte cominciare. Prima queste cose non rappresentavano mai un problema. Mi sa che sto perdendo colpi. Comincio quasi a preoccuparmi.»

Non voleva ammettere che le clessidre, e anche il messaggio, gli avevano messo un po' di paura.

Mina sembrava averlo ascoltato solo a metà. Lo guardò confusa.

«Clessidre? A cosa potrebbero riferirsi?»

Lui alzò le spalle e per un tratto camminarono in silenzio.

«Già nel 1966, credo, Frithjof Schuon parlò in un suo scritto del simbolismo della clessidra» disse poi Vincent. «Ovviamente la sabbia ci ricorda che il tempo ha una fine e che scorre solo in una direzione, che lo vogliamo o no. La sabbia in sé è infeconda e impietosa, e quando smette di scorrere c'è immobilità assoluta, come con la morte.

Una clessidra è anche fatta di due "sfere", che possono rappresentare divino e terreno, alto e basso, cielo e inferno. Yin e yang. Oppure il mondo visibile e quello invisibile. Due poli opposti di cui solo uno è accessibile a noi e verso il quale è indirizzato ogni movimento: quello inferiore. Un'interpretazione più positiva è, naturalmente, quella cosmologica, secondo la quale lo scorrere della sabbia può essere paragonato a tutte le possibilità concepibili che esistono: solo quando sono state esaurite la sabbia smette di fluire. E, come ti dicevo, ne ho ricevute quattro. Solo che non so perché.»

Tacque di nuovo. Sapeva che stava parlando troppo, anche se Mina non glielo aveva fatto notare. Per questo evitò di proposito di addentrarsi nel vero e proprio paradosso della clessidra, la strozzatura fra le due sfere che, secondo il tedesco Jünger, era il luogo in cui si formava la coscienza umana. E nemmeno citò l'evidente allusione erotica di cui aveva scritto, per esempio, Yukio Mishima.

Sbirciò verso Mina, che scosse la testa.

«A quel corso dipingerò per te una clessidra con la terra d'ombra» disse infilandogli la mano guantata sotto il braccio.

Meno dieci giorni

«Questo posto è molto più vuoto adesso di quanto non sarà in gennaio» disse Sara divertita facendo fare un salto a Ruben, impegnato sulla *leg press* della palestra nella sede della polizia.

Sperò che la collega non controllasse quanto peso – o meglio, quanto poco peso – ci aveva messo. Dopo il festeggiamento con Astrid ed Ellinor, la sera prima aveva giusto fatto in tempo a rientrare a casa che il fantasma di Peder era arrivato come un treno espresso. Pieno di angoscia, Ruben era andato allo Spy Bar, dov'era rimasto fino all'ora di chiusura. Di conseguenza, quel giorno non si sentiva in gran forma.

«A quanto pare ci siamo solo noi» rispose, e si tamponò il sudore sulla fronte con l'asciugamano. «Come passerai il Natale?»

Si sedette in modo da nascondere lo spinotto per la selezione del peso.

«Avrò con me i bambini» rispose Sara raggiante.

«Li tenete a settimane alterne?» chiese Ruben, rendendosi conto di voler sapere tutto il possibile della collega del Noa.

«No, per fortuna. Il loro papà vive ancora negli Usa e dopo mille tira e molla in tribunale alla fine ho ottenuto la custodia esclusiva, ma con alcuni punti fermi su quando potranno stare con lui. Un Natale ogni tre, un'estate ogni due... e poi c'è un complicato programma di vacanze varie. Comunque, funziona. Da quando si è messo con un'altra ed è saltato fuori che in marzo avranno un bambino, la situazione si è calmata. Ma il Natale da sola sarebbe uno schifo, quindi sono contentissima che quest'anno tocchino a me...»

Si sedette sulla panca per gli addominali e Ruben cercò di non guardarle la scollatura. La canotta aderente con la scritta STRONGER sul petto lasciava intravedere parecchio.

«Io ieri l'ho festeggiato in anticipo con Astrid ed Ellinor» disse. «È stato bello. Grazie dell'aiuto con il regalo, a proposito. Il libro le è piaciuto tantissimo. Sono davvero felice di aver partecipato al loro Natale. E Astrid sembrava contenta di avermi lì.»

«Ci mancherebbe!» esclamò Sara con un sorriso che illuminò l'intera palestra, normalmente così cupa. Ruben si imbarazzò. Non voleva farsi mandare in confusione da un sorriso. Tette e culi, ecco cosa piaceva a lui. Non un sorriso con le fossette, anche se lo faceva sciogliere dentro, in un punto congelato da molti anni. Forse fin da Ellinor.

«Come va con la storia della bomba?» chiese per riprendere il controllo sulle emozioni. «C'era qualcosa di vero o no?»

Nonostante la palestra fosse deserta, prima di rispondere Sara si guardò intorno.

«Non lo sappiamo ancora, ma quella che ci preoccupa è la quantità di nitrato d'ammonio che manca all'appello» disse a voce bassa. «Ti ricordi l'esplosione nel porto di Beirut, in Libano, nel 2020? Sono rimaste ferite più di cinquemila persone e ne sono morte oltre duecento, con trecentomila abitazioni distrutte e pesanti danni materiali a una vasta parte della città.»

«Me la ricordo» rispose Ruben. «Se non sbaglio, la dogana teneva immagazzinato da anni il nitrato d'ammonio confiscato senza applicare nessuna misura di sicurezza, e un giorno la temperatura è salita al punto che è esploso tutto.»

«Esatto. Non è detto che la reazioni si inneschi, ma se il nitrato d'ammonio si surriscalda a sufficienza può capitare. Quella di Beirut è stata una delle dieci esplosioni civili più devastanti della storia.»

«Però in quel caso non si è trattato di diverse migliaia di tonnellate? Ne manca all'appello così tanto?»

«No, per fortuna. Al momento, circa dieci, ma credimi: nelle mani sbagliate, sono sufficienti.»

«Che genere di cratere potrebbero provocare?» chiese Ruben.

«Non credo tu voglia saperlo, ma immagino che chi medita di usarlo intenda mescolarlo con altro materiale per aumentare la potenza dell'esplosione. Se una carica del genere dovesse essere fatta saltare nella zona centrale di Stoccolma, per esempio, non ne resterebbe molto. Causerebbe migliaia di morti. E il sistema sanitario nazionale collasserebbe nel tentativo di assistere tutti i feriti.»

Ruben la fissò allibito.

«Oh, cazzo. Spero davvero che sia un falso allarme.»

«E le vostre indagini, invece, come vanno?»

«Bene. Male. Non lo so» sospirò Ruben. «Procedono, anche se è tutto ancora molto strano e confuso. Comunque abbiamo fatto una scoperta interessante. Uno di quelli che abbiamo interrogato, un contitolare della Confido, è Peter Kronlund. Solo che prima non si chiamava così, ma Peter Manojlovič. In pratica è figlio di...»

«Dragan Manojlovič» completò la frase Sara, e si rizzò a sedere sulla panca. «Il capo della mafia serba in Svezia, lo so. Racconta. Cos'altro sai?»

«Non molto più di questo. Penso che al momento sia la pista migliore che abbiamo in mano. Voglio dire, quante probabilità ci sono di trovare una persona morta che ha un collegamento diretto con la famiglia Manojlovič, senza che questa c'entri niente? Sono pronto a scommettere che i serbi sono coinvolti, in qualche modo. Ma cosa intendi con quel "lo so"? Che Peter è figlio di Dragan? Perché non hai detto niente, se è così?»

Ruben si tamponò di nuovo la fronte. Il sudore non voleva smettere di colare e oltretutto puzzava leggermente di alcol. Sperò con tutto se stesso che Sara non si accorgesse di niente.

Si sentì sbatacchiare la porta. Il collega appena entrato li salutò con un cenno e andò dritto ai manubri. Aveva il fisico caratteristico della vecchia guardia: grosse braccia e grossa pancia. Quello dei "bicipiti forti" era un mito tra i poliziotti di quella generazione, che sembravano convinti sul serio che bastassero a controbilanciare la trippa messa su a forza di hamburger e purè.

Sara si avvicinò con la testa a Ruben e abbassò la voce. Lui avrebbe voluto arretrare istintivamente per risparmiarle la vodka che gli affiorava dai pori, ma così com'era seduto non poteva farlo.

«Scusami» disse lei sottovoce. «Conosci la politica interna di questo posto. Il Noa sta mappando la criminalità organizzata nel paese e ovviamente la famiglia Manojlovič è in cima alla lista, ma sono tutte informazioni sensibili ed è stato deciso che non dobbiamo condividere quello che sappiamo, per non mettere a repentaglio il nostro lavoro. È successo il finimondo, al Noa, quando abbiamo capito che avevate ricevuto informazioni su Gustaf Brons.»

«Ottima cosa boicottarsi a vicenda» commentò Ruben scuotendo la testa. «Quindi è meglio fare lo stesso lavoro due volte?»

«Sì, secondo alcuni, ma io non sono d'accordo. Se tu ne accenni a Julia e io parlo con i miei superiori, forse possiamo ottenere l'autorizzazione a scambiarci le informazioni utili. Che ne dici? Penso che ci guadagneremmo tutti.»

«Certo, per la miseria» rispose Ruben infervorato. «Quindi preferisci che io aspetti che la proposta sia passata al vaglio dei capi prima di andare a parlare con Brons, giusto?»

«Penso che sarebbe la cosa più opportuna. Inoltre non so se hai la piena percezione della pericolosità di questa gente. È già abbastanza orribile quello che è noto a tutti, ma noi abbiamo informazioni che... insomma, sii prudente.»

Per un attimo Ruben sentì il cuore fargli una capriola nel petto al pensiero che a Sara importasse davvero qualcosa di lui, ma probabilmente era solo premura nei confronti di un collega. Avrebbe detto la stessa cosa a qualunque poliziotto.

Si alzò. L'odore di vodka era diventato troppo pungente, e il suo unico desiderio era allontanarsi di un passo da Sara. In un mondo ideale avrebbe anche voluto spostare lo spinotto sui pesi della *leg press* prima che lei vedesse dove l'aveva posizionato.

Sara si alzò nello stesso momento e rimasero l'uno di fronte all'altra, senza parlare, per un istante decisamente troppo lungo. Il collega ai manubri bramiva come un capriolo in calore, impegnato com'era ad aumentare ulteriormente il volume dei bicipiti. Alla fine Sara ruppe il silenzio.

«Senti... forse è una follia, visto che in realtà non ci conosciamo. Però... ecco, mi spiace che ti ritrovi solo, la vigilia. Vuoi venire da noi? Non è che facciamo granché: ci mangiamo qualcosa di buono ma non particolarmente natalizio e ci vediamo un film. E niente regali. Porta solo un pensierino per i bambini, se vuoi. Ho già anche troppi pacchetti per loro, sotto l'albero. Sai, i classici genitori separati che esagerano nel tentativo di compensare le proprie mancanze...»

Spalancò le braccia per sdrammatizzare e Ruben alzò le spalle, cercando di apparire altrettanto distaccato.

«Certo» rispose. «Direi che si può fare. A che ora?»

«Alle cinque?»

«Va benissimo.»

Aspettò che lei si voltasse per andare al vogatore. A quel punto si girò di scatto, sfilò lo spinotto dal foro degli ottanta chili e lo mise in quello dei duecento. D'un tratto voleva essere in gran forma per la vigilia. Aveva un'altra ora a disposizione prima dell'appuntamento con Christer.

Mina osservò divertita Ruben entrare in ufficio con i capelli umidi e un borsone gettato in spalla.

«Andato bene l'allenamento?» domandò.

«Sì, certo» rispose lui mettendo giù il borsone. «Perché quel sorrisino?»

Gli si stavano imporporando le guance, ma prima che lei avesse il tempo di chiedergli il motivo di quell'improvviso rossore lui si sedette e il sorriso sparì.

«Il tamtam dice che è imminente un'incriminazione nei confronti di Dragan Manojlovič» disse.

«Ah, e cos'altro ha detto Sara? L'ho vista uscire dalla palestra.»

Ruben sentì avvampare anche il collo.

«Dai, piantala. Comunque sì, è stata lei a dirmelo. Ho anche saputo che Gustaf Brons ha usato il trucchetto dell'avvocato, quando è venuto. Non sarebbe il caso di convocarlo ufficialmente?»

«Prima vogliamo avere qualcosa di più su cui basarci. La chiave è a cosa servivano i soldi e come mai ne aveva bisogno. Non è che il suo reddito, negli ultimi anni, fosse così pessimo. Perché doveva farsi mandare del denaro sottobanco dalla mafia serba? Un milione di corone è un bel gruzzolo per la maggior parte della gente, ma a Gustaf Brons basta sì e no per una settimana in riviera.»

«Droga, donne o gioco d'azzardo» rispose Ruben. «Nella mia esperienza si va sempre a finire lì. Eventualmente in qualche combinazione.»

«Droga, donne o gioco d'azzardo...»

Mina sentì che qualcosa prendeva vagamente forma nella memoria. Qualcosa che aveva detto Gustaf Brons, solo che non ricordava esattamente cosa. Il pensiero corse al caffè, ma chissà cosa voleva comunicarle il cervello con quell'associazione.

«Possibile che Dragan Manojlovič usasse la Confido per riciclare denaro sporco?» rifletté a voce alta.

«Quindi hai scartato l'ipotesi che quei soldi servissero a pagare l'omicidio di Jon Langseth?» chiese Ruben.

Tirò fuori l'asciugamano dal borsone e si tamponò qualche goccia di sudore affiorata dopo la doccia.

«Non ho scartato niente. Cerco solo di ragionare a tutto campo.»

Ruben si tirò su e rimise a posto l'asciugamano.

«E oggi cos'hai in programma?» domandò Mina abbassando gli occhi sulla sua tazza con espressione cupa.

Sulla superficie del caffè ormai freddo si era formata una pellicola che ricordava vagamente la benzina.

«Tra poco mi trovo con Christer per andare a parlare con la madre di Marcus Eriksson.»

Mina lo guardò interrogativa.

«Mark Eric» precisò lui.

«Ah, giusto.»

Mina era distratta. Il suo cervello era impegnato a riflettere su cosa fosse stato, nell'interrogatorio di Gustaf Brons, ad attirare la sua attenzione. Si alzò per andare a prendere altro caffè alla benzina. A volte smettere di pensarci faceva scattare il ricordo giusto.

Vincent si svegliò sentendo qualcuno che lo scuoteva per la spalla. Non poteva essere già mattina: gli sembrava di essersi appena addormentato. Ma gli scossoni continuarono.

«Papà!» chiamò una voce impaziente, vicinissima. «Papà!»

Si costrinse ad aprire gli occhi e cercò di concentrarsi. Aston, in piedi di fianco al letto, strattonava le coperte.

«Cosa c'è?» mormorò Vincent. «È successo qualcosa?»

Socchiuse le palpebre verso la sveglia sul comodino, praticamente un cimelio. Le lancette indicavano le sei meno cinque del mattino. Aston strattonò di nuovo le coperte e lui le tirò verso di sé.

«Prendi le tue, di coperte» borbottò. «Perché mi hai svegliato? E come mai sei già in piedi?»

«È il primo giorno delle vacanze di Natale e fuori c'è un sacco di neve!» esclamò Aston tutto felice. «Vieni, papà! Tu scavi e io costruisco!»

Vincent si tirò le coperte sulla faccia e gemette.

«Vai a giocare ai videogiochi come tutti i bambini normali» disse. «E non svegliare tua madre.»

«Ma lei mica dorme.»

Vincent rispuntò con la testa e guardò di lato. Aston aveva ragione: Maria non era lì e aveva addirittura sistemato le coperte dalla sua parte. C'era una sola persona al mondo che rifaceva metà letto. Vista dall'esterno, Maria poteva dare l'impressione di «andare dove la portava il vento» e «ascoltare il volere del cosmo», come diceva lei, ma in realtà era ancora da stabilire chi dei due avesse più manie di controllo. Doveva essersi alzata da un po'.

«Arrivo» disse Vincent con un cenno ad Aston. «Dammi solo... un attimo per mettermi in pista.»

Aston lanciò un urlo di gioia che probabilmente si sentì anche nel comune limitrofo e uscì di corsa dalla camera. Vincent sospirò, lottò con le coperte per uscirne, si mise a sedere e si infilò la vestaglia. Impiegò un po' di tempo per trovare le pantofole. Il pavimento era freddissimo e lui non andava da nessuna parte senza avvolgere i piedi in un morbido strato protettivo.

Entrando in cucina rimase sorpreso nel vedere che Maria non era lì, e nemmeno in soggiorno o in bagno. Ed era decisamente troppo presto perché fosse uscita per qualche appuntamento che aveva a che fare con la sua attività. Nonostante si fosse chiuso bene la vestaglia con la cintura, Vincent si sentì gelare all'improvviso. Le parole del messaggio dell'Ombra gli echeggiarono in testa.

Porterò via la tua famiglia. Poi te. E non puoi farci niente.

«Maria!» chiamò. «Sei qui? Maria!»

Niente panico. Di sicuro, se sua moglie non era in casa, c'era una spiegazione.

Mentre tornava verso la cucina sentì un tonfo che lo fece trasalire. Veniva dalla camera di Rebecka e sembrava quasi che si fosse rovesciata una libreria. La porta si aprì e sua figlia sbucò con la testa, i capelli tutti per aria.

«Cosa ti salta in mente?» ringhiò. «È notte fonda, cazzo.»

«Hai visto Maria? Non la trovo da nessuna parte. E cos'è stato quel rumore?»

«Sono caduta dal letto sentendoti urlare.»

«Scusa» disse Vincent. «Ma l'hai vista?»

«In piena notte?» contrattaccò Rebecka. «No, non l'ho vista e farò finta di non aver visto nemmeno te.»

Lo guardò malissimo e poi richiuse la porta. Nello stesso istante si aprì quella d'ingresso e Maria entrò con il quotidiano in mano. Aveva messo il piumino sopra un pigiama molto leggero e tremava come una foglia.

«Brrr, che freddo» disse.

«Cosa ci fai alzata a quest'ora?» chiese Vincent con un immenso sospiro di sollievo.

«Non riuscivo a dormire» rispose lei, togliendosi il piumino. «E poi non è così presto, sono le sei. Sto aspettando un pacco e la consegna è prevista per oggi. Il mio negozio online sta andando alla grande e cominciano a scarseggiare gli angeli, soprattutto quelli in bronzo con le ali grandi, quindi spero che siano qui presto perché se non li spedisco oggi non arrivano in tempo per la vigilia.»

«Ti riferisci a quello che in realtà raffigura Metatron, la voce di Dio, che secondo alcuni ha fermato Abramo subito prima che uccidesse il figlio Isacco? Quell'angelo?»

Maria alzò le spalle.

«A Natale vende bene. Immagino che alla gente piaccia metterlo alla finestra.»

«A Natale? Guarda che Metatron in realtà non è cristiano ma ebraico...»

Smise di parlare. Non era importante. L'essenziale era che lei fosse lì, al sicuro. Anche se dubitava che qualsiasi membro della sua famiglia fosse al sicuro, finché abitava con lui.

Porterò via la tua famiglia. Poi te.

«Visto che siete in piedi, preparo un po' di colazione» disse Maria andando verso la cucina.

Vincent la seguì. Si era reso conto che doveva farli andare via.

«I tuoi non ci hanno invitato a festeggiare il Natale da

loro, quest'anno?» chiese nel tono più naturale che riuscì a sfoderare. «Secondo me sarebbe bello, piuttosto che passarlo qui a casa.»

Maria, che aveva appena aperto il pensile delle tazze, si girò a guardarlo stranita.

«Hai battuto la testa?» domandò. «I miei invitano sia noi che Ulrika tutti gli anni, lo sai benissimo, ma tu non vuoi mai andarci.»

«Ho cambiato idea» rispose lui, allungandosi verso una tazza rossa a tema natalizio. «Oggi è il 21 e mancano solo tre giorni alla vigilia. Che ne dici di partire già domani? Porta anche Aston. Lo so che è un pezzo che non vedi i tuoi genitori. Rebecka va in Francia e io e Benjamin potremmo raggiungervi dopo.»

Maria prese una tazza con la scritta MY BALLS ARE BIGGER THAN YOURS.

«Mi sa che l'hai battuta davvero, la testa» disse. «Comunque sì, sarebbe bello.»

«Sempre che per oggi tu non avessi altri programmi.» Vincent accennò con la testa al calendario su cui sua moglie aveva cerchiato la data di quel giorno.

«Cosa? No, non sono stata io a fare quei segni.» Gli appoggiò dolcemente una mano sul braccio. «La trovo una bellissima idea, però solo se prometti che verrete davvero e che non farai marcia indietro all'ultimo momento. Non sarebbe male se i miei potessero vedere che non sei una creatura prodotta dalla mia fantasia.»

Maria riempì d'acqua la macchina da caffè americano. Proprio come lui, era tornata a usarla dopo essersi stancata di quella a capsule.

«A proposito, sei riuscito a parlare con Ulrika?» gli chiese contando i misurini.

«No, non ancora.»

Maria sorrise divertita.

«Immagina la sua faccia quando ci troverà tutti lì e si

accorgerà che non ci siamo separati. Sarà una soddisfazione unica.»

Maria si fermò con il misurino a mezz'aria. Poi lo appoggiò sul bancone e si girò verso Vincent. Il sorriso aveva ceduto il posto a uno sguardo sospettoso.

«Ma scusa, allora perché non possiamo partire tutti insieme? Aston è in vacanza, Rebecka si arrangia da sola, Benjamin studia a distanza e tu non hai spettacoli. Non è che la tua finta premura sia in realtà una manovra per poter stare da solo con Mina qualche giorno? Magari addirittura nel nostro letto? È questo il piano?»

Vincent sospirò. Erano quasi riusciti a evitare la gelosia ormai familiare. Quasi.

«Mamma!» li interruppe Aston arrivando di corsa. «Lascia stare papà! Deve vestirsi per uscire con me in giardino!»

Afferrò i copripantaloni impermeabili e la giacca, messi ad asciugare sul termosifone, e cominciò a indossarli.

«Meglio che risparmi le energie per Mina. Non hai più venticinque anni, ricordatelo» disse Maria storcendo la bocca. Poi si girò verso la macchina del caffè per finire di prepararlo.

Vincent scompigliò i capelli al figlio e riannodò la vestaglia che si stava aprendo.

«Aston, facciamo colazione, prima» disse. «Anche tu hai bisogno di energie per scavare.»

«Mangia la neve come me!» gli gridò lui, e infilò saltellando la porta.

Il cellulare emise un segnale acustico per ricordargli che di lì a qualche ora aveva appuntamento con Umberto. Vincent sospirò. Il suo manager non sarebbe stato contento nel sentire quello che aveva da raccontargli.

Andò in soggiorno per dare da mangiare ai pesci. Quando afferrò il barattolo delle scagliette, di colpo sentì esplodere il mal di testa, come se fosse stato investito da un treno. Senza fiato, fu costretto ad appoggiarsi all'acquario.

Doveva prendere un'altra pastiglia. Cercò di concentrarsi sulla parete oltre la vasca, ma non fece che peggiorare la situazione. Ebbe la bizzarra sensazione che ci fosse scritto sopra qualcosa, pur vedendo chiaramente che c'erano solo le foto incorniciate della sua famiglia. Fu sopraffatto da quell'impressione e il campo visivo cominciò a sfarfallare.

Gli tornò in mente quando era piccolo e, a scuola, avevano provato a «far scomparire per magia» gli oggetti piazzandoli nel punto cieco dell'occhio. Perché funzionasse bisognava guardare dritto davanti a sé e avere l'oggetto ai margini del campo visivo. In quel momento provò esattamente la stessa sensazione, come se vedesse qualcosa e insieme non lo vedesse.

Chiuse le palpebre e si concentrò sulla respirazione.

Piano piano il mal di testa si attenuò, senza però passare completamente. Non spariva mai del tutto, negli ultimi tempi. Era sempre lì in agguato, come un rumore fastidioso di cui non ci si accorge se non quando cessa. Guardò la neve fredda oltre la porta d'ingresso aperta. Forse il Natale gli piaceva, ma odiava l'inverno.

«Possiamo entrare?» chiese Christer.

Il viso che sbirciò attraverso lo stretto spiraglio, al di sopra della catenella di sicurezza, era scavato e rugoso. La donna rimase in silenzio per un po'.

«Immagino che non siate qui per vendere biglietti della lotteria» disse poi con voce flebile.

«Esatto» rispose lui. «Vorremmo parlare con lei di Marcus, se possibile.»

La donna li guardò di nuovo. La porta si chiuse e si sentì il rumore della catenella. Quando il battente venne riaperto, la luce calda dell'ingresso diede loro il benvenuto. Christer entrò, precedendo Ruben. Entrambi si pulirono gli scarponi pieni di neve sullo zerbino, su cui un Babbo Natale guidava una slitta.

La madre di Mark Eric portava i suoi settant'anni abbondanti con grande dignità ed era l'esatto opposto del figlio, almeno a giudicare dalle foto della sua carriera.

Una divisa dell'Esercito della salvezza era appesa con cura a una stampella nell'ingresso. Marcus Eriksson non aveva avuto il tempo di farsi una famiglia e non aveva fratelli o sorelle. Visto che il padre era morto da tempo, l'unica parente in vita era la madre. Nell'appartamento risuonava musica natalizia a volume basso e c'era un buon odore di *glögg* e cannella.

«Venite a scaldarvi» li invitò la donna minuta, facendo strada verso la cucina.

«Come sa, dovremo... riportare in superficie Mark» disse Christer esitante mentre si sedeva. Non era sicuro di aver usato l'espressione più appropriata.

Sul tavolo c'era un cruciverba riempito a metà, e accanto un paio di occhiali da lettura.

«Oh, per favore, usate il suo vero nome, Marcus» li pregò la donna, versando del *glögg* caldo in tre tazzine. «Io sarei Gudrun, ma mi chiamano tutti Gun.»

Mise le tazzine davanti ai due poliziotti.

«Marcus non era... Mark Eric. Non per me, almeno. Quella era una parte che recitava, una finzione. Per me è sempre stato il mio Marcus.»

«Com'era?»

Christer assaggiò il *glögg*, ma rimise giù la tazzina perché era troppo caldo. Gun si illuminò.

«Oh, era un ragazzo meraviglioso. Siamo sempre stati noi due soli, ma eravamo affiatatissimi, fin da quando è nato. Aveva i suoi demoni, su questo non ci sono dubbi, però alla fine ha trovato la sua strada. Altrimenti non so come se la sarebbe cavata.»

«Ho letto il rapporto della polizia, ma potrebbe raccontarci con parole sue com'è andata quando è scomparso?»

«Mmh...»

La donna stropicciò un angolo della rivista di enigmistica e sembrò sprofondare nei suoi pensieri.

«Anche mia nonna Astrid fa quelle parole crociate con le immagini» disse Ruben. «Le prime due foto sono di Leif G.W. Persson e Viktor Frisk, ma le altre due?»

Gun sorrise e guardò gli uomini nei piccoli riquadri.

«Uno dovrebbe essere un cuoco famoso» rispose. «L'altro... credo un cantante. Ultimamente lo si vede dappertutto.»

Poi appoggiò le mani sul cruciverba e li guardò.

«Marcus aveva ricominciato ad avere dei problemi.

Erano passati tanti anni... Non avrei mai pensato che ci ricadesse.»

«Parla di droga?» chiese Christer con tatto.

Prese un altro sorsino di *glögg*. Adesso si poteva bere.

«Era passato davvero tanto tempo» continuò Gun senza rispondere alla domanda.

Passò una mano sulle parole crociate.

«Benjamin Ingrosso!» esclamò Ruben all'improvviso.

Christer trasalì e lo fissò allibito, ma Gun sorrise, prese la penna e inserì con cura le lettere giuste.

«Esatto» disse, rimettendola giù. «Questo spiega alcune cose. In ogni caso, molti anni fa Marcus aveva attraversato un brutto periodo. C'entrava la droga, ma non solo. Rimuginava. Era alla ricerca di qualcosa e pensava di averlo trovato nelle sostanze che usava, ma di base è sempre stato un ragazzo con la testa a posto. Per un po' è sprofondato nelle tenebre. Di notte stava fuori e io non sapevo se sarebbe rientrato. A lei è mai capitato di avere incubi in cui suo figlio si butta sotto un treno o giù da un ponte?»

Christer scosse la testa. L'argomento gli era più estraneo di quanto volesse mostrare.

«Beato lei» riprese Gun. «Comunque, ne era uscito, e contemporaneamente era cominciata la sua carriera musicale. Non aveva mai più toccato le droghe e nemmeno l'alcol. Quell'atteggiamento da... *bad boy*, o come lo chiamavano i giornalisti, era solo una facciata, un'invenzione della sua casa discografica. Quando non era in tournée, Marcus viveva una vita tranquilla. Passavamo molto tempo insieme. Non si era mai fatto una famiglia, quindi... aveva me.»

«È bello sentirglielo dire» intervenne Ruben. «Considerando quanto eravate uniti, ha mai detto qualcosa che possa spiegare la sua scomparsa?»

Christer lo vide sbirciare verso il cruciverba come se avesse voglia di risolverlo. Evidentemente ne aveva fatti parecchi con sua nonna.

«No, non a parole» rispose Gun. «Ma un paio di settimane prima di sparire aveva cominciato a comportarsi in modo strano. Ci ho pensato su tante volte, sapete.»

«In che senso?» domandò Christer attento.

«Non so quando fosse cominciato, di preciso, perché non lo vedevo tutti i giorni, ma aveva paura. Controllava senza sosta il telefono. Parcheggiava la macchina sul retro e mentre stava qui la guardava di continuo. Ho dato per scontato che si trattasse di nuovo della droga e gliel'ho anche chiesto, ma lui negava.»

Si alzò e si mise a scaldare altro *glögg* dando loro le spalle.

«Cosa ne faranno, adesso?» chiese con un lieve tremito nella voce.

Christer non sapeva esattamente cosa rispondere. Stavano parlando dei resti del suo unico figlio.

«Per Morberg!» esclamò Ruben.

Christer fece un salto e un po' di *glögg* schizzò sul tavolo.

«Per Morberg» ripeté Ruben a voce un po' più bassa, indicando il cruciverba. «Il cuoco.»

«Le ossa verranno riesaminate da un medico forense» rispose Christer guardando malissimo il collega. «Pensiamo che ci sia ancora da investigare, riguardo alla sua scomparsa e alla sua morte. Esistono dei punti di contatto con un altro caso.»

Gun annuì e, dopo aver aggiunto un po' di vino bollente nelle tazzine di ceramica, si risedette e inserì con cura il nome PER MORBERG nelle caselle vuote che scendevano in verticale dalla sua foto.

«Fate quello che dovete fare» disse mentre in sottofondo risuonava piano *Det strålar en stjärna*. «Avete la mia benedizione.»

«Grazie. Allora, buon Natale» mormorò Christer. «Insomma... auguri, in ogni caso.»

Quando uscirono, Gun rimase in cucina, china sul cruciverba con una profonda ruga di concentrazione sulla fronte mentre riempiva di lettere le caselle vuote.

«Appena ho un attimo, devo andare a trovare mia nonna» disse Ruben una volta fuori. «Questa cosa del tempo è un vero schifo. Di punto in bianco finisce.»

Era nell'attimo tra sogno e realtà che la sentiva più vicina. Nei sogni sfuggiva alla sua presa e quando era sveglio faticava a distinguerne i tratti del viso. Invece nel passaggio da uno stato all'altro, subito prima che la realtà imponesse la sua presenza, la vedeva sempre nitidamente. «Il nostro sole» la chiamava suo padre. E come al solito aveva ragione: irradiava luce, quasi fosse accompagnata da un astro personale che illuminava lei e chi le stava intorno.

Ma quando il sole si spegneva, calava il gelo. Per questo, il giorno in cui si era spento per sempre, suo padre aveva deciso di scendere nelle gallerie buie e portarci anche lui: senza la mamma che ballava in cucina, con quel tavolo coperto dalla cerata a quadretti e le sedie spaiate che aveva salvato dalla discarica, era meglio privarsi completamente di ciò che avevano avuto un tempo.

Non era stato suo padre a dirglielo, ci era arrivato lui. Là sotto, al buio, il dolore al petto era meno intenso che in superficie. Era un posto sicuro, almeno per loro. Un posto in cui erano amati e in cui c'era chi si prendeva cura di loro, così come loro si prendevano cura di altri. Dare e ricevere. Era importante, diceva suo padre.

Un ratto gli passò accanto sul cartone su cui era steso, così vicino che avrebbe potuto contargli le vibrisse. Era Buster: lo riconosceva dalla cicatrice sul muso. A volte gli dava delle briciole di pane. Si divertiva a guardarlo mentre le teneva tra le zampette, con quel nasino vibrante per aria.

Dare e ricevere.

Uno dei nuovi arrivati aveva tentato di uccidere Buster, ma suo padre glieľaveva impedito e aveva spiegato le regole da seguire per far parte della famiglia là sotto. La vita andava rispettata. Era sacra. Toglierla a qualsiasi creatura non era un diritto degli esseri umani. Così Buster aveva potuto filare via.

Berrettogiallo stava farneticando nel sonno, ma quando si girò smise. Il rumore dei treni era soporifero, tranquillizzante.

Si girò a sua volta e si sistemò la coperta addosso. Chiuse gli occhi sentendo che il sogno tornava a impossessarsi di lui. Era a casa. Era al sicuro.

«Passiamo a parlare con qualcuno di Tom il Matto?» chiese Christer lanciando un'occhiata interrogativa a Ruben. «Forse dovremmo approfondire il modo in cui sono stati trovati i resti di Mark.»

«Sì, sono d'accordo» rispose Ruben mentre imboccava lo svincolo per Huddinge.

Conoscevano bene la strada per la residenza psichiatrica giudiziaria Helix, che si trovava nei pressi dell'ospedale: non era raro che dovessero andarci per qualche motivo. Ospitava chi aveva subito una condanna a cure obbligatorie dopo che l'accertamento della malattia psichiatrica aveva escluso la detenzione in una prigione ordinaria.

Christer diventava triste ogni volta che ci entrava ma anche contento ogni volta che ne usciva, proprio perché poteva farlo. Quelli con cui andavano a parlare, invece, erano costretti a restare. Fece un profondo sospiro.

Impiegarono un po' a raggiungere il brutto edificio marrone, dato che c'era sempre qualche idiota che decideva di mettersi per strada con la neve usando le gomme estive.

«Maledetti stoccolmesi» borbottò Christer. «Non impareranno mai che l'inverno arriva tutti gli anni.»

«Ma scusa, non sei di Stoccolma anche tu?» chiese Ruben.

«Lo so.»

Parcheggiarono e si diressero verso l'entrata. Le misure di sicurezza erano tangibili: intorno all'edificio correvano un muro protettivo e una recinzione elettrificata.

«Secondo te ci sarà ancora qualcuno che lavorava all'epoca in cui c'era Tom il Matto? Ormai sono passati quasi due anni dalla sua morte e mi sa che il ricambio del personale è piuttosto veloce, qui dentro» disse Christer con aria cupa quando entrarono.

Ruben alzò le spalle.

«Lo scopriremo presto.»

Uno squallido abete di plastica addobbato con poche palline e festoni striminziti era l'unica decorazione natalizia in tutto l'atrio. Quando si avvicinarono allo sportello, una donna con grandi occhiali e orecchini giganteschi li guardò perplessa.

«Non mi sembra che vi abbiamo chiamato. O sbaglio?» disse.

«No, no» la tranquillizzò Ruben. «Abbiamo un caso che ha attinenza con uno dei vostri ex pazienti, ora deceduto. Vorremmo entrare in contatto con qualcuno degli operatori che si occupava di lui. Si tratta di Tom il Matto, quello che veniva chiamato il Cannibale.»

«So chi era Tom il Matto» rispose la donna, sulle sue. «Era soprattutto Arnold ad avere a che fare con lui. È di turno. Lo chiamo.»

Mentre aspettavano, si sedettero sulle scomode sedie riservate ai visitatori.

L'orologio a parete ticchettava piano. Christer aveva l'impressione che le lancette si muovessero con una lentezza innaturale. Era come trovarsi in un altro mondo, del tutto isolato. Si chiese come fosse lavorare in quel posto. Lui e i suoi colleghi avevano spesso a che vedere con persone disturbate, ma lì era la regola. E con alcuni dei ricoverati non c'era da scherzare.

«Arnold sta arrivando. Dice che è ora della pausa sigaretta.»

La donna con gli orecchini giganteschi chiuse la comunicazione e tornò a scartabellare dei fogli. Christer continuò a fissare il lento movimento delle lancette. Pochi minuti dopo, un uomo grasso con un gran barbone grigio venne verso di loro. Sembrava una specie di Babbo Natale per gli internati. Considerando quanto ansimava, il pacchetto di Marlboro che aveva in mano non sembrava una gran bella idea.

«Usciamo» disse, e li precedette sbuffando.

Una volta fuori, si accese una sigaretta con dita tremanti per poi girarsi verso di loro. Aveva un'espressione sollevata.

«Ci voleva, cazzo.»

«Ruben Höök e Christer Bengtsson, piacere. Stiamo indagando sulla morte di Marcus Eriksson.»

«Marcus Eriksson?»

Arnold aggrottò le sopracciglia e diede un'altra lunga boccata.

«Mark Eric» precisò Christer.

Il freddo gli stava penetrando attraverso la pesante giacca della divisa. L'inverno non gli era mai andato a genio. Da bambino sua madre lo costringeva a stare fuori per ore, anche se a lui non piaceva giocare nella neve. Così si rannicchiava sotto un abete in attesa che lo richiamasse dentro al caldo.

«Ah, Mark, ho capito. Quindi si tratta di Tom il Matto. Lo sapete che è morto, vero? Si è impiccato in camera sua, una cosa imprevedibile. Non avevamo avuto indicazioni su eventuali tendenze suicide. Ma con alcuni va così: di colpo non hanno più voglia di vivere.»

«Quanto sa del caso?»

«Parecchio» rispose Arnold, mentre un anello di fumo saliva verso il cielo grigio. «E non ho mai creduto, nemmeno per un minuto, che Tom il Matto avesse ucciso e mangiato quel tipo. Tom, anzi Tomas, come si chiamava in realtà, era una delle anime più miti che abbia mai incontrato. Quell'uomo non avrebbe mai fatto male a una mosca.»

«Però le ossa di Marcus sono state rinvenute nei suoi sacchetti, mescolate agli effetti personali.»

Arnold alzò le spalle facendo ondeggiare la barba grigia.

«Non significa niente. È stato condannato su basi assolutamente insufficienti. Non c'era nessuna prova che lo avesse ucciso o mangiato. È stato condannato per quello che era, un matto che sembrava pericoloso. Lui ha sempre sostenuto di aver trovato le ossa, anzi, ne andava addirittura fiero perché diceva che era una collezione quasi completa. Tom faceva collezione di tutto.»

«Una collezione quasi completa?» chiese Ruben.

«Il corpo umano conta... quante? Duecentosei ossa? Be', Tom ne aveva trovate duecento.»

«Noto che anche lei usa il verbo trovare. Se è così, dove?»

«Non troppo lontano da dove abitava. Diceva che erano in un mucchio nei pressi della stazione di Bagarmossen. Nella metropolitana, insomma.»

«Bagarmossen...» ripeté Christer pensoso. «Per caso lei sa cosa ci facesse là sotto?»

Un lungo tiro di sigaretta li costrinse ad aspettare un po' la risposta.

«Ci abitava, in quelle gallerie. Naturalmente è vietato, in realtà, quindi quelli che ci vivono si tengono alla larga dalla gente, ma soprattutto in un inverno come questo fa decisamente più caldo lì sotto che per strada. Oltre al fatto che si ha un tetto sulla testa.»

Ruben emise un basso fischio.

«Pensa che possa esserci ancora qualcuno che lo conosceva, in quei tunnel?» chiese.

«Credo che una manciata dei suoi vecchi amici sia ancora viva» rispose Arnold, e spense il mozzicone. «O almeno ci sarà qualcuno che sa chi erano. A Stoccolma i senzatetto sono più numerosi che mai.»

Christer guardò Ruben per vedere se stava pensando la stessa cosa. Nei tunnel c'erano delle persone che avrebbero potuto vedere qualcosa, magari addirittura l'assassino di Marcus e di Jon. Restava da capire come trovare chi voleva restare nascosto.

Sulla lapide c'era scritto MARCUS ERIKSSON. Adam lo trovava un nome sorprendentemente ordinario per una persona così esuberante.

«Immagino tu abbia una ragione sensata per aver scelto di assistere a una riesumazione, invece di dare la priorità ad altro» disse sbirciando verso Julia.

«Conosco a memoria tutte le sue canzoni» rispose lei con un sorriso imbarazzato. «Era un genio della musica. Un genio parecchio incasinato. Ma non vale forse per quasi tutte le persone geniali?»

«Mah, modestamente io trovo di essere abbastanza disciplinato...»

«Piantala!»

Julia gli diede una gomitata.

Adam distolse lo sguardo, consapevole del fatto che i suoi occhi avrebbero rivelato quello che cercava così disperatamente di nascondere: l'irrimediabile, totale e sconfinato amore che provava per lei.

Tuttavia, non voleva metterle pressione. Julia aveva una famiglia, e se c'era uno che ne capiva il valore era proprio lui, soprattutto adesso che era praticamente solo al mondo, dopo la morte di sua madre Miriam. Nemmeno facendo uno sforzo di volontà avrebbe potuto costringere qualcuno a mandare all'aria la propria famiglia. Così, si accontentava delle briciole che gli erano concesse, anche se non faceva che desiderare di più. Non si trattava tanto del sesso – che pure andava a meraviglia –, quanto di un'ipotetica quotidianità. Poter tirare dalla sua parte la coperta, seccato, quando lei se la prendeva tutta. Bisticciare su chi doveva portare fuori l'immondizia. Prendersi la gastroenterite in contemporanea. Forse sembravano i sogni di un pazzo, ma solo quando si vomitava insieme si poteva essere sicuri di condividere davvero tutto.

«Ecco, stanno tirando fuori la bara» disse piano Julia, chinando appena la testa.

Lui la imitò.

C'era qualcosa, nei cimiteri, che imponeva una spiritualità assente dalla vita di tutti i giorni, e secondo lui valeva in particolare per quello in cui si trovavano, Skogskyrkogården. Qualche anno prima aveva abitato per un po' in un bilocale a Enskede, e spesso andava a correre da quelle parti. Il cimitero non era soltanto bellissimo ma anche molto grande, e per fare il giro completo ci si metteva un po'. Però aveva sempre evitato con cura le tombe dei bambini.

Davanti a loro la bara bianca emerse lentamente in superficie.

«Tu cosa pensi del collegamento con i serbi?» chiese Adam mentre seguiva le operazioni con lo sguardo.

Julia sospirò frustrata.

«Mi sembra una pista solida, che però pone due problemi. Da un lato, finora si può applicare solo a Jon Langseth e non a Mark Eric. Dall'altro, ai piani alti sono preoccupati e fanno slittare tutti i tentativi di percorrere quella strada. Pare temano che si sovrapponga a un'indagine più ampia che si sta svolgendo al momento su tutta la criminalità organizzata attiva nel paese.»

«Capito» annuì Adam.

Poi fece un bel respiro e le chiese quello che gli girava per la testa da giorni.

«Come va a casa?»

La domanda si lasciò dietro un silenzio echeggiante. Era la frase proibita. Avevano concordato insieme di non parlare di quella che Julia chiamava «la realtà». La loro storia poteva esistere solo in un mondo parallelo. Lui lo sapeva. Lo capiva. Lo rispettava. Eppure gli era sfuggita dalle labbra e ora era lì, fatidica e sospesa come la bara a metà strada fra fossa e superficie. Dalle loro bocche uscivano nuvolette bianche, mescolandosi e salendo verso l'alto.

«Penso di voler divorziare.»

Le parole di Julia gli si riversarono addosso nello stesso momento in cui la cassa di Marcus Eriksson toccò il terreno innevato con un tonfo.

Adam non aveva il coraggio di guardarla e rimase immobile, ma nelle sue vene il sangue prese a circolare a velocità doppia.

Andarono verso la bara, circondati dal silenzio.

Vincent si appoggiò allo schienale della poltrona elegante che odorava ancora di nuovo. La ShowLife Productions andava a gonfie vele, a giudicare dal rinnovo del mobilio. E non solo di quello: nell'ufficio era cambiato tutto. Persino le pareti avevano una tinta diversa, più scura e raffinata.

«Mi piace il modo in cui avete rinnovato la sede» disse.

Umberto, il suo agente, sorrise come un bambino orgoglioso.

«È venuta bene, vero? Ho qualche dubbio su quello, ma non sono io il capo.»

Stava indicando la parete alle spalle di Vincent, a cui era appeso un gigantesco autoritratto della fotografa Lisa Love in abiti regali fatti di carte da gioco. A Vincent piacque subito. Gli ricordava *Alice nel paese delle meraviglie*. D'altra parte, capiva la preoccupazione di Umberto: considerando che la battuta preferita della Regina di cuori era «Tagliategli la testa!», era facile interpretare il quadro come una minaccia velata che alludeva a cosa gli sarebbe successo se non avesse svolto al meglio il suo lavoro.

«Le entrate generate dalla tua tournée hanno dato un contributo decisivo a tutto questo» disse Umberto, «e comportano anche un innalzamento del livello dei dolci che accompagnano il tuo caffè.»

Sul nuovo tavolo di marmo c'erano due doppi espressi

fatti con caffè macinato di fresco importato appositamente da Umberto, e anche un vassoio con dei pasticcini stupendi.

«Li ho fatti arrivare dalla pasticceria di Magnus Johansson» aggiunse soddisfatto. «È dall'altra parte della città, ma ne vale la pena.»

«Mi sono mai lamentato dei biscotti Ballerina del supermercato?» chiese Vincent esaminando i dolci.

Dovette ammettere che sembravano perfettamente simmetrici. Quel pasticcere sapeva il fatto suo.

«I biscotti Ballerina?» rise Umberto. «Vedi di non farti sentire da Magnus Johansson.»

«A proposito dei buoni risultati economici» disse Vincent bevendo mezzo caffè in un sorso, «ho deciso di prendermi una pausa.»

Umberto, che stava per addentare un pasticcino, si bloccò. Era leggermente impallidito, ma non aprì bocca e gli rivolse invece il suo caratteristico sguardo "e-adesso-cosa-ti-è-saltato-in-mente?".

«Sono venuti fuori dei problemi, a livello familiare, che devo affrontare» continuò Vincent.

Non voleva addentrarsi nei particolari delle minacce ricevute.

«E a essere sincero non sto troppo bene. Mi viene mal di testa dopo quasi tutti gli spettacoli, e la cosa sta peggiorando.»

«Sarai solo esaurito» disse Umberto con un sorriso tirato. «Sul palco metti a dura prova il cervello, amico mio, quindi non è per niente strano che dopo ti senta a corto di energie, ma basta rimediare con un sacchetto di caramelle a fine spettacolo. Se vuoi lo aggiungiamo sul rider.»

«Veramente questa storia che pensare fa consumare un sacco di energie non è del tutto vera» gli fece notare Vincent. «Uno studio ha verificato che l'energia aggiuntiva richiesta da un cervello in superlavoro è inferiore agli zuccheri contenuti in un decimo di un TicTac. Però esiste un'interessante ricerca di Antonius Wiehler, a Parigi, da cui risulta che, quando si affatica troppo il cervello, si accumulano alti livelli di glutammato nei lobi frontali, cioè la sede del pensiero razionale. Alla fine le funzioni cognitive devono ridurre l'attività perché il cervello possa sbarazzarsi del glutammato in eccesso. Per questo dopo aver lavorato intensamente si tende a prendere decisioni che richiedono uno sforzo minimo. Non siamo in grado di attivare le funzioni cognitive più avanzate. Ergo: pizza e Netflix dopo l'ufficio. E mi chiedo se possa essere quella l'origine del mio mal di testa: non ho mai modo di espellere il glutammato.»

Umberto lo fissava allibito.

«Glutammato nel cervello» disse lentamente. «È questa la tua motivazione, quindi? Sai che al momento stipendiamo quattro tecnici dell'impresa che ci fornisce le luci, due autisti, un responsabile delle tournée e un capoprogetto, solo per il tuo spettacolo? Secondo te cosa dovrei dire a tutta questa gente?»

Vincent alzò le spalle.

«Che mi prendo una pausa» rispose.

«Una pausa» ripeté Umberto, come se quella parola avesse un cattivo sapore. «Non aspettarti dei regali di Natale da loro, quest'anno. E nemmeno da me. Quanto dovrebbe durare questa pausa?»

«Penso... un po'.»

Umberto rinunciò al pasticcino e sembrò sprofondare nella poltrona. Era ancora più pallido.

«Lo fai per punirmi?» chiese. «Guarda che se è per i biscotti Ballerina posso andare alla Coop dietro l'angolo a comprarteli...»

«Tu non c'entri, e nemmeno i pasticcini. Sono convinto che siano favolosi. Devo solo staccare per un po' da... tutto.»

«I tuoi fan non saranno contenti» disse Umberto. «Tra l'altro mandano ancora della posta qui.»

Si alzò a prendere qualcosa dalla scrivania e gli tese due cartoline.

«Le ho trovate al banco della segreteria la settimana scorsa, il giorno dopo il nostro appuntamento. Non ho idea di come sia potuto entrare qualcuno a consegnarle senza che ce ne accorgessimo.»

Girandole, Vincent notò che in realtà era un'unica lunga cartolina tagliata in due metà indirizzate a Vincent Walder, ShowLife Productions, senza francobollo. Qualcuno doveva averle portate di persona, per poi svignarsela senza farsi vedere. I due messaggi erano quanto meno singolari.

Goccia continua in giorno di pioggia e donna litigiosa sono la stessa cosa, si leggeva sulla prima.

È pericoloso fare a Dio promesse frettolose e pentirsi dopo averle fatte, diceva l'altra.

Niente firme.

«Sono proverbi svedesi?» chiese Umberto. «Cosa vogliono dire?»

«Non che mi risulti» rispose Vincent, mettendo le cartoline nella tasca della giacca. «E non ne ho idea. Grazie, comunque.»

«Quindi... una pausa, eh?» disse l'agente scontento. «Se lo dici tu...»

Lanciò un'occhiata alla foto della Regina di cuori e fece un sospiro profondo.

«Sai, ho riflettuto su quello che hai detto, sul fatto di essere soddisfatti di ciò che si ha.»

Loke si fermò e guardò Mina, sorpreso. Poi riprese a spingere la barella.

Il corpo era di un uomo anziano, completamente esposto nella sua nudità. L'incisione a Y era stata ricucita con cura e, se si escludeva quella, quando l'assistente di Milda lo infilò delicatamente in una delle celle frigorifere sembrava addormentato.

«Omicidio compassionevole» spiegò. «Era allo stadio finale di un cancro e gli restavano pochi mesi. Soffriva molto ma ha rifiutato il ricovero, così sua moglie l'ha ucciso. Con il suo consenso, anzi, in realtà su sua richiesta. Ora le toccherà passare i suoi ultimi anni in carcere.»

«La legge parla chiaro» disse Mina. «Non si può uccidere un'altra persona, a prescindere dalle circostanze. In che razza di società ci ritroveremmo, se no?»

Loke non rispose. Si sfilò i guanti e ne prese un altro paio. Poi si girò verso di lei.

«Ha cambiato qualcosa?»

«Come? Che vuoi dire?» chiese Mina, ancora ferma con il pensiero all'uomo nella cella frigorifera.

Milda era di nuovo in ritardo, cosa non da lei, e Mina

non era troppo contenta di dover sostenere l'ennesima conversazione imbarazzata con il suo assistente.

«Ha cambiato qualcosa riflettere sulle implicazioni dell'essere soddisfatti?»

«Ah, quello» disse Mina, distogliendo a forza lo sguardo dallo scomparto. «Non saprei, ma mi ha dato degli spunti. Forse dovrei fare un inventario della mia vita. Cosa c'è di buono? Cosa c'è di cattivo? Cosa posso modificare e cosa no?»

«Concedimi la serenità di accettare le cose che non posso cambiare, il coraggio di cambiare le cose che posso e la saggezza per conoscere la differenza.»

«La preghiera della serenità. I dodici passi? Anche tu?»

Loke esitò un attimo. Prese un panno e si mise a strofinare un banco di lavoro che sembrava già pulitissimo. Poi si fermò e si girò verso di lei.

«Non io. Qualcuno... vicino a me. In una vita precedente.»

Mina annuì. Dopo tanti anni all'interno del programma dei dodici passi sapeva che non doveva fare altre domande.

«Scusate, scusate, scusate!» disse Milda entrando a precipizio, rossa in viso e ansimante. «In questo periodo non riesco davvero a tenere insieme tutto.»

Poi le fece cenno di seguirla verso un tavolo su cui erano disposte delle ossa. Ormai per Mina cominciava a diventare un'abitudine al limite del déjà-vu, e la cosa la preoccupava. Le ricordava che qualcuno, là fuori, forse aveva ucciso più delle due persone di cui erano al corrente. E l'assassino poteva non aver concluso la sua opera. Quante volte ancora sarebbe dovuta venire a esaminare uno scheletro su un tavolo metallico, senza capire il perché?

«Posso dire che in questi ultimi giorni ho fatto un utile ripasso della disposizione delle ossa nel corpo umano» disse Milda senza grande entusiasmo.

Chiamò Loke con un cenno e lui mise giù il panno, si tolse i guanti e ne infilò un paio nuovo. Mina trovava fantastica questa cosa: ogni cambio di guanti faceva sì che tutto, lì dentro, le desse una sensazione di pulito, nuovo, asettico. Se solo fosse stato socialmente accettabile, li avrebbe indossati anche lei dalla mattina alla sera.

«Loke, puoi dirci qualcos'altro? Avevi diverse osservazioni interessanti.»

Milda si scostò e gli fece posto. Lui abbassò sullo scheletro uno sguardo ammirato, quasi amorevole.

«Quella che abbiamo davanti è un'opera impareggiabile» disse. «So di non riuscire a nascondere quanto mi affascina, ma come nel caso di Jon Langseth le ossa sono state ripulite con una precisione impressionante.»

«In che modo? Lo stesso?» chiese Mina, e si chinò per osservarle più da vicino. Loke aveva ragione: erano di un candore esemplare. Niente residui di carne, cartilagini, pelle o altri tessuti molli.

«Impossibile saperlo. Posso solo tirare a indovinare» rispose Loke per mettere le cose in chiaro, toccando delicatamente le ossa. «Comunque sì, penso che prima le abbiano fatte bollire e poi siano stati usati gli insetti.»

«La sola bollitura non basta a farle venire così?» domandò Mina.

«Non credo. Probabilmente no.»

Loke sembrò riflettere un attimo. Poi sorrise.

«Potrei provare. Fare un esperimento.»

«Con... ossa umane?» chiese Mina.

«Umane? No, no» rispose l'assistente scuotendo la testa, serio. «Non è consentito. Ovviamente pensavo a un animale. Un bovino o un suino.»

«Secondo me è un'ottima idea» intervenne Milda, mettendogli una mano sulla spalla. «Potrebbe fornirci informazioni preziose.»

«Si può dedurre qualcos'altro dalle ossa? La causa di morte?» disse Mina.

«Farò un ulteriore esame approfondito, ma non sono

troppo ottimista. Non vedo niente che possa fornirmi indicazioni in tal senso e le ossa di Mark, anzi, di Marcus Eriksson, sono pulitissime. Gli unici residui presenti vengono dalla bara, oltre che dalla terra che ci era penetrata dentro. Nient'altro.»

«Okay» rispose Mina, delusa. «Comunque sentiamoci dopo che avrete fatto bollire quel... maiale, e speriamo che serva a qualcosa.»

«Telefono subito!» esclamò Loke entusiasta.

Mina non ne dubitò nemmeno per un secondo.

Christer fece scorrere sullo schermo il documento. Era tornato all'elenco delle persone scomparse negli ultimi due anni, ma stavolta sapeva cosa stava cercando. Il collegamento tra Jon Langseth e Mark Eric non era stato immediato. Forse era un pio desiderio, da parte sua, ma pensava di aver trovato, finalmente, almeno una piccola tessera del puzzle.

Il fatto era che entrambi avevano lasciato il segno. Mark Eric era un personaggio pubblico con una luminosa carriera in ambito musicale. Langseth non era mai stato tanto in vista come nell'ultimo periodo, quando erano emerse le vicende della Confido, ma nel mondo della finanza veniva considerato anche lui una star.

E se c'erano due star, potevano essercene altre. Il primo passo, quindi, era individuare le persone che si staccavano dalla massa e avevano fatto carriera, diventando dei riferimenti nel proprio ambito, per poi sparire.

Nel giro di un'ora ne trovò tre. Una conferenziera di fama internazionale, uno stilista e un'archistar. Cliccò sulle relative denunce di scomparsa. L'archistar era partita per il Brasile senza più tornare. I suoi fratelli avevano contattato l'ambasciata svedese e le autorità brasiliane, ma non era stata ritrovata.

Per quanto sapesse che era una speranza ingenua, Christer

si augurava che si fosse stancata della sua vita di archistar e si stesse dando alla pazza gioia sulle spiagge di Rio, evitando di proposito di farsi rintracciare. In ogni caso, era improbabile che fosse rimasta vittima dello spettro che si aggirava nella metropolitana di Stoccolma.

Lo stilista era un'altra faccenda. Un giorno era uscito dalla sua casa di villeggiatura nell'Österlen, in Scania, e non era più rientrato. Si temeva che fosse annegato e che le correnti avessero portato via il corpo. Considerando che era sparito in corrispondenza di una festa in cui scorrevano fiumi di alcol, in un giorno di tempesta, non era un'ipotesi da scartare.

La conferenziera era interessante. Una certa Erika Sävelden. Il nome gli diceva qualcosa. Possibile che fosse intervenuta durante una di quelle giornate dedicate alla motivazione a cui la direzione aveva voluto farli partecipare qualche anno prima? Sì, proprio così. Il volantino informativo sfoggiava i nomi di Henrik Schyffert, di un rappresentante della Apple e di Erika Sävelden, appunto. Adesso ne era sicuro. Una tipa che frequentava i giri giusti, insomma.

Nella denuncia si leggeva che non aveva una famiglia sua, quindi l'allarme era scattato solo dopo che non si era presentata a un convegno a cui doveva intervenire. Era stata la sorella, Diana Sävelden, a contattare la polizia. Era andata a casa sua e l'aveva trovata vuota. Nessuno aveva più avuto sue notizie da allora, ed era passato oltre un anno.

Christer prese il telefono e compose il numero della sorella, che rispose quasi subito.

«Pronto?»

«Buongiorno, sono Christer Bengtsson e chiamo dalla polizia. Disturbo?»

Il silenzio che seguì durò diversi secondi. In sottofondo si sentivano passare macchine e autobus.

«No, sto rientrando dalla pausa pranzo» disse la donna dopo un po'. «Comunque posso parlare. Si tratta di Erika?»

Christer percepì il timore nella voce nonostante i rumori del traffico. Diana Sävelden non sapeva nulla di sua sorella da un anno intero. Impossibile immaginare gli effetti di una situazione del genere su una persona, ma la paura di ricevere, un giorno, la notizia sbagliata, doveva essere paralizzante. Poche parole potevano sconvolgere tutto il suo mondo.

«Innanzitutto devo avvertirla che non abbiamo novità, anche se vorrei poterle dire il contrario» mise in chiaro Christer. «Ho però appena letto la denuncia di scomparsa e volevo chiederle una cosa che dal rapporto non emerge. Com'era... anzi, com'*è* Erika come persona? Non solo oggi. Com'era quando eravate bambine e adolescenti?»

Il sottofondo sonoro si modificò. Sembrava che Diana Sävelden stesse entrando da una porta. D'un tratto il rumore della strada sparì.

«So che la riunione è cominciata» disse la donna rivolta a qualcun altro, «ma devo finire questa telefonata. Mi scusi, ora posso parlare» aggiunse poi riavvicinando il microfono. «Perché le interessa il passato di mia sorella?»

«Sto solo cercando di capire chi era, per avere più possibilità di rintracciarla.»

Christer evitò di precisare in che stato pensava che avrebbero potuto ritrovarla, nella peggiore delle ipotesi.

«Mah, cosa posso dirle? Io ero la maggiore e lei la piccola, quindi era tutta una gara tra noi, o almeno lei la vedeva così. Doveva sempre eccellere in tutto, soprattutto in quello che facevo io. E dato che giocavo a tennis, fin da bambina aveva deciso che sarebbe diventata la migliore tennista del paese.»

Mentre Diana Sävelden parlava, Christer cliccò sulle foto dell'appartamento di Erika. In soggiorno c'era una bacheca con una serie di coppe in bella mostra.

«E lo è diventata?» chiese.

«È diventata brava, molto più di me, ma non la migliore. Nonostante tutto l'impegno, non è mai arrivata al vertice della classifica, e questo l'ha fatta cadere in depressione circa... cavoli, sono passati tanti anni... diciamo venti, forse. Si rifiutava di toccare una racchetta e per mesi è rimasta a letto tutto il tempo, quasi senza mangiare. Erika è sempre stata fragile, anche se fa finta di niente, e quel periodo è stato davvero cupo. Avevo quasi paura che si buttasse giù da un ponte o qualcosa del genere. Nei momenti più bui ne parlava.»

Nel rapporto non c'era niente di tutto questo. Christer capiva il motivo: una crisi di vent'anni prima non sembrava un'informazione di grande rilevanza, in un caso di scomparsa, ma qualcosa, in quello che aveva detto la sorella, gli aveva fatto scattare un campanello d'allarme nella testa.

«E poi cos'è successo?»

«Non lo so. Si è ripresa di colpo, da sola. Dopo aver toccato il fondo ha deciso, chissà come, di diventare la migliore motivatrice del paese parlando delle proprie esperienze. Non ho idea da dove le sia arrivata la spinta, ma da allora in poi si è dedicata a questo. E le è andata molto meglio che con il tennis.»

«Intende dire che stavolta è diventata la migliore?»

Diana Sävelden rimase di nuovo in silenzio per qualche istante.

«Mi scusi, tra un attimo devo chiudere» disse poi. «Il mio capo gesticola come un matto per chiamarmi e devo partecipare alla riunione in corso. Comunque, secondo me Erika non si rendeva conto del successo che aveva raggiunto. Aveva costantemente paura di non essere all'altezza, nonostante fosse sempre in viaggio tra Stoccolma e Londra, Dubai, Los Angeles... Era come se fosse irritata perché agli altri andava tutto a meraviglia mentre lei doveva impegnarsi tantissimo per conseguire i suoi traguardi. Alcuni vedono il bicchiere meno che mezzo vuoto, sa.»

Sì, Christer lo sapeva molto bene, perché era stato così anche lui. Poi era arrivato Lasse e gli aveva riempito il bicchiere. A quanto pareva Erika Sävelden non aveva avuto la stessa fortuna. Era sola. Aveva dato la priorità al lavoro. E lui si riconosceva anche troppo facilmente in quella situazione.

«È rimasta così fino alla scomparsa?» chiese. «Insomma, pensa che sia andata in burn-out, semplicemente?»

Diana Sävelden non rispose subito.

«Ora che me lo chiede, in effetti qualcosa è successo, un paio di settimane prima che... sparisse» disse poi. «Di colpo ha cominciato a vivere nel presente e basta, e per una che aveva sempre fatto piani quinquennali era molto strano. Ha iniziato a farsi sentire di più e ha smesso di cercare nuovi ingaggi. Voleva uscire a prendere il caffè... Era come se finalmente avesse trovato la serenità. Ci chiedevamo tutti cosa avesse provocato il cambiamento, ma prima che lo scoprissimo è svanita nel nulla, e tutto il clamore intorno alla sua scomparsa mi ha fatto dimenticare quanto era diventata improvvisamente tranquilla le settimane precedenti. Se non suonasse macabro, direi che aveva trovato... la pace.»

I campanelli nella testa di Christer erano diventati parecchi, e quasi assordanti. Erika Sävelden aveva cambiato personalità due settimane prima di sparire. E nel suo ambito era una star. Ringraziò la sorella per il tempo che gli aveva dedicato, promise di farsi risentire se avesse avuto altre domande e chiuse la chiamata.

Poi si passò le mani sul viso e guardò la foto della donna sullo schermo. Avrebbero dovuto cercare altri scheletri giù nella metropolitana.

«Sento una certa energia positiva, in questa sala» disse Julia guardandoli a uno a uno.

Voltò loro le spalle e osservò la lavagna magnetica, così ingombra di materiale che qualcosa era stato spostato sul muro. Batté con il dito sulla foto di una donna truccata e pettinata da professionisti, con un largo sorriso da predicatrice.

«Christer, a te il compito di spiegare cos'hai scoperto.»

Si scostò e si appoggiò alla parete incrociando le braccia. Mina non poté fare a meno di notare che lo sguardo di Adam correva alla sua scollatura.

Vincent aveva ragione. E una volta che lo si era capito, risultava evidente. Julia e Adam avevano una storia.

Sentì i suoi occhi puntati sulla propria schiena. Era arrivata all'ultimo secondo dal centro di medicina forense e prima che iniziasse la riunione non erano riusciti a scambiare che poche parole.

Quando Christer si alzò scostando all'indietro la sedia, Bosse balzò sulle quattro zampe. Il suo padrone appoggiò la focaccina dolce allo zafferano sul tavolo e si tolse un po' di zucchero perlato dalle mani.

«Erika...»

Dato che stava ancora masticando un grosso boccone, il nome gli uscì biascicato. Finalmente mandò giù.

«Erika Sävelden» riprese con voce decisamente più

chiara, indicando la foto, «è scomparsa poco più di un anno fa, in maniera inspiegabile come Jon Langseth e Mark Eric. Era una motivatrice spesso invitata a parlare in occasione di convegni e conferenze. Sicuramente la riconoscete. Come gli altri due, aveva fatto carriera e, nel suo ambito, era molto in vista. È il primo punto in comune che ho trovato, ma ce ne sono altri.»

Fece una pausa e si guardò intorno.

«Che *drama queen*» sbuffò Ruben alzando gli occhi al cielo.

Christer lo ignorò.

«Ci sono somiglianze anche nel comportamento di tutti e tre prima della scomparsa. Ho parlato con la sorella per avere qualche dettaglio, e come Jon Langseth e Mark Eric ha cambiato comportamento, negli ultimi tempi, prima di sparire, anche se in maniera opposta rispetto agli altri due: se loro erano diventati paranoici, e sembravano convinti di essere braccati, lei da stressata e quasi collerica – almeno a sentire sua sorella – è passata a essere calma e contenta. Serena. Come se si fosse fermata e avesse cominciato a vivere nel presente.»

«Può darsi che avesse saputo cosa stava per succedere, come Jon Langseth e Mark Eric» intervenne Vincent. «La consapevolezza di una morte imminente e inevitabile induce alcuni a trovare una serenità che prima non avevano.»

«Vero, ed è per questo che molti suicidi colgono di sorpresa amici e familiari» annuì cupo Christer. «Sono vicini a una persona che soffre da tempo e all'improvviso sembra stare bene ed essere allegra e ottimista, e così tirano un sospiro di sollievo, convinti che il pericolo sia passato, invece di rendersi conto che quel ribaltamento dell'umore è il segnale più allarmante in assoluto.»

«Quindi sapevano tutti che sarebbe successo qualcosa» intervenne Ruben con un fischio sommesso.

Con la coda dell'occhio, Mina vide che Bosse si avvicinava sempre di più alla focaccina dolce che Christer aveva lasciato decisamente troppo vicino al bordo.

«Secondo me Erika Sävelden è andata incontro allo stesso destino degli altri due» disse lui spostandola verso il centro del tavolo, con evidente delusione del golden retriever.

«Ottimo risultato, Christer» disse Julia. «Sapete tutti cosa significa. Dobbiamo passare al setaccio le gallerie per vedere se ci sono le sue ossa. Con un po' di fortuna, già da domani. Dobbiamo anche cercare gli amici di Tom il Matto che potrebbero aggirarsi ancora lì sotto, ma questa è un'altra operazione. Una cosa alla volta.»

Mina deglutì. Le sembrava quasi di sentire nelle orecchie il fruscio di ratti che correvano e nelle narici l'odore di urina e rifiuti, ma anche lei come gli altri era ansiosa di andare avanti con le indagini. Se l'ipotesi di Christer era corretta e le ossa di Erika Sävelden si trovavano nel sistema di cunicoli sotterranei, quel ritrovamento poteva rappresentare una svolta. Gli assassini erano esseri umani come gli altri, commettevano errori. Lo scheletro della motivatrice avrebbe potuto dare al gruppo la spinta in avanti di cui avevano bisogno.

«Mina, so che vuoi indagare più a fondo su Gustaf Brons, e la direzione ti appoggia su questa strada» continuò Julia. «Vedi se riesci a trovare un collegamento tra lui e le altre vittime.»

Si rivolse al resto del gruppo.

«Voglio invece che mostriate tutti estrema cautela per quanto riguarda il nesso con Dragan Manojlovič. Sto ancora aspettando ordini dall'alto su come affrontare la questione, per evitare che si scontri con altri obiettivi. L'indagine del Noa è entrata in una fase delicata, quindi se avete dei dubbi su come procedere, su qualsiasi punto, venite da me e cercheremo una soluzione.»

Tornò a girarsi verso Mina.

«Tu sei anche stata al centro di medicina forense e non abbiamo ancora avuto modo di parlarne. È venuto fuori qualcosa? La riesumazione di una salma è sempre una violazione dell'integrità di una persona, e preferirei che non fosse stata inutile.»

«Sì e no» rispose Mina. «Niente di nuovo, in realtà, a parte la conferma che le ossa di Marcus Eriksson sono nelle stesse condizioni di quelle di Jon Langseth, cioè altrettanto pulite. E Loke, l'assistente di Milda, ora è del tutto convinto della supposizione fatta da Vincent: prima le hanno fatte bollire e poi hanno utilizzato un qualche genere di insetti.»

«Che orrore» commentò Adam. Sembrava avesse una gran voglia di grattarsi dappertutto.

Mina aveva notato in altre occasioni la sua avversione nei confronti di insetti e altri esserini striscianti. Bastava un ragno perché si spostasse dall'altra parte della stanza. Come dargli torto, d'altra parte? Anche a lei il solo pensiero faceva venire i brividi.

«Mi sembra sensato» disse la voce di Vincent alle sue spalle.

Lei si girò.

«È un'ipotesi più che plausibile» continuò lui. «Secondo me andrebbe verificata.»

«Loke lo ha già proposto» confermò Mina. «Farà l'esperimento con delle parti di un maiale per vedere se il risultato è lo stesso.»

«E gli insetti dove li trova?» chiese Ruben.

Adam si grattò le braccia con aria vagamente nauseata e Mina si trattenne dall'imitarlo. La sua pelle, resa fragile dai troppi lavaggi, non avrebbe retto ai graffi delle unghie.

«Questo... non gliel'ho chiesto» rispose deglutendo con uno sforzo.

«Tra l'altro appena finiamo qui ho appuntamento con lui» annunciò Vincent. «Andiamo dall'entomologo per cercare di sapere qualcosa di più proprio sugli insetti.»

«Sì, era contento come un bambino la vigilia di Natale, quando ho chiamato Milda per chiederle se poteva rinunciare a lui per qualche ora» disse Julia. Si passò le mani sulla giacca. Nemmeno lei sembrava del tutto indifferente all'argomento. «Penso che per il momento possa bastare» aggiunse poi. «Un'ultima cosa.» Si schiarì la gola più volte. «A proposito di bambini e vigilie, ho preparato qualche regalino per le gemelle e un cesto natalizio per Anette.» Guardò la sedia vuota di Peder. «Chi vuole può venire con me stasera a consegnarlo.»

Il silenzio che seguì fu rotto dalle note di *All I Want for Christmas Is You* che arrivavano dal fondo del corridoio.

Poco dopo, con un cenno del capo, tutti si alzarono e sfilarono fuori dalla sala riunioni.

Subito prima di uscire, Mina fermò Vincent.

«So che devi andare da quell'esperto di insetti, ma avresti un minuto?»

«Certo. Tutto il tempo che vuoi. Di che si tratta?»

Si scostarono per lasciar passare gli altri.

«Dell'interrogatorio di Gustaf Brons. Ho parlato con Ruben del motivo per cui avrebbero potuto servirgli i soldi ricevuti da Dragan Manojlovič, e la sua risposta è stata "droga, donne o gioco d'azzardo". Mi ha fatto scattare una qualche associazione, che però non riesco a mettere a fuoco. Mi è solo venuta in mente una tazza di caffè. Sai da dove può essere saltata fuori quest'immagine?»

Si rendeva conto da sola che era una richiesta bizzarra, ma Vincent sorrise.

«Ah, solo questo?» disse. «Il problema di Gustaf Brons è quasi sicuramente il gioco d'azzardo.»

«Davvero?»

«Sì. Quando l'hai interrogato ha usato un'espressione tipica del poker, ma non tra le più comuni. Per conoscerla bisogna giocare assiduamente oppure essere interessato a qualsiasi cosa abbia a che vedere con le carte, tipo un vecchio prestigiatore come me.»

«Quale?» chiese Mina confusa. «Non ricordo niente del genere. E il caffè cosa c'entra?»

«Prima di andare via, ha detto *coffee housing* all'avvocato. Secondo lui era quello che stavi facendo tu.»

«Mai sentita, come espressione.»

«Esatto. La maggior parte della gente conosce termini come bluff, vedere, lasciare la mano e così via, se ha giocato saltuariamente a poker. Invece *coffee housing* è più raro.»

«E cosa vuol dire, visto che secondo lui era quello che stavo facendo?»

Si preparò a una lunga dissertazione. Chiedere a Vincent il significato di qualcosa comportava sempre dei rischi, ma era importante saperlo.

«Significa parlare di una mano mentre viene giocata, spesso allo scopo di ingannare l'avversario. Secondo me si riferiva al fatto che gli avevi chiesto se era stato pagato per uccidere Jon Langseth. Nei giri del poker il *coffee housing* è considerato immorale e ci sono addirittura dei casinò che hanno regole precise per vietarlo.»

«Quindi è altamente probabile che Brons giochi d'azzardo?» domandò Mina. «La ludopatia ha fatto fuori patrimoni più ingenti del suo.»

«Sì, è verosimile» rispose Vincent.

Mina tirò un sospiro di sollievo. Aveva scoperto cosa continuava a roderla di quell'interrogatorio. E oltretutto Vincent era stato insolitamente conciso.

«Lo sai, tra l'altro, che esistono tre teorie completamente diverse su come ha avuto origine il poker?» chiese lui infervorato proprio quando stavano infilando la porta. «La prima è che sia nato nel Decimo secolo, in Cina, sotto il regno dell'imperatore Mu-Tsung, come un'evoluzione del domino. La seconda sostiene che derivi da un gioco di carte persiano chiamato *as-nas*, inventato intorno al Diciassettesimo secolo. E la terza è che siano stati degli emigrati francesi a portare il gioco *poque* a New Orleans trasferendosi oltreoceano, e lì si sia via via trasformato fino a diventare il poker. Secondo me è la più verosimile, perché tra i due giochi ci sono parecchie somiglianze. I primi mazzi però erano solo di venti carte, contro le cinquantadue di oggi, e i colori, o i semi, erano quelli che adesso si vedono nei tarocchi, quindi denari, bastoni, coppe e spade. Tra l'altro i tarocchi sono interessanti, nel contesto...»

Mina sentì che Vincent si fermava a prendere fiato per continuare, ma era già uscita dalla sala.

Dopo la chiacchierata, Vincent scese in garage a prendere la macchina. Si mise al volante e sorrise tra sé. *Coffee housing*. Mina aveva visualizzato una tazza di caffè senza sapere perché. Evidentemente cominciava a ragionare come lui.

Una volta a Djursholm, imboccò Strandvägen. Non lo sorprese che la strada principale del più lussuoso sobborgo di Stoccolma portasse lo stesso nome della via più elegante del centro della capitale, ma rimase colpito dalle ville enormi che torreggiavano su un lato e dalle barche milionarie attraccate sull'altro, anche se Milda gli aveva fatto capire che Loke aveva un bel po' di soldi.

Il gps lo avvertì che era arrivato, ma Vincent riverificò. Davanti a lui c'era un grande cancello automatico, alto almeno tre metri, oltre il quale si apriva un viale alberato che portava a una grande casa in muratura che si intravedeva in mezzo ai rami.

Loke stava arrivando con una sigaretta all'angolo della bocca. Vedendo accostare la macchina, si affrettò a spegnere il mozzicone. Poi infilò un cancelletto pedonale e raggiunse l'auto con una corsetta, strofinandosi le mani.

«Ciao» disse salendo. «Che freddo! Andiamo?»

Vincent riaccese il motore. Aveva incrociato Loke diverse volte, negli ultimi tre anni scarsi, e ogni volta sembrava che chiedesse scusa di esistere appena metteva piede in una stanza, tanto da fargli venire voglia di regalargli un libro sull'autostima. Invece il giovane uomo seduto accanto a lui in quel momento era pieno di energia e quasi saltellava sul sedile per l'eccitazione.

«Quindi abbiamo appuntamento con uno degli entomologi più importanti del paese?» chiese a voce molto più alta del solito.

«Già» rispose Vincent, e imboccò la E4 verso sud uscendo da Djursholm. «È esperto proprio di coleotteri, e ho pensato che magari tu potrai interpretare quello che ci dirà da una prospettiva che a me manca. Dopotutto lavori ogni giorno su dei cadaveri.»

Fece una pausa e sbirciò verso Loke. Per quanto la capacità di interpretare il comportamento delle persone per capirne la psicologia e stabilire come affrontarle fosse uno dei suoi punti di forza, quel ragazzo rappresentava per lui un mistero. Non dava nessuno dei segnali che in genere lui coglieva senza problemi. Era come guardare un foglio bianco, e anche se naturalmente non era colpa sua la cosa lo metteva un po' a disagio.

«Devo farti una domanda» gli disse. «Non fraintendermi, ma vedendo casa tua mi sono chiesto come mai lavori al centro di medicina forense. Non sembra che tu abbia bisogno di uno stipendio.»

Loke lo guardò sorpreso.

«Io ho una formazione da osteologo, quindi sono un esperto di ossa e scheletri» rispose. «È la mia passione. Se c'è qualcuno che sa quanto si è privilegiati a dedicarsi per lavoro al proprio interesse principale sei tu, no? Inoltre, Milda è un genio. Ci lavorerei anche se dovessi pagare per farlo.»

Vincent annuì. Sì, sapeva com'era. E non avrebbe dovuto meravigliarlo che qualcuno si occupasse di ossa per hobby, considerando di cosa si occupava lui.

«Tra l'altro forse conosci l'entomologo con cui abbiamo appuntamento, visto che sembri sapere parecchio di insetti» disse. «Si chiama Sebastian Bagge e sta a Häringe.»

«Sì, è un mio interesse, effettivamente, però non lo conosco. E non dirmi che fa davvero Bagge di cognome! Uno che lavora con gli insetti che praticamente si chiama bacherozzo?»

Loke sbottò in un verso intermittente che Vincent immaginò fosse un misto di risata e tosse da fumatore.

«Mai sentito parlare di determinismo nominativo, la teoria secondo cui il cognome può orientare la scelta professionale delle persone?» chiese Vincent.

«Quella che sottolinea la presenza in Inghilterra di un numero insolito di fornai che si chiamano Baker, e il fatto che Sigmund Freud, il cui cognome significa "piacere", fosse così interessato alla sessualità? Non era stato Jung a parlarne?»

Vincent annuì compiaciuto. Loke sapeva il fatto suo.

«E adesso andiamo a trovare Sebastian Bagge. *Nomen omen*» constatò l'assistente di Milda.

«Un nome, un destino, disse quello che si chiamava Loke...»

«Già... Conosco più di una persona che ti darebbe ragione.» Loke emise di nuovo quel verso intermittente.

Vincent svoltò subito prima del castello di Häringe. Mentre si avvicinavano alla destinazione indicata dal gps, dal paesaggio invernale emerse un'imponente casa colonica bianca che sembrava una gigantesca scultura di neve.

«Caspita» sussurrò Loke. «Mica sapevo che gli entomologi guadagnassero tutti questi soldi. Milda dovrebbe cambiare professione.»

«Però pensa alla perdita di status... secondo me gli entomologi hanno decisamente meno *groupies* degli osteologi.»

Loke fece di nuovo la sua risata gracchiante.

Vincent parcheggiò nello spiazzo davanti alla casa, accanto a una Hyundai. Loke accese una sigaretta appena sceso dalla macchina. Un uomo magro con i capelli bianchi, sulla settantina, uscì dalla porta d'ingresso avvolto in un ampio cappotto bianco di pelliccia.

«Prego, entrate» disse. «Qui fuori si muore di freddo.»

Loke prese qualche rapida boccata dalla sigaretta e poi la gettò nella neve, pestandola. Dopo una veloce occhiata a Sebastian Bagge, però, raccolse il mozzicone e se lo mise in tasca.

L'uomo strinse loro la mano e li fece entrare nell'ingresso, dove si tolsero i cappotti.

«Questa è la tenuta di famiglia, passata di generazione in generazione. Ho avuto una bella fortuna a ereditarla, perché in pratica ci vivo gratis. L'entomologia è la mia passione, ma non è che la pensione renda molto.»

Vincent sbirciò verso Loke. Evidentemente sulla situazione economica di Bagge si erano sbagliati, anche se all'apparenza somigliava a un avventuriero dei tempi andati, con i capelli bianchi pettinati in onde perfette e un elegante completo chiaro da esploratore.

Si guardò intorno. Si era aspettato una casa eccentrica piena di animali impagliati e pile di testi scientifici fino al soffitto. Invece gli ambienti erano impeccabili come lo era lo stesso Sebastian Bagge. In effetti le pareti erano ornate da cornici con insetti di specie diverse fissati con spilli, ma in perfetta simmetria.

L'entomologo li fece entrare nel soggiorno, dove si sedettero su grandi poltrone in pelle che si rivelarono comodissime, sebbene avessero l'aria di avere la stessa età della casa. Vincent riuscì quasi a immaginare le generazioni di Bagge che ci avevano passato le serate a leggere libri importanti, decennio dopo decennio, nei loro abiti da avventurieri.

«Con questo freddo, temo che il tè non basti» disse Sebastian Bagge andando verso il mobile bar. «Vi offro volentieri qualcosa di più forte.»

«Io non bevo» mormorò Loke.

Era tornato quello di sempre, taciturno e introverso.

«E io devo guidare, ma grazie per la premura» disse Vincent.

L'uomo alzò le spalle e si riempì il bicchiere di un liquido ambrato. Poi immerse una pipetta in un altro bicchiere, aspirò un po' d'acqua e ne fece cadere quattro gocce nel primo. Infine si sedette a sua volta su una poltrona.

«Quindi vi interessano i dermestidi?» disse. «Insettini simpatici, quelli. Sapete che ce ne sono ottocentocinquanta specie diverse? In Svezia però, purtroppo, ne abbiamo solo trentasei. Gli spazzini della natura, ecco cosa sono.»

«In che senso?» chiese Vincent.

L'entomologo cambiò posizione e la pelle della poltrona cigolò leggermente.

«Essendo coleotteri, i dermestidi sono naturalmente olometaboli» disse Bagge bevendo un sorso.

«Naturalmente» convenne Loke.

Vincent non riuscì a stabilire se fosse ironico o, com'era più probabile, preparato sulla materia.

«Attraversano i quattro stadi di uovo, larva, pupa e imago, cioè l'insetto perfetto. Quando sono completamente sviluppati si nutrono di polline e nettare, ma nella fase larvale si cibano principalmente di animali.»

«Animali di qualsiasi tipo?» domandò Vincent.

«Basta che siano morti» rispose l'entomologo. «I dermestidi ripuliscono le carcasse in natura.»

«Sono necrofagi, insomma» mormorò Loke.

«Esatto!» esclamò Bagge. «E si sono un po' specializzati in vari ambiti. L'*Attagenus pellio*, come suggerisce il nome, preferisce le pellicce. E dato che la lana è una forma di pelliccia, i maglioni ne risentono parecchio, se ce lo si ritrova negli armadi, ma sono a rischio anche altri tessuti. Il *Dermestes lardarius*, o dermestide del lardo, è un'altra specie che in Svezia abbiamo quasi solo in casa, dove si abbuffa di residui di pelle e capelli.»

Vincent fece una smorfia. Meno male che non c'era Mina. Se avesse ascoltato non avrebbe dormito per una settimana.

«Ma immagino che vogliate vederli con i vostri occhi. Aspettate un attimo.»

Bagge uscì e tornò poco dopo con una cornice uguale alle altre sulle pareti, che diede a Vincent. Dentro c'era una gran quantità di minuscoli coleotteri, ciascuno con sotto una strisciolina di carta su cui era indicata la specie.

«In Svezia non abbiamo trovato molte varianti di *Anthrenus*, perché la maggior parte non sopravvive, qui» disse sedendosi di nuovo in poltrona. «Solo quattro specie resistono. Guardi quello in basso a sinistra.»

Vincent vide un insignificante insettino tra il nero e il marrone con piccole macchie bianche.

«Quello è l'*Anthrenus museorum*» spiegò l'entomologo, sorseggiando il suo drink. «Il dermestide dei musei. Un tipetto vorace. Alle larve piace vivere nei nidi degli uccelli e delle vespe, ma si trovano anche nel sacco ovigero dei ragni, dove mangiano le uova che non si schiudono, a meno che non abbiano fortuna e trovino anche delle mosche morte o altro del genere.»

Vincent prese mentalmente nota di non riferire mai a Mina niente di tutto quello che stava ascoltando.

«Perché nel nome latino compare la parola museo?» chiese. «*Pellio* e *lardarius* li capisco, ma *museorum*?»

«Perché se penetra nei musei divora tutti gli animali impagliati. Fa fuori pelliccia, lana, tappeti, seta, piume, pelle. Un'infestazione di quel dermestide è il peggior incubo di tutti i musei di storia naturale.»

Vincent annuì pensoso. Gli sembrava di aver letto qualcosa in proposito.

«Stiamo cercando qualcuno che dispone, probabilmente, di grandi quantità di questi dermestidi» disse. «Come si fa a rintracciare una persona del genere? Esiste un qualche forum a cui possiamo rivolgerci, o magari un'associazione? Immagino che collezionare coleotteri vivi non sia una cosa troppo diffusa.»

Prima di rispondere, Sebastian Bagge vuotò il bicchiere.

«L'*Anthrenus museorum* è la specie di *Anthrenus* più comune in Svezia. C'è dappertutto e, come dicevo prima, anche dove non lo si vorrebbe.»

Lanciò un'occhiata verso la poltrona su cui era seduto Vincent, e all'improvviso l'immagine delle tante generazioni che l'avevano occupata prima di lui non risultò più così piacevole. Tutti i residui di pelle e capelli che nei decenni ci erano caduti dentro erano un festino per i dermestidi. Vincent dovette trattenersi per non alzarsi di scatto e si rese conto di come doveva sentirsi Mina.

«Però è un po' più complicato di così» continuò l'entomologo. «Infatti quelli a cui si ricorre normalmente per ripulire le ossa sono di un altro tipo. All'estero si usa il *Dermestes maculatus*, mentre da noi viene utilizzato il *Dermestes haemorrhoidalis*.»

Guardò fuori dalla finestra.

«Con il nostro clima, per tenere in vita le larve serve un terrario temperato. Inoltre i dermestidi completano il loro ciclo in un mese e mezzo, quindi quelle che in autunno erano larve oggi sono insetti adulti. Dovete sapere cosa cercate, per poterlo trovare. Posso dirvi una cosa in confidenza?»

Bagge si girò verso Vincent e ficcò le mani in tasca sollevando un sopracciglio.

«Qualsiasi cosa ci possa tornare utile è la benvenuta» rispose Vincent.

«Spero proprio che abbiate qualcos'altro su cui basarvi per la vostra indagine» disse l'entomologo. «Non rivelate che ve l'ho detto io, ma la gente che si occupa di insetti è un po' strana.»

«Quindi Babbo Natale sarai tu?»

Mina accennò con la testa al sacco che Christer stava preparando.

«Sì. Come mi ha fatto notare Ruben, sono quello con la pancia più adatta» rispose lui, evitando di guardarla. Il pensiero di Peder e della sua famiglia era ancora straziante per tutti loro.

«Però verrai anche tu, vero?»

Mina scosse forte la testa.

«So che sono pessima» disse, «ma non ce la faccio. Non ancora. Devo prendermi il tempo necessario...»

Si accorse da sola di quánto suonasse poco convincente. Evitare Anette e le gemelle era una vigliaccata. Loro non potevano sfuggire al dolore: ci vivevano in mezzo, dentro, ogni minuto e ogni secondo.

«Tranquilla» disse Christer, e le fece una goffa carezza sulla spalla per poi ritirare la mano di scatto. «Scusa, non volevo.»

«Nessun problema» rispose, sincera.

Christer sorrise e continuò a mettere via i suoi accessori da Babbo Natale. Piegò con cura una grande maschera con tanto di barbona bianca e la infilò nel sacco.

«Comunque, prima che tu vada avrei una cosa da farti vedere» disse Mina, e cliccò sul mouse. «Se puoi, naturalmente.»

«Certo.» Christer chiuse i lacci del sacco e lo sollevò per saggiarne il peso. «Di che si tratta?»

«Gioco d'azzardo. Non riesco a capire perché Gustaf Brons si è fatto dare dei soldi dai serbi, considerando gli introiti che ha avuto negli ultimi anni, se non era un pagamento per un servizio reso. Una spiegazione potrebbe essere la ludopatia. Puoi seguire la pista dei soldi sfruttando i tuoi contatti nelle società del settore e vedere se trovi qualcosa che dimostri perdite ingenti da parte sua?»

«Dovrebbero darmi informazioni riservate sui loro clienti» disse Christer pensoso. «E immagino che tu non abbia in tasca un mandato della procura, giusto?»

Mina scosse la testa.

«Non ancora, quindi fai quello che puoi senza violare la legge. So che hai buoni agganci e pensavo che magari potevi solo... farci una chiacchieratina, ecco. E magari anche controllare cosa si può dedurre dalla situazione finanziaria di Brons negli ultimi... cinque anni, diciamo?»

«Nessun problema» rispose Christer. Si infilò il piumino e si mise in spalla il sacco.

«Non hai cambiato idea?»

«No. Ho bisogno di più tempo, ma abbraccia Anette da parte mia.»

«Babbo Natale promette di consegnare l'abbraccio. Oh oh oh.» Christer si batté una mano sulla pancia rotonda.

Mina sorrise e lo seguì con lo sguardo. Sentiva ancora il calore della sua mano sulla spalla.

Julia sapeva che i doni non bastavano, ma erano meglio di niente: un tentativo di regalare alla famiglia di Peder un pizzico di normalità. Quello sarebbe stato il primo Natale che le bambine avrebbero vissuto senza il loro papà, e Anette senza suo marito. Il primo di tutti gli altri, per il resto della loro vita. E non c'era regalo al mondo che potesse compensare questo fatto.

In ogni caso Christer, travestito da Babbo Natale, si trascinava dietro un sacco bello gonfio. Era l'unica cosa che potessero fare, oltre a esserci, semplicemente. Il gruppo quasi al completo si fermò davanti alla villetta a schiera e si concesse qualche secondo per ricomporsi. Nessuno disse niente. Ruben si stava pulendo concentrato gli scarponi pieni di neve. Julia cercò lo sguardo di Adam, ma lui lo teneva a terra come gli altri. Alla fine fece un respiro profondo e suonò il campanello. Si sentirono le bambine arrivare di corsa gridando: «Mamma! Hanno suonato!» «Chi è, mamma?»

Passarono alcuni secondi prima che Anette spalancasse la porta e le gemelline capitombolassero nella neve passandole accanto. Vedendo Christer, Molly si illuminò.

«Chistel!» esclamò, e gli abbracciò le gambe rischiando di farlo cadere con sacco e tutto. «Chistel Babbo Natale!»

Poi il sorriso sparì, lasciando il posto a una fronte accigliata.

«Ma... dov'è zio Asse?»

Julia guardò Christer sollevando le sopracciglia. Non sapeva che andasse a trovare le bambine con Lasse.

«Che c'è, scusa? Io mica so chi frequenti tu nel tempo libero.»

Aveva ragione, e il sorrisino che Julia vide sulle labbra di Adam le ricordò che era una bella fortuna che quelle informazioni non circolassero.

«Entrate» disse Anette facendoli accomodare nell'ingresso, dove tutti si tolsero le giacche.

Julia consegnò il cesto e la abbracciò.

«Ho portato dei *lussekatter*» disse Adam tendendole un sacchetto.

«E io del *glögg*» annunciò Ruben. «Devo solo metterci le spezie.»

«Spero che sia bello forte» commentò Anette con uno sguardo al soggiorno, dove le gemelline stavano trascinando Christer dopo avergli concesso giusto il tempo di togliersi le scarpe.

Gli altri li seguirono, mentre Ruben si dava da fare in cucina con la padrona di casa. Poco dopo arrivarono reggendo un vassoio con la merenda natalizia. Anette si sedette sul divano con un sospiro. Le bambine sembravano aver dimenticato che in quell'occasione Christer era Babbo Natale e lo avevano trasformato in un arrampicatoio umano: era steso per terra, completamente sottomesso.

«Mi sa che questo è il mio primo secondo di libertà in un mese» disse Anette, appoggiando la testa all'indietro con gli occhi chiusi.

«Come ve la passate?» chiese dolcemente Julia.

Anette riaprì gli occhi e alzò le spalle.

«Cerco di trovare ogni giorno un momento in cui siamo felici e ci concediamo di esserlo» rispose. «È complicato. Capita facilmente di sentirsi in colpa se qualche volta si è contenti.»

Distolse lo sguardo mentre un'ombra le passava sul viso. Julia osservò lei, le gemelle che si arrampicavano su Christer e i giocattoli che avevano invaso la stanza. Se non le si osservava con sufficiente attenzione, sembravano una famiglia normale, ma il dolore era sempre presente. Il sorriso di Anette per lo più si fermava alle labbra. Una persona folle, con una pistola in mano, aveva mandato in pezzi la sua famiglia, e non sarebbe mai più stato possibile rimetterla insieme.

Julia non aveva una pistola in mano, ma considerando quello che stava per fare alla sua, di famiglia, a Torkel e Harry, era quasi la stessa cosa. A differenza di Anette, però, aveva la possibilità di scegliere. Poteva fare a meno di mandarla in pezzi, ammesso che ne avesse ancora una.

Lei e Adam dovevano parlare. Al più presto.

Quando Vincent rientrò, Benjamin e Rebecka stavano cenando, o meglio, mangiando *noodles* istantanei. Non era sicuro che si potessero considerare vero cibo.

«A chi tocca preparare la cena?» chiese dall'ingresso mentre si sfilava le scarpe.

Benjamin alzò le spalle.

«A te, credo, ma ci siamo arrangiati. Il frigo è piuttosto vuoto.»

Vincent sospirò. Si era dimenticato di fare la spesa, ed era solo una delle tante cose che gli passavano di mente negli ultimi tempi. E, puntuale come le tasse, il mal di testa esplose mentre appendeva il cappotto.

«Cos'è questa roba, papà?» domandò Benjamin agitando qualcosa.

Vincent entrò in cucina e gliela sfilò dalla mano. Era una delle cartoline che gli aveva dato Umberto, quelle consegnate in modo anonimo alla segreteria della ShowLife Productions. Alzò le spalle, andò a prendere anche l'altra e le mise tutte e due sul tavolo davanti al figlio.

«Prima di Instagram dovevamo scrivere i nostri luoghi comuni... scusa, volevo dire le nostre perle di saggezza, sulle cartoline» disse. «Queste mi sono arrivate da un ammiratore sconosciuto. Prego, godetevi la grandezza di vostro padre.»

Rebecka si mise in bocca una forchettata di *noodles* e sollevò una delle due cartoline.

«*Goccia continua in giorno di pioggia e donna litigiosa sono la stessa cosa*» lesse. «Andiamo bene! Come valori siamo ai livelli di un secolo fa. Complimenti, papà. Che razza di ammiratori hai?»

«*È pericoloso fare a Dio promesse frettolose e pentirsi dopo averle fatte*» lesse Benjamin dall'altra. «Sono d'accordo sul fatto che sono un po' strane, ma io sono colpito soprattutto dalla formulazione. La sintassi è particolare, tipo in certe traduzioni. Oppure suonano semplicemente antiquate, come dici tu, Rebecka.»

Per poco Vincent non scoppiò a ridere. Ovviamente sua figlia aveva analizzato le cartoline a partire dal genere di persona che le aveva spedite: era fatta così, riportava tutto a un contesto sociale. Benjamin invece si era soffermato sulla struttura. Il suo cervello analitico aveva sicuramente già cominciato a cercare uno schema tra le lettere. Era come se Vincent avesse dato in appalto ai figli due tratti della propria personalità.

La porta d'ingresso si spalancò di colpo e Aston entrò a precipizio con copripantaloni, giacca, guanti e berretto, coperto di neve dalla testa ai piedi.

«Devo fare la caccaaaaa!» urlò fiondandosi in bagno senza nemmeno togliersi gli scarponi.

Con un sospiro, Vincent andò nello sgabuzzino a prendere uno straccio per asciugare il pavimento. Se Benjamin e Rebecka rappresentavano due aspetti di lui, Aston qual era? Non era sicuro di volerlo sapere.

«Spero che tu abbia mangiato molta neve» disse rivolto alla porta chiusa del bagno, «perché mi sono dimenticato di fare la spesa.»

Avrebbe dovuto prendere il bambino e portarlo in macchina a mangiare un hamburger al centro commerciale di Tyresö. E anche gli altri due, se contro ogni previsione ne avessero avuta voglia.

Era sorpreso che Maria non fosse ancora a casa, ma d'altra parte non ricordava più che impegni aveva quel giorno. Sarebbe bastata una telefonata per appurarlo, solo che non aveva voglia di parlare con lei, perché gli avrebbe chiesto di Mina. E lui avrebbe dovuto rispondere.

D'un tratto colse qualcosa con la coda dell'occhio e si girò verso il soggiorno. Non c'era niente. Doveva essersi sbagliato. Eppure per un attimo gli era sembrato di vedere sulla parete delle lettere. O una parola. Aggrottò la fronte e il mal di testa ormai familiare riprese a tormentarlo.

Meno nove giorni

Stavolta Mina era più preparata. Il giorno prima si era comprata un paio di robusti scarponi che aveva intenzione di buttare appena concluse le ricerche nelle gallerie. Dato che faceva un gran freddo, portava i guanti di pelle, ma sopra se n'era messi degli altri di gomma, taglia XL. In tasca ne aveva cinque paia. E per finire, ovviamente indossava la mascherina.

Ruben, accanto a lei, non si era protetto in nessun modo, se non si contava il berretto con i paraorecchie di dimensioni quasi oscene che aveva in testa. Un regalo di Natale della figlia consegnato in anticipo, a quanto pareva. Allucinante.

«Cavoli che freddo» disse stringendosi le braccia addosso quando scesero dalla banchina della stazione di Odenplan e imboccarono il tunnel. «Credevo facesse più caldo.»

«Già. Non era proprio così che avevo in programma di passare gli ultimi giorni prima di Natale, in effetti» concordò Mina pensando a Nathalie. Da quando era venuta a stare da lei, avevano passato insieme pochissimo tempo.

La rappresentante dell'Mtr, inviata ad accompagnarli per ragioni di sicurezza dall'azienda dei trasporti di Stoccolma, la Sl, sorrise.

«Non trovate che sia interessante conoscere un po' la

storia di questa parte sotterranea della città?» chiese. «Ah, mi scusi... Come ha detto che si chiama? Ruben? Mi spiace, ma qui sotto deve mettere il caschetto protettivo.»

Mina aveva disinfettato il proprio appena glielo avevano consegnato. Ruben teneva ancora in mano il suo.

«Mi basta il berretto di Astrid» rispose cupo.

La donna non aveva tutti i torti, quanto all'aspetto storico. Aveva raccontato dettagli interessanti, almeno nelle prime stazioni che avevano setacciato, ma all'ennesimo scambio di binari il fascino delle gallerie aveva cominciato a scemare.

La teoria in base a cui si stavano muovendo era che l'assassino voleva che le ossa venissero trovate, dato che quelle di Jon Langseth erano state rinvenute abbastanza vicino a una stazione e lo stesso valeva per quelle di Marcus Eriksson, a sentire Tom il Matto. Quindi, se ce n'erano delle altre, avrebbero dovuto essere nei pressi di una banchina, o almeno c'era da sperarlo: perlustrare l'intero sistema di gallerie sarebbe stato impossibile.

«La metropolitana di Stoccolma ha cento stazioni, di cui quarantasette sottoterra» mormorò Mina. «Siamo alla terza. Credo che Adam e Julia ne abbiano controllate quattro. Se in un giorno le altre due squadre riescono a sbrigarne altrettante, dovremo prepararci a festeggiare il Natale sottoterra, perché resteremo qui per un pezzo.»

Accesero le torce e proseguirono lungo il tunnel mentre la luce proveniente dalla stazione alle loro spalle si faceva via via più debole. Ormai avevano percorso un tratto abbastanza lungo. Niente mucchi sospetti nemmeno lì. Mina cominciava a provare una certa delusione: un nuovo ritrovamento sarebbe stato una tragedia, ma almeno avrebbe rotto la monotonia. Le squillò il cellulare nella tasca. Lo tirò fuori e rispose.

«Sì?»

«Ciao» disse Julia. «Siamo a Karlaplan. E abbiamo trovato un altro mucchio. Con delle ossa, intendo. Anche se i tecnici che ha chiamato Adam non sono ancora arrivati, sono pronta a scommettere che Christer ha ragione e che appartengono a quella motivatrice scomparsa, Erika Sävelden.»

La luce della torcia di Mina rimbalzò su qualcosa poco più avanti. Ruben trattenne il respiro e lei si fermò.

«Ma se quella che avete lì è Erika» disse lentamente al telefono, «qui chi ci sarà?»

Il cono di luce danzava su un mucchio di terra e pietrisco, della grandezza giusta per nascondere lo scheletro di un essere umano, con qualcosa di bianco che spuntava da un lato.

«Sicura che non vuoi che vi accompagni al treno?» chiese Vincent. «Vi aspetta un viaggio abbastanza lungo per arrivare dai tuoi.»

Maria e Aston si stavano mettendo le giacche. Lei aveva preparato una valigia piuttosto grande e lui uno zaino decisamente sovradimensionato per un bambino della sua età. Era incredibile quanto lievitassero i bagagli se ci si spostava d'inverno.

«Ci arrangiamo» disse Maria in tono brusco. «Tanto vale che andiamo alla stazione centrale in autobus. Sai bene quanto gli piace prenderlo. E non sarebbe una bella cosa che tu fossi impegnato con noi se avessero improvvisamente bisogno di te per quelle... indagini di polizia.»

Vincent sapeva benissimo a cosa si riferiva, o meglio a chi, ma non aveva la forza di difendersi per l'ennesima volta. Inoltre doveva ammettere che le continue accuse della moglie avevano cominciato a tingersi di verità. Mina era sempre più presente nei suoi pensieri. Non sarebbero andati oltre quello stadio, certo, ma era consapevole di sentirsi perduto, senza di lei. Purtroppo non poteva dire la stessa cosa di Maria. Forse una volta, ma era passato molto tempo. Per fortuna Mina non nutriva sentimenti nei suoi confronti, perché altrimenti sarebbe stato difficile.

«Che bello, andiamo in autobus e in treno!» strillò

Aston, riuscendo finalmente a caricarsi lo zaino sulle spalle. «Sull'autobus mi siedo davanti!»

«A meno che non salga una persona anziana a cui serve quel posto» gli ricordò Maria. «In tal caso dovrai cederglielo.»

«Sa sale un vecchietto può sedersi in braccio a me e raccontarmi delle fiabe.»

Vincent sorrise al figlio e poi guardò la moglie. Si rendeva conto di sapere pochissimo di lei, ancora adesso, dopo tutti quegli anni. All'inizio tra loro c'era stata vera e propria passione, puro desiderio fisico. Quando poi «non ce n'era più stato bisogno», come aveva detto Maria, erano già diventati una coppia. Senza conoscersi davvero. Lei aveva strenuamente tentato di capirlo, e Vincent lo sapeva, ma era molto incerto sul risultato.

Era davvero possibile conoscere di un'altra persona qualcosa di diverso da proiezioni del proprio io e supposizioni non confermate? Probabilmente no. Certo, se non fossero più stati sposati avrebbe sentito la mancanza di sua moglie, ma fino a che punto? E aveva anche solo il coraggio di fare quella domanda a se stesso?

Maria, che aveva appena finito di cercare un paio di guanti asciutti per Aston, gli lanciò una strana occhiata. Come se gli avesse letto nel pensiero.

«Sei parecchio silenzioso, ultimamente» disse. «Va tutto bene?»

Vincent scosse la testa. Decisamente no.

«Ho sempre un mal di testa terribile» rispose. «E una sensazione di malessere che aumenta ogni giorno.»

«Mi sa che non ti ha fatto bene stare così tanto a casa, quest'autunno. Quando arriva l'inverno, con tutto quel buio, la solitudine si sente ancora di più.»

Mise i guanti in mano ad Aston e si sporse per dare un bacio sulla guancia a Vincent, appoggiando poi il palmo sullo stesso punto e guardandolo negli occhi.

«Prometti che ci raggiungerete?»

«Prometto» assicurò lui prendendole la mano. «Però non posso promettere che mangerò i piedini di maiale di tuo padre.»

«Perché, il nonno ha i piedi da maiale?» chiese Aston con gli occhi sbarrati. «Non me ne sono mai accorto!»

«Digli di mostrarteli» rispose Vincent, accompagnandoli alla porta. «Sono grossi e pelosi!»

Quando uscirono, fu colto all'improvviso dalla fortissima sensazione che non li avrebbe mai più rivisti, e per poco non gli cedettero le gambe. Avrebbe voluto correre fuori senza scarpe, prenderli tra le braccia e dire loro quanto li amava e che non dovevano partire. Invece inspirò a fondo e chiuse la porta.

Mina entrò nel suo appartamento. Aveva avuto da Julia il permesso di tornare a casa a fare la doccia, dopo la perlustrazione delle gallerie. Giaccone, guanti e mascherina avevano svolto la loro funzione, ma sentiva lo stesso la sporcizia penetrarle nei pori. Gli scarponi, per il momento, li aveva lasciati fuori dalla porta. Si spogliò il più in fretta possibile, ancora nell'ingresso. Si sfilò i pantaloni, poi la maglia... e vide le scarpe.

Impiegò mezzo secondo a ricordare di chi erano. Nathalie. Aveva completamente dimenticato che sua figlia ora aveva le chiavi di casa. Si rimise velocemente la maglia e raccolse da terra i pantaloni, ma quando stava per infilarseli di nuovo si bloccò.

La porta dello studio era aperta.

Quella porta che era sempre così attenta a tenere chiusa a chiave. Nel soggiorno c'erano pile di scatoloni. Sapeva benissimo cosa contenevano: le sue mutandine e canotte monouso, oltre al gel disinfettante in vari formati. Una quantità di utensili e prodotti per la pulizia formava un altro mucchio. E come se non bastasse, sentì che Nathalie stava rovistando nella stanza.

«Mamma?» disse la figlia facendo capolino dalla porta. «Ciao! Sto mettendo in ordine. Non capisco perché tieni qui dentro tutte queste scatole e questa roba. Più che a uno studio, somiglia a un magazzino! Comunque pensavo che potrei trasferirmici io. Mi dispiace troppo che tu mi abbia ceduto la tua camera e che dorma sul divano. Se diamo una sistematina, è perfetto. Ma cosa ci fai senza pantaloni?»

Mina non sapeva cosa dire. Avanzò rigida di qualche passo nel soggiorno e appoggiò i pantaloni su una pila di scatole.

Eccola, la sua vita. Quella che per lei era assolutamente ragionevole, anzi, l'unica possibile, da tanto tempo. Una vergogna che nascondeva a tutti per non essere considerata anormale. E ora il suo segreto era lì esposto, sparso sul pavimento. Con sua figlia in mezzo.

«Non dovevi...» balbettò. «Non ho...»

Si schiarì la gola e ricominciò. Come poteva dirglielo?

«Credo di doverti... spiegare una cosa.»

«Che sei tutta matta, vuoi dire?» rise Nathalie. «Lo so bene! Mai visto nessuno che avesse bisogno di duecento paia di mutande.»

«Questa è la mia...» mormorò Mina.

Stava per dire «la mia vita», ma si bloccò.

«Non hai il diritto di fare così. Alcune cose sono personali. Non puoi venire qui e...»

«Ma mamma, è solo roba per fare le pulizie e un po' di biancheria» la interruppe Nathalie. «Okay, una quantità assurda di biancheria, ma non è che abbia scoperto una cantina in cui frusti dei bambini o qualcosa del genere. Sono solo oggetti. Se li riorganizziamo bene, dovrebbero starci quasi tutti in camera tua.»

Strinse gli occhi e la scrutò.

«Spero davvero che tu abbia cose più personali di queste che potrò trovare la prossima volta che sarai fuori. Non è così divertente prenderti in giro per delle canotte e un po' di gel disinfettante, ti pare?»

Mina guardò sua figlia, cercando tracce di sarcasmo nello sguardo, di disapprovazione in un labbro arricciato, di terrore davanti a un genitore malato. Non ne trovò. Nathalie sembrava solo... allegra.

«Dai, vieni a darmi una mano a pulire» disse la ragazza facendole un sorriso e tendendole un paio di guanti di gomma, anche se lei non li portava.

Mina deglutì a fatica. La fortezza non era soltanto stata espugnata, con ponte levatoio abbassato e tutto: anche i fantasmi del castello erano stati portati fuori, alla luce del giorno. E lei non era affatto pronta, ma d'altra parte non lo sarebbe mai stata. E in fondo si era trovata in situazioni peggiori – nelle gallerie della metropolitana, per esempio – ed era sopravvissuta. La doccia l'avrebbe fatta dopo. Mandò di nuovo giù la saliva. Poi sorrise.

«Pulire, hai detto?» disse prendendo i guanti. «Adesso ti faccio vedere io come pulisce una professionista.»

Niklas era alla finestra del suo ufficio, come spesso accadeva negli ultimi tempi. Le persone per strada, imbacuccate in pesanti giacche invernali, portavano sacchetti pieni di regali e avevano un'espressione allegra, ma una di loro poteva essere quella che lo braccava. Ogni giorno che passava aumentava la probabilità che il suo destino fosse in agguato proprio lì sotto.

«Abbiamo parlato con ogni singola persona che stava lavorando nello studio televisivo due giorni fa» disse Tor alle sue spalle. «La Säpo ha anche fatto ulteriori verifiche, controllato i social e mappato le affiliazioni politiche.»

«Le affiliazioni politiche?» chiese Niklas, girandosi. «Ma è consentito?»

Tor alzò le spalle.

«L'abbiamo fatto. Se vuoi, puoi fingere di non saperlo.»

Niklas si lasciò cadere sulla poltroncina e si passò una mano sul viso.

«E?» domandò. «Cos'avete scoperto?»

Tor deglutì, con il pomo d'Adamo che andava su e giù. Se non fosse stato che l'argomento non era affatto divertente, l'imbarazzo che emanava dal suo fisico compatto sarebbe stato quasi comico.

«Niente» rispose con voce malferma. «Niente su nessuno, a parte una storia extraconiugale che non credo abbia qualche importanza. Tutta la redazione di *Morgonstudion* è fuori di sé, la direzione della Svt ha inviato scuse ufficiose e...»

«Ufficiose?» chiese Niklas.

Tor si schiarì la gola.

«Preferiamo tenere segreta la cosa, in modo da non dare soddisfazione a chiunque ci sia dietro. E la Svt non può presentare scuse ufficiali se non è successo niente. I conduttori, i tecnici e i cameramen che lavoravano nello studio in quel momento erano sull'orlo delle lacrime al pensiero che fosse potuto accadere sotto i loro occhi.»

«Quindi questa persona è entrata e uscita senza che nessuno se ne accorgesse?»

«Impossibile» rispose Tor. «Le guardie si sarebbero accorte subito se sul posto ci fosse stato qualcuno non autorizzato.»

Niklas fece ruotare la poltroncina e guardò di nuovo fuori dalla finestra. Un uomo camminava a testa bassa per ripararsi il viso dalla neve.

«Quindi è stata una persona che lavora lì?» chiese.

«Sembra improbabile anche questo. Avevamo fatto una verifica già prima. Tutti i presenti in studio avevano l'approvazione della Säpo.»

Quell'uomo per strada... Niklas l'aveva già visto.

«Guarda quel tipo laggiù» disse indicandolo. «L'ho notato più volte, sempre qui fuori. Cosa ci fa lì? Tiene d'occhio me, garantito. Hai delle guardie davanti al portone, no? Chiamale, devono prenderlo subito!»

Tor lanciò un'occhiata fuori dalla finestra e sospirò.

«È il custode» disse. «Va via tutti i giorni verso quest'ora.»

Giusto. Osservando meglio l'uomo sotto la neve, Niklas lo riconobbe. Ecco, ci mancava solo che diventasse paranoico. Il custode avrebbe continuato ad andare a casa ogni giorno, magari per riunirsi alla sua famiglia che viveva a Södermalm e non vedeva l'ora di rivederlo, oppure per ritrovarsi in un appartamento da scapolo a Upplands Väsby, chissà. Il fatto era che ci sarebbe andato anche la settimana successiva, e quella seguente. Lui invece non ne avrebbe più avuto la possibilità.

Chiuse gli occhi e si vide davanti il simbolo.

Un otto con la parte inferiore piena.

«Puoi andare, adesso» disse stancamente a Tor, senza riaprire gli occhi.

Forse, ma soltanto forse, era il momento di accettare la realtà. E in fondo, perché no? Gli ultimi vent'anni erano stati straordinari, ma tutte le cose belle finivano, prima o poi. Di lì a nove giorni avrebbe chiuso, cessato di esistere. Si chiese se Nathalie avrebbe capito. E sperava che, quando fosse venuto il momento, il dolore non sarebbe stato insopportabile.

Mina aspettava Vincent nel Kronobergspark, sulla collinetta che sovrastava la sede della polizia. Aveva bisogno di cambiare aria e anche di rinfrescarsi un po', dopo aver fatto le pulizie con Nathalie. Ora che c'era lei in casa non poteva farsi la doccia in continuazione. Aveva dovuto farsene bastare una.

Espirò e osservò affascinata la condensa sospesa davanti alla sua bocca. Probabilmente era autosuggestione, ma le sembrò quasi di vedere formarsi dei cristalli di ghiaccio. Un attimo dopo la nuvoletta bianca si dissolse nell'aria.

L'inverno non le piaceva poi tanto, ma il freddo aveva una sua bellezza: conservava, disinfettava, tratteneva nel tempo e nello spazio. Quando gli altri le davano della regina delle nevi non capivano che per lei era un complimento.

Un uomo biondo dai lineamenti marcati, in cappotto nero, comparve al lato opposto del parco. Vincent. E un calore sorprendentemente piacevole le si diffuse nelle membra, spazzando via i pensieri sul gelo. Tra l'altro, "calore" era una parola inadeguata: via via che lui si avvicinava, dentro di lei la temperatura salì fino a farla sentire rovente come un forno. Dovette aprire un po' il piumino per rinfrescarsi.

«Ehi, hai così caldo?» disse Vincent quando le fu davanti.

Mina non sapeva cosa rispondere e si accorse di essere anche arrossita. Cosa le succedeva?

«Facciamo una passeggiata» propose incamminandosi.

«Allora, come siamo messi?» chiese Vincent.

Come se fosse la domanda più scontata del mondo. Mina rimase spiazzata.

«Eh... io... noi...» balbettò, ma lui la interruppe.

«Con l'indagine, intendevo» chiarì. «Vedo che ti sei portata il fascicolo.»

Mina abbassò gli occhi sulla cartellina che stringeva in mano. L'aveva completamente dimenticata.

«Abbiamo... abbiamo trovato altri due mucchi di ossa» disse. «Quindi ora ce ne sono quattro. Il quarto è un po' un mistero, dato che non corrisponde a nessuna delle persone di cui è stata denunciata la scomparsa negli ultimi anni.»

Vincent sembrava concentrato.

Poco lontano si sentivano delle risate infantili. Avvicinandosi, videro una piccola discesa su cui i bambini di una scuola materna giocavano con gli slittini.

«Vieni!» esclamò Vincent con gli occhi che brillavano.

La prese per mano e salì rapidamente verso la cima, senza lasciarle scelta.

«Se fai quello che temo, presto ci sarà un altro mucchio, ma di ossa di mentalista» lo avvertì lei.

«Una volta non hai detto che è importante fare cose normali in presenza di altri?» disse lui prendendo le corde di due slittini liberi.

I bambini intorno a loro non fecero minimamente caso a quell'uomo adulto incappottato, nemmeno quando si sedette su uno slittino decisamente troppo piccolo con la scritta KRONANS FÖRSKOLA.

«Non ho anche detto, forse più di una volta, che sei completamente fuori?» Mina scosse la testa.

Lui indicò lo slittino libero e lei ci salì, riluttante.

Dovette piegare le gambe e, mentre cercava di tenersi in equilibrio con la cartellina stretta al petto, si rese conto che doveva aver smesso di nevicare da un po'. Il sole faceva scintillare la neve sulla discesa.

Vincent si sporse verso di lei, afferrò il suo slittino e rise. Nonostante fossero entrambi imbacuccati e circondati dagli strilli dei bambini e da una gran confusione, Mina percepì il suo odore. Lo inspirò a fondo, pur consapevole che era fatto di particelle e che di conseguenza era l'ultima cosa che voleva le entrasse nel naso. Ma erano le sue particelle. Il suo odore.

«Se arrivano gli educatori della scuola materna dirò che sono qui per metterti in custodia cautelare» lo avvertì, per poi cacciare un urlo quando lui spinse lo slittino facendola sfrecciare lungo la discesa.

Dalla gola le uscì una risata e Vincent arrivò subito dopo di lei. Erano finiti in mezzo ai bambini alla base della collinetta e ci misero un po' a tirarsi su.

«Grazie del prestito» disse Vincent, cedendo gli slittini a due piccoletti in tuta termica sovradimensionata che lo guardarono con gli occhi sbarrati.

Poi si mise a camminare come se niente fosse.

«Matto da legare, ecco quello che sei» borbottò Mina, ma si accorse che non riusciva a smettere di sorridere.

«Avete scoperto qualcos'altro? Parlo dell'indagine, ovviamente» disse Vincent dopo un po'.

Mina scosse la testa.

«Ho solo ricevuto da Loke un testo dettagliato sui coleotteri che non leggerò neanche morta.»

Vincent sembrò riflettere.

«Il rasoio di Occam, come dico sempre. L'identità delle vittime non ha portato a niente. Lo stesso vale per il singolare trattamento riservato ai loro resti. E anche per i resti in sé. E pure per il nesso con la metropolitana, ammesso che esista. Quindi, cosa rimane?»

Si bloccò di colpo.

«Hai delle foto dei mucchi di terra e pietrisco? Prima che venissero sfilate le ossa, intendo.»

Mina aprì il fascicolo e tirò fuori i quattro rapporti. Uno per ogni vittima, più quello per il mucchio di ossa non identificate.

«I tecnici hanno documentato tutto con molta diligenza, prima di toccare qualsiasi cosa. Ovviamente il primo era già un po' franato, dato che era stato il graffitaro a trovarlo, ma non credo conti granché. Sono solo mucchi di terra.»

Gli passò le foto. Lui le guardò, le fece scorrere tra le mani, le confrontò. Mina pensò che avrebbe potuto dargli fuoco al cappotto senza che se ne accorgesse, tanto era concentrato.

«Guarda qui» disse Vincent alla fine. «Hai ragione ad affermare che hanno lo stesso aspetto. Giustamente, sono solo mucchi di terra, anche se forse dovremmo chiamarli tumuli. Però osserva l'area su cui poggiano.»

Stava indicando una delle foto. Intorno al mucchio si notava un solco più scuro.

«Qualcuno ha tracciato dei cerchi tutt'intorno, probabilmente con un bastoncino» disse Mina.

Poi guardò l'orologio.

«Merda, devo già rientrare. Io e Ruben abbiamo appuntamento con Josephine Langseth. Su tuo suggerimento.»

«Non sono cerchi» le fece notare lui, restituendole le foto. «Guarda di nuovo.»

Aveva ragione. Su tre si vedeva che il solco più scuro si riuniva, incrociandosi, dietro il mucchio, per poi sparire nel buio.

«Le foto sono state scattate da angolature leggermente diverse» disse, «ma in quasi tutti i luoghi sembra che il disegno sia lo stesso. Impossibile stabilire come mai manca nel quarto, quello con le ossa non identificate, però concentriamoci sui luoghi in cui sono state ritrovate le vittime note.»

Mina guardò le foto e cercò di creare mentalmente un'immagine tridimensionale che poteva completare con altri dettagli.

«Sono due cerchi contigui» disse alla fine. «Come un grande otto in cui il mucchio di terra è piazzato nella parte inferiore del numero.»

«Interessante che tu ci veda un numero» osservò Vincent, «perché io ci vedo un'altra cosa. Una clessidra in cui tutta la sabbia è nella parte inferiore. Una clessidra...»

«... il cui tempo è scaduto» completò la frase Mina.

Non aveva idea di cosa significasse, ma afferrò Vincent per il braccio. Il sole era sparito e il cielo era di nuovo coperto di nuvole. Sentì echeggiare in testa la propria voce. Aveva sentito dire qualcosa di simile da qualcun altro, pochi giorni prima. Qualcosa a proposito del fatto che stava per finire tutto. Possibile che la persona in questione si riferisse a... questo? Alle clessidre e ai mucchi di ossa? Di colpo le venne paura che l'assassino non avesse ancora completato la sua opera. E che la vittima successiva potesse essere qualcuno che conosceva.

Quando Ruben entrò nella camera di nonna Astrid, la trovò seduta sul letto ad aspettarlo. Aveva un'aria più fragile del solito, probabilmente perché era inverno. La scarsa luce solare portava a una carenza di vitamina D e, in alcuni casi, influenzava anche l'umore. Dieci milioni di persone diventavano pallide come fantasmi e per quattro mesi giravano con la testa incassata nelle spalle per proteggersi dal freddo. E naturalmente gli anziani ne soffrivano due volte tanto, quindi non era strano che non sembrasse troppo in forma.

Quando lo vide, comunque, si illuminò, e il sorriso sulle labbra e negli occhi lo riscaldò come il sole di luglio.

Ruben notò che si era messa in ghingheri per il Natale, con il golfino che le aveva fatto il marito ai ferri anni prima. Il nonno di Ruben lavorava in una sartoria come tagliatore e riforniva sempre sua moglie delle proprie creazioni, realizzate con la macchina da cucire o a maglia. Le vicine, a Älvsjö, erano sempre verdi di invidia, e la nonna conservava ancora diversi capi di quell'epoca.

«Buongiorno, signorina, per caso ha visto dov'è andata mia nonna?» chiese Ruben con finto stupore. «Prima in questa stanza alloggiava una signora anziana. Oppure vogliamo lasciarla perdere e uscire a ballare insieme?»

Astrid rise felice.

«Vedo che sei molto elegante anche tu, in giacca e tutto» disse. «Un vero cavaliere.»

Si alzò e sbirciò in corridoio. Poi chiuse la porta.

«Vuoi un biscottino alle mandorle?» chiese con fare cospiratorio, tirando fuori un barattolo dall'armadietto del comodino.

Il personale aveva abbandonato da tempo ogni tentativo di farle perdere l'abitudine di mangiare quei dolcetti. Naturalmente non le facevano bene, ma ormai era così anziana che le raccomandazioni erano poco convinte. Astrid però le prendeva sul serio e conservava il suo tesoro in gran segreto, anche se probabilmente l'intero reparto era a conoscenza del nascondiglio.

«Volentieri, grazie» rispose Ruben. «E ho portato anche i rinforzi.»

Tirò fuori un barattolo pieno di biscottini, legato con un fiocco rosso.

«Oh, che bel regalo di Natale!» cinguettò la nonna, prendendolo tutta soddisfatta. «Bene, siediti e racconta: come sta la mia pronipotina dal bellissimo nome?»

Era ancora molto fiera del fatto che Ellinor avesse dato alla figlia di Ruben lo stesso nome della nonna paterna.

«Astrid è una bambina piena di grinta» disse lui. «Adora dipingere, come sua madre. Fa ancora arti marziali, ma non tanto come prima perché adesso è iscritta anche a danza. E da grande vuole fare la poliziotta.»

La nonna strizzò gli occhi.

«Allora qual è il problema?» gli chiese dandogli di gomito. «Te lo leggo in faccia che c'è qualcosa. Ti comporti come uno scolaretto.»

Ruben cambiò posizione, in imbarazzo. Sua nonna aveva sempre avuto la capacità di cogliere le minime variazioni del suo umore. Fin da quando era piccolo, ogni tentativo di nasconderle un segreto era naufragato subito. Se si fosse inventato una scusa, lo avrebbe capito all'istante.

Solo che non sapeva da che parte cominciare.

«Ecco... probabilmente è troppo presto per dire qualcosa» disse, a disagio. «Insomma... forse ho conosciuto una persona.»

«Che bello!» strillò Astrid, e batté le mani facendo volare briciole da tutte le parti. «Ci voleva proprio! E chi è?»

«Si chiama Sara. L'estate scorsa abbiamo lavorato insieme, per un periodo, e ha funzionato bene. Poi non l'ho più vista, fino a tre giorni fa. Ci siamo incrociati per caso in centro. Ed è davvero... Cioè, probabilmente lei neanche sa che esisto, per lo meno non in quel senso. Non sono affatto il suo tipo. Ci conosciamo poco, ma è come se...»

«Ruben» lo interruppe brusca la nonna. «Stai balbettando come un diciassettenne. Prendi un biscottino alle mandorle e manda giù un po' di zuccheri, prima di svenire.»

Lui ubbidì e ne addentò uno.

«Ormai avevo perso le speranze su di te» ammise la nonna. «Dopo Ellinor non ti sei comportato come avresti dovuto. Ero molto arrabbiata. Sapevo benissimo che mi mentivi, però non ti ho mai detto niente perché, nonostante tutto, ti voglio tanto bene.»

«Scusami» disse Ruben.

«Non chiedermi scusa, perché alla fine hai messo la testa a posto. Hai scoperto di avere una figlia e con lei sei bravissimo. Nemmeno Ellinor sembra più arrabbiata con te. Quindi vedrai che riuscirai ad affrontare anche questa cosa. Sii delicato e procedi con calma. Se rinunci alla tua maschera da macho, vedrai che andrà bene.»

«Non c'è pericolo: su di lei non fa colpo. Tra l'altro festeggeremo il Natale insieme.»

«Mi va già a genio» disse Astrid, aprendo con una certa fatica il coperchio del nuovo barattolo di dolci.

Di colpo si bloccò.

«I biscotti alle mandorle le piacciono?» chiese con aria diffidente.

«A chi non piacciono, scusa?» rispose Ruben ridendo. «Non è mica matta!»

Astrid annuì compiaciuta, si mise in bocca un altro biscottino e masticò allegramente. Se quando era entrato gli era sembrata fragile, adesso era tornata quella di sempre.

«La prossima volta che ci vediamo mi aspetto di sentirti raccontare tutto di lei» disse. «Anzi, meglio ancora: portala qui! Deciso, eh?»

«Una cosa alla volta, nonna» sorrise Ruben. «Una cosa alla volta.»

In realtà sapeva che avrebbe fatto come voleva lei. In un modo o nell'altro, andava sempre a finire così.

«Mina!» urlò Christer correndole dietro a passi pesanti in corridoio.

Per un attimo lei si chiese se fosse il caso di cercare il defibrillatore che, ne era sicura, si trovava da qualche parte lì intorno. L'anziano collega era rosso in viso e a ogni respiro produceva uno strano sibilo.

«Ho trovato quello che mi hai chiesto di controllare» disse sbuffando e appoggiando le mani alle ginocchia. «Cavoli, quanto cammini veloce! E se ti si chiama non senti!»

«In realtà non sono qui» rispose lei. «Due minuti fa ho salutato Vincent nel Kronobergspark e sono solo salita a chiamare Ruben per andare con lui da Josephine Langseth. Tu non mi hai visto.»

«Quindi non vuoi sapere di Gustaf Brons?»

Mina si bloccò.

«Gustaf Brons?» ripeté. «Fammi indovinare. Ha debiti di gioco?»

«Puoi dirlo forte.» Di nuovo quel sibilo a ogni respiro. «Ha perso quantità enormi di denaro. Non ha più una sola corona di tutte quelle che si era accaparrato grazie alla Confido, anzi: è indebitato fino al collo. E con le persone sbagliate, per giunta. È a questo che sono serviti i soldi di Dragan Manojlovič. Ha chiesto prestiti a chiunque. I bei tempi sono finiti, per lui. Niente più hotel di lusso, ristoranti di grido e viaggi dispendiosi. Per non parlare dell'avvocato che si porta appresso. Se gli restano i soldi per un tozzo di pane dovrà dirsi contento.»

Nella voce di Christer si intuiva un pizzico di gioia maligna.

I pensieri di Mina cominciarono a indirizzarsi su nuovi binari. Gustaf Brons. Debiti di gioco. Una parte del puzzle era più chiara, ora, ma molte cose restavano oscure. Tra queste, il motivo per cui erano morti Jon Langseth, Mark Eric ed Erika Sävelden.

«Grazie, Christer» disse con uno sguardo compassionevole. «La tua respirazione non sembra del tutto a posto. Ne sei consapevole, vero? E pensare che nel seminterrato abbiamo una palestra. Se non sai dove trovarla ti disegno una cartina.»

«Ah, ah, molto divertente. Sono in forma perfetta, grazie. È solo un momentaneo calo di rendimento fisico.»

«Momentaneo, eh? Come no.»

Christer la fulminò con un'occhiata e girò sui tacchi. Mentre si allontanava, Mina lo sentì borbottare.

«Più ci si dà da fare, peggio si viene trattati.»

Sorrise e riprese a camminare. Meglio disegnargliela davvero, quella cartina. Voleva poter continuare a prenderlo in giro per molti anni. E poi doveva pensare anche a Lasse.

Si bloccò di colpo.

Qualcosa, in quello che Christer aveva detto a proposito degli hotel di lusso, le aveva fatto affacciare alla mente un pensiero. Un pensiero che riguardava Josephine Langseth. Con una rapida ricerca su Google trovò un numero di telefono. Lo compose e fece una chiamata, dopodiché si affrettò lungo il corridoio verso la postazione di Ruben.

Dopo aver mandato Mina a casa a fare la doccia, Julia aveva deciso di imitarla. La polvere raccolta in un'intera giornata passata in quelle gallerie sotterranee aveva fatto assumere alla pelle un colore grigio acciaio.

Purtroppo la villetta a Stureby non era più il rifugio sicuro di un tempo, ed entrando dalla porta d'ingresso ultimamente Julia si sentiva sempre a disagio, come se stesse mettendo piede in casa di sconosciuti. In un certo senso era proprio così. Torkel era diventato un estraneo per lei, e soprattutto lei era diventata un'estranea per se stessa. Aveva sempre saputo chi era, definendosi di volta in volta in rapporto ad altri. La figlia del capo della polizia. La migliore allieva dell'accademia. La moglie di Torkel. La coordinatrice della sua unità. La mamma di Harry.

L'amante di Adam.

Ma a un certo punto del percorso doveva essersi persa. Aveva dimenticato chi era in mancanza di qualcun altro a cui riferirsi. E non era sicura di volerlo scoprire.

Le parole che aveva detto a Adam all'esumazione dei resti di Marcus Eriksson avevano sorpreso persino lei. E l'avevano spaventata. Non era ancora pronta ad affrontarne le conseguenze, e aveva messo le mani avanti aggiungendo «credo». In effetti non aveva affermato di aver preso una decisione definitiva sul divorzio.

Quando era andata a trovare Anette si era sentita una criminale, a voler distruggere la propria famiglia, ma lì a casa non aveva nemmeno l'impressione di averne davvero una. Cosa c'era da distruggere, in fondo?

Lo scroscio dell'acqua dal bagno le fece capire che Torkel era sotto la doccia. Come mai, in pieno giorno? Immaginò che Harry stesse facendo un pisolino e un'occhiata in camera da letto glielo confermò. Era supino, con le braccia serenamente spalancate sopra la testa, la bocca semiaperta e i capelli un po' sudati. Non c'era niente che le desse più serenità che vederlo dormire. Provava una grande tenerezza. Poteva davvero cambiare il suo mondo, sconvolgerlo del tutto? Lei e Torkel, insieme e sotto lo stesso tetto, erano il suo universo.

Qualcosa si illuminò per un attimo sul comodino di Torkel. Julia guardò automaticamente da quella parte. Una notifica sul cellulare.

Si avvicinò e riattivò lo schermo. La notifica era ancora lì. Socchiuse gli occhi, pensando di aver visto male, o che fosse un qualche genere di pubblicità, ma non c'erano dubbi: Torkel aveva ottenuto una serie di match su Tinder. O meglio, non Torkel, ma papàdistureby81.

Compose il codice di sblocco, uguale al suo, con dita tremanti. In un altro mondo, in un'altra epoca, la fiducia reciproca era così grande che avevano scelto la stessa combinazione di cifre. Che ora si era trasformata nel portone per l'inferno.

Si sedette pesantemente sul bordo del letto, aprì l'app e lesse. Le diede una strana sensazione entrare dritto nel cervello di Torkel e vedere come comunicava con altre donne. Le battute, le cose che diceva di sé, i complimenti che faceva. Temette di trovare qualche *dick pic* o foto di organi sessuali femminili, ma per fortuna non c'era niente del genere. Anche se magari quella parte della conversazione era avvenuta per sms o email... Julia sentì montare la nausea.

Quando Torkel uscì dalla doccia con un asciugamano intorno ai fianchi era paralizzata con il cellulare in mano.

«Vuoi che faccia una foto e la mandi a hotmamainthecity95?» gli chiese tesa, sollevando il telefono.

Torkel impallidì.

«Perché ficchi il naso nel mio cellulare?»

«Ti sembra davvero la domanda giusta in questo momento? Non sarebbe più urgente sapere perché sei su Tinder?»

Lo sguardo di Torkel si fece sfuggente.

«Be'... ecco... sai... Tinder ha un'interfaccia decisamente migliore rispetto alle altre app. È facile da usare e ha un minor tasso di profili falsi, rispetto per esempio ad Ashley Madison.»

Julia lo fissò allibita. Harry mugolò nel sonno e lei abbassò la voce a un sibilo.

«Ma sei completamente rincoglionito?! Non ti ho chiesto perché hai scelto proprio Tinder, ma perché *sei* su Tinder!»

Torkel spostò il peso da un piede all'altro. Sul pavimento si era formata una piccola pozza.

«Eh... insomma... che cazzo, tu non ci sei mai e se ci sei è come se non ci fossi! Quante attenzioni mi dai? Non è strano se vado a consolarmi da qualche altra parte. Non ci *faccio* niente, con quelle, ci parlo e basta! È una cosa innocente!»

Il tono indignato e l'espressione di autolegittimazione la fecero ribollire dentro. Julia si alzò lentamente, gettò il cellulare sul letto e gli si mise vicinissima. L'odore familiare di docciaschiuma alla mela la fece esitare per un secondo, ma subito dopo la rabbia tornò a impossessarsi di lei. Quella pistola metaforica che aveva immaginato di portare non aveva la sicura, questo era certo.

«Come ti permetti? Secondo te quindi è colpa *mia* se cazzeggi su Tinder con quelle? Perché non ti concedo abbastanza attenzioni? Con un bambino di un anno e un lavoro a tempo pieno? Sei fuori, cazzo.»

Uscì a precipizio dalla camera e andando verso l'ingresso aprì e chiuse più volte i pugni. Era *davvero* felice di chiamarsi ancora Hammarsten.

Sprazzi di ricordi le balenarono nel cervello. Il corpo di Adam sopra il suo. Bocca contro bocca. Sapeva di essere ipocrita: aveva fatto qualcosa di molto peggio che iscriversi a Tinder, ma questo non diminuiva la sua rabbia.

Quando sbatté la porta, una larga falda di neve crollò dal tetto finendo sull'auto di Torkel. Lei neanche si voltò. Era un suo problema.

Stavolta entrando in casa Langseth non restarono a bocca aperta come in occasione della prima visita. Sapevano cosa aspettarsi, e nelle grandi stanze non si percepiva nessuna gioia. Quando aveva aperto la porta, Josephine era magra e sciupata.

C'erano scatoloni da trasloco dappertutto. Stando alle notizie animate da gioia maligna dei tabloid, il grande appartamento in Narvavägen sarebbe stato venduto per ripagare parte del denaro fagocitato dallo scandalo Confido.

«Quando vi trasferite?» domandò Mina seguendo la padrona di casa, senza riuscire del tutto a nascondere la propria compassione.

Ruben era ancora nell'ingresso a ripulire le scarpe dalla neve, ma le raggiunse dopo essersele tolte.

«Nel weekend. Ci hanno dato tempo fino a domenica» rispose Josephine. La voce ebbe un tremito.

Mina sapeva di non dover compatire Josephine per la perdita della casa: lei e il marito avevano vissuto negli agi a spese di altri fin troppo a lungo, una vita nel lusso grazie a soldi in realtà non loro. I giocattoli sparsi tra gli scatoloni, però, le impedivano di non provare una certa solidarietà nei confronti di quella donna smagrita.

«Possiamo?» chiese Ruben accennando al divano che, al centro della sala, troneggiava solitario come unico mobile superstite.

«Certo. Il resto l'hanno già portato via» disse Josephine sedendosi sul bordo, mentre loro prendevano posto di fianco. «Verrà messo tutto in vendita da Bukowski la settimana prossima.»

Fuori dalle grandi finestre la neve aveva ricominciato a cadere. Presto gli spazzaneve avrebbero riempito le strade. Narvavägen rientrava sicuramente tra le vie che venivano sgomberate per prime.

«Abbiamo una domanda sul suo soggiorno all'Ellery Beach House. Ci ha detto che si era presa qualche giorno per sé, subito prima della scomparsa di Jon, giusto?»

«Esatto» rispose Josephine, con un guizzo di paura negli occhi. «Con tre figli sotto gli otto anni, a volte ho bisogno di staccare. E Jon me l'ha sempre concesso generosamente. Ha chiesto alla nostra tata di dormire qui e occuparsi dei bambini in modo che io potessi avere un weekend tutto per me, da sola.»

«E lo era? Sola, intendo» disse Mina scrutandola attentamente.

Detestava quella parte del suo lavoro. A lei non interessavano i panni sporchi delle persone, e nemmeno sbirciare nelle pieghe meno nobili della loro esistenza. Spesso, però, era costretta a farlo. La vita privata della gente era strettamente connessa ai reati che commetteva, e la polizia doveva escludere quella possibilità.

«Sì... ero lì da sola. Perché?»

Il tono era vigile. La donna si spostò ancora più vicino al bordo.

«Non ha incrociato qualcuno che conosceva, in hotel?» la incalzò Ruben.

«No... no... In che senso, scusate?»

Passò con lo sguardo da Ruben a Mina.

«Ci risulta che lei fosse lì insieme a qualcuno.»

Mina trattenne il fiato. Quello che aveva detto Christer su Gustaf Brons e gli hotel di lusso le aveva fatto venire in mente che la moglie di Jon Langseth aveva nominato l'Ellery Beach House, l'albergo più in voga a Stoccolma tra quelli che potevano permetterselo. Notò con la coda dell'occhio l'espressione interrogativa di Ruben, ma con uno sguardo discreto gli segnalò di tacere e aspettare la risposta della donna. Alla gente veniva istintivo cercare di riempire il silenzio, e quello sospeso nell'aria dopo la sua affermazione era compatto e imbarazzato.

Ci volle del tempo, ma alla fine Josephine sembrò prendere una decisione. Abbassò le spalle e capitolò.

«Ero lì con Gustaf.»

«Da quanto tempo vi... frequentate?» chiese Ruben.

Si appoggiò allo schienale e accavallò le gambe. Mina notò che aveva un grosso buco in una calza.

«Da non molto, circa sei mesi. È cominciata alla festa di mezz'estate a casa di Peter Kronlund, il terzo contitolare della Confido. Abbiamo alzato tutti un po' il gomito, Jon è finito in una stanza con un'influencer ventenne invitata per sfoggio da qualcuno del consiglio d'amministrazione. E Gustaf... Gustaf mi ha *vista*.»

Distolse lo sguardo e cincischiò un filo invisibile sul bracciolo del divano.

«Jon ne era al corrente?» domandò Mina, seguendo con lo sguardo i fiocchi di neve che planavano lentamente verso l'asfalto.

Josephine scosse la testa, convinta.

«No, no, ne sono sicura. Non lo avrebbe mai accettato. Non sapeva niente.»

«Pensa che Gustaf potrebbe aver voluto sbarazzarsi di Jon a causa della vostra relazione?» chiese Ruben.

«No, santo cielo. Non è un assassino. Non gli avrebbe mai fatto del male... E sono sicurissima che risolverà anche questo guaio della Confido. Capisco che possa sembrare una cosa squallida, ma quella tra me e Gustaf è più di una semplice storia. Abbiamo parlato molto, dopo la scomparsa di Jon. Mi è stato di enorme sostegno e probabilmente ci costruiremo un futuro insieme. Deve solo... mettere ordine in casa sua, prima.»

«Ah, davvero?» disse Mina, non riuscendo a nascondere il disprezzo. «Meno male che il vostro rapporto è così autentico, perché a lui servirà tutto il suo sostegno, vista la situazione economica in cui versa.»

«Quale situazione economica?» chiese Josephine confusa.

«Quella in cui si ritrova dopo aver perso al gioco l'intero patrimonio» rispose Mina nel tono più innocente che riuscì a sfoderare. «Ed essersi accollato un sacco di debiti. È bello, da parte sua, offrirgli un porto in cui rifugiarsi.»

Dal viso di Josephine svanì ogni traccia di colore. Boccheggiò, senza parole, come un pesce appena gettato sulla spiaggia dalle onde.

«Grazie, se abbiamo altre domande torneremo» disse Mina alzandosi.

Josephine Langseth rimase sul divano, in mezzo al mare di scatoloni, mentre lei e Ruben tornavano nell'ingresso a mettersi scarpe e giacche.

Lo stretto ascensore con la grata in ferro battuto scese con tormentosa lentezza verso il piano terra. Mina respirava dal naso osservando la propria immagine riflessa nello specchio antiquato. Alcune ciocche sfuggite alla coda di cavallo, cosa alquanto irritante, le scendevano lungo le guance. Ruben incrociò il suo sguardo e rise piano.

«Mi sa che le possibilità di farsi Josephine sono drasticamente diminuite, per Gustaf Brons» disse. «Non conoscevo questo tuo lato sadico. È stato uno spettacolo molto divertente.»

«La prossima volta ti avverto per tempo, così ti porti i popcorn» rispose Mina.

«Comunque non ci credo neanche per un attimo che

Brons non avrebbe mai fatto del male a suo marito» continuò Ruben. «Secondo me dobbiamo prendere in considerazione la possibilità che quei due abbiano ordito qualcosa insieme. Gustav Brons e Josephine Langseth, intendo.»

«Sono d'accordo. Bisogna rivoltarli come calzini.»

Quando qualcuno entrava o usciva suonava un campanellino, e ogni volta il pensiero di Adam correva al vecchio film *La vita è meravigliosa*. Era il preferito di sua madre e vederlo insieme il 25 dicembre era diventata una tradizione natalizia. Lei sapeva le battute a memoria, e appena risuonava il tintinnio Adam sentiva la sua voce dire: «Ogni volta che suona una campana, un angelo mette le ali.»

Quella sera però non sembrava probabile, almeno nell'insulso ristorante indiano in cui si erano dati appuntamento.

«Lo sai, no, che non sarebbe poi così strano se qualcuno ci vedesse insieme? Lavoriamo nella stessa squadra. È come se andassero fuori a pranzo Christer e Ruben.»

«Lo so, lo so. Sono solo... prudente.»

Julia si servì con gesti bruschi un altro po' di *tikka masala* bollente dal pentolino in rame.

«Si potrebbe anche considerare... positivo, che Torkel abbia cominciato a guardarsi intorno, non trovi?» disse Adam cauto, ben consapevole di camminare su un terreno molto insidioso.

Da un momento all'altro avrebbe potuto sentire lo scatto della mina terrestre mentale che si innescava sotto i suoi piedi.

«Positivo? In che senso? A me sembra abbastanza disgustoso che vada a caccia su Tinder.»

Adam non disse niente. Spezzò un angolo di pane *naan* e lo intinse nella salsa saporita.

Julia era una donna intelligente. Era una delle qualità che più amava di lei. Avrebbe dovuto cogliere l'ipocrisia del proprio atteggiamento. Quasi gli avesse letto nel pensiero, lei mise giù le posate e tamburellò le unghie sul tavolo.

«Lo so, lo so. È il colmo della falsità che io mi arroghi il diritto di scandalizzarmi. Sono io quella che ha una storia extraconiugale, io che vado a letto con un altro.»

Adam rimase in silenzio, ma sentirla parlare in quel modo del loro rapporto gli bruciava. Una storia extraconiugale. Andare a letto con un altro. Suonava così freddo, impersonale. Non come due esseri umani che condividevano qualcosa di speciale, che andava ben oltre il sesso. Strappò un altro pezzetto di pane e lo immerse nella salsa. Masticare gli serviva a guadagnare tempo. Sinceramente, non sapeva cosa dire.

«Tutto bene?»

Il cameriere li guardava con aria speranzosa. Entrambi annuirono. Non stavano mentendo: i piatti, in netto contrasto con gli arredi, erano davvero ottimi.

«Non lo so, Adam, non so cosa sia giusto e sbagliato. È tutto sottosopra, non so più niente.»

«Ma *tu* cosa vuoi?»

La voce di Adam era dolce, anche se dentro di lui si contendevano lo spazio mille emozioni. Pur sapendo cosa sperava che rispondesse, non voleva forzarla. Doveva essere lei a saperlo, lei ad avere il suo stesso desiderio.

«Lo so. E non lo so» rispose Julia a bassa voce. «So che non posso andare avanti con Torkel, ma non so come posso mandare in pezzi la famiglia di Harry. Voglio stare con te, ma vedo mille problemi davanti a noi. Voglio che Torkel sia felice, ma non che rimorchi ragazze su Tinder. So che è da ipocriti, ma non riesco a non sentirmi turbata e tradita, anche se sono io stessa a tradirlo. Cazzo, Adam, possibile che vivere non possa essere un po' facile? Solo un po'? Ogni tanto?»

Avvicinò indice e pollice per mostrare quanto poco le sarebbe bastato. Adam le prese la mano e la strinse forte. Le lesse in faccia che avrebbe voluto ritirarla, spaventata all'idea che qualcuno li vedesse, ma per una volta non ne tenne conto.

«Julia, ascolta. Qui non c'è nessuno a cui importi qualcosa di noi, e io non ho intenzione di lasciarti la mano finché non avrai ascoltato quello che ho da dire. Sì, è davvero da ipocriti. In realtà non hai nessun diritto di giudicare quello che fa Torkel. Però ti capisco, capisco che ti senta tradita, e credo che avrei reagito così anch'io. Ci vorrà il tempo che ci vorrà, semplicemente. Io non ho figli, quindi non posso dire cosa si prova. A me importa solo che tu sappia che sono qui.»

Le lasciò andare la mano. Lei non rispose ma sulle labbra le balenò un sorriso.

La campanella della porta tintinnò.

«Ogni volta che suona una campana, un angelo mette le ali» mormorò Adam.

«Cosa?» Julia lo guardò confusa.

Lui alzò le spalle.

«Niente. Mangia, adesso, prima che diventi tutto freddo. È troppo buono per lasciarlo nel piatto.»

Milda osservò ammirata Loke che avvolgeva con cura un osso nel pluriball e fissava il tutto con il nastro adesivo. Il rispetto e la considerazione nei confronti dei morti erano la base del loro mestiere. Sembrava semplice, ma maneggiando regolarmente cadaveri, o parti di essi, era facile diventare insensibili.

Loke era tutt'altro che insensibile. Trattava quelle ossa quasi con deferenza, come se fossero importanti nella morte quanto la persona a cui appartenevano lo era stata quando era in vita. E secondo lei era proprio così che doveva essere.

Loke mise il pacchettino appena realizzato insieme agli altri che aveva già disposto in una scatola.

«Secondo te quanto ci metterà Gunilla a datarle?» chiese.

«Chi lo sa» rispose Milda. «È la migliore antropologa forense che abbiamo e sicuramente usa metodi di cui noi ignoriamo l'esistenza. Comunque, considerando che è un'indagine a cui è stata data la priorità... due giorni, forse tre? Dipende da quante persone convincerà a sua volta a lavorare con lei a Natale.»

Loke depose il cranio impacchettato sopra tutto il resto nello scatolone che Milda avrebbe portato a Gunilla.

«Ma perché non le diamo solo una parte dello scheletro?» domandò con una certa apprensione negli occhi. «Le serve tutto?»

«Mah, preferisco non sparpagliarlo in giro. Meglio che sia lei a scegliere su quali ossa lavorare. Tanto non è che servano a qualcun altro.»

Loke sembrò voler obiettare, ma non disse niente. Chiuse lo scatolone e lo sigillò con il nastro adesivo.

«Poi però tornerà a noi?» chiese.

«Sì, tornerà a noi.»

«Bene, lo dobbiamo a queste persone. Qualcuno deve occuparsi di loro, finché non sapremo cosa è successo veramente.»

Milda lo guardò divertita. Non sapeva se fosse il caso di preoccuparsi o di commuoversi per quella sua sollecitudine.

«Non vanno poi tanto lontane, queste ossa» gli ricordò. «Alla fine Gunilla è qui nell'edificio. Con un po' di fortuna, la datazione renderà più facile l'identificazione da parte della polizia. Magari tra non molto sapremo cosa lega questi casi.»

«Spero che tu abbia ragione» disse Loke, spostando lo sguardo sugli scheletri di Jon Langseth, Erika Sävelden e Marcus Eriksson sulle rispettive barelle. «Lo spero davvero.»

Mina prese il barattolo del caffè dal pensile in cucina. Dentro c'era un sacchetto ermetico che avrebbe risigillato con cura appena prelevata la quantità di polvere che le serviva.

«Ho pensato una cosa» le gridò Nathalie dal soggiorno. «Hai idea del perché papà abbia ritenuto così importante, di colpo, che venissi a stare qui? Io sono contentissima, eh, ma è stato un po' improvviso, ecco.»

«Avevo proprio in mente di chiederti la stessa cosa» rispose a voce alta Mina mentre versava i misurini di caffè nella caffettiera a pressione.

Accese il bollitore, prese due tazze Iittala grigio chiaro e tornò in soggiorno.

«Te l'ho detto che, dopo la nostra cena prenatalizia, è diventato molto strano» continuò Nathalie. «Come se avesse costantemente... fretta. Però non si capisce di fare cosa. È nervoso e salta su a ogni minimo rumore. Non era così nemmeno l'estate scorsa, quando c'è stato l'attentato. Credo che non stia troppo bene.»

Quando Mina appoggiò le tazze sul tavolo, un cartoncino volò sul pavimento. Era quello su cui Nathalie aveva preso nota del suo indirizzo. Mina aveva fatto uno sforzo per non buttarlo via, in modo che la figlia non la considerasse troppo strana con le sue manie di ordine, ma era stato prima che il suo vergognoso segreto fosse portato alla luce dall'iniziativa di sgomberare lo studio. Poi se n'era dimenticata e il cartoncino era rimasto lì.

Lo raccolse e vide che sul retro c'era stampato qualcosa. Doveva essere un biglietto da visita, solo che al posto del nome c'era solo un numero di telefono, oltre a un otto riempito per metà.

La voce di Vincent le echeggiò nella mente. *Interessante che tu ci veda un numero. Perché io ci vedo un'altra cosa. Una clessidra in cui tutta la sabbia è nella parte inferiore. Una clessidra... il cui tempo è scaduto.*

All'improvviso seppe cos'era che aveva cercato di ricordare. Chi aveva detto che presto sarebbe tutto finito.

Niklas.

Era stato lui a dirlo.

«Cos'è questo?» chiese con voce malferma.

Nathalie alzò le spalle. Poi aggrottò la fronte e guardò meglio il cartoncino.

«Oh, no... Cavoli, non sapevo di aver scritto l'indirizzo proprio lì. Se papà si è accorto che l'ho preso, si sarà infuriato. L'ho già visto, quel biglietto da visita. Era sotto la sua sedia dopo la nostra cena. Stavo per buttarlo via ma quando se n'è accorto è andato giù di testa. Ha detto che era importantissimo. Cosa strana, considerando che si trovava per terra.»

Mina si sentì come se una mano gelida le stesse stringendo la gola. Niklas era stressato e nervoso dalla cena a cui era stata invitata anche lei. Una netta modifica del comportamento. E dopo quella sera Nathalie aveva trovato un biglietto da visita che non aveva mai visto prima.

Con lo stesso simbolo presente intorno ai mucchi con gli scheletri trovati in metropolitana.

D'un tratto capì: Niklas aveva mandato Nathalie a stare da lei perché voleva impedirle di continuare a vivere con lui. Cercava di proteggerla.

«Mi sa che provo a chiamare questo numero» disse nel tono più normale che le riuscì.

Andò a prendere il cellulare di lavoro e compose il numero sul biglietto. Dopo tre squilli, si stabilì la comunicazione.

«Salve, Niklas Stockenberg» rispose una garbata voce femminile.

Mina stava per dire che non era Niklas quando capì che era una registrazione. Aveva la stessa tonalità di certi messaggi dei centralini, creati da un database di frasi preconfezionate. La voce continuò.

«Speriamo che tu sia stato soddisfatto dei nostri servizi nel corso del periodo ora concluso. Ti rimangono... nove giorni... sei ore... e ventitré minuti... da vivere.»

La comunicazione si interruppe. Mina fissò Nathalie, che era diventata pallidissima. Merda, aveva sentito. Richiamò subito. Doveva esserci un errore.

«Salve, Niklas Stockenberg» ripeté la cortese voce femminile. «Speriamo che tu sia stato soddisfatto dei nostri servizi nel corso del periodo ora concluso. Ti rimangono... nove giorni... sei ore... e ventidue minuti... da vivere.»

«È uno scherzo?» disse Nathalie in un soffio. «Deve esserlo. Vero?»

Mina non riusciva a far arrivare aria ai polmoni. Le sembrava che qualcuno le avesse riempito la gola di terra, ma non voleva lasciar trapelare la paura.

«Non credo» rispose alzandosi. «Vieni. Dobbiamo andare da lui.»

Nathalie rimase seduta per qualche istante, lo sguardo perso nel vuoto.

«Ecco perché è così strano.» L'espressione si era fatta determinata.

Mina tirò un sospiro di sollievo. Non aveva tempo di occuparsi di una persona in stato di shock. Non in quel momento. Le bastavano le sue, di emozioni.

Uscendo, quasi non fece caso alla sporcizia lasciata dalle scarpe di Nathalie nell'ingresso. Tutt'a un tratto non aveva più nessuna importanza.

Rebecka aprì la valigia sul pavimento per controllare di avere preso tutto. Vincent la osservava dalla soglia della cucina. Preferiva non entrare in soggiorno, e quando era costretto a farlo evitava di guardare la parete sopra l'acquario. Era perfettamente consapevole di quanto fosse irrazionale il suo comportamento, ma il mal di testa parlava chiaro: che fosse psicosomatico o meno, appena lui metteva piede in quella stanza peggiorava. Finché non avesse scoperto perché, era meglio non sfidare il destino.

«Non hai fatto un elenco?» le chiese. «Mi sembra un po' poca, quella roba.»

«Tuta intima termica, completo da sci, cellulare, passaporto» disse Rebecka indicando i vari articoli. «Qualche cambio. Spazzolino. L'attrezzatura la noleggiamo sul posto. Secondo te cos'altro mi serve?»

Vincent alzò le spalle. Faticava ancora ad accettare che sua figlia fosse così brava ad arrangiarsi da sola. Solo un anno prima sarebbe stato impensabile lasciarla partire per una settimana all'estero, ma i suoi ragazzi diventavano ogni giorno più indipendenti. Presto non avrebbero avuto bisogno di lui. Era lui ad avere bisogno di loro.

Mentre Rebecka chiudeva la valigia, Vincent guardò il prato coperto di neve oltre cui si apriva il bosco. La casa era davvero immersa nell'inverno. Era tutto bianco. Sotto la finestra erano allineati quattro uccelli neri. Tra il primo e gli altri tre c'era uno spazio con un piccolo avvallamento nella neve, come se ci fosse stato un quinto uccello che era volato via. Era pessimo, quanto a riconoscere gli uccelli, ma dovevano essere corvi.

Sembrava che lo fissassero a loro volta, immobili. Un'immobilità quasi innaturale. Come se fossero impagliati. Vincent si pizzicò la radice del naso con pollice e indice e strinse forte le palpebre. Chi mai gli avrebbe messo in giardino degli uccelli impagliati? Era un'idea assurda. Doveva davvero stare attento a non perdere il contatto con la realtà. Non ora che mancavano solo due giorni alla vigilia e a ciò che l'Ombra minacciava di far accadere.

Due giorni dopo i quali avrebbe dovuto essere preparato a qualsiasi cosa.

«Bene, siamo pronti» lo avvertì Rebecka andando verso l'ingresso. «Vado un attimo in bagno e ci sono.»

Benjamin uscì dalla sua camera con lo sguardo fisso su qualcosa che teneva in mano. Per poco non inciampò nella valigia.

«Papà, hai presente la cartolina tagliata in due che hai ricevuto?» disse. «Ehi, cos'è questo? Un dissuasore di velocità?» aggiunse scavalcando l'ostacolo.

Vincent batté le palpebre. Gli ci volle qualche attimo per capire a cosa si riferiva.

«Le cartoline con quelle strane massime?»

«Esatto» rispose Benjamin sventolando le due parti. «Ho scoperto da dove arrivano. Le frasi, intendo. Sono tratte dalla Bibbia.»

«Non sembrano tanto bibliche» osservò Rebecka, che nel frattempo era uscita dal bagno. «Anzi, veramente come visione della donna potrebbero essere antiche quanto il libro della Genesi. Sei pronto, papà?»

«Be', comunque vengono dal Libro dei proverbi» disse Benjamin. «Ho scritto i numeri dei versetti.»

Tese le cartoline a Vincent. Aveva fatto due annotazioni sul bordo a pennarello nero.

Lui le lesse. Sulla prima, accanto a «Goccia continua in giorno di pioggia e donna litigiosa sono la stessa cosa», c'era scritto «Libro dei proverbi, 27, 15». L'altra, con il testo «È pericoloso fare a Dio promesse frettolose e pentirsi dopo averle fatte», aveva accanto l'appunto «Libro dei proverbi, 20, 25».

«Le ho trovate sul sito nuBibeln» continuò Benjamin. «È una nuova versione del Vecchio Testamento in lingua corrente, ma basata sui testi in ebraico, cosa piuttosto insolita, e anche su quelli in aramaico e greco. Un'operazione fatta soltanto cinque volte prima d'ora.»

Rebecka sospirò.

«Smettila di distrarre papà» disse. «Sai che queste cose lo fanno partire per la tangente. Se non arrivo in tempo al treno ti riterrò personalmente responsabile e dovrai vedertela con i miei amici. La crocifissione sarà una robetta da niente, in confronto.»

Vincent faceva fatica a concentrarsi sul dialogo tra i figli. Aveva automaticamente sommato i quattro numeri che indicavano i versetti citati: 27, 15 e 20, 25. 27 + 15 + 20 + 25 faceva 87.

L'8 luglio.

Il compleanno di sua madre.

Se prima si era concesso di avere dei dubbi sul mittente delle cartoline, ora non ne aveva più: venivano dall'Ombra. In realtà l'aveva intuito fin dall'inizio. Stavolta però non gli erano state spedite a casa, ma consegnate alla sede della ShowLife Productions. Il messaggio era chiaro: *l'Ombra* non solo conosceva i suoi spostamenti, ma riusciva anche a penetrare non visto nei luoghi che frequentava.

Non visto o non vista, poi? Poteva essere un uomo come una donna.

«Papà, dobbiamo andare!» lo chiamò Rebecka dall'ingresso.

Si era messa la giacca senza che lui se ne accorgesse. Era impietrito, la bocca riarsa. Mandò giù a fatica. Le cartoline significavano che l'Ombra avrebbe potuto introdursi anche lì in qualsiasi momento? In casa sua?

Non poteva più gestire tutto questo da solo. Doveva parlare con Mina e chiederle il suo aiuto.

Ma era stato anche messo in guardia dal farlo.

Succederà anche se vai alla polizia, solo molto più in fretta.

Se non altro, Maria e Aston erano già via. Rebecka stava partendo. Sarebbero stati al sicuro. Gli restava un giorno per mandare da qualche parte Benjamin. La vigilia sarebbe stato solo in casa, pronto ad affrontare il suo persecutore. Prima di raggiungere Rebecka nell'ingresso diede un'ultima occhiata fuori. I quattro corvi erano ancora lì e lo fissavano.

«Non preoccuparti» disse Mina.

«Io? Quando tu hai l'aria di essere nel panico?»

Nathalie fulminò sua madre con lo sguardo. Tutti quegli adulti e le loro bugie la mandavano in bestia. Sembrava non capissero che non era più una bambina e che non c'era bisogno che si rivolgessero a lei come se lo fosse. Le bastava suo padre. Non le serviva che lo facesse anche sua madre.

«Devo solo trovare un parcheggio.»

Mina si guardò intorno alla ricerca di un posto dove mettere la macchina. La sede del governo si ergeva davanti a loro in tutto il suo sfarzo.

«Un parcheggio? Ti sembra che una multa sia un gran problema, in questo momento? Dio santo, la pago io con i miei risparmi, se te la danno.»

«Piantala con quest'atteggiamento!»

Mina trovò un buco e ci si infilò con una manovra elegante.

«Scusa» borbottò Nathalie di malavoglia.

Non voleva essere in rotta con sua madre. Era ancora tutto nuovo, e litigare con lei la metteva a disagio. Con suo padre era abituata: lo facevano da anni e conoscevano i reciproci limiti, sapevano quali erano le zone vietate e fino a dove potevano spingersi. Con Mina era un territorio inesplorato.

«Vieni.»

Mina spalancò la portiera e scendendo per poco non scivolò su un lastrone di ghiaccio.

«È ora che ti procuri i ramponi come i vecchietti?» ridacchiò Nathalie, contenta di aver trovato un momento per alleggerire l'atmosfera.

«Ahah, molto divertente. Voglio vedere quanto riderai quando mi ritroverò con il femore rotto e dovrai provvedere alla mia igiene personale.»

«Basterà farti la doccia con il gel disinfettante.»

«Taci, mostriciattolo.»

Mina le sorrise e Nathalie sentì diffondersi nel petto un senso di calore che attutì in parte l'ansia che la attanagliava. Non era sola: aveva sua madre, che oltretutto era una poliziotta. Insieme avrebbero scoperto cos'era capitato a suo padre e lo avrebbero salvato. Nattie e Mina, il duo dinamico.

Entrarono dal portone di legno, passarono i controlli di sicurezza e poi Nathalie fece strada fino all'ufficio del padre attraverso un labirinto di corridoi.

Vedendole arrivare, Tor sollevò un sopracciglio con aria interrogativa.

«Ehi, ciao! Tutta la famiglia in visita? Niklas dov'è? È tutto il giorno che mi tocca coprirlo.»

«Non è qui?» chiese Nathalie.

Il cuore le si fece pesante. Avevano dato per scontato di trovarlo al lavoro, dov'era sempre. In effetti avevano chiamato senza ottenere risposta, né da Niklas né da Tor, ma non era inusuale. La quotidianità di un ministro della Giustizia era scandita da appuntamenti importanti che impedivano di rispondere ai familiari che chiamavano a proposito e a sproposito. Nathalie lo sapeva e aveva dato per scontato che fosse in ufficio, impegnato. Molto impegnato.

«Pensavo fosse con voi» disse Tor preoccupato, sollevandosi a metà dalla poltroncina. «A casa non c'è. È successo qualcosa? Ve lo leggo in faccia. Allora?»

Nathalie si lasciò cadere su una delle due sedie davanti

alla scrivania e Mina prese posto sull'altra. A un cenno della figlia, tirò fuori il biglietto da visita e lo passò a Tor con dita tremanti.

«Fai questo numero.»

«Fai questo... Cos'è, un giochetto? Non abbiamo tempo per queste cose, dobbiamo localizzare Niklas. Stamattina ha saltato tre appuntamenti! L'ho chiamato e richiamato, siamo andati a controllare a casa, e alla fine mi sono convinto che avesse deciso di dedicare la giornata a voi fregandosene degli impegni. Negli ultimi tempi non è più lo stesso e pensavo che forse aveva a che fare con... con questa situazione.»

Fece un gesto con la mano verso di loro.

«Ti ho telefonato un sacco di volte e tu non hai risposto!» esclamò Nathalie.

«No, io ho telefonato a te un sacco di volte e *tu* non hai risposto!» ribatté Tor indignato.

Nathalie aprì la bocca per protestare, ma poi le venne in mente.

«Il mio cellulare era scarico. Ho usato quello della mamma» disse mogia.

Tor annuì.

«Ho ricevuto numerose chiamate da un numero sconosciuto. Non rispondo mai, quando succede.»

«Non abbiamo tempo per queste cose» intervenne Mina. «Fai quello stramaledetto numero.»

Tor inspirò a fondo, come se dovesse farsi forza per sopportare quell'atteggiamento sfrontato, ma poi prese il cellulare, inforcò gli occhiali da lettura e compose il numero sul biglietto. Mentre ascoltava, il viso gli si fece sempre più bianco.

«Cos'è questo?»

Mise giù il telefono e si tolse gli occhiali.

«Un biglietto da visita arrivato a Niklas da qualcuno» rispose Mina.

«Quando hanno suonato alla porta!» esclamò Nathalie

di colpo. Le era venuto in mente solo in quel momento. «Durante la cena, dico. Dev'essere andata per forza così, perché è stato lì che ha cominciato a diventare strano.»

Mina annuì e non poté fare a meno di sentirsi fiera di lei. Aveva risolto un mistero, come una vera poliziotta.

«Dio santo» disse Tor. «Ma cosa... cosa significa? È tutto vero?»

Prese il biglietto da visita, lo guardò e lo rimise giù.

«Non lo sappiamo, ma pensiamo che gli sia successo qualcosa. Non risponde al telefono e non abbiamo idea di dove sia. E hai sentito anche tu quell'orribile messaggio. È successo qualcosa!»

Nathalie si accorse che la disperazione si percepiva chiaramente nella sua voce, ma non riusciva a controllare la paura.

«Nathalie ha ragione» intervenne Mina, scrutando Tor con aria seria. «Penso anch'io che sia così.»

Tor rimase in silenzio, come se soppesasse diverse possibilità. Poi prese il ricevitore del telefono fisso senza staccare gli occhi da lei.

«Chiamo il capo della Säpo. Sicuramente è tutto sotto controllo» disse, ma il tono era in netto contrasto con quelle parole tranquillizzanti.

«A sentirti sembrava un'emergenza.»

Vincent cercò di dominare l'inquietudine. In un qualche punto della sua coscienza c'era sempre stata la paura che Mina venisse coinvolta in qualsiasi cosa stesse succedendo nella sua vita. La trovò seduta in un angolino buio del locale quasi vuoto in Gamla stan.

Quando le si sedette di fronte, lei quasi non lo guardò, e subito il cuore prese a battergli all'impazzata: possibile che l'Ombra si fosse fatto vivo con lei? La sola idea gli fece venire voglia di balzare in piedi e dare battaglia, chissà poi a chi.

Senza dire niente, lei gli porse un biglietto da visita. Vincent notò che sembrava non essersi accorta che il tavolo non era stato pulito, il che faceva capire quanto doveva essere importante quel cartoncino.

«Cos'è?» chiese prendendolo in mano.

Lo saggiò con le dita. Spesso, di ottima qualità. Chi l'aveva fatto fare non aveva badato a spese.

«Chiama il numero che c'è sopra» disse lei.

Una cameriera con una gomma da masticare in bocca si avvicinò svogliata.

«Volete qualcosa?» chiese indicando il menu infilato in un supporto di legno sul tavolino.

«Un caffè nero» rispose Vincent, per poi rivolgere a Mina uno sguardo interrogativo.

Lei scosse la testa.

La cameriera si diresse imbronciata verso la cucina.

Vincent tirò fuori il cellulare e compose il numero sul biglietto da visita. Mina si girò di scatto e richiamò la cameriera, che tornò indietro di malavoglia.

«Ho cambiato idea» le disse. «Un bicchiere di Chablis. Grande.»

Vino in pieno pomeriggio. Un lato sconosciuto di Mina. Qualcosa non andava, questo era chiaro.

Nel frattempo una voce femminile rispose e lui ascoltò il messaggio registrato.

«Salve, Niklas Stockenberg. Speriamo che tu sia stato soddisfatto dei nostri servizi nel corso del periodo ora concluso. Ti rimangono... nove giorni... tre ore... e tredici minuti... da vivere.»

Vincent rimise lentamente il telefono sul tavolino e restituì il biglietto a Mina, che lo scrutò intensamente.

La cameriera tornò con un bicchierone di vino in una mano e una tazza nell'altra.

«Da dove arriva?» chiese Vincent mentre prendeva la tazza cercando di non scottarsi.

Il caffè aveva tutta l'aria di essere rimasto troppo a lungo sulla piastra. Era coperto da una patina oleosa e l'odore ricordava quello del catrame bruciato.

«L'ha consegnato un corriere a Niklas qualche sera fa quando ero a cena da lui e Nathalie.»

«E non hai idea di chi gliel'abbia mandato? Niklas cosa dice?»

Mina bevve un lungo sorso di vino, confermandogli che doveva essere davvero sconvolta: quel bicchiere pieno di ditate non doveva aver visto neanche passare una lavastoviglie.

«Lui ha finto che non fosse niente di che» rispose. «Però non ne ha fatto parola con nessuno: né con la polizia né con la divisione sicurezza del ministero. E adesso è scomparso. Cosa diavolo può significare questa storia, Vincent?»

«Non ne ho idea» mormorò lui, cauto. «Potrebbero essere mille cose diverse. Minacce di un folle, a causa del suo ruolo di ministro. Uno scherzo di qualche youtuber. Un rituale simbolico di qualche associazione pretenziosa di cui fa parte. Potrei andare avanti: ci sono troppe spiegazioni possibili.»

«Ah, sei davvero di grande aiuto» disse lei. «Uno scherzo di qualche youtuber?! Quel messaggio ti sembra che indichi una cosa del genere? E perché sul biglietto c'è lo stesso simbolo che abbiamo visto intorno ai mucchi di ghiaia con le ossa in metropolitana?»

«Non lo so» rispose Vincent, cercando di ignorare la delusione che percepiva in lei. «Non è detto che sia proprio lo stesso simbolo. Può essere il nostro cervello che, cercando un nesso, lo interpreta in questo modo. In fin dei conti abbiamo solo visto dei cerchi per terra.»

«Il nostro cervello... Ti pare più probabile che *non* ci sia un nesso? Ci credi davvero?»

Lui prese un sorso di caffè per evitare di rispondere. Il sapore era orribile come aveva previsto.

«No» disse poi. «E non so spiegarti in che modo, ma credo che un collegamento ci sia. Quel messaggio mi porta anche a un'associazione mentale con il mito di Faust.»

«Il mito di Faust? In che senso?» chiese Mina, mandando giù un altro sorso di vino.

Vincent era in dubbio se farle notare le condizioni del bicchiere, ma decise che era più saggio lasciar perdere.

«In un certo modo anche lì si parla di una persona che si avvale dei "servizi" di qualcuno fino a quando scade il tempo. Però, appunto, è soltanto un'associazione mentale senza fondamento. Diamo la colpa alle mie sinapsi malfunzionanti.»

«La vicenda di Faust mi è solo vagamente familiare. Non c'entra anche il diavolo?»

«Eccome, il diavolo riveste un ruolo molto importante, ma la leggenda parla in realtà del tempo, e di come usiamo la nostra vita, o almeno questa è la mia interpretazione. In origine era una storia popolare tedesca sul giovane Faust che vende la sua anima a Mefistofele. Il diavolo, appunto. È da qui che deriva l'aggettivo faustiano, che descrive una persona ambiziosa che sacrifica la propria integrità morale per conquistare il potere e il successo per un breve periodo.»

«Perché vende l'anima?» chiese Mina. «Cosa ottiene in cambio?»

Vincent trovava incantevole la piccola ruga che le si era formata tra le sopracciglia.

«Be', il diavolo si presenta in una fase critica della sua esistenza e promette di fargli sperimentare tutto ciò che di bello e meraviglioso c'è nella vita. In cambio, alla sua morte, avrà la sua anima.»

«E lui cosa fa?»

«Il diavolo?»

«No, Faust. Come sfrutta l'occasione che gli viene offerta?»

«Purtroppo, non la sfrutta granché» rispose Vincent. Soppesò l'idea di riprovare il caffè, ma alla fine ci rinunciò e allontanò la tazza.

«Faust va a caccia del potere, dell'amore, del senso della vita. Cerca sempre qualcosa di più o di diverso ed è consumato dall'angoscia. Lungo il percorso calpesta altre persone ma stranamente Goethe, che ha scritto l'opera più nota su di lui, non gli fa mai affrontare le conseguenze delle sue azioni. Secondo l'autore, Mefistofele era il simbolo della Rivoluzione francese, ma la maggior parte degli studiosi di letteratura lo considera l'alter ego del Faust: i lati peggiori di lui, che non voleva riconoscere.»

«Come in *Fight Club*?» chiese Mina illuminandosi.

«*Fight Club*? Paragone interessante. Lo sai, almeno, che quel film è ritenuto uno dei principali esempi di malattia psichica descritta nella cultura popolare, dato che il protagonista soffre di disturbo dissociativo dell'identità?»

«Disturbo di cosa?»

«Sai, quello che in passato veniva chiamato disturbo di personalità multipla, quando c'è una scissione tra parti diverse della personalità. È raro, ma capita. Chi ne è affetto fatica a capire chi è e sente di non avere il controllo delle proprie azioni. Quello che nel film non funziona è che in realtà il disturbo dissociativo dell'identità in pratica ha sempre origine da un grave trauma infantile. Kim Noble, un caso reale famoso, aveva cento personalità diverse a causa degli abusi subiti da piccola. La maggior parte di queste identità non aveva ricordo di quanto successo, e per questo era in grado di proteggerla mentalmente.»

Mentre lui parlava, Mina aveva quasi finito il vino.

«Sembri molto preparato sull'argomento» osservò.

Vincent alzò le spalle.

«Lo trovo interessante» disse. «Il cervello è il nostro miglior amico ma anche il nostro peggior nemico. Quello che si inventa per proteggerci è... straordinario. Forse Mefistofele è solo un lato di Faust, appunto. Come ha detto lo psicologo Norman F. Dixon: "A volte il nostro peggior nemico siamo noi."»

Mina fece ruotare il bicchiere.

«C'è qualcos'altro in quel messaggio che ti ha fatto pensare al Faust, ascoltandolo?»

«No, credo sia stata questa cosa del tempo che sta per scadere.»

«Quindi, quando scadrà, il diavolo avrà l'anima di Niklas?» chiese Mina, e Vincent percepì chiara e forte la domanda rimasta tra le righe.

La preoccupazione le riluceva negli occhi e lui sapeva che non valeva la pena di provare a tranquillizzarla. Con lei funzionava solo la sincerità.

«Il mito di Faust è solo un mito, appunto» disse. «E voi avete diversi giorni di tempo per trovare Niklas.»

Era vero.

«A proposito di tempo, devo tornare da Nathalie» sospirò Mina con un'occhiata al cellulare. «Mi ha preceduta a casa ma non voglio lasciarla sola troppo a lungo. Se ti viene in mente qualcosa, qualsiasi cosa possa essere utile, chiamami subito.»

Fece per bere un altro sorso di vino ma si bloccò con il bicchiere a mezz'aria.

«Ma cazzo, che schifo!»

Lo lasciò andare come se fosse arroventato, facendolo cadere sul tavolo. Il vino rimasto si rovesciò e prese a scorrere verso Vincent, ma lei non ci fece neanche caso. Lo trafisse con lo sguardo.

«Te n'eri accorto? Perché non hai detto niente?» chiese.

Lui si contorse sulla sedia, a disagio. Qualunque comportamento scegliesse, sbagliava.

«Il conto lo pago io. Tu corri a casa» le disse.

Senza distogliere gli occhi da lui, Mina si pulì le labbra con una salvietta umidificata che aveva tirato fuori dalla tasca della giacca.

Poi si dileguò. Vincent prese in mano il telefono e richiamò il numero per ascoltare la garbata voce femminile.

In sottofondo, sentì per tutto il tempo Mefistofele ridere dagli abissi.

Meno otto giorni

Era la prima volta che andavano al centro di medicina forense per parlare con qualcuno di diverso da Milda e Loke. Mina esitò a mettere la mano sulla maniglia abbastanza a lungo perché Vincent la precedesse.

Una donna bionda ed esile intorno alla mezz'età venne loro incontro. Aveva occhi vivaci e allegri, in netto contrasto con l'ambiente in cui lavorava.

«Gunilla Strömquist, antropologa forense» si presentò senza tendere la mano, cosa di cui Mina le fu molto grata. Tra l'altro era un'usanza che proprio non capiva. Un contatto corporeo superfluo, con tutto quello che comportava a livello sia di trasmissione di batteri che di sgradevole intimità con un estraneo. I giapponesi erano stati molto più accorti, con i loro inchini a rispettosa distanza, igienici e decisamente più dignitosi.

«Entrate. Scusate il disordine. Sto mettendo via le mie cose perché vado in pensione.»

Mina sollevò le sopracciglia, sorpresa. Le avrebbe dato al massimo una cinquantina d'anni, non certo più di sessanta.

«Tolgo un po' di cianfrusaglie, così potete sedervi.»

Spostò vari oggetti – tra cui un cranio animale di specie indefinibile, una riproduzione in ceramica di un cuore, un libro sulle mosche e una maglietta con la scritta DEATH ROCKS – dalle due poltroncine davanti a una grande scrivania, così ingombra che non si vedeva più un centimetro di superficie libera.

«Santo cielo, quanta roba si accumula nel corso degli anni» disse allegramente, per poi mettere tutto, apparentemente a caso, negli scatoloni aperti sul pavimento. «Tra l'altro quando si fa la mia professione si ricevono anche tanti regali ispirati a un umorismo alquanto macabro. Be', voi che siete in polizia capite sicuramente cosa intendo. Per fortuna nel nostro mestiere si impara l'autoironia.»

«Lo sapete che la parola "umorismo" deriva dal latino *humores*, che significa fluidi?» disse Vincent. «A sua volta il concetto ha origine dalla teoria, risalente alla medicina antica, secondo cui esiste un legame tra i fluidi corporei e il temperamento delle persone. Per senso dell'umorismo si intende per lo più saper cogliere il lato comico delle cose e anche identificare e accettare con un certo piacere l'imperfezione della vita. E di sicuro, considerando di cosa vi occupate qui, la descrizione corrisponde. Parlo dell'imperfezione. L'umorismo però può anche essere visto come un processo emotivo e cognitivo con basi fisiologiche. Un'esperienza che consiste nella scoperta e nell'apprezzamento di idee, situazioni e avvenimenti assurdi e divertenti. E per finire, nel manuale diagnostico americano *Dsm-5* l'umorismo viene descritto come un meccanismo di difesa che ci aiuta ad affrontare conflitti emotivi e fattori di stress spostando l'attenzione su aspetti divertenti o ironici di ciò che provoca lo stress. Un ottimo esempio, in altre parole, è quella maglietta: DEATH ROCKS. Lo sappiamo tutti che la morte non spacca, e per questo una scritta del genere...»

«Abbiamo capito, Vincent.»

Mina aveva sollevato una mano per fermarlo.

«Interessante, molto interessante» disse Gunilla, che aveva finito di sgomberare le poltroncine permettendo loro di sedersi.

Quando prese posto a sua volta all'altro lato della scrivania, sparì dietro due pile di libri. Spuntava solo il cucuzzolo della testa bionda.

«Oh oh. No, così non funziona.»

Si alzò, prese i libri, li mise in uno scatolone e si risedette.

«Ecco! Dov'eravamo rimasti? Giusto, siete qui per le ossa che mi ha fatto avere Milda. È uno dei miei ultimi incarichi e devo dire che è un caso molto interessante. Scheletri in metropolitana. Ne ho viste tante, ma questa mi mancava.»

«Abbiamo identificato tutti gli altri, tranne quello» disse Mina. «Una valutazione dell'età della vittima sarebbe preziosissima.»

«Sì, certo.»

Mina si appoggiò allo schienale e sentì qualcosa sotto il sedere. Infilò la mano, trovò un oggettino duro e sottile e lo tirò fuori. Le ci volle qualche secondo per capire cos'era.

«Ah, ecco il dito di Oscar!»

Gunilla si sporse a prenderle l'ossicino dalla mano. Mina scambiò un'occhiata con Vincent, che osservava divertito la scena.

«Oscar?» chiese esitante, non del tutto sicura di voler conoscere la risposta.

«È lo scheletro del nostro reparto, un simpatico membro aggiuntivo del personale, si può dire. Un po' una mascotte.» Ripose l'ossicino su una mensola. «Non me lo porterò via, Oscar. Gli altri ne sentirebbero la mancanza.»

«È... vero?» domandò Mina, ancora dubbiosa sull'opportunità di saperlo.

«No, naturalmente. O forse sì?»

Gunilla le strizzò l'occhio. Poi si fece seria.

«Torniamo alle ossa nel tunnel. Dopo un primo esame esterno in cui ho osservato segni di artrosi al bacino, ho ipotizzato che al momento della morte l'uomo avesse tra i quaranta e i cinquant'anni. Poi ho usato il metodo del carbonio-14 per stimare una data di nascita. Come forse sapete, è molto preciso per stabilire l'età, soprattutto grazie all'effetto bomba.»

«L'effetto bomba?»

Mina non capiva di cosa si stava parlando.

Vincent si schiarì la voce.

«È piuttosto interessante, in effetti» disse. «Fino al 1955 i livelli di carbonio-14 nel mondo erano stabili. Poi però le grandi potenze hanno fatto oltre duemila test nucleari di superficie. Hai presente le foto e i cinegiornali che mostravano il fungo atomico e la gente che stava lì tranquilla a guardare con gli occhiali da sole mentre faceva un picnic? Un effetto secondario di quelle esplosioni è stato un forte aumento dei livelli di carbonio-14 nell'atmosfera, il che si può sfruttare per stabilire l'età grazie al metodo del radiocarbonio. Giusto?»

«Complimenti» rispose Gunilla colpita, rivolgendogli uno sguardo ammirato. «Descrizione del tutto corretta. È stato solo con lo stop ai test di superficie, nel 1963, che i tassi di carbonio-14 hanno cominciato a calare. Si tratta di un isotopo del carbonio radioattivo che si forma grazie alle radiazioni cosmiche nella biosfera e viene poi assorbito dalle piante attraverso la fotosintesi. Gli esseri umani mangiano le verdure e l'isotopo entra nel corpo. Quando la cellula si divide, gli atomi di carbonio, compreso il 14, si legano e in questo modo creano una specie di "data di nascita" rintracciabile per le nostre cellule.»

La spiegazione di Gunilla era rivolta a Mina, che cercava di seguirla. Probabilmente l'antropologa forense dava per scontato che Vincent sapesse già tutto.

«Grazie all'effetto bomba, le variazioni nei livelli di carbonio-14 servono a definire in quale momento si sono formati i diversi materiali biologici, con un margine d'errore di due anni.»

«Però l'effetto bomba è un concetto controverso, dato che contraddice il modello di Berna, no?» intervenne Vincent.

Lei liquidò l'obiezione con un gesto della mano.
«Per i nostri scopi, funziona» rispose.
«Vi basate sulle ossa per fare le misurazioni?» chiese Mina.
Gunilla scosse la testa.
«No, in questo caso ci siamo serviti dei denti. Del contenuto di carbonio-14 nello smalto.»
«E come si collega a quel... quell'effetto bomba?»
Tutte quelle informazioni si rincorrevano nella mente di Mina, che in realtà avrebbe voluto andare dritta al risultato. D'altra parte, lavorava da abbastanza tempo con esperti come Gunilla per sapere che non poteva essere così semplice: prima doveva essere illustrata tutta la procedura.
«Nel 1963 la curva dei livelli di carbonio-14 aveva raggiunto il suo apice: gli isotopi presenti nell'atmosfera erano quasi il doppio rispetto a quelli presenti in natura. Da allora, anno dopo anno sono calati. Questo significa che conosciamo i livelli per ciascun anno, e le tracce si riscontrano appunto nei denti. La concentrazione più alta è in quelli che si sono formati a partire dal 1955, ma anche le persone nate fino a tredici anni prima, quindi nel 1942, possono averne un contenuto più alto nei denti del giudizio.»
«Questo perché sono gli ultimi a formarsi» rifletté Mina a voce alta, mentre le tessere del puzzle finivano al posto giusto.
«Esatto.»
«Quindi, di che anno stiamo parlando?»
«Come dicevo prima, c'è un margine di errore in entrambe le direzioni, ma l'anno di nascita dovrebbe aggirarsi intorno al 1960. Ricordatevi soltanto che questo può significare il 1958 come il 1962. In ogni caso, dato che vi interessava sapere anche quando era morto, ho guardato le costole.»
«Le costole?» ripeté Mina.
«Sì, com'è noto le cellule del corpo subiscono un ricam-

bio completo a intervalli regolari, e questo riguarda anche lo scheletro. Si rinnovano, insomma. E dato che le costole sono porose e flessibili per contribuire a mantenere attiva la respirazione, il processo è più rapido. Dieci anni, più o meno. Ho potuto constatare che l'ultima formazione di carbonio-14 nelle costole di quest'uomo si è verificata nel 1998, quando aveva, dunque, una quarantina d'anni. Questo implica che dev'essere morto tra il 1998 e il 2008.»

«Come si arriva a questa conclusione?»

«Dato che, come dicevo, le costole si rinnovano ogni dieci anni, se nel 2008 fosse stato vivo avrei riscontrato un ricambio cellulare. Naturalmente non stiamo parlando di una scienza esatta, quindi prendete con le pinze tutto quello che vi dico. Capisco anche, però, che preferireste avere una data di morte un po' più precisa di un arco temporale di dieci anni. Per fortuna su alcune delle ossa c'era un leggero strato di muschio, che secondo me risale ad almeno vent'anni fa.»

«Quindi lo scheletro è nella galleria da almeno altrettanto tempo» osservò Vincent. «Di conseguenza, la morte dev'essere avvenuta più vicino al 1998 che al 2008.»

«Esatto» confermò Gunilla.

«Grazie mille» disse Mina. «Queste informazioni sono molto utili.»

«Davvero magnifico» commentò Vincent ammirato, e l'antropologa si illuminò.

Quando rise, le rughe intorno agli occhi formarono un ventaglio.

«Santo cielo, mi sa che queste cose mi mancheranno. Comunque ho sette nipoti, quindi non dovrò passare il tempo a dare da mangiare ai piccioni.»

Tor allontanò il telefono dall'orecchio e, prima di riprendere a parlare con il giornalista, contò tra sé fino a cinque per mantenere la calma.

«No, il ministro non è ancora rientrato dal convegno» disse. «Sì, lo so che avevate in programma un'intervista ieri e che non era disponibile. Purtroppo temo che valga anche per oggi... Certo... Sì, lo so che è l'antivigilia, ma che ci creda o no la costruzione di una società basata sulla certezza del diritto non ammette vacanze nemmeno per Natale... Sì... grazie.»

Chiuse la chiamata e appoggiò attento il cellulare sulla scrivania. Con gli indici lo sistemò in modo che fosse perfettamente allineato al bordo. Poi si appoggiò allo schienale e cacciò un urlo.

Egon, una delle guardie del corpo, irruppe subito nell'ufficio.

«Non è niente» disse Tor. «Sono solo un tantino... frustrato.»

Egon, la testa rasata e la mascella definita, gli rivolse un breve ma energico cenno del capo. A volte Tor si chiedeva se l'addestramento della Säpo consistesse nel vedere film d'azione perché gli allievi assorbissero quell'impostazione e poi si calassero nella parte con tutti gli stereotipi annessi.

«Avevate un compito» sospirò Tor. «Uno solo. Fare in

modo che Niklas Stockenberg fosse al sicuro. Quindi spiegami com'è possibile che dopo ventiquattr'ore non se ne sia ancora trovata traccia!»

«Non lo so» rispose la guardia del corpo. «Se ha lasciato la città, comunque, scopriremo presto dov'è. Stiamo raccogliendo i dati di tutte le telecamere di rilevamento della velocità nel raggio di cento chilometri. Parlo delle registrazioni video che ufficialmente non esistono. Abbiamo anche le targhe delle auto uscite dalla cerchia della city e al momento la divisione analisi della polizia ci sta dando una mano a esaminarle.»

Tor raddrizzò di nuovo il telefono sulla scrivania. Non era soddisfatto della posizione di prima. Lo fece ruotare di novanta gradi precisi stando attento a toccarlo solo con i polpastrelli.

«E se è ancora in città?» chiese accigliato.

«Chiunque lo abbia in pugno, lo troveremo» disse Egon, di nuovo con quel cenno energico. «Garantito.»

«Sbrigatevi, allora» ordinò Tor, il cui cellulare aveva ripreso a suonare. «I giornalisti hanno già fiutato la pista. Questo è il quindicesimo che chiama, oggi.»

Contò di nuovo fino a cinque. Poi rispose.

Quando Mina si cambiò gli scarponi, mettendone un paio molto più robusti, Vincent non poté fare a meno di sorridere. Sembravano adatti a una traversata di settanta chilometri. Durante un inverno atomico.

«Perché tieni un paio di scarponi di ricambio in ufficio?» le chiese, sedendosi sul bordo della sua scrivania. «Nell'eventualità che organizzino una scalata in sala mensa?»

Dopo l'incontro con l'antropologa forense, Mina aveva voluto passare in centrale, e ora Vincent capiva come mai. Per qualche motivo, voleva trasformarsi in una minatrice.

«Ahah, molto divertente» rispose lei a denti stretti mentre si annodava i lacci. «Ti informo che, mentre tu eri a giocare con quell'esperto di bacherozzi, Julia ci ha ordinato di scendere di nuovo nelle gallerie, appena finito con Gunilla. Gli altri mi stanno già aspettando.»

Le gallerie. Il solo pensiero lo fece rabbrividire.

«Ma scusa, ci siete appena stati, no?» obiettò. «Pensa che ci siano altri scheletri da trovare?»

«Scheletri no, però magari i cosiddetti amici di Tom il Matto. Ruben e Christer hanno saputo da un operatore sanitario dell'Helix che lui sosteneva di aver trovato le ossa alla fermata della metropolitana di Bagarmossen. Chissà se è vero. Giustamente Julia ha detto che là sotto potrebbero esserci delle persone che lo conoscevano, anche se lui è morto. Può darsi che qualcuno abbia visto qualcosa o sappia dove aveva scovato i resti di Marcus Eriksson. Ci è voluto un po' a organizzare l'operazione. A quanto pare le nostre gitarelle nei tunnel non sono troppo apprezzate, all'SI. Ogni volta vanno tutti in agitazione.»

«E non avete ancora trovato nessun collegamento tra le varie vittime e Gustaf Brons?»

«Quello è un campo minato» rispose Mina con un sospiro. «Ho cercato di scavare nei suoi debiti di gioco, per quanto mi era possibile senza mettere in pericolo l'incriminazione di Dragan Manojlovič che immagino stiano montando, ma non ho trovato nulla, e niente indica che lui e Josephine Langseth abbiano tramato qualcosa insieme. A quanto pare, nel periodo precedente alla scomparsa di Jon erano tutti presi a vedersi in diversi hotel di Stoccolma. A essere sincera, considerata la frequenza di prenotazioni che abbiamo rilevato, mi chiedo come abbiano trovato il tempo di occuparsi dei figli, seguire la società e sperperare soldi al gioco. Comunque, non escludo ancora niente. Oggi pomeriggio Ruben parlerà con Peter Kronlund e vedrà cos'ha da dire su suo padre.»

«Capisco» disse Vincent. «Purtroppo non ho niente di utile neanch'io.»

Si accorse di essere seduto su un paio di guanti robusti. Si alzò e glieli passò. Mina quasi glieli strappò di mano.

«E non una sola parola sul mio abbigliamento» gli intimò. «Dammi anche quelli monouso, per favore.»

Vincent ne vide una confezione sulla scrivania e le tese anche quella. La verità era che, nonostante fosse così infagottata che il passo successivo poteva essere solo una tuta di protezione chimica, era ancora bellissima. Non solo, era sexy. Non c'erano strati di vestiario e mani screpolate che tenessero. Ma gli era concesso pensarlo? Decise di sì, almeno finché l'avesse tenuto per sé.

«Ho qualcosa di più adatto anche per te» disse Mina,

staccando da un gancio sul muro una giacca pesante e passandogliela. «Così puoi accompagnarmi.»

«Nelle gallerie?» chiese lui con un brivido. «Be', non sono proprio il mio posto preferito. L'ultima volta che siamo stati in un tunnel ho dovuto snocciolare numeri primi, se ti ricordi. Secondo me è meglio se mi fermo qui e ripasso tutto il materiale per controllare che non ci sia sfuggito niente.»

«Cacasotto» lo canzonò Mina, e riappese la giacca, ma lui vide che sorrideva.

«Nel frattempo puoi fare qualche giro su e giù in ascensore come terapia» gli disse. «Ma la prossima volta, se ce ne sarà una, non avrai scelta: ci andiamo io e te insieme, laggiù al buio. D'accordo?»

Lui la fissò inorridito.

«D'accordo» mormorò, per nulla convinto.

Doveva ricordarsi di farsi dare da Julia una dichiarazione in cui garantiva che nessuno avrebbe più dovuto scendere nella metropolitana. Sapeva che non ce l'avrebbe fatta.

«Ci vediamo dopo» lo salutò Mina. «Divertiti, in ascensore.»

Quando se ne fu andata, Vincent si risedette sulla scrivania. Pensò alle sue parole. *Io e te insieme, laggiù al buio.* Se solo avesse saputo quanto aveva ragione.

I tecnici dell'Sl li avevano aiutati a pianificare la perlustrazione dei tunnel. Era un'operazione su larga scala. Quando erano scesi alla ricerca dei tumuli, Mina aveva pensato che sarebbe stato impossibile ispezionare tutto il sistema di gallerie, ma in qualche modo Julia era riuscita a organizzare l'impresa. Con espressione grave e brevi ordini, ripartì le aree tra i gruppi di agenti sul posto.

«Vedo un bel po' di mezze calzette, qui» borbottò Ruben guardandosi in giro tra i colleghi.

«Ci va già bene che ci abbiano assegnato tutti questi uomini, considerando che manca pochissimo a Natale» rispose Mina in tono accomodante. «E che dall'Sl ci siano venuti incontro senza dare di matto.»

In realtà era propensa a concordare con lui: anche lei vedeva parecchi colleghi che non erano proprio delle cime.

«Siamo in tre, nella nostra area. Con noi c'è anche Adam» disse.

«Che Natale del cazzo!» ridacchiò Ruben. «Meno male che ci resta il senso dell'umorismo.»

«Ci restano i nostri *humores*, insomma.»

«Cosa? Sei ubriaca?»

«No, purtroppo. Forse sarebbe stato più facile» rispose Mina tirando su i guanti monouso fino alle maniche della giacca. «Comunque mi fa piacere che tu ci trovi qualcosa di divertente.»

Avrebbe preferito che venisse anche Vincent, ma lo capiva.

«È ora di muoverci» li avvertì Adam oltrepassandoli. Si diresse verso l'ingresso della galleria da cui sarebbero partiti. «Ho la mappa e so quale area ci spetta.»

Lo seguirono, e già all'entrata del tunnel Mina sentì formarsi nel petto un nodo che le rendeva difficile far arrivare aria ai polmoni.

«Statemi dietro» disse Adam, proseguendo a passo veloce.

Intorno a loro si sentivano dei fruscii ma Mina cercò di non farci caso. Si concentrò invece sulla respirazione via via che avanzavano nell'oscurità.

Dieci minuti dopo si ritrovarono nell'area a loro assegnata, nel cuore del sistema di gallerie.

«È un'idiozia» borbottò Ruben. «Prima di tutto, la maggior parte di quelli che stanno qui sotto è fuori di testa. Sono solo drogati o gente che ha problemi psichiatrici. In secondo luogo, non è che amino troppo la polizia, quindi non capisco perché dovrebbero aver voglia di parlare con noi, anche se hanno ancora qualche neurone integro.»

La penombra metteva i brividi. C'erano delle lampadine, ma diverse erano rotte e quelle ancora funzionanti emettevano una luce intermittente e irregolare.

«Già, hai ragione, come al solito. Dai, lasciamo perdere e andiamo a prenderci una birra» disse Mina sarcastica.

«Non c'è bisogno di diventare antipatica solo perché faccio un'osservazione logica» replicò Ruben scontroso, ma riprese a illuminare il tunnel con la torcia.

Un'ombra scura attraversò veloce il fascio luminoso e tutti e tre si bloccarono di colpo.

«C'è qualcuno?» chiamò Adam. La sua voce echeggiò tra le pareti. «Vorremmo fare una chiacchierata.»

Anche Ruben gridò qualcosa, con il risultato che le sue parole rimbalzarono verso di loro.

«Siamo della polizia» disse Mina a voce alta. «Non abbiamo nessun conto da regolare con voi. Non siamo venuti a prelevare qualcuno e nemmeno ci importa di quello che fate o non fate qui. Vogliamo solo parlare un attimo, delle ossa che abbiamo trovato quaggiù e di Tom il Matto.»

Silenzio. Solo silenzio. Mina esitò. C'era davvero qualcuno che sentiva quello che avevano detto?

«Benvenuti in paradiso!»

Mina fece un balzo tale che per poco non saltò fuori dai vestiti. Un uomo gigantesco si era parato davanti a loro con le braccia spalancate. Mina vide che Ruben spostava lentamente il braccio verso la fondina e gli mise una mano sulla spalla.

«Johnny! Torna qui! Non spaventarli!»

Una donna emerse nel cono di luce delle torce e sollevò le mani.

«Non è pericoloso, solo grande e grosso. È mio figlio. Non farebbe male a una mosca.»

Guardandolo meglio, Mina si accorse che non doveva aver superato i venticinque anni, ma tra barba e stazza ne dimostrava il doppio.

«Vorremmo parlarvi» disse in tono pacato, rivolgendosi alla donna. «Degli scheletri. Poi ce ne andiamo e vi lasciamo in pace, promesso.»

Silenzio. Percepì chiaramente la diffidenza e il primo impulso fu aggiungere altro e insistere, ma sapeva che la cosa migliore era che fosse il silenzio a convincerla.

«Va bene. Venite» acconsentì la donna alla fine, e fu inghiottita dal buio.

Mina orientò il fascio della torcia nella direzione in cui era sparita e la vide muoversi rapidamente verso un tunnel a sinistra. Il ragazzone rivolse loro dei cenni impazienti per spingerli a seguirla. Il percorso si snodava attraverso varie biforcazioni dei tunnel. Mina si augurò di riuscire a ritrovare la strada, al ritorno.

Dopo un po' scorsero un vago chiarore. La galleria si apriva su uno spazio più ampio. Avvicinandosi, videro un gruppetto di persone intorno a un falò. Erano tutti seduti per terra, all'apparenza indifferenti al fumo sospeso nell'aria.

Ruben si mise a tossire e Mina notò che Adam si teneva il braccio su naso e bocca. Probabilmente era una buona idea. Lo imitò e si accorse subito di respirare un po' meglio.

«Ci si abitua» disse la donna, invitandoli ad avvicinarsi con un cenno.

Johnny annuì entusiasta, con un sorrisone felice da orecchio a orecchio.

«Non è del tutto a posto» spiegò lei facendogli una carezza sulla guancia. «Allora, eccoci qui. Chiedete pure.»

Con un gesto del braccio indicò il gruppetto, piuttosto eterogeneo, composto da cinque persone, lei e il figlio compresi. Tutti avevano un'espressione diffidente. Dopo un attimo di esitazione, Mina si fece avanti.

«Mi chiamo Mina e vorrei presentarmi a tutti voi, se siete d'accordo.»

Nessuna risposta.

Prese un respiro profondo, sentendo il fumo bruciare nei polmoni, poi avanzò decisa di due passi e tese la mano al primo a sinistra.

«Mina.»

«Kjelle.»

Passò alla seconda persona, una donna.

«Mina.»

«Nataša.»

«Mina.»

L'uomo successivo non accennò a stringerle la mano e le rivolse un'occhiata rabbiosa.

«Non ho intenzione di dire il mio nome. Sono ricercato dal governo per l'omicidio di Olof Palme e devo nascondermi qui sotto. Vogliono incastrarmi. Avevo le stesse iniziali di Palme ed è bastato questo, sai? Mi hanno messo gli occhi addosso subito.»

«OP è un po'... sospettoso» disse in tono di scuse la donna che li aveva portati lì. «Io mi chiamo Vivian.»

«Non c'è problema. Va benissimo che si presenti solo chi vuole» rispose Mina.

Una volta completato il giro, una parte di lei avrebbe voluto scoppiare in lacrime e scappare via, a casa, sotto la sua doccia bollente, con più sapone di quello che si sarebbe potuto comprare in tutto il paese. Odiava con tutta se stessa stringere la mano alla gente, ma le era sembrato un segnale importante. Erano esseri umani. Per qualche motivo erano finiti lì sotto e ci vivevano. Magari in passato avevano avuto una famiglia, qualcuno che li amava, un'altra vita.

Sotto un certo aspetto, la loro esistenza laggiù era l'estrema dimostrazione dell'istinto di sopravvivenza, a qualsiasi prezzo, anche se all'apparenza non c'era molto per cui vivere.

«Possiamo sederci?» chiese, ricevendo sguardi sorpresi e anche leggermente terrorizzati sia da Ruben che da Adam.

Tutto il suo essere si ribellava all'idea di sedersi in mezzo a sporcizia e cianfrusaglie, ma se volevano condurre una conversazione sensata con quelle persone non potevano sovrastarle.

«Prego, ecco qui» disse la donna di nome Vivian.

Spinse generosamente verso di loro alcuni cartoni. I tre poliziotti li presero come se fossero doni preziosi e se li misero sotto.

«Come dicevo, siamo venuti per gli scheletri» spiegò Mina.

Tirò fuori il telefono e fece partire la funzione di registrazione. Poi lo appoggiò con discrezione davanti a sé. Adam e Ruben restarono saggiamente in silenzio: avevano percepito che Mina era riuscita a stabilire un contatto. In quel contesto, il suo essere donna sicuramente risultava meno minaccioso.

«Noi lo sapevamo che Tom il Matto era innocente» disse OP guardandola storto. «Ma quando lo stato decide che qualcosa è in un certo modo, niente gli fa cambiare idea. Lo stesso vale per Palme.»

«Come facevate a essere sicuri che fosse innocente?» chiese Mina curiosa.

Vide che si scambiavano delle occhiate.

«Non guardate me» disse Nataša in uno svedese zoppicante. «È successo prima del mio arrivo. Tom il Matto non l'ho mai conosciuto.»

«Io invece lo conoscevo» intervenne Vivian.

Fece una carezza leggera a Johnny, che aveva preso a dondolarsi avanti e indietro.

«Fame» disse lui. «Johnny ha fame.»

La madre si frugò nelle tasche della gonna e gli diede mezza barretta. Lui la divorò in un solo boccone e sembrò soddisfatto, almeno temporaneamente.

«In effetti era matto, come si capisce dal soprannome» continuò Vivian. «Però non avrebbe mai fatto del male a nessuno. Era la persona più pacifica del mondo. Solo che non avrebbe dovuto portare via quelle ossa dalla loro ultima dimora.»

«Ultima dimora?» Mina aguzzò le orecchie.

Qualcosa di piccolo le passò sulla mano che aveva appoggiato sul cartone e lei la ritirò di scatto. Santo cielo. Inspirò. Espirò. Inspirò. Espirò. Il crepitio del fuoco la aiutò a ricomporsi.

«Non doveva andarci, a Bagarmossen» continuò Vivian.

«Sembra che sappiate parecchio di quegli scheletri. Ho ragione?»

Silenzio. E nuove occhiate tra i presenti.

«Ne avevamo già visti. Così, quando Tom il Matto ha

trovato le ossa sapevamo cosa significava. È un segno di rispetto nei confronti di chi non c'è più, della morte. Un tributo.»

«Quando avevate visto gli scheletri?» chiese Ruben.

«Molto tempo fa» rispose Vivian storcendo la bocca.

Era chiaro che non voleva parlarne ancora.

«Il re lo sapeva che mi cercavano per l'omicidio Palme» intervenne OP con voce lamentosa. «Ha fatto in modo di prendersi la colpa. Si è sacrificato. Una manovra diversiva degna di un re, ma quelli non mollano. È morto invano.»

Mina lo ignorò. A quanto pareva la sua paranoia non riguardava solo il governo, l'omicidio Palme e lo stato, ma anche la casa reale. A rischio di attirarsi addosso la disapprovazione di Vivian, aveva ancora delle domande da fare.

«Però non avete idea di chi avesse messo lì le ossa trovate da Tom il Matto?» domandò. «Come fate a sapere che è un tributo?»

Vivian scambiò uno sguardo con OP, poi alzò le spalle.

«Non è evidente dal modo in cui erano disposte? Come una specie di altare.»

«Il re non voleva morire» mormorò OP. «Non voleva, ma hanno vinto le tenebre. Alla fine hanno vinto.»

«Per me non è evidente, però se lo dite voi va bene.»

Prese il cellulare e fece per alzarsi, ma si bloccò come se a un tratto le fosse venuto in mente qualcosa.

«Giusto, un'altra cosa» disse. «Abbiamo trovato altri mucchi di ossa negli ultimi giorni. Nei vostri tunnel.»

Con quella luce sfarfallante era difficile registrare la reazione degli altri, ma le sembrò di cogliere occhiate veloci tra Vivian, Nataša e OP. Nessuno incrociò il suo sguardo. Johnny teneva ostinatamente la testa china. Qualsiasi cosa sapessero, ammesso che così fosse, non sarebbe venuta alla luce adesso. Mina si alzò e si diede una spazzolata ai pantaloni.

«Grazie di averci concesso il vostro tempo» concluse in

tono amichevole. «Può darsi che torniamo. Spero non sia un problema.»

«Portateci dei dolcetti, magari» rispose Johnny, e quando si mise a ridacchiare la barba sussultò.

«Vi accompagno, così non vi perdete» disse Vivian indicando il tunnel da cui erano venuti.

Mina le rivolse uno sguardo riconoscente. Non desiderava altro che scappare dal buio e dalla sporcizia e rifugiarsi a casa, sotto la doccia.

Seduto alla scrivania di Mina, Vincent stava leggendo alcuni rapporti, ma era stato distratto da un sms. In teoria Benjamin avrebbe dovuto dormire da un amico che era appena andato a stare per conto suo, e la cosa a Vincent andava benissimo: per sicurezza, era meglio che fosse da solo.

Ora però lui gli aveva comunicato che, essendo la vigilia, preferiva svegliarsi a casa propria. Vincent sapeva che avrebbe dovuto essere commosso al pensiero che il figlio maggiore volesse passare la mattina del 24 con suo padre anziché con l'amico, ma non quel giorno. Gli aveva risposto che se la cavava benissimo da solo: potevano vedersi più tardi e naturalmente avrebbe dovuto dare la priorità all'amico.

Lui però voleva comunque tornare a casa.

Vincent non poté fare a meno di sentirsi orgoglioso. Probabilmente ad attirare Benjamin era soprattutto l'idea di dormire nel proprio letto, visto che l'alternativa era un pavimento scomodo, ma era una bella cosa lo stesso. O almeno, lo sarebbe stata in condizioni normali.

Rimase lì con il cellulare in mano, incerto su cosa rispondere. Nonostante tutto, suo figlio era quasi adulto. *Un solo* membro della famiglia probabilmente non sarebbe stato impossibile da proteggere. Doveva ricordarsi di comprare dei *lussekatter* tornando a casa.

«Che aria concentrata! Cos'è, navighi su qualche sito porno?»

La voce di Mina, che si era materializzata di fianco alla scrivania, lo fece trasalire. Si chinò a guardargli lo schermo del telefono.

«Tutt'altro» sospirò lui. «Questioni familiari.»

Percepì un vago sentore di detersivo che per qualche motivo gli fece venire in mente piastrelle bianche e piscina. Poi vide che Mina aveva i capelli umidi ed era vestita in modo diverso rispetto a qualche ora prima.

«Sei andata a nuotare?»

Mina sembrò confusa.

«Perché avrei dovuto...» cominciò. Poi si lasciò scappare un sospiro. «Ma certo, Vincent, sono andata a nuotare. In pieno orario di lavoro. Hai trovato qualcosa?»

Lui si schiarì la gola e scacciò l'immagine di Mina in costume.

Aggrottò la fronte come se si stesse concentrando, frugò tra le carte sulla scrivania e prese un foglio.

«Sì, ho riflettuto su un aspetto che riguarda le vittime» disse. «La madre di Marcus Eriksson ha spiegato che suo figlio aveva avuto un periodo duro, in un passato piuttosto lontano. Era un inquieto. Soltanto dopo la fortuna è girata. Diana Sävelden ha raccontato che vent'anni fa sua sorella aveva avuto qualcosa che somigliava molto a una depressione, e poi ha fatto una carriera fulminante. Infine, Peter Kronlund ha riferito a Julia e Adam che Jon Langseth aveva vissuto un "periodo parecchio difficile", di cui parlava poco volentieri. Quindi tutti e tre hanno praticamente toccato il fondo e poi, di colpo, la loro vita è cambiata. Certo, può dipendere da una vecchia sana voglia di riscatto o da un'improvvisa illuminazione sul senso dell'esistenza. D'altra parte, tutto quello che hanno in comune le vostre vittime andrebbe approfondito. Se fossi in voi contatterei sia la madre di Marcus Eriksson che Josephine Langseth per capire dove si collocano di preciso, temporalmente, i "periodi difficili" di Marcus e Jon. Non mi sorprenderebbe che risalissero a vent'anni fa, come nel caso di Erika Sävelden.»

«Credi che possano essersi conosciuti a quell'epoca? Che in qualche modo le rispettive depressioni li abbiano fatti incontrare?»

«Non è impossibile. E un'altra cosa: Niklas ha avuto un periodo simile, in passato?»

Mina sbarrò gli occhi.

«Non parla mai di prima che ci mettessimo insieme.»

«Peccato. Sarebbe utile saperlo.»

La procedura per l'ingresso nel centro di custodia cautelare si svolse senza intoppi. Entrando nella sala visite per il colloquio con Peter Kronlund, Ruben provava una certa curiosità. Dragan Manojlovič era una leggenda nel mondo criminale, quindi era inevitabile chiedersi che tipo fosse suo figlio, soprattutto considerando che si era fatto una vita completamente diversa da quella del padre.

Gli omicidi erano sofisticati, non si poteva negare, e per questo non era certo incongruo esaminare più da vicino un uomo collegato a un noto racket malavitoso.

«Un'altra visita?» disse l'uomo che lo aspettava nella saletta. «Sono molto popolare, tra i poliziotti.»

Si alzò per salutare.

«Peter Kronlund.»

La stretta di mano era salda. Ruben non faticava a immaginarlo in abito firmato e costose scarpe di pelle in un ufficio elegante. La tuta grigia del centro di custodia non gli donava altrettanto.

«Vado dritto al punto» esordì. «Ho trovato un collegamento tra suo padre e la Confido.»

Silenzio assoluto. Ruben aspettò. Il silenzio era l'arma migliore di un poliziotto. Alla fine Peter Kronlund allacciò le mani sul tavolo e si sporse in avanti.

«Quindi sa chi sono e chi è mio padre. A quanto pare non mi libererò mai di quella maledetta famiglia.»

«Sì, so chi è, ma soprattutto so chi era prima» rispose Ruben. «A essere sincero mi sorprende che non lo sappiano anche altri. È stato abile nel nascondere il suo passato.»

«Diciamo che non ho avuto scelta» disse Peter con un sospiro. «Era l'unico modo per avere una vera possibilità. Ma mio padre cosa c'entra, quindi? Pensavo che ormai nulla potesse più sorprendermi. Quale sarebbe questo collegamento di cui parla?»

«Abbiamo trovato dei bonifici di suo padre. A favore di Gustaf Brons. Importi alti.»

Peter Kronlund emise un fischio.

«Pensa te...»

Sembrava genuinamente sorpreso, ma Ruben gli fece ugualmente la domanda.

«Non ne era al corrente?»

«No» rispose lui secco.

«Gustaf Brons ha avuto un prestito dalla sua famiglia per coprire dei debiti. Lei sapeva che giocava?»

Peter alzò gli occhi al soffitto.

«Che idiota» disse. «Sì, sapevo che giocava. Ne risponderà lui. Ma prendere soldi in prestito da mio padre... no, mica me l'ha detto. E avrebbe dovuto sapere come andava a finire. Adesso capisco che possa essere interpretato come un collegamento con la Confido. Se il mio vecchio tiene in pugno Gustaf...»

«E non basta. Sapeva che lui e Josephine, la moglie di Jon, avevano una relazione?»

Peter scoppiò a ridere.

«Sì, *quello* lo so. Una volta li ho addirittura sorpresi in ufficio: Gustaf la prendeva da dietro, sulla scrivania. Cazzo, la visione del suo culo rosa e peloso non me la dimentico di sicuro.»

«Come capirà, ci sono diverse circostanze e motivazioni

varie che potrebbero giustificare la volontà di togliere di mezzo Jon, dalle storie extraconiugali alla paura che facesse qualche soffiata sulla vostra attività per salvarsi la pelle. Oppure – ma questa è solo una mia congettura –, forse una certa agitazione all'idea che potesse rivelare la sua vera identità. Quindi glielo chiedo chiaro e tondo: lei o suo padre avete a che fare con l'omicidio di Jon?»

Peter Kronlund si sporse in avanti.

«Ha ragione a dire che mi sono impegnato a fondo per cancellare il mio cognome» disse a voce bassa ma chiara. «Era l'unica via d'uscita. Tutto quello che ho me lo sono costruito da solo. La società, l'appartamento a Östermalm, la Porsche Carrera, la casa di villeggiatura nel Södermanland. Me lo sono creato con le mie mani. Mio padre non c'entra niente. *Niente.* E a me va benissimo così.»

«E lui lo accetta?»

Ruben allacciò le mani sul tavolo come Peter Kronlund. Vincent aveva sostenuto, una volta, che imitando il linguaggio non verbale della controparte si poteva stabilire un contatto, e valeva la pena di provarci. Non tutto quello che usciva dalla bocca del mentalista era una sciocchezza o una stramberia.

«Lei che dice?» chiese l'uomo, che in effetti sembrò rilassarsi un pochino. «Chiaro che non lo accetta, per la miseria. Scommetto che ha costretto Gustaf a spiarmi.»

Rise di nuovo e si appoggiò allo schienale con le mani dietro la nuca. Ruben si domandò se imitare anche quel gesto, ma concluse che sarebbe stato un po' troppo plateale.

«È possibile che Jon abbia scoperto che suo padre si serviva di Gustaf?» chiese, raddrizzandosi un po' sulla sedia. «Potrebbe essere questo il motivo per cui è stato ucciso?»

«Dio santo, ma che razza di serie televisive vede, scusi? Ammesso che uno volesse uccidere l'altro, sarebbe stato Jon a far fuori Gustaf perché si scopava sua moglie, semmai. Però, certo, *se* Dragan usava Gustaf per farsi passare sottobanco informazioni sulla Confido e *se* Jon l'ha scoperto, può anche

«Parcheggia un po' di lato» disse Nathalie. «Al nonno dà fastidio che gli si blocchi l'uscita per la macchina.»

«Certo» rispose Mina mentre svoltava nel largo vialetto di ghiaia davanti alla villa.

Aveva il vago ricordo di aver avuto lo stesso scambio di battute, ma con Niklas. Si tenne a sinistra e parcheggiò di fianco a un'Audi nuova fiammante. Il vialetto era stato accuratamente ripulito dalla neve.

Mina guardò l'orologio. Erano puntualissime. Walther non era uno a cui si facessero visite a sorpresa, e lei ci teneva a non indisporlo subito. Avevano bisogno del suo aiuto. Secondo il messaggio registrato, per Niklas la vigilia di Capodanno sarebbe stata l'ultimo giorno di vita, e si stava avvicinando troppo velocemente. A ogni ora che passava, Mina doveva fare un grosso sforzo per tenere a freno il panico.

Dopo tutti quegli anni di separazione, era difficile sapere se la paura dipendeva da un interessamento rimasto nei confronti di Niklas o dal significato che rivestiva nella vita di sua figlia. In realtà, non aveva importanza. Il risultato era lo stesso. E le lancette si muovevano inesorabili.

La villa era una di quelle tipiche della zona di Bromma: grandi case in legno di inizio Novecento con portico lavorato a festoni, in estate circondate da rigogliosi lillà e cespugli di rose. Anche se al momento le piante erano coperte da uno spesso strato di neve, Mina ricordava il profumo di lavanda e delle rose rampicanti che coprivano la facciata. New Dawn, le sembrava che si chiamassero. Il giardino era l'orgoglio e la gioia di Beata, e nessuno che venisse a trovarli poteva evitare un giro con elencazione di tutti i nomi.

«Entrate, entrate, prima di congelare. Pulitevi bene le scarpe, però, altrimenti porterete dentro un sacco di neve.»

Walther, sulla porta, fece cenno a tutte e due di salire gli scalini.

Mina e Nathalie si guardarono. Grazie alla cura con cui il vialetto era stato spalato, non avevano nemmeno un fiocco di neve sotto le suole, ma ubbidirono e le pulirono sullo zerbino davanti alla porta di legno massiccio. Walther si scostò nell'ingresso e aspettò che si togliessero scarpe e giacche. Poi le salutò con un goffo abbraccio.

«Ci sediamo nel salone. La ragazza che viene a darmi una mano un paio di volte alla settimana ha comprato un po' di quegli orribili dolcetti da supermercato.»

Lo seguirono in una grande sala con le pareti tappezzate di libri. Al centro c'erano un divano e due poltrone Chesterfield in pelle e sul tavolo campeggiava un vassoio d'argento con la merenda.

«Tu sai dov'è papà?» chiese Nathalie appena si fu seduta.

Mina percepì la preoccupazione nella sua voce e fu tentata di allungare una mano e appoggiarla su quella della figlia, ma si trattenne. Non era ancora un gesto naturale, per nessuna delle due.

«Perché, voi non lo sapete?» domandò il nonno aggrottando le folte sopracciglia grigie. «Vuoi dire che è sparito?»

Aveva ancora tutti i capelli e la criniera argentea era folta e pettinata con cura.

«Non riusciamo a metterci in contatto con lui e nessuno sa dove sia» rispose Nathalie.

Le tremava il mento e Mina provò una fitta al cuore. Walther invece non sembrava particolarmente sconvolto. Fece un gesto con la mano, come per sdrammatizzare.

«Non capisco cosa vi fa pensare che possa saperlo io, in ogni caso» disse.

Versò il caffè nelle tazze, senza chiedere a Nathalie se lo beveva. Su un raffinato piatto di porcellana c'erano alcuni biscotti, ciascuno decorato con una nocciola. Walther li avvicinò a Mina per offrirglieli e lei scosse la testa nel modo più educato possibile. Il solo pensiero di quante persone poco attente alle norme igieniche dovevano averli maneggiati prima che arrivassero su quel piatto le fece risalire la bile in gola. Nathalie invece ne prese uno e si mise a sgranocchiarlo.

«Ne avete parlato con Tor?» continuò il nonno. «Sicuramente ha tutto sotto controllo. Sarà solo un equivoco. Dovete capire che il lavoro di Niklas comporta altissimi livelli di stress. Avrà avuto bisogno di staccare per un po'.»

«Ma non è da lui, soprattutto adesso, appena prima di Natale» obiettò Mina. «E perché avrebbe dovuto abbandonare Nathalie senza dire niente?»

La figlia le lanciò un'occhiata di ammonimento, ma Walther la trafisse con lo sguardo.

«Di certo non è facile da capire per una persona che non ricopre un ruolo significativo per la società come il nostro. Forse all'apparenza la funzione di ministro della Giustizia non è paragonabile a quella di giudice della Corte suprema, ma esistono molte più somiglianze che differenze. La responsabilità è enorme. Ci sono poche cariche in questo paese, e anche a livello internazionale, che possano paragonarsi per importanza ai ruoli che abbiamo rivestito io e Niklas.»

«Che riveste, nel caso di Niklas» lo corresse Mina lanciando un'occhiata a Nathalie. «So che tu sei andato in pensione, ma lui è ancora ministro. Alla Corte suprema c'è qualcun altro al tuo posto, no? Una donna, se non ricordo male.»

Walther batté le palpebre.

«Naturalmente» disse, e bevve un sorso dalla tazza. Poi si girò verso la cucina.

«Il caffè è troppo forte, Beata! Puoi mettere su...»

Si bloccò e abbassò lo sguardo, in imbarazzo. Appoggiò lentamente la tazza e per la prima volta Mina vide una persona reale dietro quella maschera severa: una persona vagamente confusa.

«Si dimentica» mormorò Walther. «È stranissimo. Sono passati cinque anni da quando è morta, eppure... Siamo stati sposati per più di cinquanta, e spesso ho la sensazione che sia ancora qui.»

«Posso immaginarlo» disse Mina.

Poi continuò, nella speranza di poter avere con lui una

vera conversazione invece di uno scambio in cui lei faceva domande all'anziano giudice solo per ricevere risposte paternalistiche.

«Spero tu capisca che siamo preoccupate, dopo quello che è successo l'estate scorsa... E Nathalie e Niklas sono molto uniti, anche a causa del fatto che... che io ero sparita.»

Si era scoperta il più possibile. Sperava che l'ex suocero lo capisse e prendesse la mano che gli stava tendendo.

Scese il silenzio. Poi Walther rilassò le spalle.

«Non intendevo sminuire la vostra preoccupazione» disse in tono più conciliante. «Dico solo che non dev'essere per forza successo qualcosa. Lo stress ha strani effetti sulle persone. Sono sicuro che sta bene e che presto sarà di nuovo a casa. Fidatevi di me.»

Diede una pacca leggera sulla mano di Nathalie, appoggiata vicino a lui sul divano.

«Ci sono dei punti di contatto tra la sparizione di Niklas e alcuni casi che stiamo esaminando» rivelò Mina, camminando sulle uova. «Le altre persone coinvolte hanno un elemento in comune. Vent'anni fa hanno vissuto un periodo difficile. Ti ricordi se Niklas ha passato qualcosa di simile? A me non ha mai parlato di niente del genere.»

«Se non sbaglio c'erano anche dei biscotti al caramello» disse Walther, e si alzò di scatto.

Dalla cucina lo si sentì aprire pensili e rovistare in cerca di qualcosa. Dopo qualche minuto tornò con un barattolo di plastica trasparente.

«Eccoli. Lo sapevo. La ragazza li aveva messi in fondo, dietro i pelati e il riso. Vi sembra logico? I biscotti non c'entrano niente. Quello è cibo, questi sono solo... dolcetti. Comunque, se si guarda l'elenco degli ingredienti non ci si raccapezza.»

Mina lanciò un'occhiata a Nathalie, che addentò rumorosamente un altro biscotto alle nocciole senza staccare lo sguardo dal nonno che, con gesti nervosi, si rigirava tra le mani il barattolo di plastica, per poi appoggiarlo sul tavolino con un profondo sospiro.

«Un periodo difficile, dici. La gente è fissata sul benessere psicologico, ultimamente. A quanto pare quando ci si sveglia al mattino è obbligatorio verificare come ci si sente. Ed è scontato che, cerca cerca, qualche magagna la si trova sempre. Ai miei tempi non c'erano tutte le diagnosi di cui adesso la gente fa bella mostra, Adhd e via di questo passo. Sì, magari saltava fuori che qualcuno era debole di nervi, ma allora andava dal dottore e si faceva dare una pillola, e fine. Oggi si va in malattia per tutto e di più. E in tribunale vedevamo dalla mattina alla sera gente che si appellava a "problemi psichici" per evitare le conseguenze giuridiche delle proprie azioni.»

Sbuffò e si passò una mano sul viso.

«Nonno» lo richiamò Nathalie in tono duro.

Lui notò lo sguardo di riprovazione della nipote e sospirò.

«E va bene. Sì, mi ricordo che Niklas ha avuto un periodo circa... sì, dev'essere stato proprio vent'anni fa, in effetti. Beata si preoccupava per lui. Secondo lei era depresso e non voleva più vivere. Naturalmente io avevo capito che erano tutte sciocchezze: era solo un po' confuso e non sapeva cosa fare del suo futuro. Ma si è sistemato tutto. È andato un paio di volte da uno strizzacervelli che gli aveva trovato Beata e poi si è iscritto all'università, e basta. Un po' di sano lavoro o di studio, non serve altro. L'ho sempre detto: bisogna tirarsi su le maniche e darsi da fare. Dopo una bella giornata a sgobbare non rimane tanto tempo per domandarsi come si sta.»

«Sai come si chiamava quello psicologo?» domandò Mina a voce bassa.

Il cuore le batteva forsennatamente nel petto. Niklas rientrava nello stesso schema delle altre vittime. Aveva sperato fino all'ultimo che la sua scomparsa non avesse nessun collegamento con gli scheletri che avevano trovato, ma ora non c'erano più dubbi. Se non fossero riusciti a rintracciarlo, la vigilia di Capodanno sarebbe morto. E lo avrebbero ritrovato solo sotto forma di tumulo in metropolitana. Con il cranio sulla cima.

«Probabilmente il nome è nella rubrica di Beata» rispose Walther, e si alzò.

Aprì un cassetto dell'elaborata scrivania in legno davanti alla finestra e ne tirò fuori un quadernetto a fiori.

«Ce lo presti?» chiese Nathalie impaziente.

Walther esitò. Poi annuì e glielo tese.

«Però promettete di tenerlo con cura. Era di tua nonna.»

«Promesso» rispose Nathalie, infilandoselo nella tasca della felpa.

«Ora dobbiamo andare» disse Mina, e si alzò.

Il ticchettio che le risuonava nella testa era così forte da rimbombare. Mostrarsi calma nei confronti di Nathalie, che la stava seguendo verso l'ingresso, le richiese uno sforzo immenso.

Quando si salutarono, Walther le strinse la mano e la tenne nella sua per qualche attimo. Mina combatté l'istinto di ritrarla e cospargerla immediatamente di gel disinfettante, ma fu aiutata dal ticchettio nella testa che sovrastava qualsiasi altra cosa.

«Sono contento che tu sia tornata, non credere il contrario» disse il suo ex suocero. «Nathalie ha bisogno di una madre.»

«Grazie» gli rispose lei, accorgendosi sorpresa che le si formava un nodo in gola.

Erano parole che avevano un significato immenso, ma non poteva concedersi di pensarci in quel momento. Doveva concentrarsi sulle ricerche del padre di Nathalie prima che fosse troppo tardi. E nell'ultima mezz'ora aveva cominciato a intuire che qualcosa non tornava. Era tutto collegato, su questo non c'erano dubbi. Ma c'era dell'altro. Qualcosa che si era lasciata sfuggire. Qualcosa di importante.

Meno sette giorni

Vincent gemette. Era stanco morto. Anche se Benjamin era rientrato verso mezzanotte, dopo essere stato dal suo amico, non era riuscito a dormire bene. Aveva passato quasi tutta la notte ad andare in giro per la casa a verificare che non fosse entrato nessuno, controllando la serratura della porta d'ingresso un numero incalcolabile di volte e illuminando la neve sul retro e davanti a casa con una torcia per individuare eventuali impronte.

Ogni tanto si era infilato sotto le coperte e per un'oretta aveva ceduto a un sonno leggero, dopodiché aveva ricominciato come prima. Sapeva che era del tutto irrazionale, ma nel buio della notte c'era pochissimo spazio per la razionalità.

Si girò e guardò la sveglia. Le sette e mezza. Non c'era motivo di restare a letto. Rotolò verso il bordo ed evitò per un pelo di cadere perché i piedi gli si erano impigliati nel lenzuolo tutto attorcigliato. Evidentemente nei brevi momenti in cui si era appisolato era riuscito a girarsi e rigirarsi parecchio.

«Buon Natale, eh» borbottò.

Poi scosse la testa. Così non andava affatto bene. Dopotutto era la vigilia e aveva intenzione di inaugurare la giornata con *glögg* e dolci allo zafferano. Lasciò perdere la vestaglia e, dopo essersi infilato un maglione natalizio lavorato ai ferri e un paio di mutande lunghe verdi con una fantasia di fiocchetti rossi, si diresse verso la cucina. Quando passò davanti al giradischi si fermò. Frugò tra gli lp e alla fine trovò l'album *En midvintersaga* del pioniere della musica elettronica Ralph Lundsten. Forse non proprio musica natalizia tradizionale, ma perfetta quando si era stanchi morti.

Le romantiche note invernali lo accompagnarono in cucina, dove accese il forno per metterci la ciambella allo zafferano che aveva comprato il giorno prima tornando dalla centrale di polizia. Quel tipo di dolci era sempre molto più buono se veniva riscaldato. Aspettò un attimo prima di infilare la teglia, e poco dopo cominciò a diffondersi nell'aria la tipica fragranza natalizia. Tirò fuori il *glögg*, preparò la macchina del caffè e fece per andare a svegliare Benjamin quando squillò il cellulare, rimasto sul comodino.

Corse in camera da letto e rispose.

«Ciao, sono Loke» disse la voce dall'altra parte. «Scusa se chiamo così presto proprio la vigilia di Natale, ma non sapevo a chi telefonare.»

«Ciao, Loke. È successo qualcosa?»

«Sì, ecco... Sono appena arrivato qui al centro di medicina forense e... c'è stato un furto. Una parte delle attrezzature ha subito dei danni, ma soprattutto... sono sparite le ossa. Quelle più vecchie, trovate a Odenplan. Gunilla ce le aveva restituite ieri sera e ora non ci sono più. So per certo che le avevamo messe su una barella a parte, che adesso è vuota. Ho cercato dappertutto.»

Vincent tornò in cucina con il cellulare premuto contro l'orecchio.

«Non potrebbe averle spostate Milda?» chiese spegnendo il forno.

Aprì lo sportello e toccò la ciambella. Tiepida al punto giusto.

«No, sono arrivato io per primo. Credo... Sono convinto che le abbiano rubate» rispose Loke. «Solo che non capisco perché.»

«E hai pensato di chiamare me?» Vincent usò una presina per estrarre la griglia, poi richiuse lo sportello con il piede.

«Avevo io la responsabilità di quello scheletro» disse Loke sconfortato. «Sono io che l'ho perso, io che me lo sono lasciato rubare. Non voglio ancora fare una denuncia formale. Mi licenzieranno in tronco. Lo sai quanto adoro lavorare qui con Milda, e tu non sei un poliziotto, quindi ho pensato che... magari ti veniva un'idea. Potremmo tenere questa cosa... per noi?»

Vincent sospirò. Addio tranquilla colazione natalizia con Benjamin.

«Okay» disse. «Arrivo. Però mi porto Mina. Spesso in queste cose lei è meglio di me.»

«No, no, ti prego» esclamò Loke con evidente panico nella voce. «Nessuno della polizia. Non prima di trovare una soluzione che non preveda il mio licenziamento.»

«Mina non è in servizio, oggi, quindi non rappresenta la polizia. E può esserci di aiuto: conosce le procedure molto meglio di me.»

Loke rimase in silenzio per qualche istante.

«Se ne sei sicurissimo, va bene» disse. «Devo solo andare a fare una cosa che ho promesso a Milda, ma possiamo vederci al laboratorio nel pomeriggio. Non è che ci sia poi tutta questa fretta, visto che le ossa sono sparite e che nel frattempo nessuno verrà qui a toccare nulla. Dopotutto è la vigilia. Ti chiamo tra un po'.»

Loke chiuse la comunicazione. Forse non era proprio la mattina che Vincent si aspettava, ma almeno avrebbe avuto il tempo di fare la sua colazione natalizia. E magari avrebbe potuto vedere Mina. Difficile immaginare una vigilia migliore. Se avesse avuto fortuna, ci sarebbe stato bisogno di lui almeno per un'altra giornata, ottimo pretesto per rimandare il viaggio dai genitori di Maria. Cercava sempre di ridurre al minimo il tempo da passare con la famiglia allargata: era sempre più che sufficiente per subire la consueta razione di ramanzine.

Fece partire la macchina del caffè e andò a bussare alla porta di Benjamin.

«Buongiorno» disse a voce alta. «So che è molto presto, ma ci sono caffè e ciambella allo zafferano. Vieni a farmi compagnia e goditi un po' di atmosfera natalizia, figlio mio, così poi puoi tornare a letto.»

Silenzio.

«Quanto hai bevuto?» chiese Vincent socchiudendo la porta. «Non sei poi arrivato a casa così tardi.»

La camera di Benjamin era in perfetto ordine, con ogni cosa al suo posto. Un ordine che avrebbe dovuto essere quasi impossibile da mantenere quando si passava in una stanza tutto il tempo che ci passava Benjamin. Anche il letto era impeccabilmente rifatto, con il copriletto teso e i cuscini sprimacciati.

Benjamin però non c'era.

Un'invisibile mano gelida afferrò Vincent alla gola, ma probabilmente era una reazione eccessiva: doveva essersi alzato prima di lui ed essere uscito.

Solo che Benjamin non aveva nessuna ragione di uscire alle sette del mattino del 24 dicembre. Vincent cercò di opporre resistenza alla sensazione che cominciava a formicolargli nel corpo. Sapeva che gli sarebbe stata tutt'altro che utile.

Tornò in cucina per telefonargli e si bloccò sulla soglia. Nel bel mezzo del tavolo c'era un foglio con un messaggio scritto a mano. Prima doveva essere stato troppo stanco per notarlo. Si avvicinò, lo prese e cominciò a leggere, convinto che fosse del figlio, ma le parole che si trovò davanti gli causarono un capogiro. Per non perdere l'equilibrio dovette afferrarsi al ripiano.

La macchina del caffè fischiava insistente alle sue spalle. Quando l'aveva caricata, si era dimenticato di rimettere al suo posto il bricco e ora il liquido bollente colava dritto sul bancone della cucina. Qualche rivolo scendeva già lungo i bordi dei cassetti e presto sul pavimento si sarebbe formata una grande pozza.

Con la coda dell'occhio Vincent vide quello che stava per succedere, ma non se ne curò. Prese il telefono e chiamò Maria. Gli squilli si susseguirono senza risposta. Provò con Rebecka, con Benjamin e, alla fine, con la sua ex moglie Ulrika. Nessuno rispose.

Il messaggio che aveva in mano era dell'Ombra. Lo rilesse e chiamò di nuovo tutti, mentre la mano gelida gli stringeva sempre di più la gola.

«Nonno!» gridò Harry quando il padre di Julia aprì la porta d'ingresso.

Il bambino gli si lanciò addosso, fuori di sé dalla felicità.

«Guarda un po' chi c'è qui! Il tesoro del nonno!» disse lui facendogli il solletico sul pancino.

Harry si mise a ridere come un pazzo.

Julia non riuscì a trattenere un sorriso. Se non altro una parte della famiglia avrebbe passato un bel Natale. Di fianco a lei, Torkel sembrava desiderare di essere in tutt'altro posto, e probabilmente era proprio così. I suoi non erano mai stati troppo convinti dell'uomo che aveva scelto. Da quando era nato il nipotino, in effetti i rapporti erano migliorati, ma di sicuro non si poteva parlare di un disgelo completo.

«Entrate, entrate» disse il padre, scostandosi per farli passare e lanciando un'occhiata eloquente all'orologio. Avrebbero dovuto essere lì all'una e Julia sapeva di essere in ritardo. A casa andava tutto a rilento da quando lei e Torkel avevano praticamente smesso di rivolgersi la parola. Non che dieci minuti fossero un dramma, ma per il capo della polizia era grave come se fossero arrivati la settimana dopo.

«Rilassati, papà» gli disse. «Non è una riunione ai massimi livelli. È la vigilia. Buon Natale.»

«Sai che anche le piccole cose hanno importanza. Comunque hai ragione» rispose lui. «Harry, vieni a vedere l'albero!»

Se lo portò in soggiorno e alla vista dell'abete addobbato il bambino fece un altro gridolino di felicità.

«Bello, vero?» sentì Julia mentre si toglieva il cappotto. «No, quella non toccarla, deve restare lì appesa... Nemmeno quella... Ahi ahi ahi, se tiri il festone finisce che... Oh oh! Non fa niente, quella pallina non ci serviva, e... nemmeno l'altra, a quanto pare.»

Julia sorrise. Era come se tutto l'affetto che suo padre aveva dimenticato di dare a lei durante la sua infanzia si fosse accumulato per poi rovesciarsi sul nipotino in una volta sola.

Torkel era ancora nell'ingresso, con le scarpe addosso.

«Ora facciamo questa cosa» gli disse Julia sottovoce. «Si divertiranno a dare caramelle e dolcetti a Harry per almeno un'ora. Poi possiamo andare.»

Torkel annuì e si tolse giacca e scarpe. Mentre la precedeva verso il soggiorno, Julia lo guardò. A ogni passo che faceva allontanandosi da lei, le riusciva un po' più facile respirare. Presto. Presto quello schifo di Natale sarebbe passato.

Già la sera prima, appena uscita dalla grande villa di Walther a Bromma, Mina aveva cercato il numero dello psicologo di Niklas. Non era stato difficile: la rubrica di Beata era zeppa di nomi ma molto ordinata. Aveva informato il gruppo dei problemi psichici di Niklas e dato loro i contatti. Non era sicura di poter affrontare da sola una telefonata sul passato dell'ex marito.

Non c'era nient'altro che potesse fare. Oltretutto era il 24 dicembre: il paese si fermava per dedicarsi al tradizionale prosciutto arrosto e ai regali, e anche a lei era stato imposto un giorno di inattività forzata. Nel frattempo però le lancette correvano verso la vigilia di Capodanno. Ovunque si trovasse Niklas, gli restavano ancora sette giorni.

«È stranissimo festeggiare senza papà» mormorò Nathalie. «Dovremmo essere fuori a cercarlo invece di stare qui.»

«A sentirti sembri una poliziotta» disse Mina cercando di spremere un sorriso. «E ti garantisco che la polizia sta facendo tutto il possibile.»

Sua figlia era sul divano, rannicchiata sotto una coperta. Era da quella mattina che se ne stava lì senza spostarsi di un millimetro.

«Hanno parlato con quello psicologo?» chiese per la millesima volta.

Mina si costrinse ad avere pazienza, soprattutto considerando che provava la stessa frustrazione della figlia.

«Te l'ho già detto, stanno cercando in tutti i modi di mettersi in contatto con lui, ma è in pensione da diversi anni e a quanto pare si dedica a viaggi avventurosi. Ieri Adam ha detto che era partito per una spedizione in Ruanda, per osservare i gorilla. Nella giungla, senza copertura, è difficile raggiungerlo al cellulare.»

«Okay» disse Nathalie, riportando l'attenzione sullo schermo del telefono. «Voglio solo riavere mio padre.»

Mina fece zapping tra i canali, ma poco dopo spense il televisore e si alzò.

«Senti, so che è tutto uno schifo in questo momento, senza Niklas, ma penso che gli piacerebbe che facessimo almeno un *tentativo* di passare una vigilia decente. Cosa dici? Ci rimbocchiamo le maniche?»

Silenzio. Lungo silenzio. Poi Nathalie la guardò, esitante.

«Cosa dovremmo fare? Come lo festeggiamo questo Natale?» disse a voce bassa.

«Decidiamolo noi. Tu cosa vorresti?» chiese Mina, e spalancò le braccia come per dimostrare che tutte le possibilità erano aperte.

«Tu cosa te la senti di fare?» domandò lei a sua volta.

Mina si accorse che le stavano accelerando i battiti. Non sapeva cosa si aspettasse sua figlia, cos'avrebbe preteso da lei e dai suoi limiti, ma in fin dei conti non aveva importanza: l'istinto materno le scorreva impetuoso nelle vene, più forte di quei vincoli di cui per tanto tempo era stata convinta di essere prigioniera.

«Tutto» rispose, e si rese conto che era la verità. «Me la sento di fare tutto.»

Nathalie la scrutò. Poi gettò via la coperta e si alzò.

«Vestiti. L'Ica è aperta, la vigilia.»

«L'Ica?» chiese Mina, provando un nuovo sfarfallio di paura. «Cosa ci andiamo a fare?»

«A comprare una casetta di pan di zenzero» disse Nathalie, mettendosi giacca e sciarpa. «Non ne abbiamo mai fatta una. Tutti gli altri la facevano con le loro mamme, a Natale, e io ero sempre invidiosissima. Papà ci ha provato, ma non ce la può fare. Non ha il minimo senso pratico e veniva fuori solo una catapecchia da demolire. A cucinare è bravo, ma come architetto non ci siamo proprio. Possiamo, per favore? Ne costruiamo una insieme? Con lo zucchero sciolto che ci brucia le dita e la glassa che non esce dal tubetto e un sacco di lenti di cioccolato Non Stop sul tetto, anche se sono la cosa da mangiare più orribile che esista?»

Le parole le uscirono dalla bocca di getto e, senza nemmeno rendersene conto, Mina fece un passo avanti, un passo piccolo e insieme enorme che colmò il baratro tra lei e la figlia. La prese tra le braccia e con la bocca sui capelli le mormorò: «Certo che facciamo una casa di pan di zenzero insieme, bimba adorata.»

Tornate dal supermercato, avevano da poco finito di mettere insieme la casetta quando suonò il campanello.

«Chi sarà?» domandò Nathalie leccandosi la glassa dalle dita.

«Non ne ho idea» rispose Mina. «Non viene mai nessuno a trovarmi, soprattutto la vigilia di Natale.»

Si mise in bocca un bordo spezzato del tetto di biscotto e andò ad aprire. Fuori c'era Vincent, la schiena curva e il viso pallido come un lenzuolo.

«Oddio, cos'è successo?» gli chiese lei sconvolta, facendolo entrare.

C'erano momenti in cui i convenevoli erano appropriati e altri in cui non rappresentavano altro che un ostacolo, ed era chiaro che quella situazione era del secondo tipo.

Vincent sembrò lottare per rispondere alla domanda. Qualsiasi cosa lo tormentasse, era diversa da ogni altra del passato.

A tratti la guardava, a tratti distoglieva gli occhi, come se avesse paura di quello che poteva sfuggirgli dalle labbra.

«Ho ricevuto un messaggio...» cominciò.

«Mamma, sai se abbiamo comprato altri Non Stop?» gridò Nathalie dalla cucina. «Mi sa che questo sacchettino è già finito, chissà come.»

Vincent sbirciò verso l'interno dell'appartamento e poi incrociò lo sguardo di Mina. Se prima stava per dire qualcosa, l'attimo era passato.

«Si tratta di Loke» disse invece. «Vuole che andiamo al centro di medicina forense. A quanto pare qualcuno si è introdotto nel laboratorio e ha rubato lo scheletro più vecchio.»

«Ecco, proprio quello che ci voleva» rispose Mina, allungandosi automaticamente verso il piumino. «Immagino che sia urgente.»

«No, in realtà. Mi ha telefonato stamattina presto ma ha detto di aspettare finché non fosse rientrato.»

«La denuncia l'ha fatta, vero?»

«Non ancora. Ha paura di perdere il posto, e ormai quel che è successo è successo. Ci chiama tra un po'. Prima ho aspettato da me ma poi ho pensato fosse meglio che ci trovassimo insieme, al momento della telefonata. Tanto a casa non c'è nessuno che senta la mia mancanza.»

Mina riappese la giacca e scosse la testa.

«Credo sia il pretesto più improbabile che abbia mai sentito per festeggiare la vigilia con qualcuno» commentò. «Comunque, a parte gli scherzi, immagino non fossero troppo contenti vedendoti andare via proprio oggi. Maria sarà stata fuori di sé.»

Vincent trasalì visibilmente.

«Erano... erano solo contenti di sbarazzarsi di me» disse.

Mina ebbe l'impressione che parlasse a voce un po' troppo alta, come se dovesse autoconvincersi di quello che diceva.

«Cosa c'è che non va, Vincent?»

«Non devo...» cominciò lui. «Non posso parlarne, adesso. Ah, dimenticavo: ho portato una ciambella allo zafferano.»

Mostrò un sacchetto.

«Forse però si sarà un po' seccata» continuò con uno sguardo preoccupato. «A casa non c'era nessuno che... che...»

Smise di parlare e di nuovo assunse quell'espressione strana. Prese fiato come per dire qualcos'altro ma invece si chinò, si tolse le scarpe e le mise di fianco a quelle di Nathalie sulla scarpiera nuova.

«Vedo che hai rinnovato il mobilio» disse.

«Sapessi...» rise Mina. «Nathalie ha... vabbè, lo vedrai da solo.»

Lo accompagnò nel soggiorno.

«Ciao, Vincent! Buon Natale!» lo salutò Nathalie uscendo dalla cucina. «Abbiamo appena fatto una casetta di pan di zenzero. Ora ci guardiamo la maratona di Natale in televisione.»

«Siediti e prendi un biscotto, ma se sbricioli ti faccio fuori» lo minacciò Mina.

Si misero sul divano, con lui in mezzo. In televisione Petrina Solange accese una candela mentre la voce familiare di Bengt Feldreich cominciava a parlare.

«La maratona di Natale, eh? Con tutti gli spezzoni di cartoni animati» disse Vincent dando di gomito a Nathalie. «Non la vedo da quando ero piccolo. Ma tu non sei un po' troppo grande per guardarla?»

«Ma scusa... non avevi dei figli?» chiese Nathalie. «Cosa guardate il pomeriggio della vigilia?»

«Ah, be', certo» rispose Vincent a disagio. «È che a quell'ora di solito mi sto mettendo il costume da Babbo Natale.»

Mina si immaginò Vincent, di solito così elegante, mentre si contorceva per entrare in una tuta rossa senza rovinarsi la pettinatura.

«Comunque io non sono troppo grande» disse Nathalie. «Secondo me non lo si è mai. E per castigo dovrai farci da Babbo Natale appena finisce il programma, altrimenti non ti facciamo assaggiare la casa di pan di zenzero.»

Vincent la fissò con il terrore nello sguardo e Mina scoppiò a ridere.

«Un po' di *glögg*?» chiese asciugandosi una lacrima.

«Sì, volentieri!»

Mina andò in cucina, lo scaldò sul fornello e ne preparò due tazze fumanti.

«Grazie» disse lui quanto tornò. «Loke ci sta mettendo un po' a chiamare.»

Lei annuì e prese un sorso del vino piacevolmente caldo. Anche Vincent sembrò rilassarsi.

«Ce n'è ancora un po' di quello analcolico, se ne vuoi» propose Mina a Nathalie.

«Grazie, mi accontento della Coca-Cola Zero. Anche le tradizioni natalizie hanno un limite.»

Si risedettero sul divano, con Vincent al centro. Mina avrebbe voluto chiedergli cosa stava succedendo, in realtà, ma non lì, in presenza di Nathalie.

In televisione una serie di giocattoli ricaricabili stava sfilando nel laboratorio di Babbo Natale. Gli altri due canticchiavano accompagnando la musica e dondolandosi a ritmo. Di nuovo, Mina ebbe l'impressione che la voce di Vincent fosse un po' stridula, come se si sforzasse. C'era qualcosa, nel suo sguardo. Gli occhi erano umidi e sfuggenti, pieni di dolore.

Lui continuò a canticchiare con Nathalie, ma la sua mano trovò quella di Mina e la strinse, forte. Lei rimase immobile per un istante, incerta su come comportarsi. Poi rispose alla stretta. Continuarono a guardare la televisione così, mano nella mano. Lui smise di cantare e Mina gli vide scendere lentamente una lacrima lungo la guancia.

Quando suonò il campanello, Sara si asciugò le mani sul grembiule, lo slegò velocemente e lo lanciò su una sedia. Prima di aprire la porta d'ingresso si fermò davanti al grande specchio e si sistemò i capelli.

Poi sbuffò, irritata con se stessa. Era solo Ruben, e lei lo aveva invitato per compiere una buona azione, visto che non sopportava l'idea che qualcuno passasse da solo la vigilia di Natale.

«Chi è, mamma?» chiese Zachary dal soggiorno.

«Il mio collega Ruben» gli gridò lei di rimando mentre apriva la porta. «Te l'ho detto che sarebbe venuto a festeggiare la vigilia con noi!»

Ruben era sul gradino, con le braccia cariche di regali e una grossa sacca su una spalla. Dal cielo cadeva un po' di nevischio e per qualche motivo lei notò che un fiocco gli si era impigliato su un ciglio.

«Ciao» la salutò lui goffamente.

«Entra» disse Sara scostandosi per farlo passare.

Uno dei pacchetti gli cadde dalle braccia ed entrambi si chinarono a prenderlo contemporaneamente, con la conseguenza che le teste si urtarono e il resto dei regali finì alla rinfusa sullo zerbino.

«Oh, mamma, che pasticcione» rise lui, imbarazzato, mentre Sara lo aiutava a raccoglierli.

«Non avevo detto "un pensierino"?» gli chiese rimettendogli i pacchetti tra le braccia, tutti ben avvolti in carta rosso cupo con lucidi nastrini dorati.

Si chiese se li avesse fatti lui. Quando era lei a impacchettare qualcosa, sembrava sempre opera di due gatti litigiosi.

«È tutta colpa tua» rispose Ruben. «Sei stata tu a insegnarmi quanto può essere divertente fare acquisti natalizi, e i tuoi figli hanno rispettivamente cinque e sei anni, se non ricordo male, no? A quell'età non esiste che i regali siano troppi. Ho persino imparato come si incartano. È stato un ottimo allenamento.»

Appese la grossa sciarpa e il pesante piumino a uno dei ganci vicino alla porta.

«Vieni, stavo scaldando il *glögg*» disse Sara andando verso la cucina.

Le fece una strana impressione vedere Ruben in casa sua. Era una villetta a schiera che si affacciava sul lago Sickla, con grandi finestre che le permettevano di scorgerne uno scorcio. Adorava quel panorama. Era cresciuta in un posto molto simile e la vicinanza dell'acqua le dava una grande pace. Al momento la superficie era ghiacciata, cosa che permetteva a lei e ai bambini di divertirsi sui pattini nei giorni di vacanza. Pur essendo così piccola, Leah era diventata molto brava e aveva cominciato a lanciarsi in qualche piroetta.

«Ohhh, altri regali!» esclamò la bambina arrivando di corsa con le guance rosa.

Stava fissando il mucchio di pacchetti tra le braccia di Ruben.

«Sono per voi» rispose lui facendole l'occhiolino. «E forse uno piccolo per la mamma.»

«Non dovevamo comprarli, per noi, si era detto. Sappi che per te non ho niente.»

«Ma il mio regalo di Natale è questo: poter festeggiare

con te. Con voi, volevo dire. E poi tu mi offri da mangiare... o almeno spero!»

D'un tratto sembrò preoccupato. Sara rise.

«Tranquillo» gli disse, sospingendolo dentro con una mano sulla schiena.

«Da mangiare ce n'è anche troppo. Come ti dicevo, però, ho lasciato perdere le portate tradizionali a favore di piatti italiani.»

«Perfetto. Dove li appoggio? C'è un albero che fa la guardia ai regali, in questa casa?»

Leah annuì con trasporto e indicò il grande open space che comprendeva soggiorno e cucina. In un angolo svettava un abete imponente con palline bianche e argento mescolate e decorazioni colorate fatte in casa e appese alla rinfusa.

«Quella è una delle cose che più fatico a digerire, come mamma» borbottò Sara. «Dover appendere tutte le orribili caramelle di carta e altre schifezze che portano a casa dalla scuola materna.»

«Ellinor ha regalato ad Astrid un abete tutto suo da tenere in camera e decorare come voleva» rispose Ruben. «Lei invece si è occupata di quello in soggiorno. Una buona idea, secondo me, ma credo che Astrid abbia deciso che erano tutti e due suoi, oppure si vede che ho rimosso l'entusiasmo per gli addobbi di Ellinor.»

«Geniale, comunque» commentò Sara ammirata.

Sicuramente l'anno successivo avrebbe fatto così. Poi le venne in mente che il Natale dopo toccava a Michael e i bambini sarebbero stati negli Usa. Sentì risalire il pianto in gola, ma scacciò quel pensiero. Il presente era il presente, e lei aveva i figli con sé.

«Come è andata a finire la storia della bomba?» domandò Ruben a voce più bassa. «So che non è un argomento granché natalizio, ma ero un po' in ansia.»

«Per me?» chiese Sara battendo civettuola le ciglia.

Ruben diventò rosso come un pomodoro.

«A parte gli scherzi, stiamo andando avanti» disse lei. «Abbiamo ricevuto una soffiata da un ex dipendente di una delle ditte di prodotti per l'agricoltura. A quando pare ce l'hanno ancora, il nitrato d'ammonio di cui hanno denunciato il furto. Questo tipo aveva addirittura dato una mano a spostarlo in un altro deposito, ma poi ha deciso che non lo pagavano abbastanza per non rivelarlo e ci ha telefonato.»

«Wow, complimenti» commentò Ruben. «In pratica hanno rubato a se stessi?»

«Esatto. Da ieri teniamo sotto sorveglianza le altre aziende, perché sospettiamo che valga la stessa cosa anche per loro, soprattutto da quando abbiamo scoperto che fanno parte di un unico gruppo.»

«Quindi pensate che l'ordine di spostare l'esplosivo sia arrivato dai piani alti della holding?»

«Troppo presto per dirlo. Ahi, ahi, mi sa che sto bruciando il *glögg*.»

Mentre Ruben andava a mettere i pacchetti sotto l'abete, Sara corse a spegnere il fornello e sentì Leah e Zachary saltellare eccitati. Poi risuonò un urlo spaventoso.

«Ecco che arriva il Grinch a rubare tutti i regali!»

Sara si girò e vide Ruben che, con le mani sollevate in aria a mo' di grinfie, fingeva di volersi accaparrare i pacchetti. I bambini strillarono di paura mista a divertimento.

«Ah, niente regali? Allora il Grinch si prenderà due bei frugoletti!»

Li afferrò al volo, uno per braccio, e fece per portarseli via.

«Oh, no, non Leah e Zachary!» esclamò Sara, stando al gioco. «Per favore, Grinch, questi bambini sono stati bravissimi!»

Ruben si bloccò e sbarrò gli occhi.

«Cosa? Vuoi dire che sono bimbi buoni? Due bimbi buoni che potranno incontrare Babbo Natale?»

Sara lo guardò storto: non si era organizzata per avere un Babbo Natale, dato che in città non aveva parenti disponibili e tutti gli amici avevano già il loro da fare. Anche se non era colpa sua, Ruben stava promettendo qualcosa che lei non poteva mantenere.

«Ruben...» disse passandosi eloquentemente un dito sulla gola.

Lui però rispose con un ghigno soddisfatto e accennò con la testa all'ingresso. Sara guardò da quella parte ma vide solo la grossa sacca che si era portato. Poi capì: stavolta Babbo Natale sarebbe passato. Un Babbo Natale di mezz'età, con l'abbronzatura artificiale ed emotivamente immaturo, ma per certi aspetti meraviglioso.

Sarebbe stata una bella vigilia, forse la migliore da molto tempo.

Già dall'esterno Vincent si accorse che qualcuno aveva forzato la porta del laboratorio di Milda. Loke aprì e si guardò intorno inquieto. Quando vide Nathalie trasalì.

«Ho accettato che ci fosse Mina» disse. «Perché è venuta anche lei?»

«Non può restare a casa da sola la vigilia di Natale» rispose Mina.

«Certo che potrei, però non voglio. Questa cosa mi sembrava molto più divertente.»

Vincent non poté fare a meno di sorridere.

«Lo è, decisamente» confermò rivolto a Loke. «Hai telefonato nel bel mezzo di Cip e Ciop.»

Loke sembrò molto confuso e un filo abbattuto.

«Avrei preferito che solo Vincent fosse a conoscenza di questa situazione» disse, per poi rivolgersi a Mina. «E al massimo tu. Ma immagino che ormai il gatto sia uscito dalla scatola, come *non* avrebbe detto Schrödinger. Venite dentro tutti.»

Li fece entrare nella sala in cui di solito lo vedevano lavorare con Milda. Era tutto un gran caos. Chi vi si era introdotto cercava chiaramente qualcosa. Le ossa di Erika Sävelden, Marcus Eriksson – limitatamente a quelle ritrovate – e Jon Langseth erano ancora ordinatamente disposte sulle rispettive barelle, ma la quarta era vuota.

«Lo scheletro di Odenplan era qui?» chiese Mina indicandola. «Quello non identificato?»

Vincent rimase affascinato dall'energia che irradiava con la sua concentrazione. Era come se la vita diventasse a colori solo quando si trovava vicino a lei.

Sbirciò verso Nathalie, che si era fermata appena oltre la porta e sembrava tutta presa dal cellulare. Insomma, quel posto non era poi *così* divertente.

«Se l'è portato via chi è stato qui» rispose Loke con aria cupa. «Non solo le ossa, ma anche i campioni per le analisi e le foto. Tutta la documentazione che avevamo è andata perduta. Quando questa cosa si saprà mi butteranno fuori a calci in culo.»

«Devi fare subito la denuncia» disse Mina.

«Ricordati che non è stata colpa tua» sottolineò Vincent.

«Dillo a quelli che decidono» borbottò lui.

La quarta barella.

Il quarto scheletro.

«*Trova il quarto*» disse di colpo Vincent, infervorato, e guardò Mina. «Lo sapevo che c'era qualcosa di strano. Qualche giorno fa ho ricevuto a casa una specie di sfida. Conteneva quattro clessidre e un messaggio: "Trova il quarto prima che scada il tempo." Non avevo capito cosa significasse e quasi me n'ero dimenticato. Finora. All'inizio delle indagini avevamo solo Jon Langseth, ma adesso abbiamo trovato le ossa di quattro persone, e una manca all'appello. *Trova il quarto*. Non vi sembra che abbia a che fare con le vittime?»

«Vuoi dire che il tuo ammiratore si è introdotto qui forzando la porta e ha rubato dei resti umani per portare avanti una specie di gioco con te?» disse Mina con evidente disgusto. «Che razza di fan demenziali hai, scusa?»

«Noi però lo avevamo, il quarto» obiettò Loke accennando con la testa alla barella vuota. «Che senso ha ritrovare quello scheletro?»

«Hai ragione» ammise Vincent. «È un po' strano. Però ho la sensazione che c'entri, in qualche modo.»

Smise di parlare e si accorse che a tutti era venuta in mente la stessa cosa.

«Se non si riferisce a quello scheletro...» disse, e Mina annuì. «Forse il quarto potrebbe essere Niklas? Ho ricevuto le clessidre da... dall'assassino?»

«Trova il quarto prima che scada il tempo» mormorò Mina, improvvisamente più pallida. «Cosa sta succedendo?»

«Non ne ho la minima idea» rispose Vincent, «ma dobbiamo scoprirlo. E nel frattempo propongo che tu, Loke, chiami la polizia.»

Niklas era seduto sull'unica sedia a disposizione, con la schiena contro la parete. C'erano anche un materasso sul pavimento e un tavolino. Per il resto, solo cianfrusaglie. Erano due giorni che si trovava lì, anche se era difficile tenere il conto del tempo che passava, senza finestre. La batteria del suo cellulare si era esaurita già nelle prime ore e, ironia della sorte, l'ultima mattina uscendo di casa aveva dimenticato di mettersi l'orologio al polso.

Se non aveva calcolato male, comunque, doveva essere la vigilia. In questo caso gli restavano sette giorni da vivere: una sola, misera settimana. Dopo, un'eternità di non vivere. Nathalie doveva essere fuori di sé dall'ansia. Chiuse gli occhi, invano, per sfuggire alla vergogna che provava per non essere con loro.

Con Nathalie, e con Mina. Si era mostrato troppo duro con lei, tagliandola fuori dalla loro vita? Certo, era stata lei a scegliere di lasciarli, tanto tempo prima, ma lui l'aveva costretta a mantenere la promessa. Era colpa sua se le aveva fatto perdere tutti quegli anni con sua figlia, e alla figlia con lei, anni in cui avrebbe potuto vederle insieme e anche stare insieme a loro?

Non desiderava altro che abbracciare Nathalie, riempirla di regali e augurarle il miglior Natale possibile. Invece lei avrebbe passato la vigilia a chiedersi dove fosse suo padre. Nessuna sedicenne avrebbe dovuto subire un'esperienza del genere.

Sapeva fin dall'inizio che la sua carica comportava dei rischi. Quello di ministro della Giustizia era diventato un ruolo sempre più esposto. L'attentato dell'estate precedente lo confermava e, per quanto ogni evento del genere provocasse un'ondata di shock, era già capitato che dei politici svedesi ci rimettessero la vita. Pur sapendo tutto questo, lui aveva scelto di continuare.

Ma sua figlia non aveva scelto niente del genere. Non aveva sottoscritto un contratto con lo stato in cui accettava che suo padre rischiasse di sparire, un giorno. Meritava di avere un padre.

E presto lui non lo sarebbe più stato.

Dal soffitto sopra di lui gli arrivò uno scricchiolio. Passi. Aprì gli occhi e guardò teso la scala che portava al piano terra, ma non vide scendere nessuno. Tirò un sospiro di sollievo e richiuse gli occhi.

Poi c'era Tor.

Il suo povero portavoce doveva aver perso cinque chili a forza di sudare, ormai. E doveva essersi preso tutta la colpa, considerando che gli era sparito sotto il naso: il suo, e quello delle guardie del corpo. Probabilmente stavano cercando di tenere tutto sotto silenzio, ma non ci sarebbero riusciti a lungo. Presto Tor avrebbe dovuto indire una conferenza stampa, forse già il giorno di Natale. Non succedeva spesso che un portavoce la tenesse autonomamente, ma non era neanche così insolito. E se avessero aspettato troppo, c'era il rischio di una fuga di notizie che avrebbe impedito al ministero di mantenere il controllo sulle versioni in circolazione. Tor era troppo navigato per permettere che accadesse.

Dopo la conferenza stampa, tutti avrebbero saputo che il ministro della Giustizia era sparito, e le ricerche si sarebbero intensificate.

Ma non avrebbe fatto nessuna differenza. Proprio nessuna.

Suo padre era via da più tempo del solito. A ogni giro, si aggiungevano altre giornate. Lui lo sapeva perché teneva il conto facendo dei segni sul muro. Sette giorni. Sette giorni in più dell'ultima volta. Quasi due mesi.

«Papà!»

Gli corse incontro con uno slancio tale che per poco non inciampò in una rotaia. Quando finalmente sentì contro la guancia la pelle morbida della giacca, il cuore gli batteva forte nel petto.

«Tesoro mio.»

La voce del padre era affettuosa come al solito, piena di gioia e calore.

«Tesoro mio.»

Le braccia che lo stringevano erano forti, fortissime, abbastanza da proteggerlo dal mondo. Solo al suo ritorno lui si rendeva conto pienamente della nostalgia che aveva provato.

«Hai custodito la corona per me?»

Le mani grandi intorno al suo viso. Annuì con trasporto.

«Certo. Corro a prendertela.»

Tornò più veloce che poteva all'accampamento, frugò nel sacco che teneva nell'angolo dietro i bidoni e tirò fuori delicatamente la corona. Il metallo giallo oro risplendeva alla luce del fuoco acceso nel fusto. La lucidò piano con la manica per poi tornare di corsa dal padre.

«Ecco qui!»

Gliela tese impaziente, e lui se la mise in testa con espressione solenne. La corona trovò subito il suo posto tra i capelli irsuti.

«Dove sono gli altri?»

«In giro a caccia di roba da mangiare. Io sono rimasto qui perché mi fa male la gola.»

«Bene, così abbiamo un po' di tempo per noi» rispose il padre prendendolo per mano mentre si avviavano verso l'accampamento.

«Dove sei stato?»

Sapeva che era vietato chiederlo, ma non era riuscito a trattenersi.

«Lo sai che è una domanda non ammessa nella nostra vita» disse pacato il padre.

Lui si vergognò e cercò di spiegare.

«Sei stato via così tanto, stavolta» mormorò fissandosi i piedi che camminavano in equilibrio sulla rotaia.

Oscillò e suo padre lo tenne su.

«Però sono tornato, ed è l'unica cosa che conta. Tornare.»

Lui rivolse il viso verso l'alto e sorrise. Come sempre, aveva ragione suo padre. Era tornato, e tutto era di nuovo come doveva essere.

Quando Vincent rientrò, la casa era vuota come l'aveva lasciata. Non sapeva dire cosa si era aspettato. Forse che la sua famiglia fosse di ritorno, come per magia. Invece la realtà non era magica. Ormai era solo. Non gli restava più nemmeno Benjamin.

Tirò fuori il cellulare e tentò di rintracciarlo, ovunque fosse, ma aveva il telefono spento.

Il messaggio che aveva ricevuto quella mattina dall'Ombra gli girava per la testa insieme all'enigma delle clessidre e per questo non sentì subito il debole segnale acustico che veniva dalla camera da letto. Quando gli arrivò all'orecchio, andò a vedere e si rese conto che era la sveglia, puntata sulle 16.30. Stava suonando praticamente da mezz'ora e la pila era quasi esaurita. La spense, perplesso. Lui la usava solo la mattina. Nel pomeriggio non ne aveva motivo.

C'era un'unica conclusione da trarre: non era stato lui a puntarla.

Mentre era fuori qualcuno era entrato e aveva cambiato l'orario della sveglia. Quel pensiero gli fece venire la nausea. C'era da chiedersi se il suo invisibile antagonista poteva aver combinato qualcos'altro, e addirittura se in quel momento era in casa.

Vincent si spostò veloce e silenzioso da una stanza all'altra, senza abbassare la guardia nel caso qualcuno gli fosse saltato addosso all'improvviso, ma non c'era anima viva. Era tutto come lo aveva lasciato. Non mancava niente.

Tranne una cosa evidente.

Entrando in soggiorno, si bloccò. I corvi sul prato coperto di neve erano tornati, ma stavolta erano solo due, immobili come la volta precedente. Erano a debita distanza tra loro e lo fissavano, con due avvallamenti nella neve in mezzo e uno accanto a quello più a destra tra i due. Come se tre dei loro compagni fossero appena volati via. Vincent provò il forte impulso di uscire a controllare se erano veri, ma si trattenne: no, avrebbe significato arrendersi alla follia. Lui era Vincent Walder, il Maestro Mentalista, l'uomo capace di governare al meglio il suo cervello.

O no?

Si rifugiò in cucina prima che il mal di testa diventasse troppo intenso.

Meno sei giorni

La sala che usavano per le conferenze stampa era strapiena di giornalisti. Tor si guardò intorno, salutò con un cenno quelli che conosceva e aspettò che il brusio cessasse. Non aveva previsto che fossero così tanti, considerando che era il giorno di Natale, ma il numero dei presenti indicava che il livello d'attenzione era alto. Bene, perché si trattava di una svolta. Fino a quel momento, la sparizione di Niklas era nota solo all'interno del ministero e della polizia, anche se sui mezzi d'informazione avevano cominciato a circolare voci. Ora ne sarebbe stata informata anche l'opinione pubblica. Ogni parola aveva grande importanza e lui si era preparato con cura.

Si schiarì la gola.

«Ci siamo tutti? Bene, allora cominciamo.»

«Dov'è la premier?» chiese un giornalista della *Svenska Dagbladet*. «Non dovrebbe esserci anche lei?»

«Ho la sua piena fiducia e il mandato per condurre la conferenza stampa, ma naturalmente mi ha incaricato di portarvi i suoi saluti» rispose Tor con un sorriso. «Comunque, al primo punto dell'ordine del giorno ci sono le voci in merito alle quali alcuni di voi ci hanno già contattato e che fino a questo momento avevamo scelto di non confermare, dato che si correva il rischio di ostacolare le indagini della polizia. Ora però la situazione è di una gravità tale da rendere indispensabile la collaborazione della cittadinanza. Quello che avete sentito dire è vero: il ministro della Giustizia Niklas Stockenberg è scomparso.»

La sala esplose in una cacofonia di rumori e voci. I giornalisti urlavano per sovrapporsi agli altri e agitavano frenetici le braccia cercando di attirare l'attenzione di Tor. Lui fece un gesto per invitarli a calmarsi e, con sua sorpresa, ottenne subito l'effetto sperato. Nel silenzio che seguì, tutti avevano ancora la mano alzata.

«Jan?» disse Tor, annuendo verso un cronista del *Dagens Nyheter*.

«A quando risale l'ultimo segno di vita del ministro della Giustizia?»

«Al 22 dicembre, tre giorni fa. Vanja?»

La parola era stata data alla reporter dai folti capelli rossi inviata dall'*Expressen*. Il collega del rivale *Aftonbladet* rivolse un'occhiata risentita a Tor.

«C'è qualche informazione sul modo in cui è scomparso?» domandò la rossa. «È stato prelevato con la forza? La polizia indaga su un possibile rapimento?»

«Al momento non posso rilasciare dichiarazioni sulle ipotesi a cui lavora la polizia. Joakim?»

Il giornalista dell'*Aftonbladet* poté finalmente fare la sua domanda.

«Sarà lei ad assumersi l'incarico di ministro della Giustizia, in assenza del titolare della carica?» chiese sottolineando ogni parola e fissando il portavoce con sguardo penetrante. «Molti sono rimasti sorpresi quando ha interrotto la sua promettente carriera politica e ha accettato l'incarico di portavoce. È questo il momento che aspettava?»

Tor storse la bocca, mostrando chiaramente il proprio disappunto.

«Questa è una domanda del tutto inopportuna. Insinua che acconsentendo a collaborare con il ministro avrei avuto secondi fini. In realtà è stata l'occasione per dare il mio contributo a un amico di lunga data e, nel contempo, al mio paese. Certo è un privilegio essere così vicini al centro del potere, e si tratta di un'esperienza molto utile per la mia carriera politica, ma stiamo appunto parlando del futuro. Ho ancora molti anni davanti e molte cose da fare prima di raggiungere l'età della pensione.»

Nella sala risuonò qualche risata sparsa.

«Comunque, per rispondere alla sua domanda» proseguì Tor, «no, non assumerò l'incarico di ministro pro tempore. Non è così che funziona. Anche se non esiste una procedura standard per eventi di questo genere, abbiamo tratto un insegnamento dall'omicidio di Anna Lindh e dall'attentato al ministro della Giustizia dell'estate scorsa. Ogni eventualità prevede una certa preparazione. Più di questo non posso dire. Soprattutto, speriamo che Niklas Stockenberg venga presto ritrovato. È la nostra priorità assoluta.»

«La polizia sospetta di qualcuno?» chiese un reporter del telegiornale di Tv4, tendendo in avanti il microfono mentre la telecamera di fianco a lui sembrava zoomare sul viso del portavoce.

«Non sapendo cos'è successo con precisione non è possibile usare il verbo sospettare. Semplicemente, preghiamo i cittadini di tenere gli occhi aperti e di aiutarci. Se vedono Niklas Stockenberg o hanno delle informazioni sulla sua scomparsa, chiediamo che si rivolgano alla polizia.»

«L'ex moglie del ministro è un'investigatrice. È coinvolta nel caso?»

Bodil, del settimanale femminile *Svensk Damtidning*, lo guardò speranzosa: probabilmente confidava nella possibilità di andare sul personale con un appassionante articolo sulla donna che cercava disperatamente il suo ex. Tor si trattenne a stento dall'alzare gli occhi al cielo. Il gossip non era proprio nel suo stile.

«Non sono autorizzato a rilasciare dichiarazioni sul lavoro d'indagine della polizia» rispose asciutto.

Davanti a lui c'era ancora un mare di mani alzate, ma sapeva che da quel momento in poi sarebbero state rimacinate continuamente le stesse domande. Quelle importanti erano già state poste e lui aveva detto ciò che voleva dire. Tra l'altro non era un male che alla stampa venisse ricordata la sua carriera politica. Aveva sempre considerato il periodo in affiancamento a Niklas come ben definito temporalmente. Ora però doveva ritrovare il suo capo, con ogni mezzo, e i suoi progetti personali dovevano essere messi da parte.

Dichiarò chiusa la conferenza stampa, suscitando le proteste dei presenti, e si affrettò a imboccare il corridoio lasciandosi alle spalle il brusio. Quella che aveva dato era una notizia bomba, e non solo a livello nazionale. In tutto il mondo si sarebbe saputo che il ministro della Giustizia svedese era sparito. Il circo mediatico si era messo in moto.

Tornò nel suo ufficio e si lasciò cadere sulla poltroncina. Una matita era leggermente di traverso e lui la raddrizzò immediatamente in modo che tutti gli oggetti sulla scrivania fossero in perfetto ordine, proprio come li voleva lui. Lanciò un'occhiata verso la porta di Niklas e provò una fitta di preoccupazione allo stomaco. Dove diavolo si era cacciato? Il ministro della Giustizia doveva essere ritrovato. Subito. Non c'erano alternative.

Arrivando alla sede della polizia, Mina trovò nell'atrio Loke davanti a una bacheca. Aveva l'aria parecchio confusa e, considerando il tempo, portava vestiti decisamente troppo leggeri.

«Ciao, Loke» gli disse. «Cosa ci fai qui?»

Lui sobbalzò e si girò.

«Oh, ciao, Mina! Julia Hammarsten mi ha invitato a una riunione o qualcosa del genere, ma non so da che parte devo andare. Secondo te mi ha convocato per licenziarmi?»

«Non credo proprio» rispose Mina. «A quanto ne so, non è lei la tua diretta superiore. Comunque probabilmente stiamo andando nello stesso posto.»

Tirò fuori il suo tesserino identificativo.

«Ti hanno dato uno di questi?»

Lui annuì e si infilò una mano in tasca. Di colpo si illuminò.

«Ah, giusto, ho una cosa da mostrarti» disse. «In realtà vorrei farla vedere anche a Vincent. È qui?»

«Arriva tra poco. Di che si tratta?»

Loke estrasse dalla tasca due buste di plastica, in ciascuna delle quali c'era un osso. Mina si guardò istintivamente intorno. Normalmente lì nell'atrio non si sventolavano in giro parti di scheletri. Per fortuna non si vedeva nessuno.

«Te lo ricordi il maiale?» chiese lui.

Mina gemette. Quello era più il settore di Vincent, in realtà.

«Alla fine non ne ho fatto bollire uno intero» continuò Loke. «Sono andato in un allevamento e ho comprato qualche taglio macellato. Però guarda qui.»

Le tese una delle due buste, e lei la prese riluttante. Nonostante portasse i guanti e la plastica fosse probabilmente ermeticamente sigillata, provò un lieve senso di nausea.

«Cosa devo guardare?» domandò con qualche esitazione.

«Questo è un osso della zampa anteriore che ho fatto bollire in acqua e aceto finché pelle e carne non si sono staccate. Le vedi quelle macchioline?»

Mina sollevò la busta verso la luce. In alcuni punti si notavano delle piccole chiazze grigie.

«Sono residui di tessuti» spiegò Loke, passandole l'altra busta e riprendendosi quella. «Adesso osserva questo. L'ho fatto bollire allo stesso modo, ma dopo che si era raffreddato l'ho inserito in un terrario con i dermestidi.»

«Dove te li sei procurati?» chiese Vincent entusiasta da dietro le spalle di Mina, che per lo spavento quasi lasciò cadere la busta.

«Ma sei pazzo ad arrivare così?» lo rimproverò.

«A quanto pare l'allenamento da ninja ha funzionato» rispose Vincent strizzandole l'occhio. «Allora, questi dermestidi?»

«Me ne ha prestati alcuni il Museo nazionale di storia naturale» rispose Loke.

Dalla voce si percepiva il suo orgoglio.

«Wow, non sapevo che avessero un *dermestarium*» disse Vincent.

«Comunque, notate qualche differenza tra i due ossi?» chiese Loke indicando la busta che aveva in mano Mina, che capì subito cosa intendesse: l'osso che era stato dato in pasto ai dermestidi non aveva chiazze grigie. Era immacolato come gli scheletri di Jon Langseth, Erika Sävelden e Marcus

Eriksson. Il pensiero che fossero stati ripuliti da una quantità di insettini le provocò un'altra ondata di nausea.

«Dovevano avere una bella fame» commentò Vincent. «Quanto ci hanno messo?»

«Non tanto, ma ovviamente dipende anche dal numero» rispose Loke riprendendosi le buste. «Essendo piccoli, ne servono parecchi. Non so quanti fossero quelli che mi hanno prestato. Immagino qualche migliaio.»

Mina si vide davanti una teca di vetro traboccante di minuscole larve grasse e lucide e di insetti adulti che zampettavano gli uni sugli altri. A migliaia. Mandò giù a fatica.

«Mi sa che siamo un po' in ritardo per la riunione» disse andando veloce verso i tornelli.

Julia era quasi esageratamente felice di essere già di ritorno in ufficio. Dopo la visita ai suoi, avevano cercato di festeggiare un pochino anche a casa propria, ma era stata una pessima idea. All'argomento di cui avrebbero avuto bisogno di parlare non avevano nemmeno accennato, visto che nonostante tutto era la vigilia di Natale, un momento da dedicare alle coccole e alla riconciliazione. Altro che riconciliazione: le bastava guardare Torkel per sentirsi formicolare tutta.

Avevano fatto uno sforzo, per il bene di Harry. Appena lui si era addormentato, però, Torkel era uscito. O meglio, in pratica era stata lei a farlo andare via: non riusciva a resistere all'idea di un'intera serata a casa con *Love Actually* in televisione e il frequentatore di Tinder seduto accanto a lei sul divano.

Quella mattina andava meglio, comunque. Se non altro poteva evitare suo marito e oltretutto aveva la possibilità di vedere Adam, anche se insieme agli altri. Probabilmente in qualche enciclopedia c'era un'illustrazione che la raffigurava e, sotto, la didascalia: «Caos emotivo.»

Alzò gli occhi dal suo portatile e si accorse che erano già tutti riuniti nella sala. Con la coda dell'occhio notò Adam, ma fece finta di niente. Dall'altro lato, Vincent la stava scrutando troppo intensamente per permetterle di abbassare la guardia. L'unica era mantenere un atteggiamento il più possibile formale.

Christer era al suo solito posto e, per cambiare, Bosse si era steso davanti alla sua ciotola nell'angolo. La sedia vuota di Peder era tra Christer e Ruben, che sembrava non aver chiuso occhio. Mina era seduta più vicina del solito a Vincent, notò Julia. Forse si era fatto il bagno nel detersivo al limone per i piatti Yes.

La porta si aprì ed entrò Loke, con un'espressione confusa sul viso.

«Buongiorno, scusate il ritardo» disse. «Sono andato in bagno e poi non trovavo più la sala. Non c'è molta gente in giro per i corridoi, oggi, quindi non sapevo a chi chiedere...»

Vincent gli fece un sorrisone.

«Questo è Loke» lo presentò Julia. «Lavora con Milda al centro di medicina forense, se qualcuno non lo sa. L'ho invitato qui oggi perché ci ha fornito informazioni preziosissime sulle nostre vittime e ormai possiamo considerarlo ufficialmente un collaboratore della nostra indagine.»

«È un onore potervi dare una mano» disse Loke, rivolgendo un cenno agli altri.

Dopo essersi guardato intorno nella sala, andò verso Christer e Ruben, scostò la sedia vuota in mezzo e si sedette. Julia si irrigidì e, come tutti gli altri, lo fissò.

Era quella di Peder.

La sala intera trattenne il fiato collettivamente per qualche secondo, ma non successe niente. Il mondo non crollò. Il fantasma di Peder non fece implodere il soffitto su di loro. L'orologio a parete passò dalle 8.59 alle 9. La vita andava avanti.

«Okay, allora cominciamo» disse Julia. «Dato che la scomparsa del ministro della Giustizia potrebbe essere ricollegabile ai casi di cui ci stiamo occupando, la direzione ci ha messo il fuoco alle chiappe. È stata sguinzagliata la

Säpo, ma noi dobbiamo fornire tutte le informazioni possibili per facilitare le ricerche.»

«Quale potrebbe essere il nesso?» chiese Christer.

«Per ora è molto vago» rispose Mina. «Ho parlato con il padre di Niklas e ci sono somiglianze con gli altri casi per quanto riguarda avvenimenti del passato e anche nel comportamento precedente alla scomparsa. Solo questo, al momento.»

«Non possiamo permetterci di rischiare» intervenne Julia. «E questo mi porta al primo punto dell'ordine del giorno. Ruben, mi ha contattato il Noa. Sara Temeric è stata autorizzata a condividere con te le informazioni pertinenti riguardo alla famiglia Manojlovič. Una bella fortuna che proprio in questo momento stiano indagando sui familiari di Peter Kronlund. Naturalmente tu potrai fornirle a tua volta tutti gli elementi che possono essere utili a loro. Quando avremo finito qui, chiamala e vedi dove si va a parare. Se la famiglia Manojlovič è coinvolta, è di estrema importanza che lo sappiamo.»

«Io ho già parlato con Kronlund, e lui nega qualsiasi coinvolgimento» rispose Ruben. «Sostiene addirittura di non aver mai saputo che Dragan aveva fatto avere dei soldi a Gustaf Brons. Comunque mi metto in contatto con Sara e vedo dove si va a... parare.»

Julia batté le palpebre. Doveva aver visto male. Le era sembrato che Ruben fosse arrossito.

«Mina» continuò, «avete ottenuto una datazione di massima dello scheletro non identificato, quello appartenuto a un uomo sulla quarantina, morto intorno all'anno 2000. Se non altro è un passo nella direzione giusta. Però mi sembra di capire che le ossa siano sparite, giusto?»

«Sparite?» esclamò Christer. «Che diavolo sta succedendo? Perché noi non ne sappiamo niente?»

Julia gli fece segno di calmarsi.

«Ieri abbiamo subito un furto in laboratorio» disse Loke

con aria infelice, gli occhi bassi. «Però avevamo avuto il tempo di fare l'esame del dna, anche se non ci sono ancora i risultati. Finora abbiamo potuto cercare riscontri solo nei database della polizia, ma abbiamo fatto richiesta per utilizzare anche quelli presenti sul mercato privato.»

«Quali sarebbero?» chiese Adam.

«Hai presente le aziende a cui si può inviare un campione del proprio dna da cui poi salta fuori che sei per il dodici per cento di origine germanica, hai un cugino a Chicago e sei parente di Gengis Khan?» disse Vincent. «È un modo molto interessante di risalire al proprio albero genealogico, anche se ovviamente comporta certi rischi. Uno su venticinque, infatti, viene a sapere che suo padre non è il suo vero padre.»

«Esatto» confermò Loke. «Se in qualche database del dna c'è un parente, un riscontro ci sarà. Ammesso che ci diano l'autorizzazione, ovviamente.»

Bosse si alzò, andò da Christer e gli si stese sui piedi. Julia notò che quel giorno aveva un collare verde e rosso ornato di campanelle in plastica.

«Sappiamo quando sono finite nella metropolitana quelle ossa?» chiese.

«L'antropologa forense non ha potuto darci una datazione precisa» rispose Mina, «però ha detto che il muschio che le copriva risale ad almeno vent'anni fa.»

«Dovremo cominciare dall'inizio» sospirò Christer. «Posso controllare se c'è qualcosa di documentato che riguarda la metropolitana a partire dal 2000, sempre che sia quello l'anno di morte. Mi ci vorranno tutte le feste per esaminare il materiale. Lasse mi ucciderà.»

«Ma noi ti saremo eternamente grati» disse Julia. «A Lasse manderemo un regalo di Natale.»

«Buona idea. Gli piace il cioccolato bianco.»

Julia guardò gli appunti sullo schermo del suo computer. Sapeva che Mina non avrebbe apprezzato la richiesta che stava per farle, ma non aveva scelta.

«Mi ha colpito una cosa, nella registrazione fatta da Mina in metropolitana» intervenne Vincent prima che lei potesse aprire bocca. «Io non avevo avuto modo di andarci, ma...»

«A proposito, grazie per l'esercizio di terapia cognitivo-comportamentale» commentò Mina girandosi verso Julia. «Io con quelle gallerie ho chiuso.»

«Uno di quelli con cui avete parlato ha nominato qualcuno chiamandolo "il re"» continuò Vincent.

«Sì, è stato OP, il tizio che farneticava a proposito dell'omicidio Palme e della casa reale» rispose Adam. «Se fossimo rimasti ancora un po' sarebbe sicuramente arrivato alla massoneria e al club Bilderberg.»

«Non credo si riferisse al nostro re di Svezia» disse Vincent. «Nella registrazione dice che si è "sacrificato" ed è "morto invano". Secondo me era qualcuno di loro, qualcuno che è morto. State indagando su persone decedute piazzate nella metropolitana, e qui possiamo avere un caso di morte avvenuto là sotto. Ammetto che il collegamento è molto vago e magari non darà nessun risultato, ma vale la pena di verificare.»

«Vincent ha ragione» convenne Julia. «Scopriamo qualcosa di più su quel "re" e soprattutto su come e perché è morto.»

«Allora potrebbe tornarci Adam» propose Mina. «In fondo è lui lo specialista in trattative. Oltretutto comincia a essere un po' dispendioso, per me, buttare via tutto quello che ho indossato dopo ogni discesa là sotto.»

«Adam andrà a parlare con il graffitaro che ha trovato le ossa di Jon Langseth. Finalmente ha accettato di fissare un incontro. Nelle gallerie può andarci Vincent, al suo posto. Non da solo, dato che non è un poliziotto e oltretutto non lo conoscono, mentre hanno già visto te, Mina.»

«Non pensarci neanche» rispose Mina brusca. «Ho già abbastanza da fare per scoprire se le nostre vittime sono state dallo stesso psicologo vent'anni fa. Mi aspettano un sacco di colloqui.»

«E li farai, dopo che sarete scesi là sotto» disse Julia.

«Ehm, veramente non so se posso neanch'io» tentò di giustificarsi Vincent. «Penso di dovermi concentrare su alcune clessidre che mi sono arrivate, e poi i tunnel stretti non sono proprio... Cosa c'è?»

Mina lo aveva afferrato per il braccio.

«Eravamo d'accordo» gli ricordò.

«Ah, già» rispose lui cupo. «Okay, ci andiamo.»

«Mi scuso per il comportamento dei miei colleghi» disse Julia rivolta a Loke. «Succede spesso. Detto questo, voglio che tu sappia che per noi è prezioso averti qui oggi. Se parlo con Milda per concordare la ripartizione del lavoro, ti andrebbe di essere coinvolto in modo più continuativo nel nostro gruppetto? Hai delle competenze che penso possano esserci molto utili anche dopo questa indagine.»

«Volentieri» rispose Loke con un accenno di sorriso. «Sarebbe un onore.»

«Bene» concluse Julia, abbassando lo schermo del computer. «Allora diamoci da fare.»

Mina lasciò che gli altri uscissero dalla sala. Come aveva previsto, anche Vincent rimase. Si comportava in modo strano dal giorno prima, quando era andato a casa sua. Più volte era stato sul punto di dire qualcosa, per poi fermarsi all'ultimo momento. Non l'aveva mai visto così inquieto e distratto.

Loke fu l'ultimo a uscire e lei si accorse delle occhiate che lanciava a Vincent, che però rimase dov'era. Chiuse la porta e si girò verso il mentalista.

«Allora, cosa c'è?» gli chiese incrociando le braccia sul petto. «Sei arrabbiato con me o altro? È da ieri che sei strano.»

«Se sono...?» Vincent sbarrò gli occhi. «No, al contrario.»

Mina lo osservò. Aveva la barba lunga su mento e guance. Non era da lui non radersi. Persino i capelli, normalmente in perfetto ordine, erano un po' spettinati.

Esitò un secondo, cercò di evitare di pensare a quali batteri potessero aver trovato dimora tra quei peli e poi gli prese il viso tra le mani. Il contatto con la pelle le provocò una specie di formicolio elettrico alle dita.

«Vincent» disse.

Lui le afferrò le mani e dalle labbra gli sfuggì qualcosa a metà tra un sospiro e un singhiozzo. Il formicolio elettrico si trasformò in una vera e propria scossa che le tolse il respiro.

«È che... in realtà non posso dire niente» sussurrò Vincent. «Deve rimanere un segreto tra me e te, okay?»

Le lasciò andare le mani e tirò fuori dalla tasca un pezzo di carta sgualcito.

«Era sul tavolo in cucina ieri mattina. Mi sono alzato per fare la colazione della vigilia con Benjamin ma lui non... Invece ho trovato questo.»

«Non capisco» disse Mina.

«Meglio che tu legga. È della stessa persona che mi manda regali dall'inizio dell'autunno. Tutti regali che hanno a che vedere con mia madre.»

«Tua madre? Cosa c'entra...»

Quando aprì il foglio e lesse il messaggio, Mina si zittì.

Buon Natale, Vincent!

Ecco, finalmente siamo arrivati alla tua omega.

Forse a questo punto l'hai capito da solo, ma c'è un motivo se non sei riuscito a metterti in contatto con Ulrika. Maria e Aston non sono dai tuoi suoceri e Rebecka non è mai partita per il suo viaggio. E, come avrai notato, Benjamin non è a casa.

Sono in mano mia. Tutti.

Hai vissuto una vita intera negando la realtà, ma è venuto

il momento di scoprire chi sei veramente. Devi smettere di scappare e affrontare te stesso.
Se scegli di non farlo, non rivedrai mai più la tua famiglia. Non ti può essere concessa la responsabilità di altri finché rifuggi dalla tua.
In ogni caso, Vincent Walder smetterà di esistere. La domanda è solo se pensi di portare con te la tua famiglia o no. Hai qualche giorno di tempo per assumerti la responsabilità di quello che hai fatto.
La prossima mossa è tua. Io aspetto.
Buon Natale!
P.S. Se vai alla polizia sarà tutto finito, subito. Sia per te che per la tua famiglia. Ma lo sai già.

«E tu hai tenuto per te questa cosa per più di ventiquattr'ore?» esclamò Mina. «Perché non hai detto niente?»

Aveva l'impressione che il foglio fosse caldo e si rese conto che il sangue aveva preso a circolare più velocemente nel corpo.

«Non ce la faccio più a reggere da solo questa situazione» ammise Vincent con voce malferma.

«Guarda che si tratta di sequestro di persona e minacce aggravate. Dobbiamo agire subito. Ti mettiamo sotto protezione appena esci di qui. Possiamo piazzare qualcuno intorno a casa tua giorno e notte e per la tua famiglia... non preoccuparti, ci verrà in mente un piano. Hai qualche idea di chi possa avere scritto questa cosa?»

«Tu non capisci» disse lui andando avanti e indietro nella sala.

Sembrava un leone in gabbia. Mina si sentì spezzare il cuore a vederlo così, ma non sapeva come fare per rimediare.

«Non servirà» sospirò Vincent. «Questo foglio era sul tavolo *in cucina*. Significa che chi l'ha lasciato lì è entrato in casa mia. E non ha solo lasciato il messaggio, ha anche rapito Benjamin, senza che mi accorgessi di niente. Eppure sono rimasto sveglio gran parte della notte. Deve avere per forza le chiavi.»

Smise di camminare e si lasciò scivolare a terra con la schiena contro il muro.

«È lo stesso – perché penso che si tratti di un uomo – che due anni e mezzo fa ha mandato l'articolo a Ruben, ne sono certo» continuò. «E che l'estate scorsa mi aveva inviato indovinelli e rompicapo per dichiarare che ero colpevole di qualcosa, anche se all'epoca pensavo provenissero da Nova. È stato tutto pianificato anni fa. Qualunque cosa faccia la polizia per me, questa persona ha avuto un lungo periodo di tempo per organizzare ogni genere di contromisure. E adesso siamo arrivati a una sorta di conclusione, ma non ho idea di chi possa essere o cosa voglia.»

«Posso parlare con la Säpo e con il padre di Julia, il capo della polizia. Mettiamo a punto un piano. Subito.»

Vincent scosse forte la testa.

«No, niente piani. Non devi dirlo a nessuno. Promettilo. "Se vai alla polizia sarà tutto finito, subito" c'è scritto. E io prendo *estremamente* sul serio le minacce alla mia famiglia.»

Mina si lasciò scivolare per terra di fianco a lui. Non sapeva più cosa dire.

Ruben andò da Sara senza chiamare per avvisarla. La sera prima i bambini avevano fatto tardi, e loro due ancora di più, quindi presumeva che fossero a casa, probabilmente ancora in pigiama. In realtà non avrebbe voluto rovinare il Natale in famiglia con questioni di lavoro, ma non aveva scelta. Sara avrebbe capito.

Una volta davanti alla villetta a schiera, guardò dentro attraverso la finestra del soggiorno. Avevano passato gran parte della serata sul grande divano di velluto azzurro. Non era successo niente, almeno non fisicamente, eppure era successo tutto. Ruben non aveva mai saputo quanto potesse essere appagante anche solo parlare con qualcuno. Avevano discusso di tutto fino a ben oltre mezzanotte. Meglio del sesso con qualsiasi ventenne.

Nello stesso tempo, non poteva evitare di farsi qualche domanda. Se solo parlare con lei era così coinvolgente, come sarebbe stato se... No. Assolutamente no. Non poteva permettere ai pensieri di prendere quella strada.

Fece il giro della casa e stava per suonare il campanello quando sentì parlare Sara dall'interno. Sembrava fosse al telefono. La voce era alta e concitata, al punto che era come se fosse lì accanto a lui.

«Quanto ne siete sicuri?» disse. «Se Manojlovič è coinvolto in un sequestro di persona c'è il rischio concreto di maltrattamenti e persino di torture. Non possiamo aspettare troppo prima di agire. Dove sono in questo momento?»

Ruben si fermò con la mano sollevata. La famiglia Manojlovič aveva rapito qualcuno nello stesso momento in cui era sparito il ministro della Giustizia? Non poteva essere un caso.

«La zona industriale di Tyresö?» chiese Sara. «Sì, so esattamente dov'è. Il deposito lungo Vindkraftsvägen, sulla destra prima della curva. Lo teniamo d'occhio da tempo. Quanto ci vuole a far arrivare sul posto la squadra d'intervento speciale?»

Ruben indietreggiò in silenzio dalla porta. Sapeva cosa fare: avrebbe potuto precedere i colleghi, così avrebbe perlustrato l'area e fornito informazioni preziosissime, una volta che fossero arrivati. Agli occhi di Sara sarebbe diventato un eroe.

Tornò con una corsetta fino alla macchina, salì e premette a fondo l'acceleratore. Di lì a dieci minuti sarebbe stato a Tyresö.

L'ansia di Mina era contagiosa. Per Christer, il ministro della Giustizia era solo un uomo serio che in televisione parlava sempre di criminalità come se il paese si trovasse in piena guerra, ma per lei era il padre di sua figlia. Il suo ex marito, per quanto quell'idea gli risultasse stranissima.

Scacciò il pensiero di Mina. Mettere in mezzo le emozioni personali non sarebbe servito a ottenere risultati migliori. Oltretutto non era stato coinvolto nelle ricerche di Niklas Stockenberg: a lui toccava continuare a inseguire qualche elemento che potesse aiutarli nella caccia all'assassino che spargeva mucchi di ossa in metropolitana.

Come al solito, lo schermo gli trasmise un senso di sicurezza. Nei confronti del lavoro sul campo aveva un atteggiamento sempre più ambiguo: da un lato si offendeva se non gli chiedevano di partecipare alle operazioni, dall'altro si sentiva più attratto dalla prospettiva di dare il suo contributo esaminando migliaia e migliaia di pagine salvate su DurTvå. Non era raro che i casi venissero risolti alla scrivania, e lui era il primo a sottoscrivere quest'affermazione.

Inserì «2000» nel campo dell'anno sullo schermo, ottenendo un numero decisamente eccessivo di rapporti archiviati. Circoscrisse la ricerca limitandola a quelli legati alla metropolitana. I risultati erano meno, ma non pochi. Il principale mezzo di trasporto pubblico della capitale generava quotidianamente denunce di rapine, minacce, persone prive di conoscenza e così via.

Nei suoi primi anni in polizia aveva spesso pattugliato le banchine e i treni, odiando ogni minuto.

Dopo un'ora non aveva ancora scovato niente che gli sembrasse pertinente. Di certo il lavoro non era facilitato dal fatto che non sapeva esattamente a cosa stava dando la caccia.

Un uomo era morto intorno al 2000 e le sue ossa erano state ritrovate nella metropolitana vent'anni dopo. Non doveva per forza comportare che gli fosse successo qualcosa proprio là sotto: potevano averci portato solo lo scheletro. Forse la sua era una ricerca senza sbocco. D'altra parte, ci era abituato. La ricompensa per tutta quella fatica, la pentola d'oro alla base dell'arcobaleno, era quello sfarfallio di felicità alla pancia quando ogni tanto, contro ogni previsione, scopriva qualcosa che si rivelava determinante.

Sentì una leggera corrente sul collo. Il freddo invernale penetrava anche nella centrale. Si alzò per fare qualche esercizio per i muscoli di spalle e schiena, un'idea di Lasse. Suo malgrado, doveva riconoscere che aveva ragione: quei semplici movimenti rendevano più sopportabili le lunghe ore passate sulla sedia.

Guardò storto la scrivania di fianco alla sua, trasformata in una sorta di orgia di addobbi natalizi da una collega di un'altra divisione: folletti, abeti e persino una renna. Buon Natale di 'sto cazzo. Dopo essersi assicurato che non fosse nei paraggi, prese due folletti e li mise in posizione *doggy style*. Anche loro dovevano pur divertirsi un po'.

Si risedette ridacchiando e riprese le ricerche. Il tempo passava. Proprio quando le lettere cominciavano a saltellargli davanti agli occhi sullo schermo e stava soppesando l'idea di andare a prendersi un altro caffè, vide qualcosa che lo indusse a mettere a fuoco lo sguardo. Prese il telefono e compose il numero indicato nel rapporto. Un numero vecchio di vent'anni, ma con un po' di fortuna la persona in questione non lo aveva cambiato. La maggior parte della gente non lo faceva.

«Pronto? Qui Bengt Svensson» rispose una voce roca, chiaramente anziana.

Christer si fece il segno della croce in silenzio. Era l'uomo che cercava. Restava solo da sperare che non soffrisse di demenza senile: secondo i suoi calcoli, ormai doveva essere sull'ottantina.

«Sono Christer Bengtsson, della polizia di Stoccolma. La chiamo riguardo a un incidente del 2000.»

«Ah, caspita, si sa che la polizia ha poche risorse, ma questo dev'essere comunque una specie di record» rise Bengt.

Christer evitò di commentare. Di rado le risorse della polizia erano un argomento fruttuoso in cui imbarcarsi.

«Ricorda qualcosa di quell'episodio?» chiese Christer con tatto.

Bengt sbuffò sprezzante.

«Cosa crede, che non ci stia con la testa? Sappia che ho una memoria di ferro, esattamente come quando ero ragazzo.»

«Ah, benissimo» rispose Christer in tono di scuse. «Può dirmi quello che ricorda?»

«Certo. Stavo guidando un treno della linea verde, intorno alle due del pomeriggio, credo. Poco prima dell'ora di punta pomeridiana, in ogni caso. In quel momento non avevo a bordo troppa gente, non c'era la ressa che si forma sempre dopo le tre. Ero a metà tra Rådmansgatan e Odenplan, e lui era lì. Sui binari. Con le braccia spalancate come una specie di Gesù. Poi c'è stato il botto.»

«E dopo?» chiese Christer, con il battito leggermente accelerato.

Il suo istinto di poliziotto gli gridava che aveva individuato una pista importante.

«Be', ho seguito il protocollo: ho chiamato la centrale e tenuto fermo il treno. I soccorsi ci hanno messo una decina di minuti ad arrivare. Solo che poi è successa una cosa stranissima.»

«Cioè?» domandò Christer impaziente, pur sapendo già cos'avrebbe detto: era scritto sullo schermo davanti a lui.

«Non hanno trovato il corpo. C'era sangue sia sulla parte anteriore del treno che sui binari, dov'era avvenuto l'urto con quel povero diavolo, ma del cadavere nessuna traccia, lungo tutto il tratto della frenata. Era sparito. Volatilizzato.»

«Che ipotesi è stata fatta?»

«Qualcuno ha farneticato che l'urto doveva essere stato più lieve del previsto e che la persona investita aveva solo riportato delle ferite e si era allontanata zoppicando. Davano per scontato che fosse uno di quelli che vivono nelle gallerie, ed è orribile dirlo, ma nessuno se n'è curato più di tanto. Non si sono presi la briga di continuare le ricerche.»

«Invece secondo lei non è vero che quella persona se n'è andata con le sue gambe?»

Bengt sbuffò di nuovo.

«Erano già venticinque anni che lavoravo come conducente e la mia dose di poveri diavoli che avevano deciso di uccidersi sotto un treno lanciato a ottanta all'ora l'avevo avuta. Lo so che rumore fa quando investe un essere umano, e cosa resta del corpo. Non è un bello spettacolo. Non esiste che sia sopravvissuto. Qualcuno deve aver portato via i resti nel tempo impiegato dai soccorsi per arrivare sul posto.»

«E per quale ragione avrebbe dovuto fare una cosa del genere?»

«Ah, guardi, è un bel mistero, e nessuno ha mai voluto fare lo sforzo di scoprirlo. Perché me lo chiede? Come mai la polizia si interessa a questa faccenda, più di vent'anni dopo?»

«Non sono autorizzato a parlarne» rispose Christer.

Con la coda dell'occhio vide che la collega fanatica del Natale si avvicinava alla scrivania con una tazza di caffè in mano.

«Ha detto che ha visto l'uomo sui binari, giusto?» continuò. «Sarebbe in grado di descriverlo?»

«Stiamo parlando di una frazione di secondo, e all'epoca i ricordi erano più freschi, quindi immagino che il rapporto della polizia possa esserle di maggiore aiuto.»

«A me interessa quello che ricorda adesso» insistette Christer, soffocando una risatina nel vedere che la collega si sedeva senza notare i folletti che copulavano.

«Mah...»

Dal tono esitante, si capì che l'anziano conducente stava frugando nella memoria.

«Be', negli anni mi è capitato di ripensarci, a volte. E quello che ricordo è che era un uomo grande e grosso. Un gigante. Però può essere stata un'impressione che non corrispondeva alla realtà: nel buio delle gallerie, qualsiasi oggetto risulta facilmente deformato dalla velocità e dalla luce dei fanali. Comunque, la sensazione era di un tizio alto, con tanti capelli, scuri. E una gran barba. Poi... le consiglio di prendere questa cosa con le pinze perché già allora suonava veramente strana, ma mi era sembrato che in testa avesse qualcosa che luccicava, come d'oro.»

«Qualcosa che luccicava?» ripeté Christer pensoso.

Bengt rimase in silenzio.

«Mi prometta che si farà vivo, se ne venite a capo» disse poi il conducente. «Ci ho ripensato tante volte. Nei miei anni in metropolitana non mi sono imbattuto in chissà quali misteri, ma su questo non ho mai smesso di rimuginare.»

«Farò il possibile» rispose Christer, e dopo avergli educatamente augurato un buon Natale e un felice anno nuovo chiuse la chiamata.

Poi si appoggiò allo schienale e allacciò le mani dietro la nuca. La collega non aveva ancora fatto caso alla sconveniente attività che si stava svolgendo sulla sua scrivania.

«Tutto bene?»

Vincent la stava scrutando. Mina alzò le spalle con finta indifferenza. Trovava sempre difficile parlare della sua lotta quotidiana, anche con Vincent. Soprattutto ora che lui le aveva confidato la sparizione della sua famiglia e che anche Niklas era irrintracciabile, parlare delle sue paranoie le sembrava terribilmente superficiale. Come se non bastasse, una vita intera passata a cercare di nasconderle rappresentava un grosso ostacolo. Al momento si stava concentrando per affrontare ancora una volta la discesa nelle gallerie.

«C'è differenza tra quello che faccio a livello personale e professionale» disse. «So da sempre che, quando si tratta di lavoro, non posso permettere al cervello di giocarmi gli stessi brutti scherzi che mi fa quando sono... semplicemente me stessa. Non potrei rimanere in polizia. E amo troppo questo mestiere per rinunciarci.»

Vincent la guardò con rispetto.

«E tu?» chiese lei osservandolo mentre cercava di mettersi un paio di grossi stivali. Erano piuttosto ridicoli combinati con il resto del vestiario, come sempre elegante.

«Se solo riuscissi a infilarmi questi...» borbottò lui.

«Non possiedi un paio di jeans e una maglietta?» domandò Mina con un'occhiata ai pantaloni con la piega e alla camicia stirata con cura.

«Nessuna persona di buonsenso usa i jeans» rispose Vincent. «Già nel 2009 è stato constatato che la tela utilizzata per confezionarli contiene alti tassi di sostanze tossiche, come piombo e mercurio, insieme ad altre che provocano allergie. Perché dovrei indossarli, scusa?»

Mina scosse la testa.

«Lascia stare» disse. «Più che altro mi chiedevo come ti sentivi, considerando... tutto quanto.»

«In questo momento cerco di pensarci il meno possibile» rispose Vincent facendo un ultimo saltello a piè pari per calzare bene gli stivali. «Siamo qui perché Christer ha trovato un rapporto che probabilmente riguardava il re, che sarebbe stato investito da un treno. Credo che Julia non ci lascerà riemergere in superficie finché non le porteremo altre informazioni, quindi tanto vale cominciare.»

Si avviarono fianco a fianco verso l'ingresso delle gallerie, torcia alla mano. Appena si ritrovarono in mezzo alla sporcizia e ai rifiuti sparsi a terra, Mina sentì che il cuore prendeva a batterle più forte. Lanciò un'occhiata a Vincent.

«Come va la tua claustrofobia?» chiese.

«Più o meno come il tuo terrore dei batteri.»

Nessuno dei due era particolarmente forte, in quell'ambiente, ma avrebbero dovuto affrontare i loro demoni.

C'erano due gallerie tra cui scegliere, e Mina rifletté su quale fosse quella giusta mentre leggeva i graffiti sulle pareti: TROMBATI TUA MADRE e MUORI, BASTARDO. Aveva quasi voglia di prendere una penna e aggiungere un CARPE DIEM come contrappeso, ma evitò: non c'era nulla, lì sotto, che le ispirasse qualche massima edificante.

«A sinistra» disse alla fine, indicando la galleria che sembrava condurre verso tenebre senza fine.

«Bene, bene» rispose Vincent con voce leggermente stridula.

Mina gli diede un colpetto d'incoraggiamento sul braccio, ma il suo senso di superiorità nei confronti di Vincent e della sua fobia sparì non appena sentì qualcosa passarle in un lampo su uno scarpone. L'urlo che le sfuggì dalle labbra echeggiò tra le pareti, e per poco il sacchetto della pasticceria che teneva in mano non le cadde a terra.

«Un ratto» la informò Vincent seguendo con il cono di luce della torcia un roditore di proporzioni irreali che correva nel tunnel a sinistra.

«Ah, e io che pensavo fosse un jack russell o un gatto siamese!» replicò acida Mina. «Avanti, andiamo. Stare qui ferma mi agita e basta.»

A passi molto più decisi di quanto non si sentisse dentro, prese il comando e affrontò il buio del tunnel.

«Hai presente quel pigmento che mi hai regalato?» disse.

«Sì. L'hai usato?»

«Sei pazzo? Però che parola era, in latino? Mi sembra che si adatti perfettamente a queste gallerie.»

«*Umbra*. L'ombra totale.»

Lei annuì e assaporò la parola.

«*Umbra*. Ha un bel suono.»

«È una delle mie parole preferite, in effetti» annuì Vincent.

Via via che avanzavano, gli occhi si abituarono al buio e, come la volta precedente, ogni tanto dal tetto pendeva una lampadina che permetteva di vedere qualcosa di più rispetto al cono illuminato dalle torce. Mina sentiva battere forte il cuore nel petto e Vincent le pareva più pallido del solito, il che era tutto dire.

«Ma possibile che vivano così in fondo?» disse lui a un certo punto con voce fioca.

Mina gli appoggiò la mano guantata sulla spalla. Era strano essere, una volta tanto, la più composta dei due.

«Se non ricordo male, stanno qui dietro l'angolo.»

Indicò un punto con il fascio della torcia. Un forte scatto metallico lacerò l'aria, facendoli sussultare.

«C'è qualcuno?» chiamò Mina, sentendo rimbalzare la propria voce tra le pareti. «C'è qualcuno? Siamo della polizia. Sono Mina, ci siamo già visti una volta. Vogliamo solo farvi qualche domanda. Okay?»

Nessuna risposta. Proseguirono lentamente guardando dove mettevano i piedi. Nessuno dei due ci teneva a farsi perforare la suola da una bottiglia rotta o da un ago.

«C'è qualcuno?» chiamò Mina di nuovo, più piano.

Poco più avanti si intravedeva una debole luce guizzante. Sembrava provenire più da un fuoco che da qualche genere di illuminazione elettrica.

«Siamo qui» rispose una voce femminile in tono amichevole.

Mina la riconobbe: era Vivian. Di colpo una sagoma grande e grossa le si parò davanti, costringendola di nuovo a controllarsi per non lanciare un grido. Era Johnny, il figlio di Vivian, che le rivolse il suo sorriso da orecchio a orecchio.

«Sei tornata» disse tutto contento, e lei annuì. «Li hai portati i dolcetti?»

«Sì, sono tornata» rispose lei tendendogli le girandole alla cannella. «E ho con me un amico. Questo è Vincent.»

Johnny strillò di gioia e prese il sacchetto. Poi tese l'altra manona e strinse vigorosamente quella di Vincent.

«Venite, venite.»

Si girò e li precedette verso il falò.

Sembrava che non fosse cambiato niente dall'ultima volta che Mina era stata lì. Oltre a Johnny e Vivian, intorno al fuoco c'erano Kjelle, Nataša e OP.

«Si tratta dell'omicidio Palme? Siete venuti a prendermi?» borbottò OP alzandosi sospettoso.

Mina scosse la testa.

«No, neanche stavolta vogliamo parlare dell'omicidio Palme.»

OP non era convinto, ma sembrò accontentarsi della risposta e tornò a sedersi.

«Venite, accomodatevi.»

Vivian tese la mano verso alcuni pezzi di scatoloni, come una padrona di casa che li avesse invitati a una cena importante.

Quando si sedette senza fare una piega sul cartone sporco, Mina notò gli occhi sbarrati di Vincent e si sentì contenta e fiera di saper sfoderare un po' di quella forza di cui sapeva di essere dotata, nonostante tutto.

«Io ti riconosco» disse Nataša scontrosa puntando un dito su Vincent che, in pantaloni con la piega, sembrava del tutto fuori posto.

La camicia bianca si era già sporcata in più punti, e il fumo sembrava convergere consapevolmente verso la stoffa chiara.

«Come faresti a riconoscerlo, scusa? Mica frequenti gente di classe, tu» sbuffò sprezzante Kjelle.

«È quello che si vede in giro sui poster nelle stazioni!»

Tutti fissarono Vincent, concentrati e in silenzio. Poi Vivian giunse le mani di colpo.

«Ma sì, adesso ho capito! Fa quegli... spettacoli, vero?»

«Il vostro umile servitore» rispose Vincent.

Kjelle sbuffò di nuovo.

«Cosa ci fa quaggiù un vip?»

«Ogni tanto do una mano alla polizia per qualche indagine» rispose Vincent, in imbarazzo. «Tra le altre, quella su cui lavorano al momento.»

«Gli scheletri» disse OP. «Siete sicuri che l'omicidio Palme non c'entra? Il governo continua a insabbiare tutta la faccenda. Sono troppi i cosiddetti incidenti, e addirittura gli omicidi, che ancora oggi servono a nascondere la verità su quello che accadde davvero all'incrocio tra Sveavägen e Tunnelgatan alle 23.21 del 28 febbraio 1986.»

«Lo scenario più probabile è che in effetti sia stato proprio Christer Pettersson a...»

Una gomitata nel fianco da parte di Mina fece chiudere la bocca a Vincent. Non era proprio il momento di avviare una discussione sull'omicidio Palme e relativi misteri.

«Abbiamo bisogno del vostro aiuto per sapere qualcosa di più. L'assassino che cerchiamo sembra essere in qualche modo ricollegabile alla metropolitana ma non pensiamo che sia qualcuno di voi, assolutamente no» disse Mina. «Invece vorremmo qualche informazione sull'uomo che avete nominato l'altra volta, quello che veniva chiamato "il re".»

«Perché io sono re, re, re qui al ba-ar...» si mise a cantare Johnny, e a Nataša venne da ridere.

«Ma se sì e no eri nato, quando il re era qui» commentò.

Vivian le lanciò un'occhiata severa e gettò altra legna sul fuoco, apparentemente soppesando cosa dire. O se dire qualcosa. Le diedero il tempo di riflettere.

Mina non era sicura di quanto sapessero davvero e quanto fossero in grado di raccontare. Non era detto che laggiù al buio fosse rimasta qualche genere di informazione sul re.

«Io lo conoscevo» confermò Vivian. «E anche OP. E Tom il Matto, ovviamente.»

Mina raddrizzò le spalle. Qualcosa di piccolo, non delle dimensioni di un ratto, filò via veloce ai margini dell'area illuminata dal falò, e lei dovette dominarsi per non urlare e scattare in piedi. Non voleva compromettere la fragile fiducia che sentiva di aver costruito.

«Quindi lo conoscevate» disse cauta.

Johnny continuò a canticchiare il pezzo di Magnus Uggla mentre Nataša fissava Vincent con genuina curiosità.

«Chi era?» chiese Mina.

OP aggrottò la fronte come se non capisse la domanda. «In che senso? Era il re.»

«Non aveva un nome? Sapete come si chiamava?»

Vincent batté le palpebre per scacciare il fumo che, a quanto pareva, si era innamorato della sua camicia bianca.

«Non avevamo nomi. Era stata un'idea del re. I nostri li avevamo lasciati lassù, in superficie, così come la nostra identità precedente. Eravamo io, Vivian, Tom il Matto, Svala, Knivas, Järven e Bisse. Sono morti tutti. Siamo rimasti solo io e Vivian.»

«Non hai idea di chi fosse o da dove venisse?» chiese Vincent dando qualche colpo di tosse.

«No» rispose OP. «Non hai sentito cos'ho detto? La nostra identità era rimasta lassù.»

«E com'era?» domandò Mina in tono mite.

Con la coda dell'occhio si accorse che Vincent ascoltava attentamente.

«Oh, il re era formidabile» disse OP con parti uguali di dolore e ammirazione nella voce. «Sapeva sempre cosa dovevamo fare ed era un pozzo di scienza, soprattutto in storia. Non c'era domanda a cui non fosse in grado di rispondere: anni, guerre, castelli, principi e principesse... Che si trattasse della Svezia, della Cina, dell'America, aveva sempre la risposta. Ed era allegro. Sempre allegro e ottimista. Tranne... tranne quando non lo era...»

«In che senso?»

Vincent sembrava del tutto indifferente al fatto che la sua camicia, così come la sua faccia, si fosse coperta di fuliggine.

«Non c'è nieeeente da far! Sono re, re, re qui al ba-ar. Se c'è una cosa che si sa-a è che il venticinque a bere si va-a!»

Johnny ce la stava mettendo tutta e il testo della canzone di Magnus Uggla riportò Mina alle lunghe serate al bar prima di conoscere Niklas.

Il pensiero dell'ex marito la fece sussultare. Per un po' era riuscita a tenerlo a bada, ma all'improvviso la realtà tornò a sopraffarla. Avrebbe dovuto cercare lui, in quel momento, invece di stare lì a parlare di qualcuno vissuto diversi decenni prima.

«A volte il re...» disse Vivian cercando le parole giuste. «Diciamo che a volte non era allegro, ma non voleva che la cosa ricadesse su di noi, e così, quando sentiva che il buonumore cominciava a sparire, spariva anche lui per un po'. Dove andasse non lo so. Poi, quando era di nuovo contento, tornava. E noi altri ci occupavamo del principe.»

«Il principe?» chiese Mina sorpresa.

Vincent aprì la bocca per dire qualcosa, ma lei sollevò un dito per dissuaderlo. Era un'informazione nuova e non voleva lasciarsi scappare la possibilità di scoprire qualcosa di più.

«Chi era?» domandò.

OP alzò gli occhi al cielo. Nataša e Johnny risero, ma un'occhiata di Vivian li fece smettere subito.

«Chi è un principe? Per definizione, il figlio di un re» disse OP con un sorriso di scherno per la stupidità della domanda.

«Il re aveva un figlio? È questo che stai dicendo? Un bambino? Di quanti anni?»

OP aggrottò la fronte. Quando Vivian fece per intervenire, la zittì.

«So rispondere io» disse.

«Quanto era alto?» chiese Vincent. «Quanto era alto il principe?»

OP indicò un punto della parete.

«Là. Guarda là.»

Mina si alzò velocemente e illuminò l'area con la torcia, visto che la luce del fuoco non serviva a molto. Ed ecco: una serie di tacche di quelle che spesso si vedevano sugli stipiti. Tacche che segnavano l'altezza di un bambino. Si avvicinò per confrontare l'ultimo con la propria altezza. Le arrivava più o meno al petto. Lei era uno e sessantacinque. Quindi? Centotrenta o centoquaranta centimetri? Come un ragazzino di otto o nove anni, immaginava.

«L'ultima volta hai detto che il re non voleva morire ma che hanno vinto le tenebre. Allora è morto, alla fine? E cosa ne è stato del principe?»

Dopo un attimo di esitazione, Vivian rispose.

«Il principe è salito in superficie. Il re aveva lasciato istruzioni precise. Non so altro. Non l'abbiamo mai più visto. Lui... Un bambino... Un bambino di quell'età non doveva stare qui. È passato tanto tempo.»

Il fuoco crepitò. Nessuno disse più nulla, ma Mina non riusciva a smettere di pensare al bambino vissuto nelle tenebre là sotto.

Adam fece un passo indietro per vedere cosa dipingeva Akai. Forse dipingere non era il verbo giusto. Cosa disegnava con le bombolette, forse. Insomma, quello che faceva.

Lo aveva sorpreso scoprire che avevano più o meno la stessa età. Nel mondo di Adam erano solo gli adolescenti a fare quelle cose. D'altra parte, il risultato che vedeva sul muro non era sicuramente da quindicenne rabbioso e frustrato che voleva soltanto rovinare i beni pubblici.

Se si stava vicini alla parete di cemento grigio si scorgevano solo delle linee arancioni apparentemente casuali, ben definite grazie alle maschere utilizzate. Sembrava quasi arte astratta.

Se però si arretrava di un paio di metri, all'improvviso emergeva l'immagine viva di un leone in corsa.

«Sono davvero colpito» disse Adam.

«Grazie. Il leone è il mio animale simbolo.»

«Figo. Io credo di essere nato nell'anno del ratto o qualcosa del genere.»

L'uomo alto e pallido sorrise.

«Non è proprio la stessa cosa.»

«Immagino. Perché lo fai? Perché spruzzi vernice in luoghi pubblici, con il rischio di essere beccato dalla polizia? Di dipingere sei capace, quindi come mai...»

«Come mai non dipingo sul serio?»

Akai si sistemò meglio sulla testa il berretto di lana blu e indicò il leone sul muro.

«Per questo. Per la libertà. Per la possibilità di creare senza dovermi adeguare alle condizioni poste dal sistema. Ho già dato. Non indovinerai mai dove sono esposte alcune mie opere. Ma dentro morivo. Per ogni quadro costoso che vendevo a una persona annoiata e benestante che cercava qualcosa di "carino" in tono con il divano da appendere alla parete, morivo un po' di più. In questo modo sono libero.»

«Ma come... Capisco che è una domanda sfacciata, ma come ti mantieni?»

Akai ammiccò. Sopra la barba ispida gli occhi scintillavano.

«I quadri me li sono fatti pagare cari. E vivo con poco. Se continuo in questo modo, il capitale che ho da parte mi durerà per il resto della vita. Dovessi proprio essere alle strette, organizzerò una nuova mostra. Magari non andrò avanti ad aragoste e champagne, ma a chi servono, quando si ha questo?»

Inspirò a fondo e chiuse gli occhi. Poi espirò piano, apparentemente in pace con se stesso.

Suo malgrado, Adam era affascinato dalla visione della vita di Akai. Era davvero così semplice? Abbassare l'asticella, saltare giù dal treno del consumismo, fare quello che si voleva fare davvero e godersi la libertà.

«Perché allora dipingi le tue opere nei tunnel, dove non le vede nessuno?»

Mentre parlava, Akai continuò a spruzzare la vernice, aggiungendo diversi dettagli a quella che Adam capì essere la criniera del leone.

«Sì che qualcuno le vede. Secondo me anche quelli che vivono qui sotto hanno bisogno di un po' di bellezza. La vita non è stata tenera con loro, ma sono brave persone. E qualsiasi cosa ne pensiate voi, non stanno male. Sono uniti. Sono una famiglia. E mi accettano. Hai visto il murale in cui li ho ritratti?»

Adam scosse la testa.
«Dov'è?»
«Da questa parte. Vieni!»
Akai lo condusse infervorato verso uno slargo della galleria e Adam lo seguì curioso. C'era qualcosa, nell'arte di quell'uomo, che lo attirava.
«Ecco!» disse Akai indicando fiero un alto muro di cemento. Adam rimase senza fiato. Nella sua semplicità, il murale era stupendo. Con pochi tratti, Akai aveva restituito le persone intorno a un fuoco, proprio come le aveva viste lui. Qualcuno aveva rovinato una piccola parte dell'opera, ma per il resto era intatta.
«Davvero incredibile» commentò Adam, convinto.
Akai indicò il muro con il barattolo di vernice. Aveva la mano chiazzata di arancione.
«Una cosa così non si appende in salotto» disse, «ed è proprio questo il senso. È un'esperienza. Qui. Ora. Aperta a chiunque. Senza un biglietto da pagare, senza bisogno di invito. È arte ed è gratuita, per tutti. Come è stata pensata l'arte in origine.»
«Potrei restare a parlare di arte per tutta la giornata» rispose Adam, senza riuscire a staccare gli occhi dal dipinto, «ma ho anche un compito da svolgere. Nelle tue peregrinazioni all'interno delle gallerie, hai visto qualcosa che potrebbe aiutarci, o sentito qualcosa da quelli che ci vivono? Magari sulle ossa che hai trovato?»
Akai rifletté mentre osservava il murale. Poi scosse lentamente la testa.
«Se potessi aiutarvi lo farei. Non penso si debba tenere nascosta la verità. Non è un mio principio. Però no, davvero non so niente. D'altra parte, non ho nemmeno fatto domande. Ci sono cose di cui non si parla, qui.»
«Okay, grazie lo stesso.» Adam cercò di non lasciar trasparire la delusione.
L'ennesimo vicolo senza uscita. Se non altro, però, ave-

va potuto vedere il modo in cui lavorava Akai. Non erano opere che avrebbe dimenticato facilmente. Con uno sguardo interrogativo, sollevò il telefono.

«Posso fare una foto?»

Akai rispose spalancando le braccia e sorridendo.

«Ma certo» disse. «È uno dei lati belli della mia arte: non puoi portartela via, eppure puoi. Fai tutte le foto che ti pare. È libera e gratuita.»

Adam annuì per ringraziarlo e premette più volte il pulsante della fotocamera.

Mentre andava verso la stazione della metropolitana vide che Akai tornava al murale del leone. Si chiese come sarebbe stato una volta finito.

In confronto a quella polverosa delle gallerie, l'aria invernale di Stoccolma sembrava fresca e frizzante. Per un attimo Mina riuscì addirittura a ignorare tutte le particelle di sporcizia e gas di scarico che conteneva.

Vincent andò a gettare in un cestino le salviette umidificate che gli aveva dato Mina per ripulirsi il viso dalla fuliggine. Dopo aver preso in considerazione l'idea di salire sulla metro per tornare in centrale, avevano deciso di andarci a piedi. Non distava molto e Vincent aveva detto che ragionava meglio, se si muoveva. Mina sospettava che la prospettiva di restare nei tunnel, anche se a bordo di un treno, non lo attirasse troppo, ed era d'accordo con lui.

«Quanto ti è costato?» gli chiese sbirciandogli il viso. «Hai dovuto snocciolare numeri primi come l'altra volta?»

«In realtà le gallerie erano più larghe di quanto pensassi» rispose lui. «Sono riuscito a tenere a bada la claustrofobia, e l'interessante conversazione mi è stata di grande aiuto. Diciamo che non muoio dalla voglia di rifarlo, ecco.»

Mina rise e il suo alito formò una nuvoletta bianca.

«L'interessante conversazione, eh? È proprio da te considerarla tale. Cose ne hai ricavato, quindi? Qualcosa che a me è sfuggito?»

Un uomo stava venendo verso di loro con sette cani al guinzaglio, legati a lui tramite una cintura intorno alla vita.

Dato che la parte spalata del marciapiede era troppo stretta perché ci stessero tutti, dovettero spostarsi rapidamente: Vincent la prese per mano e insieme saltarono un cumulo di neve scendendo sulla strada per lasciarli passare. Mina imprecò tra sé. Avrebbe dovuto essere proibito tenere cani in città. O meglio, tenere i loro *proprietari* in città. Oltretutto due dei cani fecero pipì su un lampione proprio quando erano alla loro altezza.

«Stavo pensando a una cosa che ha detto lei... Nataša, credo, *en passant*» disse Vincent quando se li lasciarono alle spalle. «Ha buttato lì che Johnny sì e no era nato, quando è morto il re.»

Mina annuì e si rese conto di tenerlo ancora per mano. Le era venuto naturale, ma nel momento stesso in cui ne divenne consapevole le sembrò imbarazzante. Lo lasciò andare e tornò sul marciapiede scavalcando il cumulo di neve.

«Ricordo che ha detto qualcosa del genere. Perché ci stai pensando?»

«Secondo te quanti anni ha?»

Mina rifletté. Johnny era davvero una persona speciale. Sembrava che in lui convivessero tante età diverse.

«Difficile dire cosa ci sia dietro tutta quella sporcizia e quella barba» rispose, «però direi circa... venticinque?»

Vincent annuì soddisfatto.

«Credo anch'io, ma teniamoci un po' di margine. Se il re è morto un anno circa dopo la sua nascita, significa che il decesso risale a un periodo compreso tra venti e venticinque anni fa, cosa che coincide con la datazione delle ossa sconosciute che avete trovato nelle gallerie. Combiniamole con le informazioni scovate da Christer sull'incidente in metropolitana: l'uomo investito aveva in testa qualcosa che luccicava. Secondo me era una corona. Anche dal punto di vista temporale torna tutto. Se avessimo dovuto basarci solo sulla telefonata di Christer con il vecchio conducente sarebbe stata molto incerta, come supposizione, ma ora sono convintissimo che lo scheletro appartenga al re.»

Mina alzò gli occhi verso il cielo, al momento azzurro e limpido, solcato da un piccolo stormo di uccelli. Una tessera del puzzle era andata al suo posto. Non sapeva se fosse importante, ma aveva l'impressione di sì. E Vincent l'aveva trovata ascoltando un'osservazione fatta di sfuggita, mentre lei si era concentrata su altro. Spostò lo sguardo sull'uomo sporco di fuliggine che le camminava accanto e sentì un'ondata di calore riempirle il petto. Cercò di riportare l'attenzione su quello che stavano dicendo.

«Quindi pensiamo di sapere a chi appartengono le ossa... però non abbiamo idea di chi fosse in realtà il re. Né di come si chiamasse o da dove venisse. E nemmeno se avesse qualcosa a che fare con le vittime.»

«C'è anche un'altra cosa» disse Vincent. «Il re è morto subito prima che Erika Sävelden, Marcus Eriksson e Jon Langseth cadessero in depressione. Sto solo facendo congetture, però pensa se davvero c'è un legame tra il vecchio scheletro e quello che è successo nel presente. Possibile che le vittime e il re si conoscessero? E addirittura che sia stata la sua morte a scatenare la loro depressione? In un caso normale non butterei lì un collegamento basato solo su supposizioni, ma in fondo i loro resti sono stati trovati nello stesso stato dei suoi.»

Smise di parlare, si fermò e guardò dritto davanti a sé, pensoso.

«Ritiro l'ultima parte del ragionamento» continuò poi, grattandosi la guancia. «Una conoscenza diretta forse non c'entra. Manca un anello di congiunzione, ma sono quasi del tutto convinto che tutti e tre avessero qualcosa che li univa a un senzatetto investito nella metropolitana di Stoccolma intorno al 2000. Un uomo con una corona. E se è così, questo riguarda anche il tuo ex marito.»

Mina lo fissò. Per la prima volta sembrava che fosse emerso qualcosa che somigliava a una risposta invece delle continue domande che si aggiungevano ad altre domande. Ed era bastata una camicia piena di fuliggine.

«Dobbiamo trovare quell'anello di congiunzione» disse.

Al caffè non c'era neanche da pensarci: lo beveva solo se fatto con chicchi appena macinati e preparato da un barista di professione. Quello del ministero, in genere rimasto per troppo tempo sulla piastra, non lo prendeva nemmeno in considerazione. Aveva optato per un tè, ma non certo fatto con le tristissime bustine finanziate dallo stato. Insieme a un barattolo segreto di autentico tè di Ceylon, teneva nascosto un vasetto di miele d'api. Quello liquido nel dosatore di plastica sul tavolo non era degno di essere definito tale.

«Tor, la vuole la premier.»

Una delle assistenti più giovani era entrata ansimando nella sala ristoro. Tor si bloccò con il cucchiaino pieno di miele che colava lentamente nella tazza.

«Di' che la chiamo tra cinque minuti» rispose, e continuò a prepararsi il tè con tutti i crismi.

«Ma, ma... è la premier! Non vuole rispondere subito?»

L'assistente era rossa in viso per l'ansia e Tor provò un moto di empatia nei suoi confronti. Non sarebbe durata a lungo negli uffici governativi, con quel livello di resistenza allo stress.

«Ho detto che la richiamo io tra cinque minuti» ripeté, stavolta con un filo di acciaio nella voce.

La ragazza capì l'antifona e sparì veloce com'era arrivata. Tor assaggiò il tè. Perfetto. Assolutamente perfetto.

Senza correre, imboccò il corridoio e raggiunse il suo ufficio. Non voleva rovesciare qualche goccia. Il miele gli avrebbe impiastricciato le dita, e se c'era una cosa che detestava era avere le mani appiccicose.

Appoggiò delicatamente la tazza, non senza prima metterci sotto qualcosa. La scrivania era in quegli uffici da secoli e non voleva essere lui a rovinarla.

Controllò che fosse tutto perfettamente allineato, bevve qualche sorso di tè bollente e si allungò verso il telefono. La calma esteriore dei suoi movimenti non corrispondeva fino in fondo a quello che provava. Cosa voleva la premier? Chiaramente si trattava della scomparsa di Niklas: non c'era nulla di più urgente e importante, in quel momento. Cosa doveva aspettarsi, però? Rabbia? Appoggio? Nuove informazioni?

Come sempre fu la segretaria a rispondere ma, essendo attesa, la telefonata venne subito inoltrata.

Lui e la premier si conoscevano da molti anni. Le rispettive carriere politiche si erano inseguite, incrociate e a volte anche scontrate fin dai tempi dell'organizzazione giovanile del partito. La premier Hjortén lo aveva addirittura preso da parte e, con inaspettata sollecitudine, gli aveva chiesto se davvero voleva fare un passo indietro e diventare il portavoce del ministro della Giustizia invece di intraprendere altre strade politiche più scontate.

Lui le aveva assicurato che sapeva ciò che faceva. Tor aveva sempre un piano. Niente accadeva per caso e accettare quella che a un primo sguardo poteva sembrare una mossa azzardata dal punto di vista della carriera aveva il suo perché, come diceva sempre suo padre.

«Ciao, Anna, sono Tor. Mi avevi cercato.»

«Ciao, Tor. Nessuna novità?»

La voce tradiva lo stress. Riusciva a immaginare quanto doveva sentirsi sotto pressione.

«No, nessuna» rispose, consapevole che la minima pagliuzza di speranza che le avesse offerto sarebbe stata accolta con gioia.

D'altra parte cos'avrebbe potuto dirle di nuovo, considerando che era a lei che rispondevano il corpo di polizia e la Säpo nella loro quasi totalità?

«Bisogna risolvere questa faccenda» disse Anna Hjortén. «Dobbiamo trovarlo. I governi e i mezzi d'informazione del mondo intero hanno gli occhi puntati su di noi. Se il nostro ministro della Giustizia verrà trovato ucciso faremo la figura di una repubblica delle banane.»

«Non c'è motivo di pensare al peggio» la tranquillizzò Tor. «Per il momento non è stato trovato morto nessuno.»

Cercò di nascondere quanto era preoccupato lui stesso per la sparizione di Niklas: alla premier non sarebbe servito a nulla che le confidasse i propri timori. Era della massima importanza mantenersi calmi e controllati.

«Cosa posso fare per te?» le chiese.

Sapeva per esperienza che le conversazioni con lei potevano durare parecchio.

«Voglio che affronti l'*Expressen*. Avrai sicuramente visto la loro rubrica "Notabili nascosti", in cui intervistano varie persone nei corridoi del potere sconosciute alla gente comune. Ho chiesto al mio portavoce di parlare con loro della possibilità di invitare te per la prossima puntata.»

«Scusa, Anna» rispose Tor, «ma siamo sicuri che sia la scelta giusta? In questo momento il mio unico impegno è cercare Niklas.»

«Esatto» disse la premier, «ed è proprio di questo che parlerai. Dobbiamo essere *noi* a controllare la narrazione della scomparsa di Niklas, non i media. È necessario mettere in luce la forza del ministero della Giustizia, quindi mostrati intraprendente. Sarà la tua faccia a rappresentarlo e in fondo non c'è niente di male se un po' di attenzione convergerà verso la tua persona, no? Lo sanno tutti che sei sceso di un paio di gradini, quando hai accettato il posto di portavoce. Tra l'altro hai gestito bene la conferenza stampa, stamattina.»

Per tutta risposta, Tor sospirò.

«Però, detto tra noi» continuò la premier, «come stava Niklas l'ultima volta che l'hai visto? Potrebbe trattarsi, non so, di burn-out? Una crisi esistenziale dovuta alla mezza età, una sindrome post-traumatica dopo quello che è successo l'estate scorsa?»

«Prima di Natale era in forma perfetta» rispose secco Tor. «Sia fisicamente che psicologicamente.»

«Non so se questo mi tranquillizzi o mi agiti di più» commentò Anna Hjortén. «Comunque, che mi dici dell'*Expressen*?»

Come portavoce capiva il suo ragionamento: era la cosa giusta da fare. Bevve un sorso di tè; purtroppo aveva cominciato a raffreddarsi.

«Certo» disse. «Farò l'intervista.»

«Bene. Sarà domani.»

Quando ebbero concluso la chiamata, si alzò e andò a prepararsi dell'altro tè. Freddo, lo detestava.

Seduto in cucina, Vincent teneva i gomiti sul tavolo e la testa appoggiata alle mani. Dopo il giro nelle gallerie sottoterra non aveva nessuna voglia di tornare a casa, ma Mina aveva come sempre bisogno di rientrare per farsi una doccia, e si erano salutati nel garage della sede della polizia. Non era proprio il caso di chiederle se poteva accompagnarla. Puzzava di fumo e doveva cambiarsi ma... avrebbe tanto voluto passare altro tempo con lei.

E invece era lì in cucina, l'unica stanza dove riusciva a stare oltre alla camera da letto. Nel soggiorno non metteva piede dal giorno prima. Il mal di testa aumentava sempre, lì dentro, e poi voleva evitare la parete. Naturalmente sapeva che era irrazionale avere paura di una parete, ma non importava. Tanto, in casa non c'era più nessuno che potesse fargli la predica.

Il vuoto era quasi fisico. I muri erano ancora impregnati dell'eco degli strilli di Aston e delle sgridate di Maria. Il divano davanti al televisore era un po' appiattito nel punto in cui si sedeva di solito Rebecka. E se si sforzava un po' riusciva quasi a sentire Benjamin discutere di quotazioni azionarie. Ma erano tutti echi, appunto. Come fantasmi nel suo cervello pronti a ricordargli che in realtà non c'era proprio nessuno.

A ricordargli che la sua famiglia era in mano all'Ombra.

Si passò una mano sul viso.

Quel genere di pensieri non aiutava. Non sapeva cosa volesse da lui l'Ombra in concreto e, finché non l'avesse scoperto, doveva mantenersi occupato. Al momento l'apatia era la sua peggior nemica.

Cercò di concentrarsi sul materiale che aveva sparso sul tavolo. C'erano gli appunti della conversazione avuta poco prima nei tunnel sotterranei e le copie di tutto il resto della documentazione che riguardava l'indagine. Era stato autorizzato a portarle a casa a condizione di non dirlo a nessuno. Come se lì ci fosse qualcuno a cui avrebbe potuto riferirlo.

In mezzo ai fogli c'era anche la cornice con le quattro clessidre. Sotto ciascuna aveva attaccato una striscia di nastro adesivo con l'indicazione di quanto tempo ci metteva a scendere tutta la sabbia. Diciassette minuti e tredici secondi per la prima. Tredici minuti e cinque secondi per la seconda. Dieci minuti e tre secondi per la terza. Sedici minuti e tre secondi per la quarta. Anche se probabilmente erano solo i minuti a contare, per sicurezza aveva annotato pure i secondi.

Aveva avuto la conferma che misuravano tempi diversi, ma si era sbagliato di grosso riguardo ai rapporti tra le clessidre. Diciassette, tredici, dieci e sedici. Pur avendo cercato dappertutto, non era riuscito a scoprire cosa potessero esprimere quei numeri. E lì si fermavano le idee riguardo alle clessidre.

Con la coda dell'occhio vide l'acquario.

I *mudminnows* avevano bisogno di mangiare. Forse poteva dare loro le scagliette senza avanzare troppo nella stanza? Dopotutto era utile spostarsi fisicamente, quando si cercava di venire a capo di qualcosa, ed era proprio quello che stava facendo. Espressioni come «cambiare prospettiva» e «trovare un altro punto di vista» non erano solo metafore, ma metodi di risoluzione dei problemi assolutamente efficaci.

Si alzò, andò all'acquario, si versò un po' di scagliette nella mano e la appoggiò sulla superficie dell'acqua. Come al solito, i pesci vennero a mangiargli dal palmo. Aston aveva dato un nome a tutti, ma Vincent non ne ricordava neanche uno. Tenne lo sguardo incollato all'acquario, attento a non sollevarlo per sbaglio sulla parete.

Poi lo spostò verso il tavolo della cucina, dove c'erano le clessidre. Non le aveva mai viste da quella distanza e con quell'angolatura. Magari la prospettiva diversa avrebbe potuto fargli scattare qualcosa nella mente.

«Trova il quarto prima che scada il tempo» c'era scritto sul foglio.

Quando i pesci ebbero finito di mangiare tornò in cucina e si sedette.

Avrebbe voluto avere vicino Mina. Ragionava sempre meglio quando c'era lei. Ma casa sua non era più sicura per nessuno.

Il quarto.

Aprì le cartelline con i documenti relativi a Jon Langseth, Erika Sävelden e Marcus Eriksson. Sapeva già cosa c'era scritto. Le tre vittime non si conoscevano e non avevano nemmeno amici o colleghi in comune. Erano stati individuati pochi punti di contatto.

Li ripassò mentalmente.

Uno: le vittime avevano fatto una carriera stellare.

Due: vent'anni prima avevano toccato tutte e tre il fondo.

Tre: subito prima di sparire, sembravano consapevoli che sarebbe successo loro qualcosa.

Quattro: i loro resti erano stati trovati in diversi punti della rete della metropolitana. Jon Langseth a Stadshagen, sulla linea blu, Erika Sävelden a Karlaplan sulla rossa e, se Tom il Matto aveva detto la verità, Marcus Eriksson a Bagarmossen sulla verde. Tutto qui.

Quasi.

C'era anche lo scheletro del re a Odenplan. Forse esisteva un filo conduttore che univa tutto. O forse no.

Come se non bastasse, c'era Niklas Stockenberg, l'ex

marito di Mina scomparso, per il quale valevano almeno i primi tre punti dell'elenco.

Gli venne voglia di buttare all'aria le cartelline per la frustrazione. Era tutto così... confuso.

Sul tavolo aveva messo anche una cartina di Stoccolma su cui aveva cerchiato i posti dove erano state rinvenute le ossa e una della metropolitana con le relative stazioni evidenziate. Prima aveva provato a individuare un nesso geografico tra le fermate o i luoghi, come con la scacchiera di Nova l'estate precedente, ma nemmeno questo aveva prodotto qualche risultato.

Un attimo, però.

Guardò di nuovo la cartina della metro.

Lo scheletro di Marcus Eriksson era stato rinvenuto lungo la linea verde, ma in realtà le linee verdi erano più di una. Per la maggior parte del percorso coincidevano, per cui sembravano una linea unica, ma all'altezza di Gullmarsplan si dividevano in tre direzioni, con tre numeri diversi.

Lo stesso valeva per quella rossa e quella blu. Uscendo dalla city si separavano in due linee ciascuna, con numeri diversi.

Tornò ai rapporti.

Marcus Eriksson: Bagarmossen, sulla diciassette verde. Erika Sävelden: Karlaplan, sulla tredici rossa. Jon Langseth: Stadshagen, sulla blu dieci o undici.

Diciassette.

Tredici.

Dieci o undici.

Vincent guardò di nuovo le clessidre e le annotazioni sui rispettivi tempi di scorrimento della sabbia.

17 min (13 sec).

13 min (5 sec).

10 min (3 sec).

16 min (3 sec).

Si diede una pacca sulla fronte. La risposta era lì davanti a lui fin dall'inizio. I minuti delle prime tre clessidre coincidevano con i numeri delle linee lungo le quali erano stati trovati gli scheletri, oltretutto nell'ordine in cui erano scomparse le vittime.

Marcus, 17.

Erika, 13.

Jon, 10.

Vincent imprecò tra sé. Avrebbe dovuto accorgersene da un pezzo, ma nel corso delle indagini non era stata prestata nessuna attenzione ai numeri delle linee, solo alle stazioni in cui erano stati scoperti i tumuli. D'altra parte, non era una scusa. Il Maestro Mentalista era lui, ed era lui che doveva sapere quelle cose.

L'ultima clessidra doveva simboleggiare *il quarto*. Le ossa più vecchie, non ancora identificate ma con ogni probabilità appartenute al re, erano state rinvenute a Odenplan, che era una fermata delle linee diciassette, diciotto e diciannove. Invece la clessidra faceva riferimento alla *sedici*. Quindi il re non doveva essere *il quarto*. E nelle gallerie non c'erano altri mucchi di ossa. Avevano cercato. Di conseguenza l'unico a cui poteva alludere era Niklas Stockenberg. Restava da capire dove passava la linea sedici.

Esaminò la cartina, senza riuscire a individuarla. Le linee erano numerate in ordine crescente, ma dopo la quattordici, che era quella rossa da Mörby Centrum a Fruängen, si saltava alla diciassette, cioè la verde tra Åkeshov e Skarpnäck. La quindici e la sedici non c'erano proprio.

Trova il quarto prima che scada il tempo.

Il mal di testa riprese a tormentarlo.

La buona notizia era che sapeva lungo quale linea della metropolitana sarebbe stato trovato Niklas Stockenberg, e gli elementi che avevano in mano sembravano suggerire che avrebbero potuto salvargli la vita.

Quella cattiva era che si trattava di una linea inesistente.

Ruben avanzò in macchina a passo di lumaca attraverso la zona industriale che qualcuno aveva avuto la brillante idea di piazzare nel bel mezzo del bosco. Nonostante ci fosse un certo movimento, era un nascondiglio perfetto se ci si voleva tenere lontani da sguardi indiscreti. All'interno dei grandi capannoni, sia quelli industriali che i semplici magazzini, poteva svolgersi qualsiasi attività senza che venisse a saperlo nessuno. Svoltò in Vindkraftsvägen. Per non attirare l'attenzione, invece di una macchina della polizia aveva preso la sua Chevrolet Camaro personale, in segreto battezzata Ellinor.

Vide subito quale doveva essere il deposito nominato da Sara. Era sulla destra, appena prima di un piccolo parcheggio sotto gli alberi, l'ultimo edificio prima che la strada curvasse bruscamente a sinistra. Un covo perfetto. Proseguì e lasciò la macchina più avanti. Poi tornò indietro a piedi cercando di comportarsi come se fosse uno che lavorava lì intorno.

Il parcheggio all'angolo era deserto. Una scaletta metallica saliva verso una rampa di carico. Sulla parete, di fianco al portone di ricevimento merci, c'era un'insegna bianca con una scritta verde, che però sembrava piuttosto vecchia. Inoltre la lampada che avrebbe dovuto illuminarla era spenta. Ne dedusse che l'azienda informatica che pubblicizzava si era trasferita.

C'erano anche una porta e una finestrella. Una fortuna, considerando che la maggior parte dei capannoni non aveva finestre. Già a distanza, comunque, si vedeva che all'interno era buio, mentre fuori c'era ancora luce. Se avesse provato a guardare dentro, avrebbe corso il rischio che si vedesse la sua sagoma. Salì piano la scala e appoggiò l'orecchio al largo portone di ricevimento merci, che poteva essere sollevato come una saracinesca e non sembrava particolarmente spesso. Non sentì nessun rumore.

Doveva vedere cosa c'era senza farsi scoprire. La domanda era come riuscirci. Si guardò intorno e vide un legnetto che spuntava proprio alla base della saracinesca. Doveva essere rimasto incastrato quando era stata abbassata, e la fessura tra il bordo inferiore e il pavimento era poi stata coperta dalla neve. Proprio quello che gli serviva. Se avesse creduto in qualche genere di potenze celesti, le avrebbe ringraziate.

Spostò la neve con le mani, poi si stese facendo il meno rumore possibile e sbirciò attraverso lo spiraglio. Dentro c'era un grande ambiente, di almeno otto metri di altezza, dove avrebbe potuto lavorare comodamente una decina di persone. In quel momento, però, non c'era nessuno. Era vuoto, senza mobili, mensole, persone, niente. Soprattutto, niente Niklas Stockenberg.

Le fonti di Sara si sbagliavano.

Non erano lì.

Si alzò e si spazzolò via la neve dai vestiti. Il Noa stava mandando la squadra d'intervento speciale nel posto sbagliato. Doveva farsi venire in mente dove la famiglia Manojlovič aveva portato il ministro, e in fretta, in modo da poter dire a Sara dove andare. Tornò alla macchina e si mise a riflettere.

I Manojlovič erano una grande famiglia. Originariamente l'attività era partita da Södertälje, anche se non tutti i membri ci abitavano ancora. Difficile fossero così scemi da portarsi Stockenberg a casa propria. Però magari... in quella di qualcun altro.

Gli venne un'idea folle. Era un tentativo alla cieca, ma controllare non costava nulla. Prese il cellulare ed entrò su ratsit.se.

Tombola. Peter Kronlund, che aveva fatto di tutto per nascondere il suo passato, era ancora proprietario di una casa di villeggiatura nei pressi di Södertälje. Ruben avviò l'auto, controllò velocemente lo specchietto retrovisore, diede gas e uscì dall'area industriale. Il tragitto sarebbe durato una mezz'ora. Poteva ancora arrivare primo. Poteva ancora aiutare Sara.

Quando Mina uscì dalla doccia trovò Nathalie che mangiava latte e cereali con aria assonnata. Sbirciò verso l'orologio. Era pomeriggio. Evidentemente le vacanze di Natale della figlia consistevano nel dormire il più possibile, ma forse era del tutto normale.

In effetti non aveva idea di come funzionassero le vacanze. Avrebbero dovuto partire per un viaggio insieme? Era questo che si faceva? Non che ne avesse il tempo, visto che era nel bel mezzo di un'indagine, ma forse la volta successiva avrebbe dovuto chiederlo.

«Ciao, tesoro» disse.

«Buongiorno» mormorò Nathalie a bocca piena.

Mina colse la loro immagine riflessa nello specchio dell'ingresso, lei con un asciugamano intorno al corpo e uno avvolto sui capelli e Nathalie in accappatoio bianco. Se fosse stato un quadro avrebbe potuto intitolarsi *Madre e figlia*. Sorrise. Notò anche che intorno alla scodella non c'era nemmeno una briciola. Sapeva che Nathalie ci badava per riguardo a lei e provò un'ondata di amore materno che quasi le tolse il fiato.

«Che progetti hai oggi?» le chiese.

«Nessuno, a parte forse vedere un'amica. Devo inventarmi qualcosa per non preoccuparmi tutto il tempo per papà. Magari ascoltare i problemi di qualcun altro è quello che mi serve. Oppure torno a letto. Sono stanchissima.»

Mina scosse la testa. Dormiva anche lei così tanto a sedici anni? Probabile. Oltretutto gli ultimi giorni non erano stati granché riposanti per Nathalie.

Il cellulare, rimasto in soggiorno, si mise a squillare. Mina si affrettò a rispondere e lasciò la figlia alla sua colazione, o pranzo che fosse.

«Buongiorno, sono Josephine» disse una voce.

La moglie di Jon Langseth. Prima di fare la doccia, Mina le aveva mandato un sms per comunicarle che aveva bisogno di parlarle. La donna sembrava avere un po' di fiatone.

«Grazie di essersi fatta viva subito. È fuori casa?»

«Sono andata a correre. In qualche modo devo canalizzare tutta la rabbia e la delusione. Lo champagne costa troppo, e anche per i bambini è meglio se corro. Sto facendo una pausa, ma tra poco riprendo. Cosa voleva?»

Mina attivò il vivavoce per potersi asciugare i capelli nello stesso tempo.

«Vado dritto al punto» disse frizionandosi la testa. «A quanto abbiamo capito, Jon aveva avuto una... crisi, circa vent'anni fa. Lei sa se in quel periodo era andato da uno psicologo?»

Per qualche secondo scese il silenzio.

«Vent'anni fa io ne avevo dodici» le fece notare Josephine. «Mi sa che dovrete chiederlo alla sua prima moglie, Carina.»

«Ha il suo numero?»

«Certo, glielo inoltro subito» rispose la donna con una risata rauca e un po' strana. «Buona fortuna. Ne avrà bisogno. E se parla con Gustaf non me lo saluti. Ora riprendo a correre.»

Mina chiuse la chiamata e fece subito il numero che le aveva inviato Josephine.

«Carina Langseth? Mi chiamo Mina Dabiri e sono della polizia. La chiamo riguardo a Jon.»

«Ah, ecco, vi siete decisi a telefonare» disse una voce che grondava sarcasmo. «Cos'è, Josephine non è in grado di aiutarvi?»

A quanto pareva, Mina aveva messo il piede in un bel vespaio. D'altra parte, non sempre era negativo. Dalle reazioni scomposte potevano emergere informazioni interessanti.

«Prima di tutto, vorrei farle le mie condoglianze.»

Carina sbuffò sprezzante, ma lei la ignorò.

«Poi ho una domanda sulla salute mentale di Jon vent'anni fa. In particolare vorrei sapere se in quel periodo frequentava uno psicologo.»

Carina sbottò in una risata dura.

«Jon era un relitto umano, vent'anni fa» disse. «I suoi erano stati bravissimi a incasinarlo completamente. Non aveva combinato un bel niente ed era sul punto di buttarsi da un ponte. Letteralmente, intendo. E forse, visti i risultati, avrei dovuto lasciarglielo fare.»

Mina non sapeva cosa dire.

«Quindi... andava da qualcuno?» chiese.

«Sì, andava da qualcuno, ma la terapia si concluse di colpo, e così la sua depressione. A un tratto era come un uomo nuovo, e aveva fatto tutto da solo. Peccato che l'uomo nuovo poi si sia rivelato una gran testa di cazzo.»

Mina andò alla scrivania e sfogliò la rubrica di Beata. In realtà sapeva a memoria il nome, ma voleva essere sicura. Lo psicologo di Niklas si chiamava Esbjörn. Esbjörn Andersson. E per qualche motivo aveva scelto di festeggiare il Natale in Ruanda, tra tutti i luoghi possibili.

«Sa come si chiamava lo psicologo?»

«Sta scherzando? Sono passati vent'anni.»

«Capisco» disse Mina. «Quindi immagino che non abbia i suoi recapiti.»

«Esatto.»

«Se le viene in mente qualcosa che le sembra importante comunicarci, mi dia un colpo di telefono. Il mio numero è quello che vede sul display.»

Sperò che se lo annotasse, ma probabilmente non le importava abbastanza di Jon. Era chiaro che dell'ex marito non aveva un gran ricordo.

Una volta chiusa la chiamata finì di asciugarsi i capelli mentre i pensieri le si rincorrevano nella mente come formiche in un labirinto. C'era qualcosa che la tormentava ai margini della coscienza, qualcosa che richiamava la sua attenzione, ma niente, non c'era verso. Le formiche non trovavano l'uscita.

Milda sapeva che avrebbe dovuto cambiare qualcosa nella sua vita. Non era stupida: si rendeva conto di rifugiarsi nel lavoro per non affrontare quello che c'era fuori, ma almeno amava il suo mestiere, ed era un vero privilegio. Oltretutto il caso delle ossa era diventato una specie di ossessione. Loke stava dedicando a quegli scheletri anche più ore di lei, e il furto del più vecchio era stata una perdita personale per tutti e due.

Come se le avesse letto nel pensiero, Loke comparve sulla porta, facendola sussultare come al solito: aveva davvero la capacità di non fare il minimo rumore e comparire dal nulla all'improvviso.

«Ho costretto quelli della sicurezza a ricontrollare tutti i filmati delle telecamere» disse. «Ormai non ne possono più di me. Fatto sta che non c'è niente, nessuna traccia del passaggio di qualcuno di diverso da noi due. È come se un fantasma si fosse introdotto qui dentro volando e avesse rubato le ossa.»

Milda scosse la testa, frustrata.

«Sì, non capisco» sospirò. «Com'è possibile che qualcuno entri, le rubi, esca e non si veda da nessuna parte?»

«Forse dovremmo chiedere a Vincent. Lui sa tutto di magia, no?» disse Loke.

Milda fece un sorrisino.

«Vuoi solo una scusa per passare del tempo con lui. C'è un pizzico di *bromance* tra voi, o sbaglio?»

Loke arrossì.

«Ma va', non dire scemenze. Trovo solo molto bello avere la possibilità di parlare con qualcuno della levatura intellettuale di Vincent Walder.»

«Ma se hai me?» disse Milda con finto stupore.

Loke rise.

«Dubito fortemente delle capacità intellettive di qualcuno che ha una predilezione per un pezzo come *Eloise*.»

«Che ne sai? Magari è anche la sua canzone preferita.»

Vedendo l'espressione indignata di Loke, Milda soffocò una risata. In tutta sincerità non pensava che Vincent avesse un debole per gli Arvingarna.

Quando il suo cellulare squillò, fecero un salto tutti e due.

Milda rispose facendo cenno a Loke, che stava uscendo, di rimanere.

«Sì? Così in fretta? Certo, è un caso particolare... No, non posso dichiarare niente in merito a un eventuale nesso con la scomparsa del ministro della Giustizia, qualsiasi voce le sia arrivata all'orecchio. Comunque direi che spostarlo in cima alla lista delle priorità è stata la decisione giusta.»

Vide che Loke ascoltava attentamente.

«Sì? Okay. Mmh... Okay. Il mio indirizzo email ce l'ha. Grazie.»

Dall'espressione frustrata del suo assistente capì che aveva cercato di interpretare le sue risposte, senza riuscirci. Quando riattaccò gli fece un gran sorriso.

«Ti ricordi che ci hanno dato accesso ai database sul mercato privato per cercare un riscontro con il dna dello scheletro più vecchio, anche se è una situazione un po' dubbia dal punto di vista del Gdpr?» disse, leggendogli l'impazienza negli occhi.

«Sì» rispose lui. «Speravo che quello di Family Trees

desse qualche risultato, visto che è molto popolare in Scandinavia. Chi era al telefono?»

«Un referente di un altro database, Ancestry. Hanno trovato un riscontro.»

Loke sembrava sul punto di mettersi a saltellare sul posto e lei gli fece aspettare la risposta per tormentarlo ancora un po'.

«Tutto indica che sia un nipote del nostro uomo» disse poi. «Quindi sono parenti stretti. Mi hanno inviato per email i dati, ma ti dirò che il nome mi suonava familiare. Solo che non riesco a collocarlo...»

Aprì un browser sul computer e mentre parlava inserì il nome. Non si poteva mai sapere: a volte capitava di avere fortuna. In Svezia c'erano diverse persone che lo portavano, ma solo uno che corrispondeva agli altri dati che le avevano fornito.

Un volto sconosciuto la guardava dallo schermo. Stranamente c'era una pagina Wikipedia su di lui.

Si mise a leggere a voce alta in modo che sentisse anche Loke, ma ben presto s'interruppe. Lo fissò e lui fissò lei, come se non riuscisse a credere a quello che aveva appena ascoltato. Lei capiva esattamente come si sentiva.

«Devo chiamare Julia» disse.

«Ci sto andando adesso» rispose Loke. «Ha convocato una riunione. Posso mostrarle la documentazione di Ancestry quando sono lì. Altrimenti non ci crederanno mai.»

L'uomo sullo schermo continuava a fissarli.

Non poteva essere un caso.

Ruben decise di tornare verso la città e poi prendere l'autostrada: gli avrebbe lasciato un margine di manovra più ampio per evitare i conducenti con il doposbornia natalizio che avrebbe sicuramente incrociato se avesse scelto le provinciali. Il motore di Ellinor girava silenzioso e la macchina fece il suo dovere, portandolo a Södertälje più velocemente di quanto sperasse. Un paio di volte gli venne il dubbio che fosse il caso di chiamare Sara, ma era meglio aspettare di avere tutte le informazioni. Il Noa avrebbe impiegato almeno un'ora per coordinare l'intervento.

Una volta superata Södertälje, uscì al primo svincolo e dopo un po' abbandonò la strada asfaltata per imboccarne una sterrata che nessuno si era preso la briga di spalare. Era di nuovo in un bosco. Il gps gli diceva che mancavano due chilometri alla destinazione. Doveva procedere a passo di lumaca, stavolta perché il percorso si snodava tra casette di villeggiatura in cui nessuno metteva piede da mesi e la neve era intatta, a eccezione dei solchi recenti lasciati da una macchina. A duecento metri dalla casa di Peter Kronlund si fermò. I segni delle gomme proseguivano.

Percorse l'ultimo tratto a piedi, con la neve che scricchiolava sotto le suole. Poco più avanti vide i solchi svoltare verso una proprietà. Si immerse nel bosco e avanzò nascosto dagli alberi. Ricontrollò il gps. Non c'erano dubbi: era la casa di Peter Kronlund. Quando arrivò vide parcheggiati un Dodge Ram nero e una Bmw. Erano lì. Doveva chiamare Sara. Fece per sollevare il cellulare quando all'improvviso fu scaraventato a terra. Dalla bocca gli sfuggì un grido di sorpresa e dolore in parti uguali.

Il telefono tracciò un'ampia parabola e atterrò da qualche parte nella neve.

«Che cazzo...» bofonchiò Ruben sputacchiando neve.

Si girò sulla schiena. Un uomo lo guardava dall'alto con un ampio sorriso sulle labbra. Lo riconobbe subito: Dragan Manojlovič. Il leader della mafia serba, noto per non aver niente in contrario a sporcarsi personalmente le mani, quando necessario.

Era più alto e grosso di chiunque avesse mai incontrato. Ruben si rese conto di aver fatto un'enorme cazzata.

«Mi sa che le è caduto qualcosa» disse il gigante. «Temo proprio che non ci sia più.»

Pestò forte con lo scarpone il punto dove era atterrato il cellulare.

«Lo sa, vero, che è in una proprietà privata? Preferiamo che non si telefoni, qui.»

Ruben sostenne lo sguardo di Dragan Manojlovič, cercando disperatamente di trovare un atteggiamento che non lo facesse apparire troppo debole ma nello stesso tempo neanche strafottente. Entrambi gli estremi potevano farlo precipitare dalla padella nella brace.

«Scusi, che maleducato» continuò l'altro dopo qualche secondo di silenzio. «Se rimane lì nella neve finirà per bagnarsi tutto. Venga con me a scaldarsi un po'.»

Ruben si alzò lentamente. Se avessero capito che era un poliziotto, per lui sarebbe stata la fine.

«Le chiedo davvero scusa» disse cercando di sembrare un turista sbadato arrivato da Stoccolma. «Ero solo venuto a fare un giro. Devo essere inciampato da qualche parte.

Adesso comunque me la cavo da solo. Grazie per la sua premura.»

Il gigante gli si parò davanti.

«Insisto.»

Ruben non aveva scelta. Seguito da Dragan Manojlovič, uscì dal bosco e si diresse verso la casa. Non lo avrebbero lasciato andare, questo era sicuro. E nemmeno poteva provare a scappare: un solo passo falso, e si sarebbe ritrovato una pallottola nella schiena. Dragan Manojlovič era tristemente famoso per la sua brutalità e la sua suscettibilità.

Dalla porta d'ingresso uscì un secondo uomo. Ruben lo riconobbe. Era Victor, il fratello di Peter. A quanto pareva tutta la famiglia era riunita per Natale.

«E questo chi è?» chiese.

«Un Babbo Natale ritardatario» rispose il padre. «Ora vediamo che regali ci ha portato.»

Victor gli tenne aperta la porta.

Ruben esitò, ma non vide alternativa. Ogni secondo di vita che gli restava era prezioso. Entrò e si ritrovò direttamente nel soggiorno.

Sul tavolo da pranzo era aperto un telo di plastica e sopra c'erano un martello, una tenaglia, un coltello e un trapano. Attrezzi che si vedevano normalmente in una falegnameria, ma la cerata sotto gli fece sospettare che fossero destinati a tutt'altro uso. Sentì annodarsi lo stomaco.

Su una delle sedie accanto al tavolo era seduto un uomo legato mani e piedi, ma non imbavagliato. Evidentemente i Manojlovič sapevano che lì intorno non c'era nessuno e che non era necessario soffocare le sue urla.

Solo che non era Niklas Stockenberg, ma Ted Hansson, il leader del partito xenofobo Sveriges Framtid.

«Grazie di essere venuto. Avevo bisogno di uscire un po' dall'ufficio» disse Mina.

«Non mi perdo mai l'occasione di bere un caffè che non sia stato fatto lì da voi» rispose Vincent ammiccando.

Quando il ragazzo dietro il bancone lo chiamò, si alzò e tornò subito dopo reggendo due bicchieri monouso con il logo della catena, su cui era stato scarabocchiato il suo nome di battesimo.

«Spero non sia un problema se l'ho preso in mano io» disse accennando con la testa a quello di Mina.

Lei lo sollevò in un brindisi.

«In qualche strano modo mi sono abituata ai tuoi bacilli.»

«Potrebbe essere il più bel complimento che mi sia mai stato fatto» commentò Vincent, sedendosi di fronte a lei.

Mina avvertiva addosso il peso dello sconforto, simile a una coperta bagnata. Ogni secondo di assenza di Niklas era come una puntura di spillo sulla pelle. Prima dell'estate precedente, quando Nathalie aveva rischiato di finire male, non aveva mai pensato che l'ansia potesse essere percepita fisicamente. Ora la avvertiva, allo stesso modo, per il padre di sua figlia. Era un'agitazione che rischiava di paralizzarla e sapeva che era indispensabile canalizzare quell'energia verso uno scopo, un risultato. Doveva trovarlo.

D'altra parte sentiva il bisogno di fermarsi un attimo, cambiare ambiente e prendere un caffè, come stava facendo. E voleva anche tentare di convincere Vincent a rivedere la propria decisione. Bevve un sorso della bevanda.

«Ci hai ripensato?» gli chiese. «Per favore, dimmi di sì. Dimmi che posso telefonare al capo della polizia e mettere a punto un piano per trovare la tua famiglia.»

Vincent si guardò intorno, nel panico.

«Non parlare così forte» disse. «Non sappiamo chi sia l'Ombra. Magari è qui. E no, non ci ho ripensato. Niente polizia. Non ancora.»

Mina sospirò, frustrata. Desiderava tanto aiutarlo ed era assurdo che le fosse precluso. Andava contro ogni suo istinto. Nello stesso tempo, lo capiva. Nel suo messaggio, l'Ombra aveva detto chiaramente cosa sarebbe successo se fosse stata coinvolta la polizia.

«Però... credo di aver individuato una piccola tessera del puzzle» disse Vincent. «Parlo dell'indagine. C'è un nesso tra i punti in cui sono stati collocati i tumuli e le clessidre che ho ricevuto. Sai, le clessidre parlano del tempo. Una clessidra *è* il tempo. E l'indovinello era "trova il quarto prima che scada il tempo". All'inizio ero confuso. Dopotutto avevamo quattro scheletri e avevamo scoperto anche chi era la quarta persona. Ma se il quarto non fosse il re?»

«Già, in effetti il suo scheletro appartiene a un'epoca precedente di una ventina d'anni a quella delle altre vittime» convenne Mina.

«Esatto. Quindi abbiamo tre vittime e tre luoghi. Quando ho confrontato il tempo che impiega la sabbia a scorrere completamente in ciascuna clessidra, ho visto che il numero di minuti coincide con quello delle linee della metropolitana lungo le quali sono state trovate le tre vittime.»

«I numeri delle linee?» chiese Mina sporgendosi in avanti. «E ti è venuto in mente così, per caso?»

«Facile come bere un bicchier d'acqua» rispose Vincent

strizzandole l'occhio. «Se quindi supponiamo che la quarta clessidra simboleggi una quarta vittima, significa che indica un quarto posto nella metropolitana. Una quarta linea. Ed è lì che si trova. O si troverà.»

Mina fece per alzarsi dalla sedia.

«E lo dici solo adesso? Con tutti i punti di contatto che abbiamo trovato fra Niklas e gli altri tre, sicuramente la quarta vittima è lui.»

«Sono d'accordo» disse Vincent.

«Forse lo tengono già prigioniero da quelle parti. Dov'è? Quale linea?»

«È questa la cosa strana. Il quarto luogo è su una linea che non esiste.»

Mina aprì la bocca, incredula. Poi la richiuse e si lasciò ricadere sulla sedia.

«Cosa vuoi dire?»

«Alla rete della metropolitana di Stoccolma mancano due linee, la quindici e la sedici. E "il quarto", o Niklas, se vogliamo, secondo la clessidra dovrebbe trovarsi sulla sedici. Ma considerando che la costruzione della metropolitana è avvenuta nell'arco di oltre settant'anni, forse non è così strano che la numerazione non sia del tutto coerente.»

«Può darsi, ma per sicurezza ne parlo con Julia.» Poi abbassò la voce. «Hai saputo qualcosa di più della tua famiglia?» domandò. «Non ti è venuto in mente qualche tuo ammiratore folle che può averla rapita? Anche se non vuoi coinvolgere la polizia puoi coinvolgere me.»

Vincent abbassò gli occhi e scostò il bicchiere di cartone.

«Ogni tanto mi chiedo se ho semplicemente avuto un crollo psichico ed è tutto un prodotto della mia fantasia» disse. «Mi convinco che arriverò a casa e li troverò lì. Invece no. E non ho ancora la più pallida idea di chi possa averli portati via. O di cosa devo fare.»

Le rivolse uno sguardo difficile da sostenere.

«Andrà a finire bene, vero? Sarà così?»

Lei appoggiò una mano sulla sua, gli occhi negli occhi.

«Io sono qui» disse. «Con te, fino in fondo. Quel tanto o quel poco che potrò.»

Non era una risposta alla sua domanda, ma non esistevano parole di conforto che fossero anche vere. E lo sapevano tutti e due.

Nella casa di villeggiatura di Peter Kronlund faceva un freddo polare. Quando Ruben respirava gli usciva fumo bianco dalla bocca e, sulla sedia di fronte, Ted Hansson tremava come una foglia. Dragan e Victor Manojlovič non si erano presi la briga di accendere il riscaldamento. Per fortuna a Ruben avevano permesso di tenere il piumino, dopo avergli svuotato le tasche, ma i suoi occhi correvano continuamente verso un mucchio informe di giacche, berretti e altro in un angolo. Una sciarpa intorno al collo gli sarebbe servita. Avevano legato a una sedia anche lui. Diede qualche leggero strattone alle corde per verificare se c'era qualche possibilità di sciogliere i nodi, ma ci rinunciò subito. Li avevano stretti per bene. Fin troppo.

Ruben aveva avuto modo di incontrare di persona Ted Hansson, in passato, e non nella migliore delle occasioni. Il leader di partito aveva tenuto una conferenza stampa in Mynttorget insieme a Jenny Holmgren, la madre di una dei bambini rapiti e uccisi in circostanze misteriose. Ruben e Julia avevano avuto il piacere di interrompere la manifestazione prelevando la donna per un interrogatorio, e Ted Hansson aveva reagito male.

Lì seduto dava l'impressione di essere molto più piccolo del demagogo arrogante che si erano trovati davanti in Mynttorget. Teneva lo sguardo a terra e sembrava entrare e uscire da uno stato di incoscienza. Ruben sperò intensamente che non si ricordasse di lui, o che fosse sveglio a sufficienza da non fiatare sulla sua appartenenza alla polizia se lo avesse riconosciuto.

«Dove l'hai trovato?» La voce di Victor Manojlovič gli arrivò chiara dalla cucina.

«Nel bosco» rispose il padre.

«Secondo me è uno sbirro.»

«Di sicuro non un amichetto di Teddy.»

Teddy. Ted. Cosa diavolo voleva la famiglia Manojlovič da Ted Hansson? L'uomo sulla sedia era uno stronzo razzista, ma non significava che si meritasse di essere sequestrato.

In quel momento alzò gli occhi e sembrò cogliere la domanda nel suo sguardo, perché fece un sorrisino amaro.

«E poi la gente mi accusa di esagerare, quando dico che importiamo i criminali» disse a voce bassa. «A quei due di sicuro il messaggio non va a genio, cosa che paradossalmente dimostra che ho ragione, fin dall'inizio. Se Sveriges Framtid avesse potuto decidere, la gente come loro sarebbe stata espulsa da un pezzo.»

Sveriges Framtid. Ruben sospirò. Il partito di Ted Hansson si teneva in vita seminando paura e insicurezza. Se fosse venuto fuori che era prigioniero della mafia serba avrebbe portato acqua al proprio mulino. Dopo quella storia, creare sui social media un'atmosfera da linciaggio nei confronti di chiunque non fosse di origine svedese non sarebbe stato difficile. Era già successo, e ci erano andati di mezzo degli innocenti. Ruben doveva evitare che ricapitasse, ma era un problema successivo. Prima bisognava sopravvivere.

«Chiudete il becco, voi due!» gridò Victor Manojlovič dalla cucina.

«Vado a fare un secondo giro per controllare che non ci siano altri Babbi Natale nel bosco» disse suo padre aprendo la porta.

Se possibile, il freddo aumentò ulteriormente. Ruben si

accorse che Ted Hansson contraeva tutti i muscoli. Evidentemente la giacca elegante non lo proteggeva per niente dal gelo.

«Aspetta, che ne facciamo di quello lì, allora?» chiese Victor. «Mica possiamo lasciarlo andare. Se lo uccidiamo, però, ci ritroviamo un altro cadavere da smaltire. Non ne ho il tempo, non oggi. Tra poco devo andare a prendere Milan.»

Dragan richiuse la porta.

«Forse non serve che facciamo qualcosa. Quando ce ne andiamo lo lasciamo qui e basta. Il freddo farà il resto. Così impara a venire a ficcare il naso.»

«E Teddy?»

«Quel bastardo è un'altra cosa. Ce ne occuperemo appena sarò di ritorno.»

«Io faccio un giro dall'altro lato» disse Victor, «così ci impieghiamo di meno. Tanto, quei due non vanno da nessuna parte.»

Quando uscirono, dentro scese il silenzio.

Ted Hansson guardò Ruben.

«Se sei venuto a salvarmi, sappi che sei bocciato» sibilò rabbioso battendo i denti.

«Sei tu quello che parla sempre dell'incompetenza della polizia svedese» rispose Ruben acido. «Non ti fa piacere avere ragione, per una volta?»

Dragan e Victor Manojlovič sarebbero tornati presto. Ruben aveva poco tempo per farsi venire in mente un piano che permettesse di sopravvivere sia a lui che a Ted Hansson. Peccato che non avesse idee. Neanche una.

Sara soppesò tra le mani l'elmetto balistico dotato di supporto per la telecamera, al momento vuoto. L'ultima volta che si era messa in testa qualcosa di simile era stato durante una vacanza sugli sci sulle Montagne Rocciose. Insomma, non proprio sugli sci. I bambini erano così piccoli che andavano in slittino. Comunque lei e il marito avevano passato una settimana stupenda. Era stato solo pochi mesi prima che lei si trasferisse in Svezia e crollasse tutto. Incredibile che la vita potesse cambiare radicalmente in così poco tempo. In ogni caso, appena possibile avrebbe fatto conoscere a Zachary e Leah le montagne svedesi.

«Hai preso la taglia giusta?» chiese Wilhelm accanto a lei.

«Scusa, ero soprappensiero» rispose Sara. «Questa è una situazione molto, molto lontana da quelle in cui mi sono trovata alla divisione analisi, dopo che sono rientrata in Svezia.»

La camionetta imboccò una curva e lei afferrò istintivamente una maniglia. Se non altro, i riflessi funzionavano.

«Non penserai di permettere a quei passacarte di tenerti con loro per sempre, vero?» domandò Wilhelm con una risata. «Forse è un po' tardi per dirtelo, però... bentornata.»

«Grazie» disse lei, infilandosi il passamontagna.

Si mise l'elmetto e controllò che il giubbotto antiproiettile aderisse a dovere.

«So che a capo dell'operazione ci sei tu» continuò Wilhelm indossando a sua volta il casco, «ma, come hai appena ammesso tu stessa, dal tuo rientro in servizio hai lavorato soprattutto in ambito amministrativo, quindi quando entriamo vorrei che restassi nelle retrovie. È parecchio che non partecipi a interventi del genere. Lascia che siano i colleghi davanti a fare il loro lavoro.»

«Pensi davvero che ci servano gli scudi?»

«Non penso niente, ma male non fanno. Non sappiamo quanta resistenza opporranno.»

La camionetta sbandò di nuovo. Stavolta Sara si tenne in equilibrio senza sostegno.

«Be', comunque è tutta un'altra cosa, rispetto allo sci» disse ridendo.

Wilhelm le rivolse uno sguardo interrogativo e sistemò meglio la Heckler & Koch Mp5.

Sara guardò i colleghi in tenuta antisommossa. Era orgogliosissima di loro. Per la prima volta da quando era tornata dagli Usa sentì di essere a casa. Il suo posto era quello. E gli uomini sulla camionetta avevano reso possibile quell'operazione. Si schiarì la gola e l'intera truppa si girò verso di lei.

«Conoscete benissimo la situazione. Inutile vi dica che dovete essere pronti a tutto. Come mi ha appena ricordato Wilhelm, non sappiamo come reagiranno. Armi ne avranno di sicuro, ma non possiamo essere certi che non siano così stupidi da cercare di spararci. Quindi, occhi aperti.»

La camionetta si fermò.

«Siamo arrivati» si sentì dalla cabina di guida.

Sara fissò negli occhi i colleghi, uno per uno, per verificare se qualcuno aveva domande o era stato colto all'improvviso dalla paura. Poteva capitare a chiunque, anche ai più temprati. Avere paura era normale. Il problema, semmai, era non averla mai. I poliziotti troppo carichi non erano affatto una bella cosa. D'altra parte, uno eccessivamente spaventato poteva rappresentare un rischio per la sicurezza, e in quel caso doveva restare sulla camionetta.

Gli sguardi che incrociò erano tutti risoluti.

Annuì soddisfatta.

«Andiamo a prendere quei bastardi» disse. Poi aprì il portellone e saltò giù.

Wilhelm era animato dalle migliori intenzioni, ma a capo dell'operazione c'era lei. Poteva scordarsi che rimanesse nelle retrovie.

Il pensiero correva continuamente a Sara. Lo stupido piano che l'aveva portato in ricognizione alla casa di villeggiatura di Peter Kronlund era nato solo dall'esigenza di fare la figura dell'eroe. Con lei si sentiva acutamente consapevole dei propri difetti. Quando la guardava, aveva l'impressione di riflettersi in uno specchio della verità. E quello che vedeva era irresponsabilità, vanità, egocentrismo. Dunque voleva essere un uomo migliore. Per lei. E per Astrid. Probabilmente aveva parecchio da recuperare anche con la nonna.

Sara gli aveva fatto capire con tormentosa chiarezza che aveva dato la caccia alle cose sbagliate per gran parte della propria vita. Erano solo pirite, l'oro degli stolti. E ora ecco che si ritrovava lì, in una gelida casa di villeggiatura, di fronte a un razzista sotto tortura che singhiozzava di autocommiserazione e con un futuro che probabilmente consisteva in una tomba anonima nel bosco lì fuori.

Non sarebbe stato trovato prima che un raccoglitore di bacche o di funghi fosse inciampato nelle sue ossa, forse riportate alla luce da qualche animale che si era messo a scavare. La sua Camaro sarebbe finita all'estero per essere rottamata o rivenduta con targhe false.

Ruben scosse la testa. Meglio dedicare un po' di energie mentali a come tirarsi fuori da quel guaio, invece di riflettere su come avrebbero risolto gli aspetti pratici Dragan Manojlovič e i suoi tirapiedi.

«Ehi» disse dando un calcetto con il piede a Ted Hansson. «Ci sei ancora?»

L'altro non rispose, limitandosi a piangere. Sui pantaloni beige si era diffusa una larga chiazza bagnata.

Ruben si chiese se Sara lo avrebbe rimpianto. In realtà non si erano messi insieme, e adesso non ne avrebbero mai più avuto la possibilità. Si rese conto di averci sperato più di quanto avesse voluto ammettere.

Lì dentro, però, circondato dalle nuvolette bianche che gli uscivano dalla bocca e con la vita appesa a un filo, non c'era spazio per le bugie. La verità era che voleva avere tutto, con lei. Villetta, Volvo, cagnolino. Voleva cene di coppia con chiacchiere sui prezzi esorbitanti delle case e sui tassi d'interesse crescenti. Voleva bisticciare su chi doveva addormentare i bambini, fare la lavatrice, andare al supermercato.

Voleva sposarsi con Sara in abito bianco, chiesa, pastore e tutto quanto. Astrid avrebbe aperto il corteo nuziale insieme a Leah e Zachary spargendo petali di rosa. Un gran ricevimento con parenti che in realtà non avrebbero voluto invitare. Voleva tutto e qualcosa di più, se solo avesse potuto averlo con Sara.

Da fuori si sentirono delle voci basse e Ruben strinse forte gli occhi. Diede di nuovo un calcio a Ted, che sembrava stesse perdendo i sensi. Per quanto lo detestasse, non voleva che gli morisse sotto gli occhi.

Si sentì strusciare qualcosa e una porta cigolò. Voci forti, ora. Erano tornati. Ruben si sorprese a pregare. Una corrente d'aria gli investì il viso, facendolo rabbrividire. Faceva ancora più freddo di prima.

Si chiese se lo avrebbero ucciso, se davvero lo avrebbero lasciato a morire di freddo o se gli avrebbero piantato una pallottola in fronte. Altri scenari contemplavano il soffocamento con un sacchetto di plastica in testa, lo strangolamento con qualche genere di fune o semplicemente la rottura dell'osso del collo. Se avesse potuto scegliere, avrebbe optato per la pallottola: rapida e indolore. All'ultimo posto c'era il sacchetto. Non era claustrofobico come Vincent, ma il solo pensiero di non riuscire a incamerare aria e di soffocare lentamente gli faceva montare il panico.

Fuori dalla porta alle sue spalle si sentirono passi veloci, ma anche un qualche genere di colluttazione. Cosa diavolo stava succedendo? Mollò un altro calcetto a Ted Hansson, che grugnì senza sollevare la testa. Se non altro era ancora vivo.

Uno schianto improvviso lo fece trasalire. Doveva capirci qualcosa. Saltellando fece ruotare la sedia di mezzo giro, in modo da poter vedere la porta. Diverse persone stavano entrando con le armi spianate, e dietro ne venivano altre.

Uniformi della polizia.

Avevano le uniformi.

Poi vide chi c'era in testa al drappello.

Sara si fermò controluce nel riquadro della porta spalancata a calci. Era la cosa più sexy che Ruben avesse mai visto. Era salvo. E lo aveva salvato lei.

L'opposto dello scenario che aveva immaginato. Doveva apparire l'uomo più patetico dell'universo, legato com'era, del tutto impotente, a una sedia sgangherata. I sogni di Sara in abito bianco da sposa si volatilizzarono lentamente.

Le corde che lo imprigionavano furono recise da qualcuno con un coltello. Si alzò e si massaggiò i polsi tenendo lo sguardo a terra. Non osava guardare Sara negli occhi.

«Perlustrate le stanze e l'area intorno alla casa» la sentì dire ai colleghi. «Wilhelm, porta via Ted Hansson. Io mi occupo di questo qui.»

Ruben la seguì mogio verso la porta, zoppicando leggermente dato che il sangue non aveva ancora ricominciato a circolare bene nelle gambe e nei piedi. Quando oltrepassarono il mucchio di vestiti nell'angolo trasalì. C'era qualcosa di strano nel modo in cui erano sistemati.

«Aspetta» disse inginocchiandosi.

Sollevò cauto un angolo della giacca gettata sopra la pila, una Canada Goose blu con il cappuccio foderato di pelliccia, e gli occhi senza vita di Gustaf Brons lo fissarono vitrei.

Aveva fame. E freddo. Erano stati in superficie a cercare cibo, ma con quella temperatura sottozero la gente usciva poco e in giro non si trovava granché. Il gelo tormentava anche loro. Suo padre aveva trovato in un container un piumone buttato via da qualcuno e gliel'aveva dato. Un po' era servito, ma faceva comunque così freddo da tremare.

C'era qualcosa di diverso anche in suo padre. Era silenzioso. Molto silenzioso. Mentre prima le parole scorrevano a fiumi, apparentemente inarrestabili, ora stava zitto. Lui aveva tentato di farlo parlare, scegliendo gli argomenti che gli piacevano. Gli antichi re svedesi. Le guerre per conquistare terre e potere. Il regicidio di Gustavo III. Com'era andata quando un tenente francese di nome Bernadotte era diventato il re di Svezia. Cose che gli aveva sentito raccontare mille volte, sempre con lo stesso piacere. Ora non restava nulla di tutto questo.

Sapeva che Vivi era preoccupata per lui, anche se non voleva darlo a vedere. Lui se ne accorgeva. Non gli sfuggiva niente. Al buio diventava tutto nitido e chiaro.

All'ora di dormire, suo padre si stendeva sempre vicinissimo a lui, soprattutto adesso che dovevano scaldarsi. Quando il petto gli si sollevava e abbassava lentamente e lui sentiva che il respiro rallentava, gli metteva una mano sulla schiena. Non voleva svegliarlo. Era da tanto che aveva sonni irrequieti e aveva bisogno di riposare. La corona era appoggiata su un pezzo di cartone. Suo padre mormorò il nome della mamma. Lo ripeteva sempre più spesso, negli ultimi tempi.

Il terreno tremò al passaggio di un treno, sicuramente quasi vuoto a quell'ora di notte. Si chiese cos'avrebbero pensato le persone a bordo se avessero saputo che loro erano così vicini. Persone che, in superficie, non li degnavano di uno sguardo perché erano invisibili. Per questo lui chiamava loro "i visibili". Perché si vedevano a vicenda e vedevano se stessi. Soprattutto se stessi. A lui non interessava essere uno di loro. L'invisibilità gli piaceva, così come restare sospeso tra il sogno e la realtà. Nel buio.

Quando suo padre sussurrò di nuovo, tormentato, il nome della mamma, gli accarezzò piano la schiena. Poi si avvicinò ancora e coprì anche lui con il piumone. Si addormentò cullato dal canto dei binari, la guancia contro la giacca di pelle del padre. Domani andrà meglio, pensò. Suo padre si sarebbe messo la corona e gli avrebbe parlato di tutti i re che lo avevano preceduto.

Domani.

«Tieni, questa ti scalderà.»

Sara si sporse all'interno dell'auto per mettergli sulle spalle una coperta d'emergenza che sembrava fatta di carta stagnola. L'abitacolo era stretto ed era un po' complicato avvolgerlo bene, sul sedile posteriore, ma stava facendo del suo meglio. Come se si prendesse cura di un bambino.

Ruben sentiva aumentare il senso di umiliazione di secondo in secondo. Era lui quello che avrebbe dovuto apparire come un eroe, trovando Dragan Manojlovič e consegnandolo a Sara, che gli sarebbe svenuta tra le braccia. Invece eccolo qui, avvolto nell'alluminio come un burrito. A tremare di freddo.

«Grazie» mormorò, evitando di guardarla negli occhi.

Cazzo, era ancora la cosa più sexy che avesse mai visto, con le sue curve piene, l'uniforme e quel modo calmo di dare ordini ai sottoposti.

Sara sembrò esitare un attimo. Poi si sedette sul sedile posteriore di fianco a lui e chiuse la portiera.

«Seriamente» disse con uno sguardo che lo trafisse. «Cosa ci fai qui?»

Ruben deglutì con uno sforzo. Era peggio che ritrovarsi davanti al preside delle superiori. Valutò una serie di risposte alternative, tutte meno mortificanti della verità, ma alla fine decise che era meglio togliersi il pensiero. Tanto, ormai era finita.

«Io... ti ho sentito parlare al telefono» ammise. «Dell'operazione contro Dragan Manojlovič. Dicevi che avevano rapito qualcuno.»

«Quando? Dove?» domandò Sara perplessa. «A casa mia?»

«Stavo venendo da te» balbettò lui. «Ma proprio quando ero davanti alla porta tu eri al telefono...»

«E poi hai pensato di...?» chiese Sara in tono piatto.

In un certo modo, quella calma da brividi era peggio di una sfuriata.

«Sono andato là e mi sono reso conto che lui non si trovava dove intendevate fare irruzione. Così... mi è venuto in mente Peter Kronlund e ho pensato che forse poteva avere una casa di villeggiatura. Sai com'è: può dire finché vuole di essere fuori dai giri della famiglia, ma in realtà non se ne esce mai. Quelli considerano le sue proprietà come se fossero ancora loro e quindi continuano a usarle. Per esempio, una casa di villeggiatura, appunto, se serve volare bassi.»

«Deduzione intelligente» disse Sara nello stesso tono neutro di prima. «Abbiamo capito anche noi che non potevano essere a Tyresö, ma ci abbiamo messo parecchio di più a fare il tuo stesso ragionamento.»

Ruben si sistemò meglio sulle spalle la coperta termica, facendola frusciare.

«Già... in effetti era corretto, alla prova dei fatti. Volevo solo osservare, assicurarmi che ci fossero davvero, con l'intenzione di chiamarti e darti l'indirizzo.»

«E invece?»

«Invece mi hanno beccato e mi hanno chiuso in casa con Ted Hansson, che tra l'altro è un gran piagnone. Perché l'avevano preso, a proposito? Quello spara solo un sacco di balle.»

«Ha fatto ricorso a loro per minacciare dei giornalisti che hanno criticato il partito» rispose. «È parecchio che teniamo sotto controllo le sue mosse, e te l'avevo anche detto. Quando però è venuto il momento di pagare per i servizi svolti, all'improvviso non ha più voluto saperne dei Manojlovič. Ha addirittura negato di avergli affidato degli incarichi. E visto che si rifiutava di pagare...»

Accennò con la testa alla casa.

«E Gustaf Brons?»

Ripensò con un senso di disagio agli occhi vitrei che lo avevano fissato quando aveva sollevato la giacca. Cazzo, non ci si abituava proprio mai.

«Ha bruciato in fretta i soldi che gli aveva dato Dragan» rispose Sara. «E poi ha commesso l'errore di prenderne in prestito altri. Si teneva nascosto da un po' di tempo, già da prima di Natale, e sia noi che gli uomini dei Manojlovič lo stavamo cercando. Ma grazie a Josephine Langseth sono arrivati prima loro.»

«Josephine?» chiese Ruben sbarrando gli occhi.

«L'abbiamo intercettata nella speranza di stanare Gustaf, e lei infatti ha rivelato il suo nascondiglio. Ai Manojlovič, però. In cambio di qualche centinaio di migliaia di corone.»

«Oh, cazzo. E con questo tramontano tutte le mie illusioni sul vero amore.»

«Lo so, e dire che era cominciato così bene» commentò Sara con un sorriso ironico. «Purtroppo sono stati più veloci di noi. E adesso eccoci qui. È già andata bene che sia lui l'unico ad andare via in una sacca per il trasporto salme.»

«Ti chiedo scusa» disse Ruben, e si girò facendo frusciare di nuovo la coperta termica. «Ho commesso una tale cazzata che non so nemmeno da che parte cominciare. Volevo...»

Prese la rincorsa. La sincerità non era una cosa che gli venisse naturale, in situazioni del genere, ma evidentemente ritrovarsi a un passo dalla morte cambiava certi presupposti. Continuò, senza osare guardarla negli occhi.

«Ho gettato al vento il buonsenso perché volevo fare colpo su di te. Mi rendo conto di essere patetico e mi sarebbe piaciuto mostrarmi diverso. Desideravo che fossi fiera di me. Volevo diventare il tuo eroe.»

Il silenzio che seguì echeggiava al punto che sembrava dovesse far esplodere i finestrini. Ruben si sentiva le guance roventi. Tenne gli occhi fissi sul poggiatesta del sedile anteriore cercando di non voltarsi verso di lei, per quanto lo desiderasse. Il fruscio della coperta avrebbe solo sottolineato lo stato pietoso in cui si trovava. I fighi non producevano fruscii.

Alla fine trovò il coraggio di girare la testa e guardarla. Quello che vide era completamente diverso dal disprezzo che si aspettava. Sembrava quasi amore. Senza dire niente, Sara si sporse verso di lui e lo baciò.

E Ruben la baciò come solo un uomo avvolto nella carta stagnola sa baciare.

Meno cinque giorni

La giornalista dell'*Expressen* aveva chiesto di intervistare Tor a casa sua, ma lui si era rifiutato. C'era un limite a tutto, e la sede del ministero andava benissimo. Dopotutto si sarebbe parlato di persone che si muovevano nei corridoi del potere. Il fotografo però non era soddisfatto della decisione, così avevano optato per un compromesso.

L'intervista si sarebbe svolta in ufficio, mentre per le fotografie si sarebbero spostati su un tetto in Gamla stan. A quanto pareva il fotografo immaginava la Stoccolma innevata che si apriva sotto di lui, come se Tor avesse sottomesso la città. Una simbologia accattivante, anche se non lo avrebbe mai ammesso con nessuno.

Il fotografo, comunque, sarebbe arrivato più tardi. Al momento c'erano solo lui e la giornalista, Matilda. Si erano visti in altre occasioni, ma limitatamente al ruolo di Tor come portavoce.

«Temo di non avere tantissimo tempo» esordì lui. «Le ricerche del ministro proseguono a pieno ritmo.»

«Capisco» rispose Matilda, appoggiando il cellulare sul tavolo. «Prometto di essere efficiente. Però questo sarà un ritratto personale di una certa ampiezza, quindi spero che lei abbia a disposizione almeno un'ora o due. Posso registrare?»

Tor annuì. Un ritratto personale di una certa ampiezza. Suonava bene.

«Quindi, cosa vuole sapere?» chiese.

Provò a unire le mani dietro la nuca, ma sentì subito che era un atteggiamento troppo da macho. Le abbassò sulle ginocchia.

«Tutto» rispose Matilda. «Naturalmente dovremo parlare della scomparsa di Niklas Stockenberg, delle ripercussioni sul ministero e sul suo lavoro in questo momento. Capisco che probabilmente ci sono informazioni che non può condividere per ragioni di sicurezza, ma il più possibile, ecco. Poi vorrei anche parlare di lei, di chi è quando il ministro è al suo posto. E di chi era prima di affiancarlo come portavoce.»

Tor si schiarì la gola.

«In qualità di ministro della Giustizia, Niklas Stockenberg riveste forse la carica più importante del paese» disse.

Poi passò a descrivere la sua stretta collaborazione con lui e il privilegio di lavorare con un politico così lungimirante. Spiegò che le ricerche proseguivano ma che era troppo presto per trarre conclusioni affrettate. Già la sera prima aveva provato il discorso che intendeva fare per includere tutte le informazioni pertinenti senza apparire troppo sotto pressione. Non voleva deludere la premier.

Mentre lui parlava, Matilda annuiva interessata, senza interromperlo.

«Purtroppo assumere cariche pubbliche comporta grandi rischi, oggi, ma Niklas Stockenberg è una delle persone più coraggiose che conosca. Lo troveremo» concluse Tor.

Matilde annuì un'ultima volta. Poi guardò il cellulare sul tavolo e regolò il volume della registrazione.

«Grazie» disse. «E ora, se possibile, vorrei che ci parlasse di Tor Svensson come politico. Perché lei non è sempre stato portavoce ministeriale. Aveva intrapreso una sua carriera, giusto?»

«Sì, la politica mi attirava perché volevo fare la differenza» rispose Tor conciliante. «Fin da giovane ero acutamente consapevole dei seri problemi nella struttura sociale del nostro paese, ignorati dalla maggior parte delle persone. O forse, semplicemente, era l'intenzione di risolverli che mancava.»

«A sentirla sembra quasi che da ragazzo fosse un attivista.»

«Come Greta Thunberg, intende?» chiese Tor con una risata. «No, al contrario: sono sempre stato dell'idea che, se si vuole incidere sulla realtà, bisogna farlo dall'interno. Per questo sono entrato in politica, anche se al momento ovviamente mi sono preso una pausa. Greta porta avanti la sua lotta dall'esterno, e in questo modo appare di più. Ma devo riconoscere che, dopo parecchi anni nell'ambiente, ho il dubbio che sia più efficace la sua strategia, se si vuole cambiare qualcosa.»

Matilda sorrise.

«Per lei è anche una questione di famiglia, se non sbaglio» disse. «Il suo nonno paterno era politicamente impegnato, no?»

Quella era un'accusa, non una domanda. La giornalista avrebbe dovuto essere più accorta ed evitare l'argomento, ma era giovane e ambiziosa. Tor aveva previsto che prima o poi, durante la conversazione, sarebbe saltato fuori, ed era uno dei motivi per cui respingeva sempre le richieste di interviste. Lo stupiva soltanto che l'avesse affrontato quasi subito.

«Le opinioni politiche di mio nonno rispecchiavano l'epoca in cui viveva» rispose con voce tagliente. «E non erano particolarmente diverse da quelle di molti altri in quel periodo. L'ho visto solo due volte, prima che morisse, e l'ultima avevo quattro anni, quindi non ho ricordi di lui. Per me è come parlare di un estraneo. Quanto al mio risveglio politico, direi piuttosto che è stato determinante il liceo che ho frequentato, con compagni di scuola convinti dell'importanza della politica. Se però è la figura di mio nonno che vuole approfondire, le consiglio di consultare l'emeroteca della Biblioteca reale, così risparmia tempo.»

Fece per alzarsi, segnalando che per quanto lo riguardava l'intervista si chiudeva lì.

«No, mi scusi!» esclamò la giornalista con evidente panico nella voce. «Non intendevo... Il direttore responsabile mi ha detto di farle questa domanda. È ovvio che è di lei che dobbiamo parlare.»

Tor si risedette e unì i polpastrelli delle due mani.

«La sfida, per la Svezia, è mantenere quello che in passato veniva definito "diritto e ordine pubblico". Per questo una persona come il ministro della Giustizia ha tanta importanza: al momento non abbiamo nessuna delle due cose. Il diritto non è all'altezza della situazione e l'ordine pubblico manca da tempo. Abbiamo letto tutti le notizie di cronaca sulla violenza dilagante nelle periferie. Sparatorie in cui vittime e uccisori sono praticamente bambini. L'impennata del traffico di droga sia nelle scuole che sui posti di lavoro. Ma questa è solo la superficie: il problema è strutturale. Dobbiamo ricominciare dal principio, costruire una nuova società basata sul rispetto e sulle pari opportunità. Una società in cui le reti criminali non riescono ad attecchire. Nel contesto, il nostro ministro della Giustizia rappresenta uno strumento determinante, e io sono fiero di sostenerlo.»

«E come vede il suo ruolo in questo progetto, tra qualche anno?» chiese Matilda con voce ammirata.

Tor le rivolse un ampio sorriso.

«Penso di poter essere tra coloro che lo porteranno avanti.»

«Ho saputo che Sara è venuta a salvarti.»

Ruben strinse i denti e per un attimo pensò di ignorare l'uscita di Christer, ma essendo seduti l'uno di fronte all'altro in sala mensa, davanti a un panino e un caffè, era piuttosto difficile.

«Bah, ho solo avuto un po' di sfortuna» disse.

«Adoro la foto in cui sei sull'auto della polizia con quella coperta frusciante sulle spalle.»

«Dove l'hai vista?» domandò Ruben sorpreso, fissandolo. Era convinto che quello che era successo a bordo dell'auto sarebbe rimasto a bordo dell'auto.

«Pare che sia dappertutto su quel Twitter o come si chiama. Me l'ha mostrata Adam stamattina. A quanto pare l'ha scattata qualche collega e poi l'ha postata. Se non ho capito male ha detto che è diventata un virus.»

«Virale» lo corresse Ruben rabbioso, e addentò il panino con prosciutto e formaggio. «Si dice virale.»

Poi lo riappoggiò sul piattino di ceramica bianca consumato dai tanti passaggi in lavastoviglie.

«Tu come hai trovato il coraggio di puntare tutto su Lasse?» chiese.

Christer si bloccò con il suo panino a mezz'aria.

«Perché?»

«Niente, me lo chiedevo soltanto...»

Ruben si era già pentito della domanda. La conversazione più intima che avesse mai avuto con il collega era quella conseguente alla sconfitta dell'Aik contro il Djurgården l'estate precedente, che aveva fatto soffrire entrambi.

«A-ha» disse Christer, e addentò il panino tutto allegro.

«A-ha, cosa?» bofonchiò Ruben, a disagio. Aveva fatto una cazzata. Perché non aveva tenuto la bocca chiusa?

«Si tratta di Sara, vero? Che, lo ripeto, ti ha salvato.»

«Per l'ultima volta, non mi ha salvato.»

«Quindi si tratta davvero di lei!» esclamò Christer, senza riuscire a nascondere quanto lo divertiva l'evidente imbarazzo del collega.

«Dobbiamo proprio parlare di questa cosa?» chiese Ruben.

«Hai cominciato tu.»

«Sì, vero, però...» Ruben sospirò. «Cazzo.»

Christer lo osservò, di colpo serio. Poi appoggiò il panino sul piatto e si sporse in avanti.

«È come il bungee jumping.»

«Il bungee jumping? Cosa vuoi dire?»

«Che l'amore è come il bungee jumping.»

«Ma cosa fai, straparli? Hai bevuto?»

Ruben scrutò diffidente il collega al lato opposto del tavolo.

«No, dico davvero. È come fare bungee jumping. Non si può stare lì a pensarci troppo, se no arriva la paura e magari ci si rinuncia. A posteriori, mi sento agghiacciare all'idea di quanto sono stato vicino a rinunciare. Il trucco è non pensare. Buttarsi e basta.»

«Buttarsi e basta» ripeté Ruben. «Questo sarebbe il tuo miglior consiglio in fatto di amore. Buttarsi e basta.»

«Esatto» rispose Christer soddisfatto, riprendendo in mano il panino.

Con aria disgustata tolse la parte superiore e sfilò la foglia di insalata verde dall'imbottitura.

«Possibile che qualcuno pensi di aggiungere qualcosa in questo modo?» disse. «A chi è venuta la brillante idea di piazzare una foglia di insalata del cazzo in un panino per il resto più che passabile? Se smettessero di mettercele, ci sarebbe qualcuno a cui salterebbe in mente di chiedere come mai manca la foglia d'insalata?»

«Io la mia l'ho già tolta.» Ruben indicò una foglia avvizzita sul piattino. Poi sospirò. «Insomma bisogna lanciarsi?»

«Esatto.»

Ruben scosse la testa.

«Non avrei mai pensato che tu facessi bungee jumping.»

Christer rise.

«Chi, io?» chiese. «Bungee jumping? Chi è che ha bevuto, tu o io? Mai e poi mai!»

Nathalie bussò alla porta dell'ufficio di Tor e poi entrò senza aspettare risposta. Seguendola, Mina scosse la testa. Sua figlia aveva chiaramente ereditato la determinazione del padre. Di fianco alla scrivania, Tor stava parlando al telefono.

«Ci risentiamo dopo» disse all'apparecchio quando le vide. «Devo riattaccare.»

«Come sta andando?» chiese Nathalie. «Avete trovato papà?»

Tor si appoggiò al bordo della scrivania e sospirò.

«Nathalie, capisco benissimo che questo dev'essere il Natale peggiore della tua vita» rispose con voce pacata. «Non siamo tanto noi del ministero a condurre le ricerche quanto la Säpo, ma... non abbiamo ancora in mano niente. Vi ho chiesto di passare perché volevo sapere come stavi. Posso fare qualcosa?»

Vicino a lui c'era una ciotola di caramelle con il simbolo del governo sull'involucro. Nathalie ne prese una, la scartò e se la mise in bocca.

«Secondo te come sto? Stando a quell'orribile messaggio, a mio padre restano pochi giorni di vita. Tu o la Säpo dovete pur avere un modo per rintracciare la gente che sparisce, no? Fatelo, visto che mi hai chiesto se puoi fare qualcosa. E quando lo trovate, mettetelo in una cassa di criptonite con diecimila guardie del corpo intorno.»

Mina si accorse che era sul punto di scoppiare in lacrime, e non c'era niente che lei potesse fare, oltre a essere una madre. Le si avvicinò e le accarezzò dolcemente la schiena. Fuori la neve aveva ripreso a cadere, quel genere di fiocchi bagnati che in città si trasformavano in poltiglia appena toccavano l'asfalto.

«Esattamente quello che intendo fare» rispose Tor sollevando un dito per aria. «Avrà più guardie del corpo del... del presidente degli Stati Uniti, quando questa cosa finirà. E per rispondere alla tua domanda sul rintracciare le persone, avremmo potuto localizzare il suo cellulare, se lo avesse portato con sé.»

Indicò con la mano la scrivania. Di fianco al computer c'era un telefono.

«Quello è suo» disse. «L'abbiamo trovato in un cassetto.»

Mina sbirciò verso la figlia, che sembrava aver perso di colpo tutte le energie.

«Abbiamo parlato anche con il nonno» mormorò Nathalie, sedendosi su una poltroncina. «Non sapeva niente nemmeno lui.»

«Ah, siete state da Walther?» chiese Tor illuminandosi. «Come sta? Mi è sempre andato a genio. Sapete che è stato il primo membro della vostra famiglia che ho conosciuto, molto prima di cominciare a lavorare con Niklas? Ho fatto il praticante da lui. Ovviamente all'epoca non era alla Corte suprema, ma... Scusate, sto chiacchierando a vanvera. Quando avete parlato con lui?»

«Della vostra famiglia» aveva detto Tor. Mina non si era ancora abituata a farne di nuovo parte. Comunque, non aveva difficoltà a immaginare che il suo ex suocero andasse d'accordo con l'uomo austero davanti a lei.

«Siamo state a casa sua l'antivigilia» disse Mina. «Ti ha nominato anche lui.»

«Sembrava in forma» aggiunse Nathalie. «Abbiamo bevuto il caffè e ci ha offerto biscottini alle nocciole e anche al caramello, come un vero nonno. Di papà non sapeva niente, però.»

Tor aggrottò la fronte.

«Biscottini alle nocciole?» domandò. «Sei sicura?»

Nathalie annuì e aprì la bocca per dire qualcosa, ma la richiuse di botto.

Di colpo Mina capì cosa le era sembrato fuori posto nella casa di Äppelviken. Si maledisse. Avrebbe dovuto arrivarci subito! Anche se era passato molto tempo dall'ultima volta che aveva visto il suo ex suocero ed era normale che non ricordasse le sue preferenze – sia le sue che quelle di Niklas –, non aveva scuse.

«Perché...» fece per dire Tor.

«Perché il nonno è allergico alla frutta a guscio» concluse Nathalie, e Tor annuì. «Ma tu come lo sai?»

«Sarà stato almeno dieci anni prima che tu nascessi» rispose lui, «quando Walther era alla Corte suprema. Mancava poco a Natale e lui e i suoi colleghi avevano pranzato a... all'Operakällaren, credo. C'era della frutta a guscio in qualcosa che aveva mangiato e per poco non moriva. In un altro momento forse non sarebbe uscito sui giornali, ma si era appunto vicini a Natale e la stampa ci si era buttata a pesce. Per qualche giorno la salute di Walther era diventata una questione nazionale.»

«Me lo ricordo» disse Mina. «Quando io e Niklas eravamo sposati, accadeva solo eccezionalmente che Walther ammettesse in casa sua qualcosa a cui era allergico, ed era quando andava a trovarlo suo figlio: in quei casi, dovevano esserci i biscottini alle nocciole, i preferiti di Niklas. L'allergia di Walther non veniva scatenata dall'inalazione. Me lo ricordo molto bene.»

Prese fiato e, prima di continuare, si assicurò che la voce fosse abbastanza salda.

«Quando siamo arrivate, Walther aveva lì un vassoio di biscotti perché aveva appena bevuto il caffè con qualcun altro. E dev'essere stato Niklas. Scommetto che lo nasconde in casa sua.»

Nathalie la fissò allibita per qualche secondo. Poi si girò verso Tor.

«Sarà meglio che chiami subito tutte quelle guardie, quei poliziotti e quei soldati che conosci. Devono essere da mio nonno e mio padre nel giro di mezzo minuto.»

Tor afferrò il telefono, ma si bloccò subito.

«Sono d'accordo sul fatto che dobbiamo sondare a fondo quest'ipotesi» disse, «però è meglio agire con prudenza. Anche se da parte di Walther è eroico nascondere il figlio, ammesso che sia così, questo comporta che è in pericolo come lui. Chi ha registrato quel messaggio telefonico può fare del male a entrambi. Meglio non lasciar capire a nessuno che abbiamo una teoria su dove può trovarsi Niklas. Ci vorrà un po' a coordinare l'operazione con la discrezione necessaria.»

Nathalie sembrò volersi opporre, ma Mina le appoggiò una mano sul braccio per tranquillizzarla.

«Se tuo padre è da Walther, deve avergli chiesto protezione per un ottimo motivo» disse. «Con una mobilitazione della polizia in grande stile forse scapperebbe e basta. Come sai, non si è mai sentito a suo agio, circondato da guardie. E tieni conto che alle sue è riuscito a sfuggire.»

Sbirciò verso Tor, che si sentì colto in fallo, anche se Mina sapeva che non aveva colpe. Niklas aveva una volontà di ferro. L'iniziativa avrebbe comunque portato, con ogni probabilità, a qualche conseguenza, e qualcuno ci avrebbe rimesso il posto.

«Se Walther è riuscito a tenerlo nascosto fino adesso, può farlo ancora per qualche ora» disse. «Chiaramente tuo padre è al sicuro, lì, considerando che non l'ha ancora trovato nessuno. E ricordati che io faccio parte della polizia. Dobbiamo lasciare che siano Tor e la Säpo a gestire questa operazione.»

Nathalie incrociò le braccia sul petto, imbronciata.

«Be', comunque io voglio andarci» disse. «Papà deve spiegarmi perché se l'è svignata senza dirci niente.»

«In effetti... in effetti non è una cattiva idea» convenne Tor. «Non c'è niente di strano se una nipote e una ex nuora vanno a trovare un anziano parente nel periodo natalizio. Parlate con Niklas, ammesso che sia là, e chiedetegli di tornare insieme a voi. Se si rifiuta di farlo, cercate di fargli capire, almeno, che gli serve il gruppo delle guardie scelte. Sa che sono capaci di grande discrezione.»

Nathalie uscì dall'ufficio. Mina stava per seguirla ma Tor la fermò. Abbassò la voce perché non si sentisse in corridoio.

«Prendi la tua auto personale e fai qualche deviazione di percorso, come se solo dopo un po' vi venisse in mente di andare a trovare il caro vecchio Walther. Nel caso che qualcuno vi sorvegli.»

Fece una pausa, sbirciò fuori dalla porta e abbassò ulteriormente la voce.

«Non so più di chi ci si possa fidare. Sono certo che Niklas non è un pericolo, ma per sicurezza portati l'arma d'ordinanza.»

Più si avvicinava alla casa di Äppelviken, più Nathalie si sentiva ribollire. Come si permetteva suo nonno di mentirle a quel modo? Certo, faceva bene a proteggere Niklas, ma non da sua figlia. Gli avrebbe detto chiaro e tondo cosa pensava di quel comportamento.

«Avrei dovuto pensarci quando eravamo lì!»

Nathalie diede una manata sul cruscotto.

«Calmati» disse Mina mettendo la freccia a destra. «È già una cosa fantastica che ti sia venuto in mente. E comunque Niklas è al sicuro: nessuno tranne noi e Tor sa che è lì. Be', forse sapere è una parola grossa, ma ne sono abbastanza sicura.»

«Ma che strada stiamo facendo, scusa? Non mi sembra quella più veloce.»

«Non costa niente essere prudenti» rispose Mina con una rapida occhiata allo specchietto retrovisore.

Tirò un sospiro di sollievo. Da quando erano partite, le sembrava che non le avesse seguite nessuno.

«Tra poco ci siamo.»

Nathalie fissò la strada come se potesse far correre più veloce l'auto spianandole la via con lo sguardo. Rimasero entrambe in silenzio fino alla casa. La neve che continuava a cadere aveva formato un sottile strato bianco sull'asfalto. Il paesaggio era incantevolmente natalizio, ma a Nathalie non importava un bel niente.

Biscottini alle nocciole.

Che idiozia.

Il bello era che più di una volta aveva sentito definire suo nonno come una delle persone più intelligenti del paese. Quasi si mise a ridere al pensiero di quanto fosse assurdo. In ogni caso, suo padre il regalo di Natale se lo poteva scordare.

Mina svoltò nel vialetto e, come l'altra volta, parcheggiò di fianco all'auto dell'ex suocero, rimasta dov'era. Nathalie immaginava che non guidasse più tanto spesso.

Suonarono il campanello. L'ultima volta avevano telefonato per avvisare della loro visita, mentre ora Walther non le aspettava e forse ci avrebbe messo un po' a venire ad aprire.

Non successe niente.

Mina premette di nuovo il pulsante. Da dentro non si sentivano rumori. Nathalie suonò una terza volta, a lungo.

«Sembra che non sia in casa» osservò guardandosi intorno. «Possiamo controllare le finestre. Forse papà è in cantina.»

«C'è anche una grande soffitta, se non ricordo male» disse Mina. «Walther deve averlo tenuto nascosto alla donna che viene a dargli una mano, quindi penso anch'io che l'abbia sistemato in cantina o in soffitta.»

Nathalie afferrò la maniglia e la strattonò, e con sua grande sorpresa la porta si aprì. Si scambiarono un'occhiata. Sapevano entrambe che Walther la chiudeva sempre a chiave. Mina la spinse piano.

Qualcosa non andava. Nathalie lo sentiva con tutta se stessa.

«Mamma» sussurrò inquieta.

«Lo so» bisbigliò lei di rimando. «Resta qui.»

«Non ci penso nemmeno» rispose Nathalie.

Prese per mano sua madre e varcarono la soglia insieme. Nell'ingresso regnava il silenzio. Mina premette l'interruttore di fianco alla porta, ma non successe niente.

«Walther?» chiamò, senza ottenere risposta.

«Nonno? Papà?» gridò Nathalie, senza riuscire a nascondere il panico nella voce.

Mina avanzò di qualche passo nell'ingresso buio, chiamando ancora.

«Walther? Siamo Mina e Nathalie.»

Proseguirono caute. Mina accese la torcia del suo cellulare. Il bel pavimento di legno scricchiolava sotto le loro suole. Nathalie sentì aumentare il battito. Sua madre sembrava agitata quanto lei. Sua madre, la poliziotta in grado di affrontare qualsiasi situazione.

«Papà!» urlò più forte che poteva.

Mina sobbalzò. Si girò verso di lei e si portò un dito alle labbra.

«Non gridare così. Non sappiamo qual è la situazione.»

«Pensi che gli sia successo qualcosa?» chiese Nathalie. Del coraggio di poco prima non c'era più traccia. Avrebbe dovuto restare fuori, ma ormai era tardi.

«Vedrai che è tutto a posto. Magari il nonno sta facendo un pisolino, e papà sarà qui da qualche parte.»

Nathalie scosse la testa.

«No» disse. «Non lo senti? Qui dentro c'è un odore strano. Come di metallo.»

Pochi metri più avanti, la porta delle scale per la cantina era aperta. Al buio non si vedeva bene, ma sembrava che sulla soglia ci fosse qualcosa. Nathalie puntò il dito. Mina sfoderò la pistola e le fece segno di restare dov'era. Quando arrivò alla porta abbassò la luce della torcia e si accovacciò, emettendo uno strano verso.

«Rimani dove sei» disse in tono deciso. «Non avvicinarti. Aspetta lì. Io scendo un secondo.»

Sparì lungo le scale, ma la luce del cellulare aveva già mostrato a Nathalie cos'era successo: quello a terra era Walther.

«Nonno!» urlò, precipitandosi da lui.

Era bocconi, con i piedi su e la parte superiore del corpo sugli scalini, come se fosse inciampato mentre scendeva. Non si muoveva.

«Si è fatto male? Ha battuto la testa?» gridò. «O è stato un infarto...»

Quando vide il sangue che dalla nuca colava sui gradini si zittì di colpo e istintivamente arretrò di due passi.

«Nathalie» disse Mina, che stava risalendo in fretta, ben attenta a non mettere i piedi nella pozza.

Appoggiò le mani sulle spalle della figlia e la condusse nell'ingresso.

«Nathalie, guardami.»

Lei non riusciva a concentrarsi. Quello era suo nonno...

«Guardami, Nathalie.»

Finalmente riuscì a sollevare la testa e a incrociare gli occhi della madre. Aveva uno sguardo che non le aveva mai visto prima.

«Il nonno è morto» disse Mina scandendo le parole. «Non è stato un incidente. Qualcuno lo ha ucciso, ed è successo pochissimo tempo fa, nell'ultima mezz'ora. Senti l'odore? È polvere da sparo. Forse abbiamo incrociato l'assassino, mentre venivamo qui.»

«E papà?» mormorò Nathalie soffocando un singhiozzo.

«Secondo me era qui, in cantina. Ho visto un materasso lì sotto. Però non c'è più. Chiunque abbia ucciso Walther l'ha portato via.»

Tre mesi. Tre mesi senza suo padre. Nessuno gli diceva niente, ma vedeva i loro sguardi. Lo aveva cercato tutte le volte che era salito in superficie, e quel giorno gli era sembrato di intravederlo: i capelli folti, la giacca di pelle marrone. Era di schiena e si stava allontanando, ma quando lui l'aveva raggiunto di corsa e l'aveva preso per un braccio si era voltato, e non era suo padre.

Tre mesi.

Fino a quel momento l'assenza più lunga era stata di due mesi, ma già prima di partire, quando era ancora lì, era come se fosse sparito. Nel silenzio. In un posto inaccessibile. Lui le aveva tentate tutte. Non piangeva mai, perché il buio non ammetteva lacrime. Nessuno degli invisibili se le concedeva. Ma la settimana prima che se ne andasse di nuovo non era riuscito a fermarle. Eppure suo padre era rimasto zitto. La sua mano non era più calda, non era più forte. Non cercava più la sua. E quando lui gliela prendeva, non sembrava più quella di suo padre.

«Guardate! Sono il reeee!»

Il ragazzo nuovo, comparso all'improvviso qualche giorno prima, si era messo la corona e saltellava in giro facendo il buffone e aspettandosi le risate degli altri. Nessuno accennò un sorriso.

La rabbia gli montò dentro come lava e gli fece ronzare le orecchie. Senza riflettere, si lanciò in avanti con un urlo che veniva dal profondo. Si gettò sul corpo smagrito dall'eroina e, quando rotolarono a terra avvinghiati, gli strappò dalla testa la corona per poi stringerla al petto. Il ragazzo si alzò lentamente. Aveva lo sguardo minaccioso, ma a lui non importava niente: non aveva paura. Si era ripreso la corona di suo padre.

«Se fossi in te me ne andrei, prima che capiti qualcosa.»

La voce calma di Tom il Matto. Uno dopo l'altro, si alzarono tutti. Non fecero niente, e nessuno aggiunse nulla. Continuarono solo a fissarlo. Il ragazzo capì l'antifona. Con un gesto rabbioso prese la sua borsa e il sacco a pelo e si avviò a grandi passi verso uno degli altri tunnel.

«Che cos'è questo casino?»

La voce di suo padre. Gli venne il dubbio di essersela immaginata, come se la corona che stringeva al petto l'avesse evocata, ma quando si voltò se lo ritrovò davanti. Suo padre. Il re. Eppure non proprio. Era ridotto a una pallida copia di se stesso. Gli zigomi sporgevano dal viso che aveva perso la sua forma, e la grande giacca di pelle marrone gli pendeva dalle spalle come se fosse vuota.

«Dammela» disse pacato, tendendo la mano verso la corona.

Lui gliela passò lentamente. Avrebbe voluto gettarsi tra le sue braccia come sempre, ma si trattenne. C'era qualcosa di diverso, di estraneo. Nello sguardo non c'era più suo padre: nessuno scintillio, nessuna luce che danzasse nel riflesso del fuoco. Occhi cupi. Morti.

«Sono venuto a dirvi addio» disse il re accennando un inchino.

Vivian fece per avvicinarsi, ma Tom il Matto la fermò con il braccio. Stava succedendo qualcosa, qualcosa che lui non capiva.

Suo padre sollevò lentamente la corona che mandava lampi dorati e se la mise in testa. Chiuse gli occhi e riabbassò le mani. Poi si girò verso di loro. Spalancò le braccia, e per un attimo quel gesto lo fece somigliare a Gesù, come se la corona fosse fatta di spine.

«Mi sbagliavo. Aveva ragione lei. Questa non è la vita. La vita è con lei. La vita è alla luce del sole.»

«Non farlo. Pensa al ragazzo» disse dolcemente Vivian.

Cosa voleva dire? Aggrottò la fronte, cercò di capire, ma gli sfuggiva il senso di quello che stava accadendo. Vivian gli andò vicino, gli si mise dietro e lo circondò con le braccia, più come per tenerlo fermo che per abbracciarlo.

Suo padre arretrò lentamente con la corona che gli luccicava sulla testa. Il terreno cominciò a vibrare. Si stava avvicinando un treno.

Senza distogliere lo sguardo, lui cercò di divincolarsi, ma l'unico risultato fu che Vivian lo strinse più forte.

«Ti voglio bene, non dimenticarlo» disse suo padre.

Per un attimo gli occhi riacquistarono il loro luccichio, ma subito dopo tornarono vuoti, senza fondo.

Le vibrazioni si fecero sempre più forti mentre il fragore del treno si avvicinava. Suo padre era sui binari. Doveva spostarsi.

Suo padre doveva spostarsi.

Cercò di gridare, ma dalla bocca non gli uscì suono. Vivian lo strinse ancora di più, al punto di togliergli quasi il respiro.

«Racconterò tutto di te alla mamma» disse suo padre.

Il rumore del treno era sempre più assordante. I loro sguardi si incrociarono, si agganciarono. E negli occhi di suo padre si accese un minuscolo bagliore. O forse era solo il luccichio della corona. Il treno comparve in fondo al tunnel. Suo padre alzò le braccia ancora più in alto, senza staccare gli occhi da lui. Erano allacciati, legati per sempre. Poi lui sparì. Si sentì uno schianto e lo stridio acuto dei freni lacerò l'aria. Il treno si fermò. Silenzio.

Solo silenzio.

Vivian lo lasciò andare, lo girò verso di sé e gli prese il viso tra le mani.

«Ora devi essere forte» disse dolcemente. «E fidarti di noi. Sei il nostro principe. Vai nel tunnel a sinistra e rimani lì finché non vengo a prenderti. Me lo prometti?»

Lui annuì. Non aveva idea di cos'avrebbero fatto, ma non aveva importanza. Sapeva che suo padre non c'era più, ed era l'unica cosa che importasse.

Lentamente, imboccò il tunnel a sinistra.

Il re era morto.

Julia sbirciò verso Adam, che guidava concentrato l'auto della polizia sulle strade innevate di Bromma. Se non fosse stato per la gravità della situazione, lo avrebbe costretto ad accostare e gli sarebbe saltata addosso. Era terribilmente sexy nell'uniforme stirata di fresco. Pochi capivano che anche i poliziotti erano sensibili al fascino della divisa. Ma non potevano concedersi neanche un minuto: stavano cercando di battere sul tempo la stampa svedese.

Quando aveva telefonato il primo giornalista lei aveva appena chiuso la chiamata con Tor Svensson, del ministero della Giustizia. Se c'era una cosa di cui molti poliziotti erano incapaci era tenere la bocca chiusa. La notizia dell'omicidio di un ex giudice della Corte suprema si era diffusa alla velocità della luce, specialmente quando era saltato fuori che si trattava, oltretutto, del padre del ministro scomparso.

La morte di Walther Stockenberg era proprio quello che serviva ai media per tenere vivi i titoloni sul figlio ancora per un po', ed era probabile che l'intero corpo giornalistico del paese stesse accorrendo verso la stessa casa di Äppelviken a cui erano diretti lei e Adam. E Tor Svensson.

Quando arrivarono, Adam parcheggiò dietro la macchina di Mina. Julia gli chiese di restare in auto e scese, non senza lanciargli un'occhiata piena di desiderio. Mina era seduta sui gradini davanti alla porta d'ingresso, un braccio sulle spalle della figlia.

«Prima di tutto» disse Julia raggiungendole di corsa, «lei deve andare via subito, a meno che non vogliamo ritrovarci sui tabloid gli occhi rossi della figlia del ministro.»

Stava indicando Nathalie.

Lei si riscosse e si tolse dalle spalle il braccio della madre.

«Cosa vuoi dire?» chiese con aria confusa. «Cosa c'entrano i giornali? Noi abbiamo parlato solo con la polizia.»

«Il che significa che tutti i fotografi e i reporter dotati di un cellulare con una fotocamera accettabile stanno venendo qui» rispose Julia. «Adam è ancora in macchina. Può accompagnarti lui e assicurarsi che tu abbia compagnia finché non rientrerà Mina.»

La ragazza si alzò su gambe malferme. Mina le prese la mano.

«Arrivo appena posso, promesso» le assicurò.

Nathalie andò verso l'auto della polizia. Quando aprì la portiera, si girò a guardare un'ultima volta la villa del nonno e dalla bocca le sfuggì un singhiozzo. Poi salì e Adam partì sgommando.

Julia si girò verso Mina, che stava guardando il prato punteggiato di meli davanti alla casa.

«Non riesco a credere che d'estate ce ne stavamo qui tranquilli a bere il caffè con Walther e Beata» disse. «Il tavolo e le sedie sotto quell'albero sono ancora gli stessi.»

Nonostante fosse solo pomeriggio, il giardino era già immerso nell'oscurità. In realtà era incomprensibile che la gente resistesse, a dicembre, quando il sole tramontava quasi prima di sorgere. Julia però riusciva a immaginare che idillio doveva essere quel posto nelle serate estive. Vide che Mina aveva gli occhi lucidi, ma le lacrime non uscirono. Probabilmente sarebbero venute dopo. In quel momento erano tutte e due in modalità lavoro.

«Tor mi ha spiegato come siete arrivate a capire dov'era Niklas» disse. «Hai una figlia sveglia.»

«Niklas le doveva una spiegazione» rispose Mina guardandola. «Era preoccupatissima per lui e voleva capire perché se n'era andato e basta. Eravamo convinte che fosse al sicuro, da suo padre, e io volevo dargli il tempo di parlare con lei, prima che si scatenasse l'inevitabile caos mediatico. Come potevo prevedere... questo? Era solo a casa di Walther, nella tranquilla, pacifica Bromma...»

«Hai trovato qualcosa che possa condurci a dove si trova adesso?»

Mina scosse la testa.

«Ho perlustrato tutta la casa. Qui non c'è più, ma la cantina è in disordine e c'è un materasso sul pavimento. Ovunque si trovi adesso, non credo che sia lì di propria volontà. Forse prima ci sbagliavamo, quando pensavamo che l'avesse rapito qualcuno, ma stavolta sembra proprio che sia così. E che suo padre si sia messo in mezzo in qualche modo.»

Si interruppero quando un'auto accostò di fianco alla bassa siepe che separava il giardino dalla strada.

«Dev'essere Tor» disse Julia.

Un attimo dopo le portiere si spalancarono e scese tutto l'entourage del ministero. Tor le salutò con un cenno, si sistemò il colletto della camicia sotto la giacca e si avviò verso di loro.

«La stampa sarà qui da un momento all'altro» disse Julia a Mina in tono più dolce di prima. «Tu però non ci parli, okay? Me ne occupo io. E alzati da questi gradini gelidi, prima di congelare.»

Al telefono, Adam era stato molto sintetico, ma Vincent aveva colto l'informazione principale: l'ex suocero di Mina era morto.

Quando lui gli aveva chiesto se poteva tenere compagnia a Nathalie finché non fosse tornata sua madre aveva risposto subito di sì, mentre aveva declinato la proposta successiva, cioè che la ragazza venisse accompagnata direttamente a Tyresö. Casa sua gli sembrava sempre di più una trappola che da un momento all'altro poteva richiudersi su di lui, o su chi si fosse trovato con lui. Così aveva suggerito di vedersi da Mina, dato che era un posto in cui Nathalie poteva sentirsi al sicuro.

Era partito subito per Årsta, riuscendo ad arrivare prima di loro, e ora li stava aspettando al freddo davanti al portoncino. Non era mai stato lì senza Mina e provava una sensazione un po' strana, come se non fosse autorizzato a entrare. Ora però Mina aveva una famiglia.

A differenza di lui.

Cercò di non pensare a dove potevano trovarsi Maria e i ragazzi. Se lo avesse fatto, rischiava che il panico lo paralizzasse totalmente. Non poter fare nulla lo mandava in tilt. Se almeno avesse capito cosa si aspettava da lui l'Ombra... Invece i ragionamenti e le idee dei folli non erano mai prevedibili. Avrebbe voluto piazzarsi sul tetto della sede della polizia e gridare «aiuto», se non fosse stato per le minacce che aveva ricevuto e che aveva preso molto sul serio. Poteva andare a finire male. Quindi non gli restava che aspettare che l'Ombra si facesse risentire e nel frattempo cercare di tenersi occupato con qualcos'altro. Sperando che trattasse bene la sua famiglia.

Per questo stare con Nathalie non era soltanto una cosa che faceva volentieri ma anche una distrazione necessaria e gradita.

Un'auto della polizia girò l'angolo e si avvicinò alla casa. Per un attimo gli sembrò che accanto a Adam ci fosse Mina, invece era Nathalie. Somigliava sempre di più a sua madre.

La macchina si fermò e lui le aprì la portiera.

«Grazie, Vincent» disse Adam dal posto di guida. «Io proseguo direttamente per la centrale.»

«Certo» rispose. «Noi restiamo qui finché non torna Mina.»

Nathalie scese in silenzio, e non disse niente nemmeno entrando dal portone e lungo le scale. Vincent si guardò bene dal metterla sotto pressione. Quella ragazza aveva parecchio da rielaborare e lui poteva soltanto starle accanto per evitare che ne venisse sopraffatta.

Quando entrarono, Nathalie si tolse le scarpe e lasciò cadere a terra la giacca, proseguì fino al soggiorno, si sedette rigida sul divano e fissò lo sguardo sulla parete. Vincent si sedette a sua volta, non troppo vicino.

«Che orrore» disse Nathalie alla fine, la voce incrinata.

Poi, di nuovo silenzio.

Vincent aspettò.

«Era in casa sua!» esclamò lei di colpo, con un singhiozzo. «Possibile che non si possa essere al sicuro in casa propria? E se qualcuno entrasse qui adesso e ci uccidesse? È incomprensibile. Chi poteva volere la morte di mio nonno? Era la persona più buona del mondo. Severo, questo sì, ma buono.»

Vincent annuì. Un'intrusione nella propria abitazione

era un'esperienza sconvolgente per la maggior parte delle persone. Lui sapeva esattamente cosa si provava quando il posto in cui ci si era sempre sentiti tranquilli non offriva più nessuna protezione, ma doveva tentare lo stesso di rassicurare Nathalie.

«Non credo sia stato un normale scassinatore a uccidere Walth... tuo nonno» disse. «Chi l'ha fatto cercava tuo padre, che evidentemente ha nemici più pericolosi di quanto pensassimo.»

Nathalie tirò su col naso.

«Perché è il ministro della Giustizia? È una follia.»

«Per quello, o per qualche altro motivo. Nessuno sa chi gli abbia inviato quel biglietto da visita.»

«Pensavi di farmi sentire meglio, dicendomelo?» gli chiese lei con un sorriso pallido. «Mi sa che non sei tanto bravo in queste cose.»

Vincent rise.

«Ero anche peggio di così» rispose. «Una volta che dovevo consolare tua madre, prima ho googlato come si faceva.»

«Sei un tipo strano» borbottò Nathalie rannicchiandosi nell'angolo del divano. «Voglio che papà torni a casa. Ho freddo.»

«È lo shock. Per un po' ti sentirai confusa e a disagio. È normalissimo. Ma passerà, anche se adesso non ti sembra possibile.»

Si alzò e, prima di entrare in camera di Mina, esitò un secondo. Normalmente non l'avrebbe fatto, ma la necessità non ha legge.

«Vado a prenderti una coperta» disse. «Dormi un pochino, se ci riesci. Se vuoi parlare o fare una casetta di pan di zenzero, o qualsiasi altra cosa, sono qui.»

Nathalie annuì fiaccamente.

«Credo che mi riposerò un po'» mormorò.

Vincent prese la coperta dal letto di Mina e la portò in soggiorno. Nathalie si era già addormentata.

Sia Tv4 che Svt avevano predisposto in giardino dei fari portatili perché Julia e Tor fossero illuminati meglio, e i giornalisti che filmavano con il cellulare ne erano ben contenti. Mina non vedeva l'ora che arrivasse la primavera. La neve rischiarava un po' l'ambiente, ma il buio di dicembre era davvero odioso.

In quel momento, però, rappresentava un vantaggio. Mina era alle spalle di Tor e Julia, presente ma appena fuori dal cono di luce. Non sarebbe venuto in mente a nessuno di farle delle domande. La conferenza stampa improvvisata era già iniziata. I reporter le sembravano cani che avessero fiutato sangue.

«Non è un clamoroso insuccesso della polizia?» chiese l'inviato del telegiornale di Tv4. «I fatti parlano da soli: non siete riusciti a localizzare il ministro della Giustizia e nemmeno a impedire un attentato a Walther Stockenberg, suo padre. Di chi è la responsabilità? Che intenzioni ha la direzione?»

«Purtroppo non è possibile prevedere in anticipo come si muoveranno le persone» rispose Julia, per poi fare una breve pausa. «Sarebbe molto comodo possedere la facoltà di leggere nel pensiero, ma nella realtà non funziona così» aggiunse, e si fermò di nuovo.

Erano pause che Mina conosceva bene: Julia le faceva

sempre, prima di dare una notizia che avrebbe preferito tenere riservata. D'altra parte, ai cani doveva essere gettato un osso da spolpare.

«La situazione è estremamente grave» continuò. «Finora non ne abbiamo parlato, ma abbiamo motivo di pensare che il ministro della Giustizia avesse subito nuove minacce, che con ogni probabilità l'hanno spinto a nascondersi di propria iniziativa. Non avevamo invece ragione di sospettare che le minacce si estendessero alla sua famiglia, o almeno a suo padre. È stato un errore di valutazione. Naturalmente apriremo un'indagine interna per esaminare la questione.»

I giornalisti cominciarono a parlare tutti insieme. Una donna che brandiva un cellulare come un microfono si fece avanti sgomitando. Sull'apparecchio si vedeva il logo dell'*Aftonbladet*.

«Ho una domanda per Mina Dabiri» gridò. «Perché quella là dietro di voi è lei, giusto?»

Mina si sentì gelare. Era del tutto contro le regole. Le domande andavano rivolte a chi conduceva la conferenza stampa, cioè Julia, ma la donna la fissò con un sorriso impassibile.

«Le minacce si estendono anche a lei e a sua figlia? Perché Niklas Stockenberg è il suo ex marito, no? Come si sente ad affrontare la situazione? Ed è in grado di svolgere il suo lavoro al meglio, in queste circostanze? Sua figlia ha paura?»

Dalla folla di giornalisti si scatenò un'esplosione di domande e le telecamere puntarono su di lei. I fari la abbagliarono. Di colpo Mina capì come si sentiva un capriolo in autostrada. Non c'era nessun posto dove scappare. L'unica era rimanere immobile.

«Posso avere la vostra attenzione?» intervenne Tor. Si schiarì forte la gola e ripeté a voce più alta: «Posso avere la vostra attenzione? Vi prego di mostrare un minimo di professionalità, altrimenti dichiariamo conclusa la conferenza stampa.»

Le telecamere vennero orientate verso di lui.

«Per tornare alla prima domanda, non si tratta di un insuccesso della polizia ma di un insuccesso *politico*» continuò. «La polizia ha agito come poteva nei limiti delle risorse di cui dispone, e sottolineo la parola "limiti", con tutto il mio personale rammarico. Proprio per questo sono necessari dei cambiamenti radicali. Non possiamo più permettere che succedano queste cose. La violenza e il mancato rispetto delle regole stanno aumentando in modo esponenziale e incontrollato e, come potete vedere, non si tratta di fenomeni circoscritti alle periferie. La polizia è impotente, è vero, ma dipende dal fatto che la società è impotente. Lo stato di diritto in Svezia è in caduta libera.»

«Questa è la posizione ufficiale del ministero della Giustizia?» chiese il reporter della Svt sollevando le sopracciglia.

«No» rispose Tor. «Non sono qui in qualità di portavoce di Niklas Stockenberg. Oggi sono qui come uomo politico. Avevo intenzione di aspettare, prima di assumere nuovamente questo ruolo, ma vedendo quello che sta capitando al ministro della Giustizia, che è anche un mio caro amico, non posso non agire, dato che nessun altro lo fa. Meno di sei mesi fa ha subito un attentato molto grave, e sappiamo tutti che anche in passato diversi politici svedesi hanno perso la vita. È il momento di dire basta.»

Tutti i giornalisti ricominciarono a parlare contemporaneamente. Tor indicò l'inviato del telegiornale di Tv4, che aveva la telecamera munita del faro più potente.

«Sono belle parole, ma le abbiamo già sentite altre volte, da altri politici» disse il giornalista. «Come ha intenzione di fare la differenza?»

«Ho un piano d'azione concreto» rispose Tor. «Appena

il parlamento lo accoglierà, e sarà così, verrà comunicato al popolo svedese. Non passerà inosservato.»

«Ma lei non è in parlamento» gli fece notare il reporter.

«Non ancora. Non sono *ancora* in parlamento.»

Nel giardino buio, tutti i riflettori erano puntati su Tor. E sebbene da dietro Mina potesse vedergli solo le spalle, avrebbe giurato che godeva di essere al centro dell'attenzione.

Non aveva mai immaginato davvero cos'avrebbe provato il giorno in cui non ci fosse più stato al mondo suo padre. Per lui aveva sempre rappresentato una sorta di costante fonte primigenia di energia, un'entità onnisciente che tutto vedeva e tutto giudicava, ma che sapeva anche amare.

Ora più che mai Niklas ricordava i momenti in cui gli aveva dimostrato il suo affetto, gli aveva dato sicurezza, gli aveva insegnato cose che nessuno avrebbe mai potuto portargli via.

Invece gli era stato portato via lui, suo padre. Sentiva ancora risuonare nelle orecchie lo sparo. Vedeva ancora davanti agli occhi il sangue. Sensazioni che sarebbero rimaste impresse dentro di lui per sempre. La domanda, però, era quanto sarebbe durato quel "sempre". Cinque giorni, se si dava credito alla voce sulla segreteria telefonica.

Ancora cinque giorni da vivere.

Rabbrividì. Aveva freddo. La giacca era rimasta nella cantina di suo padre e lui si era ritrovato in pantaloni di cotone e camicia leggera. Il freddo e l'umidità avevano cominciato a insinuarsi sotto i vestiti e l'unico modo per tenersi caldo era saltellare sul posto. Si sentì un fruscio: qualcosa doveva essersi spostato, disturbato dai suoi movimenti. Cercò di non pensare a cosa potesse essere.

Quanti rimorsi. Eppure no. In quel momento aveva preso la decisione giusta, e l'aveva veramente sfruttata al massimo. Aveva vissuto nel modo migliore possibile.

Rivisse nella mente la cena con Nathalie e Mina. Sebbene fosse trascorsa poco più di una settimana, gli sembrava un'eternità. Una cena che non aveva mai creduto possibile. E invece si erano trovati tutti e tre intorno al tavolo, come una famiglia.

Sapeva che non sarebbero mai tornati a formarne una tradizionale: era passata troppa acqua sotto i ponti. Sia lui che Mina erano cambiati rispetto a quando vivevano insieme. Però quella sera aveva percepito chiaramente che tra loro c'era ancora affetto, anche se diverso da quello di un tempo. Un affetto che scaturiva dalla presenza di Nathalie, che li avrebbe uniti per sempre con un legame forte e indistruttibile.

O almeno, era quello che credeva prima.

Prima, quando dava ingenuamente per scontato di avere davanti una vita intera per condividere con sua figlia tanti motivi di gioia. Era stato comodo, ma da incoscienti, dimenticare la verità.

Quante cose si sarebbe perso. Il primo ragazzo o la prima ragazza di Nathalie. Le prime delusioni d'amore. La festa per la maturità. La scelta dell'università, del lavoro. Convivenza, matrimonio, figli... Tutte quelle cose che, insieme, costruivano il patchwork della vita. Aveva dato per scontato di essere parte di tutto questo. Non gli restava che aggrapparsi al pensiero che, se non altro, Nathalie avrebbe avuto a fianco sua madre.

Non ricordava com'era arrivato lì. Una puntura, un bruciore sottopelle, poi il buio. La sedia a rotelle rovesciata di fianco a lui spiegava come lo avevano spostato.

In compenso sapeva, con un po' di approssimazione, dove si trovava. L'aveva capito la prima volta che aveva sentito il rumore sordo non troppo distante oltre la porta chiusa a chiave. Non c'era modo di scappare. Allora, tanto tempo prima, aveva scelto lui il proprio destino, ed era venuto il momento di pagare il prezzo di quella decisione. Il problema era che, di colpo, gli sembrava troppo, troppo alto.

Di ritorno dall'assalto dei media davanti alla casa di Walther Stockenberg, Julia era così sfinita che non ebbe nemmeno la forza di togliersi la giacca. Seduta a spalle curve sulla poltroncina nell'ufficio di suo padre, lo guardò andare su e giù con la fronte aggrottata.

«Mi sembra di essere chiuso in una morsa che viene serrata sempre di più» borbottò il capo della polizia. «Già la sparizione del ministro della Giustizia era un bel guaio, e ora la morte di suo padre... Da un momento all'altro la stampa chiederà le mie dimissioni, oppure un rappresentante di un partito minore coglierà l'occasione per fare il gradasso. A qualche ministro è successo, quindi perché non dovrebbe capitare al capo della polizia?»

«Dimmi cosa ti serve che faccia e lo farò» disse Julia.

Lui smise di camminare.

«È molto semplice» rispose girandosi verso di lei. «Mi serve che il caso venga risolto. Tutto qui. Se ho capito bene, le minacce nei confronti di Niklas Stockenberg rimandano a quello che è successo a Jon Langseth e, sempre se ho capito bene, ad altre due persone prima di lui. Questo lo sapete, eppure non siete più vicini a una soluzione dell'ultima volta che ci siamo visti.»

Per un attimo Julia pensò di ricordargli che in quell'occasione suo padre aveva insistito a dire che dietro la vicenda c'era Gustaf Brons, ma ci rinunciò. Fece un profondo sospiro e guardò fuori dalla finestra.

Sarebbe stato bello che nella vita fosse tutto bianco o nero, come in un'indagine di polizia. Colpevole, non colpevole. Assassinato, non assassinato. Matrimonio, non matrimonio.

«Julia?»

Alzò gli occhi verso suo padre.

«Come stai?» gli domandò lui, la voce raddolcita. «So che non te lo chiedo troppo spesso, ma come vanno le cose in famiglia, in realtà?»

Era proprio quello il problema. Non ne era più sicura.

Torkel, Harry e Adam si intrufolavano nei suoi pensieri ogni minuto, ogni secondo, tutto il giorno. Se in un momento le sembrava di sapere cosa doveva fare, in quello successivo cambiava idea. Lei e Torkel potevano salvare il loro travagliato matrimonio? Lo voleva? E Torkel? E poi Adam. Cosa desiderava costruire con lui? Il sesso funzionava, anzi, di più: era fantastico. Ma c'era anche qualcos'altro?

Tutto questo le attraversò la mente in pochi secondi: erano pensieri ricorrenti, che continuavano a girarle e rigirarle nella testa. Sapeva di dover prendere una decisione ma, qualunque fosse stata, avrebbe avuto conseguenze importanti, non solo per la sua vita ma anche per quella di Torkel, Harry e Adam. Come una serie di tessere del domino che aspettavano soltanto la spinta sulla prima della fila.

Suo padre attese la risposta con un'espressione interrogativa sul viso.

«So che conti su di me e sulla squadra» gli disse per evitare la domanda. «E ce la faremo. Può sembrare che non abbiamo il controllo della situazione, ma non è così. Credo, almeno.»

Il controllo. Avrebbe dovuto avere in mano il controllo della situazione. Se lo aspettavano tutti, perché in genere era così. Julia manteneva sempre la calma, il sangue freddo. Ma la vita era diventata complicata. Forse avrebbe dovuto prendersi una pausa, andare a parlare di scemenze con qualche collega di cui manco sapeva il nome, bere un po' di *glögg* nella sala del personale, mangiare biscotti allo zenzero, chiedere alla gente come aveva festeggiato il Natale. Scacciò subito quell'idea. Doveva lavorare. Da qualche parte, nel groviglio di informazioni, dati e testimonianze, c'era la risposta. Lo sapeva. C'era sempre.

«Bene» disse il capo della polizia. «Perché se perdo il mio posto ti considererò direttamente responsabile, e al prossimo Natale in famiglia l'atmosfera potrebbe...»

Fu interrotto da uno squillo. Era il telefono di Julia. Sul display comparve il numero del centro di medicina forense. Lei guardò il padre, che annuì con aria accigliata, e rispose.

«Ciao, Julia, auguri!» Era la voce di Milda. «Scusa se ti disturbo, sicuramente non è niente, ma volevo verificare con te.»

«Di che si tratta? E auguri anche a te, a proposito» rispose Julia.

«Be', oggi Loke non è venuto al lavoro. E non riesco a rintracciarlo nemmeno al telefono.»

«Di certo ci sarà una spiegazione. Non potrebbe semplicemente essere malato?»

«Stiamo parlando di Loke» obiettò Milda, «la persona più affidabile del mondo. Non ha perso un giorno da quando ha iniziato e si fa sempre sentire se ha più di novanta secondi di ritardo. Per questo volevo verificare con te se ieri ti ha parlato di eventuali impegni o altro. Ultimamente sono un po'... distratta, quindi magari me ne sono dimenticata.»

Julia aggrottò la fronte.

«Ieri? A me? Io non l'ho visto.»

«Che strano. Doveva portarti dei documenti. Non è mai...»

Un trillo acuto in sottofondo costrinse Julia a scostare il telefono dall'orecchio per non restare assordata.

«Scusa, Julia» disse Milda parlando molto più velocemente di prima. «È l'ospedale che chiama sul mio cellulare personale e devo rispondere, ma se senti Loke telefonami, per favore.»

Riattaccò prima che Julia potesse salutarla. Il capo della polizia le rivolse uno sguardo interrogativo.

«Di cosa si trattava?» domandò.

«Non lo so, di preciso. Mi chiedeva di Loke.»

«L'ultimo acquisto della squadra?»

«Sì. A quanto pare oggi non si è presentato al lavoro.»

Vincent non aveva più avuto notizie di Mina da quando era rientrata a casa e gli aveva dato il cambio. Non gli aveva chiesto di fermarsi, ma non era poi così strano. Aveva bisogno di stare sola con sua figlia.

Anche se Vincent non aveva tentato di contattarla, non significava che non pensasse a lei. Anzi, non riusciva a pensare ad altro.

Gli sembrava di essere sul punto di annegare, e che lei fosse la sua boa di salvataggio. Eppure non aveva il coraggio di tendere la mano per chiederle di salvarlo. Non era una cosa che si potesse pretendere da nessuno.

Non volendo restare per troppo tempo nella casa vuota alla sera, popolata com'era di fantasmi che saltavano fuori da tutte le parti, era uscito a fare una passeggiata nel bosco per sfoltire i pensieri. Come al solito, però, non era attrezzato: la neve gli era penetrata nelle scarpe nel giro di pochi minuti e più volte era inciampato nelle radici degli alberi nascoste dalla coltre bianca. Per fortuna, per il momento il mal di testa si teneva alla larga.

Rimase nel bosco finché poteva, nonostante il freddo e la difficoltà a tenersi in piedi.

Quando però si appoggiò a un abete, che subito lasciò cadere tutta la neve dai rami facendogliela penetrare nel colletto e sotto il maglione, si arrese. Probabilmente, se

Mina fosse stata lì con lui e avesse visto in che condizioni era, sarebbe morta dalle risate.

Dopo la passeggiata bagnata nel bosco si fece una lunga doccia calda. Poi tirò fuori un bicchiere e una bottiglia di Akkeshi Single Malt Peated, un whisky giapponese che teneva in serbo per occasioni molto speciali, e portò tutto nello studio, dove la linea del tempo con i "regali di Natale" era ancora attaccata al muro. Si versò l'Akkeshi, perfettamente bilanciato: era una delle poche qualità di whisky che non aveva bisogno dell'aggiunta di acqua per modificare la composizione molecolare e il sapore. Tenne lo sguardo fisso sul liquido ambrato per evitare di vedere le minacce sulla parete.

Dopo il terzo bicchiere, lanciò un'occhiata all'orologio. Già le nove e mezza. Com'era possibile? Non riusciva a credere di essere lì seduto da ore. Evidentemente non stava soltanto perdendo la ragione ma anche la percezione del tempo.

Se non altro, a quell'ora poteva farsi di nuovo vivo con Mina senza disturbare il lavoro che probabilmente l'uccisione di Walther Stockenberg aveva comportato. E forse Nathalie dormiva. Prese il cellulare.

«Ciao, è tutta la sera che penso a te» scrisse.

Poi cancellò l'intero messaggio tranne la prima parola. Cos'aveva il suo cervello che non andava?

«Ciao, vi penso» scrisse invece. «Spero che Nathalie stia bene, nel limite del possibile. Fatti viva quando riesci.»

Inviò l'sms e si alzò, sentendo che gli girava la testa. Reggeva l'alcol meno bene del solito. Forse avrebbe dovuto mangiare qualcosa per cena. O anche solo per colazione, volendo. A pensarci bene, avrebbe dovuto mangiare qualcosa nelle ultime ventiquattr'ore.

Porca miseria.

Ormai era troppo tardi. Non aveva fame. Andò in camera su gambe malferme e si stese sul letto. Il cellulare emise un *pling*. Era Mina.

«Va tutto di merda» scriveva. «Niklas ancora irrintracciabile, Walther morto. Ma Nathalie se la cava. È una ragazza tosta. Possiamo vederci domani in centrale? Porta il foglio con le minacce. Conosco già le tue obiezioni, ma per una volta dovrai fidarti di me.»

Vincent avrebbe voluto farle cento domande sul nonno di Nathalie e su come si sentiva lei, ma soprattutto chiederle se aveva bisogno di lui.

Hai bisogno di me?

Invece non fece nulla di tutto questo. Rispose soltanto che sarebbe stato lì molto presto e le augurò la buonanotte. Poi chiuse gli occhi e si lasciò andare.

Un rumore lo strappò al sonno leggero in cui era scivolato. La sveglia sul comodino trillava rabbiosa. La spense e prese mentalmente nota dell'ora: 22.19. Sapeva con assoluta certezza che non era stato lui a puntarla, ma ormai non aveva più neanche la forza di stupirsi. L'Ombra aveva inventato un gioco tutto suo e, finché non ne avesse capito il senso, lui poteva solo seguirlo.

Girò la testa e guardò fuori dalla finestra della camera. Per una volta, la coltre di nubi si era sfilacciata e la luna illuminava la notte, facendo rilucere la neve sugli alberi e sul prato. Uno spettacolo bellissimo ma anche un filo spaventoso. Alla luna e agli alberi non importava niente di lui, e nemmeno del fatto che la sua famiglia fosse sparita. Il mondo là fuori avrebbe continuato a girare a prescindere da cosa ne fosse stato di Vincent Walder.

Sul prato si delineavano due ombre e la luce lunare ne rivelò il piumaggio. I corvi erano tornati. Per qualche motivo, Vincent se lo aspettava. Erano di nuovo solo due, ma un po' più distanti tra loro, come se aspettassero che tre amici si posassero in mezzo.

Se non fossero stati uccelli, avrebbe pensato che rappresentassero un messaggio in codice. Invece lo erano e di conseguenza non sapevano comunicare, almeno non in codice. Sospirò e girò di nuovo la testa. La sveglia segnava le 22.25. Vincent sapeva già che per quella notte non avrebbe più chiuso occhio.

Meno quattro giorni

Subito prima di entrare nell'atrio della centrale, Vincent vide arrivare Julia sul marciapiede. Il sole non sarebbe sorto che di lì a diverse ore, ma i lampioni creavano pozze di luce che, nel buio, facevano sembrare fosforescente la neve. Julia aveva una faccia che ricordava una nube temporalesca. Una nube temporalesca con le occhiaie. La aspettò per entrare insieme a lei.

«Buongiorno» la salutò. «E buona festa della terza di Natale.»

«Buona festa... Te la sei inventata tu, vero?» disse lei. «Io non ne posso più del Natale, al momento.»

«Nient'affatto» rispose Vincent fingendosi oltraggiato da quell'insinuazione. «Fino alla riforma del 1772 anche la giornata di oggi era considerata festiva, e pure quella di domani.»

Entrarono e oltrepassarono i tornelli. L'atrio era silenzioso e deserto. Niente scolaresche in attesa di entrare per fare una visita guidata, niente poliziotti infreddoliti che bevevano un caffè davanti alla bacheca. Salutarono con un cenno l'uomo dietro il vetro del banco informazioni, che soffocò uno sbadiglio.

«Sei venuto presto» osservò Julia. «Neanche sapevo che saresti stato qui. La tua famiglia non si lamenta del fatto che stai fuori così tanto proprio durante le feste?»

Per poco non le raccontò tutto. Desiderava intensamente poter spiegare perché evitava il più possibile di rientrare e anche parlarle dei mal di testa, che peggioravano sempre quando era in casa, della parete in soggiorno di cui aveva tanta paura e soprattutto dell'assenza della sua famiglia intera, oltre che delle minacce di morte che aveva ricevuto e del terrore di quello che doveva ancora succedere.

«Devo vedere Mina» rispose soltanto.

Era vero anche quello.

«Però potrei farti la stessa domanda. Da te non si lamentano? A quanto pare stamattina i primi ad arrivare siamo stati noi due.»

Julia rimase in silenzio per qualche istante e le occhiaie parvero farsi ancora più profonde.

«La questione famiglia è... complicata» disse poi.

Vincent annuì.

«Se prometti di non fare domande, non te ne farò neanch'io» concluse lei.

Si diressero senza parlare verso l'ascensore. Vincent avrebbe preferito le scale, ma aveva cominciato ad abituarsi e non provava più lo stesso disagio della prima volta che ci era salito, nella primavera di quasi tre anni prima. Comunque, di sicuro non lo prendeva volentieri.

«Ah, Mina mi ha riferito quella cosa della linea sedici della metropolitana, che a quanto pare non esiste» disse Julia. «Ha detto qualcosa a proposito di alcune clessidre.»

Bene. Continuare a parlare era la distrazione che gli serviva.

«Sì, non capisco» rispose. «So di non essermi sbagliato. Coincide troppo bene con l'enigma delle clessidre per non essere...»

«Ieri ho contattato l'ufficio stampa dell'Sl» lo interruppe Julia. «La linea sedici è esistita, in realtà. Era una linea provvisoria che correva parallela ad altre due, partendo da Vällingby, sulla verde, e finendo a Liljeholmen, sulla rossa.

Non so in che punto esatto cambiasse percorso, comunque le cose stavano così.»

Vincent sentì cadere un pesante fardello dalle spalle. Forse la sua ragione non era in pericolo. Ci aveva visto giusto.

«Interessante» disse. «Allora sappiamo qualcosa di più sulla persona che mi ha mandato le clessidre. Di chiunque si tratti, ha una conoscenza dettagliata della rete della metropolitana. Sarebbe utile riflettere sui motivi. Indipendentemente da questo, Niklas potrebbe trovarsi lì anche adesso.»

«Intendi dire che è già morto?» chiese Julia fissandolo inorridita.

«Non lo so. Spero di no. Secondo il conto alla rovescia ha ancora quattro giorni da vivere. D'altra parte, considerando lo schieramento di forze in campo, quattro giorni non sono pochi, se vogliono tenerlo nascosto. I tunnel potrebbero facilitare l'impresa. Là sotto è un vero labirinto.»

Le porte si aprirono. Scesero, ma Julia si fermò appena fuori dall'ascensore e si girò verso di lui.

«Non puoi essere più preciso, vero? Non puoi indicarci una stazione particolare sulla linea sedici?»

Vincent scosse la testa.

«All'inizio pensavo di sì» rispose. «Se il numero dei minuti delle clessidre corrispondevano alle linee, forse quello dei secondi indicava le stazioni, ma non coincidono con i luoghi in cui avete trovato gli altri scheletri, comunque rifaccia i calcoli. Mi dispiace. Al momento non so niente di più.»

Julia sospirò e tirò fuori il cellulare dalla tasca.

«A Stoccolma le stazioni sotterranee sono quarantasette» disse. «La linea sedici ne attraversava venticinque. Dovrò chiedere undici coppie di agenti che ne perlustrino due e Adam e Ruben passeranno al setaccio le tre rimanenti. Un incubo, dal punto di vista logistico. L'Sl non ne potrà più di noi, ma non vedo altra soluzione.»

Chiamò un numero e si portò il telefono all'orecchio.

«Sarà una lunga giornata» concluse, sospirando di nuovo.

Mina si guardò allo specchio. Un volto pallido che non riconosceva la fissò a sua volta. Con gli occhi gonfi, oltretutto. Per una volta era lei a essere in ritardo, invece di Vincent, ma non aveva la forza di muoversi più in fretta. Era rimasta alzata per ore a parlare di Walther con sua figlia, cercando di ricordare i suoi lati positivi, gli anni con Beata. Era stata una nottata molto lunga.

Nathalie dormiva da un'oretta e lei non voleva svegliarla, ma quando si era addormentata le era sembrata serena. Era davvero una ragazza tosta. Avrebbe superato tutto questo, e soprattutto non le serviva nessuno a farle da babysitter, passato il primo shock.

Mina sperava solo che, vedendola, Vincent non pensasse che aveva avuto una reazione allergica. Lasciò un messaggio sul tavolo della cucina, uscì senza far rumore per non svegliare Nathalie e raggiunse in macchina la centrale alla massima velocità consentitale dal traffico mattutino.

Si aspettava di trovare Vincent nell'atrio e non vedendolo si guardò intorno per controllare che non si fosse seduto da qualche parte, ma non c'era. Possibile che fosse arrivata prima lei? Andò dal piantone dietro il vetro.

«Buongiorno» disse. «Hai visto passare Vincent Walder? Hai presente chi è?»

«Chi, quello che sa leggere nel pensiero?» rispose l'altro, che sembrava aver dormito male quanto lei. «È entrato un po' di tempo fa insieme a Julia Hammarsten. Credo siano saliti.»

Mina lo ringraziò e superò i tornelli. Era appena arrivata davanti all'ascensore che le porte si aprirono e Vincent uscì quasi di corsa guardando indietro. Il risultato fu uno scontro frontale, ma lui la sostenne con le braccia prima che cadesse.

«Mina?»

«Vincent!» esclamò lei. «Cosa... cosa fai?»

«Eh... io... insomma» balbettò lui lanciandosi di nuovo un'occhiata alle spalle. «Cioè... ecco... Ti ricordi quello che mi avevi detto sul fatto di allenarmi ad andare in ascensore? Be', forse... ho approfittato dell'attesa.»

Le scappò da ridere. Lui non l'aveva ancora lasciata andare.

«Cosa fai, sfrutti le risorse della polizia per fare terapia comportamentale?»

«Può darsi.»

Erano così vicini che Mina sentiva il suo odore familiare.

«Vincent?»

«Sì?»

«Mi stai ancora tenendo stretta.»

Silenzio.

«Lo so.»

Rimasero così per un po'. Mina era incerta sul da farsi. Non voleva che lui la lasciasse andare. Il suo calore la pervadeva tutta e sperava che fosse una sensazione reciproca, ma non potevano restare lì in eterno.

«Cominceranno a circolare voci» disse alla fine. «Qualcuno testimonierà di averti visto mentre mi rapivi.»

Vincent allentò la presa.

«Perché volevi che ci vedessimo così presto?» le chiese. «E Nathalie se la cava, da sola?»

«Nathalie è tosta come sua madre» gli rispose. «Oggi

vede i suoi amici. Le farà bene fare qualcosa di diverso. E a me è venuta un'idea. L'hai portato quel foglio?»

Vincent annuì.

«Lo trasmettiamo al centro forense nazionale di Linköping per controllare le impronte digitali» disse Mina. «Possiamo farlo in forma anonima, togliendo tutto quello che riguarda te personalmente prima di inviarlo.»

«Impronte digitali?» domandò Vincent sorpreso, ma tirò fuori il foglio e glielo tese.

Lei scosse la testa.

«Meglio che non lo tocchi» disse. «È molto frequente che chi invia messaggi minatori lo faccia ripetutamente, spedendoli a più di una persona. I troll di professione non ci sono solo in rete. Come vedi le lettere cartacee vengono ancora usate, di tanto in tanto. Se questo messaggio ti è stato lasciato da qualcuno che è già stato condannato per minacce o altro in passato, lo troveremo. Basta prendere le tue impronte e inviarle insieme al foglio, in modo che l'Nfc possa escluderle quando analizza il materiale.»

Vincent prese delicatamente il biglietto tra due dita e se lo rimise in tasca.

«Non è una cattiva idea» convenne, «soprattutto considerando che non ho nient'altro che possa farmi risalire a chi è questa persona. Effettivamente significa che viene coinvolta la polizia, ma in modo molto indiretto. Mi risulta difficile credere che l'Ombra possa scoprirlo.»

«Prendiamo subito le tue impronte» rispose Mina, avviandosi lungo il corridoio verso il laboratorio.

Christer sospirò. Stava guardando la data sul display del distributore automatico di caffè: 27 dicembre. Mancavano quattro giorni alla fine dell'anno e con ogni probabilità non ne avrebbe potuto avere nemmeno uno da passare a casa. Non che cambiasse tanto: anche Lasse era molto impegnato, con tutti i buffet natalizi al ristorante Ulla Winbladh, quindi faceva tardi tutte le sere.

Comunque, qualche ora a casa davanti alla tele in compagnia di una bella serie tv non gli sarebbe dispiaciuta. Da quando Lasse era entrato nella sua vita, aveva potuto concedersene poche. Non che le rimpiangesse troppo, ovviamente: la compagnia di Lasse batteva addirittura quella del suo detective preferito, Harry Bosch. Ed era anche molto più bello.

Julia arrivò da dietro l'angolo. Con la tazza vuota in mano e quegli occhi infossati, stava sicuramente puntando al distributore di caffè.

«Hai un aspetto orribile» le disse. «Non dovresti tornare a casa da Harry e Torkel?»

«Da Harry di sicuro» rispose lei. «Mi sento una pessima madre ogni secondo che sto qui invece che con lui. Grazie per avermelo ricordato.»

«E Torkel?»

«Diciamo che nei suoi confronti non provo lo stesso senso di colpa. Hai finito?»

Accennò con la testa alla tazza di Christer, che si era riempita da un pezzo ma era ancora sotto il beccuccio. Lui la tolse e Julia ci mise la propria con un gesto quasi aggressivo. Un giorno o l'altro le avrebbe chiesto cosa stava succedendo nella sua vita, ma non era quello il momento.

«Vieni?» gli disse lei. «La riunione sta cominciando. Ho per te un bel compitino divertente che ti terrà occupato fino all'Epifania.»

Christer sospirò, svuotò la tazza nel lavello e la rimise sotto il beccuccio. Gli ci voleva un caffè appena fatto e bello bollente.

«Capisco che siate tutti stanchi e provati, ma sappiate che apprezzo il lavoro fantastico che state facendo. Abbiamo addosso gli occhi del mondo. Dobbiamo trovare il ministro della Giustizia e se dico che le lancette dell'orologio corrono non è per usare un luogo comune. E corrono veloci.»

Guardò la sua squadra, così eterogenea, e non poté fare a meno di sentirsi fiera di tutti i risultati ottenuti in quei pochi anni e di quelli che, ne era sicura, sarebbero riusciti a conseguire in futuro.

«Ruben, potresti aggiornarci sulla pista della mafia serba?»

Era una cattiveria, ma non era riuscita a trattenersi. Ci fu qualche risatina sparsa e anche lei dovette farsi forza per non scoppiare a ridere. La foto di Ruben avvolto nella coperta termica e la storia di come era stato salvato da Sara del Noa, due giorni prima, avevano fatto il giro della centrale alla velocità della luce.

«Molto divertente» borbottò lui. «Davvero. Comunque, per rispondere alla domanda, Ted Hansson è tornato a casa in buone condizioni e abbiamo potuto verificare che i serbi, nonostante i legami con Peter Kronlund e Gustaf Brons, non hanno niente a che fare con la nostra indagine. Pura e sfortunata casualità.»

«Grazie, Ruben. Spero che tutti voi abbiate riflettuto

sull'inopportunità di prendere iniziative personali, in situazioni del genere. Va bene l'intraprendenza, ma bisogna anche usare il buonsenso.»

«Sì, signora maestra» disse Ruben scocciato. «Non c'è bisogno di parlarne ancora.»

«Allora cerchiamo di focalizzarci sulle piste rimaste. Abbiamo alcuni appigli concreti. Grazie a Vincent siamo in grado di concentrare le ricerche di Niklas in un luogo fisico. Potrebbe trovarsi nel sistema di gallerie della metropolitana, lungo la linea sedici.»

«La famosa linea che non esiste?» chiese Christer.

«Esatto» rispose Vincent, seduto di fianco a Mina. «Secondo le informazioni raccolte da Julia, era una linea temporanea che correva parallelamente ad altre due. Il problema, come ha fatto notare lei stessa, è che toccava ben venticinque stazioni sotterranee.»

«Fino a che punto siano sicuri che sia lì?» domandò Ruben.

«Non siamo per niente sicuri, ma è l'unico appiglio che abbiamo» replicò Julia. «Quindi, finché non avremo in mano qualcos'altro, ci dedicheremo a questo. Ho chiesto l'autorizzazione a ispezionare l'area. Nella giornata di oggi un certo numero di agenti perlustrerà sistematicamente tutte le stazioni. Ruben e Adam, sull'elenco ci siete anche voi.»

«Ho visto» disse Adam, annuendo. «Ci muoviamo appena finita la riunione.»

«Ottimo. Poi c'è l'elemento in comune tra le vittime che abbiamo individuato, cioè il fatto che una ventina d'anni fa hanno avuto tutti un crollo psichico. A quanto pare, vale anche per il ministro della Giustizia, secondo quanto riferito dal padre. Questo non ci ha ancora permesso di trovare il fattore unificante, ma stiamo verificando, tra le altre cose, se possono aver avuto lo stesso psicologo e se hanno qualche legame con il "re", di cui pensavamo di avere in custodia i resti finché non sono stati rubati. Come siamo messi con lo psicologo di Niklas? L'abbiamo rintracciato?»

«È in Ruanda e non ha ancora risposto» disse Christer, passando di nascosto un pezzo di biscotto allo zenzero a Bosse, che se lo pappò rumorosamente.

«Allora dobbiamo trovare un'altra strada. Sono stanca di aspettarlo. Se tutte le nostre vittime andavano da uno psicologo vent'anni fa, dovremmo riuscire a vederlo nello storico dei loro conti correnti. Avrebbero dovuto fare dei pagamenti regolari alla stessa persona o società.»

A Christer andò di traverso il biscotto che aveva appena addentato.

«Quindi...» disse soffocando un colpo di tosse, «vuoi che controlli di quali banche erano clienti le nostre vittime vent'anni fa, le contatti e chieda di controllare i movimenti contabili dell'epoca? Adesso, nei giorni tra Natale e Capodanno? Senza nemmeno sapere verso quale conto sarebbero stati fatti i bonifici?»

«Esatto» rispose Julia. «Te l'avevo detto che era un compito divertente.»

«Ti rendi conto di quante transazioni dovrò controllare? E se poi andavano da uno psicologo del sistema sanitario regionale? In quel caso risulterà solo che ogni tanto sono stati all'ambulatorio di zona, ma potrebbero averlo fatto anche per un prelievo del sangue. In confronto, quella di Sisifo era una passeggiata.»

«Lo so» ammise Julia, ma abbiamo un ministro della Giustizia da trovare. Sono abbastanza convinta che la maggior parte delle persone sia più che disponibile a dare una mano, impiegati di banca compresi. Detto questo, se hai un'idea migliore la ascolterò volentieri.»

Christer scosse la testa.

«Mi ci metto subito» disse.

Julia controllò l'elenco dei punti che aveva preparato per verificare se ne aveva dimenticato qualcuno, ma sentendo bussare piano alla porta di vetro alzò gli occhi, come tutti gli altri nella saletta, e fece cenno alla collega di entrare.

«Sì? Siamo in riunione.»

«Devi chiamare Milda» disse l'altra.

«Sai perché? Posso telefonarle quando abbiamo finito?»

«Ha detto soltanto che si tratta di Loke. L'hanno trovato ed è in ospedale.»

Julia la fissò allibita. Poi tirò fuori il cellulare. Quattordici chiamate senza risposta da parte di Milda.

Vincent era con Mina nel bar chiamato "Il caffè", a pochi metri dalla centrale. Julia aveva interrotto la riunione chiedendo a tutti di rimanere nei paraggi, per poi uscire a precipizio. Sebbene fosse ancora piuttosto presto, il locale era già pieno di trentenni o poco più chini sui loro portatili. Lui e Mina erano riusciti ad appropriarsi dell'ultimo tavolino in fondo. Lui aveva preso una girandola alla cannella e lei una fetta di *knäckebröd* multicereali farcita, che probabilmente non avrebbe mangiato.

«Capisco che sia frustrante non poter fare niente, al momento» le disse. «Però sai una cosa? A volte non è male concentrarsi su qualcos'altro per un po'. Come quando vai a giocare a biliardo. Distrarsi è il modo migliore per ricaricare il cervello.»

«Vincent» rispose lei decisa, «non andremo a lavorare l'argilla al tornio, se ci speravi. E nemmeno a dipingere con la terra d'ombra. Tanto perché tu lo sappia.»

Lui sollevò le mani con aria innocente.

«Non era...»

«Comunque apprezzo il pensiero» continuò lei, premendo il dito sulla fetta di *knäckebröd*, che si ruppe in tre pezzi. «Non il tornio, quello non lo apprezzo. Mi fa piacere che tu non abbia rinunciato all'idea di fare delle cose con me. So... so di essere una persona difficile, da quel punto di vista. Però possiamo semplicemente parlare, mentre aspettiamo.»

Si allungò sul tavolo e gli mise una mano sul braccio.

«Come stai?» chiese. «Mi ricordo bene come mi sentivo io quando Nathalie era in mano a Epicura, però almeno sapevo dov'era. La tua famiglia... Non riesco neanche a immaginare. E per favore, dimmi che hai cambiato idea sulla possibilità di coinvolgere la polizia, almeno un po' di più. So che ti preoccupi per tua moglie e i tuoi figli, ma quelle nei tuoi confronti erano vere e proprie minacce di morte.»

Come stava? Ottima domanda. La verità era che non aveva il coraggio di sondare il proprio intimo per paura di crollare a terra e non riuscire mai più a rialzarsi. Doveva tenere a distanza la preoccupazione per la sua famiglia, altrimenti non sarebbe stato di aiuto a nessuno. Né a Mina né tantomeno a se stesso.

«Ho accettato di fare la ricerca delle impronte digitali, ma un maggiore coinvolgimento della polizia sarebbe facile da scoprire» disse. «Devo risolvere questa cosa da solo. E quanto alle minacce di morte... valevano solo se non avessi adempiuto alle richieste.»

Era una bugia bianca. In realtà l'Ombra aveva scritto che Vincent Walder avrebbe smesso di esistere, a prescindere da quello che avrebbe fatto, ma lui sperava che Mina non lo ricordasse. Era già abbastanza preoccupata.

«So che non aiuta dirtelo» rispose Mina, «però io sarei nel panico più totale. Non capisco come fai a rimanere così composto.»

Vincent le prese la mano e la strinse tra le sue. Avrebbe voluto abbracciarla, ma avrebbe corso il rischio di andare in pezzi.

«Devo restare razionale per andare avanti» disse. «Quindi cerco di vedere la situazione dall'esterno, come se fossi uno che non conosce la mia famiglia e osserva quanto sta accadendo da una distanza di vent'anni avanti nel futuro. È un modo per avere una prospettiva più ampia e tenere sotto controllo le emozioni.»

«E funziona?» chiese Mina.

«Proprio per niente.»

Julia raggiunse senza difficoltà il pronto soccorso del Karolinska. Tutti i poliziotti in servizio attivo conoscevano come le proprie tasche i reparti di emergenza degli ospedali di Stoccolma. Alla sola vista dell'insegna, ogni volta le immagini di tragedie passate le si affacciavano alla mente alla rinfusa, ma dopo anni di esperienza sapeva affrontare il ricordo delle tante persone ferite, martoriate, uccise.

«Dov'è?» chiese con un cenno di saluto ai poliziotti che l'aspettavano davanti alla porta.

«Lo stanno visitando adesso» rispose uno dei due. «Per fortuna è una giornata tranquilla e hanno potuto farlo entrare subito. L'unica informazione che abbiamo al momento è che non è in pericolo di vita. Quando lo abbiamo trovato ho cercato di valutare rapidamente la situazione e mi sono sembrate ferite superficiali. Anche i soccorritori dell'ambulanza erano d'accordo. Ovviamente non ne abbiamo la certezza. Potrebbe avere lesioni interne o aver subito colpi alla testa.»

«Entro e vedo cosa riesco a farmi dire. Grazie per come avete svolto il vostro lavoro.»

Julia era di poche parole, ma sapeva che il suo grazie sarebbe stato apprezzato. Molti superiori, in polizia, non avevano mai pronunciato quella parolina in tutta la carriera.

Entrò nel pronto soccorso e, dopo aver mostrato il distintivo, fu fatta entrare nel corridoio in attesa di poter parlare con il medico. Dopo meno di cinque minuti le venne incontro un bell'uomo dai colori scuri. Julia guardò la targhetta sul camice.

«Buongiorno, Mehmet, mi chiamo Julia Hammarsten e coordino il gruppo della polizia di cui fa parte Loke. Come sta?» disse.

Quando capitava qualcosa a un collega, anche se aveva ruoli diversi da quello di poliziotto, il coinvolgimento emotivo era inevitabile. Veniva risvegliato un istinto di protezione che comprendeva qualsiasi persona lavorasse all'interno del sistema giudiziario. Attaccare uno di loro equivaleva ad attaccare tutti.

«Le ferite sono superficiali» rispose il medico, con un leggero accento straniero. «Fisicamente non rimarranno lesioni permanenti, ma a livello psichico ci sarà probabilmente bisogno dell'aiuto di un professionista per rielaborare l'esperienza traumatica.»

«Posso parlargli?»

Dopo un attimo di esitazione, il dottore annuì.

«Se promette di non stancarlo.»

«Loke appartiene alla mia squadra. Non farei mai qualcosa che possa nuocergli.»

«Allora ha la mia autorizzazione.»

Il medico indicò una delle porte del corridoio apparentemente senza fine e Julia puntò decisa da quella parte. Con la mano sulla maniglia si fermò un attimo, inspirò a fondo e poi entrò.

Loke aveva un aspetto piuttosto malconcio, nel letto d'ospedale, con la testa bendata e un occhio nero. Anche sulle braccia appoggiate alla coperta gialla del sistema sanitario regionale si vedevano grossi lividi.

«Preferisco non sapere com'è conciato l'altro...» disse Julia chiudendosi la porta alle spalle.

Loke accennò una risata che si trasformò subito in un colpo di tosse. Si portò una mano al petto.

«Oh oh, ti fa male?»

«Solo se rido» rispose lui con un sorrisino.

Julia prese una sedia dall'altro lato della stanza e la mise di fianco al letto. D'un tratto provò una gran tenerezza per quel giovane uomo. Le poche volte che lo aveva visto le era sempre sembrato che si sforzasse di occupare meno spazio possibile, come se non pensasse di avere lo stesso diritto di altri a esistere o a far sentire la sua voce. In quel letto pareva confondersi con il lenzuolo bianco sotto di lui.

«Hai dei parenti che vuoi che vengano avvertiti, da noi o dall'ospedale?» gli chiese trattenendo l'impulso di fargli una carezza sulla mano.

Per qualche motivo, era convinta che sarebbe stato interpretato come un gesto invadente.

Loke scosse la testa.

«No, nessuno. La mia famiglia è il lavoro.»

«Milda sta arrivando, comunque» disse Julia. «Probabilmente bruciando tutti i semafori rossi.»

Loke rise, ma di nuovo si mise a tossire.

«Te l'ho detto di non farmi ridere.»

«Non posso prometterti niente. Sai, sono spiritosissima per natura» rispose Julia spalancando le braccia.

In realtà non conosceva davvero Loke, ma di colpo si rese conto che le andava a genio. Capiva l'istinto protettivo di Milda nei suoi confronti. E capiva anche come mai Vincent se lo fosse preso a cuore. Sotto la superficie timida si intuiva un intelletto vivace.

«Posso chiederti cos'è successo?» domandò con tatto.

Loke annuì.

«Chiedi pure, ma non credo di poter essere di grande aiuto. Non ho visto niente. Dovevo venire da voi con la documentazione per mostrarvela di persona. Mi stavo mettendo la giacca ed è sceso il buio. Quando ho ripreso conoscenza mi faceva male dappertutto ed ero incatenato giù in cantina alla maniglia di un armadio, che per fortuna non era fissata troppo bene, altrimenti sarei ancora là.»

«Quindi non hai visto chi ti ha aggredito?» chiese Julia, scoraggiata.

Sperava che Loke potesse dare loro informazioni importanti, ma lui scosse il capo.

«Ahi, mi sa che è meglio se tengo ferma la testa. Comunque no, non ho visto niente. Ho fatto per prendere la giacca e poi *pang*, più nulla, finché non mi sono risvegliato incatenato. Non ho idea di come siano entrati.»

«Siano?»

«O sia, non so.»

«Pensi si tratti delle stesse persone che hanno rubato lo scheletro?»

Loke contrasse il viso in una smorfia tormentata, ma non rispose.

«Tranquillo, faremo un'indagine approfondita.»

Esitò, poi gli mise la mano sulla sua. Lui batté le palpebre ma non la ritirò. Lei gli diede un paio di colpetti leggeri, poi si alzò.

«Se ti viene in mente qualcosa, chiama» disse. «Però intanto vedi di riposare. Faremo tutto il possibile, te lo prometto.»

«Grazie» mormorò Loke in tono spento, con una nuova smorfia di dolore. «Milda ti ha parlato dei riscontri sul dna?»

Julia si bloccò di colpo.

«Quali riscontri?»

«Ecco, lo sapevo» sospirò Loke. «È tutta colpa mia, visto che mi ero assunto il compito di informarvi in proposito, e Milda negli ultimi tempi è parecchio sotto pressione. Probabilmente era convinta che tu lo sapessi già. Comunque, meglio tardi che mai.»

«Di cosa stai parlando?»

«Per fortuna sono in tanti a voler fare ricerche sul proprio albero genealogico. Il nipote dello scheletro si era registrato su uno di quei siti ai quali si manda un campione di saliva. Si chiama Tor Svensson. Milda l'ha googlato e a quanto pare lavora con Niklas Stockenberg.»

Julia lo fissò allibita. Le sembrava quasi di sentire le ruote di un grande ingranaggio invisibile fare un giro completo. In qualche modo, era tutto collegato. La domanda era come.

Christer chiuse la chiamata. Aveva appena parlato con l'Handelsbanken. Come sospettava, per avere le informazioni sui movimenti del conto corrente di Marcus Eriksson antecedenti agli ultimi dieci anni non bastavano il nome e il codice fiscale: serviva anche il numero del conto di cui era intestatario all'epoca. Lo stesso valeva per Erika Sävelden e Jon Langseth.

Le possibilità che la madre di Marcus ricordasse un numero di conto risalente a vent'anni prima erano infinitesimali, sempre che lo conoscesse allora. E anche ammettendo che avesse fortuna una volta, perché il risultato servisse a qualcosa avrebbe dovuto averla anche le altre due. Insomma, sembrava decisamente più facile aspettare che quello psicologo tornasse dal Ruanda.

Visto che però Julia lo aveva mandato a caccia, forse avrebbe potuto inventarsi qualcos'altro. Nonostante tutto, quell'incarico gli aveva messo in moto il cervello. Un'idea aveva cominciato a prendere forma, ma non era ancora del tutto pronta, e per esperienza Christer sapeva che gli si sarebbe affacciata alla mente solo quando fosse arrivato il momento.

Sullo schermo del computer Mark Eric, l'alter ego di Marcus Eriksson, faceva un gesto osceno con le dita. Mentre parlava con la banca, Christer era entrato sulla sua pagina Wikipedia e aveva letto che il primo singolo era stato lanciato dalla neonata Not Loud Enough Records, suscitando grande scalpore sui media.

Rilesse la parte sull'uscita del disco e cliccò su un link dell'*Expressen* in cui un recensore criticava la serrata campagna mediatica su questo ignoto Mark Eric e si chiedeva se fosse soltanto una cinica montatura.

Invece Mark aveva continuato a sfornare dischi. Un annetto dopo, lo stesso critico musicale aveva firmato un articolo dal titolo «Mark Eric è qui per restare», in cui elogiava la fiducia riposta nel cantante dalla casa discografica.

Christer cliccò sul link della Not Loud Enough Records e notò che Mark Eric era stato il primo e più importante cantante di cui avessero prodotto e distribuito i dischi. Avevano pubblicato anche qualcos'altro, ma sembravano per lo più investimenti poco convinti su alcuni amici di Marcus Eriksson stesso, probabilmente su sua richiesta. La casa discografica era stata fondata da un gruppo di entusiasti e da un volonteroso finanziatore che ci aveva messo il capitale di rischio e che aveva anche avviato appositamente un'agenzia di pr.

Mmh. Un grosso investimento.

Googlò ancora le persone che venivano nominate e poi la società che aveva finanziato il tutto. Era un'azienda familiare, con un cognome che negli ultimi giorni aveva visto spesso.

Certo, poteva essere un caso, qualcuno con lo stesso cognome, ma quell'idea ancora abbozzata nella sua testa cominciò ad assumere contorni più netti.

Aprì una nuova scheda nel browser e fece una ricerca su Erika Sävelden. Molti dei risultati che ottenne rimandavano ad articoli sui diversi premi che aveva vinto come relatrice a vari convegni, ma trovò anche un link a una pagina di contatto di un'agenzia di intermediazione, la Talking Minds, che sembrava essere quella che curava la maggior parte dei suoi ingaggi.

Sollevò la cornetta e compose il numero. Gli rispose una donna, al primo squillo.

«Talking Minds, parla Louise. Come posso esserle utile?»

«Buongiorno, mi chiamo Christer Bengtsson e chiamo dalla polizia. Stiamo esaminando più nel dettaglio la scomparsa di Erika Sävelden – al momento non posso spiegarle perché – e mi sembra di capire che in passato foste voi a rappresentarla. Può dirmi qualcosa su come si svolgeva la collaborazione?»

«Erika?» disse la donna. «Sa, veramente io non lavoravo qui, all'epoca, però ho sentito parlare di lei. I suoi successi dei primi anni rappresentano un fenomeno senza precedenti, nel settore, e sono rimasti ineguagliati anche dopo. Era richiestissima, e ovviamente è stato allora che si sono poste le basi della sua popolarità nel tempo.»

«In che senso?» chiese Christer, cercando una matita.

«Per qualche motivo, i conferenzieri sono più ricercati quando hanno molti ingaggi» spiegò Louise. «E non era necessario far sapere in giro che i suoi primi cento venivano dallo stesso committente.»

«Si ricorda chi era?»

Ascoltò la risposta, la annotò su un post-it e ringraziò Louise dell'agenzia Talking Minds.

L'idea era chiara, adesso. Guardò quello che aveva scritto su Marcus ed Erika. Un nesso. Ma gliene serviva un altro, e il prossimo della lista era Jon Langseth. Aveva cominciato a intuire il disegno e a capire cosa esaminare, quindi evitò di chiamare Josephine Langseth e telefonò al registro delle imprese per sapere di quali società fosse stato azionista negli ultimi vent'anni.

Venne fuori che Langseth aveva cominciato su scala relativamente ridotta, tentando alcune operazioni azzardate che avevano reso bene per poi vendere le aziende quando erano in buono stato e usare i guadagni per investire in nuove imprese più impegnative. Ma i suoi soldi, nonostante alla fine ne avesse messi via parecchi, da soli non bastavano. Gli erano serviti dei cofinanziatori.

In un articolo del *Dagens industri* risalente a quindici anni prima, Christer trovò un'intervista a diversi cosiddetti *angel investors*, svedesi e stranieri. L'azienda di cui all'epoca era titolare Langseth veniva nominata di sfuggita tra le società che avevano goduto dei fondi messi a disposizione.

La finanziaria che vi aveva investito era citata con il nome completo.

E sullo schermo di Christer apparve l'ultimo punto di contatto.

Non era neanche stato troppo difficile trovarlo, una volta messo a fuoco cosa cercava. Nessuno si era preso la briga di nasconderlo, dato che era già celato sotto strati su strati di azioni diverse. E da solo non aveva importanza. Era stato necessario cercare tutti i punti di connessione in una volta.

Christer riprese in mano la matita. Aveva trovato il comune denominatore delle tre vittime. Julia ci aveva visto giusto: si trattava di soldi. Non nel senso che intendeva lei, però. Fissò il nome che aveva annotato sui post-it. Lo stesso nome, tre volte. Gli riusciva difficile credere che non si collegasse anche, in qualche modo, a Niklas Stockenberg. E se così era, il ministro si trovava più in pericolo di quanto avessero immaginato.

Ruben sferrò irritato un calcio ai sassolini per terra. Non ne poteva più di quelle gallerie. La metropolitana non gli era mai piaciuta e le continue discese sottoterra dell'ultima settimana, nel buio e nella sporcizia, non gli avevano certo fatto cambiare idea. Lui e Adam avevano avuto l'incarico di integrare le squadre che dovevano ispezionare la linea sedici smantellata perlustrando le ultime tre stazioni, cioè Zinkensdamm, Hornstull e Liljeholmen.

Probabilmente gli era già andata bene che non fossero di più, ma tre erano comunque tante. Nemmeno i rappresentanti dell'Sl e dell'Mtr si prendevano più la briga di accompagnarli. Per fortuna avevano già sbrigato Zinkensdamm e quasi finito con Hornstull.

A essere sincero, gli sembrava abbastanza inverosimile che Niklas Stockenberg fosse tenuto prigioniero sottoterra, almeno nei pressi delle stazioni. Da un lato, era troppo pericoloso. I treni sfrecciavano ogni cinque minuti e lui e Adam dovevano stare attentissimi a tenersi a distanza per non essere travolti dalla corrente d'aria. Dall'altro, non c'erano luoghi adatti a nascondere qualcuno. Sì, rientranze e cavità se ne vedevano, ma nessuna dove non si potesse essere scoperti facilmente.

«Secondo me, Vincent è come al solito fuori strada» disse mentre si mettevano al sicuro dall'ennesimo passaggio di un treno. «Perché il ministro non dovrebbe essere tenuto prigioniero in superficie, magari nei pressi di qualcuna delle stazioni? A me sembra molto più plausibile.»

«Sono d'accordo» rispose Adam illuminando con la torcia un tunnel di servizio perpendicolare alla galleria. «Il problema è che, se le cose stanno così, non abbiamo idea di dove cercarlo. Qui sotto, almeno, l'area è... limitata.»

«Sai che consolazione» bofonchiò Ruben seguendolo nel tunnel più stretto, che si rivelò essere un vicolo cieco con alcuni pallet e attrezzi vari, come tutti gli spazi che avevano perlustrato fino a quel momento. Vuoto. Niente. Nessun posto in cui potesse essere tenuto nascosto un ministro della Giustizia.

«Qui abbiamo finito, direi» concluse Adam. «Ora ci resta solo Liljeholmen.»

Seguirono la galleria per tornare alla stazione, salirono sulla banchina e aspettarono il treno successivo. Ovviamente era il modo più veloce per spostarsi tra le fermate.

«A partire da Liljeholmen i treni transitano in superficie» disse Ruben quando salirono sul vagone con l'insegna rossa della linea quattordici da Fruängen. «Quindi basta che cerchiamo nella parte della stazione dove sbucano dal tunnel. Scommetto che non troveremo niente neanche lì. Hai notizie degli altri?»

Adam guardò il telefono.

Avevano creato una chat con le altre coppie di agenti per poter condividere in tempo reale eventuali scoperte. La divisione informatica avrebbe senza dubbio avuto qualcosa da ridire in proposito, dal punto di vista della sicurezza, ma nessuno aveva voglia di lavorare inutilmente nel periodo natalizio. Se qualcuno avesse trovato qualcosa non aveva senso che gli altri continuassero.

«Siamo gli ultimi, insieme a un altro gruppo. Nessuno aveva niente da riferire.»

«Appunto, una gran perdita di tempo.»

Adam sollevò un sopracciglio e sorrise.

«Vorresti essere da qualche altra parte, forse? Correggimi se sbaglio, ma non è che tu e Sara Temeric...?»

Lasciò la domanda a metà.

Ruben lo fulminò con lo sguardo. Il treno sbandò e lui dovette aggrapparsi a un palo.

«Correggimi se sbaglio» disse poi con lo stesso tono usato da Adam, «ma non è che tu e Julia Hammarsten...?»

Adam rimase a bocca aperta, scioccato.

Ruben sorrise soddisfatto. Ben gli stava. Era ora che si rendesse conto che il piccolo segreto che condivideva con la sua capa non era poi tanto segreto.

Quando il treno si fermò, Ruben si avviò verso la parte posteriore della banchina di Liljeholmen, dove avrebbero trovato una scaletta che scendeva nella galleria.

L'ennesima galleria buia e insignificante. Si vide davanti Sara, con il suo incredibile sorriso.

«Che spreco di tempo» borbottò imboccando il tunnel con Adam alle calcagna. «Dio santo, che assurdo spreco di tempo!»

Tor le fece entrare e strinse loro la mano. La sala riunioni era la più austera che Milda avesse mai visto. Al centro campeggiava un tavolo ovale grigio circondato da poltroncine rivestite di tela grigio chiaro. Nemmeno i quadri acquistati con i soldi statali erano particolarmente allegri. Quello era un ambiente in cui uomini di mezz'età in completo scuro corrugavano regolarmente la fronte discutendo di problemi complessi.

Pregiudizi, certo, ma la vista di Tor Svensson nel suo impeccabile abito blu non la induceva a pensarla diversamente.

Lei e Julia scostarono due poltroncine.

«Grazie di essere venute» disse Tor mentre prendevano posto. «So che il vostro tempo è prezioso, quindi lo apprezzo davvero. Con tutto quello che è successo ho talmente tanto da fare che non ho proprio la possibilità di muovermi da qui.»

Tor intrecciò le dita intorno a una tazza nera. Milda prese nota mentalmente del fatto che non aveva chiesto a nessuna delle due se volevano un caffè. L'incontro non sarebbe durato a lungo.

«Nessun problema» rispose Julia. «Abbiamo ritenuto importante darle questa comunicazione di persona. Milda?»

Milda raddrizzò la sedia e si schiarì la gola.

«Sì. Io lavoro al centro di medicina forense» disse. «Sicuramente è al corrente del fatto che la polizia sta indagando su un caso che può avere dei punti di contatto con le minacce rivolte a Niklas Stockenberg.»

«Quello delle tre vittime rinvenute nella metropolitana» confermò Tor.

«Esatto» confermò Julia, «ma durante le nostre ricerche abbiamo trovato anche uno scheletro risalente a parecchio tempo fa, che non sembra ricollegabile agli altri tre.»

Tor sollevò le sopracciglia.

«Le ossa più recenti hanno permesso una rapida identificazione» riprese Milda, «mentre lo scheletro più vecchio sembrava un mistero. Finché non abbiamo trovato un riscontro in un database del dna per la ricostruzione degli alberi genealogici, individuando il nipote della persona deceduta, cioè il figlio del fratello. Non c'è un modo semplice per darle questa notizia, però... be', temo che quelle ossa appartengano al suo zio paterno.»

Tor sbarrò gli occhi, rovesciando un po' di caffè sul tavolo.

«Björn?» domandò sorpreso. «Avete trovato Björn?»

«Pare di sì» rispose Julia. «Volevamo chiederle se poteva dirci qualcosa di lui. Non sappiamo niente. O meglio, ora che ce l'ha detto sappiamo il suo nome di battesimo.»

Tor fece un profondo sospiro e chinò la testa. Poi la risollevò, fissò il soffitto per qualche secondo e cominciò a parlare con voce decisamente meno salda di prima.

«Da piccolo gli volevo un gran bene» disse. «Era un insegnante e lo adoravano tutti. Purtroppo era maniaco-depressivo. Non era una cosa che avessi capito allora, naturalmente: me ne sono reso conto dopo. C'erano dei periodi in cui beveva troppo e parlava di suicidio. Ma, ironia della sorte, Linda lo precedette.»

«Linda?» chiese Julia.

«Sua moglie. Fu uno shock per tutti noi. Era sempre

stata allegra e spensierata, soprattutto subito prima che accadesse, ma avremmo dovuto riconoscere i segnali. Succede spesso che chi ha intenzione di togliersi la vita sembri stare molto meglio immediatamente prima di farlo, proprio perché ha preso la decisione, no?»

Le guardò con le lacrime agli occhi. Julia sembrò sul punto di dire qualcosa, ma cambiò idea.

«Un giorno Björn tornò a casa e trovò una lettera d'addio» continuò Tor. «Lei se n'era già andata. Il corpo fu rinvenuto due giorni dopo, lungo Hornstulls strand. Björn si addossò tutta la colpa. Diceva che era successo perché vivere con lui era impossibile. In seguito i suoi periodi di depressione diventarono sempre più lunghi e gravi. Un giorno sparì. Pensavano tutti che si fosse buttato dal Västerbro, proprio come lei. La cosa peggiore era che aveva portato con sé il figlioletto. L'intera famiglia cancellata. Terribile. Ora però mi state dicendo che avete trovato i suoi resti?»

Milda annuì in silenzio, toccata da quel racconto.

«Allora voglio organizzargli un funerale con tutti gli onori» disse Tor. «Potete affidarli a me, come suo parente più prossimo in vita?»

Milda lanciò a Julia uno sguardo costernato. Una tazza di caffè sarebbe stata utile, in quel momento.

«Non... non sono più in nostro possesso» rispose, a disagio. «Li hanno... insomma...»

«I suoi resti sono stati trafugati» intervenne Julia. «È successo la notte tra il 23 e il 24 dicembre.»

Tor le fissò per qualche secondo, con il viso che si faceva sempre più rosso. Poi batté il palmo sul tavolo grigio, facendo schizzare fuori dalla tazza quel che restava del caffè.

«Ci avrei scommesso» disse. «Possibile che voi della polizia non riusciate a combinarne una giusta? Oltre a tutto quello che è successo, non sapete neanche tenere in custodia un mucchio di ossa? Parlerò con la direzione. La vostra squadra di incompetenti dev'essere smantellata.»

«Capisco che sia turbato e che questa vicenda faccia riemergere vecchi ricordi» rispose Julia, «ma la competenza del nostro gruppo non è in discussione. Mi dispiace molto per il furto dei resti del suo parente. Le assicuro che faremo di tutto per ritrovarli, però il trafugamento è avvenuto al centro di medicina forense, non da noi. Ho invece alcune domande da farle. Le sue risposte potrebbero aiutarci nelle indagini.»

«Non capisco come, visto che a quanto avete detto i resti di mio zio non c'entrano con le altre tre vittime» disse Tor alzandosi e prendendo da un cassetto alcuni tovagliolini per asciugare il caffè rovesciato.

«Vedremo» replicò Julia. «Sembra che Björn sia morto nel 2000. Ricorda in che anno sparì dalla circolazione?»

«Mah, dev'essere successo all'inizio degli anni Novanta, se non ricordo male» rispose Tor gettando i tovagliolini in un cestino. «Forse nel 1991 o nel 1992... Ma aspettate... Volete dire che potrebbe aver vissuto sottoterra come senzatetto per dieci anni?»

«Pare di sì, e in questo caso il figlio, cioè suo cugino, era con lui. Ci hanno parlato di un ragazzino cresciuto in quelle gallerie.»

Tor scosse la testa come se non volesse assimilare quello che gli stavano dicendo. Milda soffriva con lui. Cercò di immaginare, senza riuscirci, come sarebbe stato per lei ricevere notizie simili. I colori cupi della sala riunioni sembravano sempre più adeguati alla situazione.

«Cosa c'entra tutto questo con gli omicidi su cui indagate e con Niklas?» sospirò Tor. «Non capisco.»

«Forse niente» rispose Julia, «ma il periodo in cui è morto suo zio coincide con alcuni eventi nel passato delle vittime. Non sappiamo cosa significa, ammesso che significhi qualcosa, però vorremmo metterci in contatto con suo cugino. Nell'ambiente là sotto aveva il soprannome di principe. Quindi, se ha qualche informazione che potrebbe aiutarci a rintracciarlo, la ascoltiamo. Altri parenti, qualcuno che potrebbe avere avuto rapporti con lui? Immagino che, sapendo che è vivo, possa interessare anche a lei rivederlo.»

Tor fissò il vuoto per qualche secondo.

«Chi altro è al corrente di questa cosa?» chiese. «Se la stampa ne venisse a conoscenza potrei essere ostacolato nel mio lavoro, e non è proprio il momento giusto.»

«Sono d'accordo» rispose Julia. «I media devono esserne tenuti fuori a qualsiasi costo. Non vogliamo che si ripeta quanto è successo con Walther Stockenberg. Attualmente lo sappiamo solo noi in questa stanza e gli altri membri della nostra squadra.»

Tor annuì. Sembrava avesse preso una decisione. Afferrò il telefono e compose un numero.

«Ciao, Anna, sono io» disse all'apparecchio. «Ho bisogno di un favore.»

Riferì rapidamente quello che gli avevano appena comunicato Milda e Julia. Poi ringraziò e chiuse la chiamata. Si rivolse di nuovo a Julia.

«Era la premier» disse. «Garantisce personalmente che avrete tutte le risorse che vi servono per trovare il figlio di Björn. O il principe, se volete. Ma se qualcuno ve lo chiede, non è mio cugino.»

Erano due anni che visitava ogni giorno la tomba. Aveva partecipato anche lui alla realizzazione del tumulo, costruito secondo le istruzioni date in precedenza da suo padre. Una tomba reale. Una tomba degna di un re.

Guardando il mucchio di terra e pietrisco non si capiva cosa racchiudesse, ma se appoggiava la mano lui percepiva la presenza delle ossa. Percepiva suo padre.

Spesso parlava con lui. Gli raccontava cosa succedeva nel mondo degli invisibili. Chi c'era ancora. Chi se n'era andato. Chi arrivava.

A ogni mese che passava, però, si sentiva sempre meno a casa. Senza suo padre non era una famiglia, non era un rifugio nelle tenebre.

Senza di lui era solo invisibile.

La decisione aveva preso forma lentamente. Era il momento di diventare visibile, di lasciare le tenebre. Forse avrebbe potuto trovare una famiglia al sole, quel sole che splendeva alto su di lui quando era piccolo. Aveva quasi dimenticato la sensazione provata allora: la luce, i raggi, il calore che si sprigionava da dentro. Forse avrebbe potuto ritrovare tutto questo.

Passò lentamente la mano sul mucchio di terra.

«Tornerò» disse piano, e alzandosi si rese conto che parlava sul serio.

Veniva da due mondi. Poteva appartenere a entrambi.

Quando se ne andò non disse niente agli altri.

Sarebbe tornato a trovarli e non lo avrebbero perso, ma non poteva più restare tra loro.

Odenplan era piena di gente. Il sole primaverile che splendeva nel cielo limpido aveva indotto i locali ad allestire in fretta dei tavolini all'aperto, occupati da persone che rivolgevano avidamente il viso verso la luce.

La cabina telefonica era a qualche centinaio di metri. Nella tasca dei pantaloni aveva alcune monete trovate in giro. Il numero lo sapeva a memoria. Glielo aveva insegnato suo padre, ma gli aveva anche ficcato bene in testa che andava utilizzato solo in caso di emergenza.

Quello lo era. Prima era un invisibile. Ora non più. Cominciava a essere visibile.

Infilò le monete, compose il numero e ascoltò il susseguirsi degli squilli. Era venuto il momento. Il momento di lasciarsi alle spalle le tenebre.

«*Toc toc!*»

Julia aprì ed entrò senza aspettare risposta. Notò subito le guance rosse e lo sguardo estasiato del padre.

«La premier» disse lui con voce leggermente strozzata.

Julia si sedette sulla scomoda poltroncina davanti alla scrivania e lo guardò interrogativa.

«Sì? Cosa?»

«Ha telefonato!»

«A chi?»

«A me!»

«Dio santo, non è certo la prima volta che parli con un capo del governo. Se non sbaglio con quello precedente sei anche andato a giocare a golf un paio di volte, no?»

«Sì, ma questa Hjortén è tutta un'altra cosa. È così... energica!»

«Ma papà, per favore! Possibile che una donna al potere ti mandi in visibilio in questo modo? Attento che faccio la spia alla mamma e le dico che ti sei innamorato della premier.»

«Sciocchezze! Non capisco di cosa parli!»

Julia sorrise.

Suo padre, il capo della polizia di Stoccolma, abbassò gli occhi.

«Non dirai niente alla mamma, vero? Sarebbe solo inopportuno.»

Julia si passò le dita sulla bocca, finse di girare con le dita una chiave immaginaria e di gettarla via.

«Allora, cos'ha detto?» chiese dopo un po'.

«Chi, la mamma?» disse Egil Hammarsten guardando confuso la figlia.

«No, papà» sospirò lei. «La premier. Anna Hjortén.»

«Ah, giusto. Prima di tutto si è complimentata per l'ottimo lavoro che facciamo, e poi voleva farmi sapere che appoggia le indagini e assicurarmi che metterà a nostra disposizione le risorse che ci servono. Gli occhi di tutto il mondo sono puntati sulla Svezia e non possiamo perdere ancora una volta un ministro. Faremmo la figura di una repubblica delle banane.»

«Ha detto così? Che faremmo la figura di una repubblica delle banane?»

Suo padre si passò una mano sulla pelata, ancora coperta di qualche gocciolina di sudore dopo la telefonata della premier.

«Forse non letteralmente. Anzi sì, credo di sì. In ogni caso il messaggio era chiarissimo: dobbiamo trovare il ministro della Giustizia, vivo.»

«Ah, quindi dobbiamo trovare il ministro della Giustizia, vivo? Meno male che me lo hai chiarito, altrimenti sarei rimasta qui fino all'Epifania a chiedermi qual è il compito più importante che ho...»

«Hai proprio lo stesso senso dell'umorismo di tua madre.»

«Lo prendo come un complimento» rispose Julia, e si alzò. «Scherzi a parte, comunque, ero solo passata a dirti che abbiamo scartato una serie di piste, come avrai saputo. Anche quello è un progresso, in qualche modo.»

«Sì, l'avevo detto fin dall'inizio che quella storia di Gustaf Brons era un vicolo cieco. Dovresti dare un po' più retta al tuo vecchio padre.»

Julia alzò gli occhi al cielo astenendosi da qualsiasi commento. Tanto, si sapeva: il lupo perdeva il pelo ma non il vizio. E poi poteva sempre vendicarsi rivelando a sua madre che il padre aveva una cotta per la premier.

«Scusa il ritardo!»

Milda entrò nel centro di medicina forense con il fiato in gola. Loke era chino su un microscopio in fondo al laboratorio e, sentendola entrare, alzò la testa e la salutò. L'orologio segnava le due e mezza. Oh, no, era più in ritardo di quanto pensasse.

«Ma sei già stato dimesso?» chiese a Loke. «Scusami ancora! Non è proprio il caso che tu stia qui, oggi.»

Loke raddrizzò la schiena e spense il microscopio.

«Non fa niente» disse. «Sono solo un po' acciaccato. Soprattutto nell'anima, credo. Comunque lavoro volentieri. Avresti un attimo, però?»

Indicò l'angolino dello stanzone in cui avevano allestito una piccola zona per le pause caffè, dato che difficilmente avevano il tempo di andare in sala mensa. Milda si lasciò cadere su una sedia e scosse il termos sul tavolino. Vuoto, com'era prevedibile. Loke si sedette sull'altra sedia.

«Non sono affari miei» cominciò con tatto, «ma non posso fare a meno di notare che qualcosa non va. Arrivi tardi quasi tutti i giorni e hai l'aria di non dormire da una settimana. E quando sei qui, sinceramente, sei parecchio distratta. Posso fare qualcosa?»

Milda mandò giù a forza per non mettersi a piangere.

Aveva cercato di rispondere alle esigenze di tutti senza venire meno ai suoi doveri professionali, ma il risultato era che si sentiva come un elastico sul punto di rompersi. L'inaspettata premura da parte di Loke ne allentò per un attimo la tensione.

«Grazie» disse, e scosse forte la testa. «Si tratta di mio nonno Mykolas. È in ospedale. Una cosa del tutto improvvisa, o meglio, diciamo che lui non ha mai fatto capire quanto stesse male. Così il cancro si è diffuso in tutto il corpo prima che venisse scoperto. Dicono che non gli rimane molto da vivere. Se non sono qui è perché vado a trovarlo ogni volta che posso. Cerco di approfittare dei momenti in cui è sveglio e abbastanza in forze da ricevere visite.»

Guardò Loke, sentendo che trattenere le lacrime era sempre più difficile.

«Non so cosa farò senza di lui...»

Loke le prese la mano.

«Sai una cosa?» disse. «Stagli vicina. I familiari sono la cosa più importante che abbiamo. E li abbiamo per un periodo, poi non più, ma segnano il resto della nostra vita. Tengo io le posizioni qui. Non è nemmeno necessario che lo diciamo a qualcuno: tanto i cadaveri mica fanno la spia. Dio santo, tre sono addirittura degli scheletri!»

Milda si mise a ridere e a piangere insieme. Il sollievo di parlarne con qualcuno che l'ascoltava e la capiva era immenso.

«Vai a trovarlo ogni volta che te lo permettono in ospedale» continuò Loke. «E vorrei riformulare la mia domanda da "posso fare qualcosa?" a "posso fare qualcosa per te?".»

Milda si asciugò le lacrime con il palmo e annuì.

«Una sì, in effetti.»

Accese l'altoparlante bluetooth sul tavolo, collegò il telefono e cliccò sulla sua playlist di Spotify. Poi fece partire *Eloise* degli Arvingarna, al massimo del volume.

«Il pezzo preferito di mio nonno» disse. «E anche il mio. Mi raccomando, nel ritornello metticela tutta.»

Si misero a cantare facendo a gara a chi urlava di più, tra lacrime e risate.

«Julia!» chiamò Christer, entrando a precipizio con il viso in fiamme e gli occhi che luccicavano per l'eccitazione. «Meno male che sei tornata!»

«Mmh, vedo che tu invece hai smesso di bussare alle porte» rispose lei.

Quella foga non era da lui, quindi doveva proprio avere qualcosa di importante da comunicarle.

«Ho trovato un nesso sui soldi. È come dicono nel film: *foooollooooow the money*!»

Julia non aveva idea di quale fosse il riferimento cinematografico, ma evitò di chiedere lumi. Le interessava di più il nesso.

«Hai scovato qualcosa sui conti bancari?» chiese impaziente. «O sei finalmente riuscito a beccare il nostro avventuroso psicologo?»

«No, non i conti in banca» rispose Christer. «Se avessi seguito quel metodo sarei ancora lì. Ho scoperto un'altra cosa, che ci permette di lasciar perdere lo psicologo.»

«In che senso? Se saltasse fuori che le tre vittime andavano dallo stesso strizzacervelli sarebbe un elemento in comune di grande importanza.»

«Può darsi, ma non abbiamo ancora niente che lo dimostri. E quello che ho trovato io è ancora più importante. Non una mera ipotesi, un fatto concreto. È emerso che tutte e tre le vittime una ventina d'anni fa hanno ricevuto una spinta non da poco. Prima erano depressi, e magari andavano pure dallo stesso psicologo, che ne so, ma sono più propenso a credere di no. La spinta di cui parlo è di un altro genere. Mark Eric ha potuto godere di una campagna di marketing di proporzioni gigantesche, ed economicamente molto impegnativa, attraverso una casa discografica appena nata. Erika Sävelden è passata nel giro di un anno dall'anonimato al successo grazie a oltre cento ingaggi, quasi tutti da parte dello stesso committente. E la start up di Jon Langseth è stata sostenuta con continuità da investimenti privati.»

«E quindi?» chiese Julia perplessa. «Non è poi così strano che qualcuno abbia spianato la strada a tutti e tre. Spesso è necessario per raggiungere il successo, no? Non sono certo gli unici.»

«Verissimo» rispose Christer con sguardo trionfante, «ma in questo caso hanno lo stesso benefattore, che si è tenuto in secondo piano attraverso la sua azienda familiare. In realtà però non è stato difficile trovarlo. Semplicemente, penso fosse convinto che non lo avrebbe cercato nessuno. E sentendo chi è non crederai alle tue orecchie.»

Quando Christer pronunciò il nome della persona che aveva dato la spinta a Marcus Eriksson, Erika Sävelden e Jon Langseth, la persona che aveva posto le basi del loro pluriennale successo, Julia lo fissò allibita e si aggrappò al bordo della scrivania.

«Naturalmente potrebbe averlo fatto per pura filantropia» disse, più perché doveva che perché ne fosse convinta. «Aveva tanti soldi e tanta voglia di aiutare altruisticamente delle persone in difficoltà.»

Christer annuì.

«Certo, può essere» convenne. «Se non fosse per il piccolo particolare che tutti quelli che ha aiutato gettando le basi della loro carriera poi sono stati rinvenuti in metropolitana, ridotti a scheletri. Impossibile che sia un caso. E sono sicuro che, se guardiamo bene, lo troveremo anche tra le ombre del passato di Niklas Stockenberg.»

«Bisogna stare attenti a non spaventarlo, se no finisce che ci scappa» rispose Julia. «Dobbiamo procedere veloci, ma con calma. Fisso un appuntamento con lui per domani. Bravo, Christer, ottimo lavoro.»

Le tessere del puzzle si stavano lentamente ricomponendo, una dopo l'altra. Il problema era che Julia non riusciva ancora a intravedere un disegno, un'immagine che avesse un senso.

Meno tre giorni

Vincent uscì presto a prendere il quotidiano dalla cassetta delle lettere. Così come preferiva ascoltare la musica in formato non digitale, leggeva più volentieri le notizie su un giornale cartaceo, almeno quando poteva. Quando la aprì, vide che c'era anche una lettera.

Un nuovo messaggio dell'Ombra, scritto su un anonimo foglio A4.

Tirò fuori sia quello che il quotidiano e tornò alla porta d'ingresso sprofondando nella neve. Era dalla vigilia che non spalava, e ormai la coltre era alta e compatta. Le scarpe si riempirono di neve gelida, ma non gliene importava un bel niente. Il messaggio era più importante. Si fermò e lo lesse alla luce della lampada esterna.

Non hai ancora capito.
Non pensavo fosse così difficile.
Ti concedo un giorno.
Uno.
Vediamoci al Gondolen alle 18, stasera.
È la tua ultima possibilità.

L'Ombra chiedeva di vederlo! Finalmente avrebbe saputo chi era. Quel pensiero lo elettrizzò ma gli fece venire anche un senso di nausea. Aveva a disposizione la giornata per capire cosa voleva e non osava pensare a cosa ne sarebbe stato della sua famiglia se non ci fosse riuscito.

L'appuntamento al ristorante Gondolen, però, sarebbe stato l'occasione perfetta per catturare il suo persecutore. Doveva solo chiedere a Mina e Ruben di trovarsi sul posto. Oppure... no. L'Ombra doveva aver fatto lo stesso ragionamento. Lui o lei non avrebbe mai proposto un incontro in un luogo dove correva il minimo rischio di essere catturato, o catturata.

Inoltre aveva ancora l'asso nella manica: Ulrika, Maria, Aston, Benjamin, Rebecka. Erano loro la posta in gioco. Vincent non avrebbe avuto il coraggio di dire qualcosa alla polizia neanche se l'Ombra avesse fissato l'appuntamento in centrale a Kungsholmen. Però doveva per forza avvertire Mina, nel caso gli fosse successo qualcosa.

Aprì la porta d'ingresso, entrò nella casa deserta e si tolse le scarpe piene di neve. Poi accese la luce in cucina e, dopo aver appoggiato il giornale sul bancone, proseguì verso il soggiorno. Non ci andava da giorni: l'ultima volta che l'aveva fatto era stato come se qualcuno gli avesse infilato nella testa un vespaio. Le pareti si erano messe a gridare e gli era venuto un forte dolore agli occhi. Accese lo stesso il lampadario: di ombre ne aveva già abbastanza. Si fermò con la mano sull'interruttore e di riflesso guardò fuori dalla finestra che si affacciava sul retro della casa. Non rimase particolarmente sorpreso di rivedere i corvi.

Erano di nuovo quattro, come la prima volta. Neanche adesso erano disposti a intervalli regolari: tra il terzo e il quarto c'era uno spazio vuoto.

Aveva deciso che erano impagliati. L'Ombra glieli metteva in giardino quando lui non c'era. Avrebbe potuto uscire e guardarli più da vicino, ma se fossero volati via, dimostrando di essere reali, probabilmente il suo cervello sarebbe andato in pezzi.

Poteva anche esserci un'altra ipotesi, e cioè che esistessero solo nella sua mente. Pensò allo studio di cui aveva parlato a Umberto, in agenzia. Il sovraffaticamento e lo stress producevano sostanze tossiche nei lobi frontali, sede del pensiero razionale. Considerando i messaggi, le insinuazioni e le minacce che riceveva dall'inizio dell'autunno, forse non era strano che alla fine avesse cominciato ad avere allucinazioni.

Scosse forte la testa. Quei ragionamenti non servivano a niente. Doveva fare qualcosa.

Tornò in cucina, trovò una penna e si sedette. Era convinto che dietro tutto quello che era successo negli ultimi giorni ci fosse l'Ombra. La cartolina tagliata in due, la sveglia, gli uccelli. Anche le clessidre? No, quelle erano un'altra storia. Chiunque fosse l'Ombra, non si trattava di qualcuno che voleva dargli una mano nelle indagini. Le clessidre arrivavano dall'assassino o da qualcuno che sapeva cos'avrebbe fatto, ne era certo. Mise da parte quell'idea e si concentrò sul resto.

Scrisse quello che sapeva sul retro del foglio che aveva in mano. Se avesse trovato un denominatore comune, forse avrebbe capito dove voleva arrivare l'Ombra.

Prima di tutto, la cartolina. Benjamin aveva scoperto che riportava due citazioni dal Libro dei proverbi, versetti 27, 15 e 20, 25. Li annotò sul foglio.

27, 15, 20, 25.

Poi c'era la sveglia, che aveva suonato alle 16.30 e alle 22.19. All'inizio aveva pensato di dover vedere qualcosa in quei momenti, ma probabilmente erano gli orari a rivestire importanza. Li scrisse sotto i versetti della Bibbia.

27, 15, 20, 25.
16, 30, 22, 19.

Dopo venivano i corvi. I messaggeri di Odino, in molte mitologie simbolo delle anime perdute. Significava che lo era anche lui? Forse, ma il messaggio non si limitava a quello. Le citazioni bibliche e la sveglia si potevano ridurre a numeri a due cifre. Doveva tentare di fare la stessa cosa con gli uccelli? Chiuse gli occhi e cercò di richiamare alla mente la loro disposizione nella neve le quattro volte che li aveva visti.

La prima erano quattro, con uno spazio tra il primo e il secondo.

La seconda erano due, con due spazi tra loro e un altro a destra.

La terza erano sempre due ma con tre spazi in mezzo.

L'ultima, quattro corvi con uno spazio tra il terzo e il quarto.

Una volta visualizzate bene le quattro formazioni le semplificò sostituendo gli uccelli con dei quadrati neri e gli spazi vuoti con dei quadrati bianchi. In questo modo ottenne quattro file di quadrati neri e bianchi.

Nero – bianco – nero – nero – nero.

Nero – bianco – bianco – nero – bianco.

Nero – bianco – bianco – bianco – nero.

Nero – nero – nero – bianco – nero.

Un buon risultato, ma niente numeri. D'altra parte, nero e bianco erano opposti tra loro, come sì e no, come acceso e spento. Vivo e morto.

Un sistema binario.

I corvi erano un codice binario.

Aprì gli occhi e prese la penna, traducendo sul foglio i quadrati neri in uno e quelli bianchi in zero.

10111, 10010, 10001, 11101.

Quattro numeri binari. Scrisse la serie 16, 8, 4, 2, 1 sotto ciascuno. Sommando i numeri che si trovavano sotto gli uno e ignorando quelli sotto gli zeri, poté convertirli in numeri reali.

23, 18, 17, 29.

Li aggiunse sotto quelli delle citazioni bibliche e della sveglia, ottenendo tre serie.

27, 15, 20, 25.

16, 30, 22, 19.

23, 18, 17, 29.

Cominciava a sospettare fortemente dove lo stava portando quella procedura, ma perché funzionasse serviva una quarta serie. Cosa gli era sfuggito?

Si alzò e andò nello studio. C'era qualcosa nascosto nei regali ricevuti dall'Ombra negli ultimi mesi? No, quei rompicapi li aveva già risolti. Doveva essere qualcos'altro.

Tornò in cucina e lo sguardo gli cadde sul calendario appeso alla parete, ancora sulla pagina dell'enigma di Fermat. Aveva dimenticato di chiedere a Maria chi aveva cerchiato il 21, il 24 e il 28 dicembre, e ora non poteva più domandarglielo.

21, 24 e 28.

Oh, no.

Girò la pagina su gennaio. Appunto. Anche il 14 gennaio era cerchiato. L'Ombra gli aveva fornito i primi tre numeri sul calendario da un sacco di tempo, ma lui non se n'era accorto. Con mano tremante li annotò tutti e quattro sopra gli altri, dato che cronologicamente erano i primi che aveva ricevuto.

21, 24, 28, 14.

27, 15, 20, 25.

16, 30, 22, 19.

23, 18, 17, 29.

Sapeva esattamente cosa stava guardando, ma si rifiutò di trarne conferma con i calcoli. Non ce la faceva più. L'Ombra poteva prenderlo in giro quanto voleva. Chiuse gli occhi. Fuori, il sole stava sorgendo, ma dentro di lui le tenebre si avvicinavano sempre di più.

«Naturale che sono a disposizione, ma sarebbe stato più pratico se avessimo potuto affrontare l'argomento l'ultima volta che ci siamo visti.»

Tor fissò Julia dritto negli occhi.

«Apprezziamo molto che ci dedichi il suo tempo e che stavolta sia potuto venire qui in centrale» rispose lei, osservandolo con attenzione dal lato opposto del tavolo nella saletta degli interrogatori. «Purtroppo quando ci siamo incontrati non avevamo ancora questa informazione.»

L'aggettivo che le veniva spontaneo guardandolo era "impeccabile". Non un solo capello fuori posto.

«Mina è qui?» domandò lui.

«No, al momento non c'è. So che vi conoscete, tramite Niklas, ed è meglio che questo interrogatorio venga condotto da qualcuno che non ha un rapporto personale con lei.»

«Interrogatorio?» chiese Tor indignato. «Sono sospettato di qualcosa? In tal caso, prima voglio chiamare il mio avvocato.»

Julia scosse la testa e si maledisse per aver usato quel termine. Non era da lei essere così maldestra, ma quelle indagini cominciavano a logorarla e la situazione caotica a casa non migliorava la situazione. Era stanca, infinitamente stanca.

«Scusi, ho sbagliato io a chiamarlo così» disse. «Probabilmente è perché la stanza in cui siamo di solito viene utilizzata a quello scopo. È saltato fuori qualcosa che dobbiamo approfondire, e ci serve il suo aiuto.»

«Come ho già detto, sono a disposizione. L'assenza di Niklas è un dramma sotto ogni aspetto, sia per me personalmente che per il paese.»

Julia si sporse in avanti e abbassò la voce.

«Quindi può immaginare quanto siamo sotto pressione noi» sussurrò. «Poco fa ha chiamato la premier.»

«Sì, è preoccupatissima per lui» annuì Tor. «Le ho parlato stamattina. Lei e Niklas sono... molto uniti.»

«Allora possiamo sbrigare le domande che ho qui?» chiese Julia con aria indifferente.

Era una delle cose che aveva imparato all'inizio della sua formazione: meno ci si mostrava interessati alle risposte, più imprudente diventava l'interrogato nel darle.

«Prego. Prima finiamo, prima potrò tornare a rimettere in carreggiata lo stato di diritto nel nostro paese.»

Julia trasalì. A quell'uomo non mancava l'autostima.

«Finalmente abbiamo trovato un collegamento tra le persone i cui resti sono stati rinvenuti nella metropolitana» disse.

Tor aspettò che continuasse.

«Una ventina d'anni fa hanno avuto tutte dei... problemi.»

«Problemi?»

Il portavoce del ministro sembrava confuso. Impeccabile e confuso.

«Erano in una fase difficile della vita, ma abbiamo scoperto che per fortuna sono stati aiutati a uscirne.»

Fece una pausa. Tor non sembrava sapere di cosa parlasse. Julia lanciò un'occhiata discreta alla telecamera nell'angolo per assicurarsi che stesse ancora registrando.

«In che senso sono stati aiutati?»

«In vari modi: finanziariamente, tramite contatti personali. Un aiuto arrivato da personaggi diversi, ma alla base di tutto c'è un denominatore comune. La Hird SpA le dice qualcosa?»

Tor sobbalzò.

«Era la società di mio padre, anzi, in realtà di mio nonno» rispose. «Ma come... cosa intende dire?»

«Lei ha un ruolo all'interno dell'azienda?»

«No, gli affari non mi interessano particolarmente. Mi sono impegnato in politica da ragazzo, nell'associazione giovanile dei moderati. In effetti non posso negare che la fiorente attività familiare mi ha permesso di godere di un certo tenore di vita, ma non sono mai stato coinvolto, né in quell'azienda né in altre società dei miei parenti.»

«Quanto le sto dicendo è successo dopo la morte di suo padre» rispose Julia pacata, e lo guardò negli occhi. «E suo nonno era già venuto a mancare nel 1983.»

«Resta il fatto che io non ne so niente» rispose Tor, visibilmente confuso. «La società viene amministrata in qualche modo. Io in queste cose sono un disastro: so solo che ogni mese mi arrivano dei soldi su un conto e poi ce ne sono altri con scopi diversi. Uno serve per la manutenzione della casa, per esempio.»

«Quindi lei non è al corrente degli investimenti fatti vent'anni fa su Jon Langseth, Erika Sävelden o Marcus Eriksson? O Niklas Stockenberg, peraltro?»

Nel sentire l'ultimo nome, Tor ebbe un forte sussulto.

«Cosa c'entra Niklas?» chiese. «Non ha mai parlato di un periodo in cui si è trovato... come ha detto, prima? In una fase difficile della vita? E mi sta dicendo che gli sono stati versati dei soldi dalla mia famiglia? No, ne avrei sentito parlare. Sono cose che la stampa fiuta subito.»

«Ha qualcosa in contrario se esaminiamo a fondo le attività finanziarie della Hird SpA?»

«Esaminate quello che volete. Io non ho nulla da nascondere. Non mi è mai importato niente dei soldi. Il mio obiettivo è sempre stato cambiare le cose. Migliorarle.»

«Che posizione ha preso nei confronti del suo... passato familiare? Considerando che ha deciso di non farsi coinvolgere nell'azienda, intendo.»

«Immagino si riferisca a mio nonno Harald» sospirò Tor scuotendo la testa. «Non c'è da vantarsene, e sono il primo ad ammetterlo, ma praticamente io non l'ho nemmeno conosciuto. Quando è morto ero giovanissimo e ho solo sentito raccontare da altri le storie che lo riguardano. Non bisogna dimenticare, però, che erano altri tempi. Si credeva sul serio che fosse possibile mappare le razze a partire dalle dimensioni del cranio. Non lo so, in un certo senso era un po' come i test del dna per ricostruire le proprie origini, oggi tanto popolari. L'anno scorso Niklas ne ha regalato uno a tutti i membri dello staff e ci ha incoraggiato a inviare il campione perché era una cosa interessante e... insomma, anche quello è una variante dell'intenzione di trovare un "noi" e un "loro". È da tempo immemorabile che l'umanità si dedica a individuare suddivisioni e raggruppamenti.»

«Non è al corrente di qualche legame tra suo padre Rune o suo nonno Harald e le vittime, o Niklas?»

«Non le avevo nemmeno sentite nominare prima che lo facesse lei. Siete davvero sicuri che ci sia un collegamento tra Niklas e i resti trovati in metropolitana?»

«Perché, lei ha un'ipotesi migliore?»

«Personalmente credo che dietro il rapimento ci sia un movente politico.»

«In che senso?»

Altra occhiata furtiva alla telecamera. Sul display si leggeva ancora in rosso la parola RECORD.

«Il caos. La pietra angolare di ogni trasformazione politica. Il caos» ripeté Tor con enfasi.

«Io non sono così addentro alla politica. Dovrebbe spiegarmi meglio cosa intende.»

«Esistono ordine e caos, due poli opposti che apparentemente sono costanti e hanno un significato chiaro. Eppure possono essere visti in modo del tutto diverso a seconda di chi li osserva. Dopo le guerre mondiali, in Occidente ha preso forma un'idea di democrazia definita come libertà politica e legittima opposizione. In Cina invece viene interpretata come passività e inefficienza. Ordine o caos? La Cina considera in modo diverso il liberalismo economico e quello politico: il primo, legato al mercato, è positivo, mentre lo stesso non vale per la legittima opposizione, la libertà religiosa, quella di associazione e quella di espressione. Qui in Svezia pensiamo che la democrazia sia la norma, e che sia l'obiettivo scontato verso cui tendono tutte le nazioni, ma già nel 1933 Herbert Tingsten scrisse che la sopravvivenza della democrazia non è affatto scontata. E la democrazia è l'ordine o il caos?»

«E secondo lei questo cosa c'entra con la scomparsa di Niklas?» chiese Julia.

Tor si sporse sul tavolo.

«Penso che qualcuno voglia creare il caos sequestrando e probabilmente uccidendo il nostro ministro della Giustizia» disse con foga. «Forse ci saranno altri attentati nei confronti di esponenti politici. Il caos, appunto. Stiamo già andando in quella direzione, se si guarda allo stato del paese. So che voi della polizia fate quello che potete, ma è troppo tardi. Sparatorie. Traffico di droga. Reati d'onore. La Svezia è sull'orlo del baratro e un ministro della Giustizia morto può essere uno degli elementi che ci faranno precipitare nelle tenebre del caos. E se qualcuno vuole darci questa spinta, probabilmente è per poter creare, dopo, qualcos'altro. Qualcosa di nuovo che prima era impensabile. Molti ritengono che avesse ragione Tingsten e che la democrazia abbia esaurito la sua funzione. Credono che per guidare il nostro paese affrontando le sfide che si pongono a livello mondiale serva una mano forte. A mio parere ci troviamo di fronte a questa impostazione di pensiero, che ha pochissimo a che fare con il modo in cui è decollata la carriera di una rockstar svedese o con quello in cui una conferenziera ha ottenuto i suoi ingaggi.»

Pronunciando le ultime parole storse la bocca in un'espressione quasi sprezzante.

Julia si alzò.

«Ho ancora un paio di domande» disse, «ma devo andare un attimo in bagno.»

«Aspetto qui» rispose Tor, e prese il bicchiere pieno d'acqua che gli era stato messo davanti.

Julia uscì e si diresse verso la toilette, ma girato l'angolo tirò fuori il cellulare e chiamò uno dei procuratori che aveva nell'elenco dei suoi contatti.

«Buongiorno, sono Julia Hammarsten. Mi serve una richiesta di misure cautelari immediate. Tor Svensson. Sì, *quel* Tor Svensson. Le mando tra un attimo tutta la documentazione a supporto dell'istanza. Grazie. Si tratta del ministro della Giustizia, quindi immagino di non dover sottolineare l'importanza di una procedura urgente. Grazie.»

Chiuse la chiamata con espressione cupa. Il portavoce del ministro poteva essere impeccabile quanto voleva, però non era perfetto. Mentiva. Julia non sapeva ancora *perché*, ma non aveva dubbi. Era incorso esattamente nell'errore in cui aveva sperato lei: aveva detto troppo.

Adam osservò il foglietto su cui aveva scritto il nome dell'assistente sociale: Mandy Wall. Percorse lentamente il corridoio guardando le targhette. Quella giusta era l'ultima in fondo. Bussò.

«Avanti!» disse una voce dall'interno della stanza.

Entrando, Adam sentì un forte odore di abete e cannella e ne individuò subito la provenienza: una candela profumata con un grosso stoppino acceso che produceva un crepitio simile a quello del fuoco di un caminetto. Insieme al candelabro dell'avvento e ad alcuni fili di lucine natalizie, creava un'atmosfera inaspettatamente piacevole.

Avanzò verso la scrivania e strinse la mano all'assistente sociale, che era stata preavvertita della sua visita.

«Vuole che accenda la luce?» domandò Mandy Wall, una donna alta dalle forme generose. «Essendo sempre al computer, mi trovo meglio così. E poi, visto che mi tocca lavorare anche in questi giorni di festa, preferisco un ambiente raccolto. Prego, prenda un biscotto.»

Stava indicando una scatola di latta, ma Adam scosse la testa.

«Da dove viene?» gli chiese lei guardandolo incalzante.

«I miei erano ugandesi» rispose Adam.

Gli faceva ancora effetto parlare di sua madre al passato, e non sapeva se si sarebbe mai abituato.

«Mia madre è venuta qui da sola, incinta di me» continuò. «Le avevano offerto un posto all'università di Uppsala.»

«Somalia, per quanto riguarda me» disse Mandy. «Ho conosciuto mio marito Anders quando lui era là per affari, più di trent'anni fa. E abbiamo tre splendidi figli.»

Indicò fiera la foto di famiglia incorniciata che teneva sulla scrivania.

«Lei ne ha?»

«No, non ancora» rispose Adam, vedendosi davanti Julia. E Harry. Si affrettò a cambiare argomento.

«Ecco, ho qualche domanda su una famiglia seguita da lei, a quanto mi risulta dai rapporti.»

«Dai rapporti? Quindi ci sono state segnalazioni a tutela di un minore?»

«Sì, ripetutamente, da parte di conoscenti. Questa famiglia è appena saltata fuori in un'indagine che stiamo conducendo, e la mia coordinatrice ha ritenuto importante approfondire. È stato così che ho trovato le segnalazioni. All'epoca erano stati coinvolti sia i servizi sociali che la polizia.»

«All'epoca?»

«Sì, devo avvertirla che stiamo parlando di oltre trent'anni fa.»

La donna storse la bocca e Adam immaginò che, quanto a digitalizzazione, l'archivio dei servizi sociali fosse messo più o meno come quello della polizia. Quando lei gli indicò la poltroncina, si sedette e decise di prendere un cuore di pan di zenzero. Avevano un profumo delizioso.

«Ah, quindi dev'essere successo quando ero appena stata assunta» disse Mandy Wall. «Da allora mi sono occupata di migliaia di famiglie. Ha il nome?»

Adam annuì e fece per parlare, ma dovette aspettare di aver mandato giù.

«Svensson. Björn e Linda Svensson, con un figlio maschio. Ho qui il numero della pratica.»

«Ottimo, questo faciliterà le cose.»

Mandy Wall inforcò gli occhiali che teneva appesi al collo con un cordino, prese il foglietto di Adam e inserì i dati nel computer. Mentre premeva i tasti mugolava un motivetto che si mescolò piacevolmente al crepitio della candela profumata.

«Eccoli qui» disse Mandy avvicinando il viso allo schermo. «Ah, sì, me li ricordo. Entrambi i genitori avevano problemi psichici. Björn era stato ripetutamente ricoverato per curare una sindrome maniaco-depressiva, o disturbo bipolare, come si dice oggi. Linda invece soffriva di depressione. C'erano state delle riunioni sul figlio, Mattias, in cui avevamo preso in considerazione la possibilità di procedere a un allontanamento coattivo, ma il problema – ammesso che sia la parola giusta nel contesto – era che, quando stavano bene, sia Björn che Linda erano bravi genitori. Sono situazioni difficili. Alla fine scegliemmo di non toglierlo alla famiglia e cercammo invece di aiutarli come potevamo. Solo che... non servì.»

«A quanto ho capito, la madre si suicidò, vero?»

Julia gli aveva riferito quel poco che era venuta a sapere da Tor sulle drammatiche vicende della famiglia. Davvero una brutta storia. Mandy aggrottò la fronte.

«Sì, Linda si gettò da un ponte, il Västerbro. Subito dopo, Björn sparì insieme al bambino. Demmo per scontato che si fosse ucciso dopo aver tolto la vita anche al figlio, ma i corpi non furono mai ritrovati. Una tragedia. Una tragedia terribile. Tra l'altro, Björn aveva il sostegno del fratello. Lo avevo sentito più volte... Aspetti che guardo come si chiamava. Ecco, Rune. Rune Svensson. Si frequentavano molto, con le rispettive famiglie, e lui aveva cercato di aiutarli come poteva.»

Si tolse gli occhiali e rivolse di nuovo l'attenzione a Adam.

«Come mai chiede notizie di loro? Li avete trovati?»

«Purtroppo al momento non posso dirle altro» rispose Adam.

Mandy Wall si limitò a un breve cenno del capo. Non era la prima volta che si sentiva dare quella risposta.

«Le stampo queste informazioni» disse. «Spero possano servirvi.»

Poi gli fece un gran sorriso.

«Prego, mangi un altro biscotto!»

Adam esitò.

«Se non prende un altro cuore mi tolgo la pantofola.»

Adam sollevò le mani in un gesto di resa e sorrise a sua volta. Anche sua madre lo aveva sempre minacciato di dargliele con la pantofola. Prese con piacere un altro cuore di pan di zenzero.

Vincent sbirciò verso il soggiorno di Mina per accertarsi che Nathalie non li sentisse, ma lei sembrava tutta presa dall'ultima stagione di una qualche serie su Netflix, qualsiasi fosse quella che andava per la maggiore tra gli adolescenti. Lui le aveva proposto *Doom Patrol* su Hbo Max, ma per tutta risposta lei gli aveva lanciato una strana occhiata.

«Grazie di avermi permesso di venire» disse.

«Puoi venire quando vuoi. Pensavo che lo sapessi» rispose Mina. «Quell'idea di tenere le persone a distanza non è che abbia funzionato troppo.»

Mise in frigo gli avanzi del pranzo. Vincent non fece commenti, ma notò che non li buttava via. Era un grosso passo avanti, anche se probabilmente li avrebbe mangiati Nathalie.

«Al telefono sembravi preoccupato» disse Mina.

Lui annuì, tirò fuori il foglio con il messaggio che l'Ombra gli aveva lasciato nella cassetta delle lettere e glielo tese.

«Non so se "preoccupato" è l'aggettivo giusto. L'Ombra vuole vedermi. Stasera.»

Lei lesse il breve testo sgranando gli occhi.

«Al Gondolen? Okay, possiamo spargere agenti in borgh...»

«No» la interruppe lui. «Ti prego, non farlo. La mia... la mia famiglia può finire male.»

Dal soggiorno proveniva una musica triste e qualche personaggio della serie tv chiamò qualcuno per nome.

«Ma questo è proprio cretino!» disse Nathalie a voce alta. «Che scena demenziale!»

«Hai notizie? Parlo della tua famiglia» chiese Mina a voce più bassa.

Vincent scosse la testa e si appoggiò al tavolo.

«Niente» rispose. «Cerco di non pensare troppo a loro e di concentrarmi su quello che vuole l'Ombra da me, oltre che sul caso degli scheletri. Ti sembrerà orribile, ma... se mi concedessi di farlo mi trasformerei in un blocco di gelatina tremolante. Non sarei in grado di reggermi in piedi e non servirebbe a nessuno. Posso solo sperare che siano trattati bene. L'Ombra non avrebbe motivo di far loro del male. È me che vuole.»

Mina girò il foglio.

«E questi cosa sono?» chiese sorpresa vedendo i numeri sul retro.

Vincent guardò la matrice che aveva creato con i numeri dell'Ombra.

21, 24, 28, 14.
27, 15, 20, 25.
16, 30, 22, 19.
23, 18, 17, 29.

«Un altro messaggio da parte sua» rispose. «Le cifre vengono dal mio calendario, da una cartolina che ho ricevuto, dalla mia sveglia e dal mio giardino. Secondo me l'Ombra vuole dimostrare che il significato racchiuso in quei numeri ricorre in qualsiasi cosa io faccia, che si trova dappertutto intorno a me.»

«E qual è questo significato?»

Nel soggiorno la musica si trasformò in un basso pulsante. Evidentemente la serie tv era passata a un momento di tensione.

«Lo stesso che mi ricorda dall'inizio dell'autunno» spiegò Vincent. «Vieni, siediti.»

Le diede una matita.
«Se sommi ogni riga, cosa viene?»
Mina rimase in silenzio qualche secondo indicando ogni numero con la punta.
«Ottantasette, e si ottiene lo stesso risultato in tutte le righe.»
«Esatto. Ora prova a sommare le colonne.»
Mina si concentrò in un veloce calcolo a mente.
«Ma che c...» disse. «Fa sempre ottantasette.»
Vincent le sfilò la matita dalle dita e con la punta indicò prima le righe e poi le colonne.
«Quindi viene ottantasette sia di qua che di là» disse.
Poi tracciò una linea orizzontale tra la seconda e la terza riga e una verticale tra la seconda e la terza colonna, ottenendo quattro riquadri uguali, ciascuno con quattro numeri dentro. Indicò il riquadro in alto a sinistra.
«21, 24, 27, 15» disse. «Anche qui la somma è ottantasette. Lo stesso nel riquadro a fianco: 28, 24, 20, 25. Di nuovo ottantasette. Lo stesso vale per gli altri due. In tutti e quattro, il risultato è ottantasette.»
«Ma come si fa anche solo a...» fece per dire Mina.
«Oh, non è ancora finita. Guarda i numeri ai quattro angoli: 21, 14, 23, 29. Ottantasette. Oppure le due diagonali: 21, 15, 22, 29 e 14, 20, 30, 23. Tutte e due ottantasette. E ci sono altri modi per arrivare allo stesso risultato.»
Mina scosse la testa come se faticasse a credere a quello che vedeva.
«Lo chiamano quadrato magico» continuò Vincent. «È un antico problema matematico. Ed era anche il numero finale del mio primissimo show, quando il mondo sentì parlare per la prima volte del mentalista Vincent Walder. Per l'Ombra, è tutto circolare. Il mio inizio e la mia fine. La mia alfa e la mia omega. Il mio gran finale. E da qualsiasi parte mi giri tornerò continuamente a questo.»
Accartocciò il foglio. Non voleva più vederlo.

«Mamma, abbiamo ancora dei biscotti allo zenzero?» chiese Nathalie dal soggiorno.

«Non so, controlla» le rispose Mina.

Nathalie mise in pausa l'episodio che stava guardando, li raggiunse in cucina e cominciò a frugare nella dispensa. Alla fine trovò una scatola di plastica rossa e la scosse piano. Dal rumore sembrava mezza piena.

«Perché quelle facce strane?» domandò. «Quando sono entrata è calato un silenzio di tomba. Avete dei segreti?»

«Lavoro, più che altro» disse Mina. «Ma se vuoi puoi fermarti ad ascoltare.»

«Avete saputo qualcosa di più su papà o sul nonno?»

«Purtroppo no, tesoro. Stiamo facendo calcoli matematici. Ti piacerebbe unirti a noi?»

«Sei pazza? Sono in vacanza.»

Nathalie si dileguò con la scatola dei biscotti. Era un sollievo vedere che si comportava come una normale adolescente, nonostante il doppio trauma di un padre scomparso e un nonno ucciso.

«Non capisco» disse Mina girandosi verso Vincent quando l'audio del televisore ripartì. «Perché ottantasette? Cosa rappresenta?»

«Non lo ricordi? No, certo, perché dovresti? Otto e sette significano l'ottavo giorno del settimo mese. L'8 luglio. Il compleanno di mia madre. La stessa cosa che mi aveva ricordato Jane con il libro, quello con il leopardo in copertina. Per l'Ombra, l'estate in cui morì mia madre è la mia alfa. Il mio inizio. L'aveva già evidenziato nell'articolo di giornale che aveva mandato a Ruben, anche se all'epoca nessuno di noi se n'era accorto. E questo Natale... a quanto pare è la mia fine.»

Mina gli prese dalla mano il foglio accartocciato, lo spiegò e fissò i numeri che erano stati nascosti nella sua vita quotidiana.

«È una persona molto malata» mormorò.

Vincent annuì piano.

«Immagino che tu abbia capito perché devo incontrarla da solo» disse. «Quando vediamo Julia e gli altri, non farne parola.»

Lei lo guardò senza rispondere.

«Però potresti farmi un favore?» continuò Vincent. «Se verso le otto di stasera non hai mie notizie, rastrella tutte le uniformi e i lampeggianti che riesci a trovare e comincia a cercarmi.»

Mina cercò di trovare l'aggettivo giusto per descrivere l'atmosfera nella sala riunioni. Il più vicino che le venne in mente fu "vibrante". Erano arrivati a un punto delle indagini in cui tutto quello che era rimasto immobile o si era evoluto con troppa lentezza aveva di colpo cominciato ad accelerare verso l'obiettivo, verso la soluzione, anche se questa non aveva ancora assunto contorni nitidi.

«Loke dov'è?» chiese Ruben, guardandosi intorno.

«In questo momento Milda non può rinunciare a lui» rispose Julia. «A quanto pare è dovuta andare a trovare una persona molto malata, o qualcosa del genere.»

«Ah, peccato, proprio quando cominciavamo ad abituarci.»

«Vedrai che torna. Bene, cominciamo da te, Adam.»

Lui si schiarì la voce e annuì.

«Ho parlato con l'assistente sociale che seguiva la famiglia Svensson» disse. «Sia Björn che Linda avevano problemi psichici e in diverse occasioni i servizi sociali erano stati sul punto di togliere alla famiglia il figlio, Mattias. Poi però Linda si è uccisa buttandosi dal Västerbro e Björn è scomparso insieme al bambino. Si pensava che fossero morti, che anche Björn si fosse suicidato portando con sé il figlio, come del resto ha detto anche Tor.»

«E loro invece vivevano nelle gallerie» disse Ruben. «Cazzo, che vite assurde hanno certe persone.»

«E Tor Svensson è cugino di questo Mattias, quindi?» chiese Mina cercando di mettere insieme i pezzi.

«Tor è stato qui due ore fa per rispondere ad alcune domande» intervenne Julia. «E in seguito al colloquio ho presentato la richiesta di misure cautelari nei suoi confronti. Immediate.»

Tutti i presenti sembrarono scioccati dalla notizia.

«Siamo ancora in attesa dell'autorizzazione della procura e probabilmente non ci concederanno molto tempo. Per ora, abbiamo invitato Tor a fermarsi a pranzo e stiamo cercando di trattenerlo il più a lungo possibile. Vorrei evitare che uscisse di qui.»

«Scusa la domanda stupida» disse Ruben, «ma... che cazzo? Cos'è successo?»

«Dovrete avere pazienza: non voglio comunicarvelo prima che Vincent guardi la registrazione del colloquio e ci dia un suo parere sul comportamento di Tor. Preferisco non influenzarlo.»

«Ma tu non eri presente?» domandò Ruben a Vincent.

«No, e probabilmente è stato un bene» rispose lui. «Negli ultimi anni ho partecipato a diversi vostri interrogatori e forse Tor lo sa. Se fossi stato nella stanza, al suo arrivo, avrebbe potuto interpretare la cosa nel modo sbagliato e alzare un muro difensivo, cosa che probabilmente Julia non voleva. Comunque guarderò il video appena avremo finito qui.»

Julia annuì. Mina faceva ancora fatica ad assimilare quello che aveva detto: le sembrava impossibile che Tor, così compunto e distaccato, si trovasse in quel momento al centro di detenzione preventiva. Immaginarlo lì era assurdo. Ci capiva poco quanto gli altri.

«Abbiamo anche esaminato il passato comune di Tor e Mattias» continuò Julia accennando con la testa a Christer. «Tu hai ricapitolato la situazione della famiglia. Puoi dirci quali sono i punti fondamentali?»

Christer si schiarì la gola e riordinò alcuni fogli.

«Björn, padre di Mattias, era appunto fratello di Rune, padre di Tor» disse. «I due erano a loro volta figli di Harald, una figura interessante. È uno dei pochi svedesi di cui si sa con certezza che durante la Seconda guerra mondiale si trovava in Germania e combatteva per Hitler. A quanto pare ha prestato servizio anche a Dachau, uno dei campi di concentramento tedeschi.»

«Non avevo idea che ci fossero degli svedesi che combattevano per Hitler» intervenne Ruben sorpreso.

«Ce n'erano un bel po' di svedesi nazisti, a quell'epoca» rispose Christer serio. «Alcuni così folli da andare in Germania a battersi per il Terzo Reich.»

«E Harald non subì conseguenze?»

Christer scosse la testa.

«Veniva da una storica famiglia di banchieri, molto facoltosa. Quando è tornato in patria, gli è stato assegnato un posto di rilievo all'interno dell'azienda familiare, la Hird SpA. Poi di lui non si è praticamente saputo più nulla. I ricchi se la cavano sempre.»

«I figli erano nazisti?» chiese Mina curiosa.

«Non ci sono informazioni al riguardo. Rune ha continuato ad amministrare i beni e gli affari della famiglia. Björn invece è andato a insegnare svedese e storia. Finché... be', finché non ha smesso.»

«E nelle gallerie, Björn e Mattias sono diventati il re e il principe» concluse Julia. «Mina, quando sei stata là sotto a parlare con Vivian e gli altri, hanno detto quando se n'è andato il principe?»

«No, non con chiarezza» rispose Mina, «però lo descrivevano come un bambino e le tacche che misuravano l'altezza lo confermavano, quindi secondo me era abbastanza piccolo.»

«È ancora tutto molto confuso» disse Julia. «Il conto alla rovescia del messaggio sulla segreteria telefonica ci dice che abbiamo tre giorni per trovare Niklas Stockenberg e temo che non riusciremo a mettere insieme in tempo tutte le tessere del puzzle. L'importante è capire a sufficienza per individuare dove si trova o chi lo tiene prigioniero.»

Improvvisamente Vincent emise uno strano verso.

«Che succede?» chiese Mina inquieta, guardandolo.

«Il biglietto da visita con il numero di telefono...» rispose lui. «Evidentemente oltre a Niklas l'avevano ricevuto anche Jon Langseth, Marcus Eriksson ed Erika Sävelden! Per questo avevano cominciato a comportarsi in maniera diversa, anche se non tutti allo stesso modo. Sapevano con due settimane di anticipo che sarebbero morti.»

«Che orrore» commentò Ruben. «E poi sono finiti là sotto.»

Rimasero in silenzio per un po'.

«Non so se sia il momento di parlarne, ma come si diceva prima ho avuto un colloquio con Akai, quello che ha trovato lo scheletro di Jon Langseth» disse Adam. «Mi ha mostrato un murale fantastico che ha fatto l'anno scorso. Raffigura le persone che abbiamo incontrato laggiù. È veramente bravo.»

Tirò fuori il cellulare e cercò tra le foto. Quando trovò quella giusta fece girare il telefono tra i presenti.

«Mi raccomando, guardate e basta senza scorrere a destra o a sinistra, come dicono su Instagram» ridacchiò Ruben passando il cellulare a Mina dopo aver osservato la foto.

Lei abbassò gli occhi sull'apparecchio ancora nella mano del collega. Detestava toccare i cellulari di altre persone, pieni di batteri com'erano, ma la curiosità ebbe la meglio sulla paranoia e la indusse a prenderlo. Si sarebbe subito disinfettata con il gel.

Adam aveva ragione: quel murale era fantastico. Riconobbe tutti: Vivian, Kjelle, OP, Nataša. Un solo viso era sconosciuto. Oltretutto qualcuno ci aveva scritto sopra

SUSSI È STATA QUI, il che impediva di distinguere i lineamenti, ma sopra la testa c'era qualcosa. Indicò quel punto e girò il telefono verso Adam.

«Questo cos'è? Non si vede bene perché il flash ha creato una chiazza di luce proprio lì, ma tu hai visto il murale dal vero. Ti ricordi cosa c'era in quel punto?»

Adam osservò la foto in silenzio per qualche istante.

«Non lo so con precisione, ma credo di aver pensato che fosse una specie di aureola. Magari è una persona morta là sotto. Chissà.»

Alzò le spalle. Mina scrutò ancora la foto, concentrata. Poi si rese conto di cosa stava guardando.

«Non è un'aureola, è una corona. Come quella di un re. O di un... principe.»

Scese il silenzio. Julia si avvicinò e guardò lo schermo.

«Mina ha ragione» disse. «Però questo è un adulto, non un bambino. Hai detto che il murale è stato fatto l'anno scorso?»

Adam annuì.

«E dovrebbe raffigurare quelli che vivono là sotto adesso?» chiese con voce seria. «In questo caso non può trattarsi del re, e se ritrae suo figlio significa che il cugino di Tor si muove ancora nelle gallerie. E se il principe ha dato a suo padre un funerale regale...»

«... potrebbe essere stato lui a seppellire anche gli altri» concluse Vincent. «Dobbiamo trovare quel Mattias.»

La piccola telecamera che Julia aveva piazzato nella saletta degli interrogatori aveva filmato il colloquio in alta definizione, in 4K, il che permise a Vincent di zoomare sul viso di Tor in modo estremamente dettagliato. Non che fosse indispensabile: i segnali da cogliere erano evidenti, se solo si sapeva cosa guardare. E lui lo sapeva.

Fermò il video subito prima che Julia dicesse a Tor che in una fase precedente della loro vita le vittime avevano avuto tutte dei problemi.

«Guarda qui» disse a Mina, seduta di fianco a lui. «Cosa vedi?»

La osservò con la coda dell'occhio ed ebbe l'impressione che il cuore battesse una volta di troppo. Nemmeno quando era completamente in modalità lavoro riusciva a restare indifferente alla sua presenza. Nei momenti di concentrazione totale era di una bellezza incredibile.

Si rese conto che lei aspettava che mandasse avanti la registrazione e si affrettò a farla ripartire.

Sentirono Julia pronunciare la frase e Tor che rispondeva ripetendo la parola «problemi», ma con un'intonazione interrogativa. Mise di nuovo in pausa il video.

«Sembra sorpreso» disse Mina. «Come se non capisse bene cosa intende Julia.»

«Vero» confermò Vincent. «Però guarda un attimo prima.»

Tornò indietro e cercò di bloccare la sequenza subito dopo che Julia aveva detto «problemi». L'espressione sul viso di Tor era durata una frazione di secondo. Vincent dovette ripetere la procedura più volte per trovare un fermo immagine dove si vedeva chiaramente.

«Una microespressione» disse accennando con la testa allo schermo. «Secondo lo psicologo Paul Ekman abbiamo sette emozioni primarie – rabbia, paura, gioia, dolore, sorpresa, disprezzo e disgusto –, che compaiono in espressioni facciali distinte. È difficilissimo nasconderle del tutto, perché sono automatiche e appaiono più velocemente di quelle consapevoli. Ekman le chiama appunto microespressioni. Sono reazioni brevi e rapide che mostrano un'emozione autentica prima che la coscienza prenda in mano la situazione e cerchi di controllare l'espressione facciale mostrando come qui, per esempio, stupore. Ma subito prima cosa vedi?»

Sullo schermo, un angolo della bocca di Tor era risalito verso l'alto. Pochi millimetri, ma bastavano. Quello che si vedeva non era un sorriso.

«Ha un'aria... di superiorità» disse Mina.

«Esatto. Disprezzo. Nel suo caso, dura un decimo di secondo. Per questo è una microespressione. Poi viene il finto stupore che hai visto.»

Vincent fece scorrere la sequenza nella sua interezza senza fermare il video. Sperava che Mina notasse il cambiamento, anche se durava meno di un battito di ciglia. Lei annuì entusiasta.

«Ecco! Wow. Questa volta, sapendo cosa cercavo, è risultato chiarissimo, ma se non me lo avessi indicato tu non me ne sarei mai accorta. E cosa significa?»

«Due cose» rispose Vincent, girandosi verso di lei.

Mossa stupida: fissarla negli occhi da così vicino lo mise in imbarazzo, ma Mina lo guardava interrogativa. Meglio darsi una regolata.

«Prima di tutto» riprese schiarendosi la gola, «significa che sa esattamente a quali problemi si riferisce Julia. Non si reagisce in modo così intenso senza un motivo concreto. In altre parole, è già al corrente del passato delle vittime. E com'è possibile, se non sa chi sono?»

«Vuol dire che mente, quando sostiene di non conoscere Erika, Jon e Marcus» disse lentamente Mina.

«È l'unica spiegazione logica. E in secondo luogo, disprezza i "problemi" avuti dalle vittime, cioè la depressione al limite del suicidio di cui avevano sofferto tutti e tre, se ho interpretato bene i colloqui con i familiari. Secondo me Tor non ha grande considerazione di quelle che vede come persone deboli.»

«Quindi Tor conosceva le vittime e sapeva che cosa avevano passato» constatò Mina.

Si appoggiò allo schienale e chiuse gli occhi.

«E le disprezza per questo» continuò. «Sappiamo anche che conosce Niklas, il quale ha avuto un periodo simile. Probabilmente disprezza pure lui.»

D'un tratto spalancò gli occhi e lo guardò inorridita.

«Vincent, siamo tutti... anch'io... così leggibili? Ho anch'io quelle microespressioni?»

«Non so di cosa parli» rispose lui cercando di assumere un'aria innocente.

Nello stesso tempo si rese conto di averle appena insegnato a leggere *lui*.

«Ma fino a che punto sei sicuro di tutto questo, per quanto riguarda Tor?» chiese. «Non ho ancora visto né sentito niente, nel colloquio, che possa rappresentare una ragione sufficiente a chiedere le misure cautelari.»

Vincent annuì e spostò il cursore sulla barra di avanzamento verso gli ultimi secondi. Poi lo fece ripartire.

«*A mio parere ci troviamo di fronte a questa impostazione di pensiero*» disse Tor sullo schermo, «*che ha pochissimo a che fare con il modo in cui è decollata la carriera di una rockstar svedese o con quello in cui una conferenziera ha ottenuto i suoi ingaggi.*»

«Ho rivisto quella microespressione» disse Mina. «Il disprezzo. Quando diceva "rockstar".»

«Brava. Ma hai fatto attenzione alle parole? Julia aveva solo parlato di investimenti. Come faceva Tor a sapere che erano serviti a finanziare la carriera di quelle persone? E agli ingaggi come conferenziera non aveva fatto cenno, quindi a lui da dove è piovuta quell'informazione? Scommetto che è stato questo a far scattare la reazione di Julia. Tor parla di cose che non dovrebbe conoscere, quindi lei ha agito del tutto correttamente. Quest'uomo è molto più immischiato di quanto voglia dare a intendere. Ha lanciato tre carriere stellari, o forse quattro, se contiamo anche Niklas, proprio nel momento in cui queste persone avevano toccato il fondo. Un atto molto bello e altruista. Allora perché mente? Non dovrebbe vantarsene, se è solo questo che ha fatto? E perché le disprezza? Secondo me, se lo scopriamo troviamo anche il motivo per cui ora sono morte.»

Mina tacque per alcuni lunghi istanti. A Vincent piaceva il silenzio, ma non vedeva l'ora di risentire il suono ruvido della sua voce.

«Guardalo» osservò Mina cupa, indicando lo schermo. «Le unghie fresche di manicure. Neanche un filo di sporco sui polsini della camicia, anche se sicuramente la portava dalla mattina. E le scarpe sono sempre lucidissime. Faccio fatica a immaginarlo mentre costruisce tumuli sottoterra. È più facile che sia come dicevi tu in riunione: dev'essere stato il principe.»

«Sono d'accordo» disse Vincent annuendo. «Ma lui è sicuramente la mente dell'operazione, o come vogliamo chiamarla. Se esaminiamo la pista individuata da Christer, è evidente che Tor agisce tenendosi nascosto. Il braccio è suo cugino. Ma purtroppo non è tutto.»

Quanto esaminato fino a quel momento era solo una

specie di riscaldamento in vista di ciò che doveva mostrarle dopo. Perché lo capisse a fondo, anzi, lo *percepisse* a fondo, era stato necessario attirare l'attenzione di Mina sull'importanza dei piccoli cambiamenti comportamentali. Perché a spaventarlo davvero era stato quello che stava per mostrarle.

Ritrascinò indietro il cursore e lo fermò subito prima che Tor cominciasse a parlare di un movente politico alla base del rapimento.

«Hai visto questa parte del colloquio?» le chiese.

«No, non sono ancora riuscita a guardarlo tutto.»

«Bene» disse Vincent, eliminando l'audio. «Osserva il linguaggio non verbale e le espressioni del viso, e poi dimmi di cosa sta parlando.»

Fece partire il video e lo lasciò scorrere fino alla fine, senza audio. Mina studiò Tor concentrata. Dopo un po' iniziò ad annuire impercettibilmente, come se concordasse con qualcosa che diceva, senza sentirlo. Una volta che il filmato si chiuse, si prese qualche secondo per ricomporsi.

«Vediamo» disse poi. «Era proteso in avanti, manteneva sempre il contatto visivo, all'angolo destro della bocca c'era un sorriso che andava e veniva... Sai, a me riesce difficile scomporre i dettagli come fai tu. Ho l'impressione che il senso generale si perda. In qualche modo, la somma è maggiore degli addendi. Posso spiegarti la sensazione che ho avuto, invece?»

«Ottima proposta» rispose Vincent. «Le emozioni sono spesso scorciatoie per arrivare a qualcosa che in realtà già sappiamo a livello razionale. Il cervello risparmia tempo ed energia evitando di seguire ogni volta il percorso razionale e ci dà invece una "sensazione" di come stanno le cose. È una specie di intuizione, ma le vere intuizioni si basano appunto sul fatto che anche in passato abbiamo avuto la prova che il percorso razionale è corretto, altrimenti agiremmo solo sulla base di idee estemporanee e pregiudizi.

Purtroppo la maggior parte delle persone che parla di "sensazione di pancia" non sembra capire che c'è differenza tra...»

«Vincent» lo richiamò Mina.

«Oh, scusa. La tua impressione di Tor, dicevamo.»

Mina guardò di nuovo l'uomo sullo schermo, proteso sul tavolo con entrambi i palmi sul ripiano.

«È chiaro che è animato dal sacro fuoco della passione» disse. «Sembra un concorrente del programma televisivo *Draknästet* che vuole piazzare un'idea. E la sua smania è contagiosa. Anzi, di più: convincente. Qualsiasi cosa venda, sono disposta a comprarne un sacco.»

«Non ne sarei così sicuro» rispose Vincent, rifacendole vedere tutta la sequenza con l'audio.

Ascoltarono in silenzio mentre Tor esponeva i suoi pensieri sulla democrazia come un fenomeno forse in via di estinzione e si diceva convinto che qualcuno volesse precipitare il paese nel caos.

Quando il video finì, Mina era pallida.

«Quella di far scaturire un nuovo ordine dal caos è un'idea sua» disse Vincent. «È *lui* che mira a questo obiettivo. E non penso che parli più di Niklas. Non si crea un nuovo ordine sociale uccidendo quattro individui, nemmeno se uno di loro è un ministro della Giustizia. Secondo me Tor progetta qualcos'altro, qualcosa di molto più grosso. Temo che abbiamo gravemente sottovalutato la portata di quello che intende fare: non abbiamo capito fino a che punto è pronto a spingersi.»

«Julia, aspetta!»

Sara spiccò una corsa per raggiungere la collega, che stava per salire in ascensore ma al suo richiamo si bloccò.

Quando le fu di fianco, fece un paio di respiri profondi per riprendere fiato.

«Ciao, Sara» la salutò Julia con un sorriso. «Complimenti per l'operazione Manojlovič e Ted Hansson. E anche per il ritrovamento di Gustaf Brons, naturalmente.»

Le porte dell'ascensore si chiusero alle sue spalle.

«Già, avremmo preferito finire di mappare la rete prima di agire, ma siamo stati costretti a muoverci in fretta, e a dirla tutta è stato anche parecchio liberatorio prendere in castagna Ted Hansson.»

«Quindi questa è la posizione ufficiale del Noa?» chiese Julia divertita. «Anche tra i miei colleghi c'è qualcuno che vi è molto grato per aver agito così rapidamente.»

Sara sentì che le guance le andavano in fiamme. La verità era che, da quando aveva trovato Ruben nella casetta nei pressi di Södertälje, praticamente erano stati insieme ogni istante del loro tempo libero. Erano passati tre giorni ma non lo avevano ancora detto a nessuno. Sara non aveva idea di come ci sarebbero rimasti tutti, venendolo a sapere. Era un tale shock che nemmeno lei ci capiva niente.

«Comunque, ho una domanda urgente per te» disse.

«Stamattina avete convocato Tor Svensson per un colloquio, vero? Dimmi che è ancora qui, ti prego.»

Julia sollevò le sopracciglia.

«Sì, e in effetti è stata un po' una sorpresa» rispose. «Quando è arrivato, avevamo solo qualche indizio su cui basarci, ma lui è riuscito a tradirsi in modo così clamoroso che ho chiesto immediatamente le misure cautelari. Non ho avuto altre notizie e do per scontato che sia ancora al centro di detenzione preventiva. Naturalmente gli avvocati dello stato si scateneranno, ma è una macchina piuttosto lenta, quindi secondo me resterà qui almeno un altro giorno. Di che si tratta?»

«Possiamo...?» chiese Sara indicando l'ufficio di Julia.

Entrarono e chiusero la porta.

«È parecchio che seguiamo una pista su una sospetta attività terroristica» disse Sara. «Qualcuno ha rubato del nitrato d'ammonio in grandi quantità, a sufficienza per mettere a punto una bomba molto potente. Grazie a una soffiata abbiamo trovato le riserve nascoste in diversi depositi, ma abbiamo finto di non sapere ancora dove sono. In realtà stiamo tenendo sotto sorveglianza i vari siti, e negli ultimi due giorni ci sono state visite. Effettivamente si era munito di cappellino con visiera e occhiali da sole, e ogni volta indossava abiti diversi, ma i traguardi raggiunti dai programmi di riconoscimento facciale sono incredibili. Era sempre la stessa persona.»

«Tor Svensson?» domandò Julia allibita.

«Sì. Pensiamo che abbia intenzioni molto pericolose.»

Julia prese la giacca al volo.

«Andiamo subito al centro di detenzione» disse. «In tre minuti ci siamo. Chiamo e avverto che stiamo arrivando.»

Tirò fuori il cellulare, compose un numero e incuneò il telefono tra l'orecchio e la spalla.

«Sono Julia Hammarsten» disse quando qualcuno rispose, infilandosi la giacca. «Veniamo a parlare con Tor Svensson, subito. È urgente.»

Si bloccò, ascoltò e chiuse la chiamata. Poi guardò Sara.

«Come ho fatto a essere così scema da credere che fosse tanto semplice?» disse. «Avrei dovuto saperlo. Non si attacca impunemente il ministero della Giustizia.»

«Cosa vuoi dire?» chiese Sara.

«L'istanza di misure cautelari è stata respinta. Tor è uscito due ore fa.»

Julia scelse di restare in piedi, nonostante suo padre avesse invitato entrambe a sedersi, e Sara la imitò. Per una volta, nei locali della centrale non faceva freddo, ma probabilmente dipendeva dal fatto che avevano attraversato di corsa tutti i corridoi fino all'ufficio del capo della polizia.

«Dobbiamo agire con estrema prudenza» disse Egil Hammarsten, anche lui in piedi, davanti alla finestra. «Quanto siete sicure di poter collegare Tor Svensson agli omicidi?»

«Al momento abbiamo solo indizi» rispose Julia, «ma cominciano a essere davvero tanti. Pensiamo anche che abbia mentito su suo cugino, e che sia implicato pure lui, in qualche modo.»

«Il Noa invece ha prove dirette del coinvolgimento di Tor Svensson nella vicenda dei composti chimici rubati» intervenne Sara.

Julia la guardò ammirata: non dava il minimo segno di provare il timore reverenziale che normalmente il capo della polizia incuteva nelle persone. Lui si girò.

«Dato che lo avete già provocato sarà sicuramente in guardia» disse pensoso. «E l'affidabilità di un software che identifica come la stessa persona uno che gira in travestimenti diversi sarà oggetto di discussione in tribunale, soprattutto se si tratta del portavoce del ministro della

Giustizia. Temo che prima di riuscire a metterlo dietro le sbarre la procedura giuridica sarà lunga. Quanto tempo avete?»

Julia sbirciò verso Sara. Come faceva a non risentire della corsa? Lei stava ancora sudando e sentiva il cuore battere fortissimo. Sicuramente andava regolarmente in palestra. Avrebbe dovuto ricominciare anche lei, per quanto Adam le dicesse che era perfetta così com'era.

«Se Tor è coinvolto negli omicidi di Jon Langseth, Marcus Eriksson ed Erika Sävelden è logico pensare che lo sia anche nelle minacce contro Niklas Stockenberg, visto che seguono lo stesso disegno. E a sentire il messaggio in segreteria telefonica, morirà fra tre giorni.»

«Considerando che riguarda Tor Svensson, è un "se" piuttosto importante» le fece notare il capo della polizia.

«Non abbiamo nemmeno la certezza che stia davvero mettendo a punto una bomba» rispose Julia, «ma *se* è così e *se* è coinvolto negli omicidi, penso che intenda farla detonare nello stesso momento in cui verrà ucciso Niklas. Non può aspettare troppo, anche perché probabilmente sente che il tempo stringe. Se vuole agire deve farlo ora. *Se*, appunto. La domanda è: puoi permetterti di rischiare?»

«Ricordatemi l'ordine di grandezza della potenza esplosiva, per favore.»

«Se quello registrato dalle telecamere è lui, e io ne sono convinta» rispose Sara, «ha rastrellato oltre dieci tonnellate di nitrato d'ammonio di cui siamo a conoscenza, ma ovviamente potrebbero essere di più. Nel caso riuscisse a far detonare la bomba, sarebbe la più devastante esplosione civile mai avvenuta su suolo svedese. Gran parte del centro di Stoccolma verrebbe ridotto in poltiglia, e nella peggiore delle ipotesi ci sarebbero migliaia di morti e feriti.»

Egil Hammarsten si passò le mani sulle guance e improvvisamente apparve molto vecchio.

«Allora suggerisco di procedere con estrema prudenza,

ma rapidamente» disse. «Avete ragione, non possiamo correre rischi. Prendetevi il resto della giornata per raccogliere tutte le prove che avete, concrete o indiziarie che siano, nei confronti di Tor Svensson, e poi riepilogatele in una presentazione il più convincente possibile. Fate in modo che non rimangano "se" in sospeso. Domani mattina la portiamo al procuratore per chiedere misure cautelari immediate. Gli scrivo subito per sottolineare l'importanza di un'azione urgente.»

Julia guardò suo padre. Avrebbe voluto ringraziarlo per non essersi messo di traverso, per una volta, ma si limitò a un cenno.

«Cosa ci fate ancora qui?» disse lui. «Forza, mettiamoci all'opera.»

Il ristorante Gondolen era pieno. Aveva riaperto da poco dopo una grossa ristrutturazione ed evidentemente gli abitanti della capitale erano contenti di poterlo frequentare di nuovo, almeno a giudicare dal numero di clienti. Vincent era sorpreso che l'Ombra volesse che si vedessero con tutta quella gente intorno, ma sapeva che non faceva nulla per caso. Sicuramente aveva i suoi buoni motivi.

«Walder?» disse sorpresa la direttrice di sala quando Vincent si avvicinò al leggio delle prenotazioni. «È un po' che non ci si vede, ma d'altra parte vale per la maggior parte dei clienti. Bentornato. La prenotazione era per due, no?»

«Immagino di sì» rispose Vincent.

La donna gli rivolse un'occhiata vagamente interrogativa e gli fece segno di seguirla.

«Abbiamo dovuto mettervi al bancone» gli disse in tono di scuse. «È incredibile quante prenotazioni riceviamo da quando abbiamo riaperto. Avete avuto fortuna a non...»

«Va benissimo» la interruppe lui. «Tanto, secondo me quelli al bar sono i posti migliori.»

Si sedette sullo sgabello e le rivolse un largo sorriso per mostrarle che era soddisfatto. Lei, chiaramente sollevata, corse ad accogliere i clienti successivi.

Sul ripiano c'erano due menu. Il secondo sgabello era vuoto. L'Ombra non era ancora lì. Vincent non aveva idea di chi aspettarsi: una persona vecchia o giovane? Un uomo o una donna? Si rese conto all'improvviso che poteva essere qualcuno che conosceva. Sperava davvero di no. Con ogni probabilità si trattava di uno stalker, come aveva ipotizzato Mina. Non ne aveva più incrociati, o almeno non con problemi seri, dopo Anna, quella che si era fatta fare sulla schiena un tatuaggio che lo ritraeva. In confronto all'Ombra, comunque, anche lei era innocua. Tanto valeva essere preparati a tutto.

Un uomo uscì dalle toilette e, vedendolo, fece un largo sorriso e si diresse dritto verso di lui.

Era l'Ombra? Gli sembrò di riconoscerlo vagamente. Non riuscì a collocarlo subito, ma sapeva di averlo già visto. C'era qualcosa di molto familiare nel modo in cui si muoveva.

«Vincent!» esclamò stringendogli la mano con slancio. «Sei venuto!»

Non c'erano più dubbi: quell'uomo era l'Ombra. Finalmente Vincent poteva dare un volto al proprio persecutore. Se solo fosse riuscito a ricordare dove l'aveva già visto...

«Non avevo scelta» disse. «Dov'è la mia famiglia?»

L'Ombra alzò le spalle e si sedette.

«Non hai motivo di preoccuparti» rispose. «Non ho fatto niente che tu non abbia già fatto di tua iniziativa, ma ti serviva un po' di spazio per riflettere da solo.»

«Se hai torto un capello anche solo a uno di loro...»

L'uomo sollevò una mano con aria risentita.

«Vincent, Vincent» disse. «Non siamo meschini. Piuttosto, dovresti concentrarti sul tuo compito. Non ti rimane molto tempo.»

Vincent si guardò intorno nel locale affollato. Potevano esserci dei poliziotti in borghese? Se avesse dato un segnale o chiamato aiuto, avrebbero arrestato l'Ombra? Ma nessuno sembrava dedicare loro la minima attenzione. Mina aveva mantenuto la promessa.

«Cosa vuoi da me?» chiese. «E chi sei? Hai scritto che dovevo assumermi la responsabilità di quello che avevo fatto e smettere di vivere negando la realtà. Immagino che ti riferisca a quello che è successo... a mia madre.»

«Lo vedi?» disse l'uomo scuotendo la testa, scontento. «Ancora non riesci ad ammettere quello che è successo veramente!»

«Sono passati quarant'anni, ed è stata una disgrazia. Una tragica disgrazia.»

L'Ombra si mise a sfogliare il menu.

«Scampi gratinati o noce di vitello?» lesse. «Tu che dici? Come contorno non mi sembrano male i porcini glassati.»

«Dimmi quello che vuoi che faccia e basta» mormorò Vincent a denti stretti. «Cosa intendi con "assumermi le mie responsabilità"? Che significa, poi? E perché ti immischi nella mia vita?»

«Peccato che a quanto pare la sera non servano il *blodpudding*» borbottò l'uomo, chiudendo il menu. «Davvero non pensavo che fossi così tardo a capire, Vincent. Ti ho fornito tutti gli spunti che servono. Rileggi il mio messaggio. Attentamente. È tutto lì.»

Sbirciò verso di lui e si avvicinò con la testa, come se dovesse condividere un segreto.

«Ce l'hai ancora, no, il messaggio? Anzi, i messaggi» chiese. «Non è che li hai dati alla polizia o altro del genere?»

Vincent rimase in silenzio

«Voglio soltanto che cominci ad assumerti la responsabilità delle tue azioni» continuò l'Ombra. «Nient'altro.»

«Però non hai intenzione di dire cosa intendi concretamente?»

L'Ombra sorrise e scosse la testa.

«Non è così difficile» rispose, «ma dato che a quanto pare non hai ancora capito, ti darò un'altra possibilità, proprio come ho scritto: l'ultima. Non sono una persona cattiva, Vincent.»

Tirò fuori una busta imbottita e gliela passò. Dentro c'era una fascia elastica nera con il velcro alle estremità e, al centro, un rettangolo di plastica delle dimensioni di una scatola di fiammiferi.

«Domani ci rivedremo. Fino a quel momento voglio che lo indossi. È un microfono con gps da portare alla caviglia. Ormai quelli incollati sotto la camicia sono roba solo da televisione. Con questo saprò esattamente dove ti trovi e sentirò tutto quello che dici nelle prossime ventiquattr'ore. Non voglio rivederti domani scoprendo solo a posteriori che hai gettato al vento la tua chance. Buona serata, Vincent.»

L'uomo si alzò, chiaramente pronto ad andarsene.

«Aspetta» lo fermò lui. «Non hai ancora detto chi sei né perché fai tutto questo. E perché siamo proprio al Gondolen? Cosa...?»

L'Ombra scosse la testa.

«Hai davvero perso smalto» rispose aggiustandosi la giacca. «Ormai dovresti aver capito. Comunque, ti garantisco che domani ti sarà tutto chiaro. Goditi la cena. Il conto lo saldo io.»

Meno due giorni

Vincent arrivò di buon'ora. Ormai gli sembrava che la centrale fosse diventata il suo posto di lavoro. A casa non riusciva quasi più neanche a dormire. In effetti era rientrato dal Gondolen che erano solo le sei e mezza e aveva mandato a Mina un sms per dirle che stava bene, ma poi le parole dell'Ombra lo avevano tenuto sveglio tutta la notte. Concentrarsi sull'indagine era l'unica cosa che poteva fare per non perdere il senno, o quel poco che gliene rimaneva.

Avrebbe appeso alla parete della sala riunioni la mappa della rete della metropolitana. La cartina di Stoccolma era stata tolta dopo che, sei mesi prima, l'aveva trasformata in una scacchiera. Da allora il muro era rimasto sgombro. Fino a quel momento.

Vincent mise delle puntine ai quattro angoli in modo che non si arricciassero. Aveva appena finito quando Ruben infilò la testa nella sala.

«Ah, vedo che ci risiamo» disse accennando con la testa alla mappa. «Stavolta a cosa si gioca, a Non t'arrabbiare? Anzi, non rispondere, non voglio saperlo. Hai visto Adam?»

«No, non ho ancora visto nessuno» rispose Vincent.

Quando Ruben sparì di nuovo, tirò fuori le clessidre dalla borsa. Girò la cornice in cui erano inserite e guardò scorrere la sabbia. Come simbolo, la clessidra spuntava dappertutto, nell'indagine, se solo si guardava con attenzione. Le quattro che aveva in mano erano in realtà un'indicazione per arrivare ai tumuli, intorno ai quali ne erano state disegnate altre. Poi quella sul biglietto da visita con il numero di telefono. La voce che riferiva quanto tempo restava a Niklas gli risuonava ancora nelle orecchie. Forse di lì a due giorni avrebbe finito di vivere.

Aveva davvero sperato di trovarlo da qualche parte lungo la linea sedici della metropolitana. Sarebbe stato tutto più semplice. A posteriori, ovviamente, era stato ingenuo a illudersi che potesse succedere. Raramente gli scenari più pratici per un'indagine si verificavano davvero.

D'altra parte, non avevano altre piste che avrebbero potuto portarli a Niklas. E, a meno che Vincent avesse completamente frainteso il messaggio annesso alle clessidre, questo sembrava alludere al fatto che c'era un modo per salvarlo prima che fosse troppo tardi.

Trova il quarto prima che scada il tempo.

Sì, ma dove? Come aveva sottolineato Julia, la linea sedici era lunga, e una volta che Niklas fosse stato piazzato in metropolitana, di lì a due giorni, probabilmente non avrebbero avuto molto tempo a disposizione.

Ma per quale motivo chi aveva spedito a lui le clessidre avrebbe dovuto comunicargli la linea e non la stazione? Sembrava strano fare una cosa a metà. Guardò i numeri che aveva scritto sotto le quattro clessidre.

17 min (13 sec).
13 min (5 sec).
10 min (3 sec).
16 min (3 sec).

Inizialmente aveva pensato che, se i minuti si riferivano alle linee, i secondi potessero avere a che fare con le stazioni. Nella clessidra che rappresentava Marcus Eriksson, la sabbia impiegava diciassette minuti e tredici secondi a scorrere fino all'ultimo granello. La linea diciassette tornava, ma tredici stazioni, indipendentemente da quale estremità scegliesse per iniziare a contare, non lo portavano a Bagarmossen, dove Tom il Matto aveva trovato lo scheletro.

La stessa cosa valeva per Erika Sävelden e Jon Langseth: a prescindere dal capolinea da cui partiva, i secondi non corrispondevano alle fermate in cui erano stati rinvenuti i tumuli.

E se invece ci fosse stato un altro punto di partenza, che aveva un significato per chi aveva spedito le clessidre? Ormai Vincent era convinto che, come gli altri rompicapi che aveva ricevuto, venissero dal principe. E lo scheletro del re, suo padre, era stato trovato a Odenplan.

Possibile che l'origine di tutto fosse lì?

Mise il dito sulla mappa appesa alla parete e contò tredici stazioni da Odenplan, arrivando dritto a Bagarmossen, il punto in cui era stato rinvenuto il tumulo di Marcus Eriksson.

Fece un secondo test. Erika Sävelden, linea tredici rossa. I secondi della sua clessidra erano cinque. Vincent partì di nuovo da Odenplan. Cinque fermate per arrivare a Karlaplan, dove era stata trovata, con un cambio a T-Centralen. Jon Langseth, linea dieci blu. Due stazioni da Odenplan lo fecero arrivare a Fridhemsplan; da lì passò alla linea blu e dopo una stazione finì a Stadshagen, dove Akai si era imbattuto nello scheletro.

Aveva individuato la chiave.

L'ultima clessidra, quella di Niklas, si svuotava in sedici minuti e tre secondi. Da Odenplan si arrivava in Thorildsplan in una direzione e a T-Centralen nell'altra, ma la prima delle due fermate era in superficie, e le ossa erano sempre state trovate sottoterra, quindi restava solo la seconda.

Finalmente aveva scoperto dov'era Niklas Stockenberg. Avrebbe dovuto esultare, ma sapeva che Julia non sarebbe stata contenta: T-Centralen era la stazione più complessa dell'intera rete sotterranea, con binari e banchine su diversi livelli, perché ci passavano tutte le linee. Più di trecentomila pendolari salivano o scendevano a quella fermata ogni giorno. Ed era lì, da qualche parte nel labirinto di tunnel, che nel giro di due giorni sarebbe stato piazzato Niklas.

Trova il quarto prima che scada il tempo.

Vincent sperava significasse che avrebbero avuto un'ora o due a disposizione, che Niklas sarebbe stato portato nella galleria prima della deadline. D'altra parte non osava essere di nuovo ingenuo. Avrebbero dovuto essere preparati a tempi stretti, quindi serviva sapere quando era previsto che morisse Niklas, al minuto. Doveva chiedere a Mina di chiamare per verificarlo.

Quasi gli avesse letto nel pensiero, eccola entrare con due tazze in mano.

«Scusa il ritardo» disse. «La macchina del caffè è rotta e ho portato della cioccolata calda.»

«Ottimo» rispose lui prendendone una. «Qui dentro fa freddo quasi come fuori.»

Soffiò sul liquido bollente.

«E comunque il tempismo è perfetto» continuò. «Ho appena individuato la chiave. So dov'è Niklas, o meglio, dove sarà. Avevo ragione, sulla linea sedici, solo che non è ancora lì.»

«Vincent, ti rendi conto che straparli, vero?» disse Mina.

«No, davvero, e in realtà era semplice» ribatté lui indicando la mappa. «Dovevo solo contare le stazioni sulla sedici, cioè, la linea non esiste più ma le stazioni sì, e il trucco era partire da Odenplan, visto che il re era sepolto lì. Secondo le clessidre, tutto ha origine dal re.»

«A volte ho paura di quello che si aggira nella tua testa quando qualcosa *non* è semplice» disse Mina bevendo cauta un sorso di cioccolata calda.

«Il punto è che Niklas si troverà in uno dei tunnel intorno a T-Centralen» spiegò Vincent. «Tra due giorni. Quando scadrà il tempo.»

Mina rimase in silenzio per diversi secondi.

«T-Centralen» disse poi. «Dio santo. Ora sappiamo che Tor sta mettendo a punto una bomba che probabilmente dovrebbe detonare nello stesso momento in cui Niklas... verrà ucciso.»

«Ma quella segreteria ci dice quando morirà, al minuto. Dobbiamo solo fare in modo di essere nel posto giusto prima che accada. Puoi chiamare un'altra volta, così da essere sicuri dell'orario preciso?»

«Sì, aspetta» rispose Mina, e tirò fuori il cellulare.

Compose il numero e attivò il vivavoce.

«Salve, Niklas Stockenberg. Speriamo che tu sia stato soddisfatto dei nostri servizi nel corso del periodo ora concluso. Ti rimangono... zero giorni... tre ore... e quindici minuti... da vivere.»

Mina lo fissò.

«Hanno cambiato il messaggio» disse. «Niklas morirà fra tre ore.»

~~Meno due giorni~~
Ultimo giorno

Il telefono di Vincent squillò. Sul display era comparso il nome di Loke. Vincent scacciò i pensieri di Niklas e di T-Centralen: non c'era motivo di spaventare inutilmente l'assistente di Milda. Inspirò a fondo e cercò di rispondere nel tono più neutro possibile.

«Ciao, Vincent, hai un minuto?» gli chiese Loke con voce animata.

«Certo» rispose lui, girando rapidamente lo schermo verso Mina.

«Io vado ad avvertire Julia» sussurrò lei. «Dobbiamo andare subito a T-Centralen e trovare Niklas.»

Vincent la seguì con lo sguardo mentre si allontanava a passo veloce.

«Ecco, ho ripensato a quella cosa dei dermestidi» disse Loke, e Vincent si riportò il cellulare all'orecchio. «E anche a quanto è difficile tenere sotto controllo quel tipo di insetti, soprattutto dopo che le larve sono diventate adulte. Così ho fatto una ricerca nei rapporti dell'agenzia per la protezione sanitaria e ambientale degli ultimi due anni.»

«Ottima idea» rispose Vincent, che aveva capito dove voleva arrivare.

Mica stupido, quell'esperto di ossa.

«Stavo per arrendermi» continuò Loke, «ma poi ho trovato una denuncia di infestazione risalente alla settimana scorsa. Nonostante si trattasse di un luogo pubblico, era di proporzioni tali che hanno deciso di segnalarla. Indovina un po' di che animali stiamo parlando?»

«Dermestidi.»

«Esatto. Sulla banchina della stazione della metro di Hötorget, fra tutti i posti possibili. Non può essere un caso. Secondo me dev'esserci una specie di terrario da qualche parte nei tunnel intorno a quella fermata. Caldo, umido e buio: l'ambiente perfetto. È lì che sono state ripulite le ossa. Ho pensato che vi interessasse saperlo.»

Sembrava si stesse preparando a chiudere la chiamata.

«Aspetta» disse Vincent. «C'è stata un'emergenza improvvisa e il gruppo è impegnato nelle ricerche di Niklas. Non ha tempo di individuare anche un eventuale terrario. Io invece potrei scendere a guardare, tanto per loro sono solo d'impiccio. Anzi, secondo me dovremmo andarci insieme.»

«Non so» rispose Loke, dubbioso. «Quei tunnel sporchi non sono l'ambiente ideale per me.»

«Ti capisco meglio di quanto tu possa immaginare, ma non sei curioso? In fondo sei stato tu ad arrivarci.»

«Okay... dai, mi hai convinto. Ci vediamo giù sulla banchina di Hötorget tra... diciamo mezz'ora?»

«Sarò lì tra un quarto d'ora.»

Vincent andò a prendere la giacca e percorse rapidamente il corridoio, fermandosi quando vide Mina nell'ufficio di Julia.

«Loke potrebbe aver scoperto dove sono state ripulite le ossa» disse. «Vado a dare un'occhiata con lui. Tanto non vi sarei molto utile nella vostra operazione di salvataggio.»

«Bravo Loke» rispose Julia. «Dov'è questo posto?»

«Prova a indovinare» sospirò Vincent. «Perché non succede mai niente in superficie, me lo dite? Cos'ha la gente che non va?»

«Scendete nelle gallerie?» chiese Julia, scettica. «Non hai sentito della bomba?»

«Sì, me l'ha detto Mina.»

«Probabilmente si trova da qualche parte a T-Centralen, dove c'è anche Niklas. A sentire Sara, anche il Noa la pensa così. Se si vuole causare un'esplosione a Stoccolma, strategicamente quello è il punto migliore per fare più danni possibile. Tor si è procurato oltre dieci tonnellate di nitrato d'ammonio, quindi le gallerie della metropolitana non saranno un posto sicuro, e se qualcosa va storto...»

Smise di parlare.

«Lo so» rispose Vincent, «ma manca ancora qualche ora allo scadere del conto alla rovescia, e prometto di essere di ritorno tra quaranta minuti al massimo. Magari io e Loke scopriamo qualcosa di importante.»

«Basta che non debba preoccuparmi anche per te, oltre a tutto il resto» disse Mina.

Vincent si bloccò. Di colpo aveva voglia di abbracciarla, ma sapeva anche che probabilmente non sarebbe stato in grado di lasciarla andare, così si limitò a un breve cenno di saluto a entrambe e corse via.

Dato che la fermata della metro era proprio dietro l'angolo, la prese fino a T-Centralen con l'intenzione di cambiare linea in direzione Hötorget. Alla stazione era tutto come al solito, con pendolari e turisti ignari di quello che stava per accadere. Vincent scacciò quei pensieri e salì sul treno successivo. Alla fermata dopo scese e trovò Loke ad attenderlo sulla banchina.

«Mi ha dato un passaggio un collega» disse, «ma ho preferito aspettarti, così scendiamo insieme.»

Vincent si guardò intorno. Niente dermestidi, per quanto riusciva a vedere. Evidentemente avevano già fatto la disinfestazione. Il comune agiva più rapidamente in certe situazioni che in altre.

«Gli insetti sono stati notati all'estremità nord della banchina» spiegò Loke. «Quindi immagino che vengano dal tunnel su quel lato. Mi sono già fatto dare l'autorizzazione a entrarci.»

«Io invece ho scoperto dove verrà collocato Niklas» rispose Vincent seguendolo verso la fine del marciapiede. «A T-Centralen. E con poco meno di tre ore di tempo, è quasi sicuro che il gruppo di Julia lo troverà, anche se il principe non sta alle regole, visto che ha accelerato il conto alla rovescia. Ma la sfida era trovare il quarto prima che scadesse il tempo, e ci riusciranno.»

«Il principe?»

«Ah, giusto, alla riunione tu non c'eri. Ti spiego dopo.»

«A T-Centralen, quindi» disse Loke, facendo scendere Vincent per primo lungo la scala che portava nella galleria. «Cavoli, è la stazione dopo questa.»

Mentre Vincent avanzava nel tunnel, la luce sparì rapidamente alle sue spalle. Pensò alla possibilità di accendere la torcia del cellulare, ma era meglio lasciare che gli occhi si abituassero al buio. Loke camminava dietro di lui.

«Secondo te dove troveremo il terrario?» chiese Vincent.

D'un tratto sentì sul collo qualcosa di appuntito. Come un ago.

«Mi hai deluso, Vincent» gli sussurrò all'orecchio Loke. «Hai frainteso completamente l'enigma. Niklas non è affatto a T-Centralen.»

«Loke?» esclamò Vincent esitante. «Cosa dia...?»

«Non muoverti inutilmente. Hai un ago nel collo. Vai avanti, invece. E dammi il cellulare.»

Lui ubbidì e, quando sentì che veniva frantumato contro la parete, strinse le labbra.

«A proposito, che ne pensi dei miei regali?» chiese Loke. «Tutti i rompicapi e gli indovinelli che ti ho inviato... Ti sei divertito?»

Vincent provò un brivido.

«Sei stato tu a spedirli?» domandò schiarendosi la gola.

«Erano eccezionali. Ma cosa intendi dicendo che ho frainteso l'enigma?»

«Pensavo di aver trovato un'anima affine» rispose Loke con voce delusa. «Ero convinto che fossi la persona giusta per apprezzare la sfida. Alcuni di quegli oggetti non sono stati facili da trovare, sappilo. Così ho deciso di concederti una possibilità di trovare Niklas. Tor era contrario, ma non mi capita spesso di conoscere qualcuno che rispetto. E tu mi vai a genio, Vincent. Però a conti fatti ti ho sopravvalutato. È un peccato che tu non sia riuscito a salvarlo.»

Continuarono a camminare in silenzio. Loke lo stava facendo penetrare sempre più in profondità nella rete di gallerie. Svoltarono più volte, finché il rumore dei treni non si ridusse a un brontolio lontano.

«Loke, sei tu... sei tu il principe?»

Nessuna risposta.

L'ago pungeva davvero tanto, ma finché non avesse avvertito una strana tensione nei tessuti intorno al punto in cui era stato conficcato significava che il contenuto della siringa non era stato iniettato. Sempre meglio di niente.

«Immagino che di dermestidi non ce ne fossero, qui sotto.»

Loke rise forte.

«Ah, ecco, lo sapevo che eri sveglio» disse. «E dato che te lo stai chiedendo, la siringa che ti ho piantato nel collo contiene una miscela di pancuronio e cloruro di potassio. Due sostanze affascinanti, in effetti. Il pancuronio in passato era venduto sotto il nome di Pavulon, un farmaco usato in ambito sanitario come anestetico. Non è più in commercio da un decennio ma per uno che lavora al centro di medicina forense non è difficile procurarselo è immagazzinarlo. Questa dose ti farà rilassare i muscoli al punto che smetterai di respirare. Il cloruro di potassio si può preparare da soli, con un po' di liscivia e acido cloridrico. Sono due composti molto corrosivi, ma si neutralizzano a vicenda. Il risultato lo si mescola con il sale da cucina. Oppure, come in questa siringa, con una quantità sufficiente a farti fermare il cuore.»

«È questo che hai somministrato a Erika, Marcus e Jon?» chiese Vincent, continuando a camminare con lo sguardo dritto davanti a sé nel tunnel buio.

«Come sai, non sono una persona particolarmente forte dal punto di vista fisico» rispose Loke, «ma quando ho offerto loro di metterci una pietra sopra, lasciandoli vivere dato che avevano imparato la lezione, sono venuti tutti e tre a casa mia di loro spontanea iniziativa. Mi hanno promesso soldi, quote della loro società, sesso... Erano disperati. Ho messo loro del tiopentale nello champagne.»

«Cavoli. Devono essere partiti subito» commentò Vincent.

«Sì, in ambito sanitario ci sono sostanze che fanno effetto rapidamente» rispose Loke ridendo. «Avrei potuto ucciderli facendoli a pezzi, per poi bollire le ossa, ma non sono un mostro. Prima di mettermi al lavoro ho iniettato a tutti e tre un farmaco letale. Fermo! Siamo arrivati.»

A destra c'era una rientranza più profonda. Sulla parete di fondo, in cemento, si vedeva una porta.

L'ago venne estratto e Loke gli si parò davanti. Nell'altra mano teneva una pistola. Sembrava quasi antica e tra le dita lunghe e affusolate appariva del tutto fuori posto.

«Era di mio nonno» disse Loke vedendo lo sguardo di Vincent. «Detesto le armi, sono troppo volgari. E non sono bravo a usarle, ma non illuderti: sparerei, se fosse necessario. E a questa distanza non sbaglierei.»

Lasciò cadere a terra la siringa e tirò fuori una chiave, che fece girare nella toppa tenendo la pistola puntata su Vincent. Nel tunnel regnava la penombra, ma oltre la porta era buio pesto. Loke gli fece segno con la pistola di entrare e Vincent distinse una sagoma accasciata su una sedia.

Era Niklas.

Julia guardò il gruppo, che aveva convocato d'urgenza: Christer e Ruben seduti al tavolo, Adam e Mina appoggiati alla parete. E poi Milda, invitata a partecipare al posto di Loke, che era fuori con Vincent.

«Non credo che Tor si nasconda, visto l'ego che ha» disse. «Tutto considerato, non siamo neanche riusciti a trattenerlo al centro di detenzione preventiva. Se fossi nei suoi panni e insistessi a dichiararmi innocente andrei a casa e mi comporterei come al solito, mantenendomi ben visibile. Lui sa che non abbiamo prove concrete che lo colleghino agli omicidi, ma ignora che siamo al corrente della bomba.»

«Tutt'a un tratto le sue chiacchiere sul fatto che la Svezia sarà scossa dalle fondamenta assumono un significato completamente diverso» disse Christer con un brivido.

«Ma se è tanto sicuro che non riusciremo a metterlo con le spalle al muro, perché il conto alla rovescia è stato accorciato?» chiese Mina.

«Secondo me si sente il fiato sul collo» rispose Julia. «Non aveva previsto il riscontro sul dna. Sa che non abbiamo altro, al momento, ma anche che le cose potrebbero cambiare. Se deve far scoppiare la bomba, bisogna che agisca prima che sia troppo tardi. E immagino voglia che succeda in concomitanza con l'uccisione di Niklas.»

«Parli di lui» disse Mina pensosa, «ma secondo me è il principe che farà tutto questo, mentre Tor si terrà in vista e avrà un alibi perfetto.»

«Scommetto qualsiasi cosa che quel bastardo è a casa sua a bere una tazza di tè, in questo momento» intervenne Ruben chinandosi sul suo portatile.

«È proprio lì che volevo arrivare» continuò Julia. «Propongo di andare da lui. Non abbiamo il tempo di aspettare la decisione del procuratore. In teoria Tor non sospetta niente. Come si diceva, non sa che siamo a conoscenza dei suoi piani. Grazie a Vincent abbiamo un'idea di dove Niklas si troverà tra due ore e mezza, ma preferirei che lo trovassimo prima. E sono sicura che Tor sa esattamente dov'è adesso.»

«Aspettate, apro una cartina della zona in cui abita» disse Ruben pigiando qualche tasto. «Almeno sappiamo cosa aspettarci. Dunque, ecco l'indirizzo...»

Si lasciò scappare un fischio.

«Certo che la gente danarosa vive in vie da sogno» commentò. «Tor sta in Strandvägen. Si vede che vuole affacciarsi su Djurgården e far finta che sia il suo giardino privato.»

«In Strandvägen?» chiese Milda. «Ci abita anche Loke, ma non quella in città, naturalmente, a Djursholm. C'è una via che si chiama così anche lì. La prima volta che dovevo andarci ho sbagliato strada.»

Ruben aggrottò la fronte e avvicinò gli occhi allo schermo.

«Ma... che cavolo, il codice postale non coincide. Aspetta, neanche Tor sta in città. A quanto pare vive anche lui a Djursholm. Controllo solo...»

Inserì alcuni comandi e poi girò lo schermo in modo che potessero vederlo anche gli altri. Aveva aperto Google Earth e il programma stava zoomando sulla Svezia. Dopo qualche secondo comparve Stoccolma, poi Djursholm e infine l'indirizzo dato. Una casa enorme, con ingresso privato, cancello e un breve viale alberato.

«Non si fa mancare niente, appunto» commentò Ruben.
«Ma... quella è la casa di Loke» disse Milda.
Gli altri la fissarono allibiti.
«Cosa stai dicendo?» chiese Julia.
«È casa sua, ci sono stata. Com'è possibile? Sicuro di aver inserito l'indirizzo giusto? Anche Loke si chiama Svensson di cognome. Non sarà un caso di omonimia? È un cognome comunissimo e può capitare.»
Ruben controllò e annuì. Julia avvertì un risucchio allo stomaco. Si erano lasciati sfuggire qualcosa di importantissimo.
«Qual è il suo vero nome di battesimo? Immagino che non si chiami veramente Loke, no?» chiese.
«In realtà sì, ma è il suo secondo nome» rispose Milda. «Lui lo preferisce e nessuno l'ha mai chiamato in un altro modo, però il primo è Mattias. Si chiama Mattias Svensson.»
Quando le implicazioni delle parole di Milda si depositarono, nella sala calò un silenzio di tomba.
«Perché non l'hai detto prima?» esclamò Ruben.
«Cosa?» domandò Milda perplessa. «Di cosa stai parlando?»
«Loke è il principe, il cugino di Tor» disse Mina. «E vivono insieme.»
«Può... può davvero essere stato Loke a mettere in atto gli omicidi?» chiese Christer.
Julia annuì lentamente.
«Ma perché?» Christer scosse la testa.
«Ci sono troppe cose che non capiamo» disse Julia.
Le sembrava di essere in una di quelle palle di vetro con la neve e che qualcuno l'avesse appena capovolta: tutti i tasselli dell'indagine prima ordinatamente suddivisi le stavano turbinando intorno nel caos più totale.
«Insomma, di cosa state parlando?» chiese Milda, confusissima.
«Vincent è da solo con lui, in questo momento» disse

Mina con il panico nella voce. «Aveva detto che sarebbe rimasto fuori al massimo quaranta minuti.»

Guardò l'orologio.

«Lo chiamo.»

Il cellulare di Vincent risultava spento.

«Cazzo, Loke intende far fuori anche lui nello stesso momento in cui uccide Niklas e fa esplodere la bomba.»

«Tre piccioni con una fava» commentò amaro Christer.

«Dobbiamo trovarli. *Subito*» disse Julia.

Si alzarono e si precipitarono tutti fuori dalla sala riunioni.

«È vivo?»

Vincent cercò di abituare gli occhi all'oscurità dello stanzino. Un piccolo locale di servizio, in disuso e dimenticato. Il posto perfetto per nasconderci qualcuno.

«Sono vivo» disse una voce debole, a cui si aggiunse un viso quando Loke accese la torcia del suo cellulare.

«E ora cosa succede?» chiese Vincent.

Stava usando consapevolmente un tono piatto. Lo stato mentale di Loke gli era ancora ignoto e non sapeva come venisse influenzato da emozioni come paura o rabbia. Per questo era meglio mantenere un atteggiamento neutro.

«Ora aspettiamo» rispose Loke, e si sedette.

Con la pistola gli fece segno di mettersi vicino a Niklas, e Vincent ubbidì. Il cemento lurido era freddo, sotto i pantaloni. Nella luce del cellulare, il ministro era poco più di una sagoma spettrale. Aveva l'aria stanca e provata, con tracce di sporcizia su viso, capelli e abiti.

«Mentre aspettiamo, spiegami come avrei potuto trovare Niklas qui» disse Vincent nello stesso tono inespressivo di prima. «Forse, come hai detto, ho frainteso l'enigma, ma la polizia ha setacciato tutta la linea sedici senza trovare niente.»

«Naturalmente il piano era di trasferirlo in un punto più vicino alla banchina, quando fosse venuto il momento» sbottò Loke infastidito, «ma non ho potuto farlo perché abbiamo dovuto accelerare i tempi. Comunque non preoccuparti, siamo molto vicini a Hötorget. Qui sotto ci sono molti altri tunnel, oltre a quelli dove passa la metro.»

«Ed è qui che aspetteremo» disse Vincent.

Non doveva influenzarlo con una reazione emotiva alla situazione. Meglio tenersi in equilibrio.

«Aspettiamo la fine del mondo, non te l'ho detto?» continuò Loke. «Sapevi che il mio nome viene da una parola norrena che significa chiudere o portare a termine? Il mio ruolo consiste nel portare alla fine del mondo. Il Ragnarök.»

Girò lentamente la torcia del cellulare in modo da mostrare il resto del locale, più grande di quanto Vincent avesse pensato inizialmente. Non capì subito cosa riempiva il resto dello spazio, ma dopo un attimo si accorse che erano dei borsoni sportivi accatastati fino al soffitto. Dovevano essere centinaia, anche se nella penombra era difficile capirlo. In ogni caso erano tutti molto pieni, e si rese conto di averne visti altri lungo il tunnel, mentre camminavano, liquidandoli come roba abbandonata lì da tempo.

Non era difficile capire cosa contenevano: la bomba di Tor. Bastava farne detonare uno per innescare una reazione a catena in cui gli altri sarebbero esplosi a causa della pressione e del calore scatenati dal primo.

In partenza, Tor aveva a disposizione dieci tonnellate di nitrato d'ammonio. A occhio, Vincent valutò che in tutto ce n'era almeno il doppio. Sentì che gli si seccava la bocca.

Loke lanciò un'occhiata nervosa all'orologio. Probabilmente si stava avvicinando l'ora fatidica.

«Dato che tanto stiamo aspettando di morire, sarebbe bello avere una spiegazione» disse Vincent cercando di insinuare una sfumatura ironica nella voce, anche se in realtà era terrorizzato.

Sapeva di andare a genio a Loke: sia a parole che con il linguaggio non verbale il ragazzo gli aveva più volte espresso la propria ammirazione e, con un po' di fortuna, forse sarebbe stato possibile sfruttare questa circostanza, a patto che non si lasciasse scappare l'opportunità perdendo il contatto con lui.

Niklas era seduto con la testa ciondoloni sul petto. Gli diede una leggera pacca sulla gamba, senza ottenere reazioni: evidentemente si era arreso e non sarebbe stato di nessun aiuto.

Toccava a lui trovare una via d'uscita, e la chiave era far parlare Loke.

A meno che l'Ombra, sicuramente in ascolto tramite il microfono alla sua caviglia, non avesse la decenza di chiamare la polizia e i vigili del fuoco, ma Vincent non si faceva grandi illusioni.

«Okay» disse Loke alzando le spalle. «Immagino sappiate già che io e Tor abbiamo collaborato.»

Vincent non aprì bocca. Non voleva rivelare di non aver chiari tutti i dettagli perché temeva che Loke si sarebbe richiuso su se stesso. Optò per un cenno del capo, come se quello che era appena stato detto fosse scontato. La domanda più impellente era quanto tempo restava, ma non era ancora il momento di farla.

«Aiutami a capire perché» domandò poi. «Cosa significano le clessidre sui biglietti da visita e intorno ai tumuli?»

Loke rimase in silenzio e Vincent non lo incalzò. Si chiese se da dietro la porta li ascoltasse qualcuno. Probabilmente no. Erano lui, Loke e Niklas. In quel momento non esisteva nessuno al mondo al di fuori di loro. Erano l'universo, sospesi tra la vita e la morte.

«Mia madre era la donna più bella che avessi mai visto» disse Loke. «Quando era allegra era come se il sole entrasse dalla finestra nel nostro appartamentino di Kungsholmen. E mio padre... l'amava moltissimo. Quando si è buttata dal ponte, il sole si è spento. Per lui, per me. È crollato tutto. Mio padre ha smesso di pagare l'affitto e ci hanno sfrattato.

E, non so, forse lui ha pensato che tanto valeva vivere nel buio, dato che la luce del sole non ci avrebbe mai più illuminato. So che sembra incredibile, ma quaggiù eravamo felici, almeno per la maggior parte del tempo. Avevamo il nostro piccolo mondo, con una famiglia e una casa. Un regno, di cui mio padre era il re. Lo adoravano tutti. E quando sentiva arrivare il buio, quel buio che veniva da dentro, per un po' spariva, per evitarmi di vederlo in quello stato. In realtà, anche quando era di buonumore si portava dentro il dolore della scelta di mia madre, quella di lasciarci. Era così che l'aveva vissuta: come un abbandono. Eppure alla fine l'ha fatta anche lui, quella scelta. Mi ha abbandonato.»

Lo sguardo di Loke si spostò in un altro angolo del locale. Vincent distinse i contorni di un tumulo di un metro circa di altezza e capì subito.

«È...?»

Loke annuì.

«Quindi sei stato tu a rubare lo scheletro dal tuo stesso posto di lavoro» constatò Vincent calmo. «Ma perché hai telefonato a me, subito dopo?»

«Mio padre appartiene a queste gallerie» disse Loke con uno sguardo affettuoso al mucchio di terra e pietrisco. «Non era giusto che rimanesse steso su una fredda barella di metallo indegna di un re. Però sapevo che la sparizione delle ossa avrebbe suscitato un gran clamore e ho chiamato te nella speranza che mi aiutassi a tenere in sordina la cosa. Invece mi sbagliavo.»

«E gli altri hanno avuto gli stessi onori di sepoltura quaggiù perché...»

«Perché, ciascuno a suo modo, erano diventati tutti dei re, anche se a tempo determinato. E se questo posto rappresentava una tomba degna del re, lo era anche per loro.»

Vincent guardò il tumulo.

«È stato quando tuo padre... è scomparso... che ti sei trasferito da Tor e Rune?» chiese.

«Avrei voluto restare qui» annuì Loke, «ma non era più possibile. Mi aveva insegnato il numero di telefono di Rune e lo sapevo a memoria. L'ho chiamato e gli ho detto che suo fratello era morto. All'inizio era confuso, convinto com'era che lo fossimo da tempo tutti e due, ma mi ha accolto a vivere con loro.»

«Quanti anni avevi?»

A Vincent avevano cominciato a fare male le natiche e il freddo gli stava penetrando sempre più in profondità sotto la pelle.

«Dieci. Tor ne aveva venti. Mi ha preso sotto la sua ala fin dall'inizio, insegnandomi tutto quello che mi ero perso quaggiù. Rune è morto poco dopo, e siamo rimasti io e lui.»

Vincent cambiò posizione sul cemento e sbirciò verso i borsoni. Quando Loke lo sentì muoversi orientò la luce del cellulare dalla sua parte, permettendogli di vedere meglio Niklas. Era nella stessa posizione di prima e non si capiva né se aveva ascoltato qualche sprazzo della conversazione né se era vivo.

«Cosa fai?» domandò Loke nervoso.

«Chiedo scusa, ma non sono più giovane e sto diventando tutto rigido.»

«Mi hai deluso, come dicevo prima.»

«Ultimamente non sono più lo stesso. Ma torniamo a te: alla fine, da quello che dici sembra che per te le cose si fossero sistemate. Non ho ben chiaro come questo ti abbia portato a uccidere.»

Loke sbuffò sprezzante, ma evidentemente aveva ancora abbastanza tempo a disposizione per proseguire con il suo racconto, e finché era così andava bene.

«Tor capiva la rabbia che provavo per quello che era successo ai miei» disse. «Mio padre diceva sempre che la vita era un dono e che non la si poteva gettare via con leggerezza, perché andava contro ogni principio, eppure alla fine ha fatto proprio questo. Tor mi ha raccontato che nonno Harald ripeteva che la nostra stirpe discendeva dai vichinghi, e loro non si sacrificavano, se non in battaglia. La vita non era qualcosa a cui si avesse il diritto di rinunciare di propria volontà. Ed è vero. Così, Tor ha voluto vedere cosa sarebbe successo se qualcuno che si era arreso avesse avuto la possibilità di ricominciare. Mi hai chiesto cosa rappresentavano le clessidre. Non è evidente? Servono a ricordare che tutto ha una fine. Ma cosa succede se si ha modo di capovolgere la propria clessidra? Era questo che voleva scoprire Tor. Se qualcuno, toccato il fondo, avesse potuto realizzare i propri sogni, a cosa avrebbe mirato? Non è rimasto particolarmente colpito dal risultato. Tenere conferenze? Diventare una rockstar? Possibile che siano queste le ambizioni più alte dell'umanità? È stato lì che in qualche modo è nata l'idea di dare un vero scossone alla gente. Di ricominciare dal principio.»

«Harald, Rune, Björn, Tor, Loke» disse Vincent annuendo. «Tutti nomi vichinghi.»

«A me Loke era stato dato come secondo nome, ma per Tor avrei dovuto chiamarmi così, non Mattias. Loke, colui che conduce alla fine del mondo.»

Vincent guardò di nuovo le cataste di borsoni sportivi.

Mina ferma l'auto della polizia davanti alla grande villa di Djursholm.

«Cavoli, e adesso come entriamo?» mormora Christer di fianco a lei. «Quel cancello sembra molto più robusto della nostra macchina.»

Stavolta ha insistito per venire anche lui. Sul muro ci sono un citofono e una telecamera. Mina dubita che Tor li farà entrare, ma magari, con un po' di fortuna... In fondo non sa perché sono venuti. Non hanno scelta: devono provarci. Adam e Ruben si sono assunti il compito di coordinare le ricerche di Niklas, Vincent e Loke in metropolitana, mentre lei, Julia e Christer sono venuti a prelevare Tor.

Mina scende dalla macchina e preme il pulsante. Dopo qualche secondo si sente un crepitio.

«*Yes?*»

«Polizia. Siamo qui per vedere Tor Svensson.»

«*Sorry, mister Svensson not here right now*» dice la voce femminile. «*I just clean house.*»

«*We are from the police*» ripete Mina in inglese. «*Could you please let us in?*»

Al citofono scende il silenzio, ma subito dopo si sente uno scatto e il cancello comincia ad aprirsi verso l'interno. Mina risale in macchina e Christer la guarda con tanto d'occhi.

«Sei una tipa fortunata» dice.

«Tutta abilità» risponde lei.

Poi parcheggia e scende insieme a Christer e Julia, che sale gli scalini e suona il campanello. Ad aprire è una donna con lunghi capelli neri.

«*Please, come in*» dice, guardandoli un po' incerta. «*But I don't know when mister Svensson will be back. And I am just leaving.*»

«*I'm sorry*» risponde Julia mostrando il distintivo, «*but we need to search the house.* Dobbiamo perquisire la casa.»

«*I don't know...*» balbetta la donna, esitante. «*I just cleaned.*»

«Ci togliamo le scarpe» dice Christer, ed entra passandole accanto.

«Ero sul ponte.»

Nel sentire qualcuno parlare di punto in bianco, Vincent trasalisce. È Niklas. Ha una voce secca e fievole. Raccoglie la saliva e deglutisce. Poi riprende.

«Ero sul Västerbro, una fredda giornata d'autunno, quando è arrivato un ragazzino. Aveva un che di particolare, o forse era la sua innocenza... Fatto sta che gli ho detto per quale motivo ero lì e che intendevo farla finita. Ancora oggi non so perché mi sono messo a parlare con lui. Probabilmente volevo guadagnare tempo in vista di quel salto definitivo. Quando ho finito di raccontare tutto, mi ha offerto una soluzione. Un accordo. Se avessi rimandato la mia morte di alcuni anni avrebbe risolto i miei problemi. Dato che ormai avevo deciso di suicidarmi, tanto valeva che provassi a vivere per davvero, prima.»

«Eri tu?» domanda Vincent a Loke, e lui annuisce.

«All'inizio mi è sembrato ridicolo» continua Niklas. «Cosa poteva fare un ragazzino per risolvere i miei problemi? Lui però ha chiamato qualcuno al telefono e mi ha fatto parlare con un adulto che mi ha assicurato che l'accordo era vero: se avessi concesso loro almeno dieci anni, i miei problemi sarebbero svaniti. Ero curioso: sembrava una follia tale che proprio per questo mi ha dato la sensazione di essere una possibilità reale. E in fondo non avevo niente da perdere, considerato cosa stavo per fare. Così ho accettato. Se si fosse rivelato un bluff, avrei sempre potuto buttarmi dal ponte il giorno dopo. Invece non lo era: hanno mantenuto la promessa e tutti i miei problemi si sono risolti.»

«Perché proprio vent'anni?» chiede Vincent a Loke.

«Non c'era una regola precisa» risponde Loke alzando le spalle. «Per Niklas venti, per Marcus diciassette. È stato lui l'ultimo che abbiamo trovato sul ponte, ma il primo che abbiamo tumulato nelle gallerie. Sia Erika che Jon hanno avuto diciott'anni a disposizione. L'importante non era il tempo, ma che fossero arrivati all'apice dei loro sogni. Avevano già scelto di farla finita, appunto. Avevano tutti optato per la via d'uscita più facile e respinto il dono della vita, gettandolo via. E noi volevamo essere sicuri che si rendessero conto davvero di cosa avevano deciso di perdere, facendo vivere loro, prima, tutto quello che avrebbero potuto avere. E questo vale anche per Niklas.»

«E io ho moltissimo da perdere» dice Niklas sottovoce.

Il cane antibomba, un labrador che risponde al nome Radar, precede Ruben nel tunnel. T-Centralen è su tre livelli, quattro se si conta anche quello del treno suburbano, con varie uscite a ogni piano, il che significa quattordici imbocchi di tunnel da perlustrare, senza considerare le vie di fuga e i locali riservati al personale. Il capo della polizia ha chiamato a raccolta tutti i rinforzi che era possibile mobilitare con scarso preavviso e i cani del reparto artificieri, ma le ricerche procedono a rilento. Decisamente troppo a rilento.

I tecnici hanno suggerito di far perlustrare i tunnel dai robot, ma questo non aiuterebbe a trovare Loke e Vincent, e nemmeno Niklas. Bisogna farlo di persona, solo che i poliziotti sono sparsi su una superficie molto grande e il tempo scarseggia. Se non altro, avendo una formazione da conduttore cinofilo, Ruben può muoversi con un cane per conto proprio.

La galleria è silenziosa in modo quasi innaturale, in confronto al caos in superficie. T-Centralen è collegata alla stazione centrale di Stoccolma e un giorno sì e l'altro pure arrivano soffiate su bombe piazzate qui e là, ma sono praticamente tutte false. Questa, invece, è da prendere sul serio, e la premier ha mantenuto le promesse sulle risorse da mettere a disposizione. Il coordinamento tra Säpo, polizia, servizio di sicurezza dell'Sl e ferrovie dello stato è stato messo in piedi a tempo di record, ma la decisione di chiudere T-Centralen, bloccando il traffico della metropolitana nella città intera dato che ci passano tutte le linee, non è stata gradita. Come se non bastasse, sono stati costretti a fermare i treni a lunga e breve percorrenza in partenza e in arrivo alla stazione, compreso l'Arlanda Express che normalmente sfreccia avanti e indietro dall'aeroporto con il suo carico di turisti. Il nodo centrale della città, anzi, in un certo senso dell'intero paese, è bloccato e va evacuato. Tutti gli agenti disponibili sono stati convocati per dare una mano, e il Noa contribuisce con la sorveglianza degli elicotteri e con gli artificieri.

Ruben sospetta che in quel momento centinaia di persone, se non migliaia, stiano urlando indignate contro i suoi colleghi che bloccano l'accesso alla stazione.

La squadra d'intervento speciale sta perlustrando i tunnel insieme al gruppo di Julia e Ruben si chiede se presto troveranno qualcosa, perché la chiusura totale della stazione è insostenibile, alla lunga. Oltretutto, i tempi sono stretti: quando scadrà il conto alla rovescia di Niklas, Loke farà sicuramente detonare la bomba di Tor. E sarà l'inferno.

«*Just close the door after you*» dice la colf di Tor, e poi scende veloce le scale, come se di colpo avesse fretta.

Mina la guarda andare verso il cancello, dopodiché segue Christer dentro casa. L'atrio è grande almeno quanto tutto il suo appartamento. Dal soffitto pende un imponente lampadario di cristallo.

«Tor!» chiama Julia. «Polizia!»

«Pensi che sia in casa?» chiede Mina.

Julia annuisce.

«Non credo che la colf dicesse la verità. Era molto agitata.»

Sfodera l'arma e la tiene puntata a terra. Christer e Mina seguono il suo esempio.

«Io mi metto qui, nel caso ci fosse davvero e tentasse di battersela» dice Christer piazzandosi davanti alla porta d'ingresso.

Mina lo guarda sorpresa. Non l'ha mai visto tanto motivato, ma le piace: il poliziotto ingrigito che blocca l'uscita non è uno con cui scherzare.

Lei e Julia si addentrano nella villa. Una scala le conduce al piano superiore, dove ci sono uno studio e due camere con bagno privato, una per Loke e una per Tor, ma lui non è lì. Tornano giù.

«Visto qualcosa?» chiede Julia a Christer, che scuote la testa.

Al piano terra c'è una sala da pranzo quasi completamente occupata da un enorme tavolo in noce. Ci sono anche un soggiorno, con il camino e un pianoforte a coda, e una cucina, le cui dimensioni rivelano che probabilmente ci lavora del personale esterno, ma Tor non è nemmeno lì. Eppure Mina è d'accordo con Julia. L'impressione è che non siano soli in casa.

«Via via che passava il tempo pensavo sempre meno all'accordo» dice Niklas. «Le cose si erano messe bene, per me. Ho scelto di dimenticare che dietro le quinte qualcuno tirava i fili.»

Vincent sente la polvere solleticargli il naso e se lo chiude con le dita. Anche se non pensa che uno starnuto possa far detonare la bomba, non ne è sicuro.

«Scusa, ma quando hai cominciato a lavorare con Tor non hai riconosciuto la sua voce?» chiede.

«No, come avrei potuto? È entrato nella mia vita molti anni dopo quell'episodio sul ponte. Chi si ricorda una voce?»

«Faust» dice Vincent. «Eri Faust.»

Le tessere cominciano lentamente ad andare al loro posto.

«Sì» risponde Niklas a voce bassa. «Ho venduto l'anima al diavolo.»

«Non è affatto così!» esclama Loke con voce stridula e rabbiosa. «Tor non è il diavolo. Al contrario, vi abbiamo fatto un favore!»

«In che senso "vi"?» chiede Vincent.

«Anche a Erika, Jon, Marcus... Valeva per ciascuno di loro» dice Loke. «Li ho trovati sul ponte, uno dopo l'altro, pronti a gettare tutto al vento. E invece hanno potuto vivere molti altri anni, realizzando i propri sogni. Era un dono! Tu, Niklas, avevi scelto di mettere fine alla tua vita in quel momento. Questo non è cambiato. Io e Tor abbiamo solo fatto in modo che apprezzassi davvero la vita a cui stavi rinunciando. Se adesso non vuoi più farlo non è un problema nostro: l'accordo è ancora in vigore. Tu hai deciso di morire già quando eri là sul ponte.»

Ruben non si è mai reso conto prima d'ora di quanto sia vulnerabile Stoccolma, ma l'isolamento di T-Centralen influenza l'intera struttura della città. Basta mettere fuori uso il posto giusto per paralizzare una metropoli da milioni di abitanti. Tor sa quello che fa.

La radio ricetrasmittente alla cintura emette un crepitio.
«Abbiamo perlustrato la linea blu verso nord fino a dove si arriva» dice Adam. «Niente nemmeno qui, come in direzione sud.»
Ruben fa passare il fascio di luce della torcia sulle pareti della galleria. L'antico istinto di poliziotto, di cui ha imparato a fidarsi, gli suggerisce che qualcosa non va. Ormai avrebbero dovuto trovarli. Le lancette corrono. Cosa c'era scritto nel messaggio ricevuto da Vincent?
Trova il quarto prima che scada il tempo.
Non lo aiuta a capire.
Continua lungo la linea verde in direzione sud e si trova in uno spazio aperto piuttosto grande di fianco ai binari, forse un deposito di materiale per le riparazioni. Di colpo Radar abbaia, si ferma e contrae i muscoli.
«Che c'è, piccolo?» chiede Ruben sganciando il microfono della ricetrasmittente. «Fiutato qualcosa?»
Attiva la radio.
«Possibili tracce di esplosivo» dice nel microfono. «Allerta generale.»
Il labrador sembra riflettere. Poi si rilassa e ricomincia a camminare.
«Falso allarme» si corregge Ruben deluso, riagganciando il microfono. «A quanto pare non sono nemmeno qui. Non capisco. I posti in cui nascondersi non sono poi così tanti.»

«Salgo di nuovo» dice Julia. «Giusto per controllare che non ci siamo lasciate sfuggire qualche armadio o altro del genere. Non che Tor mi sembri uno da nascondersi in un armadio, ma non si sa mai.»
«Io intanto do un'altra occhiata qui sotto» risponde Mina.
Sia il soggiorno che la sala da pranzo sono abbastanza aperti da permetterle di vedere subito che non è lì, a meno che non sia dietro le tende, ma non è così.

La cucina è arredata come quella di un ristorante, con piano di lavoro laterale e un'isola con fornelli a gas al centro. Ci sono due porte chiuse. Le ha già aperte una volta, ma lo fa di nuovo.

La prima conduce a una dispensa così grande che ci si può entrare, la seconda a un locale simile in cui è conservato il vino. Gli alti scaffali a parete sono carichi di bottiglie, ciascuna delle quali probabilmente costa più del suo stipendio mensile.

Sta per richiudere la porta quando si accorge di un dettaglio: uno degli scaffali, quello a sinistra, è su rotelle, il che è strano, se si considera che lo stanzino è piuttosto piccolo. Mina rinfodera l'arma e tira verso di sé lo scaffale, che scivola senza attrito di un metro e mette a nudo un'apertura: in pratica, la parete di fondo dello scaffale funge da porta. Un intenso odore di aceto le arriva alle narici.

«Mina, noi usciamo a controllare l'esterno» le grida Julia dall'atrio.

«Arrivo» risponde lei sbirciando nella stanza oltre lo scaffale. «Devo solo verificare una cosa.»

«Fammi indovinare» dice Vincent. «Non sei mai nemmeno stato aggredito al centro di medicina forense. La tua assenza improvvisa era solo dovuta al fatto che dovevi arrivare prima di Mina e Nathalie a casa di Walther Stockenberg per prelevare Niklas che si era nascosto lì.»

Loke annuisce nel buio.

«Abbiamo dovuto improvvisare» ammette. «Tor mi ha chiamato ancora prima che Mina e Nathalie fossero entrate in ascensore dopo essere state da lui. Non poteva andarci di persona perché avrebbe destato sospetti. Io non sono riuscito a inventarmi una buona scusa e sono stato costretto a sparire per qualche ora. Per fortuna aveva chiesto a Mina di fare una deviazione. C'è mancato un pelo, comunque: le ho incrociate mentre andavo via. A posteriori, non era un gran piano. In ogni caso, quando sono andato al pronto soccorso per crearmi un alibi mi hanno creduto. Ovviamente avevo dovuto procurarmi un po' di lesioni. E in questo modo abbiamo risolto anche un altro problema: c'è voluto quasi un giorno intero in più prima che riceveste le informazioni sul dna.»

«E Walther?» chiede Vincent. «Hai detto che offrite alle persone la possibilità di decidere. Sicuro che lui fosse dell'idea di morire? Avevate sottoscritto un accordo? E tutte le persone che ci lasceranno la pelle quando esploderà quella bomba hanno potuto sceglierlo?»

«Quello... è il prezzo da pagare per fare giustizia» risponde Loke, ma Vincent percepisce nella voce un'ombra di dubbio.

Sospetta che quelle che gli escono di bocca non siano più parole sue, ma di Tor. Quindi deve cercare di capire la sua logica, le sue motivazioni. Loke era il giovane discepolo da plasmare. E forse era cominciato tutto proprio come aveva raccontato lui: l'intento era mostrare a chi si era già arreso cos'aveva da offrire la vita, e metterlo in riga.

Nel corso degli anni, però, i piani di Tor sono cambiati, diventando qualcosa di più, e le pile di borsoni neri lungo le pareti lo testimoniano. Dal sostenere il nipote è passato a sfruttarlo e ora, nel tunnel, Loke sembra finalmente accorgersene, anche se è probabile che non lo riconosca. Ma è su quel punto che deve far leva Vincent, se non vuole lasciarsi scappare l'unica chance che ha per uscire di lì.

Ruben sta per arrendersi e tornare sui suoi passi quando vede una porta metallica in un cunicolo a sinistra. La illumina con la torcia. La serratura è forzata e il battente è accostato. Se Loke e Vincent si trovano da qualche parte nelle gallerie sotterranee, devono essere per forza lì. Non ci sono alternative.

Sguaina l'arma e nello stesso istante prende il collare di

Radar per evitare che lo tradisca abbaiando. Si avvicina il più silenziosamente possibile. Dal lato opposto della porta non arrivano rumori, ma non è detto che significhi qualcosa. Si prende un secondo per concentrarsi e poi la apre con il piede, tenendosi a distanza dalla soglia.

Non succede niente.

Si accuccia per ridurre al minimo la superficie esposta alle pallottole, se Loke dovesse essere armato, ed entra. Il fascio di luce rivela un ripostiglio, deserto a parte dei materassi a terra e una fila di bottiglie di vodka vuote. Probabilmente posti letto per qualche amico di quella Vivian. Di Vincent, Niklas e Loke nemmeno l'ombra.

Niente bomba.

Trova il quarto prima che scada il tempo.

Prima che il tempo...

Ruben si blocca in mezzo al ripostiglio.

Prima che scada il tempo.

Non è possibile. Oppure sì? Vincent non ha risolto il rompicapo nel modo corretto. Il Maestro Mentalista ha sbagliato ragionamento.

Il locale dietro lo scaffale dei vini è grande quanto l'intera cucina e sembra quasi abbia la stessa funzione, eppure non del tutto. A differenza di quella, è completamente piastrellato. Lungo due pareti ci sono banchi di lavoro e piastre elettriche su cui sono appoggiati grandi recipienti in acciaio inossidabile che emanano un forte odore d'aceto.

Sulla parete di fondo Mina vede due porte di metallo che le fanno venire in mente delle celle frigorifere. Entra e avvicinandosi nota che in alcuni punti le fughe tra le piastrelle bianche sono punteggiate di macchie color ruggine. Ricorda un po' la terra d'ombra che le ha regalato Vincent. Passa una mano sulla ceramica ma la allontana di scatto rendendosi conto di cosa dev'essere: sangue. Sono macchie di sangue.

Gira su se stessa e guarda di nuovo i recipienti. È qui che Loke e Tor hanno messo a bollire i corpi, ovviamente dopo averli fatti a pezzi. Da cui il sangue. Il suo cellulare squilla, facendole fare un salto. Quando lo estrae dalla tasca vede un numero che non riconosce.

«Mina Dabiri, polizia» risponde.

«Buongiorno, sono Sebastian Bagge e in realtà sto cercando Vincent Walder ma non riesco a raggiungerlo, e quando ci siamo visti mi ha lasciato il suo numero, quindi...»

«Bagge?» lo interrompe Mina. «L'entomologo?»

«Esatto» risponde lui compiaciuto. «Volevo solo sapere come sta andando con la faccenda dei dermestidi.»

«Al momento Vincent... non è qui» risponde Mina. «Comunque, per quanto riguarda gli insetti, abbiamo saputo che a quanto pare se ne possono ottenere a migliaia dal Museo nazionale di storia naturale.»

«Ah, davvero? In genere ne danno via una manciata al massimo, e poi bisogna lasciarli riprodurre. Ci vuole un po' per avere una vera e propria colonia.»

In quel momento Mina vede quello che c'è in un angolo, di fianco al secondo banco di lavoro: una specie di vasca da bagno apparentemente piena di terra.

No, per favore...

«Pronto?» dice Sebastian Bagge dal telefono nella sua mano.

Mina chiude la chiamata e si avvicina. Ha l'impressione che la terra si muova verso le pareti di vetro. Quando è proprio di fianco, si rende conto che si tratta di tutt'altro: il brulichio scuro è provocato da insettini nerobruni lunghi un centimetro scarso. Sono grassi, oleosi e numerosissimi, tanto che riempiono il terrario quasi fino all'orlo. L'unica cosa che impedisce loro di uscire è un coperchio di vetro.

Mina si tappa la bocca con la mano per non vomitare.

«In che senso, il prezzo da pagare per fare giustizia?» chiede Vincent, correndo il rischio di mettere in discussione quanto detto da Loke. «In che modo questa bomba farebbe giustizia?»

«Mio nonno sapeva cos'era giusto» risponde Loke a voce alta, come se volesse convincere le pareti di quello che sta dicendo. «È stato giudicato duramente dalla storia, ma in realtà nessuno ha capito i suoi obiettivi. La Germania aveva bisogno di una terapia d'urto. Certo, è stato versato del sangue, anche di innocenti, ma il cambiamento ha un prezzo. Tor ci vede chiaro, mentre gli altri hanno una visione torbida e limitata. Sa che l'ordine scaturisce dal caos. Gli innocenti che moriranno si sacrificheranno per qualcosa di meglio. E in fondo cosa c'è di più bello? Oltretutto nessuno è davvero innocente, meno di tutti uno come Walther, che era un simbolo del vecchio, del marcio.»

«Queste non sono parole tue, ma di Tor» osserva Vincent. «Tu, Loke, sai dare valore alla vita. Di tutti. Ecco perché hai fatto tutto questo: hai aiutato delle persone che avevano problemi psichici, per ricordare loro il dono prezioso della vita quando lo avevano dimenticato. L'hai detto tu stesso. Invece ora parli di sacrificare degli innocenti come se non avessero valore. Non c'è più differenza tra te e quelli a cui vuoi dare una lezione. Ricordati chi sei.»

Loke distoglie lo sguardo. Apre e chiude la bocca più volte, ma d'un tratto è Niklas a parlare.

«Cosa ti ha detto Tor, quando ti ha chiesto di venire a prelevarmi?» sibila. «Che mio padre doveva morire perché era marcio? No, guarda, Walther Stockenberg si batteva per la giustizia. Lo sapevano tutti. E tu per cosa ti batti?»

L'apatia di poco prima è sparita. Loke guarda dall'altra parte, ma Vincent ha il tempo di vedergli scorrere le lacrime sulle guance nella penombra.

«Dato che sei quello che sei» dice Loke alla fine, «il tuo sacrificio è più importante degli altri. Sei ancora di più un simbolo di quello che non va nella vecchia società, considerando la funzione che rivesti. Mio padre, il re, non sarebbe finito quaggiù nelle gallerie, se la società avesse fatto il proprio dovere. Non sarebbe morto. Invece hai fallito, e così quando il vecchio mondo andrà a fuoco morirai qui.»

Trova il quarto prima che scada il tempo.

Ruben si rende conto che probabilmente il messaggio non si riferisce al tempo di Niklas, come pensava Vincent. Era allegato alle clessidre, quindi il rimando è al tempo nella clessidra in sé, quello che secondo Vincent indicava T-Centralen come il luogo in cui si sarebbe trovato Niklas. Ma il messaggio diceva che dovevano trovare il quarto *prima* che scadesse il tempo. Non è un'indicazione temporale, è un posto.

Niklas è nella stazione *prima* che scada il tempo. Quella *prima* di T-Centralen. Secondo le informazioni ricevute sulla vecchia linea sedici temporanea, corrispondeva a Hötorget.

Vincent non ha colto.

Lui, Ruben, ha capito quello che il famoso mentalista si è lasciato scappare. Ah! Fa l'occhiolino a Radar, che lo guarda interrogativo con la lingua penzoloni, e poi sgancia il microfono. Deve controllarsi per non mettersi a gridare.

«Siamo nel posto sbagliato» dice con impeto. «Si trovano nella stazione prima, Hötorget. Dobbiamo andarci immediatamente.»

Hötorget, che non è stata evacuata né sottoterra né in superficie. Quando si rende conto di cosa comporta, Ruben si sente gelare. Sopra la stazione della metropolitana c'è la vera e propria piazza, attraversata da centinaia di persone. Poi Konserthuset, con oltre settecento posti, dove sicuramente si starà svolgendo qualche concerto natalizio. I clienti dei caffè e dei negozi sotterranei sono altre centinaia, per non parlare di tutti gli edifici intorno.

Fa un rapido calcolo: se la bomba di Tor esplode, perderanno la vita almeno tremila persone, compresi Niklas e Vincent.

Ruben tira fuori il cellulare e va sull'app dell'orologio, che mostra impietosa il conto alla rovescia. Tutto il gruppo della polizia sparso nelle gallerie ha impostato il timer sulla base del detestabile messaggio sulla segreteria telefonica per tenere d'occhio il tempo che resta a Niklas prima che Loke faccia esplodere la bomba.

Lo schermo mostra diciassette minuti e quarantadue secondi. Non ce la faranno.

«So che sei lì dentro.»

La voce di Tor le arriva dalla cucina.

«E... vedo che hai trovato anche il laboratorio di Loke.»

Mina trattiene il fiato. Deve nascondersi. Lui non è ancora entrato, non l'ha vista. Le celle frigorifere. Si avvicina in punta di piedi e prova ad aprire le porte di metallo, ma sono chiuse a chiave.

«Peccato» continua Tor, ora più vicino. «Senza quel locale non avreste avuto vere prove. Il processo sarebbe durato anni e probabilmente vi avrebbero licenziati tutti. Invece lì possono esserci delle tracce di dna. E non va bene.»

Deve avere la meglio su di lui. Probabilmente avrà una sola possibilità. Il problema è che non c'è modo di coglierlo di sorpresa.

«Quindi ti toccherà la sorte della poliziotta scomparsa» prosegue Tor dalla cucina. «I tuoi amici sono fuori in giardino e ci metteranno qualche minuto a chiedersi dove sei finita e a tornare indietro. E a me basterà.»

Dalla cucina si sente un rumore metallico. Qualcosa di pesante viene sollevato.

«A proposito di minuti, ormai a Niklas non ne restano molti» dice Tor. «Non voglio rovinarti la sorpresa, ma se il vento spira nella direzione giusta forse potremo sentire il botto fino a qui, da un momento all'altro. E dopo, finalmente, si aprirà la strada a un nuovo ordine. Aveva ragione nonno Harald: non possiamo continuare a farci scrupoli come succede in questo paese. Le pecore devono essere guidate, e i deboli vanno scartati. Lo stesso vale per quelli che danno tutto per scontato e si lagnano della società senza muovere un dito, ma non hanno mai dedicato un secondo a pensare a quanto sono privilegiati. Dopo Harald, sono l'unico capace di tenere la schiena diritta e vedere gli smidollati per quello che sono. Lo sai cosa si prova a dover lavorare con loro, sorridere e fingere che le opinioni di quelle piaghe contino qualcosa? Sono dei parassiti e io li odio. Li ucciderò tutti e poi costruirò un mondo di fieri vichinghi, come doveva essere fin dal principio. E voi mi ringrazierete.»

Nella stanza l'aria è pesante e Mina soffoca qualche colpo di tosse nell'incavo del gomito, pregando che Tor non la senta.

«Tu no, naturalmente» continua lui. «Avrai l'onore di diventare un mistero di cui si parlerà per anni: l'ex moglie del ministro rapito che ha avuto un crollo psichico ed è scomparsa nel nulla nel pieno delle indagini. Certo, ti cercheranno, ma la stanza in cui sei non la troveranno. Quando lo scaffale è chiuso a dovere, rimane sigillata. E su di me non ricadranno sospetti, perché non sono qui, come hanno già constatato i tuoi colleghi. Maledetta prolunga!»

In cucina viene avviato un motore pulsante. Dal rumore sembra una sega. Mina tossisce di nuovo nell'incavo del gomito. L'aria ha qualcosa che non va.

«Mi piacerebbe bollire le tue ossa, dopo, come fa Loke» dice Tor a voce alta per sovrastare il fracasso, «ma temo non ce ne sarà il tempo. Dovrò accontentarmi di farti a pezzi.»

È chiaramente pazzo. Mina estrae piano l'arma, cercando di non farsi sentire. Nella peggiore delle ipotesi dovrà spararargli.

«Arrivo subito» dice lui. «Questa sega è solo un po' ingombrante e la stupida prolunga mi si arrotola intorno alle caviglie. A proposito, non hai notato il sibilo che si sente da un po'? Se guardi giù vedi il tubo che spunta nella stanza. È il gas della cucina. Ho acceso anche la ventola, quindi ormai dovrebbe aver quasi riempito il laboratorio.»

Lei tossisce una terza volta e si rende conto di non aver sentito l'odore di gas a causa di quello di aceto dei recipienti.

«Do per scontato che tu sia armata» dice Tor, ma penso che faresti bene a pensarci due volte prima di sparare. Ne verrebbe fuori una bella esplosione. Cosa direbbe tua figlia se sacrificassi la tua vita per togliere di mezzo me?»

Ha ragione. La pistola è inutilizzabile. Mina si guarda intorno, nel panico. Non c'è nessun posto dove nascondersi. Le porte delle celle frigorifere sono chiuse a chiave, i recipienti sulle piastre troppo piccoli.

Il terrario.

No.

Qualunque cosa ma non quella.

Morirà.

Loke li guarda in silenzio. Alla luce del cellulare, Vincent vede le lacrime scorrergli sempre più copiose sulle guance.

«So cos'ho fatto» singhiozza. «Sono anch'io parte del problema, e di conseguenza brucerò con voi.»

Vincent si mette ad applaudire, ironico. Loke è vulnerabile, adesso, e per quanto gli ripugni è necessario schiacciarlo ancora per poterlo tirare dalla sua parte.

«Grandioso» dice, nel tono più sarcastico che riesce a sfoderare. «Tor sarà molto soddisfatto del suo piccolo uomo-bomba. Lui non deve nemmeno alzare un dito. Scommetto che se ne sta a casa a guardarsi Netflix e non ti dedica nemmeno un pensiero, mentre tu stai per morire per lui.»

«No, no» balbetta Loke. «Non è così. Tor uscirà dall'ombra e guiderà il paese in una nuova direzione, una direzione migliore. Ha detto che il nostro tornerà a essere un paese di cui andare fieri, come per i vichinghi. Allora la vita aveva importanza. Se ne renderanno conto tutti. Tor mi ha promesso... Farà in modo che io venga ricordato come colui che l'ha reso possibile.»

«Bastardo» mormora Niklas, asciugandosi gli occhi con la manica. «Bastardo.»

Fa per alzarsi, ma Vincent lo trattiene pacatamente e lo induce a risedersi.

«Certo che verrai ricordato» dice, «ma non come pensi. Il piano di Tor può funzionare solo se tu sei un orribile terrorista dai cui simili lui deve proteggere il paese. Brucerà sul rogo la tua memoria. Sarai odiato per sempre e il tuo nome finirà nel fango. Tor si assicurerà che le cose vadano così.»

Vede che Loke prende lentamente coscienza della realtà. Sguardi veloci verso le cataste di borsoni, poi verso l'orologio, infine verso Vincent. Il panico nei suoi occhi è evidente. Ora o mai più.

«Non deve succedere per forza» dice Vincent, lento e chiaro. «Aiutaci a salvare tutte quelle persone lassù. Tu sei mio amico, sei il principe. Non meriti questo. Puoi diventare un eroe, al posto di Tor.»

Loke non risponde, ma Vincent vede che il panico cede il posto a una fredda calma.

Ha scelto quale strada prendere.

«Forse è come dici tu» risponde. «Tor potrebbe avere piani diversi dai miei e non avermi detto tutta la verità, ma mi ha anche aiutato. Non ho scelta. Si è preso cura di me e mi ha salvato. Ha salvato il principe. Gli sono debitore. Può fare quello che vuole della mia vita. Mio padre sarebbe d'accordo.»

Vincent abbassa le spalle. Non ha funzionato. Non c'è più niente da fare. Un lurido locale di cemento sottoterra tra poco diventerà la sua tomba. Con il sangue di innocenti che filtra da sopra.

«Quanto manca?» chiede sottovoce.

Loke non risponde.

Vincent chiude gli occhi e si vede davanti la sua famiglia. Poi, Mina. Vorrebbe averla toccata un'ultima volta.

Mina non può restare ferma dov'è. Deve fare qualcosa. Corre al terrario nell'angolo e nello stesso tempo prende tre salviette umidificate dal pacchetto in tasca. Due se le arrotola nelle orecchie, l'altra la divide in due e se la infila nelle narici. Poi scosta il coperchio e scavalca l'alta parete di vetro. Il calore tropicale la investe. Se si muove rapidamente, non avrà il tempo di riflettere su quello che sta facendo.

Quando entra, i dermestidi sono all'altezza delle cosce. Si spostano verso di lei, muovendosi a ondate verso le sue gambe. Si siede in modo che le arrivino appena sopra il seno e gli insetti accorrono eccitati.

«Eccomi!» grida Tor.

Mina stringe gli occhi e dentro urla in silenzio, poi si inclina all'indietro nel terrario finché i dermestidi non la coprono interamente. Qualcosa va in pezzi nella sua testa mentre continua a sprofondare nel mare di insetti. Può solo sperare che le salviette tengano, altrimenti entro pochi minuti ne avrà centinaia dentro le orecchie e il naso.

Attraverso le salviette e il muro compatto di insetti sente il rumore pulsante della sega. Tor è entrato e sta correndo in giro per la stanza.

«Dove sei?» grida rabbioso.

Le ciglia hanno un fremito. I dermestidi cercano di infilarsi sotto le palpebre.

Lei le stringe più forte.

«Ti sei nascosta nella cella frigorifera? No?»

La salvietta inserita in una narice fuoriesce e qualcosa comincia a risalirle dentro il naso. Il cervello sta per andarle in tilt. È troppo. Non ce la farà. Gli insetti le si sono insinuati sotto la maglia e le strisciano sulla pelle. Le solleticano anche le labbra.

Le riesce sempre più difficile ragionare lucidamente: ormai è in preda a un panico puro e inarrestabile che le sta bloccando tutti i meccanismi di difesa e tutta la volontà di sopravvivere. Il terrore è troppo grande. Vuole solo morire, arrendersi, lasciarsi scivolare in una fuga misericordiosa da quegli esserini crepitanti, striscianti e orribili che le ricoprono il corpo. Li sente risalire sulle gambe, dentro i pantaloni. Morire. Vuole morire.

Poi vede Nathalie, nitida come se ce l'avesse davanti. Sprazzi di immagini, come in una serie di vecchie diapositive. Nathalie neonata. Rossa, sporca e urlante. I suoi primi passi, incerti e con le manine in fuori per tenersi in equilibrio e arrivare da lei.

La figlia tra le braccia di Niklas e lo sguardo ferito e accusatore di lui. Cambio di immagine. Vede il giorno in cui ha lasciato Nathalie, tutta presa a giocare con i suoi cavallini colorati. Il suo ciao con la manina, ignara del fatto che sua madre la sta abbandonando per sempre.

Mina fa scorrere rapidamente le diapositive: sono troppo dolorose. Nathalie com'è ora, adolescente. Bellissima. A casa, sul suo divano. In cucina, mentre costruiscono insieme la casa di pan di zenzero coperta di lenti di cioccolato disposte in file non troppo diritte. Il sorriso. Lo sguardo che incrocia il suo. Per un brevissimo attimo vede Vincent. A casa. Con lei. Vincent e Nathalie.

Mina si costringe a fare un respiro profondo. Gli odiosi dermestidi le strisciano sulle cosce, sulla schiena, sulla pancia. Attraverso le salviette nelle orecchie sente ancora il fruscio delle loro zampine. Vogliono entrare. Cercano di penetrare da ogni lato le sue difese, di oltrepassare le protezioni.

Non può arrendersi. Non può cedere alla morte. Le servono altre immagini, altri ricordi di Nathalie da conservare. E di Vincent. Si concentra sulla respirazione, come le ha insegnato lui. Dentro. Fuori.

Non sa dove si trova Tor.

È sepolta viva.

Sepolta in un bozzolo vivo.

Ma *è* un bozzolo.

E un bozzolo protegge.

Di colpo si rende conto di stringere ancora in mano la pistola. Cerca di orientarla verso Tor. Sa che si è fermato perché non lo sente più, e anche la sega è spenta, ora.

«Mmh... Pensavo che fossi davvero qui dentro» dice perplesso. «Strano.»

La voce le arriva sorda, distante, ma le basta per prendere le misure.

Deve funzionare. Non ha scelta. Punta la pistola e preme il grilletto alla cieca.

Il gelo gli penetra nelle ossa, fino al midollo. Di fianco a lui, Niklas singhiozza piano, quasi impercettibilmente. Loke guarda l'orologio.

«È ora» dice.

Si asciuga gli occhi ed estrae qualcosa dalla tasca. Somiglia a un portachiavi: un rettangolo di plastica nera con alcuni pulsanti. Vincent lo riconosce. Ne ha uno uguale anche lui: è un telecomando per il portone del garage. Immagina che la centralina ricevente sia all'interno di uno dei borsoni. Si contrae: una leggera pressione su quell'affarino nero e Hötorget si trasformerà in un cratere.

D'un tratto Loke si ferma, come se tendesse l'orecchio.

All'inizio Vincent non sente niente, ma un attimo dopo distingue debolmente una voce femminile. Mina? No, è qualcun altro. Sta chiamando il principe.

«Vivian?» dice Loke. «Cosa ci fa qui? Dovevano tenersi alla larga.»

Si alza e fa cenno a tutti e due con la pistola.

«Non provate a muovervi. C'è una sola via d'uscita e ci sarò io a bloccarla. Con questo.»

Agita il telecomando che ha nell'altra mano.

«Il segnale è abbastanza potente da raggiungere contemporaneamente tutti i detonatori nei borsoni, e io ci terrò sopra il dito tutto il tempo.»

Li guarda con aria di sfida e poi arretra, sempre con la pistola puntata su di loro. Gira la chiave e spinge lentamente la porta, che si apre verso l'esterno, a destra. La luce tenue del tunnel penetra nella stanza buia, ed è un sollievo.

«Principe?»

La voce viene dal lato sinistro rispetto alla soglia. Loke si gira da quella parte mentre continua a premere con la schiena la porta verso destra, ma di colpo il battente si spalanca del tutto e lui cade. Vincent si alza e nello stesso tempo vede una grande mano allungarsi da dietro la porta e sfilare la pistola dalle dita di Loke. È quella di Johnny. Corre fuori e trova Loke steso supino a terra.

«Prendigli quello!» grida indicando il telecomando. «Fa esplodere la bomba!»

«La bomba?» esclama Johnny e, atterrito, pesta il polso a Loke, che urla di dolore e spalanca le dita di riflesso. Vincent prende la mira con il piede e scalcia via il telecomando.

«Perché?» geme Loke. «Cosa fate?»

Vincent si china e raccoglie cauto il rettangolo di plastica nera. Apre lo sportellino della batteria sul retro e la estrae in modo che non possa più inviare segnali. Poi lo mette a terra e lo schiaccia con il tacco. Solo in quel momento si rende conto che sta trattenendo il respiro da quando Loke lo ha tirato fuori dalla tasca.

Il vetro intorno a Mina viene mandato in frantumi dalla pallottola e finisce a terra cedendo sotto l'ondata di dermestidi. Lei trattiene il respiro, preparata a quello che seguirà, ma la tempesta di fuoco non arriva. Gli insetti coprivano a sufficienza la bocca della pistola perché la breve esplosione non raggiungesse il gas facendolo esplodere.

Gli insetti dilagano sul pavimento. Accanto a lei c'è una sega elettrica da macellaio e, in una pozza di sangue, Tor. La massa di dermestidi l'ha già avvolto per metà e si muove avida sul corpo. Lui si tiene una mano sul petto, gemendo piano.

«Johnny, dammi la pistola» disse l'uomo che a Vincent sembrava di ricordare si chiamasse Kjelle.

Avanzò di un passo nella luce fioca fuori dalla porta e tese la mano. Il ragazzone fece un sorriso e gli consegnò l'arma, poi si girò verso Loke e lo aiutò a rimettersi in piedi. Vincent tornò dentro, prese Niklas sottobraccio e lo accompagnò lentamente fuori.

Loke, le braccia penzoloni lungo i fianchi, stava fissando Vivian.

«Perché l'avete fatto?» chiese. «Io sono uno di voi.»

«Per amore di tuo padre» rispose l'anziana donna, avvicinandosi a lui di un passo. «Tu non ricordi tutto di lui, com'è normale che sia, ma devi sapere che odiava la violenza più di ogni altra cosa. Non aveva mai alzato un dito su nessuno e se sapesse cos'hai fatto sarebbe disperato.»

«Come l'avete scoperto?» domandò Loke con voce fragile.

D'un tratto Vincent vide in lui il bambino che viveva nelle tenebre lì sotto.

«Scusa» disse OP, quello che tirava sempre in ballo l'omicidio Palme. Era dietro Vivian, un po' in disparte, e guardava a terra.

«Tu?» Si capiva che Loke era ferito. «Pensavo che avresti capito. Hai sempre visto il mondo per quello che è veramente, e proprio per questo motivo sei l'unico a cui ne ho parlato. Perché sai già tutto.»

«Persino io so che la maggior parte di quello che dico non ha senso, eppure non è neanche paragonabile a quello che mi hai raccontato. Hai ucciso tre persone e avevi intenzione di farci saltare tutti per aria, solo per tuo cugino! Non potevo non dirlo a Vivian. Sei il figlio del re, cazzo! Sei *nostro* figlio, sei il principe. Non potevo lasciare che facessi questa cosa.»

«Sospettavamo che fossi stato tu fin da quando abbiamo visto i nuovi tumuli» disse Vivian. «Per questo non abbiamo raccontato niente a nessuno. Però non potevamo immaginare che fossi arrivato a questo punto.»

Vincent vide che a Loke tremava il labbro. Stava per crollare.

Probabilmente all'inizio era tutto molto chiaro: la vita – sia la propria che quella degli altri – aveva un valore. Era così e basta. Chi non sapeva attribuirglielo aveva bisogno di una lezione perché capisse cosa stava gettando al vento. Per lui era semplice.

Da qualche parte lungo il percorso, però, Tor aveva cominciato a influenzarlo e a sfruttarlo per i propri scopi, finendo per trasformarlo in ciò che Loke stesso odiava di più: qualcuno che non attribuiva valore alla vita, qualcuno che stava per uccidere migliaia di persone. E Vincent intuì che se n'era appena reso conto.

«Principe» disse Vivian dolcemente. «Sei stato fuorviato, ma noi siamo qui. Siamo qui per te. Tuo padre...»

Prima che potesse completare la frase, dalla gola di Loke risalì un grido che si fece via via più forte. A un certo punto rivolse il viso verso l'alto, come un lupo che ulula invano alla luna. Era l'urlo di un bambino ferito, e l'eco che si riverberava sulle pareti delle gallerie lo faceva somigliare a un coro a una sola voce. Mentre aumentava d'intensità, Johnny si coprì le orecchie con le mani. Poi, di colpo, cessò, e Loke si mise a correre.

Non avrebbe mai dovuto lasciarli. I visibili erano invisibili quanto quelli che vivevano là sotto nelle tenebre, se non di più. E con quella smania di avere una famiglia, di appartenere a qualcosa, aveva ingannato se stesso. L'unica famiglia di cui aveva bisogno era lì sotto.

Non avrebbe mai dovuto lasciarli.

Il principe correva veloce e determinato. Sarebbero serviti rinforzi robusti per trovarlo, rinforzi probabilmente in arrivo, ma per il momento non era necessario guardarsi alle spalle: erano tutti presi a occuparsi del loro importante ministro della Giustizia. E il principe, lì sotto, si orientava a occhi chiusi. Era già a metà strada tra Hötorget e la stazione successiva.

Quando Tor gli aveva detto che erano come fratelli, sullo stesso piano, gli aveva creduto. Avevano in comune il sangue, lo spirito e un retaggio che scorreva impetuoso nelle vene di entrambi. Non aveva mai condiviso la sua fascinazione per nonno Harald, ma lo capiva. Rune non era stato per lui il padre che era stato Björn, almeno finché era vissuto. Tor non era cresciuto circondato dall'amore, non aveva mai vissuto l'esperienza di essere stretto in un grande abbraccio caldo che sapeva di fumo e di pelle.

Non aveva mai avuto un padre che era un re.

Era invece stato spesso rinchiuso in cantina, per vivere in tenebre diverse da quelle in cui era vissuto lui. Tenebre gelide e solitarie, in cui l'unica compagnia erano i trofei di nonno Harald: oggetti legati ai racconti di fratellanza, di imprese eroiche e di una società da salvare.

Anche Tor capiva Loke. Aveva ascoltato tutto quello che era risalito a galla dopo che si era trasferito nella grande casa. Nel corso delle lunghe serate in cui non riusciva a dormire perché la solitudine gli graffiava il petto come il ratto Buster quando cercava cibo nei tunnel, Tor lo aveva ascoltato raccontare di sua madre precipitata in acqua senza che nessuno fosse lì ad assistere ai suoi ultimi istanti, del tonfo sordo quando il treno aveva travolto il corpo smagrito di suo padre, della corona che gli era saltata via dalla testa volando di lato, a terra, apparentemente intatta, del degno funerale organizzato dagli invisibili per lui, un funerale regale, facendo bollire le ossa e seppellendole in un tumulo di terra e pietrisco.

Il suo corpicino conteneva una rabbia immensa, in quelle lunghe serate, una rabbia che lui sfogava urlando mentre Tor gli accarezzava piano la schiena. Suo padre gli aveva spiegato tante volte che la vita era il dono più prezioso di tutti.

Arrivò alla stazione di Rådmansgatan e continuò a correre lungo i binari. La gente sulla banchina lo indicava e gli urlava di togliersi di lì, ma lui la ignorò. Non gli ci volle molto per raggiungere il tunnel all'altra estremità. Finalmente fu di nuovo avvolto dal buio.

La fermata successiva era Odenplan, la preferita di suo padre.

La proposta di Tor era la risposta, la strada per andare avanti, l'unico modo per sfogare ciò che altrimenti sarebbe per sempre rimasto chiuso dentro di lui. Una possibilità di dare una lezione agli esseri umani, insegnando loro quanto era fragile e preziosa la vita, e ad apprezzare quello che avevano. Quando quelle persone si erano ritrovate sul ponte, in procinto di buttarsi, erano invisibili. Lui e Tor le avevano rese visibili.

Ma in realtà era tutta una menzogna. Aveva visto la verità negli occhi di Vincent e, dopo tutti quegli anni, sentiva che aveva ragione: lui era stato solo una pedina ignara di quale fosse il gioco in corso. Tor non voleva far tesoro della vita: il suo unico scopo era fare del male agli altri per raggiungere il potere.

All'inizio, per lo meno, si limitava a questo, ma poi il buio si era impossessato di lui portandolo a nuove ambizioni, simili a quelle del nonno. Non gli importava quante persone avrebbe ucciso per realizzare l'ordine mondiale di Harald: gli interessava solo esserne alla guida. Voleva essere il re, ma non avrebbe mai potuto diventarlo, perché il re amava gli esseri umani, così come li amava Loke.

Nemmeno si chiamava così: quello era il nome che gli aveva dato Tor.

Lui era Mattias.

Ed era il principe.

Tor gli aveva mentito, ma aveva torto. E suo padre aveva ragione.

Il terreno cominciò a vibrargli sotto i piedi, inducendolo a rallentare. Si sentivano delle voci, ma lui sapeva che erano più lontane di quanto sembrasse, rafforzate com'erano dall'eco della galleria. Una luce lampeggiò e si spense. L'aria si fece più cupa, con lunghe ombre che si muovevano sulle pareti. Via via che si avvicinava a Odenplan, le vibrazioni sotto i suoi piedi aumentarono.

Chiuse gli occhi e li vide insieme: sua madre, suo padre. Finalmente. Ballavano nella cucina di casa, vicino al tavolo con la cerata a scacchi e le logore sedie spaiate. Ballavano e ridevano, con lo sguardo fisso su di lui. Quanto gli mancavano. Erano circondati da un alone di luce, come se possedessero un sole tutto loro, e non erano più invisibili.

Gli fecero cenno con la mano di avvicinarsi. Suo padre aveva di nuovo la corona, come lui lo ricordava quando era contento, quando era il re ed era padrone del mondo.

Oh, quanto gli era mancato. Con passi leggeri, le gambe percorse dalle vibrazioni, il principe andò incontro a tutti e due.

Quando aprì gli occhi vide le due luci. Limpide. Radiose. Un sonoro squillo di tromba salutò il suo arrivo, e lui spalancò le braccia.

Era a casa.

Mina era di fianco a Vincent su una panchina della stazione. Dopo quanto successo nella villa di Tor aveva ignorato le insistenze di Julia, che voleva farla sottoporre a una visita medica, limitandosi a cambiarsi e ad accorrere lì non appena saputo cos'era successo. I medici sul posto avevano constatato che né Vincent né Niklas avevano subito danni fisici e avevano consigliato un calmante a entrambi, ma mentre Niklas aveva accettato riconoscente la pastiglia lui aveva declinato e tremava come una foglia accanto a lei.

«Scusami» disse. «Al momento ho in circolo adrenalina e cortisolo in eccesso. È a questo che sono dovuti i tremori e il battito accelerato.»

Mina gli appoggiò una mano sul petto. Aveva ragione: il cuore stava andando a mille, ma d'altra parte valeva anche per il suo.

Vincent appoggiò delicatamente la propria mano sulla sua e la strinse.

«Tra poco passa» aggiunse. «Però non capisco: come ho fatto a farmi sfuggire il significato del messaggio, al punto di sbagliare posto? Come ho potuto essere tanto stupido? Sono io che dovrei...»

Smise di parlare. Così deserta, la stazione della metro era quasi spettrale. I treni avrebbero ripreso a circolare di lì a dieci minuti, ma per il momento era ancora tutta per loro. Mina immaginava che fuori ci fosse una folla di persone inferocite e stressate all'idea di dover aspettare ancora prima di prendere la metropolitana, del tutto ignare del pericolo che avevano corso.

«Chissà cosa ne pensa l'Ombra» disse Vincent. «E se finalmente è soddisfatto.»

«Cosa intendi dire?»

Vincent sollevò una gamba dei pantaloni mostrando la fascia di tessuto nero intorno alla caviglia.

«Porto con me un trasmettitore gps dotato di microfono» disse. «L'Ombra era con me. Ha sentito tutto. Oggi era la mia ultima chance per fare ammenda, se volevo rivedere la mia famiglia.»

«Direi che salvare mezza città dovrebbe bastare» osservò Mina, prendendolo sottobraccio. «Vieni, andiamocene, prima che questo posto si riempia di gente che si chiede come mai il Grande Mentalista è qui che trema.»

Si alzarono e si diressero verso la scala mobile.

«Quando e dove devi vedere l'Ombra?» chiese Mina, salutando con un cenno l'agente ai piedi della scala mobile. «Voglio assicurarmi che ci siano tutti i poliziotti di questa città. Appena avrai riavuto la tua famiglia lo prenderemo. E ho intenzione di assicurarmi personalmente che sia messo dietro le sbarre per un bel pezzo.»

«Grazie» rispose Vincent, «ma sappiamo tutti e due che non funzionerà. Devo aspettare che mi contatti, e se lo conosco non succederà con modalità che consentano alla polizia di prenderlo.»

Mina annuì. Per quanto detestasse l'idea di non poter fare nulla, sapeva che aveva ragione lui. Inoltre non si doveva correre il rischio di mettere a repentaglio la sicurezza della sua famiglia. Non riusciva nemmeno a immaginare il tormento che doveva provare Vincent.

Quando uscirono dalla stazione al livello zero, il sole fece capolino tra le nuvole riscaldandole il viso. Normalmente in Hötorget la neve si riduceva sempre a poltiglia a causa del continuo passaggio di persone, ma in quel momento era ammantata di un biancore fulgido. Dappertutto si vedeva gente che parlava e rideva, godendo dell'aria tiepida. Gli ambulanti facevano come sempre a gara a chi gridava più forte per decantare le proprie merci. Una donna le passò accanto e le sorrise. La piazza era animata da vita e movimento, come se in qualche modo tutti quanti percepissero di essere appena sfuggiti alla morte.

«Dove andiamo?» chiese Vincent.

«Vieni a casa mia a Årsta» rispose lei. «Forse non potrò catturare l'Ombra, ma non ho intenzione di lasciarti solo. Tanto, stasera Nathalie sarà da Niklas. Il sollievo di aver riavuto suo padre è tale che si rifiuta di staccarsi da lui. E se pensavi che ti avrei permesso di tornare a Tyresö, in una casa vuota, ti sbagliavi di grosso. Ho intenzione di aspettare con te che l'Ombra si faccia sentire. Puoi dormire da me finché questa storia non si sarà conclusa.»

Harry era ancora dalla nonna. Quando Julia le aveva chiesto se poteva tenerglielo, sua madre aveva risposto entusiasticamente di sì. Lei non le aveva spiegato come mai le serviva aiuto, limitandosi a dire che alla mattina c'erano stati dei problemi. Non era certo una bugia: i problemi c'erano eccome, e non si riferiva al caos in metropolitana. Erano la sua vita e il suo matrimonio a essersi incasinati.

A quell'ora Torkel doveva essere già rientrato dal lavoro. Julia non gli aveva ancora detto niente perché non sapeva come avrebbe reagito, ma il motivo per cui aveva affidato il bambino alla nonna era che dovevano affrontare la questione intorno a cui giravano entrambi da un pezzo. Dovevano mettersi seduti e parlare. Del futuro. Di loro due. Di Harry.

Quando parcheggiò nel vialetto davanti a casa rimase seduta in auto per qualche istante. Sarebbe stato più facile se si fosse preparata in anticipo quello che doveva dire, ma il fatto che avesse finalmente deciso di affrontare l'argomento non significava che avesse formulato un piano. Era come se il cervello e il cuore fossero in rotta e si alternassero a sopraffarsi a vicenda.

Lo slittino rosso di Harry era appoggiato al muro e quel semplice dettaglio le provocò una stretta al petto.

Quanto avevano lottato per avere un bambino, quanto

erano stati uniti. Quanto amore avevano riversato nella battaglia che speravano li portasse, prima o poi, a vedere uno slittino appoggiato al muro di casa. Eppure avevano fallito. Forse un giorno avrebbe trovato la forza di analizzare il loro rapporto, dissezionandolo per capire con precisione cosa fosse successo, ma non subito. E in realtà c'era da chiedersi se davvero avesse importanza individuare cos'era andato storto. A volte bastava constatarlo, no? Oppure non si imparava mai la lezione dai propri errori?

Uffaaaa. Batté piano la testa contro il volante. Poi fece un respiro profondo e scese dall'auto.

La spruzzata di neve farinosa appena caduta aveva imbiancato il vialetto davanti all'ingresso. Niente impronte e nemmeno tracce dell'auto di Torkel, ma questo non voleva dire per forza che non ci fosse. Uno degli argomenti su cui avevano litigato spesso ultimamente era che prestava di continuo la macchina a suo fratello.

Una volta aperta la porta, inspirò di nuovo a fondo, batté i piedi sullo zerbino e si tolse la giacca. Era tutto spento, a parte i candelabri dell'avvento e le lucine dell'albero.

«Ehi?»

Nessuna risposta.

Julia era sorpresa. Torkel avrebbe dovuto essere lì. Andò in soggiorno e poi in camera. Nessuno. Accese le luci e fece il giro delle stanze cercando qualche spiegazione su dove potesse essere. Era ridicolo, in realtà, perché poteva aver semplicemente preso la macchina per andare alla Coop, ma qualcosa le diceva che non era così. L'atmosfera in casa era diversa dal solito.

Quando accese la luce in cucina vide la lettera appoggiata a una grande candela bianca. Il cuore prese a batterle forte nel petto. Per un attimo fu tentata di girare sui tacchi, rimettersi scarpe e giacca, salire in macchina e partire, chissà poi per dove, senza leggerla, ma sapeva che non era possibile. La lettera era lì e non si poteva far sparire con la sola forza del pensiero.

Julia si sedette pesantemente. Avevano ereditato tavolo e sedie di legno dalla nonna di Torkel e avevano impiegato una buona metà di un'estate a scartavetrarli e verniciarli con tutti i crismi. Alla fine erano fieri e soddisfatti.

Aprì lentamente la busta. Estrasse il foglio, lo spiegò e scorse le righe con gli occhi. Le dita le tremavano leggermente. Una vita. Una lettera.

Una fine.

Quando ebbe letto, rimase per qualche istante con lo sguardo perso nel vuoto. Poi prese l'accendino che c'era sul tavolo, lo avvicinò alla candela e tese il foglio verso la fiamma, che divorò lentamente le lettere nere sulla carta bianca.

Una volta che si fu spenta, lasciando sul tavolo solo un po' di cenere, Julia si alzò in piedi.

Indossò la giacca ancora umida di neve, uscì e mise nel bagagliaio lo slittino rosso. Sarebbe andata a prendere Harry e avrebbero fatto un sacco di discese. Era l'unica cosa che importasse.

Vincent si svegliò sentendo che qualcuno lo scuoteva per la spalla. Era girato su un fianco, con il braccio che circondava Mina. Si erano addormentati in accappatoio: lei ne aveva uno in più, e anche se gli arrivava alle ginocchia non faceva niente.

Mina era rimasta sotto la doccia per più di un'ora, dopo che erano arrivati a casa. Quando era uscita dal bagno pieno di vapore Vincent si era accorto che si era tagliata i capelli, ancora più corti di due anni e mezzo prima. L'aveva tenuta stretta a sé in silenzio finché non aveva smesso di piangere. Nessuno dei due aveva avuto la forza di parlare di quello che avevano passato.

Dall'Ombra non era arrivato nessun segno di vita.

A un certo punto della notte dovevano essersi tolti gli accappatoi, perché Mina era in canottiera e mutandine e lui in boxer. Vincent percepiva il calore della sua schiena contro il petto e aveva il suo collo morbido a una decina di centimetri dal proprio viso. Avrebbe voluto rimanere steso così per il resto della vita.

Ma gli strattoni alla spalla continuarono. Girò la testa per vedere chi era, aspettandosi di trovarsi davanti Nathalie.

Invece era l'Ombra, il viso vicinissimo al suo. Vincent sobbalzò e senza volerlo diede una stretta a Mina, che mugolò nel sonno. L'Ombra si portò l'indice alle labbra e poi indicò la cucina.

Vincent si alzò cercando di fare il più piano possibile. Trovò per terra la camicia e se la infilò, per poi uscire dalla camera e lanciare un'ultima occhiata a Mina accostando la porta. Preferiva non chiudere del tutto: non voleva perderla di vista, ma neanche svegliarla.

L'Ombra si sedette e gli fece segno di prendere posto sulla sedia di fronte.

«Bravo» bisbigliò applaudendo in silenzio. «Lo sapevo che potevi farcela.»

«Era questo che pretendevi?» chiese Vincent. «Che salvassi la città intera? Erano sufficienti quelle vite perché fossi soddisfatto?»

«Assolutamente no» rispose l'Ombra scuotendo la testa. «Non me ne fregava niente di quello che stavate combinando là sotto. Invece questo, Vincent... questo!»

Fece un gesto con il braccio come a comprendere tutto l'appartamento di Mina.

«Cosa vuoi dire?»

«Lo capisci, no, che il... personaggio... che ti sei costruito, il Maestro Mentalista, è solo una difesa psicologica, uno scudo mentale? Perché secondo te passi il tempo a contare cose e analizzare tutto?»

«Anche mia madre contava. A posteriori mi è venuto il dubbio che avesse qualche disturbo dello spettro autistico.»

L'Ombra annuì con espressione seria.

«Certo, può esserci ereditarietà, e anche tu te ne sei beccato un po', ma quando conti e analizzi senza sosta, quando sei Vincent Walder, attivi il ragionamento logico in maniera eccessiva, evitando di affrontare le emozioni. È da molto tempo che non le prendi in considerazione. Il tuo io emotivo è rimasto accanto alla cassa che conteneva tua madre, morta. Non hai mai rielaborato quell'evento. Hai scelto di spogliarti dell'identità di Vincent Boman per diventare Vincent Walder, il mentalista capace di controllare tutto. Ti ci sei nascosto dentro, ti sei nascosto dietro la tua famiglia.»

Vincent spostò lo sguardo sulla porta accostata della camera. Attraverso lo spiraglio intravedeva Mina, e questo servì a tranquillizzarlo.

«La mia famiglia» disse. «Dov'è?»

«Invece ora, non potendo nasconderti dietro di loro e senza il Maestro Mentalista da usare come scudo» continuò l'Ombra ignorando la domanda, «hai capito e anche sentito, sì, finalmente *sentito*, cos'avresti potuto avere se fossi rimasto Vincent Boman.»

Vincent si accorse di avere gli occhi pieni di lacrime.

«Ero un bambino» rispose a voce bassa. «Non avevo scelta. Non provare nulla era un mero meccanismo di difesa.»

«Che si è trasformato in un'identità» disse l'Ombra. «Ma in questo momento Vincent Walder non c'è più. L'ho scritto nel mio messaggio, che avrebbe smesso di esistere. Non ne hai più bisogno. Puoi sentire tutto, Vincent.»

Emozioni che si erano accumulate da quando aveva sette anni fino a quel momento esplosero all'improvviso come attraverso una diga incrinata. Emozioni che non sapeva nemmeno di avere. Emozioni che riguardavano sua madre, Jane, lui stesso.

Ed emozioni che riguardavano Mina.

Tante.

Grandi, piccole. Emozioni che riconosceva e altre che non sapeva descrivere a parole. Lo investirono con una forza tale che gli sembrò di essere sul punto di annegare.

Quanto durò? Alcuni secondi. Un'eternità.

Alla fine quelle più violente si placarono. Le ondate tempestose cessarono, continuando però a muoversi sotto la superficie, e Vincent ebbe la sensazione che non avrebbero mai smesso di farlo. Era così per tutti? Possibile che le persone girassero con tutto quel caos in corpo? Era un nuovo modo di essere. Sconosciuto, ma non sgradevole.

«Lo senti?» chiese l'Ombra. «Lo senti cosa significa esistere senza il tuo scudo mentale, quando c'è equilibrio tra quello che provi e quello che pensi?»

«Sì» rispose Vincent in tono spento. «Lo sento... ma è quasi troppo.»

«È perché non ci sei abituato. Benvenuto nell'umanità, dove non si contano i gradini né le bottiglie di Loka, dove non si conosce tutto lo scibile ma si è irrazionali, emotivi, contraddittori e anche pieni di amore. Questa vita, qui con Mina, avrebbe potuto essere tua fin dall'inizio, se solo avessi avuto il coraggio di essere Vincent Boman. Il coraggio di provare emozioni.»

Vincent annuì, ma le lacrime tornarono a riempirgli gli occhi.

«Lo voglio» sussurrò. «Fa male e fa paura, ma lo voglio.»

«Bene» disse l'Ombra, avvicinandosi con la testa. «Perché non abbiamo ancora finito.»

Il sorriso era sparito e gli occhi si erano incupiti.

«Dovevi capire quello di cui ti sei privato, prima di ricevere il tuo castigo.»

«Castigo?» domandò Vincent sbarrando gli occhi.

«Certo. La tua scelta di diventare Vincent Walder non ha solo rimosso il ricordo di tua madre, ma anche provocato la morte di alcune persone. Jane. Kenneth. Tuva. Robert. Agnes. Anche se non ne sei stato l'esecutore materiale, hai agito da catalizzatore. E questo non può restare impunito.»

«Quindi... che intenzioni hai?» chiese Vincent incerto.

Guardò di nuovo Mina attraverso lo spiraglio della porta. Sembrava dormire ancora profondamente. Gli faceva male il petto a vederla. O meglio, male era una parola sbagliata: provava una vaga sensazione dolorosa. E respirava in modo strano, come se nella stanza mancasse l'aria.

L'Ombra si appoggiò allo schienale della sedia e unì i polpastrelli.

«Il tuo castigo sarà continuare a essere Vincent Walder, il Maestro Mentalista, ora che hai capito come sarebbe stata la tua vita se avessi avuto il coraggio di essere Vincent Boman.»

«Cosa vuoi dire?»

«Quante prese elettriche ci sono in questo appartamento?»

«Sei, visibili» rispose automaticamente Vincent. «Ma ho spostato il divano per nasconderne una, quindi sette. Ce ne sono sei anche lungo le scale, due per pianerottolo.»

Nello stesso momento in cui rispose sentì che la diga incrinata nella sua testa si riparava da sola. La diga che teneva a distanza tutte le emozioni, le emozioni *vere*, da sempre. Se ne rese conto troppo tardi e cercò di tenere aperta la crepa, ma una vita passata a contare oggetti ebbe la meglio.

Era di nuovo Vincent Walder.

L'iper-razionale Maestro Mentalista.

Chiuse gli occhi. Se fosse riuscito a piangere l'avrebbe fatto. Qualche istante dopo, quando li riaprì, si accorse che la porta della camera da letto era stata chiusa. Non vedeva più Mina. E l'Ombra se n'era andata, impercettibilmente com'era arrivata.

Il primo giorno

Quando Mina si svegliò, Vincent non c'era. Tese l'orecchio per sentire se arrivavano rumori dalla cucina o dal bagno, ma nell'appartamento regnava il silenzio. Avvertiva fisicamente la sua assenza. Sbadigliò e si alzò dal letto.

Sul pavimento c'erano vestiti tutti mescolati. Avevano...? No, se ne sarebbe ricordata, per quanto gli eventi del giorno prima fossero stati traumatizzanti. Però non capiva come mai Vincent se ne fosse andato così presto. E dove si era cacciato? Prese il cellulare dal comodino e lo chiamò. Nessuna risposta. Ah, già, Loke gli aveva spaccato il telefono.

L'agitava che non fosse lì. La sera prima non era in sé, e se gli fosse successo qualcosa non se lo sarebbe mai perdonato.

Sembrava che si fosse portato via quasi tutti i vestiti. Per terra però c'era una fascia elastica con un rettangolino nero, il microfono che gli aveva dato l'Ombra. Lo prese e aprì la parte che, secondo Vincent, conteneva il trasmettitore gps, ma invece di componenti elettronici trovò dei pezzi di Lego uniti tra loro. Cos'era quella storia?

Prese il cellulare e chiamò Julia.

«Ciao, sono io» disse. «Hai notizie di Vincent?»

«No. A casa non c'è?»

Giusto: non poteva immaginare che Vincent aveva dormito da lei, ed era meglio che non lo sapesse nessuno. La faccenda riguardava loro due soli e il mondo non doveva interessarsene.

«Non riesco a mettermi in contatto con lui» rispose. «Ieri era parecchio scosso. Vado a vedere a Tyresö. Conosco la strada per casa sua. Posso chiederti un favore, però?»

«Qualsiasi cosa» rispose Julia. «Un po' di ferie, vorrei sperare, dopo tutto quello che avete passato tu e la tua famiglia.»

Mina inspirò a fondo. Aveva qualche dubbio su come la sua capa avrebbe preso quello che stava per dirle. Dopotutto aveva tenuto nascoste alla polizia informazioni importanti.

«Non arrabbiarti» disse, «ma il giorno della vigilia Vincent ha ricevuto un messaggio minatorio. Qualcuno ha rapito tutta la sua famiglia. Gli era stato vietato di coinvolgere la polizia: per questo non ha avuto il coraggio di dircelo. Ho dovuto promettere di tacere.»

«Ma cosa stai dicendo?» le gridò Julia nell'orecchio. «Come hai potuto... E ora pensi che sia sparito anche lui?»

«Non lo so, ma l'altro ieri ha avuto un incontro con il rapitore, al Gondolen. Devono essere stati visti per forza. Puoi spedire qualcuno a parlare con il personale? Con un po' di fortuna potremmo almeno avere una scheda segnaletica.»

«Chiamo subito Ruben.»

«E io mi rifaccio viva appena arrivo a casa sua» disse Mina, e chiuse la comunicazione.

«Chi, quel tizio che legge nel pensiero?» chiese il cameriere del Gondolen mentre apparecchiava.

Di lì a un'ora sarebbe cominciata ad arrivare gente per il pranzo. Ruben aveva già fame, ma aveva promesso a sua nonna di mangiare con lei, insieme a Sara. E, conoscendola, sapeva che doveva aver già fatto approvvigionamenti di biscottini alla mandorla extralusso come dessert.

«Sì, è stato qui qualche giorno fa» continuò l'uomo. «Però non mi sembra che fosse con qualcuno. L'ho visto seduto da solo al bancone e sembrava borbottare. A dire il vero non pensavo che sarebbe tornato.»

«In che senso?» domandò Ruben.

Il cameriere si fermò e trattenne a stento una risatina, come se ripensasse a una scena divertente. Poi scosse la testa.

«Be', era stato qui... mah, dev'essere stato più di due anni fa, prima che ristrutturassimo» disse. «Anche quella volta è rimasto seduto al bancone tutta la sera e faceva un gran casino, parlando a voce alta e addirittura urlando, a un certo punto. Poi è andato alla toilette e sembrava che dovesse demolire tutto quanto, lì dentro. Aveva fatto una figura tale che non pensavo avesse il coraggio di farsi vedere di nuovo.»

«Ed era da solo?»

«Esatto. Era da solo anche allora.»

Quando Mina arrivò, la macchina di Vincent non era nel vialetto di accesso, ma non era detto che significasse qualcosa. Parcheggiò, pronta a dire quello che si era preparata quando lui avesse aperto. Gli avrebbe dato una bella lavata di capo per averle fatto prendere paura senza motivo.

Si fece strada nella neve alta fino alla porta e suonò. Strano che non avesse spalato, ma bisognava considerare che negli ultimi tempi aveva avuto altro a cui pensare.

Premette di nuovo il dito sul campanello.

«Vincent?»

Bussò.

Nessuna risposta.

Provò la maniglia e la porta si aprì. Era ancora meno da lui non chiudere a chiave. Si pentì di non essersi messa l'uniforme, perché almeno avrebbe avuto con sé la pistola. Davanti agli occhi le balenarono le immagini di quando era entrata con Nathalie in casa dell'ex suocero. Le due situazioni si somigliavano un po' troppo. Avanzando oltre la soglia ebbe quasi l'impressione di vedere Vincent steso in una pozza di sangue sul pavimento dell'ingresso.

«Vincent? Maria? C'è nessuno?»

Come si chiamavano i figli...? Forse adesso erano tornati a casa, se l'Ombra aveva mantenuto la promessa? Ah, ecco, ora ricordava i nomi.

«Rebecka? Benjamin? Aston? Siete qui? Sono Mina, un'amica di vostro padre.»

Silenzio.

Avanzò di qualche passo e trovò l'interruttore della luce. Si era aspettata un sacco di giacche e cappotti, scarpe di misure diverse e magari uno slittino, ma a parte due paia di scarpe di cuoio di Vincent non c'era proprio niente. Strano. Persino lei, che teneva sempre tutto pulito e in ordine, aveva della roba appesa nell'ingresso. E in quella casa viveva una famiglia intera. Impossibile che l'Ombra avesse portato via tutto.

Quindi, dov'era quello che mancava?

Qualcosa non quadrava.

Una voce nella sua testa le suggeriva che forse non voleva saperlo davvero e che poteva ancora andarsene di lì, senza più pensare a quell'ingresso stranamente vuoto. No. Doveva trovare Vincent.

Entrò in cucina. Vuota anche quella.

Non del tutto, però. Aprì un pensile e vide qualche piatto spaiato, due bicchieri, due tazze. Non molto altro. Di sicuro non era attrezzata per una famiglia intera. Alla parete era appeso un calendario e sul bancone c'era una macchina per il caffè. Sul tavolo, dei documenti che riguardavano Jon Langseth e le altre vittime. Nessuna traccia dei piccoli oggetti che di solito si accumulano nelle cucine.

Non era solo vuota: trasmetteva un senso di... desolazione.

Una desolazione innaturale.

Mentre Mina vagava per il resto della casa, le si rizzarono i capelli sulla nuca. Tutto quello che vedeva sembrava sbagliato in un modo che non riusciva a descrivere a parole. Trovò lo studio di Vincent e tirò un sospiro di sollievo: quello, almeno, era come lo aveva descritto lui. I regali dell'Ombra erano disposti sulla parete e nella libreria c'erano diversi rompicapi, puzzle e rebus, per la maggior parte probabilmente inviati da Loke.

«Vincent?» chiamò. «Sei qui?»

Uscì a ritroso dallo studio. Pensava di conoscerlo molto bene, ma chi viveva in quella casa era un estraneo. Di colpo le echeggiarono nella mente le parole di Vincent su Jon Langseth.

Facile, a posteriori, pensare di conoscere la causa di una modifica del comportamento. Quando si crede di sapere già cos'è successo, intendo, perché quel dato incide sul ricordo di ciò che si è visto.

Si stava muovendo più velocemente, adesso. Non voleva fermarsi lì dentro più dello stretto necessario, ma doveva essere sicura che lui non ci fosse.

Provò la prima porta a destra, probabilmente una delle camere dei figli. Constatando che era vuota come ingresso e cucina deglutì a fatica. A quanto vedeva, non l'aveva mai occupata nessuno. Non c'era niente: né giocattoli, né librerie. Nemmeno un letto. Le pareti avrebbero avuto bisogno di una mano di pittura e il pavimento era grigio. Entrò e passò una mano sul davanzale. Le dita si coprirono di polvere.

Ormai non aveva solo i capelli ritti sulla nuca: si sentiva prudere tutto il cuoio capelluto.

«Vincent» sussurrò. «Cos'hai fatto?»

Altre due porte aperte si aprivano su camere altrettanto vuote. Vincent aveva una grande famiglia, moglie e tre figli, e dappertutto avrebbero dovuto esserci tracce del loro passaggio. Vestiti, borse, sacchetti, cianfrusaglie, libri, briciole, biancheria da lavare. I giocattoli di Aston. Insomma, le tante cose che riempiono la casa di una famiglia. Invece non ce n'era la minima traccia.

In preda al panico, spalancò tutti gli armadi e i guardaroba che trovò, nel caso Vincent potesse essere ancora più maniaco dell'ordine di lei, ma non ci trovò dentro niente.

Forse aveva sbagliato villetta. In fondo erano passati più di due anni da quando era stata lì, d'estate. Doveva essere un'altra, quella dei vicini. Ma certo.

Solo che sulla cassetta delle lettere c'era scritto WALDER. Ne era sicura.

La casa era giusta.

Era tutto il resto a essere sbagliato.

Andò in soggiorno e si bloccò di colpo, sentendo girare la testa. Probabilmente stava respirando troppo in fretta ed era andata in iperventilazione, ma non poteva farci niente. La parte razionale di lei sapeva che era una reazione allo shock, solo che quella consapevolezza non le impediva di sentirsi in caduta libera. Si appoggiò allo schienale del divano per non crollare a terra. C'erano anche un televisore e un acquario. Non fu quello, però, ad attirare la sua attenzione, ma le lettere alte un metro dipinte e ridipinte in modo da occupare tutta una parete.

U M B R A.

«Vincent» mormorò, o forse lo pensò soltanto, non lo sapeva, e nello stesso istante sentì che gli occhi le si riempivano di lacrime. «Oh, no, Vincent.»

Un segnale acustico del cellulare le fece fare un salto. Si passò la mano sugli occhi più volte e guardò il display. Un sms dal laboratorio forense di Linköping.

«Abbiamo esaminato il foglio che ci ha inviato.»

Se n'era completamente dimenticata. Il messaggio minatorio che Vincent aveva ricevuto dall'Ombra il giorno della vigilia e che lei aveva fatto analizzare.

«Sopra ci sono solo le impronte di Vincent Walder. Se qualcun altro l'ha tenuto in mano, deve aver indossato dei guanti. Oppure l'ha scritto lui.»

La verità la investì con una violenza tale che per poco non le cedettero le gambe. C'era un motivo se la casa era vuota.

Lo era sempre stata.

Non esisteva nessuna famiglia.

«Perché non hai detto niente?» gemette Mina avvicinandosi alla parete e appoggiando la mano sulle lettere, come se potesse arrivare a lui tramite quel contatto. «Avrei potuto aiutarti. Lo capivi, no? Non era necessario che fossi solo. Perché, Vincent?»

Poi si rese conto che lui aveva cercato di spiegarglielo. Più volte, tra l'altro. Era stata lei a non ascoltare, o forse a non voler capire quello che diceva. Il cellulare le sfuggì di mano e urtò il pavimento senza che lei neanche lo sentisse. Nella sua testa, le parole di Vincent coprivano ogni altro rumore.

Disturbo dissociativo dell'identità... sai, quello che in passato veniva chiamato disturbo di personalità multipla. Quando c'è una scissione tra parti diverse della personalità. Chi ne è affetto fatica a capire chi è e sente di non avere il controllo delle proprie azioni. In pratica ha sempre origine da un grave trauma infantile.

Viveva da solo lì dentro. Lui e il suo trauma.

Mina gridò e si premette le mani sulle orecchie per non sentire altro, ma la voce di Vincent continuò a parlare.

Il cervello è il nostro miglior amico ma anche il nostro peggior nemico. Quello che si inventa per proteggerci è... straordinario. Forse Mefistofele è solo un lato di Faust, appunto. A volte il nostro peggior nemico siamo noi.

Guardò di nuovo le lettere sulla parete e lasciò scorrere le lacrime senza più tentare di fermarle.

Ogni tanto mi chiedo se ho semplicemente avuto un crollo psichico ed è tutto un prodotto della mia fantasia.

Il pianto era come una marea che la trascinava via, ma attraverso il velo di lacrime vide chiaro il messaggio sulla parete.

U M B R A.

Ulrika Maria Benjamin Rebecka Aston.

Il nome latino dell'ombra totale.

Un anno dopo

Mina guardò fuori dalla finestra. Quell'inverno la neve era in ritardo. Nonostante fossero gli ultimi giorni di dicembre, sembrava inizio novembre, e anche se a lei il freddo andava a genio non le dispiaceva evitare il gelo pungente dell'anno prima.

Amanda le porse un flacone di gel disinfettante, ma lei scosse la testa. Non ne aveva più bisogno. La psicologa lo rimise sul tavolo, di fianco all'albero di Natale in miniatura che lampeggiava a intervalli irregolari.

«Come ti senti oggi?» chiese.

Mina si girò verso di lei. La poltroncina in tessuto su cui si era seduta era della stessa sfumatura beige chiaro di tutti gli altri mobili della stanza. Glielo insegnavano all'università a evitare qualsiasi arredo che si scostasse dal colore naturale del legno?

«Non male, grazie» rispose. «Ieri ho ricevuto un invito da Ruben e Sara. Si sono fidanzati e hanno organizzato una festa. Non è un po' assurdo fare un party perché ci si promette a vicenda di sposarsi? Però ci andranno tutti: Christer, Lasse, Julia e Adam, che si porta... Jessica, mi pare si chiami così la sua ragazza. Sai, con Julia le cose non hanno funzionato, dopo il divorzio, anche se a lei ha fatto bene perché...»

«Mina» la interruppe Amanda in tono duro. «Non siamo qui per parlare dei tuoi colleghi. Come stai *tu*?»

Mina guardò di nuovo fuori dalla finestra.

«Abbastanza bene» disse dopo un po'. «Sull'igiene sto facendo grandi progressi. Nell'ultimo mese mi sono lavata più o meno con la stessa frequenza di Nathalie. Questi giorni sono stati un po' particolari per tutti noi, per me, lei e Niklas, dato che è un anno esatto che... è successo tutto. Nathalie è ancora triste per suo nonno, ma è una ragazza forte. Stasera ceneremo tutti e tre insieme, tra l'altro. Cucina lei e suo padre è tutto agitato, visto che ha idee ferree su come si fa da mangiare. Sono curiosa di vedere se ce la farà a trattenersi dall'intervenire.»

«Un anno esatto» ripeté Amanda annotando qualcosa sul suo blocco. «Cosa provi rispetto a questa cosa?»

«Sinceramente? Non riesco a smettere di pensarci. E non ho ancora notizie di Vincent, da un anno intero. Sono preoccupata per lui. Tu sai qualcosa? Cosa dicono i tuoi colleghi?»

«Di Vincent Walder non so niente di più rispetto a quello che ho potuto concludere leggendo il tuo rapporto un anno fa, cioè che avrebbe bisogno di aiuto» rispose Amanda. «Quindi spero che sia ricoverato da qualche parte e riceva il sostegno che gli serve. Ma anche se così fosse, non lo saprei. La legge sulla protezione della privacy dei pazienti stabilisce che possano invocare la segretezza sul luogo in cui si trovano, e in questo caso non viene a saperlo nessuno. È piuttosto frequente, nell'ambito degli ospedali psichiatrici.»

«Ma scusa, che Tor è all'Helix lo sanno tutti.»

«Sì, e meno male che la tua pallottola l'ha solo ferito» rispose Amanda. «Il ricovero di Tor Svensson è il risultato della rapida condanna nei suoi confronti. Durante il processo la sua megalomania ha avuto un'impennata, raggiungendo livelli problematici. Vincent invece è libero di fare quello che vuole. È scomparso e basta. Il suo caso è... unico.»

«È lui a essere unico.»

«Io non sono una poliziotta, anche se lavoro molto con voi, quindi posso basarmi solo su quello che ho visto in televisione, ma non potresti tracciarlo controllando dove è stata usata la sua carta di credito o qualcosa del genere? O magari grazie al cellulare?»

Mina alzò le spalle.

«Il telefono glielo aveva distrutto Loke. Il numero non è attivo e in rete non ne risulta uno nuovo intestato a lui, per il momento. Quanto alla carta di credito, non avendo commesso nessun reato non è ricercato e di conseguenza non posso chiedere un controllo di quel genere. È un privato qualsiasi e le banche non rilasciano informazioni sui loro clienti senza un motivo valido.»

«Però ci hai provato.»

Non era una domanda, e lei ci aveva provato eccome. Era stata la prima cosa che aveva fatto, ma senza risultato, sia allora che nelle occasioni successive.

Sul tavolo di fianco c'era una copia del *Dagens Nyheter* risalente a una settimana prima. Un articolo in prima pagina annunciava il nuovo segretario del partito Sveriges Framtid, ma Mina non pensava che fosse il caso di fissarsi il nome nella mente. Da quando si era dimesso Ted Hansson, un anno prima, era stato difficile trovare un leader che lo sostituisse. Quelli venuti dopo erano rimasti in carica un mese scarso ciascuno prima che la loro impreparazione politica risultasse così evidente da impedire loro di guidare un partito a livello nazionale. Sveriges Framtid navigava a vista, e per quanto la riguardava poteva anche scomparire dalla scena politica.

«Mi riesce difficile credere che sia passato un anno da quando sono stata a casa sua a Tyresö» disse piano Mina. «Sembra ieri. Era così terribilmente... vuota. A volte sogno ancora di essere lì. Pensa, tutta la sua famiglia era solo una fantasia.»

Amanda annuì lentamente e mise giù la penna che aveva in mano.

«Non dovrei esprimermi senza aver fatto una valutazione psicologica di Vincent» disse, «ma dopo averti ascoltato in questi dodici mesi posso soltanto arrivare alla stessa conclusione. La sua famiglia sembra essere stata una costruzione del subconscio, probabilmente un modo per gestire il suo trauma infantile. Non mi sono mai imbattuta in un caso così grave di scissione della personalità.»

«Secondo me i membri della famiglia rappresentavano aspetti diversi di lui» rifletté Mina a voce alta. «Aston le emozioni, Benjamin la capacità analitica, Rebecka il suo io sociale. Maria era la parte spirituale, che lui ha sempre fatto fatica ad accettare. E Ulrika probabilmente il suo cinismo. Sono tutte cose che ho già detto, ma non ho ancora capito cos'è successo.»

«Forse è venuto il momento di affrontare l'argomento» disse Amanda, protendendosi in avanti. «Lo scopo di questi incontri è fare in modo che tu stia bene, il meglio possibile, dopo tutto quello che è successo. Dato che finora ci siamo concentrate su di te, ho volutamente evitato un aspetto, ma credo che ora sia opportuno parlarne.»

«A cosa ti riferisci?»

«Al tuo ruolo in quello che è successo a Vincent.»

«Il mio ruolo?»

All'inizio, quando Julia le aveva proposto i colloqui con Amanda, Mina aveva rifiutato. L'ultima cosa che le serviva era una psicologa che le frugasse dentro. Non erano affari di altri. Alla fine però aveva ceduto: Julia le aveva spiegato che non era un invito ma un ordine. Gli incontri le pesavano sempre, e a quest'ultimo argomento non aveva proprio nessuna voglia di avvicinarsi. Guardò l'orologio nella vana speranza che il tempo stesse scadendo, ma non era così fortunata.

«Sì, il tuo ruolo» confermò Amanda incoraggiante. «Penso che il mondo immaginario di Vincent abbia cominciato a dare segni di cedimento quando sei entrata in gioco tu. Per la prima volta c'era qualcuno al suo fianco. Tu. Per questo non aveva più lo stesso bisogno di personalità esterne. Per forza Maria era gelosa di te e litigavano tanto. Ricordati che per lui lei era reale.»

«Ma come abbiamo fatto a non capire?» chiese Mina. «E perché lui non ha mai detto niente?»

«Penso che, a modo suo, abbia cercato di affrancarsi dalla sua fantasia. Quel litigio al Gondolen con "Ulrika" era probabilmente un tentativo di ribellarsi alla falsa realtà che si era costruito, ma non è andato in porto. L'esigenza di liberarsene ha creato l'Ombra, il subconscio che voleva far rispondere il "nostro" Vincent della vita che si era negato. E, come dicevo, credo che la tua presenza abbia giocato un ruolo importante in questo processo. Il suo desiderio di cominciare a vivere nella nostra realtà, dopo chissà quanti anni, è stato messo in moto solo da te.»

Mina rimase in silenzio. Guardò fuori dalla finestra e lasciò depositare le parole di Amanda. Non aveva intenzione di mettersi a piangere.

«Mi manca» disse a voce bassa. «Chiunque sia e ovunque si trovi adesso.»

Amanda annuì senza parlare. Non c'era nulla che potesse dire per farla stare meglio, e Mina sembrò capirlo. Il tempo a loro disposizione era scaduto, e la psicologa chiuse il blocco che aveva sulle ginocchia.

«Ah, un'ultima cosa» disse. «Sai il termine latino *umbra* che hai nominato la prima volta che ci siamo viste? Be', ho analizzato nel dettaglio il tuo rapporto sulla sua casa, nel tentativo di farmi un'idea su di lui a livello psicologico, anche se non c'erano molti oggetti. Hai presente i pesci nel suo acquario? Forse non te l'ho mai detto, ma li ho controllati e in inglese si chiamano *mudminnows*, ma il nome latino è *Umbra limi.*»

Umbra limi. Mina sorrise. Era proprio da lui.

Vincent uscì dal negozio del distributore con sei gelati in mano. La famiglia era scesa dall'auto e si godeva il sole nel parcheggio. Quell'inverno era davvero insolitamente mite. Riuscì a infilarsi in tasca il resto. Non era facile trovare dei posti in cui accettavano ancora i contanti, ma cercandoli ci si riusciva.

«Pausa gelato!» annunciò.

«Non dovevi fare benzina?» chiese Ulrika.

«Gelato in pieno inverno?» disse Rebecka. «Perché devi essere sempre così strano, papà?»

«Quello di zia Ulrika lo mangio io» intervenne Aston.

«Non se ne parla» rispose lei prendendone due.

Poi si girò verso sua sorella.

«Lo vuoi, Maria? Con o senza il cioccolato fondente?»

Vincent sorrise e si abbassò meglio il cappellino con la visiera sulla fronte. Il commesso non lo aveva riconosciuto, ma era meglio essere prudente per un altro po'. In realtà era parecchio che non lo identificava più nessuno. Era incredibile quanto contassero una tinta per capelli scura e un gran barbone.

«Basta che non li mangiate in auto» si raccomandò. «Se no finisce che si sporcano i sedili.»

L'immagine di un telo protettivo in plastica gli si presentò alla mente. La macchina di Mina.

Mina.

Provò una fitta al petto. Nonostante fosse passato un anno intero, la nostalgia non era diminuita, anzi, era più forte che mai. Ma l'Ombra non gli aveva lasciato scelta. Non aveva il permesso di pensare troppo a lei, fitte al petto o meno. Non ancora. Prima doveva portare a termine il suo compito.

Ammesso che fosse possibile.

«Benjamin, vuoi guidare un po'?» chiese.

«No, continua tu» rispose il figlio maggiore. «Guidi meglio.»

«Quand'è che troviamo un'altra casa in cui abitare?» domandò Aston quando ebbe finito il gelato. «Sono stanco degli alberghi. È un pezzo che siamo in viaggio. Dove stiamo andando, poi?»

Vincent rise e gli scompigliò i capelli rossi. Rossi? No, era sbagliato. Un battito di ciglia e il bambino tornò biondo.

All'uscita del distributore c'era un cartello stradale secondo cui mancavano tredici chilometri a Kvibille. Tredici chilometri alla cascina in cui era cominciato tutto.

«Siamo quasi arrivati» rispose. «Quando la vedremo, la riconosceremo.»

Ringraziamenti

Senza i lettori, noi scrittori saremmo disoccupati. Quindi, per prima cosa: grazie di essere arrivati fino a qui e di averci seguito in questa tortuosa avventura.

Come sempre vogliamo innanzitutto esprimere la nostra riconoscenza a Joakim Hansson, Signe Bedinger, Anna Frankl, Steve White e tutti gli altri della Nordin Agency, che continuano a diffondere nel mondo l'umile frutto delle nostre fatiche. Un grosso ringraziamento va anche a Lili Assefa e alla sua squadra della Assefa Kommunikation: se avete sentito parlare di questa trilogia, il merito è loro.

Un grande plauso alla casa editrice Forum, in particolare alla direttrice editoriale Ebba Östberg, al nostro editor Johan Häggblom e alla nostra redattrice Kerstin Ödeen, a cui come sempre abbiamo dato anche troppo da fare. La squadra del marketing guidata da Pia-Maria Falk e Clara Lundström dovrebbe camminare su un tappeto di petali di rosa.

Dei ringraziamenti speciali vanno al nostro eccezionale designer Marcell Bandicksson, a Nicole e agli altri del servizio clienti dell'Sl che hanno risposto alle nostre domande sulla metropolitana, a Mattias Forshage, entomologo presso il Museo nazionale di storia naturale, che ci ha insegnato tante di quelle cose sui dermestidi che quasi quasi potremmo aprire un *dermestarium* tutto nostro, ad Anders Palm, capounità e ingegnere dei vigili del fuoco della città metropolitana di Stoccolma, per le indispensabili informazioni sul gas, e a Teresa Maric del Noa, che non ci ha denunciato quando le abbiamo chiesto quale fosse il modo migliore per far saltare Hötorget. (Anche se il furgone nero parcheggiato da una settimana circa davanti all'ufficio non ci è sfuggito.)

Come sempre abbiamo ricevuto un aiuto prezioso anche da Kelda Stagg e Rebecka Teglind per quanto riguarda i dettagli tecnici sulle scene del crimine, fino alla datazione di parti di scheletri.

Un grande grazie a Catharina Enblad, che ci ha aperto un mondo sulla vita nei corridoi del potere.

Inoltre un grande grazie a te che ci siamo dimenticati di nominare, nonostante senza dubbio te lo meriti: ti siamo riconoscenti per la tua indulgenza.

Come ogni volta, siamo stati costretti a prenderci alcune libertà rispetto alla vita reale, sia nei particolari del lavoro d'indagine che nella descrizione del mondo in generale. Speriamo che non l'abbiate notato troppo.

Naturalmente questo progetto non avrebbe potuto arrivare in porto senza le nostre comprensive famiglie, in primo luogo le nostre rispettive dolci metà Linda Ingelman e Simon Sköld. In realtà è un miracolo che ci sopportino, soprattutto quando si avvicina la data di consegna, ma noi evitiamo di soffermarci sul masochismo di cui dimostrano di soffrire e ci accontentiamo di dire: grazie, e scusate. Di nuovo. Vi amiamo tanto.

Ci sono altre persone che, stavolta, meritano ringraziamenti individuali: Julia Hammarsten, Ruben Höök, Christer Bengtsson, Peder e Anette Jensen, Adam Blom, Sara Temeric. Grazie di averci permesso di entrare nelle vostre vite men-